영애의
경호관

영애의 경호관 1

초판 1쇄 찍은 날 | 2017년 4월 21일
초판 1쇄 펴낸 날 | 2017년 5월 12일

지은이 | carbo(도효원)
펴낸이 | 서경석

편 집 책 임 | 조윤희
편　　　집 | 이은주
　　　　　　김현미
디 자 인 | 신현아

펴 낸 곳 | 도서출판 청어람
등록번호 | 제387-1999-000006호
등록일자 | 1999. 5. 31
어람번호 | 제11-0052호

주소 | 경기도 부천시 부일로 483번길 40 서경B/D 3F (우) 14640
전화 | 032-656-4452 팩스 | 032-656-4453
http://www.chungeoram.com
E-mail | chungeorambook@daum.net

ⓒ carbo(도효원), 2017

ISBN 979-11-04-91260-3　04810
ISBN 979-11-04-91259-7　(SET)

1

영애의
경호관

carbo(도효원)
장편소설

도서출판 청어람

목차

1

"이백오십일, 이백오십이······."

팔꿈치가 직각으로 꺾여 바닥으로 내려갈 때마다 보기 좋게 갈라진 남자의 구릿빛 등 근육이 꿈틀거리며 제 존재감을 나타냈다.

"하아."

운동을 마치고 씻고 나온 민준이 잘 구워진 토스트와 커피를 식탁 위에 올렸다.

식탁 위에 올려두었던 신문을 넓게 펼치자 정치면 제일 위에 '강현석 대통령 당선인'이라는 큼지막한 헤드라인이 눈에 들어왔다. 그리고 그 밑으로 곧 취임식을 하고 청와대에 입성할 대통령 당선인에 대한 기사들이 신문 한 면을 가득 채우고 있었다.

2월 25일 취임 예정인 강현석 대통령 당선인은 취임식 당일 영부인 이미연 여사와 함께 청와대에 입성할 계획이다. 영애인 강조국(25)

양은 평범한 회사 생활을 하고 있는 직장인으로, 전대 대통령 가족들의 경우와 다르게 미혼인 자녀로서는 이례적으로 청와대에 동반 입성을 하지 않을 예정이라고 한다…….

바삭, 토스트가 입안에서 부서지는 소리가 났다.

그때, 따리리리— 핸드폰이 울렸다. 그는 신문에서 눈을 떼지 않은 채 통화 버튼을 눌렀다.

[출근 준비는 잘하고 있나?]

"강조국은 누굽니까, 팀장님."

민준이 토스트를 베어 물며 무심하게 물었다. 그가 오늘부터 비밀 경호를 하게 될 영애의 이름은 분명 강설이라고 들었다.

26세 강설. 강현석 대통령 당선인의 유일한 자녀.

강설에 대해 알려진 신상 정보는 거의 없었다. 대통령 당선인은 국회의원 시절부터 딸의 신상이 밖으로 노출되는 것을 꺼려 했었고, 때문에 현재 그의 딸에 대한 정보는 나이와 이름 외에는 알려진 게 없었다.

[몇 년 전에 개명한 이름이 강설이야. 대외 극비 사항이니 말조심해. 회사 사람들은 강설 씨의 아버지가 누군지 모르니 행동 조심하고.]

'개명이라. 굳이 개명을 하면서까지 철저히 신분을 속여야 할 필요가 있을까.'

홀짝 커피 한 모금이 목 뒤로 부드럽게 넘어갔다.

"청와대 경호실에서 경호 붙지 않습니까. 어차피 눈에 띌 텐데요."

민준은 무심하게 신문 페이지를 한 장 넘겼다.

[당선인도, 본인도 원하지 않아 눈에 띄지 않게 원거리 경호만 하고

있어. 그래서 네가 그곳에 들어가는 거잖아.]

민준은 며칠 전 영애의 근거리 경호를 위해 그녀가 사는 아파트 앞 동으로 이사를 왔다. 앞 동과 뒤 동이 서로 가깝게 붙어 있는, 동 간 간격이 좁은 아파트이다. 민준의 아파트 뒤쪽 베란다 창문에서 시선을 조금 내리면 커튼을 치지 않은 강설의 아파트 거실이 훤히 내려다보였다. 특히 어두운 밤이면 더욱 선명하게.

"팀장님, 설마, 저를 여기에 오 년 동안 처박아두실 생각은 아니시겠죠."

신문을 넘기던 손이 멈칫하더니 목소리가 위협적으로 흘러나왔다. 그도 그럴 것이 민준은 NIS(국가정보원)의 대테러 1팀 소속이며 작년, 독일 베를린에서 납치된 인질을 무사히 구출해 돌아온 전적이 있는 최고의 정예 요원이기 때문이었다. 그래서 민준은 그에게 밀착 경호가 임무가 주어졌을 때 자신이 뭔가 잘못 들은 게 아닌가 싶어 한참 동안 박 팀장의 얼굴을 멍하니 바라보았었다.

[영애가 오 년 안에 결혼을 하든가, 그도 아니면 경호 임무가 해제되든가. 뭐 어쨌든 그동안 둘 중에 하나는 걸리지 않겠어?]

"하나가 더 있지 않습니까."

[뭐가?]

"영애가 경호관을 바꿔달라고 요청했을 때."

[영애는 모르는 일이야. 그러니 행동 조심해.]

박 팀장의 말에 민준이 인상을 구기며 일어섰다. 옷장 문을 열자 한 치의 흐트러짐도 없이 가지런히 줄지어 있는 양복들이 보였다. 잠시 후 민준은 짙은 갈색 서류가방과 차 키, 그리고 사원증을 챙겨 집을 나섰다.

그룹 Pakin 계열사 Boni의 해외 사업부, 민준이 오늘부터 근무하게 될 곳이다.

주식회사 Boni는 식음료 프랜차이즈 전문 회사로, 몇 년째 업계 1위를 놓치지 않는 탄탄한 브랜드 파워를 가지고 있었다. 대기업 Pakin의 계열사답게 도심 노른자 땅 한복판 위에 위풍당당 우뚝 솟아오른 Boni 사옥이 아침 햇살에 반짝 빛을 냈다.

민준은 1층 로비를 성큼성큼 가로질러 곧장 엘리베이터에 몸을 실었다. 아직 이른 아침이어서 그런지 건물 안은 한산했고 지나칠 만큼 고요했다. 9층 유리 출입문 앞 단말기에 사원증을 인식시키고 안으로 들어가니 안쪽으로 길게 연결된 통로를 따라 각각의 부서들이 좌우로 나뉘어져 있는 게 보였다. 뚜벅뚜벅 안쪽을 향해 걸어 들어가던 민준의 발걸음이 마케팅이라는 글자 근처에 가 멈추어 섰다.

마케팅팀. 경호 대상인 강설이 근무하는 부서였다. 아직 출근 시간이 삼십분이나 남아 있어서 그런지, 사무실엔 휑한 고요함과 함께 썰렁한 한기마저 느껴졌다. 민준은 길쭉한 통로를 사이에 두고 마케팅팀과 마주 보고 있는 해외사업부 파티션 쪽으로 걸음을 옮겼다. 그리고 며칠 전 인사팀 팀장의 안내를 받았던 자리를 찾아 서류가방을 올려놓은 후, 주위를 빙 둘러보았다. 그때였다.

"전 괜찮다고 말씀드렸잖아요, 아빠."

또각또각 대리석 바닥에 부딪치는 여자의 구두 소리가 점점 더 가까워지기 시작했다.

"제가 모를 줄 아세요? 요 며칠 계속 저를 지켜보고 따라오는 남자 두 명이요. 제가 몽타주라도 그려 드려요? 시치미 떼셔도 소용없……."

인상을 찌푸리던 설은 몇 발자국 옆에서 자신을 빤히 쳐다보고 있는 남자와 눈이 마주치자 얼른 입을 다물었다.

"저 회사예요, 끊어요."

설이 서둘러 핸드폰을 끊더니 가방을 책상 위에 올려놓았다. 민준의 무심한 시선이 설의 목에 걸린 사원증에 잠시 머물렀다 다시 그녀의 얼굴로 향했다.

"안녕하세요."

설이 고개를 살짝 끄덕이며 민준에게 인사를 했다. 기다란 머리카락이 한쪽 얼굴을 가리듯 내려오자 설이 오른손을 들어 뒤쪽으로 머리카락을 길게 쓸어 넘겼다. 민준이 고개를 옆으로 조금 기울였다. 미리 사진으로 보긴 했지만 실제로 보니 느낌이 많이 달랐다. 영애라는 사실을 알고 봐서 그런 건지, 그녀의 주변엔 분명 다른 사람들과는 다른 공기가 맴돌았다.

'누구지? 처음 보는 사람인데 혹시 새로 온 경력직 직원인가?'

민준을 바라보는 설의 머리 위로 물음표들이 둥실 떠올랐다.

"……해외사업부 김민준 대리입니다."

중저음의 나지막한 남자의 목소리가 귀에 착 감겨 들어왔다. 낮고 묵직하면서도 부드러운 울림. 설이 시선을 들어 남자의 얼굴을 올려다보았다. 위로 살짝 말려 올라간 남자의 입꼬리에 보일 듯 말 듯 희미한 미소가 걸려 있었다.

"마케팅팀 강설 주임이에요. 그런데 못 뵙던 분이신데……."

"제가 오늘 첫 출근이라서요."

설은 그제야 수긍했다. 그러고 보니 해외사업부에서 경력직 사원을 한 명 충원했다고 들었던 것도 같다.

"초면에 실례지만 핸드폰 한 번만 빌릴 수 있을까요? 제가 핸드폰을 집에 두고 와서."

남자의 말에 설은 곤란한 표정을 지었다.

'혹시 내 전화번호를 알려고 하는 걸까? 아니야, 어차피 전화번호 같은 건 금방 알 수 있잖아. 하지만 책상마다 개인 전화기가 놓여 있는데 왜?'

짧은 시간 동안 이런저런 생각을 하던 설은 마침내 민준 앞에 핸드폰을 내밀었다. 그래도 이제 매일 얼굴을 볼 사람인데 야박하게 굴 수는 없었다.

"여기요."

민준은 핸드폰을 받아 들며 고맙다는 듯 가볍게 고개를 끄덕였다. 그리고 핸드폰을 들고 설에게 등을 보이고 뒤돌아서 바깥 복도를 향해 걷기 시작했다.

설이 민준의 뒷모습을 바라보며 어깨를 으쓱하더니 의자를 안으로 당겨 앉았다. 노트북을 꺼내 전원 버튼을 누르자 까만 컴퓨터 화면이 금세 파란빛으로 가득 차며 환하게 밝아졌다.

복도로 나온 민준은 귀에서 핸드폰을 떼며 흘끔 고개를 들어 천장을 쳐다보았다. 천장 구석에 CCTV가 있었다.

민준이 느긋하게 사무실 맞은편에 있는 남자 화장실 안으로 들어갔다. 그는 빠르게 핸드폰 뒷면 나사를 풀어내고 그 안에 작은 칩 하나를 밀어 넣었다. 핸드폰을 원래 상태로 되돌리는 데 채 몇 분이 걸리지 않았다.

"이름만큼이나 심플하네."

핸드폰 화면을 바라보던 민준이 픽 미소 지었다. 설의 핸드폰은 아무런 잠금 설정도 되어 있지 않았고 바탕 화면엔 기본 앱 외에는 특별할 것 하나 깔려 있지 않았다. 그 누가 가져다 마음대로 사용한다고 해도 전혀 이상할 것 같지가 않았다.

"잘 썼습니다."

'깜짝이야.'

업무 시작 전 이런저런 포털 기사를 검색하던 설의 눈앞에 갑자기 까만 핸드폰이 불쑥 나타났다. 설은 깜짝 놀라 어깨를 움찔거리며 고개를 들었다. 민준이 파티션 앞에 서서 핸드폰을 쥔 오른손을 길게 내밀고 있었다.

"네."

설은 받은 핸드폰을 옆에 두고 읽고 있던 기사에 다시 집중했다. 하지만 그는 자리로 돌아가지 않고 여전히 설의 앞에 서 있었다.

"여기 구내식당은 먹을 만합니까?"

설은 고개를 다시 들어 민준을 쳐다보았다. 저를 쳐다보고 있는 걸 보니 제게 묻는 말이 맞는 듯했다. 잠깐 의아한 눈빛으로 민준을 바라보던 설이 마침내 가볍게 고개를 끄덕였다.

"네."

'먹을 만하다는 기준이 뭔지는 알 수 없지만.'

하지만 질문에 대한 답을 해주었는데도, 그는 여전히 그대로 서서 설을 물끄러미 내려다보고 있었다.

'귀찮다, 이 남자.'

"또 물어볼 게 남아 있으세요?"

설의 목소리가 조금 언짢아졌다.

'평범한 회사이다. 평범한 회사의 평범한 직원. 이곳에 대통령의 딸이라는 게 알려져서 특별히 위협이 될 만한 요소는 없을 것 같은데, 날 이곳에 부러 집어넣은 이유가 뭘까.'

"강설 씨는 마케팅팀에서 무슨 일을 합니까."

민준의 입술이 다시 느릿하게 움직였다.

"제품 홍보, 광고 쪽 일을 하고 있어요."

별로 민준과 대화를 이어가고 싶지 않아 설은 시선을 내리며 핸드폰을 집어 들었다. 대화를 그만하고 싶다는 무언의 의사 표현이었다. 핸드폰 화면을 열어 전화 버튼을 누르자 최근 통화 목록에 02-114라는 숫자가 보였다.

설이 고개를 들어 의아한 얼굴로 민준을 쳐다보았다. 민준의 한쪽 눈썹이 꿈틀거렸다.

"아, 근처에 맛있는 식당 좀 물어보려고."

여전히 이상하다는 듯 쳐다보는 설의 시선을 피해 민준이 그제야 기대 서 있던 파티션에서 몸을 일으켜 세웠다. 그리곤 태연하게 맞은 통로 건너 그의 자리로 돌아갔다. 설은 어이가 없는 얼굴로 멀어지는 민준의 뒷모습을 쳐다보았다.

"같이 먹읍시다."

점심시간, 사옥 지하 1층에 위치한 구내식당. 구석 테이블에서 같은 팀 직원들과 함께 점심을 먹고 있던 설 앞에 갑자기 하얀 식판이 놓였다. 고개를 든 설의 눈에 '해외사업부 대리 김민준'이라는 사원증에 적힌 글자가 들어와 박혔다. 민준이 의자를 끌어당겨 앉자 설의 시선이 자연스럽게 위에서 아래로 쭉 미끄러지듯 내려왔다.

"해외사업부에 새로 오신 대리님이세요?"

설의 옆에 앉아 있는 동기 안 주임이 민준을 호기심 가득한 눈으로 바라보았다.

"네."

민준이 젓가락으로 반찬을 집어 입안에 넣은 후 맞은편에 앉은 설을 힐끗 쳐다보며 대답했다.

"그전에는 어디 계셨는데요?"

"독일이요."

질문은 안 주임이 하는데 태연하게 대답하는 민준의 시선은 아까부터 설에게 고정되어 있었다. 안 주임이 민망한 듯 어색한 미소를 짓더니 식판 위로 시선을 가져가 다시 식사를 하기 시작했다.

"강 주임은 어디 삽니까. 일찍 출근하는 거 보니까 가까운 데 사나 보던데."

민준의 질문에 설은 흘끔 그를 쳐다보았다가 다시 아래로 내렸다.

"여기서 멀어요. 광화문 쪽에 살아요."

설은 일부러 살고 있는 곳과 다른 엉뚱한 지역의 이름을 댔다. 실제 회사에서 그리 멀지 않은 곳에 살고 있었지만 앞에 앉은 남자의 뻔뻔한 관심을 다른 곳으로 돌리고 싶었다. 그쪽으로 아주 연고가 없는 것도 아니니 완전한 거짓말도 아니었다.

"아쉽네. 난 가까운 동네면 같이 카풀이나 하려고 했는데."

"그러게요. 아쉽네요."

설이 한쪽 입꼬리를 올리며 웃었다.

"난 수서동 살거든. 수서동 한빛 아파트."

하지만 이어지는 말에 설의 입꼬리가 어색하게 아래로 내려왔다.

민준은 태연하게 식사를 이어갔다. 그리고 눈빛이 흔들리는 설을 재미있다는 듯 보았다. 잠시 당황한 듯 보였던 설의 눈은 어느새 짜증을 담고 있었다.

"김 대리님. 강 주임한테 관심 있나 봐요?"

안 주임이 뾰로통한 얼굴로 민준에게 물었다.

"그렇다고 해두죠."

하지만 민준은 여전히 설의 얼굴에 시선을 고정하고 있었다. 그는 자신을 주제로 한 대화에도 설이 아무런 반응을 보이지 않자 오히려 그게 더 신경이 쓰였다.

"안 놀라네?"

의외라는 듯 민준의 한쪽 눈썹이 살짝 위로 치켜 올라갔다.

"그런 일로 놀라지 않아요."

설이 무심한 목소리로 대답했다. 관심 있다는 남자의 고백 정도로 놀라거나 설레지 않는 건, 자신이 보통의 또래와는 조금 다른 삶을 살아왔기 때문일 것이다. 물론 그것은 며칠 후면 대한민국의 19대 대통령으로 부임하게 될 아버지 때문만은 아니었다.

"김 대리님, 진짜 강 주임한테 관심 있어요?"

정작 고백받은 당사자는 담담한데 오히려 안 주임의 눈이 동그랗게 커졌다.

"……글쎄요."

가늘게 눈을 접는 민준의 말꼬리가 길게 늘어졌다. 분명 박 팀장님한테 듣기로는 밝고, 러블리한 아가씨라고 했는데, 밝음과 러블리함은 오늘 집에 놔두고 출근을 한 모양이었다. 갸름하고 하얀 얼굴에 풍성한 머리카락이 어깨 아래로 찰랑거리는 걸 보면 러블리해 보이는 것 같기도 한데, 민준을 바라보는 숱 많은 속눈썹 사이의 까만 눈동자는 속을 가늠할 수 없을 정도로 깊어 보였다.

"음식은 입에 맞으세요?"

설이 담담하게 화제를 돌렸다. 저를 가운데 둔 대화 내용을 바꾸고 싶은 것도 있지만 사실 궁금하기도 했다. 도대체 얼마나 대단한 미식가이기에 초면에 핸드폰까지 빌려가며 맛집을 찾으려 한 건지 말이다.

설의 질문에 민준은 쿨하게 고개를 끄덕이며 인정했다.

"MSG도 없이 담백하고. 건강해지겠네."

민준은 식사를 마친 뒤에도 일어나지 않은 채, 설을 바라보았다. 그사이 안 주임은 마무리해야 할 작업이 남아 있다며 먼저 식사를 끝내곤 사무실로 올라가 버렸다. 설은 내내 떨떠름한 것 같던 안 주임의 표정이 신경 쓰였지만 그보다 더 신경 쓰이는 남자가 눈앞에 앉아 있어 그 생각은 오래가지 않았다.

"입이 작아서 그런지 식사를 꽤 오래 하네."

민준이 그녀 앞에 놓인 식판을 힐끗 내려다보았다.

"제가 생각하기엔 대리님이 빨리 드시는 거 같은데요."

설의 식판 위의 하얀 밥은 다행히 거의 자취를 감춰가고 있었다. 하지만 다 먹을 때까지 기다려 달라고 한 적이 없는 설은 마음이 불편했다.

"먹을 수 있을 때 빨리 먹고 이왕 먹을 거 맛있는 걸로 먹자는 게 내 신조거든."

민준의 말에 조금 전까지만 해도 냉기가 돌던 설의 눈빛에 측은함이 얹어졌다. 그 얘길 들으니 가끔 봉사를 하러 가던 보육원 아이들이 생각났다. 그 아이들에겐 제 손에 주어진 음식은 누구보다도 빨리 그리고 더 많이 먹으려는 습성이 있었다.

거기에 생각이 미치자 이 사람도 어렵게 자랐을지도 모른다는 생각에 설의 표정이 조금 누그러졌다.

"……회사 건물 뒤쪽으로 가면 맛집 많아요. 이 근처 말고 사거리 지나 올라가면 더 많고요."

설은 물 컵을 집어 들며 담담한 목소리로 말했다.

"언제 안내해 줄 건데?"

기대감 어린 민준의 물음에 설이 얼굴을 찡그렸다. 어렸을 때부터 엄마 아빠를 따라 아동 보육 시설을 종종 따라다녀서 그런지, 설은 지금도 힘들고 어려운 사람들을 만나면 그냥 지나치지 못했다. 그리고 아는 만큼 보이는 건지 그런 사람들이 유독 눈에 잘 띄기도 했다. 쓸데없이 측은지심이 드는 바람에 귀찮은 일이 생길 것 같았다.

"귀찮으면 말고."

속내를 들킨 것 같아 설은 어쩐지 민망해졌다. 하지만 거절의 말이 쉽게 입 밖으로 나오질 않았다.

머뭇거리는 설을 보며 민준은 속으로 슬쩍 미소를 지었다. 조금 비겁하긴 하지만 회사뿐만 아니라 밖에서도 영애를 쉽게 경호할 수 있는 방법은 한 가지뿐이었다. 바로 영애의 애인이 되는 것. 하지만 이것은 상부의 허가를 받은 내용이 아니었다.

'아, 국장님이 아시면 뭐라고 하시려나. 필요 이상의 사적인 관계는 맺지 말라고 하셨는데. 뭐 그러든지 말든지.'

"뭐 좋아하시는데요."

내적 갈등을 마친 설이 마침내 작게 한숨을 내쉬자 민준의 입가에 만족스러운 미소가 떠올랐다.

"고기 좋아해. 종류는 상관없이."

"회사 뒤쪽에 괜찮은 삼겹살집이 있어요."

"그럼 오늘 저녁은 같이 삼겹살을 먹는 건가?"

"저녁을 같이 먹자고요?"

설의 얼굴에 낭패의 기색이 짙어졌다. 단지 식당이 어디인지만 알려 줄 생각이었는데, 역시 괜한 참견을 하는 게 아니었다.

"삼겹살을 혼자 구워 먹을 순 없잖아."

민준의 뻔뻔함에 어이가 없어 뭐라 대꾸를 하려던 설이 입술을 꾹 다물었다. '혼자'라는 단어가 설의 마음에 쓸쓸하게 스며들었다.

"······데이트하는 건 아니에요."

먼저 확실히 해두겠다는 듯 설이 단호한 목소리로 말했다.

"그래, 저녁 먹는 거지 그냥. 같은 회사 동료끼리."

민준이 느긋하게 웃으며 대답했다. 설은 방금 뱉은 말을 다시 주워 담고 싶었지만, 민준의 표정이 즐거워 보여 그냥 잠자코 있었다. 남자의 눈웃음 끝에 걸린 무언가가, 설의 시선을 머물게 했다.

'강설. 키 165㎝. 전체적으로 약간 마른 체형이지만 팔다리가 길쭉해서 그런지 비율상 더 커 보이기도 한다. 아버지가 대통령이 됐는데도 청와대에 들어가지 않겠다고 하는 이상한 여자. 개명을 하면서까지 신분을 감추고 싶어 하는 그녀와 세상 앞에 딸을 드러내려 하지 않는 대통령 당선인의 특이하고 유별난 자식 사랑까지, 무엇 하나 평범한 게 없다. 고작 경호 업무에 NIS 요원까지 붙은 이유가 분명 따로 있을 것이다. 요즘 같은 세상에 하나뿐인 자식 얼굴이 알려져 혹시 납치라도 당할까 봐 걱정되는 건지. 쯧.'

민준은 고개를 저으며 설에게서 시선을 거두었다.

〈회사 1층 로비에서?〉

정확히 퇴근 시간 1분 전, 설의 핸드폰으로 문자가 하나 날아들었다. 모르는 번호였지만 말본새를 보니 누군지 알 것 같았다.

'근데 이 사람, 오늘 핸드폰을 안 가져왔다고 하지 않았나.'

〈회사 뒷골목 편의점 앞에서 봐요.〉

설은 민준에게 답장을 했다. 괜히 이런저런 입방아에 오르고 싶지 않아 아예 회사 밖에서 만나자는 얘기였다. 그리고 오전 출근길처럼 경호관들이 눈에 띄게 1층 로비를 서성이고 있을지도 모른다는 생각이 들자 설의 얼굴이 찡그려졌다.

대통령으로 당선되자마자 취임 전임에도 불구하고 아버지는 대통령에 준하는 경호를 받게 되었고 그것은 직계 가족인 설도 마찬가지였다. 하지만 설은 그것을 바라지 않았다. 경호관들이 따라다니는 모습이 오히려 자신을 더 눈에 띄게 할 테니 안전을 위해서라도 이 부분만큼은 담판을 짓고 싶었다. 그리고 그것보다 중요한 건 아무리 아버지라 해도 제 일거수일투족이 보고되는 걸 원하지 않는다는 것이다.

〈그런데 오늘 핸드폰 안 가져왔다고 하지 않았어요?〉

생각해 보니 괘씸해서 설이 기어이 문자 하나를 더 보냈다.

'뭐야, 이 사람.'

〈찾아보니까 있더라고.〉

설이 미간을 찡그렸다. 왠지 맞은편에서 민준이 쳐다보고 있는 것 같은 느낌이 들어 그쪽으로 고개도 돌리지 않았다.

도둑이 제 발 저린다고 같이 내려가면 사람들 눈에 이상하게 보일 것 같아 퇴근하는 발걸음을 서둘렀다. 하지만 부랴부랴 서두른 보람도 없이 설은 해외사업부와 마주한 통로에서 민준과 딱 마주쳤다. 옅게 미소 짓는 민준의 입가가 보였다. 시선을 조금 올려보니 눈꼬리도 밑으로 살짝 휘어져 있는 게, 맛있는 고깃집에 간다는 기대감 때문인지 그의 기분이 꽤 좋아 보였다. 왠지 더 쳐다보고 서 있다가는 말을 시킬 것 같아 설은 가볍게 목례를 한 후 서둘러 사무실을 빠져나왔다. 그래봤자 엘리베이터 앞에서 그를 다시 만났지만 말이다.

고개를 옆으로 돌리고 딴청을 피우고 있는 사이 엘리베이터가 9층에 멈추어 섰다. 엘리베이터에서 내린 사람들이 설과 부딪칠 듯 가까이 지나가자, 민준은 설의 어깨를 잡아 자신 쪽으로 살짝 당겼다. 사람들이 우르르 지나가고 나서야 민준의 손은 다시 자신의 코트 주머니 속으로 들어갔다.

"탑시다."

"……네."

엘리베이터 안에서 설은 고개를 들어 상단의 빨간 숫자가 하나씩 내려가는 것을 담담하게 쳐다보았다. 엘리베이터 안의 열기 탓인지 설의 한쪽 뺨이 아주 조금 붉어졌다.

민준과 설은 한 발자국 정도의 거리를 두고 걸었다. 거리에는 근처 오피스 빌딩에서 쏟아져 나온 사람들이 집으로 혹은 술집으로 발걸음을 재촉하고 있었다. 혹시나 같은 회사 직원들이 볼까 싶어 설은 무의식적으로 흘끔흘끔 뒤를 돌아보았다.

"누가 따라와?"

"네? 아니요?"

"그런데 왜 자꾸 뒤를 돌아봐?"

"별로 특별한 이유는 없는데요."

"없는데."

설은 갑자기 그 자리에 우뚝 멈춰 섰다. 그러자 민준도 덩달아 멈췄다. 민준이 왜 그러냐는 듯 설의 얼굴을 빤히 쳐다보았다.

"왜?"

"오늘 처음 봤는데 말을 참 편하게 하시네요, 대리님은."

사실 아까부터 이 이야길 꺼내고 싶었는데 타이밍이 좋질 않았다. 그가 아무리 대리로 입사를 해 설보다 직급이 높다고 해도 두 사람은 엄연히 오늘이 초면인 상태였다.

"존댓말 해줘?"

적반하장도 유분수지. 오히려 민준은 귀찮다는 듯 인상을 찌푸리며 되물었다.

"……아니요."

'됐다. 내가 말을 말아야지.'

설이 체념하듯 고개를 가로젓더니 다시 정면을 보며 걷기 시작했다.

"근데 저녁 약속이 없는 걸 보니 강설 씨는 애인이 없나 봐? 물론 나야 좋지만."

"묻기 어려운 질문을 참 쉽게도 하시네요."

설이 힐끗 곁눈질로 민준을 바라보았다.

"난 돌려 말하는 거 싫어해."

"지금은 없어요. 별로 애인 사귈 처지도 아니고."

"심심하겠네."

"그렇지도 않아요. 주말에는 이런저런 취미 생활도 하……."

순간 너무 많은 말을 하고 있다는 생각에 설이 갑자기 입을 꾹 다물었다.

"다 왔어요. 여기."

설은 안이 훤하게 들여다보이는 널찍한 고깃집 앞에 섰다. 두 사람이 유리문을 열고 안으로 들어가자 이미 꽤 많은 직장인이 삼삼오오 모여 앉아 지글거리는 불판을 사이에 두고 소주잔을 기울이고 있는 모습이 보였다.

"삼겹살 2인분 주시고요, 이슬도?"

직원이 주문을 받으러 오자 민준이 둥근 테이블을 마주 보고 앉은 설에게 물었다.

"아니요."

"한 병만 주세요."

설은 고개를 가로저었고, 민준은 술 한 병까지 주문했다. 잠시 후 민준이 잘 달궈진 불판 위로 두툼한 삼겹살을 올렸고, 설은 오이 조각을 입에 물고 깨물어 먹기 시작했다.

"진짜 안 마셔?"

투명한 소주잔에 술을 채우며 민준이 힐끗 설을 쳐다보았다.

"네."

"술잔에 담긴 인생을 모르는군."

짐짓 농담 어린 어조로 민준이 소주잔을 들어 한 모금 마셨다.

"눈물이 담겨 있는 건 알아요."

"……아, 눈물."

'영애의 눈물이라……'

민준은 오이를 문 채 무슨 생각을 하는지 모를 설을 힐끗 쳐다보았다.

"와. 고기 냄새."

식사를 마친 민준과 설이 삼겹살집 밖으로 나왔다. 왼팔을 들어 옷에 밴 냄새를 맡던 설이 눈썹을 찡그렸다. 아직은 겨울의 끝자락, 맵싸한 저녁의 찬 공기가 콧속으로 훅 함께 밀려들어 왔다.

"강 주임은 집으로 가나?"

민준은 소주 한 병을 마셨는데도 먹기 전과 별반 차이가 없어 보였다.

"……아, 네."

설은 곤란한 표정을 지으며 말끝을 흐렸다.

'설마, 데려다준다고 하는 건 아니겠지?'

민준과 설은 다시 회사 쪽으로 향했다. 스트레칭하듯 자연스럽게 고개를 좌우로 꺾어 돌리며 뒤를 흘끔 바라보던 민준의 시선 끝에 '나 경호관이에요'라고 이마에 써 붙인 남자 두 명이 들어와 잡혔다.

"집에 가는 길에 나 좀 내려주지? 보다시피 내가 술을 마셔서."

설은 어이가 없었다. 잘못 들은 게 아니라면 그는 데려다주겠다고 한 게 아니라 데려다 달라고 했다. 정말 상식 밖의 남자이다. 어떻게 처음 보는 여자한테 집에 데려다 달라는 말을 저렇게 쉽게 하지? 하지만 지금은 그게 문제가 아니었다. 민준의 집으로 가는 길이 곧 그녀의 집으로 가는 길이기 때문이었다. 괜히 다른 동네 산다고 말했나. 이러다 한 동네에서 마주치면 상당히 민망할 것 같았다.

"네, 그럴게요."

설이 알았다는 듯 고개를 끄덕였다. 민준을 아파트 앞에 내려주고 난 후 자연스럽게 아파트 단지를 한 바퀴 돌아서 집으로 들어가면 될 것이다. 나중이야 어떻게 될지 모르지만 일단 오늘은 방법을 찾고 나니 마음이 편안해졌다.

"차가, 상당히, 인상적이군."

자동차 조수석에 올라 벨트를 맨 민준의 시선이 빠르게 차량 내부를 훑고 지나갔다. 설의 자동차는 내부에 흔한 장식 하나 되어 있지 않은 처음에 출고되어 나온 모습 그대로인 듯했다. 가족이나 애인의 사진도 없고, 그도 아니면 십자가라든지 묵주 장식이라도 하나 달려 있을 법도 하건만. 하다못해 방향제라도.

민준은 NIS 사무실에 들어가게 되면 박 팀장에게 '밝음'과 '러블리함'에 대한 사전적 정의에 대해 물어보기로 결심했다. 혹시 자신이 알고 있는 뜻과 박 팀장이 알고 있는 뜻이 다른지 말이다.

"제 차가 어때서요. 이 정도면 꽤 깨끗하게 관리하고 있는 건데요."

"깨끗한 걸 말하는 게 아니야."

민준이 웃으며 사이드 미러를 흘끔 쳐다보았다. 경호관들은 이쯤에서 그만 철수한 모양이었다. 설이 시동을 켜고 부드럽게 핸들을 돌리자 차는 회사 지하 주차장을 빠져나와 도로 위를 달리기 시작했다.

"부모님하고 같이 사나?"

"아니요."

"왜?"

"멀리 사셔서요."

"혼자 나와 살면 걱정 많이 하실 텐데."

"부모님들이야 다 그렇죠 뭐."

"이름이 특이한데. 부모님께서 지어주신 거?"

"저한테 궁금한 게 참 많으시네요, 대리님은."

민준의 계속되는 질문에 줄곧 무심하게 대답을 하던 설의 목소리가 갑자기 서늘해졌다. 갑자기 예전 그 사람이 왜 생각이 나는지 모르겠다. 사랑한다 말하고 비참하게 만들었던 그 남자가.

"뭐 그럼 나한테 물어보든가. 나는 얼마든지 대답해 주지."

민준이 팔짱을 끼며 자신만만한 표정으로 설을 쳐다보았다.

"나에 대해 궁금한 거 없어요?"

그 남자는 입가에 옅은 미소를 띠며 설에게 물었었다.

"……없어요, 그런 거."

예전 기억을 떠올리는 설의 두 눈이 까맣게 내려앉은 어둠처럼 아득하게 짙어졌다.

잠시 후 민준의 아파트 동 앞에 설의 차가 멈추어 섰다. 설은 습관적으로 핸드브레이크를 위로 올리고 차 키를 빼냈다.

"우리 집 가게? 커피 줄까?"

운전석 문을 열고 내리려는 설의 등 뒤에서 웃음기 어린 목소리가 들렸다. 순간 설의 얼굴에 낭패의 기색이 스치고 지나갔다.

"인사…… 드리려고요."

설은 자연스럽게 고개를 돌려 민준을 흘깃 보곤 차에서 내렸다.

"근데 강 주임은 이 동네에 와봤었나 봐? 나한테 길도 안 물어보고 한 번에 찾아오는 걸 보니 말이야."

설의 자동차 앞에 마주 보고 선 민준의 입가에 즐거운 웃음이 걸려 있었다.

"안녕히 가세요, 대리님."

설은 대답 대신 고개를 가볍게 숙이며 묵례를 했다. 다행히 민준은 뭐라 더 말을 붙이지 않고 금방 뒤돌아서 아파트 출입구를 향해 성큼 성큼 걸어가기 시작했다. 민준의 모습이 출입구 안쪽으로 사라지자 설은 얼른 차에 다시 올라 제집 앞으로 향했다. 사실 그녀의 집은 바로 뒤 동이라 이 자리에 그대로 주차해 두어도 되지만, 혹시라도 민준이 자신의 자동차를 발견하길 바라진 않았다.

민준은 출입구 문 안쪽에서 설의 차가 떠나는 모습을 지켜보았다.

"설의 눈물이라…… 술 이름으로 하면 참 좋겠네."

조금 전 고깃집에서 설이 한 말이 떠올라 민준은 쓴웃음을 지었다.

집으로 올라온 설은 코트를 벗고 셔츠의 단추를 풀며 욕실로 향했다.

"아, 이런. 경각심이 너무 없네, 저 아가씨."

베란다에 서서 담배를 비스듬히 물고 아래를 내려다보던 민준이 인상을 찌푸렸다. 담배를 끄고 집 안으로 들어온 그는 거실 한쪽에 놓인 까만 오디오 장치 앞에 다가가 섰다. 오늘 아침 민준이 클래식 음악을 들었던 오디오지만, 자세히 들여다보면 여느 오디오 기계와 조금 달랐다. 민준은 오디오의 전원을 켜고 스피커 볼륨을 높였다. 그리고 와이셔츠 소매 단추를 풀어내며 욕실로 향했다.

민준이 샤워를 하고 나온 후 커피를 내려 식탁 앞에 앉았는데도 거실 안은 여전히 고요했다. 가끔 스피커를 통해 부스럭부스럭거리는 잡음이 들려오는 것 외엔 말이다. 민준이 설의 핸드폰 본체 안쪽에 삽입한 초소형 도청기는 핸드폰 충전과 함께 충전이 되는 방식이라 한 번 부착을 해놓으면 아주 유용하게 쓰였다. 핸드폰 통화 내용은 물론, 주변의 작은 소음까지 정확하게 전송해 주기 때문에 민준이 꽤나 애정하는 장비 중 하나였다.

그는 식탁 앞에 노트북을 두고 앉았다. 자판을 탁탁 가볍게 몇 번 두드리자 잠시 후 NIS 로고와 함께 하얀 창이 화면을 가득 채웠다. 민준은 박 팀장이 보내준 영애에 대한 자료들을 다시 한 번 읽어보기 시작했다. 과거 영애의 사진들을 넘겨보던 민준의 손길이 잠시 멈췄다.

언제 적 사진인진 모르겠지만, 나풀거리는 노란 원피스를 입고 카메라 렌즈를 향해 활짝 웃고 있는 그녀의 얼굴이 봄 햇살처럼 화사하게 펼쳐졌다.

"……이건 꽤 러블리해 보이네."

픽. 민준은 바람 빠진 웃음을 짓더니 노트북 화면을 그대로 둔 채 머그컵을 들었다.

[띠리리리리.]

갑자기 고요하던 민준의 거실에 전화벨 소리가 시끄럽게 울려 퍼졌다. 물론 민준의 전화벨 소리는 아니었다.

[여보세요.]

강설의 목소리가 들렸다.

[강조국.]

민준의 눈매가 가늘어졌다. 설에게 전화를 건 이는 며칠 후면 이 나라의 대통령으로 부임할 강현석 당선인이었다.

민준은 머그컵을 든 채로 라디오 앞에 다가가 섰다. 홀짝, 커피 한 모금이 목 뒤로 부드럽게 넘어갔다.

[네, 아빠.]

[늦었는데 아직까지 안 자고 뭐 했어.]

[이제 자려고 누웠어요.]

조금 전 부스럭거리던 소리가 침대에 누워 뒤척이는 소리였던 모양이다.

[경호관은 내일부터 철수하라고 했다.]

당선인은 분명 국장에게 보고를 받았을 테고 NIS 요원 한 명이 이 회사에 들어와 있다는 걸 알고 있을 텐데, 능청스러운 그의 연기에 민준이 큭 웃음을 터뜨렸다.

[잠은 잘 자고?]

TV에서 보던 카리스마 넘치던 눈빛과 달리 당선인의 목소리에 걱정스러운 아버지의 마음이 묻어 나왔다.

[그럼요.]

[그런데 오늘 같이 저녁 먹은 남자는 누구냐.]

[아. 남자가 아니라 그냥 우리 회사 대리님이에요.]

[난 또 우리 딸이 연애하나 했지.]

[별로 그럴 만한 사람은 아니에요.]

느긋하게 커피를 마시며 부녀간에 오고 가는 대화를 흥미롭게 듣던 민준의 얼굴이 순식간에 구겨졌다.

[그래. 그럼 잘 자고.]

[네, 아빠. 안녕히 주무세요.]

부녀간의 다정한 대화는 끝이 났고, 다시 민준의 거실에 정적이 찾아왔다.

"참 나. 은근히 자존심 상하게 하네, 이 아가씨."

민준은 고개를 절레절레 흔들며 다시 식탁 앞으로 다가가 앉았다. 노트북 화면에서는 여전히 강설이 환하게 웃고 있었다.

"······예쁘긴 하네."

피식 웃는 민준의 한쪽 눈썹이 위로 치켜 올라갔다 내려왔다. 시간이 꽤 흐른 후 그는 노트북을 끄고 오디오 앞으로 다가갔다. 오디오에선 아까부터 아무런 소리도 들리지 않았다. 하지만 그가 막 전원 버튼을 누르려던 찰나 희미한 소리가 다시 들려오기 시작했다.

[흐흐흑.]

민준이 굳은 얼굴로 스피커 볼륨을 높였다.

[······할아버지······. 흐흑.]

그새 잠이 들어 악몽이라도 꾸는 모양이었다.

'그래도······ 어쨌든 별일이 있는 건 아니니까.'

민준이 빨간 버튼을 누르자 다시 거실 안에 정적이 찾아왔다.

"아가씨가 잠버릇도 나쁘네."

민준은 고개를 저으며 거실 불을 껐다. 침실로 향하던 민준의 발걸음이 점차 느려지더니 이윽고 한 곳에 멈춰 섰다.

"……신경 쓰이게 진짜!"

민준이 인상을 찌푸리며 핸드폰을 찾아 곧바로 설의 전화번호를 눌렀다. 한참을 울리던 통화 연결음 소리가 사라지자 저 너머에서 설의 가쁜 숨소리가 들려왔다.

[여보세요.]

설의 목소리엔 여전히 물기가 남아 있었다.

"나야."

설은 의아한 얼굴로 핸드폰 화면을 바라보았다. 귀찮은 기색이 역력한 퉁명스러운 목소리는 귀에 익숙했지만 자신이 모르는 번호였다. 젖은 눈가를 문지른 설이 조심스러운 목소리로 물었다.

"……누구세요?"

[누구세요라니, 내 번호 저장 안 했어?]

남자의 목소리가 쩌렁쩌렁 울려 그녀는 귀에서 잠시 핸드폰을 멀리했다.

"이 밤에 무슨 일이세요. 대리님."

설은 짜증 섞인 한숨을 내뱉으며 물었다. 근래에 주변에서 이렇게 안하무인격인 사람은 한 명밖에 보질 못했다. 바로 김민준 대리.

[내일 저녁 메뉴 말이야.]

"……?"

[해물탕이 좋겠다고. 그 말 하려고 전화했어.]

"하아……"

이번엔 대놓고 크게 한숨을 내쉬었다. 설은 그가 지금 자신이 얼마나 무례한 행동을 하고 있는지를 깨닫길 바랐다.

[아무튼 그건 그렇고.]

“…….”

[내가 지금 잠이 안 와서 음악을 들으려고 하는데.]

“……?”

[강 주임도 듣든가.]

그 말을 끝으로 핸드폰에서 조용한 음악이 흘러나오기 시작했다. 예상치 못한 그의 행동에 당황한 설은 전화를 끊을 타이밍을 놓쳐 버렸다. 그냥 무시하고 종료 버튼을 누르자니 계속 이어지는 음악 소리가 신경 쓰였다. 한두 곡이면 끝날 줄 알았던 음악은 계속해서 이어졌다. 체념한 설은 핸드폰을 스피커 모드로 바꾸어 협탁 위에 올려놓고 이불을 가슴 언저리까지 당기며 눈을 감았다.

꿈속에서 어린 설이 노란 유채꽃이 가득한 들판 한가운데에 서 있었다.

‘강조국!’

자신을 향해 두 팔을 벌리는 외할아버지를 향해 설이 함박웃음을 지으며 달려가 풀썩 안기자, 할아버지는 그녀의 겨드랑이에 두 팔을 넣고 올려 빙글빙글 돌리며 환하게 웃었다. 잠든 설의 입가에 희미한 미소가 떠올랐다.

오랜만에 깊은 잠을 잤다. 천천히 눈꺼풀을 들어 올리는 설의 얼굴이 편안했다. 설은 협탁 위에 올려두었던 핸드폰을 손에 쥐고 침대에서 몸을 일으켰다.

핸드폰에 찍힌 최근 통화 시간이 2시간 35분이었다. 이 사람은 이렇게 긴 시간 동안 음악을 틀어놓고 있었던 걸까. 설은 핸드폰을 충전기에 꽂은 후 욕실로 향했다.

“이백구십구, 삼백. 하아.”

팔굽혀펴기를 하고 일어선 민준의 상체 근육을 타고 굵은 땀방울이 흘러내렸다. 괜한 오지랖에 잠을 설친 건 민준이었다. 어젯밤 설이 잠든 걸 알면서도 민준은 음악을 틀어놓은 채 밤새 거실 소파에 앉아 있었다. 다른 사람들은 여자가 눈물을 흘리면 마음이 약해진다는데, 민준은 여자들이 우는 게 질색이었다. 그런데 강설, 그 여자의 흐느끼는 울음소리가 아직도 귓가에 남아 파동을 일으키는 듯했다.

 "일어났으려나."

 민준이 물을 마시기 위해 막 정수기 앞에 섰을 때 핸드폰이 울렸다.

 [좋은 아침이야!]

 핸드폰 스피커를 통해 박 팀장의 활기찬 목소리가 흘러나왔다.

 "보내주신 자료에는 강설에 대한 정보밖에 없던데요, 팀장님."

 [그럼, 또 다른 뭐가 필요해?]

 "강조국이었던 영애에 대한 정보는 왜 빠져 있습니까."

 민준이 토스터기에 식빵 두 개를 집어넣은 후 버튼을 아래로 꾹 눌렀다.

 [아, 그건 아직 알 필요가 없다던데.]

 "아직이라뇨?"

 커피 머신의 버튼을 누르려던 손길이 멈추더니 민준이 빙글 뒤를 돌아 핸드폰에 가까이 다가와 섰다.

 [국장님 말씀이야. 나도 자세한 건 모르니까 궁금하면 네가 국장님께 직접 여쭈어보든가.]

 "영애를 이렇게까지 근거리에서 보호해야 하는 이유는요."

 [그것도 아직.]

 민준의 인상이 험악하게 구겨졌다. 자신을 고작 영애를 경호하는 일에 처박아두고도 저렇게 태평하게 너스레를 떨다니.

[야, 모르는 척하는 게 아니라 나도 진짜 잘 모른다고! 다만…….]

"다만 뭡니까."

민준은 망설이듯 말끝을 흐리는 박 팀장의 말꼬리를 잡고 늘어졌다.

[국정원에서 몇 년 전부터 강설 씨를 주의 깊게 살펴보고 있었다는 것만 알아.]

"……."

[널 영애의 경호나 하라고 거기에 넣은 게 아니라는 것쯤은 너도 알 것 아냐!]

"경호 말고 다른 게 또 있습니까?"

[출근 안 하냐?]

"팀장님."

민준의 목소리가 서늘하게 낮아졌다.

[그럼 좋은 하루 보내고!]

일방적으로 끊긴 전화에 인상을 와락 쓴 민준이 커피 머신 버튼을 거칠게 눌렀다.

아파트 출입구 밖으로 나온 설은 차에 올라 시동을 걸려다 멈칫했다. 어젯밤 우연히 걸려온 민준의 전화 덕분에 오랜만에 편안한 잠을 잘 수 있었다. 어제 회사에 차도 두고 왔을 텐데. 잠깐 생각을 하던 설이 핸드폰을 들어 민준에게 문자를 보냈다.

〈저, 대리님 집 근처 지나려고 하는데 아직 출근 전이시면 제가 집 앞으로

갈게요.〉

〈3분 뒤.〉

망설였던 마음이 무색하게 민준의 문자 메시지가 곧장 화면 아래에서 쑤욱 위로 올라왔다. 설이 피식 웃으며 핸드폰을 거치대에 올려놓곤 민준의 아파트 동 앞으로 천천히 차를 몰았다.

"착하네, 강 주임?"

정확히 3분 뒤, 민준이 조수석 문을 열었다. 그는 안전벨트를 당겨 매며 설의 얼굴을 힐끗 쳐다보았다. 간밤 잠을 설친 자신과 달리 그녀는 피부가 뽀얀 게 숙면을 취한 모양이었다. 그나저나 국정원 요원인 자신보다 더 비밀이 많은 영애라니, 임무는 둘째 치고 그 사실만으로도 강설은 그에게 꽤나 흥미로운 존재였다.

"어제 차 두고 오셨잖아요. 마침 지나가는 길에 생각이 나서요."

그를 데리러 온 것에 별 뜻이 없다는 걸 강조하고 싶었는지 설의 목소리는 건조하기 짝이 없었다.

"어젯밤엔 잘 잤어?"

민준의 의미심장한 목소리에 설이 고개를 돌려 그를 멀뚱히 바라보았다. 그는 마치 설이 밤에 잠을 잘 이루지 못한다는 걸 알고 말하는 것처럼 보였다. 물론 그럴 일은 없겠지만 말이다.

"그럼요."

"음악은 맘에 들었고?"

"취미가 고상하시대요."

설은 어쩐지 피곤해 보이는 듯한 그의 얼굴을 힐끔 보았다.

"대리님은 잘 못 주무셨나 봐요."

"누구 덕분에 음악 감상을 좀 오래 했지."

"……."

"강설. 강설…… 태어나던 날 눈이 많이 내려서 강설인가. 로맨틱하시네, 부모님이."

혼잣말처럼 느긋하게 중얼거렸지만, 민준의 시선은 설을 향해 있었다. 그의 시선을 느꼈지만 설은 무심하게 왼쪽 사이드 미러를 쳐다보았다.

설이 이름을 바꾸던 날은 지금처럼 겨울이었다. 개명 신청서를 앞에 두고 창밖을 바라보았을 때, 함박눈이 펑펑 쏟아져 내리고 있었다. 설은 바람을 타고 춤을 추듯 하늘에서 내려오는 눈을 바라보며 누군가를 떠올렸었다. 깨끗하고 하얀 눈, 그 애 이름이 참 예뻤는데. 그녀는 그날 조국이란 이름을 버리고 설이 되었다. 특별한 사유가 있어야 하는 까다로운 절차와는 달리 조국의 개명 신청은 조용하고 신속하게 처리되었다.

"강설. 이름이 참 예쁘네요."

그는 스스로에게도 낯설었던 이름을 처음으로 불러준 사람이었다.

"강설. 이름 참 예쁘네."

옆에서 불쑥 끼어든 말에 과거에서 현실로 돌아온 설은 고개를 돌려 민준을 바라보았다. 그는 팔짱을 낀 채로 눈을 감고 있었다.

"가는 동안 눈 좀 붙일 테니까 도착하면 깨워줘."

"네."

무심하게 대답한 설이 시선을 돌려 정면을 바라보았다. 이 남자 때문에 꽤 오랫동안 잊고 살던 그 사람이 생각났다. 떠올릴 때마다 괴롭히던 통증은 깨끗이 사라지고 다행히 이젠 기억만이 남았다.

'강조국'이라는 이름을 비롯해 학교, 주소 등 강설에 대한 정보를 바탕으로 구글링을 해보았지만 민준은 아무런 정보도 얻을 수 없었다. 이름이 특이해서 뭐라도 걸릴 거라는 그의 예상과는 전혀 다른 결과였다. IT 강국에서 초중고를 비롯해 대학까지 나온 이십대가 웹상에 아무런 흔적도 남기지 않았다는 건 거의 불가능에 가까운 일이었다. 강설이 인터넷도 되지 않는 아주 깊은 산 속에서 홀로 자라지 않은 이상 누군가 그녀에 관한 정보를 의도적으로 모두 지웠다는 얘기였다.

"⋯⋯할아버지⋯⋯. 흐흐흑."

어젯밤 그녀가 잠결에 흐느끼던 걸 기억해 낸 민준이 이번엔 '강현석'을 검색했다. 그러자 당선인에 대한 수많은 정보가 나타났다. 교육자 집안의 장남이었던 강현석 당선인은 학부 재학 시절 고시 3관왕으로 유명해졌고, 강직한 변호사로 사람들에게 널리 알려졌다. 집안 배경은 평범했고 당선인은 비범했던 케이스였다.

타닥타닥 민준은 손가락으로 책상을 두드렸다. 그는 아침에 박 팀장이 했던 말을 떠올렸다.

'아직이라⋯⋯.'

그에게 '강조국'에 대한 정보를 아직 알려주지 않은 데에는 분명 이유가 있을 것이다. 그 말인즉슨, 지금 자신이 알면 상황이 곤란해질 수도 있다는 뜻이다. 하지만 선뜻 이해가 가지 않았다. 국정원 요원에게 곤란한 상황이란 임무를 그르칠 때뿐이다. NIS는 오직 대한민국이라는 조국을 위해서만 일할 뿐 개인의 명예나 이익을 위해서 움직이지 않기 때문이다.

　도대체 자신이 그녀에 대해 알아서 곤란해질 게 뭐가 있단 말인가. 강조국. 생각해 보면 독립투사도 아닌데 여자애 이름을 왜 그렇게 애국심 돋게 지었나 싶다. 민준이 못마땅한 표정으로 검색창을 닫으려던 순간, 그의 눈에 기사 하나가 들어왔다. 인터뷰 날짜를 보니 아주 오래된 기사였다.

　물리학자 이인호 박사의 사위, 변호사 강현석.

　'이인호 박사?'

　민준도 잘 알고 있는 사람이었다. 그는 한국이 낳은 세계적인 물리학자로 핵융합 분야에서 이름을 떨쳤던 분이기 때문이었다.

　민준은 이인호 박사의 생전 사진과 함께 변호사 시절 했던 당선인의 인터뷰를 읽었다.

　사람들에게 잘 알려진 사실이 아닙니다. 제 정치가로서의 행보가 행여나 장인어른의 명성에 누가 될까 염려스러워 사실 이 인터뷰도 여전히 조심스럽습니다. 장인어른께서는 아시다시피 늘 연구에만 매진하고 계시기 때문에 연구소를 찾아가지 않는 한 얼굴 뵙기가 참 어렵구요……(중략) 하나밖에 없는 손녀라서 그런지 제 딸아이를 많이 아끼십니다. 제 딸아이 이름도 장인어른께서 손수 지어주셨고요. 아, 딸아이 이름은 비밀입니다. 하하하…….

　민준은 다시 '이인호 박사'를 검색했다. 노벨 물리학상 후보로 여러 번 거론됐을 만큼 뛰어난 인재였던 이인호 박사는 미국 동부의 한 대학에서 교수 생활을 잠깐 하고 한국으로 돌아와 영구 정착을 했다. 그는 한국에서 대학 교수와 원자력 연구원 원장을 차례로 역임하며 후배 연구원들과 함께 오랜 시간 연구에 매진하였고, 몇 년 전 불의의 사고로 안타깝게도 타계하였다.

민준은 머리 뒤로 손깍지를 끼며 느긋한 태도로 상체를 뒤로 기울였다. 마케팅팀 쪽을 바라보았지만, 파티션 칸막이에 가려 설의 모습은 보이지 않았다.

〈밥 먹으러 가야지?〉

하아. 설이 핸드폰을 바라보며 긴 한숨을 내쉬었다. 정확히 6시 30분이 되자 민준의 문자가 날아들었기 때문이다. 퇴근 시간이 가까워올 때부터 심장이 벌렁거리더니만 혹시가 역시나였다.

〈해.물.탕.〉

뭐라 핑계를 댈까 고민하는 설의 얼굴이 보이기라도 한 듯, 또다시 도착한 문자는 오늘 저녁 반드시 해물탕을 먹고 말겠다는 민준의 굳건한 의지를 보여주었다.

"친구 없으세요?"

"어. 없어."

"해외사업부에 팀원들 있잖아요."

"내가 낯을 많이 가려서."

"오늘까지만이에요."

결국 어제와 마찬가지로 다시 엘리베이터 앞에서 그를 만난 설은 신경질적으로 말하며 민준을 노려보았다.

"우리 같이 밥 먹는 짝꿍 아니었어?"

참 나. 설은 어이가 없었다. 누구 맘대로 짝꿍이래?

"아니에요!"

"아니야? 흐음."

고개를 비스듬히 기울이는 민준의 능청스러운 모습에 설은 아랫입술을 지그시 깨물었다. 그녀는 지극히 단조롭고 고요하던 자신의 삶에 불쑥 끼어든 이 남자가 불편했다. 게다가 오늘 아침엔 같은 팀 안 주임이 김 대리랑 무슨 사이냐며 꼬치꼬치 캐묻기도 했었다. 그리고 그것보다 그녀의 마음을 더 불편하게 하는 것은, 이 남자를 만난 이후로 잊고 지냈던 옛 기억이 문득문득 떠오른다는 것이었다.

"자꾸 그렇게 인상 쓰면 못생겨진다."

"찡그리지 마. 예쁜 얼굴 구겨지잖아."

바로 이런 것. 이렇게 민준이 아무렇지 않게 꺼내는 말들이 기억 속 숨겨놓았던 얼굴을 떠올리게 했다. 엘리베이터 문이 열리자 설이 재빨리 올라탔다. 마음 같아서는 그가 타기 전에 닫힘 버튼을 누르고 싶었는데 그러기엔 그의 행동이 무척 재빨랐다.

"대리님 이러시는 거 저 불편해요."

설이 냉랭한 목소리로 말했다. 다행히 엘리베이터 안에는 민준과 설, 두 사람뿐이라 그녀는 불편한 심정을 여과 없이 드러낼 수 있었다.

"그럼 짝꿍 말고 나랑 연애할래?"

"친구 말고, 우리 연애할래요?"

웃음기 어린 민준의 목소리에 설은 대답하기도 싫다는 듯 고개를 돌려 그를 외면했다.

"너무 날 세우고 살지 마. 인생 뭐 있다고."

엘리베이터가 1층에 멈춰 서자 빠른 걸음으로 걸어 나간 설의 곁에 민준이 보폭을 맞추며 나란히 걸었다. 설이 아무리 빨리 걸어도 그는 그녀와 일정 간격 이상 벌어지지 않았다.

"어? 설이다."

장난기 어린 민준의 목소리에 설이 무심코 고개를 들어 하늘을 보니 아마도 이 겨울의 마지막일 것 같은 함박눈이 어둠 사이로 내려오고 있었다. 순간 뭔가에 울컥한 설의 눈가가 붉게 물들었다. 설은 재빨리 눈가에 맺힌 눈물을 닦아냈다.

"……강설."

민준의 낮은 목소리에 어느새 웃음기가 사라졌다. 우는 여자는 딱 질색인데, 지금 저 여자를 안아주고 싶다는 생각이 들었다. 당황스러운 마음을 감추며 민준은 태연하게 고개를 옆으로 돌렸다.

보글보글. 큼지막한 냄비 안에 먹음직스러운 싱싱한 해물들이 가득 쌓였다. 가장 위에 얹어진 낙지 한 마리가 처연하게 몸을 배배 꼬다 이내 그 몸짓마저 잠잠해졌다. 가위를 들고 해물들을 먹기 좋은 크기로 싹둑싹둑 잘라내는 민준을 바라보며 설은 오늘도 오이 한 조각을 입에 물었다.

조금 전 민준에게 우는 모습을 보였다는 데 설은 내내 마음이 불편했다. 입안에서 바스러지는 것을 끝으로 더 이상 하얀 접시 위에 오이가 남아 있질 않자, 이번엔 그 옆에 참하게 누워 있는 당근을 집어 들었다.

"해물 먹으라고, 해물!"

민준이 인상을 팍 쓰며 은색 집게를 테이블 위로 내려놓았다. 설이 시선을 조금 아래로 내리니, 언제 담아놓았는지 한입 크기로 잘 잘라진 해물들이 뜨거운 김을 모락모락 뿜어내며 설의 접시 안에 수북이 쌓여 있었다.

"해물탕은 대리님이 드시고 싶다고 하셨잖아요."

설은 민준과 눈을 마주치지 않은 채 태연하게 대답했다.

"이걸 나 혼자 어떻게 다 먹으라고 그래?"

참 나. 어이가 없다는 듯 설은 민준을 흘겨보았다.

"그러게 누가 대자로 시키시래요?"

둘이 와서 먹는데 해물탕 대자를 주문한 민준이다. 대자면 아무리 적게 잡아도 성인 네다섯 명은 넉넉히 먹고도 남을 양이었다. 시키기는 자기 마음대로 시켜놓고 먹으라고 닦달을 하다니. 설이 입술을 삐죽거리며 채소 접시로 손을 뻗자 민준이 그녀의 손이 닿지 않게 접시를 멀리 치워 버렸다.

"해물."

인상을 쓰는 설에게 민준이 어서 먹으라는 듯 고갯짓으로 접시를 가리켰다. 못 이기는 척 설이 젓가락을 들어 해물 하나를 입에 넣자, 민준의 눈꼬리가 보일 듯 말듯 희미하게 휘어졌다.

밖으로 나오니 어느새 눈은 그쳐 있었다. 설은 차를 가지러 회사 쪽으로 걸으며 다시 고민에 빠졌다. 가는 시간이라도 달리해야 민준과 아파트 안에서 마주치지 않을 것 같은데 어떻게 해야 하나.

"집으로 갈 거지?"

설이 그런 고민을 하는 걸 알기라도 한 듯 민준이 먼저 물었다.

"……네."

"난 어디 좀 들렀다 가려고."

민준의 말에 설의 얼굴에 언뜻 안도감이 스쳤다.

"이 집은 입맛에 맞으셨어요? 맘에 안 드시면 다른 집 알려드릴 수도 있어요."

마음에 평안이 찾아오자 설은 조금 전보다 한층 여유로운 표정이 되었다.

"맛있긴 한데…… 도대체 식당을 얼마나 돌아다닌 거야? 딱 보니까 나만큼 친구도 없어 보이는구만."

"저도 여긴 오늘 처음 가봤어요."

설의 대답에 민준이 발걸음을 멈추더니 고개를 옆으로 갸우뚱 기울였다.

"혹시 어제 삼겹살집도?"

"네."

설이 고개를 끄덕이자 민준의 고개가 이번에는 반대쪽으로 다시 삐딱하게 기울어졌다.

"내가 맛있는 집 알려달라고 했던 것 같은데. 직접 먹어보지도 않고 알려주다니 너무 성의가 없는 거 아니야?"

"두 집 다 맛있었다면서요."

"응."

"그럼 됐잖아요."

"그렇긴 한데."

민준이 떨떠름한 얼굴을 했다.

"다른 데도 알려드릴게요. 같이 먹어드릴 수는 없지만."

기분이 좋아진 듯 입가에 미소를 띠운 설의 발걸음이 가벼워졌다.

"해장국집은 어디가 맛있어?"

"저기 저 골목 따라 위로 올라가면 왼쪽에 '전주 콩나물 해장국'이라고 있어요. 24시간 영업도 해요."

설이 오른쪽 위로 난 좁은 골목길을 손가락으로 가리켜 보였다.

"삼계탕집은."

어쩐지 민준의 목소리 톤이 조금 낮아졌지만 설은 눈치채지 못했다.

"두 블록 지나서 삼정 빌딩이라고 있는데 거기 2층에 있는 삼계탕집이요."

"……칼국수."

"칼국수는 저기 보이는 오피스빌딩 있죠. 거기 1층 왼쪽 코너에 있는 초록 칼국수요."

모두 설이 가보고 싶어서 알아보기만 했던 집들이었다. 하지만 설에게는 아직 혼자 식당을 찾아다닐 만한 용기가 없었다. 그래서 민준과 함께 저녁을 먹은 어제 오늘이 설도 그렇게 싫지만은 않았다.

대답을 해줬는데도 민준이 아무 말이 없자 설이 그의 눈치를 살폈다. 그러다 민준과 눈이 마주치자 설의 표정이 금세 굳어졌다.

"……그래서 내일은."

"네?"

민준의 표정이 이상한 것 같다는 느낌은 다행히 설의 기우였나 보다. 민준이 한쪽 입꼬리를 위로 천천히 끌어올리며 물었다.

"내일은 어디서 먹는 건데."

"아니요, 이제 저는 그냥 알려드리기만 할 거예요. 내일부터는 대리님 혼자 알아서 드세요."

설이 고개를 절레절레 흔들었다.

"좋아. 칼국수 먹지 그럼. 대신 칼국수는 강 주임이 사."

"전 이제 알려만 드린다니까요?"

설은 황당하다는 듯 그를 보았다. 이 사람은 도대체 사람 말을 어떻게 듣는 거야?

"사기 싫어?"

"아니, 사기 싫다는 게 아니라요."

그의 물음에 열심히 대답을 하다 보니 어느새 회사 주차장 안이었다.

"내일 봐, 그럼."

삐빅 민준은 빙글 몸을 돌려 냉큼 차에 오르더니 그대로 설의 눈앞에서 사라져 버렸다.

"……참 나."

어처구니없다는 얼굴로 멀어지는 차를 지켜보던 설도 차에 올라 시동을 걸었다. 설의 자동차가 지하 주차장을 빠져나와 도로에 진입하고, 잠시 후 그녀의 뒤로 밖에서 기다리고 있던 민준의 차가 따라붙었다.

잠시 후 설이 아파트 현관에 섰을 때였다.

"여기서 뭐 해?"

갑자기 등 뒤에서 들리는 민준의 목소리에 깜짝 놀란 설이 얼른 뒤를 돌아보았다. 민준이 고개를 비스듬히 기울인 채 의아하다는 얼굴을 하고 서 있었다.

"……아."

설은 너무 놀란 나머지 저도 모르게 입을 벙긋거렸다.

"여기 살아?"

"……"

"우리 집 앞 동이네? 근데 거짓말한 거구나? 일.부.러."

그런데 너무 당황해 할 말을 잊은 설과 달리 민준은 화가 났다기보다 이 상황이 꽤나 즐거운 것처럼 보였다.

"모레는 삼계탕이 좋겠어. 잊지 마, 강 주임."

볼일이 끝났다는 듯 발걸음도 가볍게 성큼성큼 멀어져 가는 민준의 뒷모습을 바라보던 설은 뒤늦게 인상을 찌푸렸다.

'아니, 자기 할 말만 하고 가면 다야? 왜 내 말은 듣지도 않아? 도대체 내 스케줄을 왜 자꾸 맘대로 정하는 건데?'

생각이 거기에 미치자 분한 마음에 설이 그를 쫓아가려 했다. 하지만 어찌나 걸음이 빠른지 민준은 벌써 보이질 않았다.

✤

[아니, 왜 자기가 하고 싶은 말만 해? 대리가 뭐라고? 그래봤자 나보다 회사에도 늦게 들어왔으면서?]

분해 어쩔 줄 몰라 하는 설의 목소리가 스피커를 통해 생생하게 흘러나왔다.

"너도 네가 하고 싶은 말 해, 그럼."

민준이 정수기 앞에 서서 태연하게 버튼을 누르며 설의 목소리에 대꾸하듯 말했다. 정수기 앞에 놓인 하얀 머그컵에 차가운 물이 차오르기 시작했다.

[되게 이상한 사람이야, 진짜!]

"네가 더 이상해, 강설."

민준이 퉁명스러운 말투로 대꾸했다.

[……이상하게 생각하지는 않았겠지?]

전보다 조심스러워진 설의 목소리에 민준이 흘끔 거실 방향을 쳐다보았다.

[하아. 씻어야겠다. 달이 떴을까?]

설마. 민준은 황급히 베란다로 향했다. 맞은편 건물 중간에서 블라우스 단추를 풀며 베란다로 나오는 설의 모습이 보였다.

[달 예쁘다.]

설이 고개를 들어 깜깜한 밤하늘을 잠시 올려다보더니 몸을 돌렸다.

따르르르르— 막 욕실로 들어서던 설은 탁자 위에서 요란하게 울리는 핸드폰 때문에 멈춰 섰다.

"여보세요."

[안녕, 이웃사촌?]

또 김민준 대리이다.

"또 왜요."

불퉁한 설의 목소리에 짜증이 섞였다.

[보여주려면 다 보여주든가. 사람 감질나게.]

"갑자기 그게 무슨 소리예요?"

설의 눈이 휘둥그레 커졌다. 설은 휙휙 주위를 두리번거리더니 얼른 다시 핸드폰에 귀를 가져다 댔다.

[뭘 두리번거려? 거기 누가 있다고.]

설은 설마 하는 생각에 베란다 쪽으로 다가갔다. 주위를 살피던 중, 처음 이사 왔을 때부터 참 가깝다 싶었던 앞 동 건물에서 낯익은 실루엣 하나가 보였다. 설은 그대로 얼음이 되어 굳어졌다.

[흰색 좋아하나 봐?]

멍하니 위를 올려다보던 설은 민준의 목소리에 그제야 정신이 번쩍 들었다. 급히 고개를 숙여 아래를 내려다보니 블라우스 사이로 속옷이 훤히 보였다.

　설은 재빨리 블라우스 앞을 여미며 설이 민준 쪽을 사납게 노려보았다.

　[고마운 줄 알아.]

　씩씩거리는 설을 잠깐 쳐다보던 그가 곧 그녀의 시야에서 사라졌다. 설은 안으로 들어오자마자 작은 틈 하나 보이지 않도록 커튼을 꼭꼭 여미었다. 오늘이 처음이 아닐지도 모른다는 생각이 들자 바짝 약이 올랐다. 하지만 오늘은 그가 자신을 생각해 경고를 해준 건 확실하니 무턱대고 욕을 할 수만도 없었다.

　"그렇다고 그걸 어떻게 대놓고 말할 수가 있어? 도대체 나를 며칠이나 지켜본 거야? 내가 여기 살고 있던 것도 이미 알고 있던 거 아니야?"

　생각하면 할수록 창피해 설은 발을 동동 굴렀다. 그녀의 목소리가 다른 곳에서도 똑같이 울리고 있다는 건 까마득히 모른 채 말이다.

　"안녕, 이웃사촌?"

　이른 아침, 설의 자동차에 기대 서서 기다리고 있던 민준은 설을 발견하자 반가운 듯 오른손을 들어 보였다. 하지만 설은 그를 무시한 채 쌩하니 지나쳤다. 설이 운전석에 오름과 동시에 민준도 조수석에 올라탔다.

　"지금 뭐 하시는 거예요?"

　설은 어이가 없다는 듯 민준을 쳐다보았다.

　"카풀."

"누구 맘대로 카풀을 해요? 전 불편한 거 싫어한다니까요?"

설은 지난밤에 있었던 일에 대해, 민준에게 도대체 언제부터 우리 집을, 아니 어디까지 봤냐고 물으려다가 괜히 그 기억을 다시 한 번 상기시키고 싶진 않아 포기했다.

"출퇴근은 강 주임 차로, 저녁은 내가 사주고. 괜찮잖아."

얼핏 듣기엔 괜찮은 제안 같지만 설은 이번에는 절대 넘어가지 않겠다고 다짐했다.

"전 안 괜찮아요."

설이 단호한 어조로 말했지만 그는 들은 척도 안 했다.

"어제는 잘 잤어?"

또 이렇게 자기가 하고 싶은 말만 하는 남자를 설은 매섭게 노려보았다.

어젯밤 설은 침대에 눕자마자 금방 잠이 들었다. 분한 마음에 씩씩거리다 보니 언제 잠이 들었는지도 모를 정도였다. 그리고 모처럼 나쁜 꿈도 꾸지 않고 편안히 잤다.

"덕분에요."

'이것도 덕분이라면 덕분이겠지.'

설이 시큰둥하게 대답했다. 그제는 그가 들려준 음악을 들으며 푹 잘 수 있었다. 그리고 어제는 언제 잠들었는지도 모르게 아침이 밝아왔다. 둘 다 민준이 원인이라는 공통점이 있었다. 민준이 좋든 싫든 그 덕분에 숙면을 취할 수 있었던 건 사실이었다.

"다행이네."

어젯밤 잠이 든 설의 고른 숨소리가 들려오기 시작하고 한참이 지나서야 민준은 침실로 들어갔었다. 민준이 슬쩍 미소를 지으며 안전벨트를 매자 설은 졌다는 듯 고개를 흔들며 운전을 시작했다.

설과 민준은 나란히 9층 사무실 안으로 들어섰다. 이른 아침부터 몇몇 직원들이 부산하게 왔다 갔다 하는 모습이 보였다.

"일찍 나오셨네요?"

설은 의아한 얼굴을 했다. 평소라면 느긋하게 커피 한 잔씩 들고 이제야 들어오기 시작할 사람들이 저보다 먼저 와서 발을 동동 구르는 모습이 낯설었다.

"말시키지 마요, 죽겠으니까. 좀 있음 팀장님 출근하실 텐데. 하아."

설과 같은 마케팅팀 대리가 울상을 지으며 어쩔 줄 몰라 동동거렸다. 오늘 오전에 있을 회의에 회장님 이하 임원진들 앞에서 마케팅팀 팀장님의 보고가 있을 예정이었다. 일부러 이천 개의 퍼즐 조각으로 신규로 런칭할 제품 이미지 샷을 만들어 어제 오후에 업체로부터 완성본을 넘겨받았었다.

그런데 어제 오후까지만 해도 한 조각도 빠짐없이 완성되어 있던 퍼즐이 무슨 이유에서인지 반만 남은 채로 테이블 위에 덩그러니 모여 있었다. 분명 어제 유약을 발라 액자에 넣을 거라고 했었는데 대체 그 사이에 무슨 일이 있었던 건가 싶었다.

"이걸 어떻게 다 맞춰! 이제 삼십분밖에 안 남았는데!"

직원들이 손에 퍼즐 조각을 쥐고 이리저리 판에 대고 맞춰보았지만 삼십 분밖에 남지 않았다는 압박감에 우왕좌왕하느라 퍼즐 조각들은 줄어들 기미도 보이지 않았다.

관심 없다는 듯 냉큼 해외사업부로 발길을 돌리는 민준과 달리, 설은 자신이 몸담고 있는 팀의 문제이기 때문에 마음이 편하질 않았다. 설은 손에 든 퍼즐 조각을 살피더니 천천히 판 위에 올려놓았다.

설은 이 이미지 사진을 본 적이 있다. 그리고 설은 한 번 본 건 절대 잊지 않는다. 하나하나 조각을 살피고 판 위에 올려놓는 설의 움직임은 단 한 번도 머뭇거리거나 멈추는 적이 없었다. 십여 분이 흐르고, 어느새 퍼즐은 하나의 그림으로 완성되었다. 완성본을 바라보는 설의 얼굴에 뿌듯한 미소가 떠올랐다.

하지만 뿌듯한 마음도 잠시, 설의 표정이 금세 어색하게 굳어졌다. 같은 팀 동료들이 할 말을 잃고 멍한 얼굴로 그녀를 바라보고 있기 때문이었다. 꽤 친한 편이라고 생각했던 안 주임마저 놀란 얼굴을 하는 데에 설은 실수했다는 생각과 함께 머릿속이 하얗게 비워졌다.

"……스타킹 내보내야겠네."

설의 등 뒤에서 민준의 나지막한 목소리가 들렸다.

여섯 살 때의 일이었다. 햇살이 환히 들어오는 거실에서 외할아버지와 아버지가 바둑판을 사이에 두고 앉아 있었다. 집 앞마당에서 강아지와 놀던 조국이 금세 무료해져 집 안으로 쪼르르 달려 들어왔다.

"할아버지, 나 심심해요."

조국이 할아버지의 앞으로 뛰어들어 놀아달라는 듯 그의 셔츠 자락을 붙잡고 매달렸다. 밖에 나가 같이 놀아달라는 게 아니라 할아버지 방으로 함께 가고 싶다는 뜻이었다. 할아버지 이인호 박사의 서재는 조국이 가장 좋아하는 놀이터이기 때문이었다.

"강조국, 조금만 기다려. 할아버지가 거의 다 이겼다."

사람 좋은 웃음을 지으며 이인호 박사가 조국을 한쪽 무릎 위에 앉혔다.

"할아버지가 질 것 같아요."

바둑판을 힐끗 쳐다본 조국이 고사리 같은 두 손을 앙증맞게 모은 뒤 소리가 새어 나갈까 봐 이인호 박사의 한쪽 귀에 대고 소곤거렸다. 그런 조국이 귀여워 박사의 얼굴에 절로 함박웃음이 떠올랐다. 하지만 그 모습이 불만스러운 듯 강현석 변호사가 짐짓 서운한 표정을 지으며 딸을 불렀다.

"강조국, 아빠 서운해. 아빠 딸인데 이렇게 할아버지 편만 들기야?"

헤헤. 조국이 배시시 웃으며 이인호 박사의 무릎에서 내려오더니 아빠에게 가기 위해 서둘러 몸을 움직였다. 그 순간 우당탕 작은 소음들과 함께 바둑판이 거실 바닥으로 떨어져 내렸다. 바닥에 흩어진 하얗고 검은 돌들에 이인호 박사와 강 변호사의 얼굴에 아쉬운 기색이 스쳤다. 조국이 당황한 얼굴로 카펫 위에 무릎을 꿇고 앉더니 서둘러 까만 돌과 하얀 돌을 집어 바둑판 위에 올려놓기 시작했다.

"아냐, 조국아. 아빠가 정리할게."

"그래, 조국아. 이 할애비가 할 테……."

순간 이인호 박사와 강 변호사는 말문이 막혀 버렸다. 조국은 바둑판 위에 그냥 바둑돌을 올려놓는 게 아니라 조금 전 빼곡하게 차 있던 바둑판을 정확히 복기해 내고 있었다. 그리고 그 완벽한 복기까지는 채 몇 분도 걸리지 않았다.

"이제 아까랑 똑같아요. 근데 어차피 다섯 번만 더 움직이면 할아버지가 질 거야."

조국은 뿌듯한 얼굴로 할아버지와 아빠의 얼굴을 번갈아 쳐다보았다.

조국이 영특하다는 건 부모인 강현석 변호사도 잘 알고 있는 사실이었다. 조국은 한글 글자의 조합 원리를 스스로 터득해 두 돌이 되기 전에 이미 글을 줄줄 읽었고, 한 번 가르쳐 준 사실은 절대 잊지 않았다. 특이한 방법으로 혼자 수학 공식을 만들어서 문제를 풀거나 대학 전공생들도 읽기 어려운 두꺼운 책들을 붙들고 읽고 있을 때에도, 워낙에 똑똑한 부모의 유전자를 물려받아서 저러겠거니 했었다. 아니, 그러기를 바랐다. 다른 사람들보다 많이 뛰어나다는 이유로 여러 차례 생사의 고비를 넘겨야 했던 장인어른을 생각하면 조국의 이런 남다름을 부모로서 마냥 기뻐할 수만은 없기 때문이었다.

하지만 조국을 특별하게 생각했던 이인호 박사는 일부러 딸의 집 근처로 이사를 왔다. 그리고 그때부터 조국은 유치원을 다녀온 후에 혹은 유치원을 종종 빼먹으며 할아버지의 집을 들락거렸다. 정확히 말하자면 할아버지의 서재를 말이다. 이인호 박사가 두꺼운 책을 산더미처럼 쌓아놓고 무언가 골똘히 생각할 때면, 조국은 그중 아무 책이나 한 권 골라 할아버지의 흉내라도 내는 양 곁에서 태연하게 책을 읽곤 했었다. 하지만 그게 흉내라고만 하기에 조국의 눈빛은 지나치게 영롱하게 반짝였다.

허공에서 부딪친 이인호 박사와 강현석 변호사의 눈빛이 진지해졌다.

"우리 조국, 이리와 봐."

이인호 박사가 팔을 벌리자 조국이 얼른 다가가 할아버지의 품에 덥석 안겼다. 박사가 조국을 품에 안고 눈을 감았다. '조국'이란 이름은 태어날 아이가 사내애건 여자애건 상관없이 꼭 지어주고 싶었던 이름이었다. 많은 사람의 관심을 받으며 지냈던 미국에서의 교수 생활 중, 날이 갈수록 나라에 대한 그리움과 애틋함이 커져 갔다. 이제는 자신의 재능을 다른 나라 땅이 아니라 조국에서 펼쳐야겠다는 확신이 들자, 이인호 박사는 주변의 간곡한 만류에도 불구하고 미련 없이 미국 생활을 접고 한국으로 돌아왔다. 그리고 외손녀 조국을 만났고, 과기대의 교수를 역임하며 연구에만 매진하였다.

"우리 조국 참 똑똑하네. 할아버지가 너무 놀랐어."

이인호 박사가 조국과 눈을 마주치며 부드럽게 미소 짓자, 아버지와 할아버지의 눈치를 살피며 주눅이 들어 있던 조국의 얼굴에 환한 미소가 떠올랐다. 유치원 햇님반 선생님은 조국이 잔뜩 어질러진 책들을 원래 있던 대로 꽂았을 때 잘했다고 칭찬해 주지 않았고 오히려 해괴한 것을 본다는 표정을 했었다.

"우리 조국이, 할아버지랑 놀고 싶어?"

"네!"

조국이 힘차게 고개를 끄덕였다. 할아버지의 서재에 들어가면 늘 가슴이 두근거렸다. 도서관에서는 볼 수 없는 책들이 할아버지의 방 벽을 가득 채우고 있기 때문이었다.

이인호 박사가 조국의 손을 잡고 서재로 향했다. 조국은 신이 나 할아버지의 손에 매달려 깡충깡충 뛰었다.

"아이가 너무 많이 뛰어난 거 같아요. 아니, 사실 뛰어나다기보다 조금 무섭다는 생각이……."

며칠 전 유치원에 조국을 데리러 갔을 때 들었던 선생님의 말이 떠오르자 강현석 변호사의 얼굴에 수심이 깊어졌다.

⚜

다행인지 불행인지 설을 스타킹 프로그램에 내보내자는 민준의 말에 잠시 이상해졌던 공기가 와르르 흩어지면서 사람들이 한꺼번에 웃음을 터뜨렸다.

"와, 덕분에 살았어. 강 주임."

"진짜 TV에 나가야 되는 거 아냐?"

어쨌든 회의 전까지 퍼즐을 완성했다는 데에 가슴을 쓸어내린 사람들이 그제야 설을 향해 여유 있는 농담을 던졌다. 설이 어색한 웃음을 짓더니 얼른 뒤돌아 그녀의 자리로 돌아가 앉았다.

"이봐, 스타킹."

무시하자. 설은 노트북 화면을 바라보며 의미 없이 마우스를 움직였다. 오늘따라 부팅되는 속도가 더디게만 느껴졌다.

"너무하네, 이웃사촌."

어쩐지 민준의 목소리가 지나치게 가까이에서 들린다 싶더니, 그의 얼굴이 바짝 다가와 있었다. 파티션에 두 팔꿈치를 가볍게 기대어 짚은 민준이 설을 내려다보았다.

"내가 어젯밤 아주. 중요한 사실도 알려줬는데."

"무슨 중요한 사실이요? 저도 알려줘요, 대리님."

안 주임이 앉은 채로 바퀴 의자의 다리를 굴려 쪼르르 설의 옆에 다가왔다.

"난 입이 무거운 사람이라."

민준이 어깨를 으쓱였다.

"두 사람만 너무 친한 거 아니에요? 저도 좀 껴줘요, 대리님."

안 주임이 쌩긋 웃으며 민준을 올려다보았다. 짧은 단발머리가 그녀의 귀밑에서 한 치의 흐트러짐도 없이 안으로 곱게 말려 있었다.

"미안. 난 홀수로는 안 놀아."

"왜요?"

"부족하거나 남거나, 홀수는 외롭거든."

순간 안 주임의 얼굴에 짜증이 서렸다. 안 주임이 다시 제자리로 돌아가고, 민준은 그 자세 그대로 설의 얼굴을 대놓고 빤히 쳐다보기 시작했다.

"내일 연차 냈다며."

"별걸 다 아시네요."

설이 모니터 화면에 시선을 고정한 채 무미건조하게 대답했다. 내일은 여의도 국회의사당에서 강현석 대통령 당선인의 대통령 취임식이 열리는 날이다. 설은 아빠의 취임식을 멀리서라도 보기 위해 연차를 냈다. 영애의 참석을 알고 있었기에 민준 역시 취임식 참석 티켓을 미리 확보해 놓았다.

"나도 연차 냈거든, 내일."

"대리님은 왜요?"

"왜라니? 내일 새 대통령 취임하는 날이잖아. 대한민국 국민으로서 당연히 가봐야지."

마우스 위에 올린 설의 오른손이 움찔거렸다. 설마, 내일 그곳에서 마주치지는 않겠지. 사람들이 얼마나 많은데.

"그런 일로 연차까지 내다니 대단하시네요."

"걸그룹도 온다고 하고."

설은 저도 모르게 힐끗 시선을 올려 민준을 보았다가 다시 모니터 화면을 바라보았다. 그녀의 입에서 바람 빠지는 듯한 웃음소리가 나왔다.

"그렇다고 걸그룹 보러 간다는 건 아니야."

그냥 해본 말이었는데 설이 자신을 너무 한심하게 여기는 것 같아 민준이 서둘러 말을 덧붙였다. 농담도 다큐로 받나, 이 아가씨는. 민준이 인상을 찌푸렸다.

"일하러 안 가세요?"

"강 주임 차 안에 뭘 떨어뜨린 것 같아서. 가서 찾아보게 차 키 좀 줘."

"진짜예요?"

"진짜지, 그럼."

설은 의심스러운 눈초리로 민준을 바라보다가, 이내 가방에서 차 키를 꺼냈다.

"지하 2층, 엘리베이터 기준 왼쪽 2열 28번째에 있어요. 기억하죠?"

"……아. 그렇군."

민준이 한 박자 늦게 대답하며 설에게서 차 키를 받아 들었다. 이 회사 사옥 지하 주차장엔 여느 백화점 주차장이나 마트 주차장과 달리 기둥에 번호 표시가 되어 있지 않았다. 때문에 그도 차 위치가 대충 어딘지는 알고 있었지만 정확히 몇 번째 자리에 있는 것까지는 알지 못했다. 그가 의구심이 서린 눈빛으로 바라보는 것도 모른 채 설은 다시 일에 몰두했다.

퇴근 시간이 되자 설은 의자를 뒤로 밀며 일어섰다. 민준이 찾기 전에 슬그머니 퇴근을 할 생각이었다. 설은 코트와 가방을 손에 든 채 살금살금 사무실 통로를 스쳐 지나갔다. 9층 출입 유리문을 열고 밖으로 나오자 안심이 된 설이 그제야 한숨을 내쉬며 허리를 곧게 펴고 또각또각 엘리베이터 앞에 다가가 섰다. 그때, 막 엘리베이터 버튼을 누르려던 설의 오른쪽 옆에서 쑤욱 기다란 팔 하나가 뻗어 나왔다. 길쭉한 손가락이 역삼각형 모양 버튼을 꾹 눌렀다. 상큼한 시트러스 향이 스치듯 설의 코끝을 휘감다 사라졌다.

"배신자."

돌아보지 않아도 누군지 알 수 있었다. 엘리베이터 문이 열리자 설은 얼른 안으로 들어갔다.

빙글 뒤돌아 선 설의 눈앞에 민준이 의기양양한 표정을 짓고 서 있었다. 민준은 오른손에 쥔 무언가를 보란 듯이 살짝 흔들어 보였다.

설의 눈이 커다래졌다. 내 자동차 키! 엘리베이터 문이 닫히려 하자 설이 얼른 열림 버튼을 눌렀다.

"차 키 주세요."

설이 오른손으로 열림 버튼을 누른 채로 서서, 민준에게 왼손을 내밀었다.

"하는 거 봐서."

민준이 엘리베이터 안으로 들어서자 설이 반사적으로 한 걸음 뒤로 물러났고, 엘리베이터 문이 자동으로 스르르 닫혔다.

"하는 걸 보긴 뭘 봐요, 내 건데! 얼른 이리 내요."

"오늘은 칼국수 말고 동네 근처에서 술이나 한잔하자고, 이웃사촌끼리."

민준은 태연히 설의 차 키를 자신의 코트 주머니 속으로 쏙 집어넣었다.

"전 술 안 좋아해요."

설이 민준을 향해 여전히 손을 내민 채 인상을 찡그렸다.

"나도 그렇게 좋아하진 않아. 그래도 오늘은 좀 마셔야겠어."

띵, 소리와 함께 엘리베이터 문이 열렸다. 지하 2층이었다. 먼저 밖으로 나간 민준의 뒤를 설이 얼른 뒤따르더니 얼른 그의 앞을 가로막고 섰다.

"얼른 달라구요, 내 키!"

민준이 분해 어쩔 줄 모르는 설의 얼굴을 말없이 내려다보았다.

'강설. 내가 당신에 대해 모르고 있는 게 도대체 뭘까.'

"……알았어요. 같이 갈 테니까 차 키 얼른 이리 줘요."

"……."

'내가 왜 당신 곁에 있는 거지.'

"내 말 안 들려요?"

민준이 주머니 속에서 손을 빼내더니 차 키를 설에게 건네주었다. 휙 낚아채듯 그것을 받아 든 설이 곧장 자동차를 향해 걸어갔다. 짜증 섞인 얼굴로 차에 오른 설은 뒤늦게 뭔가를 발견했다.

"……이게 뭐예요?"

시동을 걸려다 보니 못 보던 장식 하나가 키 홀더에 매달려 있었다. 자세히 보니 작은 USB였다.

"잠 안 올 때 들으면 좋은 음악들. 내 맘대로 고른 거니까 취향 타도 어쩔 수 없고."

아까 민준이 자신에게 키를 달라고 했던 이유를 알게 된 설은 아무 말 없이 시동을 걸었다. 차 안 공기가 갑자기 후덥지근한 것 같아 설은 운전석 쪽 창문을 조금 내렸다. 밖으로 나가자 찬 공기가 차 안으로 밀려 들어와 발그레해진 뺨의 열기를 천천히 식혀주었다.

아파트에 도착해 차를 주차하고 난 뒤 두 사람은 가까운 상가 건물을 향해 걷기 시작했다. 왠지 어색한 기분에 설은 괜스레 주위를 두리번거렸다. 생각해 보면 민준은 이렇게 함께 걸을 때 항상 자신이 차도 쪽으로 서서 걸었다. 그리고 무의식적인 행동인지는 몰라도 자신이 다른 사람들과 부딪칠 것 같다 싶을 때는 어깨를 붙잡고 가볍게 끌어당겨 지나가는 사람들과 부딪히지 않게 해주었다. 그것이 설은 조금 불편하고 어색했지만 싫지는 않았다. 사실은 그때마다 심장이 조금 두근거렸다.

"그래도 저녁은 먹어야겠지?"

민준이 힐끗 설을 바라보았다.

"전 괜찮아요. 술 하고 같이 먹어도 괜찮고."

"술 안 마신다며."

"맥주 두 잔까지는 괜찮아요."

어쩐지 조금 민망해진 설이 뽀로통한 얼굴로 말했다.

"보통은 맥주 한 잔이라고 말하지 않나?"

맥주 두 잔은 괜찮다니 의외의 대답에 민준은 속으로 큭큭 웃었다. 재밌네, 이 여자.

"그게 제 주량이니까요."

"아. 그래?"

설이 고개를 끄덕이자 민준이 속으로 큭 웃음을 터뜨렸다. 진지하게 대답하는 그녀를 보니 세 잔을 먹이면 어떻게 될지 궁금해졌다.

"그럼 식사도 같이 해결할 수 있는 곳으로 추천해 봐."

저만치 앞에 높은 상가 건물들이 하나둘씩 시야에 들어오기 시작하자, 민준이 고갯짓을 했다. 설은 눈동자를 데구루루 굴리며 곰곰이 생각하기 시작했다.

"저기 5층짜리 건물 보이죠? 거기 1층에 치킨집 있어요. 되게 바삭한 후라이드 치킨집이래요."

"'예요'가 아니라 '래요'라니. 거기도 풍월로 주워들은 곳이야?"

"오늘 가서 먹어보면 알겠죠. 안 그래도 맛이 좀 궁금하긴 했거든요."

"치킨 좋아해?"

"네. 근데 후라이드만. 겉이 바삭한 걸 좋아해요."

민준은 지금 설이 꼭 십대 소녀 같다는 생각이 들었다. 설은 가끔 이렇게 기분 좋은 미소를 짓곤 했는데, 그 짧은 미소는 민준에게 잔잔한 여운을 남겼다.

"그럼 오늘은 같이 마셔주는 거지?"

"……뭐, 맥주니까 괜찮겠죠."

설은 말끝을 희미하게 흐렸지만, 부정적인 뉘앙스는 아니었다. 다른 사람과 함께 식사를 하고 저녁 시간을 보내는 게 얼마 만인지 모른다. 의식적으로 사람들과 어울리지 않으려 했던 시간들이 무색하게, 설은 만난 지 얼마 안 되는 김민준이라는 사람에게 너무 많은 모습을 보여주고 있었다. 사실은 그보다도 자신이 이 시간을 더 즐기고 있는 건지도 모르겠다.

"기억력이 좋은가 봐? 아니면, 아이큐가 높다고 해야 하나?"

민준이 맥주의 하얀 거품이 부드럽게 덮인 묵직한 유리잔을 들었다. 꿀꺽 목울대가 한 번 움직이는가 싶더니 내려놓는 잔은 벌써 3분의 1이 비어 있었다.

"뭐, 그런 편이에요."

바삭한 튀김옷을 입은 치킨을 꿀꺽 삼킨 설이 고개를 끄덕였다. 역시 맛있는 집이 맞았다. 설은 만족스러운 표정으로 맥주잔을 들어 한 모금을 홀짝거렸다.

"강 주임은 지금 하는 일이 적성에 맞아?"

"적성이 뭐 따로 있나요. 전 마음에 들어요, 지금 일."

민준이 고개를 비스듬히 옆으로 돌리더니 직원과 눈이 마주치자 빈 맥주잔을 들어 보였다.

"전공이 원자력공학이던데, 보통은 전공과 관련된 일을 하지 않나?

특히 K대는 더욱 그렇고."

과학 인재들이 모인 K대 출신이 전공과는 전혀 상관없는 회사에 다니고 있다는 건 사실 믿기 힘든 일이었다.

"……내가 원자력공학 전공한 건 어떻게 알았어요?"

설은 양손에 쥔 포크를 움직이는 것을 멈추더니 경계하는 눈빛으로 민준을 바라보았다.

"총무팀에 물어봤어. 거기 여직원이 상당히 친절하더라고."

"아…… 그랬군요. 그런데 그런 거 함부로 알려주면 안 되는데."

아주 잠깐 들었던 경계심과 의심을 지우고 설은 고개를 끄덕거리며 잘게 찢은 치킨 조각을 입에 넣었다.

그런 걸 왜 물어봤냐고 따져 묻고 싶지 않았다. 지금은 그냥 이렇게 맥주를 마시고 바삭한 치킨을 먹는 것에만 집중하고 싶었다. 아침에, 퍼즐을 맞춘 설을 직장 동료들은 처음에 다들 이상하다는 얼굴로 쳐다보았지만, 민준만은 그러지 않았다. 그리고 지금까지 설의 그런 모습을 보고도 이상하지 않다고 말해준 사람은 외할아버지와 부모님뿐이었다.

설이 맥주 한 잔을 깨끗이 비워내자 민준이 픽, 입꼬리를 끌어 올리며 웃었다. 그는 저만치 앞에 서 있던 직원과 눈이 마주치자 이리 오라는 듯 고개를 가볍게 끄덕였다.

"오백 한 잔 더 주세요."

민준이 설의 빈 잔을 직원에게 내밀었다. 설은 어깨를 으쓱하더니 또다시 포크로 치킨 조각을 하나 쿡 찍어 입에 넣고 오물거렸다.

"잘 먹네? 치킨도 잘 먹고, 맥주도 잘 마시고."

"두 잔까지만 마실 거예요. 더 마시면 취하거든요."

두 잔이나 세 잔이나 민준의 입장에선 그게 그거였지만 설은 아닌 모양이었다. 정색을 하며 말하는 모양새가 제법 귀여웠다.

'두 잔 이상을 마시면 혹시 우나? 아니면 잠들려나? 그도 아니면 요술봉을 휘두르며 변신이라도 하려나.'

생각하다 보니 그게 뭐가 중요하다고 궁금해하는 자신이 우스웠다.

"좀 취하면 어때. 내일 월차도 냈는데."

"내일 취임식에 늦으면 안 되니까요."

테이블에 차가운 물방울이 송알송알 맺힌 맥주잔이 놓이자 설은 직원을 향해 고맙다는 듯 고개를 끄덕였다.

"내일 강 주임도 대통령 취임식에 가는 거였어?"

역시 술은 백해무익하구나, 라는 생각이 순간 설의 머리를 빠르게 스치고 지나갔다. 민준의 길게 뻗은 눈꼬리 끝에 즐거운 웃음이 매달린 것처럼 보이는 건, 내 착각인 걸까.

"……네. 맞아요."

아무리 이리저리 머리를 굴려보아도 마땅한 대답이 떠오르지 않자 설은 그냥 솔직하게 대답하기로 했다. 민준이 이제 뭐라고 할지 왠지 알 것 같았다.

"같이 가면 되겠네."

"그러죠, 뭐."

설이 순순히 대답하자 민준은 의외라는 듯 한쪽 눈을 살짝 찡그렸다. 내일 우연한 만남을 어떻게 가장할 것인가 고민할 필요도 없이 아주 간단하게 문제가 해결되었다. 술 한잔하면서 설을 떠보려고 했는데 내일 동행하는 문제까지 해결되다니, 이런 걸 일거양득이라고 하나.

"차는 못 가지고 갈 거야. 오늘 밤부터 교통 통제 들어갈 테니까."

"알아요. 안 그래도 근처까지 버스를 타려고 했어요."

"그런데 강 주임은 이런 맛집들은 다 어떻게 아는 거야? 와보지도 않고서."

다시 대화 주제가 바뀌었다.

"음. 이런저런 정보들을 모아서 통계를 내는 거예요."

"통계라니, 무슨 통계?"

별거 아니라는 듯, 그냥 묻는 것처럼 하고서 민준의 신경은 온통 설의 대답에 쏠려 있었다.

"주위 사람들의 평이요. 사람들이 말하는 걸 차곡차곡 모아놓았다가 머릿속에서 지역별로, 그리고 종류별로 분류해 놓는 거죠. 어디는 뭐가 맛있고, 또 어디는 뭐가 맛있고. 데이터를 누적해서 평점을 매겨 놓는 거예요. 별거 아니에요."

"……별거 아니네, 진짜."

피식 웃으며 눈을 내리깐 민준이 남은 맥주를 한꺼번에 들이켰다. 내일 취임식이 끝나는 대로 국장님을 찾아가야겠다는 생각을 하면서.

민준이 맥주잔을 테이블 위로 내려놓았다. 이만 갈까? 라는 말을 막 꺼내려는 순간 설의 오른손이 번쩍 위로 들렸다. 까만 앞치마를 두른 직원이 다가오자 설의 두 눈이 기쁘게 반짝였다.

"여기 오백 한 잔 더 주세요!"

딱 두 잔까지만 마시겠다던 설이 직원을 향해 씩씩하게 외쳤다. 그에 민준이 빤히 쳐다보자 설은 말끝을 흐리며 아쉬운 표정을 지었다.

"……아. 그냥 갈까요?"

"……아냐. 나도 막 시키려던 참이야."

'진짜 요술봉이라도 휘두르려나.'

민준이 속으로 웃으며 빈 잔을 높이 들었다.

"여기 오백 두 잔 주십시오."

직원이 고개를 끄덕이며 빈 맥주잔을 들고 사라졌다. 민준이 이제

껏 입고 있던 코트 단추를 풀고 옷을 벗어 옆자리에 걸쳐 놓았다. 한결 옷차림이 가벼워진 민준이 때마침 새로 나온 맥주잔을 한 손으로 집었다.

"건배해야지?"

술기운이 오르는지 발그레한 얼굴로 맥주잔을 꼭 움켜쥔 설을 향해 민준이 슬쩍 웃음을 흘렸다. 제 주량을 넘긴 설이 어떻게 행동할지 곧 의문이 풀릴 터였다.

"너! 왜 기울어져 있는 거야? 너만 지금 똑바로 안 서 있다고!"

집으로 돌아가는 길. 설이 길을 가다 갑자기 멈춰 서더니 양쪽 허리에 손을 얹고 가로수를 향해 대뜸 호통을 치기 시작했다. 그것까진 괜찮은데 문제는 이 나무가 그녀의 호통을 들은 첫 번째 나무가 아니라는 사실과 앞으로도 집에 도착할 때까지 꽤 많은 나무가 남아 있다는 사실이었다. 조금 전 지나친 나무는 설이 '안녕, 친구야'라고 인사를 했는데 대답을 하지 않았다는 이유로 설에게 꾸지람을 들었다.

설의 뒤에서 민준이 어이가 없다는 듯 고개를 절레절레 흔들었다.

'이것도 변신이라면 변신인 건지.'

"봐봐. 너만 3도가 기울어져 있잖아. 다른 친구들은 다 똑바로 서 있는데 말이야."

"……"

"그래도 괜찮아. 남들과 다른 건 틀린 게 아니라고 할아버지가 그러셨어."

갑자기 설이 가로수를 두 팔로 껴안더니 토닥토닥 달래듯 쓰다듬기 시작했다.

"대화 끝났으면 이제 그만 가던 길 가지."

민준이 둥그런 나무 몸통을 껴안고 뺨을 기대고 있는 설의 가까이에 얼굴을 바짝 가져다 대며 말했다. 민준의 얼굴을 가까이에서 본 설이 눈을 느릿느릿 감았다 떴다.

"……넌 누구야?"

그리고 조그맣게 입술을 움직였다.

'이것도 술주정인가.'

아리송한 얼굴을 하던 민준이 갑자기 눈을 부릅떴다.

"난 나무 아니야, 강설."

갑자기 민준이 정색을 했다.

'이게 사람을 뭘로 보고.'

"그럼 넌 누구야?"

설이 빙글 몸을 돌려 나무에 등을 기대고 서더니, 민준을 물끄러미 바라보며 속삭이듯 물었다.

"김민준이야. 너한테 관심 있는 사람."

민준이 팔짱을 낀 채 고개를 비스듬히 옆으로 기울였다.

"너도 나랑 친구 하고 싶어?"

"아니, 나는 너랑 연애하고 싶어."

설의 눈이 천천히 감겼다 떠졌다. 흐려져 있던 정신 줄을 다시 붙잡고 보니 눈앞에 보이는 건 나무가 아니라 민준이었다.

"나랑 연애할래?"

연애하자는 민준의 얼굴은 그의 말투만큼이나 조금도 설레거나 두근거려 보이진 않았다. 민준의 눈빛은 호기심에 더 가까워 보였지만, 설은 연애하자는 그의 말을 여러 번 곱씹어 보았다.

"연애하면…… 뭐가 달라지는데?"

마음속으로 혼자 한 생각인데 귀로 소리가 들렸다. 신기하게도.

"달라질 건 없어. 지금처럼 같이 시간을 보내는 거지. 같이 저녁도 먹고 술도 마시고."

심지어 민준은 설의 생각에 대답도 했다. 설은 눈에 잔뜩 힘을 주고 머리를 흔들었다.

설을 바라보는 민준의 한쪽 입가에 옅은 미소가 번졌다. 그녀를 어떻게 해보려는 생각은 없었다. 다만 이것이 그녀를 곁에서 가까이 지켜보기에 가장 자연스럽고 좋은 방법이라고 생각했고, 나중에 임무가 끝나 곁을 떠날 때 상처를 주지 않을 정도로만 가볍게 만나면 된다는 생각을 했을 뿐이다.

"……혹시, 날 좋아해요?"

술기운이 조금 가셨는지 민준을 바라보는 설의 눈빛이 어느새 또렷한 제빛을 찾았다. 하지만 알코올의 기운을 완전히 떨쳐 낼 수는 없어 눈에 촉촉한 물기가 어려 있었다.

"……관심이 있어."

관심이 있다. 이건 민준이 거짓이 아닌 가장 솔직하게 답할 수 있는 말이었다. 똑같은 의미는 아니겠지만 관심이 있다는 건 거짓말이 아니니까 괜찮다고 생각했다.

살랑 차가운 바람이 불어 설의 머리카락이 가볍게 휘날렸다. 아래로 내려와 뺨을 가린 머리카락이 거슬려 민준이 저도 모르게 손을 뻗어 그녀의 머리카락을 뒤로 쓸어 넘겼다. 손가락에 닿는 뺨의 부드러움에 다시 손을 거두는 민준의 손길에 아쉬움이 담겼다.

민준을 바라보던 설의 눈꼬리가 마침내 부드럽게 휘어져 내렸다.

"……나, 아까 이상하다고 안 해줘서 고마웠어요."

설이 입술을 달싹거렸다. 민준은 다른 사람들과 달랐다. 보통 사람들과 조금 다른 면도 별일 아니라는 듯 담담하게 받아들이는 민준이 설은 참 고마웠다. 그리고 아마 우연이었겠지만 그녀를 악몽에서 구해 준 민준에게 설레는 마음이 든 것도 사실이었다. 이런 날이 또 오게 될 줄은 정말 몰랐다.

"음악도 고맙구요."

설의 눈이 가로등 불빛을 받아 빛처럼 반짝거렸다. 설렘 가득한 얼굴을 한 설은 웃고 있었지만 어쩐지 눈이 슬퍼 보였다.

'내가 잘못하고 있는 건가.'

문득 민준은 그런 생각이 들었다. 관계의 끝을 생각하고 있었기에 대수롭지 않게 여기려 했는데, 저에게 신뢰의 눈빛을 보내는 설을 보니 마음이 갑자기 복잡해졌다.

"좋아요. 우리…… 연애해요."

잠시 망설이던 설이, 오른손을 뻗어 민준의 코트 자락을 붙들며 속삭이듯 말했다. 민준의 가슴속에서, 갑자기 무언가 무겁게 내려앉았다.

늦은 밤, 민준은 베란다에 서서 설의 아파트를 내려다보고 있었다. 하지만 거실 커튼이 쳐져 있어 안이 들여다보이지는 않았다. 설은 그날 밤 이후로 거실 유리창 커튼을 단 한 번도 열지 않았다.

"……괜히 가르쳐 줬나."

아쉬운 듯 담배를 비스듬히 문 민준의 얼굴이 작게 구겨졌다. 밤하늘을 올려다보며 별도 보고 달도 보던 설을 내려다보던 재미가 나쁘지 않았었는데 말이다. 민준은 담배를 끈 후 거실 안으로 들어왔다.

자고 있을까 아닐까. 오디오 버튼을 누르자 거실에 음악 소리가 천천히 울려 퍼지기 시작했다. 설에게 준 USB에 담긴 것과 똑같은 음악이었다. 민준은 씩 미소를 지으며 소파에 드러누웠다.

[지금 자고 있으려나.]

스피커를 통해 설의 목소리가 들려오자 민준이 고개를 돌렸다.

[당신 진짜 이상해요.]

혼자 중얼거리는 설의 모습이 눈앞에 보이는 것 같아 민준이 옅게 미소 지었다.

"내가 말했잖아. 당신이 더 이상하다고."

민준이 스피커 쪽을 힐끗 쳐다보며 대답했다.

[나 사실, 내일 우리 아빠 취임식에 가는 거예요.]

"알아."

[할아버지가 살아 계셨다면 정말 좋아하셨을 텐데 말이에요.]

"……"

[그런데 내일 같이 가게 되면 혹시 데이트를 하는 걸까? 취임식은 점심때 끝날 텐데, 끝나고 놀이동산 같은 데 가면 좋겠다. 근데 또 그런 건 싫어하려나.]

부스럭부스럭 작은 소음이 들리는가 싶더니 스피커 너머의 세상이 이내 잠잠해졌다. 그리고 곧이어 새근새근 숨소리가 작게 들려오기 시작했다. 민준은 다시 베란다로 나갔다. 탁탁, 라이터에 불을 붙여 담배 한 모금을 빨아들인 후 밤하늘에 길게 뱉어내자, 매캐한 냄새와 함께 하얀 연기가 허공에 흩어져 어둠 속으로 사라졌다.

"좋아요. 우리…… 연애해요."

힘들이지 않고 듣고 싶은 말을 들었는데 마음은 무거워졌고, 무엇 때문인지는 몰라도 밑바닥까지 가라앉은 기분은 좀체 나아지질 않는다. 민준은 한참 동안 불이 꺼진 설의 집을 바라보았다.

❧

　대통령 취임식이 열리는 여의도 국회의사당 앞 너른 마당에 사람들이 빼곡하게 들어찼다. 끝이 보이지 않을 정도로 늘어선 파란 플라스틱 의자 위에 민준과 설이 나란히 앉았다. 정면을 바라보고 앉은 설의 입가에 떠오른 미소가 계속해서 그 자리에 머물렀다.

　잠시 후 대통령이 단상 위에 모습을 드러내자 사람들이 일제히 환호하며 박수를 치기 시작했고, 그 모습을 지켜보는 설의 눈에는 눈물이 글썽거렸다. 대통령의 걸음걸이는 힘차고 당당했으며 단상 위에 선 몸짓과 눈빛에서는 자신감이 넘쳐흘렀다. 여유 있게 아래를 빙 둘러보는 대통령의 입가에 부드러운 미소가 떠올랐다.

　"멋지시네."

　선거 당시 젊은 층의 압도적인 지지를 받았던 강현석 대통령이다. 민준이 단상 위의 대통령을 바라보며 입술을 움직였다.

　"네, 멋지세요."

　설은 몰래 눈물을 훔치며 웃었다. 외할아버지가 이 모습을 보셨다면 좋아하셨을 텐데. 학자인 당신이 정치적으로 휘둘려 큰 뜻을 품은 사위에게 누가 될까 봐 늘 조심스러운 마음을 가지고 계셨던 할아버지셨다. 가는 길은 달랐지만 이루고자 하는 뜻은 같았기에 사위와 장인이기 이전에 서로가 서로에게 든든한 정신적 동반자이기도 했다.

　민준은 설의 얼굴을 바라보다 시선을 반대로 돌렸다. 많은 사람이 새로운 대통령을 맞이하는 설렘과 새 시대에 대한 희망으로 부푼 마음을 온몸으로 드러내며 환호하고 있었다.

　주변을 무심하게 둘러보던 민준의 얼굴이 순간 굳어졌다가 다시 원래대로 돌아왔다. 정면을 응시하고 있는 수많은 사람들 사이, 단 한 사람만이 이쪽을 바라보고 있었다. 설을 바라보던 남자는 민준과 눈이 마주치자 아무 일도 없었다는 듯 고개를 돌렸다. 민준의 눈빛이 진중해졌다.

'수만 명의 인파 속에서 설을 알아보는 남자가 있을 확률은 얼마나 될까.'

"취임식 끝나면 뭐 할 거야? 시간도 많이 남는데."

"특별히 할 일은 없는데요."

태연하게 설과 대화를 하며 민준은 손에 쥔 핸드폰을 만지작거렸다. 취임식이 진행되는 동안 주변 전파가 모두 차단되기 때문에 그것은 별다른 작동을 하지 못하는 상태였다.

"내가 사진 찍어줄까?"

"아니요? 괜찮은데요."

민준이 몸을 빙글 돌리더니 설을 향해 핸드폰을 들이댔다. 찰칵 소리와 함께 설의 모습이 핸드폰 화면에 담겼지만, 아까 이쪽을 살피던 남자의 모습은 더 이상 보이지 않았다. 민준의 얼굴이 서늘하게 굳어졌다.

취임식이 끝나자마자 자리에서 일어선 사람들이 썰물처럼 행사장을 빠져나가기 시작했다. 설이 일어나자 민준은 자연스럽게 그녀에게 손을 내밀었다.

"아……."

순간 얼굴이 붉어졌지만, 설은 민준의 손을 뿌리치지 않았다. 그녀는 민준과 손을 잡은 채로 인파 사이를 헤쳤다. 버스 정류장에는 사람들을 가까운 지하철역으로 실어다 줄 버스들이 줄지어 서 있었다.

"우리는 좀 걸을까?"

민준과 설은 기다리는 사람들로 가득한 정류장을 지나쳤다. 수만 명의 인파를 헤치고 앞으로 나가는 게 쉽지 않자, 민준은 설의 어깨를 한쪽 팔로 단단히 감싸 품 안으로 끌어당겼다.

두근거리는 심장 소리가 들릴까 봐 설의 얼굴에는 긴장된 표정이 역력했다. 그리고 주변을 살피는 민준의 얼굴은 다른 의미로 긴장되어 있었다. 한참을 걸어 가까운 지하철역에 도착했지만 여전히 주변은 사람들로 북적거렸다. 무슨 이유에서인지 플랫폼에 서서 지하철을 기다리는 동안에도 민준은 그녀의 어깨를 감싼 손을 풀지 않았다.

"광화문 갈래?"

"광화문이요?"

"응."

왼팔로 설의 어깨를 감싼 채로 민준은 지하철 노선을 검색하기 시작했다. 잠시 후 도착한 지하철에 올라탄 민준은 스트레칭 하듯 목을 좌우로 꺾으며 자연스럽게 주위를 쳐다보았다.

'왼쪽 끝에 하나, 오른쪽 대각선 둘.'

"어디서 내려야 해요?"

"다섯 정거장 뒤."

지하철 출입문 구석에 설이 등을 기댄 채 섰고, 민준은 한쪽 팔로 설을 감싸듯 기둥에 손을 대고 섰다. 사람들에게 밀려 민준의 숨결이 느껴질 정도로 둘의 몸이 가까이 밀착되었다. 설은 민준의 시선을 피해 지하철 창문 밖으로 시선을 돌렸다. 다행히 주위가 시끄러워 두근거리는 심장 소리가 민준에게 들릴 것 같지는 않았다.

지하철이 다음 역에 도착하자 문이 스르륵 열렸다. 곧 출발한다는 방송이 나오고 문이 막 닫히려는 순간, 설은 갑자기 자신의 팔을 휙 당기는 손길에 끌려 지하철에서 내리게 되었다.

놀란 설의 눈이 휘둥그레진 순간 이미 문이 닫힌 지하철은 다음 역을 향해 천천히 움직이기 시작했다.

"왜 벌써 내려요?"

설은 민준을 올려다보며 눈을 크게 떴다.

"생각이 바뀌었어."

"왜요?"

지하철이 요란한 소리를 내며 멀어지자 민준은 황당한 표정의 설을 향해 태연한 목소리로 말을 건넸다.

"나가자."

"네에?"

설의 손을 잡고 플랫폼을 벗어나는 민준의 표정이 딱딱하게 굳었다. 경호관들이 아니었다. 빌어먹게도.

"우리 지금 어디 가는 건데요?"

지하철역을 빠져나오자 민준은 도로변에 서서 택시를 잡으려 했다. 곧바로 주황색 택시 한 대가 멈추어 섰고, 두 사람은 곧장 차에 올라탔다.

"조이월드로 가주세요."

"우리 놀이동산 가요?"

"응."

설명을 요구하는 듯한 설의 시선을 무시한 채, 민준은 핸드폰 자판을 두드리기 시작했다. 누군가에게 문자를 보낸 후 민준은 핸드폰을 코트 주머니 속으로 집어넣었다. 그러곤 창밖을 바라본 채로 골똘히 생각에 잠긴 민준을 설이 의아한 얼굴로 쳐다보았다.

"지금, 회전목마를 타자고요?"

설은 황당한 얼굴로 하얗고 노란 말들을 손가락으로 가리켰다.

'어젯밤 놀이동산에 오고 싶다고 생각을 하긴 했지만 타고 싶었던 게 회전목마는 아니었는데.'

제 생각엔 회전목마는 어린이를 둔 가족용이지 연인용은 아니었다.

"응. 난 오랜만에 이게 타고 싶네?"

민준은 절대 놀이공원에 오고 싶어서 온 게 아니었다. 다만 그들의 시선을 돌리기 위한 적당한 장소가 필요했을 뿐이다. 그러니 결.코. 놀이동산에 가고 싶다는 강설의 말이 머릿속에 떠올라서 온 것은 아니다.

민준과 설은 요즘은 초딩들도 타지 않는다는 회전목마 매표소 앞에 서 있다. 놀이공원 안은 겨울 방학을 만끽하는 학생들로 넘쳐 났지만, 다행이라고 해야 할지 회전목마는 유일하게 줄을 서지 않고도 탈 수 있었다.

"무슨 색 탈 거야?"

"……하얀색이요."

설은 체념한 듯 보였다. 설이 하얀 말 위에 오르자 민준이 벨트를 매어준 후 곧바로 옆에 있는 말에 가볍게 올라탔다.

"도대체 이게 왜 타고 싶어요?"

불만스럽게 투덜기렸지만, 밀들이 위아래로 움직이며 천천히 돌아가기 시작하자 설의 얼굴에 금세 즐거운 미소가 떠올랐다. 빙글빙글 돌아가는 놀이기구 덕에 머리카락이 바람에 나부끼는 것도, 위아래로 천천히 움직이는 말 위에서 놀이동산을 내려다보는 기분도 좋았다. 어렸을 적 기억도 새록새록 떠오르는 게, 마치 어린 시절로 돌아간 듯 마음이 구름처럼 둥실 떠올랐다.

말 기둥에 한쪽 뺨을 기대고 있는 민준과 눈이 마주치자 설이 환하게 웃어 보였다.

바람에 설의 머리카락이 부드럽게 날리고 설은 아이처럼 즐거운 웃음을 터뜨렸다. 빙글빙글 돌아가는 회전목마 주변을 살피던 민준이 다시 기둥에 얼굴을 기대며 설을 바라보았다.

"……이건 좀 러블리하네."

민준이 작게 중얼거렸다. 강설. 당신한테 도대체 무슨 일이 있었던 거지? 도대체 내가 왜 지금 당신 곁에 있는 걸까. 설을 바라보는 민준의 두 눈이 느리게 감겼다 떠졌다.

"무슨 생각해요?"

기분이 좋은지 민준을 부르는 설의 목소리가 발갛게 상기된 뺨만큼이나 들떠 있었다.

"……다음에는 뭘까."

오늘 민준이 본 게 우연일 리 없었다. 그들이 강설을 따라온 게 우연이 아니라면 도대체 누가, 왜, 그리고 어디까지.

"다음에는 무얼 타고 싶은데요?"

"회전목마 탔으니까 이제 강 주임이 타고 싶은 거 타."

어찌 되었든 간에 강설 덕분에 오랜만에 놀이동산이라는 곳에 다시 와봤다. 머릿속에 얼마 남아 있지 않은 따뜻한 기억들 중 하나가 떠오르는 곳에. 민준에게 놀이동산에 대한 기억은 한 가지뿐이다. 빙글빙글 돌아가는 말 위에서 손을 흔들면 밖에 서 계시는 아버지가 마주 손을 흔들며 자신을 사랑스럽게 바라봤었다.

이젠, 기억도 가물가물해졌지만.

"나보고 이 머리띠를 하라고?"

"원래 이런 데 오면 이런 거 머리에 쓰는 거래요."

"'거예요'도 아니고 '거래요'는 또 뭐야."

놀이공원 안 기념품 가게 가판대 앞에서 설이 토끼 귀 모양 머리띠 두 개를 집어 들었다. 그녀는 설마 하는 눈을 한 민준을 올려다보며 환하게 웃었다.

"놀이동산에서 이런 거 한번 해보고 싶었거든요."

설이 눈을 반짝이며 민준에게 머리띠를 내밀었다.

"그래도 토끼는 아니야."

모양 빠지게 이 나이에 무슨. 단칼에 거절하는 민준에 설은 금세 시무룩해졌다. 설이 머뭇거리다 머리띠를 가판대 위에 내려놓자 민준의 인상이 확 찌푸려졌다.

"……악마라면 모를까."

그래도 토끼보단 낫겠지. 민준은 이를 악물며 빨간 뿔이 달린 머리띠를 집어 들었다.

"그거 불도 들어오는 거래요."

다시 설의 얼굴에 반짝 생기가 돌자 민준은 체념한 듯 빨간 뿔 머리띠를 머리 위에 아무렇게나 얹었다.

"비뚤어졌어요. 이렇게 해야 해."

설이 발뒤꿈치를 들어 민준의 머리 위에 머리띠를 매만져 주더니 이내 만족스러운 웃음을 지었다.

"이거 두 개 주세요."

그리고 가게 주인을 향해 말했다. 원래 하고 싶다던 머리띠는 두고 제가 고른 것을 택하는 설에 민준은 고개를 기울였다.

"왜, 토끼 하고 싶다며."

"원래 똑같은 걸 세트로 같이 하는 거라고 그랬거든요."

아, 진짜.

"토끼 해, 토끼!"

될 대로 되라는 듯 아예 체념한 민준이 악마 뿔 머리띠 대신 토끼 머리띠를 집어 들었다.

"이거 두 개 주세요."

계산을 하는 민준의 목덜미가 순식간에 붉게 물들었다. 아마 지금 이 모습을 동기들이 본다면 술자리에서 자신을 안주 삼아 씹고 뜯고 맛보고 즐기며 두고두고 놀릴 것이다.

"헤헷. 재미있다."

"……."

"거울 볼래요?"

설이 가판대 한쪽 거울을 가리키며 기분이 좋은 듯 후후 웃었다.

"아니."

'전혀 보고 싶지 않아.'

민준이 거울을 외면하며 고개를 옆으로 홱 돌렸다.

토끼 귀가 달린 머리띠를 하자 진짜 토끼로 변신한 건지 깡충깡충 뛰듯이 걷는 설의 발걸음이 경쾌해졌다. 민준이 벌겋게 달아오른 얼굴을 거칠게 문지르다가 다시 고개를 들자 설이 보이지 않았다. 순식간에 굳어진 얼굴로 주변을 두리번거리는 민준의 눈에 저만치 앞에서 뭔가에 집중하고 있는 설의 모습이 보였다.

"멋대로 혼자 돌아다니지 말라고!"

인상을 잔뜩 구기며 민준이 성큼성큼 걸어가 설의 등 뒤에 다가섰다. 설은 무엇에라도 홀린 듯 얼굴에 가득 미소를 지은 채 앞을 뚫어져라 바라보며 서 있었다.

"또 뭔데?"

뭐냐고 물었지만, 민준은 이제 토끼 머리띠보다 더 심한 건 견딜 수 없었다.

"저거 맞히면 인형 주는 거예요. TV에서 봤거든요."

민준이 고개를 돌려 보니 실내 사격대 앞에 남자들이 사격 총을 들고 작은 구멍을 맞추려 낑낑대고 있었다. 잔뜩 기대하고 있는 여자친구를 실망시키고 싶지 않았는지 한 남자는 가게 사장에게 계속해서 지폐를 내밀고 있었다.

쯧. 그냥 인형을 사주지 저게 무슨. 저 돈이면 인형을 너댓 개 사주고도 남겠구먼.

"어떤 인형이 갖고 싶은데."

민준은 속으로 한숨을 내쉬면서 재킷 안쪽에서 지갑을 꺼냈다.

"갖고 싶다고 가질 수 있는 게 아니에요. 저거 되게 어렵대요."

설이 고개를 절레절레 흔들며 괜찮다는 듯 손사래를 쳤다.

"뭐가 갖고 싶냐고 물었어."

귀찮다는 표정이 역력한 채, 민준은 다른 남자들처럼 매표소 앞에서 주인에게 지폐를 교환했다.

"이거 다 맞히면 아무거나 가질 수 있습니까?"

설이 멀뚱멀뚱 바라보기만 하자, 민준이 인상을 구긴 채 주인에게 물었다. 주인이 할 수 있으면 해보라는 듯 의기양양한 얼굴로 고개를 끄덕이자, 철컥 소리와 함께 별다른 조준도 없이 민준이 과녁을 향해 총을 겨누더니 탕탕 연이어 방아쇠를 당기기 시작했다.

"뭐 갖고 싶어."

순식간에 일어난 일이었다. 멍한 얼굴로 자신을 바라보는 주인의 시선을 무시하며 민준이 사격대 위에 총을 내려놓고선 설에게 물었다.

"……저기 하얀 곰."

얼떨떨한 얼굴의 설이 가장 높은 곳에 앉아 있는 하얀 곰 인형을 가리켰다. 내가 지금. 뭘 본 거지?

"다른 것도 해줘?"

"아니요."

그제야 정신이 돌아온 설이 고개를 가로저으며 재빨리 대답했다. 울상이 된 아저씨 얼굴을 보니 다른 인형도 갖고 싶다고 말하면 안 될 것 같았다.

"사격 선수예요?"

"아닙니다."

주인이 의심쩍은 얼굴로 커다란 곰 인형을 꺼내 설에게 건네주며 민준에게 물었다. 영 떨떠름한 표정을 보니 민준의 대답을 믿는 눈치는 아니었다. 커다란 곰 인형을 품에 안은 설은 신기한 듯 곰 인형을 내려다보다 다시 민준을 보았다. 아저씨는 실내 사격장을 오픈한 이래 이 곰 인형을 상품으로 가지고 가는 사람은 처음 본다고 말했다.

"신기해요."

설이 믿기지 않는 듯 곰 인형의 한쪽 팔을 붙들고 아래위로 흔들어보였다. 설의 기쁜 얼굴에 민준의 얼굴에도 저도 모르게 흐뭇한 미소가 떠올랐다.

"좋아?"

"네."

사진 속에서 보았던 모습처럼 설이 환하게 웃고 있었다. 설이 기뻐하자 내내 불편했던 게 언제인지 어느새 가슴속에 따뜻한 바람이 불었다.

"멋있지?"

"네."

설이 진지한 얼굴로 고개를 끄덕이자 민준이 하하하 소리 내어 웃음을 터뜨렸다.

"고마워요."

설이 곰 인형의 팔을 들어 인사를 하듯 흔들어 보이자, 민준이 그녀의 머리카락을 짓궂게 흐트러뜨리며 웃었다.

'진짜 귀엽네, 이 여자.'

"아! 왜 그래요."

설이 헝클어진 머리카락을 매만지며 민준을 찌릿 옆 눈으로 노려보았다. 그러고는 다시 하얀 곰 인형을 소중하게 품 안으로 끌어안았다.

"혹시 인형하고도 대화를 나눌 수 있나?"

나무하고는 곧잘 대화를 나누던데 말이야. 민준이 설에게 장난스러운 목소리로 물었다.

"인형하고 무슨 대화를 나눠요? 별 이상한 생각을 다 하네요."

사람을 뭐로 보고 진짜. 흥. 설이 뾰로통한 표정을 지으며 고개를 옆으로 돌렸다.

"나무는 되는데 인형은 안 돼?"

"나 말이에요?"

설이 곰 인형의 한쪽 팔로 스스로를 가리키며 눈을 동그랗게 떴다.

"응. 강설 말이야."

술에 취하면 길에 서 있는 가로수와 인사를 한다는 주변 목격자들의 말이 사실이었나. 설의 두 뺨이 순식간에 빨갛게 물들었다.

"오늘 저녁에도 우리 맥주 마실까?"

"아니요."

민준의 입술 끝에 걸린 웃음이 얄미워 설은 곰 인형의 팔로 엑스 자를 그려 보였다. 하하하, 민준의 커다란 웃음에 설의 붉어진 얼굴에도 미소가 그려졌다. 마주 보고 웃음 짓는 두 사람의 뒤로 저녁노을이 두 사람의 마음처럼 붉게 물들어가고 있었다.

"차 한 잔만 줘."

"우리 집에서요?"

이미 꽤 늦은 저녁이었다. 설을 아파트 출입구까지 바래다준 민준은 집에 잘 들어가라는 말 대신 그녀와 함께 안으로 들어섰다.

"내가 인형도 줬는데 집에서 차 한 잔은 줄 수 있잖아?"

"……그렇긴 한데요."

"엘리베이터 왔네."

곤란한 표정을 짓는 설을 휙 지나쳐 민준이 먼저 엘리베이터에 올랐다.

"안 타?"

"타요, 타는데……."

집 안으로 민준을 들인다는 의미에 대해 생각하느라 설의 표정이 복잡해졌다. 연애를 하자고 말을 하긴 했지만 이건 진도가 너무 빠른 게 아닌가 싶었다. 그녀가 생각하는 '차 한 잔'과 민준이 생각하는 '차 한 잔'의 의미가 같기를 바라며, 설은 마침내 엘리베이터 안으로 들어섰다. 민준이 긴장한 기색이 역력한 설을 흘끔 쳐다보았다.

"지금 머릿속에 생각하고 있는 거 지워."

"네에?"

"얼굴에 다 쓰여 있어. 그런 거 아니니까 걱정할 것 없다고."

"제가 지금 무슨 생각하고 있는데요."

"이 남자가 집에서 무슨 짓을 하려는 걸까."

"……."

"맞네. 정답."

순식간에 설의 얼굴이 빨갛게 달아올랐다.

'맞긴 맞지만 그렇다고 그걸 굳이 입 밖으로 꺼낼 건 뭐람.'

연애를 시작하는 사람들은 보통 처음엔 다 조심스럽고 긴장되고 상대방을 의식하기 마련인데, 민준은 일반적인 사람들과 좀 다른 것 같았다. 그는 자신을 연인으로 대하기보다 오히려 보호하려는 것처럼 느껴진다. 마치, 예전 그 사람이 그러했듯이.

"정답 아니에요."

설이 시큰둥한 목소리로 대답했다. 집 앞에 도착해 그녀가 막 문을 열었을 때였다.

"들어오……"

그녀의 말이 채 끝나기도 전에 민준이 성큼 현관 안으로 발을 내디 뎠다. 거실로 들어선 민준의 눈동자가 빠르게 집 안 구석구석을 훑고 지나갔다.

"집 좀 구경해도 돼?"

"안 돼요."

"인형도 줬는데?"

"인형 그냥 가지실래요?"

"……알았어. 그럼, 커피나 한 잔 주는가."

마치 자신의 집에 들어온 것처럼 민준이 자연스럽게 거실 소파에 앉았다. 설은 그를 의심스러운 눈초리로 쏘아보다 커피를 내리기 위해 주방으로 향했다.

혼자 사는 집이긴 해도 이십대 아가씨의 집인데 지나치게 깔끔하고 아기자기한 소품 같은 것들도 하나 눈에 띄지 않았다. 거실을 빙 둘러 본 민준이 태연하게 설에게 물었다.

"화장실은?"

"저쪽이요."

설이 현관 가까운 방 옆에 있는 화장실을 손으로 가리키곤 찬장에서 커피 잔을 꺼냈다.

"과일도 줄 거지?"

뻔뻔하기 그지없다. 설이 못마땅한 얼굴로 냉장고를 열었다. 쏴아─설이 과일을 씻는 사이에 민준은 그녀의 시야에서 사라졌다.

민준은 코트 안에서 네모난 작은 기계 장치 하나를 꺼내 거실부터 시작해 침실과 욕실 그리고 작은 방에 들어가 무언가를 체크하기 시작했다.

'조용하군.'

다행히 그가 설의 핸드폰에 부착해 놓은 장치 외에 집 안에서 다른 신호는 잡히지 않았다. 민준은 기계를 다시 코트 안쪽 주머니에 집어넣었다. 설의 침실을 나가려던 민준은 멈칫 하곤 뒤를 돌아보았다. 침대 옆 테이블 위에 작은 액자가 그의 눈길을 잡아끌었다.

이인호 박사의 팔짱을 끼고 설이 환하게 웃고 있었다. 사진 속의 설은 낯설게도 이인호 박사와 똑같은 하얀 가운을 입고 있었다. 가슴 부분에 원자력 연구원의 로고가 박혀 있는 가운이었다. 액자를 들고 사진을 들여다보는 민준의 눈이 날카롭게 빛났다.

"여기서 뭐 해요?"

등 뒤에서 설의 목소리가 들렸다. 경계하는 듯 낮고 차가운 목소리였다.

"아…… 마침 문이 열려 있기에."

액자를 다시 테이블 위에 내려놓은 후 민준이 자연스럽게 뒤로 돌았다. 민준을 바라보는 설의 눈빛에 의심과 불안이 서려 있었다.

"침대가 아주 넓고 좋네. 곰 인형이랑 같이 자도 되겠어."

"……"

"몸 뚫어지겠네. 뭘 그렇게 무서운 눈으로 쳐다보는 거야?"

"나는 방문을 열어놓지 않거든요."

"……아, 그건 좋은 습관이네. 현관문도 꼭 그렇게 잠그고 자고."

민준은 설을 지나쳐 침실을 나섰다. 설이 민준이 보던 액자를 서랍 안에 집어넣고 거실로 나오자 민준은 식탁 앞에 앉아 태연하게 과일을 먹고 있었다. 설은 어이가 없다는 듯 그를 쳐다보았다.

"대리님은 여자친구 집에서 늘 이렇게 행동해요?"

"아니."

민준이 오렌지 조각 하나를 입에 넣고 오물거렸다.

"그럼 나한테만 이러는 거예요?"

"그럴걸? 강 주임도 오렌지 먹을래?"

의자를 당겨 그를 마주 보고 앉는 설에게 민준이 능청스럽게 오렌지 조각을 내밀었다.

"그 말은 지금 나한테만 이렇게 쉽게 행동한다는 건가요?"

"그렇게까지 비약하지 마. 그건 아니니까."

설이 날 선 얼굴로 바라보자 민준은 오렌지를 제 입으로 집어넣으며 덧붙였다.

"혹시 일반적인 연애를 말하는 거라면 그런 연애를 해본 적이 없어서 비교할 대상이 없다는 뜻이야."

"왜요? 대리님은 전혀 그렇게 보이지 않는데요."

자신에게 처음부터 친근하게 다가왔던 사람이라 연애 경험이 많을 것이라 생각했다. 민준의 외모를 봐도 그렇고, 회사에서 여직원들이 그를 보며 얼굴을 붉히는 모습을 심심찮게 볼 수 있었기 때문이었다.

하지만 민준은 설의 물음에 대답을 하는 대신 앞에 놓인 오렌지 조각을 다시 입에 물고 그녀를 빤히 쳐다보았다.

"별로 얘기해 주고 싶지 않은데. 궁금해?"

"……."

"대답해 주면, 강 주임도 나한테 대답해 줄 거야?"

"뭘 대답해 줘요?"

"사진 속 그분. 강 주임 가족 같던데."

설은 천천히 고개를 숙이고 머그잔을 바라보았다. 이내 다시 고개를 든 설의 눈빛이 쓸쓸해 보여 민준은 더 말을 하지 못했다.

"……우리 외할아버지예요. 저한테 많은 걸 가르쳐 주셨어요. 조국을 많이 사랑하셨고 조국 때문에 돌아가셨죠."

설은 차분하게 말을 이었지만 목소리가 떨리는 것은 어쩌지 못했다.

"……그랬었나."

조국이라……. 어떤 조국을 말하는 거지? 민준의 입술이 느릿하게 움직였다.

"이제 대리님 차례예요. 대리님은 나랑 왜 연애가 하고 싶었던 거예요?"

"……남자가 여자한테 연애하자는 데 별다른 이유가 있겠어?"

"일반적인 연애는 해본 적 없다면서요. 그런데 왜 나랑은 하고 싶은지 잘 이해가 가질 않아요."

"나는……."

민준은 쉬이 말을 잇지 못했다. 내가 책임질 수 없는 감정에 책임감을 가지고 싶지 않았을 뿐이다. 이성적으로 제어할 수 없는 감정에 얽매이고 싶지도 않았다. 다른 사람들처럼 평범하게 사랑을 하고 연애를 한다는 건 요원인 나에게 불필요한 감정의 소비라는 생각을 했다. 모든 시작에는 끝이 있기 마련이고 남겨진 자에게 새겨진 그리움의 깊이는 깊고 진하다는 것도 잘 알고 있다. 하지만…….

"나는 강설하고 보내는 시간이 꽤 즐거워."

주어진 임무라서만이 아니라, 진심으로 그는 설과 보내는 시간이 싫지 않았다. 설이 웃는 모습도, 찡그린 모습도, 쓸쓸한 눈빛도, 생각해 보면 어느 것 하나 허투루 민준의 시선을 비껴간 적이 없었다. 그것을 단지 임무 때문이라고 말하는 것은 민준 스스로도 자신이 없었다.

"이 정도면 대답이 됐어?"

"……일단 오늘은요."

"자, 그럼 다시 질문. 그 사진을 보니까 이 회사에 들어오기 전에 다른 일을 했던 거 같던데, 내가 생각한 게 맞아?"

설은 분명 연구원 복장을 하고 있었다. 그녀의 전공을 생각하면 지금 하는 일보다는 그쪽이 더 현실감 있는 얘기였다.

"우연한 기회로 잠깐 연구원 일을 했던 적이 있었어요. 지금은 상관없지만."

"왜 지금은 상관이 없어?"

"나한테 이젠 아무런 의미가 없는 일이니까요."

할아버지와 함께했던 그 모든 것들이 이제 설에게 아무런 의미가 없었다. 나라를 위해 반평생을 헌신하셨던 할아버지를 대한민국이 지켜주지 못했다. 할아버지는 설을 지키기 위해 기꺼이 희생을 감수하셨고, NIS는 할아버지의 죽음보다 더 중요한 무언가를 찾기 위해 그녀에게 접근했다. 그것도 비겁하게 사랑이라는 거짓으로. 한때는 할아버지의 뜻을 잇는 훌륭한 과학자가 되고 싶다고 생각했지만 설은 이제 더 이상 그 꿈을 꾸지 않았다.

"인생에 굴곡이 많네, 강설."

"굴곡이 많아서 부담스러워요?"

"그렇다고 하기엔 내 인생의 굴곡도 만만치 않아서."

"대리님도요?"

"대리님이 아니라 김민준이."

"내가 혼자가 아니어서 좋다고 말하면…… 기분 나빠요?"

민준은 설이 이상하다고 생각했다. 잔뜩 경계할 때는 언제고 어느 순간 어린아이처럼 속에 있는 감정을 있는 그대로 솔직하게 표현하는 그녀가.

"안 나빠. 내가 홀수 싫어한다고 했잖아. 그나저나 요샌 잘 자고 있는 거야?"

'내가 밤에 잠을 잘 못 잔다는 걸 대리님이 어떻게 알고 있는 거지?'

"……덕분에요."

"다행이네."

민준의 눈빛이 부드럽게 풀어졌다. 어쩐지 민준을 똑바로 바라보기가 어색해 설이 목걸이의 체인을 손가락으로 쓸어내렸다.

"그거. 남자가 준 거야?"

민준이 설의 셔츠 사이로 언뜻 보이는 특이한 모양의 펜던트를 바라보며 물었다.

"아, 남자가 준 건 맞는데……."

설이 말끝을 흐리자 민준이 얼굴을 구겼다.

"안 어울리는데?"

"나한테는 소중한 거라서요."

설의 눈빛이 차분하게 내려앉았다.

"안 어울린다고."

강조하듯 힘주어 말하는 민준의 얼굴을 빤히 바라본 설이 풋 하고 웃음을 터뜨렸다.

"혹시 지금 질투하는 거예요?"

"전혀."

아니라고 말은 했지만 다른 남자가 준 선물을 아직도 소중하다고 말하는 설이 민준은 영 마음에 들지 않았다. 설이 웃자 민준의 미간이 한층 더 좁아졌다.

'안 어울려서 그렇다고 말한 것뿐인데 왜 웃는 거야?'

"안 가요? 늦었는데."

"갈 거야. 안 그래도 막 가려고 했어."

민준은 떨떠름한 표정을 지으며 자리에서 일어났다. 흘끔 바라본 설의 붉은 입술은 여전히 부드러운 호선을 그리고 있었다.

'만지면 부드러울까.'

자석에 이끌리듯 민준의 시선이 그녀의 입술에 머물렀다.

"왜요?"

도톰한 입술이 조그맣게 움직이자 정신이 든 민준이 시선을 들어 설의 눈을 보았다. 갑자기 짜증이 밀려왔다.

"왜 그렇게 웃는 거지?"

'만지고 싶게. 변태도 아닌데.'

민준은 제 의지와 상관없이 움직이려는 손을 주머니에 가두었다.

"네? 내가 뭘요?"

설이 어리둥절한 얼굴을 했다. 민준은 무어라 말을 하려 입을 달싹이다가 결국 다른 말을 꺼냈다.

"내일 아침에 데리러 올 테니까 전화하면 내려와."

민준이 설의 까만 눈동자를 피해 고개를 돌렸다. 목덜미가 홧홧한 열기로 후끈거렸다.

2

다음 날 아침.

"언제부터 기다리고 있었던 거예요?"

"한 오분쯤 되었나."

"여기서요?"

"응, 여기서."

설은 집 밖으로 나오다가 맞은편 복도에 기대 서 있는 민준을 보고 깜짝 놀랐다.

"여기까지 올라왔으면 벨을 누르든가요."

"잠깐 뭣 좀 생각 하느라고."

민준은 엘리베이터 버튼을 누르며 상단의 빨간 숫자를 힐끗 쳐다보았다. 왠지 그녀와 눈을 마주치는 게 어색했다.

"무슨 생각이요?"

"글쎄."

아파트 밖으로 나가니 민준의 자동차가 바로 앞에 주차되어 있었다. 그는 당연한 것처럼 설을 조수석에 태웠고 곧 회사를 향해 달리기 시작했다.

"아침은 먹었어요?"

"그럼. 누구와는 아주 다르지."

민준이 그냥 툭 내던지는 말에 설은 깜짝깜짝 놀랐다. 그는 마치 제 일거수일투족을 훤히 들여다보고 있는 사람 같았다.

회사에 도착한 민준이 지하 주차장으로 들어가지 않고 그 앞에서 멈추자 설이 의아한 듯 그를 바라보았다.

"왜 여기에서 멈춰요?"

"먼저 올라가. 난 어디 들를 데가 있어서. 사무실엔 미리 얘기해 뒀어."

엄밀히 말하면 미리 얘기를 해둔 건 아니지만 곧 할 생각이었다. 어차피 목적이 있어 잠시 입사한 회사일 뿐이니 인사상의 불이익을 준다고 해도 상관없었다.

"다른 데 안 들르고 바로 사무실로 올라갈 거지?"

"그럼요. 이 시간에 갈 데가 어디 있다고요."

"점심 전에는 돌아올 거니까 일 열심히 하고 있어. 밖에 돌아다니지 말고."

"알았어요. 어딜 가는진 모르겠지만 일 잘 보고 와요."

민준은 설이 회사로 들어가는 것을 지켜보다가 곧바로 차를 돌려 NIS를 향해 달리기 시작했다. 국장을 당장 만나 의문점을 풀어야 했다.

"난 너 들어오라고 한 적 없는데. 너 지금 일하고 있어야 할 시간 아니야?”

가죽 의자에 느슨하게 몸을 기대앉은 김 국장이 귀찮은 듯 귀를 후비며 민준을 힐끗 쳐다보았다.

“뭡니까.”

“뭐가.”

“제가 영애 옆에 있는 이유.”

“영애랑은 좀 친해졌나? 좀 친해지면 부르려고 했는데.”

자리에서 일어난 국장이 에구구, 앓는 소리를 내며 허리를 통통 두드렸다.

“설마 영애랑 친구 먹으라고 거기에 저를 처박아두신 건 아니겠죠.”

“친구 같은 소리 하고 있네. 난 단지 삼 년 전과 같은 실수를 하고 싶지 않을 뿐이야.”

“삼 년 전이라니요, 그게 무슨 말씀이십니까.”

“삼 년 전에도 조국 양한테 요원을 한 명 붙였었어. 그때 임무를 맡았던 요원이 경솔하게 행동하는 바람에 일이 어긋났었다.”

삼 년 전에도 설에게 요원을 붙였었다니. 민준은 설에게 뭔가 큰 비밀이 숨겨져 있다는 걸 눈치챘다.

“……경호가 목적이 아니군요.”

“맞아. 찾아야 할 게 있는데.”

“국장님.”

민준의 목소리가 낮게 가라앉았다. 예감이 좋지 않았다. 이건 분명 좋지 않은 일이었다.

“그 물건의 행방을 알고 있을 가능성이 있는 사람이 현재로선 영애밖에 없다.”

창문 앞에 선 김 국장이 유리창을 활짝 열고 밖을 내려다보았다.

벌써 찾아와서 이렇게 닦달을 하다니, 참 눈치도 빠른 녀석이다.

"대통령께서도 허락하신 일이니 상대가 영애인 건 너무 마음에 둘 것 없다."

"찾아야 하는 게 도대체 뭡니까."

"삼 년 전 이인호 박사의 사망 사고 때 사라진 파일. 수십조 원의 가치는 둘째 치더라도 그 이상의 가치가 있는 결과물, 그 핵심 파일이 사라졌어."

민준이 속으로 숨을 삼키며 국장의 뒷모습을 뚫어져라 바라보았다.

"아예 없어졌다면 모를까, 파일이 세상에 존재하는 한은 반드시 우리가 먼저 찾아서 손에 넣어야 한다."

"지금까지 가만히 있다가 갑자기 이러시는 이유가 뭡니까."

"삼 년 전 사건과 관련된 인물들이 얼마 전 다시 한국으로 돌아와 움직이기 시작했어. 그들이 포기했던 일을 다시 시작한 데에는 분명히 무슨 이유가 있겠지. 삼 년 전과 달리 조국 양이 이제는 영애이기 때문에 그들도 함부로 어떻게 하진 못하겠지만."

"이해가 되질 않습니다. 영애이지 않습니까."

강설은 현직 대통령의 딸이다. 어떻게 대통령이 하나밖에 없는 딸을 이렇게 위험한 상황 속에 내버려 둘 수 있는지 민준은 이해가 가지 않았다.

"아버지이기에 앞서 이 나라의 대통령이니까."

"……"

"지금으로서는 영애를 눈에 띄지 않는 곳에 두고 보호하면서 그걸 찾는 방법밖에 없어. 그걸 가지고 뭘 할 수 있을지는 차후에 생각할 문제고."

"영애가 위험할 수 있습니다."

"그건 너도 마찬가지지, 김민준."

"······아버지."

뒤돌아서는 김 국장의 얼굴이 조금 전과 다르게 굳어져 있었다. 위험하지 않길 바라지만 위험한 일이기 때문에 아들을 보냈다. 영애를 위험으로부터 지키면서 한편으론 사라진 파일을 되찾는 일에 아들인 민준보다 더 믿을 수 있는 요원은 없기 때문이었다.

"영애를 부탁한다."

김 국장의 목소리가 나지막하게 흘러나왔다.

민준은 여러 생각으로 머릿속이 복잡했다. 대통령의 취임식을 바라보며 눈물을 흘리던 설의 얼굴이 떠올랐다.

'바보 같은 여자. 아버지의 후광이나 누리다 시집이나 잘 가면 될 것을, 대통령의 딸씩이나 되어서 뭐 그리 험한 인생을 살고 있는 건지.'

설이 자신을 바라보며 환하게 웃던 얼굴이 떠오르자 민준은 가슴이 답답해졌다.

각 부서들이 마주보고 있는 기다란 통로를 따라 걷던 민준의 발걸음이 마케팅팀 앞에서 멈췄다.

"뭐예요?"

앞에서 인기척이 느껴져 설이 고개를 들어 앞을 바라보았다. 언제 온 건지 민준이 물끄러미 내려다보며 서 있었다. 힐끔거리며 쳐다보는 직원들의 시선이 민망하지도 않은지 민준은 그 자리에서 움직이지 않았다.

"밥 먹었어?"

"그럼요. 지금이 몇 시인데."

"잠깐 나와 봐."

"아니 지금······."

'이 남자는 도대체 회사를 뭘로 아는 건지, 뭐가 이렇게 자기 맘대로야?'

설이 뭐라 더 하기 전에 민준은 그대로 바깥 복도를 향해 성큼성큼 걸음을 옮기기 시작했다. 주변의 눈치를 살피던 설이 슬며시 자리에서 일어나 그를 따라 나갔다.

"지금 근무 시간이라고요."

설은 복도 끝 창가에 서서 밖을 내려다보고 있는 민준에게 타박을 주었다.

"알아."

"그런데 근무시간 중에 이렇게 불러내면 어떻게 해요?"

"선물이야."

갑자기 민준이 설 앞에 불쑥 무언가를 내밀었다.

동그란 펜던트가 앙증맞게 달린 은목걸이였다. 케이스에 담아서 주는 것도 아니고, 사랑의 고백도 없었지만 무심하게 내미는 그 손길에 설은 심장이 쿵쾅거렸다.

민준이 목걸이를 채워주려다 멈칫하더니 못마땅한 듯 인상을 구겼다.

"이거 좀 빼면 안 되나?"

민준은 설이 하고 있는 목걸이가 몹시 맘에 들지 않았다.

"이건 소중한 거라고 말했잖아요."

"그럼 두 개 다 하고 다니든가."

어이가 없다는 표정의 설을 붙잡고 민준이 목걸이를 채워주었다. 진짜 뭐 이런 사람이 다 있는 건지. 설은 슬쩍 그를 흘겨보았다. 연애를 글로 배웠는지 민준의 행동은 정말 상식 밖이었다.

"그런데…… 지금 이거 주려고 날 부른 거예요?"

"응. 그러니까 절대 빼지 마."

'강설, 당신이 어디에 있든지 항상 내가 알 수 있도록.'

민준은 속으로 목걸이의 의미를 되뇌었다.

"그리고 낯선 사람을 만나게 되면 나한테 꼭 얘기하고."

"왜요?"

"난 질투가 심하거든. 그러니까 내가 모르는 시간, 내가 모르는 사람은 이제부터 절대 안 돼."

설을 바라보는 민준의 눈빛이 오전과 미묘하게 달라져 있었다. 갑작스레 불려 나오긴 했지만 뜻밖의 선물을 받은 설은 심장이 두근거렸다.

"그럼 김 대리님은요."

"내가 뭐."

"내가 모르는 시간 동안 어딜 다녀온 거예요?"

민준을 향한 설의 목소리에 기분 좋은 웃음이 묻어 나왔다.

"일이 있어서 아버지 좀 만나고 왔어."

"……아버지요?"

"응."

아버지란 말에 설은 슬쩍 입을 다물었다. 우리 아빠가 대통령인 걸 알게 된다면 이 사람은 어떤 표정을 지을까. 언젠가는 어차피 알게 될 일인데. 설이 목에 걸린 새로운 목걸이를 한 손으로 만지작거리며 입가에 옅은 미소를 지었다.

"그런데 말이야. 내가 그렇게 쪼잔한 사람은 아닌데, 이건 그냥 궁금해서 물어보는 거야."

민준의 시선이 설의 목덜미에 닿았다.

"어떤 남자가 준 거야?"

"뭐가요?"

"그거."

"아, 이거요……. 나를 많이 사랑했던 사람이 준 거예요."

쪼잔한 사람이 아니라더니, 대답을 들은 민준의 표정이 영 떨떠름하자 설은 속으로 피식 웃었다.

"우리 할아버지가."

설핏 웃는 설의 눈에 눈물이 핑그르르 맺혀 돌았다. 그날 그 사건이 일어나기 며칠 전, 할아버지께서 주신 마지막 선물이었다. 그날 이후로 설은 한 번도 이 목걸이를 몸에서 떼어낸 적이 없었다.

"누구한테도 말하지 말고, 소중하게 가지고 있겠다고 약속해 주겠니."

설은 처음으로 할아버지와의 약속을 어겼다. 누구에게도 이 이야기를 한 적은 없었는데.

"……할아버님이 꽤…… 다정한 분이셨나 보네."

아무리 질투가 심하다고는 해도 할아버지에게까지 질투할 필요는 없는데, 무얼 생각했는지 민준의 대답이 한 박자 늦게 천천히 흘러나왔다.

"선물을…… 많이 해주셨나 봐?"

"네. 예쁜 거 좋은 거 있으면 가끔 이것저것 선물해 주셨어요."

옛 추억을 떠올리는 설의 눈빛이 쓸쓸해 보였다.

민준은 머릿속으로 심플하다 못해 휑했던 그녀의 집 안 구조와 인테리어를 떠올렸다. 설의 집 안을 자세히 들여다보는 데 그리 오랜 시간이 걸리지는 않을 것이다.

"……6시까지는 돌아올 테니까 퇴근하지 말고 기다려."

"에에? 또 나가게요? 아니 무슨 회사를 그렇게 자기 맘대로……."

"잘리면 어쩔 수 없고."

뜨악한 표정이 된 설을 바라보며 피식 민준이 입가에 웃음을 머금었다. 하루라도 빨리 이 일을 마무리 짓는 게 그녀를 위해서도 자신을 위해서도 좋을 것이다. 설이 더 이상 위험해지지 않고 마땅히 누려야 할 것들을 마음 편히 누릴 수 있도록.

그리고 나는…… 그러면 나는.

"다음엔 좀 더 예쁜 걸로 사줄게."

'좋은 것, 예쁜 것으로, 당신의 할아버지가 그러했듯이.'

민준의 눈이 따뜻하게 휘어졌다.

⚜

사 년 전. 강조국 22세 K대 4학년, 대전 연구 단지.

오전 수업을 마친 조국은 부랴부랴 가방을 챙겨 인근 연구 단지 안에 있는 원자력연구원을 향해 차를 몰았다. 조국이 연구원을 드나드는 것을 탐탁지 않아 하던 외할아버지께서 얼마 전 마침내 연구실 방문을 허락하셨기 때문이다.

외할아버지 이인호 박사가 원장으로 있는 원자력연구원은 조국이 가장 좋아하고 오랫동안 선망해 왔던 곳이었다. 조국은 외할아버지께서 오랜 시간 연구해 오고 있는 일에 대해 늘 궁금해했지만, 그는 조국이 자신의 연구를 자세히 알게 되는 걸 내키지 않아 했다. 조국이 총명하고 뛰어난 습득 능력을 보일수록 외할아버지의 얼굴에는 자랑스러움과 함께 근심스러운 기색이 점점 더 짙어졌고, 대한민국의 영재들이 모여 있다는 K대에서도 조국이 눈에 띄는 것을 상당히 염려하셨다.

평범하고 조용하게 학부 생활을 보낼 것. 조국이 K대에 조기 입학했을 때 외할아버지는 이것만을 유독 강조하셨다. 그리고 조국이 눈에 띄지 않게 얌전히 대학 생활을 보내겠다고 약속하면, 외할아버지의 연구실에 언젠가는 발을 딛게 해주겠다고 약속하셨다.

그리고 마침내, 그날이 왔다.

"할아버지!"

"조국아!"

경비가 삼엄한 연구소 출입문에 나와 서 있던 이인호 박사는 자신을 향해 달려오는 조국을 발견하고는 환한 미소를 지었다. 너무 자랑스러우면서도 마음 한편으론 미안하고 애틋한, 하나밖에 없는 외손녀 강조국. 위험한 길을 걷게 하고 싶지 않은 할아버지로서의 마음과 인재를 숨겨두고 있는 것에 대한 죄책감 가운데 늘 갈등을 겪어야만 했던 이인호 박사는 마침내 조국의 운명을 겸허하게 받아들이기로 했다.

조국에게는 이인호 박사만이 알고 있는 특별한 능력이 있었다. 조국이 야당 국회의원인 아버지 때문에 정치적으로 휘둘릴까 봐 사위인 강현석 의원에게도 그녀의 능력에 대해 일부러 세세하게 말하지 않았다. 조국이 세상 밖으로 나오게 된다면 자신 못지않게, 아니, 어쩌면 자신보다 더한 주목을 받으며 힘든 삶을 살아야 할지도 모르기에, 이인호 박사는 늘 복잡한 갈등 중이었다. 하지만 숨긴다고 해도 언제까지 숨길 수 있을지 모르는 조국을 이젠, 받아들이기로 했다.

"학교 수업은 다 마치고 오는 거지?"

"그럼요. 아주 얌전하게."

조국이 이인호 박사의 팔짱을 끼며 생긋 미소 지었다. 최고의 과학 인재들만 모였다는 학교에 다니면서도 조국에게 수업은 늘 지루했다. 하지만 할아버지와의 약속을 지키기 위해 조국은 다른 학생들처럼 평범한 연구를 하고 평범한 리포트를 쓰며 조용히 학교생활을 했다.

"우리 외손녀인데, 놀러왔습니다."

긴 복도를 따라 걸으며 만나게 되는 하얀 가운의 연구원들이 이인호 박사를 향해 고개를 숙일 때마다 그는 그들을 향해 인자한 할아버지의 미소를 지어 보였다.

"오늘은 얌전히 구경만 하는 거야."

"네!"

지문 인식기에 엄지손가락을 올리자 유리문이 스르르 옆으로 열렸다. 마치 열려라 참깨의 주문으로 열리는 알리바바와 40인의 도둑 이야기처럼. 이인호 박사를 따라 그의 연구실 안으로 조심스럽게 들어서는 조국의 심장이 기대와 설렘으로 두근거리기 시작했다.

박사는 눈이 휘둥그레져선 주위를 두리번거리는 조국을 흘끔 바라보다 옅게 미소 지으며 하얗고 길쭉한 책상 앞에 가 앉았다. 그의 연구는 거의 마무리되고 있었다. 전문 분야별로 서로 다른 연구와 실험을 하고 있는 연구원들의 결과물을 모아 최종적으로 알고 있는 건 오직 이인호 박사뿐이었다. 그 연구 결과들을 조합하고 분석해서 하나의 완성된 결과물을 낼 날이 이제 얼마 남지 않았다.

"우아! 초소형 원자로 개발이에요?"

모니터 화면으로 도면을 들여다보던 이인호 박사의 뒤에서 조국의 명랑한 목소리가 들렸다. 순간 움찔했던 박사는 애써 아무렇지 않은 척 고개를 돌렸다.

"할아버지, 저 이거 좀 봐도 돼요? 학교에서는 이런 걸 배울 수가 없어요."

이인호 박사의 허락이 떨어지기도 전에 조국은 두 눈을 반짝이며 오른쪽 마우스의 휠을 빠르게 굴려 내리기 시작했다.

"네가 본다고 알 수 있는 게 아니야."

"헤헷. 그래도 보다 보면 알 수 있을지도 모르잖아요."

수백 페이지에 달하는 문서를 사진을 찍듯 한 장 한 장 머릿속에 저장시키며 조국은 속으로 큭큭 웃음을 터뜨렸다. 언제 다시 올지 모르니 이왕 온 김에 머릿속에 모두 저장해서 가지고 갈 생각이었다.

"이건 재료로 치면 빵을 만들기 위한 밀가루 같은 거야. 밀가루를 가지고 있다고 해서 아무나 빵을 만들 수는 없지."

딱 잘라 말하는 할아버지의 말씀대로 눈앞에 보이는 복잡한 도면과 기호들은 단순한 숫자와 그림들의 나열처럼 보였다.

"아…… 할아버지 말씀대로 정말 어렵네요. 역시 연구는 아무나 하는 게 아닌가 봐요."

조국은 능청스럽게 부러 거짓말을 했다. 제가 다른 사람들의 눈에 띄는 걸 염려하시는 할아버지가 또다시 연구실의 출입을 금할지도 모르기 때문이었다.

"그만 봐, 이 녀석아. 네가 지금 보고 있는 건 이 할애비밖에 볼 수 없는 거야."

"어차피 봐도 뭔지 잘 모르는데 조금만 더 볼래요, 할아버지."

'아직 머릿속에 다 집어넣지 못했다고요.'

모니터 안으로 빨려 들어갈 것처럼 조국의 눈은 생기 있게 빛났다.

"오늘은 그만."

이 박사가 마우스를 빼앗자 숫자와 도면으로 빼곡했던 화면이 순식간에 눈앞에서 사라졌다.

"아, 할아버지!"

조국이 투정부리듯 이 박사를 원망스러운 눈으로 쳐다보며 입술을 삐죽 앞으로 내밀었다.

"일주일에 두 번."

"뭐가요."

"연구소로 와. 출입증 카드 만들어줄 테니까."

"에에? 진짜요? 진짜 여기로 와도 돼요?"

대학을 졸업하면 어차피 조국을 부를 생각이었지만, 마음의 결정을 내린 이상 아까운 시간을 허비할 필요가 없었다. 이 박사가 고개를 끄덕이자 조국은 그의 허리를 끌어안으며 발을 동동 굴렀다. 이제 더 이상 지루한 학부 수업을 견디며 인내의 시간을 보내지 않아도 된다는 생각에 조국은 기쁜 기색을 감추지 못했다. 하지만 그녀는 할아버지의 얼굴에 옅게 드리워진 근심스러운 표정은 미처 알아차리지 못했다.

띠띠띠띠— 띠딕. 민준은 설의 집 안으로 자연스럽게 들어갔다. 고요한 적막만이 흐르는 공간에 서서 민준은 무심한 눈으로 그곳을 빙 둘러보았다.

이인호 박사의 사망 사건 후에 그와 연구를 함께한 연구원들에 대한 조사가 진행되었고, 그건 잠시나마 연구소를 드나들었던 설도 예외는 아니었다. 사망 사건이 일어난 당일 연구소를 빠져나갔던 이인호 박사는 무슨 연유에서인지 다시 급하게 되돌아왔고, 얼마 지나지 않아 연구실 안에서 사망한 채로 발견되었다. 그날, 박사의 연구소 사무실 CCTV는 파괴되어 당일 출입한 사람들의 흔적을 찾을 수 없었고, 파괴된 것은 CCTV만이 아니었다. 이인호 박사의 연구 자료가 들어 있던 컴퓨터는 깨끗하게 비워져 있었고 하드를 복구한 결과, 자료가 복사된 적이 있다는 흔적만을 찾아낼 수 있었다.

연구원들은 강조국 양이 일주일에 두 번씩 이인호 박사의 사무실에 들르기는 했지만 정확히 두 사람이 무엇을 하는지는 몰랐다며, 아마도 개인적인 방문이었을 거라고 진술했다. 이인호 박사의 연구는 학부 4학년이었던 강조국 양이 참여하거나 들여다볼 수 있는 수준이 아니었기에 그녀는 박사의 연구와 관련된 조사에서 금방 제외되었지만, 사라진 파일을 찾을 수 있는 유력한 후보라는 사실은 변하지 않았다.

적도 찾지 못했고 NIS도 찾을 수 없었던 파일. 민준이 찾아야 하는 그것은 바로 설이 가지고 있을지도 모른다. 자신이 받은 게 그것인지 모르는 상태일지도 모르고 혹은 외할아버지의 사망에 대한 충격으로 자신이 가지고 있다는 걸 잊어버렸을지도 모르는 일이었다.

"대리님, 나한테 숨기는 거 있죠."

"뜬금없이 무슨 소리야, 그게."

민준의 차에 탄 설이 짓궂은 표정을 지으며 물었다. 하지만 설의 농담이 재미가 없는지 민준의 표정은 순간 딱딱하게 굳어졌다.

"대리님 혹시 우리 회사 오너의 아들이거나 조카 아니냐고요. 그렇지 않고서야 어떻게 이렇게 자유롭게 회사를 다닐 수 있어요?"

"그러는 강설은, 나한테 숨기는 거 없나?"

가볍게 던진 말이 되돌아오자 설은 안 그런 척하려 했지만 당황을 숨기지 못했다. 숨긴다기보다 선뜻 말을 꺼내기가 어려웠던 문제이지만 아버지에 대해 말을 하지 않은 것은 사실이니 말이다.

"……있어요. 그것도 아주 큰 비밀."

설은 그 이상의 설명은 하지 않았다. 창문을 조금 내리자 틈 사이로 들어온 차가운 바람에 머리카락이 나부꼈다. 얘길 들으면 분명히 놀랄 텐데 그에게 아버지의 이야기를 어떻게 꺼내야 할지 고민이 되었다. 아니, 아버지에 대한 이야기만이 아니었다. 아버지와 외할아버지, 그리고 그 사람의 이야기까지.

"궁금하다고 하면. 얘기해 주나?"

두 사람 사이에 짧게 흐르던 침묵을 먼저 깬 것은 민준이었다.

"아니요. 얘기 안 할래요."

"숨겨야 할 과거가 있나 보네. 그것도 아주 대단한."

설의 입가에 옅은 미소가 머물렀다 사라졌다.

"그렇게 안 봤는데 내 옛날 남자 이야기가 궁금해요?"

"남자? 어떤 남자."

"지금 혹시 질투하는 거예요?"

설이 애써 밝은 목소리로 물었다.

"첫사랑 얘기에 질투씩이나 할 필요가 있겠어?"

"삼 년도 더 지난 일인데요, 뭘."

설은 담담하게 말했지만, 민준의 두 눈은 어둡게 짙어졌다.

"삼 년 전에도 조국 양한테 요원을 한 명 붙였었어. 그때 임무를 맡았던 요원이 경솔하게 행동하는 바람에 일이 어긋났었다."

"그렇게 정색할 만한 이야기는 아닌데."

민준의 얼굴이 묘하게 일그러지는 것 같아 설이 어색하게 웃어 보였다. 역시 사귀는 사이에 옛 연인의 이야기는 좋은 대화 주제가 아니었다.

외할아버지가 돌아가신 후 서울로 올라왔지만 설은 고집을 부려 부모님의 집으로 들어가지 않았다. 외할아버지께서 서울에 계실 때 머물던 그 집으로 가고 싶었지만, 혹시 모를 위험에 이 또한 부모님이 완강히 반대하셨다. 대신 부모님의 집 가까운 곳에 작은 오피스텔을 얻어 사는 것을 허락하셨고, 설은 그곳에서 꽤 오랜 시간 은둔 생활을 했다. 그리고 그곳에서 우연히 그 사람을 만났다.

그날 약속도 없이 할아버지의 연구소만 찾아가지 않았더라면 할아버지는 지금도 살아 계시지 않을까. 끊임없는 자책감에 시달리던 설을 어둠 속에서 꺼내주었던 남자. 하지만 설에게 환한 웃음을 되찾아주었던 그 남자는 결국 설을 더 깊은 어둠 속으로 추락시켰다.

"찾을 수 없습니다. 강조국 양이 가지고 있지 않은 게 확실한 것 같습니다, 국장님. 그러니 더 이상의 조사는 필요가 없을 것 같습······."

친구와 만나기로 했던 일정이 어긋나 그대로 집에 돌아온 그날, 자신도 약속이 있다던 그 남자는 그녀의 오피스텔 안에 있었다. 그녀가 한 번도 데려온 적 없었던 집에.

민준의 자동차가 설의 아파트 동 앞에 멈추어 섰다.
"어디가 안 좋아요?"
오는 동안 내내 아무 말이 없던 민준의 침묵이 마음에 걸려 설이 조심스럽게 그의 눈치를 살피며 물었다. 시동을 끈 후 민준은 고개를 돌려 설을 바라보았다.

"나랑 같이 저녁 먹을래요? 별거 아니어도 간단한 메뉴 정도는 만들 수 있는데."

평소 같았으면 어림도 없었을 텐데, 설은 민준의 불편해 보이는 얼굴이 마음에 걸렸다.

"……뭐 해줄 건데."

"대단한 건 아니니까 너무 기대하지는 말아요."

설이 싱긋 웃으며 차에서 내렸다. 음식 앞에서는 반응이 달라지는 게, 어떨 때 보면 꼭 어린아이 같기도 하다. 그 어떤 것에도 별로 흥미가 없어 보이는 민준이 이렇게 가끔 소년 같은 모습을 보일 때마다 가슴속에서 무언가 몽글몽글한 게 올라오는 것만 같았다.

민준은 설과 함께 조금 전 자신이 다녀갔던 공간에 다시 무거운 발걸음을 내디뎠다. 예상은 하고 있었지만, 설의 아파트에서는 아무것도 찾을 수 없었다. 하긴, 자신이 벌써 찾을 수 있을 것이었다면 그 파일은 진작 누군가의 수중에 들어갔을 것이다.

"저번처럼 돌아다닐 생각하지 말고 거기 얌전히 앉아 있어요."

설이 엄숙한 표정으로 거실 소파를 가리켜 보였다.

"번거로울 텐데 대충 아무거나 시켜 먹지."

얌전히 앉아 있으라고 했는데 그새를 못 참겠는지 어느새 민준이 설의 곁으로 다가왔다.

"먹을 수 있을 때 먹어두고 이왕 먹을 거 맛있는 걸로 먹자는 게 대리님 신조라면서요. 난 대리님이 신조를 지킬 수 있도록 도와주는 거예요."

"……."

"그리고…… 선물도 줬고."

도마 위에 채소를 올려놓고 탁탁탁 조심스레 칼질하는 설의 뺨에 옅은 홍조가 어렸다. 그런 설을 바라보는 민준의 눈빛이 서늘해졌다.

"……하지 마."

'내가 지금 이 사람한테 무슨 짓을 하고 있는 거지?'

민준의 가슴 한쪽이 뻐근해지는가 싶더니 곧바로 아프게 욱신거렸다.

민준이 칼을 쥔 설의 손목을 붙잡았다. 칼을 내려놓으며 설은 그를 돌아보았다.

"왜요?"

설을 바라보는 민준의 가슴이 빠르게 오르락내리락했다. 민준이 왜 그러는지 알 수 없어 의아해하던 설이 배시시 웃으며 다시 도마 위로 시선을 돌렸다.

"어려운 거 아니에요. 금방 할 수 있……."

"하지 말라고!"

설의 몸이 민준에 의해 거칠게 돌려졌다. 붙잡힌 손목에 통증이 느껴져 설은 인상을 찌푸렸다.

"……대리님, ……왜?"

설은 말을 잇지 못한 채 멍한 얼굴로 민준을 올려다보았다.

"……빌어먹을."

민준의 입에서 신음처럼 낮은 욕설이 뱉어져 나왔다. 이따금 그의 심장을 아프게 쿡쿡 찔러대던 그것은, 설을 속이고 있다는 양심의 가책만이 아니었다. 민준은 그대로 등을 돌려 현관으로 향했다.

"도대체 왜 화를 내는 거예요?"

뒤쫓아간 설이 민준을 붙잡았다. 설은 도대체 이 상황을 이해할 수가 없었다.

저녁을 해주겠다고 했는데 왜 화를 내는 거지? 아무리 생각해도 민준이 갑자기 자신에게 화를 내는 이유를 알 수 없었다.

설에게 붙잡힌 민준은 몸을 돌려 그녀와 마주 보고 서더니 그녀의 찡그려진 눈썹을 꾹 눌러 반듯하게 폈다.

"잘 자."

민준은 굳은 얼굴로 다시 등을 돌렸고, 그대로 문을 열고 나갔다. 문이 닫히며 띠딕- 잠금장치가 자동으로 잠기는 소리가 들렸다.

'잘 자'라는 인사를 하기에는 너무 이른 저녁이었다. 아니 그보다, 왜 화를 내느냐고 물었는데 민준은 그에 대한 대답을 해주지 않았다.

민준이 목걸이를 선물로 준 게 고맙고, 오늘 무슨 일이 있었는지 표정이 어두운 그를 위해 저녁을 해주겠노라 했는데 그는 어이없게도 화를 내며 돌아가 버렸다. 이런 전개는 그 어디에서도 본 적이 없었다.

'쾅!' 소리와 함께 현관문이 요란한 소리를 내며 닫혔다. 민준은 짙은 한숨을 내뱉으며 두 손에 얼굴을 가득 묻었다. 임무이기 때문에 당연히 괜찮다고 생각했다. 후에 그녀가 자신에게 배신감을 느껴 미워하게 된다 해도 얼마든지 넘어갈 수 있다고 생각했다. 하지만 민준은 오늘 처음으로 설이 받게 될 마음의 상처에 대해 생각하게 되었다. 설의 눈물과 슬픔을 보고 싶지 않아졌다. 그녀가 상처받지 않기를 바라게 되었다. 그녀가 자신을 위해 요리를 하겠다고 하는 순간, 가슴속에서 뜨거운 덩어리가 목구멍까지 차오르는 것만 같았다.

설을 떠올리는 민준의 눈빛이 어둡게 짙어졌다.

딩동딩동-

한참 동안 설에 대한 생각을 하다가 씻고 나온 나온 민준은 요란하게 울리는 현관벨 소리에 인터폰 화면으로 방문자를 확인했다. 화가 많이 난 듯 입술을 꾹 다문 설이 민준의 현관 벨을 열심히 누르고 있었다. 민준이 천천히 현관으로 다가가 현관 도어록 버튼을 누르자 띠리- 소리와 함께 현관문이 밖으로 벌컥 열렸다.

"뭐예요, 진짜?"

그를 향해 언성을 높이던 설이 멍하니 입을 벌렸다. 민준의 가슴 근육을 타고 내려온 물방울이 허리에 아슬아슬하게 걸쳐진 하얀 수건 위로 스며들었다.

"사람이 그러고 가버리면……."

씩씩거리며 자신을 쳐다보고 선 설을 민준이 물끄러미 내려다보았다. 민준의 머리카락에서 채 마르지 않은 물기가 어깨 위로 뚝뚝 한 방울씩 떨어져 내렸다.

"……그러니까 내 말은, 대리님이 왜 화가 났는지 이유도 말해주지 않고……."

설은 준비할 새도 없이 맞닥뜨린 민준의 반나체에 얼어붙었다. 갑자기 민준의 집에 찾아온 이유를 잊어버렸다. 그렇다고 이제 와 뒤돌아서자니 타이밍이 너무 늦었다.

"뒤…… 돌아설까요?"

"……아니."

민준이 설을 붙잡아 현관 안으로 들였다. 등 뒤에서 문 닫히는 소리가 나자 설은 저도 모르게 움찔했다.

"거기 있어."

민준이 침실로 향하고, 남은 설은 붉어진 두 뺨에 손을 올리며 달아오른 얼굴의 열기를 식혔다.

엉거주춤한 자세로 거실 한복판에 선 설은 조심스레 주변을 두리번 거렸다. 그의 집은 가구도 별로 없이 적막했고, 이사 온 지 얼마 되지 않은 것처럼 생활 흔적도 보이지 않았다.

설의 시선이, 거실 한쪽에 있는 웅장한 오디오에 가 닿았다.

'이 오디오구나.'

오디오를 보자 민준이 들려준 음악 생각이 났다. 설이 그 앞으로 다가가 무심코 손을 뻗었을 때였다.

"만지지 마!"

다급한 목소리가 등 뒤에서 날아들었다. 설은 깜짝 놀라서 민준을 돌아보았다.

"……알았어요."

설은 무안하고 민망해서 얼굴을 붉혔다. 흔히 보던 오디오와 조금 다른 것 같아 궁금했던 것뿐인데, 그게 이렇게 과민 반응을 보일 일인가 싶었다. 하지만 더욱 이상한 것은 민준의 얼굴에 순간 스치듯 나타났다 사라진 감정이 짜증이나 분노가 아닌 두려움에 가까웠다는 것이다.

설이 오디오와 그를 한번 번갈아보곤 말했다.

"나, 저녁 안 먹었어요."

"뭐 먹고 싶어? 나가서 먹자."

민준은 설과 눈을 마주치지 않았다. 처음 만난 이래로 그가 제 시선을 피하는 것은 처음이었다. 설은 기분이 이상해졌다. 손에 잡고 있던 노란 풍선이 갑자기 하늘로 올라가 버린 것처럼.

"여기서 먹어요. 날도 추운데."

"배달 음식은 먹을 만한 게 없어."

"대리님이 사오면 되잖아요. 난 여기서 기다릴게요."

설이 소파에 앉았고, 민준의 눈빛이 어둡게 가라앉았다.

"있어, 그럼. 적당히 알아서 사올 테니까."

민준은 자신이 과민 반응을 보였다고 생각하며 서둘러 음식을 사러 가기로 했다.

민준이 밖으로 나가자마자 설은 곧장 오디오 앞으로 갔다. 공포 영화를 보면서 위험한 걸 알면서도 들어가는 주인공들이 그렇게 어리석어 보일 수 없었는데 저 역시도 똑같았다. 그렇지만 무슨 일이 생길지 모른다는 불안함보다는 오디오에 대한 궁금증이 더 컸다.

설은 오디오 앞에 바짝 다가가 섰다. 불필요해 보이는 버튼이 몇 개 더 있는 것이 아까부터 계속 신경이 쓰였던 터였다.

'예를 들면, 이 조그만 빨간 버튼이라든지.'

설은 빨간 버튼을 천천히 눌렀다. 하지만 오디오에서는 아무런 변화도 일어나지 않았다. 설은 안도감인지 미안함인지 모를 얕은 한숨을 뱉었다.

"하아."

[하아.]

설은 화들짝 놀라 주위를 두리번거렸다. 그리고 의심스러운 눈으로 오디오를 보았다.

"뭐…… 지?"

[뭐…… 지?]

공포로 눈이 휘둥그레진 설이 얼른 빨간 버튼을 다시 눌러 오디오를 꺼버렸다. 손끝이 부들부들 떨리고 온몸에 소름이 돋았다.

'도청…… 장치? 하지만 김 대리님의 집에 왜 이런 게 있는 거지? 혹시 김 대리님도 알지 못하고 있는 게 아닐까?'

여러 가지 생각이 한꺼번에 뒤엉켰다. 그러다가 설은 조금 전, 오디오를 만지지 못하게 하던 민준의 당황스러운 목소리를 떠올렸다. 그 반응을 보면 그는 이 장치에 대해 이미 알고 있다는 뜻이다. 하지만 그는 도대체 왜 자기 집에 도청 장치를 해놓은 걸까. 혹시, 집에 없는 동안 도둑이라도 들까 봐?

띠리리리— 갑자기 핸드폰이 울리자 깜짝 놀란 설이 몸을 움찔거렸다. 발신자를 보니 민준이었다.

"……여보세요."

[먹고 싶은 거 말해봐.]

"아무거나요."

[그럼 저번에 먹었던 치킨 먹을래?]

"좋아요."

민준이 유난히 조심성이 많다고 생각한 적이 있었는데, 아무래도 이 도청 장치는 그것의 연장선상이 아닐까 싶었다. 그래, 그렇게 생각하니 설은 괜히 겁을 먹은 스스로가 우스웠다. 다시 소파에 앉으며 설은 풋 웃음을 터뜨렸다.

"하여간 그렇게 안 생겨서 겁은 되게 많나 보네. 훔쳐갈 것도 별로 없어 보이는데 말이야."

잠시 후, 치킨집을 털어왔는지, 나간 지 얼마 되지 않은 것 같은 민준이 돌아왔다. 급하게 뛰어왔는지 그의 숨소리가 거칠었다.

"프라이드 치킨, 바삭한 걸로 맞지?"

갈증이 많이 났는지 민준은 냉장고에서 맥주를 꺼내자마자 곧바로 한 캔을 깨끗이 비워 버렸다.

"그걸 기억하고 있었어요?"

설이 눈을 동그랗게 뜨며 물었다. 자신이 그때 술집에서 지나가는 말로 바삭한 프라이드 치킨을 좋아한다고 했던 기억이 났다. 하지만 그런 사소한 것까지 그가 기억하고 있을 줄은 몰랐다.

"당신에 관한 건 다 기억해. 빠짐없이 전부 다."

'당신이 알려주지 않은 것까지도 전부.'

민준이 두 번째 맥주까지 따서 꿀꺽꿀꺽 마시자 설이 그의 팔목을 붙잡았다. 민준이 머리 위에 물음표를 매달고 설을 보았다.

"이건 내 거라고 꺼내놓은 거 아니었어요?"

"냉장고에 많아. 그것도, 아~ 주 많아."

별 걱정을 다한다는 듯 민준은 냉장고를 가리켜 보였다.

"대리님, 나 물어볼 게 있는데…… 혹시 겁이 많아요?"

식탁 맞은편에 앉은 설이 맥주 캔을 따며 민준에게 물었다.

"내가 어딜 봐서 겁이 많을 것 같아?"

"그럼 혹시 도둑 같은 거 무서워해요?"

"내가 그렇게 보여?"

"아니요."

"싱겁기는."

"……그러니까요."

설이 맥주를 한 모금 홀짝거렸다. 입안으로 알싸하게 퍼지는 음료는 시원했지만, 오늘따라 유달리 맥주가 썼다.

"참. 그런데 아까 우리 집에서는 왜 그러고 간 거예요?"

설은 그제야 자신이 민준의 집에 오게 된 이유가 생각났다. 대답 대신 세 번째 캔을 따서 입에 가져가는 민준의 대답을 기다리며 설은 왠지 모르게 초조해지는 기분이었다.

"배가 별로 고프지 않아서."

명쾌한 대답은 아니었지만, 설은 그냥 그렇다 하고 넘어가기로 했다. 의심이 또 다른 의심을 낳기 전에 설은 가슴속에서 스멀스멀 피어오르는 의문을 그대로 묻어두기로 했다.

"정말 수상한 남자네요."

설은 피식 웃으며 맥주를 한 모금 더 마셨다. 식욕은 이미 저 멀리 달아나 버렸다. 치킨에는 손도 대지 않고 설이 두 번째 맥주 캔을 들자 민준이 한쪽 눈썹을 위로 추어올렸다.

"두 캔째야. 더 마시면 취한다고 했던 것 같은데."

"괜찮아요. 집에 가는 길에 같이 대화 나눌 나무도 없는데요, 뭘. 그리고 내가 취하면 대리님이 집에 데려다줄 거잖아요."

"취했는데 내가 집에 왜 데려다줘."

민준이 손에는 벌써 네 번째 맥주가 들렸다. 치익 소리와 함께 하얀 거품이 몽글몽글 위로 올라왔다.

"너무 많이 마시는 거 아니에요? 이러다 내가 아니라 대리님이 취하겠네요."

설은 문득 근심스러운 얼굴을 했다. 맥주가 아주 많다더니 도대체 얼마나 많은 건지 끝이 없었다.

"난 안 취해. 중요한 순간에는 더욱. 술김에, 홧김에, 이런 말을 가장 싫어하는 사람이지."

민준이 설을 보며 의기양양한 표정을 지었다.

시간이 흘러 어느덧 깊은 밤이 되었다.

"늦었어요. 그만 가 볼게요."

설이 빈 맥주 캔을 식탁 위에 내려놓으며 테이블에 한 손을 짚고 섰다.

"데려다줄 테니까 좀 더 있다가 가."

민준의 목소리에 아쉬움이 묻어 나왔다.

"갑자기 아까 우리 집 현관문을 박차고 나가신 분이 생각나네요."

설이 입술을 삐죽거리며 민준을 샐쭉하게 쳐다보았다.

"그런데 당신이 우리 집 문을 열고 들어왔잖아."

민준이 자리에서 일어섰다. 그는 남자의 눈빛으로 그녀를 바라보고 있었다. 저를 바라보는 눈빛이 낯설어 설이 주춤 뒤로 한 발 물러섰다.

"내 눈앞에 이렇게."

'강설, 당신이 나한테 왔다고.'

손에 쥐고 있던 캔을 비운 것을 끝으로 민준은 더 이상 맥주를 마시지 않았다. 대신 그는 설의 손목을 붙잡았다.

"안 취한다면서요."

설이 민준의 얼굴을 올려다보았다. 어쩐지 숨이 조금 가빠왔다.

"안 취했어."

"근데 지금……."

민준이 설의 손을 꽉 잡고 끌어당겨 앞에 세웠다.

'아. 이건…….'

당황한 그녀의 눈빛이 흔들렸다. 설은 다음 순간 자신에게 어떤 일이 일어날지 예상할 수 있었다.

민준이 더운 숨을 뱉어냈다. 설의 흔들리는 까만 눈동자가 눈앞을 가득 채우는 기분이었다.

"……정답."

민준은 커다란 손으로 설의 뺨을 감싸고, 살짝 벌어진 붉은 입술에 제 입술을 가져다 댔다. 설의 입술을 가볍게 물었다 놓으며 민준은 그녀의 안으로 천천히 침범했다. 커다래졌던 설의 눈이 스르륵 감겼다.

설이 가쁜 숨을 몰아쉴 무렵에야 입술을 떼어낸 민준이 그대로 그녀의 얼굴을 붙잡은 채 눈을 맞췄다. 설은 민준의 빠르게 뛰는 심장

소리를 들었다. 그의 눈빛에서 여태까지와는 다른 확연한 감정을 느꼈다. 그는 애틋한 눈빛을 하고 있었다.

민준의 엄지손가락이 설의 입술 위를 스치듯 천천히 훑고 지나갔다. 설은 제 입술을 지나 뺨에 닿은 손가락이 너무나 뜨겁다고 생각했다.

"……나 아직, 대리님한테 말하지 않은 게 있어요."

붉게 달아오른 채로 설이 입술을 달싹였다. 그에게 이제 얘기를 해야 한다고 생각했다. 아버지에 대한 이야기, 옛날 이야기, 그리고…….

"……말 안 해도 돼."

설을 바라보는 민준의 눈빛이 짙어졌다.

"하지만 난 대리님에 대해 아는 게 거의 없어요."

생각해 보니 설은 민준의 이름과 같은 회사에 다닌다는 것 외엔 아는 게 없었다. 가족 관계가 어떻게 되는지, 어떤 것을 좋아하고 싫어하는지, 설은 민준에 대해 궁금한 게 많아졌고, 그에 대해 더 많이 알고 싶어졌다. 그러기 위해서라도 그에게 먼저 솔직한 모습을 보여 주고 싶었다.

설을 바라보던 민준이 입술을 움직였다.

"내 이름은 김민준이야. 스물여덟 살. 그리고……."

그리고

"강설을 좋아해."

거짓 없이 말할 수 있는 게 지금은 이것밖에 없어서.

"……강조국, 원래 내 이름, 강조국이었어요. 삼 년 전까지."

설의 고백에 그녀의 뺨을 감싸고 있던 민준의 손이 천천히 아래로 미끄러지듯 내려왔다. 그의 표정이 그리 밝지는 않아서 설의 심장이 불안하게 뛰기 시작했다.

"왜…… 묻지 않아요?"

'물어야 하는데. 왜 이름을 바꾸었냐고. 당신한테 무슨 일이 있었냐고.'

설은 자신에게 아무것도 묻지 않은 민준이 불안했다. 그것은 꼭 그에게도 아무것도 묻지 말라는 뜻 같았다.

"궁금하지 않아."

오늘만큼은 아니 지금 이 순간만큼은, 당신에게 있었던 일에 대해 알고 싶지 않아.

민준은 식탁 의자 위에 걸쳐 두었던 점퍼를 집어 들었다.

"너무 늦었네. 데려다줄게."

설은 민준의 뒷모습을 바라보며 그대로 서 있었다. 방금 전 민준의 얼굴에 나타난 미세한 균열이 설의 마음속에 불안하게 스며들었다.

"지금 안 가면 오늘 못 갈 수도 있는데."

고개만 돌린 민준이 설핏 장난스러운 미소를 지었다. 아래로 한껏 휘어진 눈꼬리에 가려 그의 눈빛이 잘 보이지 않았다.

"누…… 누구 맘대로…… 집에 못 간다고."

민준의 짓궂은 농담에 설은 정신이 번쩍 들었다. 빨개진 얼굴로 설은 민준의 곁을 부러 씩씩하게 스쳐 지나갔다.

"내일부터는 성실하게 일해야겠어."

"왜요?"

회사를 놀이터처럼 다니시던 분이 왜. 현관문을 나서면서 설은 민준을 올려다보았다.

"내 직장이잖아."

민준이 슬쩍 웃으며 설의 손을 잡았다. 그 손을 그대로 점퍼 주머니에 넣고, 두 사람은 나란히 엘리베이터 앞에 섰다. 민준은 문득 그냥 지금처럼 이대로 사는 것도 나쁘지 않겠다고 생각했다.

'하루의 일과를 끝내고 돌아와 투덕거리며 같이 저녁을 먹고 맥주를 마시고, 봄이 오면 한강에 가서 같이 자전거도 타야지.'

"자전거는 탈 줄 알아?"

"네 발도 운전하는데 두 발 운전을 못 할까 봐요?"

'여름엔 바다에 가서 수영도 하고. 아 바다는 싫어하려나, 그럼 실내 워터파크.'

엘리베이터에 오른 민준이 1층 버튼을 눌렀다. 그리고 다시 물었다.

"수영은."

"제가 머리도 좋지만 몸으로 하는 것도 꽤 잘하거든요."

뿌듯해하는 설의 얼굴로 갑자기 그늘이 지더니 민준의 입술이 내려앉았다. 설은 자연스럽게 입술을 벌려 그를 맞았다.

"······빠르네, 정말."

띵 소리와 함께 민준은 떨어졌고, 설의 얼굴엔 화끈거리는 붉은 그림자가 남았다.

"산은 좋아해?"

민준이 점퍼 주머니 속에 넣은 설의 손을 만지작거렸다. 손 끝에 닿는 감촉이 부드러웠다.

"설마, 스키도 잘 타냐고 물을 건 아니죠?"

"그걸 어떻게 알았어?"

민준이 으응? 놀랍다는 듯 두 눈을 크게 떴다.

'귀신같네, 강설. 머리만 좋은 게 아니라 예지력까지 있다니.'

"나 올림픽에 내보내게요?"

설이 그대로 멈춰 서더니 어이가 없다는 듯 민준을 위아래로 훑어보았다. 자전거에 수영, 등산에 스키까지. 데이트 코스로 묻는 게 어째 죄다 운동뿐이었다.

"올림픽엔 왜?"

'아, 데이트할 땐 이런 걸 안 하나?'

큰 깨달음을 얻은 민준이 무슨 말인지 알겠다는 듯 고개를 끄덕였다.

"그래도 수영은 양보 못 해."

'그래도 수영은 꼭 하러 갈 것이다. 난 대한민국의 신체 건강한 남자니까.'

민준은 수영복을 입은 설을 상상하며 뿌듯한 미소를 지었다.

"수영이 그렇게 좋아요? 난 특별히 좋은 줄 모르겠던데."

"그래, 그럼 이번 주말에 가자."

"무슨 대화가 이래요?"

또 이렇게 자기 하고 싶은 말만 한다. 못 말리겠다는 듯 설이 곱게 눈을 흘겼다. 자기 맘대로 주말 약속을 잡는 민준이 마치 소풍을 앞둔 어린아이처럼 즐거워 보였다.

"이번 주에는 실내 워터파크에 가고, 다음 주에는 또 어디 갈까."

민준이 설의 손등을 엄지손가락으로 부드럽게 쓸었다.

민준은 이대로 설과 즐거운 기억을 만들고 추억을 쌓으며, 다른 사람들처럼 평범한 연애를 하며 살 수 있을 것 같았다. 지금은 설에게 자신이 김민준 대리이기 때문이었다.

"아, 돈을 많이 벌어야겠어. 여긴 월급이 얼마나 되려나?"

민준의 말에 설은 장난하지 말라는 듯 눈을 동그랗게 떴다.

"진짜 몰라요?"

"응, 몰라. 내일 물어봐야지."

민준이 씩 웃더니 설의 손을 잡은 채로 몸을 거꾸로 돌렸다. 그녀의 손을 잡고 그녀를 보고 서서는 뒤로 한 걸음, 한 걸음씩 옮겼다.

"위험해요."

설이 인상을 찡그렸다. 설이 인상을 찡그리자 눈꼬리가 아래로 쳐졌다. 그 모습이 흡사 새끼 고양이처럼 귀여워 민준이 한쪽 눈썹을 아래로 휘며 웃었다.

"괜찮아."

"다치면 어떡하려고."

"괜찮다니까. 당신이 손만 놓지 않으면."

민준이 빙긋 웃으며 설의 손을 가볍게 잡아당겼다. 그녀를 제 가슴 가득 안은 채로 그는 설의 등을 감쌌다.

"……그러니까 내 손 놓지 마."

'앞으로 우리에게 어떤 순간이 오더라도.'

민준의 입술 끝이 미세하게 떨렸다.

⚜

여자 탈의실 출입구 앞에서 팔짱을 끼고 선 채 설을 기다리는 민준은 어딘가 조금 초조해 보였다. 무릎 위까지 내려오는 줄무늬 수영복을 입고 탈의실 앞을 왔다 갔다 하던 민준이 슬쩍 그 안쪽을 흘깃 쳐다보았다.

"벗고, 입고. 그게 그렇게 오래 걸리나?"

아무리 생각해도 옷을 갈아입고 나오는 데 일 분이면 충분할 것 같은데, 아니, 아무리 천천히 움직인다 해도 몇 분이면 족할 것 같은데, 민준은 벌써 몇 십 분째 설을 기다리고 있었다.

민준이 주변을 흘끔 쳐다보더니 왼쪽 손목의 시계를 확인했다. 화면을 몇 번 터치하자 빨간 점 하나가 깜빡거리는 게 보였다. 화면을 확대해 위치를 확인한 후 민준이 다시 화면을 닫았다. 그러자 평범한 시계 화면이 다시 나타났다. GPS 기능이 탑재된 소형 위치 추적 장치였다.

구하러 가야 하나, 찾으러 가야 하나 민준이 고민하는 사이, 여자 탈의실 휘장을 젖히며 설이 모습을 드러냈다. 설을 본 민준의 입가에 씩 반가운 미소가 떠올랐다.

하지만 그 반가운 미소는 금세 사라졌다.

"수영복이 왜 이래."

TV 광고에서 본 워터파크 광고 모델들은 아낌없이 보여주던데, 여자들 수영복이 다 그런 게 아니었나.

'강설 참, 인색하네.'

민준은 대놓고 실망하는 표정을 지었다.

"내 복장이 어때서요?"

설은 짧은 반바지에 긴팔 상의를 입었다. 요새 유행하는 래시가드 수영복이었다. 한마디로 목 부분에서 양 팔 부분, 몸통까지 한 치의 빈틈도 없이 꼭꼭 감싼 모양새. 그나마 짧은 반바지 아래로 늘씬하게 뻗은 하얀 다리가 민준에게 작은 위로가 되었다. 하지만 아무리 그래도 그렇지.

"사람이 너무 폐쇄적이잖아!"

"네에?"

'이런 데 오면 비키니 같은 거 입는 거 아니었나. 쩝. 내가 이걸 보려고 자동차로 몇 시간을 달려온 게 아니었는데.'

민준은 아주 많이 아쉬워졌다.

"비키니 입으면 되게 예쁠 것 같았는데. 아쉽네."

"뭐라고요? 그럼 비키니 입은 여자들이랑 놀든가요!"

"아아! 아파!"

설이 씩씩거리며 등을 찰싹 때리자, 민준이 한 걸음 옆으로 물러서며 엄살을 피웠다. 흥! 설이 가슴 앞으로 팔짱을 끼며 고개를 옆으로 홱 돌린 후에야 민준은 커다랗게 웃으며 그녀에게 농담이었다고 사과했다. 그는 평범한 연인들처럼 투닥거리는 데에 기분이 좋아졌다. 다른 사람들에게는 우리 두 사람도 평범한 연인처럼 보일 것 같았다.

"바닥이 미끄러워서 내가 넘어질 것 같은데."

민준이 설에게 슬쩍 손을 내밀었다.

"그럼 내가 잡아줄게요."

금세 마음이 풀린 설이 웃으며 그의 손을 잡았다. 태연한 말투와는 다르게 민준의 목덜미가 붉게 물들어 있어 설의 마음이 부푼 풍선처럼 둥실 떠올랐다.

"우리, 수심 깊고 파도치는 데로 가자."

막 무섭고, 막 위험한 데. 민준은 의미심장하게 설을 바라보며 입가에 환한 미소를 띠었다.

"무슨 수영을 그렇게 잘해?"

밀려오는 높은 파도에 한 번쯤은 비명도 지르고 제 목에 팔을 휘감고 매달릴 줄 알았다. 그러면 설의 허리를 감싸 안고 '내가 있는데 뭐가 무서워' 내지는 '걱정하지 마, 내가 구해줄 테니까' 등의 말로 그녀를 안심시키는 그런 모습을 흐뭇하게 상상했었다. 하지만 오늘 민준은 설을 물 밖에서가 아니라 물속에서 더 자주 보았다. 해녀도 아니고, 잠수부도 아니면서, 설은 물을 무서워하기는커녕 물 만난 고기처럼 물속을 돌아다녔다.

카바나 바닥에 엎드려 있던 민준이 고개를 돌렸다.

"내가 말했잖아요. 웬만한 건 다 잘한다고."

"그럼 못하는 건 뭐야."

아무래도 그걸 하자고 해야겠다.

"그런 거 없어요."

어깨를 으쓱이는 설의 표정이 진지해 민준의 기분은 더 침울해졌다.

"혹시 요리도 잘해?"

"그날 먹어봤으면 알 수 있었겠죠."

설이 두 눈을 가늘게 접으며 곱게 눈을 흘겼다.

"그럼 오늘 저녁에 강설이 다시 만들어주려나?"

"내가 만든 거 싫다면서요. 만들지 말라고 했던 게 누군데 그래요?"

퉁명스러운 설의 대답에 민준의 눈이 잠시 바닥에 닿았다가 다시 설의 얼굴로 향했다.

"마음에 담아두는 스타일이구나? 쪼잔하게."

"일부러 마음속에 담아두는 건 아니고, 그냥 머릿속에서 지워지지 않아요. 그게 뭐가 되든지 말이에요."

남들과 조금 다른 기억력이 때론 올가미처럼 설을 옭아맬 때가 있다. 고통스러운 상처도 슬픔도 남들보다 더 오래, 더 진한 잔상을 남기기 때문이었다.

"사람도?"

"사람은 머리로 기억하는 게 아니잖아요."

흐흠. 설이 고개를 살랑살랑 내저었다.

"그럼."

"가슴으로 기억하는 거죠."

그러자 민준의 시선이 아래로 내려와 한 곳에서 멈췄다. 그러자 설은 금세 눈을 흘겨 뜨곤 손을 들었다.

"이 가슴이 아니잖아요!"

"아야! 아프다고."

찰싹 매서운 손바닥이 어깨에 닿는 소리가 참으로 청량했다. 민준은 아프다며 잔뜩 인상을 구겼지만 그의 눈과 입은 웃고 있었다.

"뭐야. 왜 말이 없어."

설은 새삼 민준의 어깻죽지와 등을 살폈다. 앞모습을 볼 때는 몰랐는데, 지금 보니 등과 어깨에 희미한 흉터 자국이 여러 개 남아 있었다. 등과 어깨에 이렇게 자잘한 흉터를 남길 일이 뭐가 있을까.

"⋯⋯다쳤어요?"

"참 나. 농담도 못 하겠네, 이 아가씨."

'작은 손으로 몇 대 때렸다고 정말 자신이 힘이 세다고 착각하는 건 아니겠지, 설마.'

민준이 어이가 없다는 듯 웃으며 겹쳐 접은 두 팔 위로 다시 고개를 얹었다.

"그럼, 이건 다 뭐예요⋯⋯?"

설의 손가락이 조심스럽게 민준의 어깻죽지에서 날개 뼈를 따라 아래로 흘렀다. 민준의 얼굴에서 웃음기가 사라졌다. 그는 황급히 몸을 일으키곤 설의 손목을 단단히 붙잡았다. 설이 의아한 얼굴로 그를 바라보다 그에게 잡힌 손목을 내려다보았다. 그러고 보니 민준의 손목과 팔에도 희미한 흉터가 여럿 있었다.

설은 고개를 들고 민준의 눈을 바라보았다. 그의 입은 어색하게나마 웃고 있었지만 눈은 그 어느 때보다도 딱딱하게 굳어 있었다. 자신의 손목을 아프게 쥐고 있는 줄도 모를 정도로 당혹스러운 눈빛도, 감춰지질 않았다.

"……아파요."

설이 조용히 내뱉은 말에 민준은 깜짝 놀라 그녀를 놓아주었다.

"아……."

설의 손목에 붉은 자국이 선명하게 남았고, 민준은 조금 전보다 더 당혹스러워졌다. 울긋불긋해진 손목은 금방이라도 보라색으로 변할 것처럼 보였다.

너무 미안해서 오히려 미안하다는 말을 꺼내기가 어려웠다. 두 사람 사이에 어색한 침묵이 흘렀고, 설은 스트레칭 하듯 손목을 가볍게 흔들었다.

"……어디, 봐."

"괜찮아요."

민준이 조심스럽게 손을 뻗었지만 설은 아무렇지 않다는 듯 고개를 저었다. 그녀는 괜찮다고 했지만 고개를 숙이고 있어 지금 어떤 표정을 하고 있는지는 보이지 않았다.

민준은 당황했다. 순간적으로 힘 조절을 하지 못했다. 있는 힘껏 쥐었던 건 아니었지만, 그래도 설은 많이 아팠을 것이다.

"……커피 마실까?"

"그래요."

민준이 자리에서 먼저 일어섰다. 그는 바로 설에게 손을 내밀었지만, 그녀는 자연스럽게 그의 시선을 피했다. 민준의 눈빛이 어둡게 짙어졌다.

이젠 기억도 잘 나지 않는 까마득한 일이지만, 아직도 이렇게 몸이 기억하고 있다. 그 캄캄하고 무섭기만 했던 공간, 눈을 감고 무릎을 감싸 안은 채 고개를 묻고 울던 날들을.

설은 둥근 플라스틱 테이블 앞에 앉아 다시 손목을 매만졌다. 다친 건 부어오른 손목이 아니라 마음이었는지, 가슴이 이따금 욱신거리며 아파왔다. 하지만 지금 이렇게 마음을 무겁게 하는 게 정확히 무엇 때문이라고 단정 지어 말할 수 없었다. 조금 전 보았던 민준의 눈빛이 머릿속에서 지워지질 않았다. 경계하듯 날카로운 날이 서 있던 차가운 눈빛이었다.

커피를 주문하고 난 뒤 잠시 다녀올 곳이 있다며 사라졌던 민준은 한참 후에야 돌아와 테이블 위에 연고와 파스를 올려놓았다. 그리고 설의 손목을 잡고 연고를 발라주었다. 약을 바르는 손길이 매우 익숙해 보였다.

"병 주고 약 주고 하는 거네요, 지금."

설은 왠지 마음이 조금 느슨하게 풀어졌다. 민준의 굳어 있는 얼굴을 보니 왠지 이쯤에서 그에게 말을 걸어줘야 할 것 같았다. 그가 지금 많이 자책하고 있다는 걸 말하지 않아도 느낄 수 있었다. 하지만 설이 말을 붙였는데도 민준은 여전히 아무 말이 없었다.

"아야!"

설은 부러 과장된 목소리를 냈다. 그제야 민준이 놀라 커다래진 눈으로 그녀를 보았다.

"많이 아파?"

그의 눈빛이 한층 더 어둡게 짙어졌다.

"그럼요! 이렇게 붓고 멍도 들었는데."

설이 보란 듯이 번쩍 손목을 들어 보였다.

"데이트할 때 폭력을 쓰는 남자는 만나면 안 된다고 그랬는데, 어떡하죠."

"……."

"참 나. 농담도 못 하겠네, 이 아저씨."

설은 조금 전 민준의 말투를 흉내 내며 고개를 저었다.

"……미안해."

드디어 민준의 입이 열렸다. 이제야 비로소 설이 아는 모습으로 돌아왔다. 설이 괜찮다는 듯 웃어 보였고, 마침내 민준의 눈빛에도 따뜻한 온기가 돌기 시작했다.

"배고파요. 이제 밥 먹어요, 우리."

설이 자리를 털고 일어나며 말했다. 오전에 일찍 와서 한참 물놀이를 했더니 배가 고팠다.

"여기는 뭐가 맛있는데?"

민준이 설을 따라 일어나며 물었다. 그러자 설은 어휴, 하며 작게 한숨을 쉬었다. 잠시 잊고 있었다. 맛있는 걸 먹는 게 무척 소중하시다는 김민준 대리님을.

"이런 곳에서는 맛있는 게 아니라, 빨리 먹을 수 있는 걸 먹는 거예요."

"맛있는 걸 그냥 빨리 먹으면 안 될까?"

민준이 설을 향해 몸을 살짝 기울이며 능청스럽게 물었다. 손을 잡을 정도로 가까운 거리였지만, 아까와 달리 그는 설에게 손을 내밀지 않았다. 그러자 이번엔 설이 먼저 손을 내밀었다.

"미끄러워서 넘어질 것 같다면서요."

먼저 손을 잡은 게 멋쩍은 듯 퉁명스럽게 말을 건네며 설은 고개를 반대편으로 돌렸다. 민준은 맞잡은 손을 물끄러미 내려다보았다.

"당신, 꼬리가 몇 개야? 어디에 숨겼어?"

설은 자신의 마음을 들었다 놨다 하는 게 꼭 아홉 개의 꼬리를 가진 여우 같았다. 하지만 아홉 개 가지고는 이림도 없었다. 이흔이홉 개라면 모를까.

"내가 그걸 알려줄 것 같아요?"

설이 눈웃음을 지으며 어림없다는 듯 고개를 내저었다.

"그럼, 잘 못하는 거 하나만 알려줘 봐."

"알려주면 나한테 불리해질 거잖아요."

"똑똑하네."

쩝. 아쉽다는 듯 민준이 한쪽 눈썹을 장난스럽게 아래로 찡그렸다.

"숨기려면 그 사람도 모르는 곳에 숨겨라."

"그게 무슨 말이야?"

"우리 할아버지가 그랬어요. 무언가를 감추고 싶을 때는 그 사람도 모르는 곳에 숨기라고요. 그 사람은 모르지만, 그 사람이 소중하게 여기는 그런 곳에 말이에요."

설은 의기양양한 표정을 지었고, 발목에 무거운 돌덩이를 매단 것처럼 민준의 발걸음은 천천히 느려졌다.

"……소중한, 곳에?"

"응. 소중한 곳이요. 그래서 내 꼬리는 지금 대리님이 찾을 수 없는 아주 비밀스러운 장소에 숨겨져 있죠. 아마 대리님은 평생 내 꼬리가 몇 개인지 알 수 없을 거예요."

꼬리 이야기가 즐거운 듯 한껏 신이 난 설이 개구쟁이 같은 표정을 지으며 웃었다. 언젠가, 민준이 사진에서 본 적이 있는 그런 얼굴과 그런 눈빛으로.

"소중한 거라고 말했잖아요."

설의 반짝이는 눈을 보다가 천천히 미끄러져 내려온 민준의 시선이, 그녀의 목에서 멈추었다. 민준은 작게 벌어졌던 입술을 다시 굳게 다물었다.

⚜

"무슨 생각을 그렇게 해요?"

조수석에 앉은 설은 말없이 정면만을 바라보며 운전 중인 민준의 옆모습을 바라보았다. 손목이 조금 붓긴 했지만 물놀이를 중단해야 할 정도는 아니었는데 두 사람은 일찍 집으로 출발했다.

민준은 점심을 먹을 때부터 기분이 좋지 않아 보였다. 그래서 설은 이만 돌아가자는 민준의 말에 고개를 끄덕였다.

"김 대리님."

설이 민준을 불렀다. 오늘 하루 민준과 더 가까워졌다고 생각했는데, 그는 오히려 한 걸음 뒤로 물러선 느낌이었다. 민준은 이번에도 대답이 없었고, 설은 창밖으로 시선을 돌렸다. 불과 몇 시간 전까지만 해도 그와 웃으며 장난을 쳤던 게 무색해졌다.

물끄러미 창밖을 바라보던 설이 시트에 머리를 기댄 채 눈을 감았다. 그리고 그사이에 부스럭거리는 소리가 나더니 히터에서 따뜻한 바람이 나오기 시작했다. 차 안 공기는 따뜻해졌는데 설의 마음은 반대로 더 서늘해졌다.

"안 추워요."

설의 목소리가 냉랭하다. 그녀는 여전히 눈을 감고 있었다.

"아직은 추워."

민준의 목소리는 건조했고, 설의 마음은 따뜻해지지 않았다. 아침에 집을 나설 때만 해도 이런 모습으로 돌아올 거라곤 상상도 하지 못했다. 민준은 설을 옆에 두고도 오는 동안 내내 다른 생각을 하고 있었다.

"손목은 괜찮아?"

"……."

"미안해. 누가 몸에 손대는 걸 싫어해서."

담담한 목소리에 설은 다시 눈을 뜨고 그를 돌아보았다.

"……왜 싫어해요?"

"……나중에."

"그럼 이제 기분은 좀 괜찮아졌어요?"

설은 더 이상 민준에게 왜 그러냐고 묻지 않았다. 물어도 대답해 줄 것 같지 않았고, 그것보다 지금은 쓸쓸해 보이는 그의 얼굴이 더 마음 쓰였다.

"집에 가면 강설이 저녁 만들어주나? 그럼 괜찮아질지도 모르는 데."

민준이 그제야 설과 눈을 마주치며 옅게 웃었다.

"뭐가 먹고 싶은데요?"

"맛있는 거."

"맛있는 걸 빨리 먹고 싶어요?"

"아니, 맛있는 걸 천천히 먹고 싶은데? 그래야 강설이랑 오래 있지."

민준이 장난스러운 미소를 지었다. 방금 전까지 가라앉아 있던 사람이라고는 믿을 수 없을 만큼 빠른 감정의 변화였다.

"매일 얼굴 보면서 새삼스럽게 무슨."

타박하듯 조금 퉁명스레 말하며 설은 정면을 보았다.

"한 번 지나가 버린 건 다신 돌아오지 않아. 되돌리고 싶다고 되돌려지는 것도 아니고. 그러니까 즐거울 때 즐겁고 행복할 때 행복해야지."

민준은 한쪽 입가에 미소를 짓고 있었지만 여전히 가라앉은 눈빛은 쓸쓸했다.

"대리님의 소중한 한 끼처럼 말이죠."

"역시 똑똑하단 말이야."

민준이 픽 웃음을 터뜨렸다.

"대리님은 왜 그렇게 맛있는 걸 좋아해요? 혹시 어머니께서 음식 솜씨가 별로 안 좋으세요?"

"아니, 아주 좋으셔."

민준의 어머니는 항상 식탁 위의 가장 맛있고 좋은 음식은 그의 앞으로 놓아주셨다. 아버지도 아니고, 여동생 서연도 아닌 그의 앞에. 하지만 그 누구도 어머니의 편애에 토를 달거나 투정을 부리지 않았고, 아버지는 민준이 맛있게 음식을 먹는 모습을 항상 흐뭇한 표정으로 바라보셨다.

"민준아, 나랑 같이 가자."

아버지가 목이 메어 말씀하시던 바로 그날부터, 그건 단 한 번도 변하지 않았다. 하지만 맛있는 걸 아무리 배불리 먹어도 이상하게 배가 고프고 허기가 졌다.

겉으로는 내색할 수는 없었지만, 서연과 달리 한 번도 혼내거나 꾸지람하지 않고 안아만 주셨던 두 분의 무조건적인 사랑이 가끔 그를 쓸쓸하게 만들었었다.

"그래서 대리님은 뭘 가장 좋아하는데요?"

설이 가슴 앞으로 팔짱을 끼며 뾰로통한 표정을 지었다.

"자장면."

"에에?"

어이가 없다는 듯 설의 입이 벌어졌다. 앞으로 돌아오지 않을 한 끼 한 끼가 그렇게 소중하다더니 겨우 자장면?

"그런데 이젠 잘 안 먹어."

"왜요?"

"입맛이 변했는지 아무리 먹어도 옛날 그 맛이 안 나더라고."

'그래서 그 맛있게 먹던 기억까지 사라질까 봐.'

친아버지와 마주 앉아 자장면을 먹던 기억은 그에게 몇 개 남지 않는 행복한 기억이었다.

"그러는 강설은 뭘 제일 좋아하나?"

"가리는 것 없이 다 잘 먹는 편이에요. 그렇지만 대리님처럼 뭘 먹을까 고민해 본 적은 없어요."

"그렇게 중요한 게 정말 고민이 안 돼?"

민준이 놀랍다는 듯 장난스럽게 두 눈을 휘둥그레 떴다.

"뭘 먹는 게 뭐가 고민할 거리예요? 누구랑 먹을 건지가 고민이면 몰라도."

"누구랑 먹는 게 뭐가 고민이야. 아무나 같이 먹으면 되지."

"같은 음식도 누구랑 먹느냐에 따라 더 맛이 있기도 하고 또 없기도 하고 그런 거잖아요."

"그럼, 나랑 같이 먹은 저녁은 맛있었어?"

민준의 얼굴에 슬쩍 기대 어린 미소가 떠올랐다.

"그건 내가 맛있는 집으로 골라서 그런 거고요."

물론 맛이 있었다. 그것도 아주. 하지만 그건 민준과 같이 먹어서가 아니라 원래 그 집이 맛있는 집으로 유명한 곳이기 때문이다. 물론, 그게 다는 아니었지만 설은 그것까지 얘기할 순 없었다. 그와 먹어서 좋았다는 말은 아직 낯부끄러운 얘기였다.

"강설, 다 잘하는 줄 알았더니 못하는 것도 있었네."

"뭐가요?"

"거짓말."

민준이 조금 붉어진 강설의 뺨을 힐끗 쳐다보더니 픽 웃으며 시선을 정면으로 돌렸다.

"그건 못하는 게 아니라 안 하는 거라고 얘기해야죠."

"해도 돼. 나한테는."

"별로 그러고 싶지 않은데요. 말을 아예 안 하면 모를까, 거짓말을 하고 싶진 않아요."

'특히, 김민준 당신한테는.'

설은 민준에게 지금보다 더 많은 비밀을 만들고 싶지 않았다.

"말해도 괜찮아. 그게 뭐가 됐든지 간에."

민준은 차라리 그녀가 말하기 힘든 비밀을 고백했으면 좋겠다는 생각까지 들었다. 나중에 그녀가 진실을 알게 되더라도 자신을 조금만 덜 미워할 수 있도록. 하지만 설이 어떤 얘길 하더라도 그가 하고 있는 거짓말에 비할 수는 없을 것이다.

"사실 아직도 손목이 시큰거려요."

설이 몸을 돌리더니 불쑥 민준의 눈앞에 손을 들어 보였다. 그러자 민준이 그제야 설과 눈을 마주치며 어색하게 웃어 보였다.

"뭐든 솔직하게 말하라면서요."

"······어."

"그래시 미안하지만 오늘 지녁 요리는 패스해야겠어요. 다음에 해 줄게요."

"응. 사실 나도 오늘 꼭 먹으려던 건 아니었어."

민준이 진지한 얼굴로 죄를 사하여주신 강설님을 향해 얼른 고개를 끄덕였다.

"그러니까 오늘 저녁은 같이 자장면 먹으러 가요."

"자장면?"

"좋아하는 음식이라면서요. 아마 맛있을 거예요. 내가 맛있는 집으로 데려갈 거니까."

설의 뺨이 조금 더 붉어졌다. 사실은, 맛있는 집이라서가 아니라 '내가 함께 먹어줄 거니까요'라는 말을 하고 싶었다. 그녀가 생각하기에 지금 안심과 위로가 필요한 건 손목이 아픈 자신이 아니라 오히려 민준인 것 같았다.

"······아."

한 박자 느리게 민준의 입에서 탄성도 아닌 깨달음도 아닌 애매모호한 감탄사가 흘러나왔다.

"아? 할 말이 고작 그게 다예요?"

'고맙다'라든지, '강설이 추천하는 곳이라면 맛있겠네'라든지, 하다 못해 '그럼 그건 내가 사주지'라는 말이라도 할 줄 알았다. 자신이 지금 그가 좋아하는 자장면을 일부러 먹으러 가겠다는데도 별 반응 없는 그가 설은 섭섭했다.

"강설이랑 살면, 참 좋겠네."

민준은 무심코 머릿속에 떠오른 생각을 입 밖으로 내뱉었다.

그 말에 잠시 멍하니 그를 바라보던 설이 슬그머니 고개를 돌렸다.

심장이 두근거려 그의 얼굴을 계속 바라볼 수 없었다.

한편, 민준도 당황스러운 속내를 감추며 사이드 미러를 힐끔 보았다. 무심코 뱉은 말의 여운이 그에게도 진하게 남았다.

❧

빨간 배경에 검은 글씨로 굵게 '북경'이라고 멋들어지게 휘갈겨 쓴 오래된 간판을 단 식당으로 민준과 설이 들어섰다. 설은 익숙하게 창가 테이블에 앉았고 메뉴판은 쳐다보지도 않은 채 자장면 두 개를 주문했다. 식당 안은 깔끔하고 정갈했지만, 세월의 흔적이 곳곳에 배어 있어 한눈에도 꽤 오래된 집임을 알 수 있었다.

"여기 와봤어?"

설이 주문하는 모습이 처음 와본 것 같지 않아 민준이 물었다. 설이 살고 있는 동네와는 거리가 꽤 있는데 그녀가 이런 곳을 알고 있다니 의외였다.

"네, 몇 번 와봤어요."

"누구랑?"

민준이 물수건으로 손을 닦으며 물었다. 설은 언제 왔었냐가 아니라 누구랑 왔었냐고 묻는 민준에 입가에 슬쩍 미소를 떠올렸다.

"가족이랑요."

사실 외할아버지와 단둘이 왔던 곳이다. 할아버지는 이곳을 좋아하셨고, 이곳에서 설이 모르는 누군가를 추억하셨다. 그녀의 대답이 마음에 들었는지 민준은 흡족한 얼굴로 고개를 끄덕이며 식당 안을 둘러보았다. 요새 사람들이 많이 찾는 고급스러운 중국집은 아니었다. 테이블은 작았고, 의자도 오래되어 삐걱거렸다. 옆 테이블을 곁눈질로 힐끗 보니 자장면이 소담스럽게 담겨 나온 그릇은 투박한 플라스틱 그릇이었다.

"좋네."

그래도 좋았다. 설과 함께 있어서인지 아니면 맛있는 자장면을 먹게 될지도 모른다는 기대감 때문인지는 몰라도, 민준은 왠지 앞으로 이곳을 종종 오게 될 것 같다는 생각이 들었다. 무언가, 익숙하고 그리운 느낌이 들었다.

"아이고, 이게 얼마 만이야. 아가씨, 진짜 오랜만에 왔네!"

주방에서 나온 한 할머니가 설을 보고 반색을 하며 다가왔다.

"안녕하세요, 할머니."

설은 일어나서 할머니를 향해 고개 숙여 인사를 했다. 할머니는 많이 반가운 듯 설의 손을 붙잡고 연신 손등을 쓸어내렸다.

"애인이랑 같이 온 거야?"

할머니가 곁눈질로 흘끔 민준을 쳐다보았다. 설을 봐온 세월이 벌써 이십 년을 넘었다. 이제는 다 컸다고 애인도 데리고 오고, 할머니는 그런 설이 마냥 신기하고 기특하기만 했다. 언제 이렇게 자라 어른이 되었는지. 할머니는 설과 민준을 애틋한 눈길로 번갈아 바라보았다. 민준이 가볍게 고개 숙여 인사를 하자 할머니가 고개를 끄덕이며 반갑게 눈웃음을 지었다.

"아……."

그러더니 갑자기 놀란 눈으로 민준의 얼굴을 바라보았다.

"……참. 잘생겼네."

"감사합니다."

민준이 할머니의 시선을 피하며 컵을 들어 물을 마셨다. 덕담은 감사했지만 저렇게 뚫어져라 얼굴을 바라보는 건 별로 달갑지 않은 일이었다.

"자장면 먹으려고?"

민준을 보고 잠시 고개를 갸웃거리던 할머니가 설에게 웃는 얼굴로 물었다.

"네, 아까 두 개 주문했어요."

"자장면 별로 안 좋아하잖아. 밥을 먹지그래."

애정이 듬뿍 담긴 할머니의 말에 설은 고개를 저었다. 제가 자장면을 별로 좋아하지 않아 항상 볶음밥을 먹었던 걸 아직도 기억하는 분이셨다.

"오늘은 먹고 싶어서요."

"바쁘더라도 가끔 와. 내가 볶음밥 맛있게 해줄 테니까."

"네, 할머니. 그럴게요."

이제는 기력이 예전만 못해 큰아들이 대부분 주방에서 팬을 잡지만, 아주 가끔 오래된 단골이 방문할 때면 할머니가 직접 면을 뽑고 볶음밥을 만들곤 한다. 설이 온 줄 알았더라면 자신이 주방에 들어갔을 텐데.

"아이고 잠깐만, 내 정신 좀 봐. 안에서 어떻게 만들고 있나 모르겠네. 참, 자장면에 계란 후라이 얹어줄까?"

"네."

"네?"

설은 그게 무슨 소리냐는 듯 눈을 동그랗게 떴고, 민준은 당연하다는 듯 고개를 끄덕였다. 설이 신기한 듯 민준을 보았다.

"자장면에 계란 후라이를 얹어 먹어요?

"맛있어. 먹어봐."

민준이 태연하게 대답했다. 그러자 그를 바라보던 할머니의 입술이 절로 떡 벌어졌다. 총각을 보는 순간 저도 모르게 무의식적으로 튀어나온 말이었다. 그녀가 다급히 민준 앞으로 한 발자국 다가섰다. 옛날 어느 단골에게만 주던 계란을 기억하는 걸 보니 자신이 기억하는 사람이 맞을지도 모른다는 생각에서였다.

"총각! 총각 아버지가 혹시 운동선수 아니야?"

"아닙니다."

민준이 정색을 하자, 할머니의 얼굴에 실망스러운 기색이 스쳐 갔다. 옛날, 자주 왔던 손님의 아들이 컸다면 딱 저만할 텐데. 얼굴이 너무 닮아 꼭 옛날 그 손님을 다시 보는 것만 같았다. 가끔 다쳐서 올 때가 있어 지나가는 말로 물어봤더니 무슨 운동 같은 걸 하는 사람이라고 했었다. 아들 손을 잡고 자주 오던 사람이 어느 순간부터 오지 않아 안 그래도 이상하게 생각했었다. 할머니는 민준을 보고 오랜만에 옛 추억을 떠올렸다. 그녀는 미련이 남는 듯 주방으로 들어가면서도 민준에게서 시선을 떼지 못했다.

"대리님, 혹시 여기 와봤어요?"

"아니."

'하긴, 대리님은 여기가 처음이라고 했지.'

그러자 그녀의 궁금증이 더 커졌다.

"근데 자장면에 계란은 왜 얹어 먹어요?"

자연스럽게 얹어주겠다는 할머니나 자연스럽게 대답하는 민준이나 설의 눈엔 둘 다 이상했다. 분명 오래된 단골은 민준이 아니라 자신인데 말이다.

"오늘 먹어봐. 맛있을 테니까."

민준이 물을 마시며 슬쩍 미소를 지었다.

잠시 후 자장면 두 그릇이 민준과 설 앞에 놓였다. 쫄깃해 보이는면 위에 까만 짜장이 푸짐하게 얹어졌고, 한가운데 노랗고 하얀 계란 후라이 하나가 정성스럽게 올라와 있었다. 민준은 계란을 잘게 찢어 면과 함께 후루룩 삼켰다.

"내 것도 줄까요? 난 별로 먹고 싶지 않은데. 느끼할 것 같아요."

설이 제 그릇의 계란을 가리키자 민준은 고개를 저었다.

"그런 게 어디 있어, 맛있는 건 같이 먹어야지."

"맛있어요?"

"솔직히 말하면 맛은 다른 집이랑 비슷한데."

"근데요."

"같이 먹으니까 맛있네."

민준은 설을 흘끔 보며 픽 웃곤 윤기가 좌르르 흐르는 까만 면발을 계속 입에 넣었다. 설의 말이 맞았다. 중요한 건 무엇을 먹느냐가 아니라, 누구와 함께 먹느냐였다.

아파트로 돌아오니 이미 어둑해진 밤이었다. 차에서 내려 집을 향해 터벅터벅 걸어가며 설은 주먹을 말아 입을 가리며 조그맣게 하품을 했다.

"많이 피곤해?"

"그럼 안 피곤해요? 우리 아침 일찍부터 강원도까지 다녀왔잖아요."

"가볍게 맥주나 한잔하려고 했는데."

"지금요? 어디서요?"

설이 눈을 동그랗게 뜨며 민준을 올려다보았다.

"강설이 피곤하다니까, 강설 집에서."

하고 싶지 않지만 그가 해야만 하는 일이었다. 그녀의 펜던트 안에 파일이 있을 확률은 50%였다.

"안 되나?"

"······글쎄요."

많이 피곤했지만 민준과 같이 있고 싶은 마음이 없는 건 아니라 설은 고민이 되었다.

"내일 일요일이잖아."

"······그렇긴 하지만요."

하여간 생각할 틈도 주지 않고, 하고 싶은 말 다 하는 데에 일가견이 있다니까. 설이 민준을 바라보며 곱게 눈을 흘겼다.

"맥주는 내가 사갈게. 먼저 올라가 있어."

민준이 오던 길을 되돌아가고 설은 종종걸음으로 곧장 1층 현관으로 들어갔다. 민준이 돌아오기 전에 집 안을 정리하고 안줏거리 할 만한 게 있는지도 살펴봐야겠다는 생각에 그녀의 발걸음이 빨라졌다.

슈퍼를 향해 성큼성큼 걸어가던 민준의 발걸음이 점차 느려지더니 그는 이내 천천히 걸음을 멈췄다.

설에게서 파일을 찾아 NIS에 넘기면 NIS도 더 이상 설에게 관심을 두지 않을 것이고, 그것은 취임식장에서 보았던 수상한 자들도 마찬가지일 것이다. 중요한 건 파일의 행방이지 설은 아닐 테니까. 하지만 그것은 또한 그녀 곁에 더 이상 자신이 있을 필요가 없어진다는 뜻이기도 하다. 앞으로 설의 경호는 청와대 경호실에서 담당하게 될 것이고, 자신은 NIS로 복귀하여 다른 임무가 주어지길 기다리게 될 것이다.

막연하게 끝을 생각하고는 있었지만, 그 끝이 이렇게 빨리 오게 될 줄은 몰랐다. 민준은 복잡한 마음에 깜깜한 밤하늘만 우두커니 바라보고 서 있었다.

"집에 들렀다 왔어요?"

맥주를 사오겠다던 민준은 한 시간이 넘어서야 설의 집에 왔다. 설은 민준에게서 하얀 비닐봉지를 받아 들었다.

"옷 좀 갈아입고 오느라고 늦었어."

봉지 안에 맥주 캔이 그득한 것을 보고 설은 혀를 내둘렀다.

"이걸…… 오늘 밤에 다 마시게요?

"마실 수 있는 만큼만 마셔. 나머지는 내가 마실 테니까."

"그래도 너무 많은데."

"그러고 보니 또 있네. 강설이 잘 못하는 거."

"뭐가요?"

"술. 맥주는 두 잔 이상 마시면 취한다며."

"그 말도 기억해요?"

저만큼 기억력이 좋은 건지, 민준은 저에 관한 것이라면 아주 사소한 것까지도 전부 다 기억했다. 그게 꼭 저에 대한 민준의 마음 같아 설은 가슴이 간질거렸다.

"관심이지. 기억이 아니라."

"그래서 캔 두 개는 내 거고, 나머지는 전부 다 대리님이 마실 거란 얘기예요? 이 많은 걸 다?"

"난 안 취한다고 했잖아."

설이 비닐봉지를 거실 테이블 위에 내려놓았을 때, 민준은 이미 소파에 등을 기댄 채 거실 바닥에 앉아 있었다.

"거기 앉지 말고 소파에 앉아요."

"옆에 와서 앉아."

민준이 고갯짓으로 자신의 옆을 가리켰다. 설은 맥주 캔 두 개를 들고 민준의 옆에 나란히 앉았다.

"여기요."

설은 민준에게 맥주 캔을 내밀었고, 그는 캔 뚜껑을 따 다시 설에게 돌려주었다. 이런 작고 사소한 행동에 설은 절로 미소를 짓게 되었다.

민준은 설의 다른 손에 있던 맥주를 건네받아 바로 마셨다. 차가운 맥주의 알싸한 맛이 얼얼하게 식도를 건드리며 아래로 흘러 내려갔다.

"강설은 지금 이렇게 사는 게 좋나."

민준이 불쑥 혼잣말처럼 중얼거렸다.

"지금 이렇게 사는 게 어떤 건데요?"

설은 민준에게 되물었다.

"아침에 출근하고 저녁에 퇴근하고. 매일매일 똑같이, 평범하게."

"그게 어때서요, 평범하게 사는 게 꿈이라는 사람도 있는데. 학교 졸업하고 직장 다니고 결혼하고 아이도 낳고. 다는 못해도 웬만한 건 하고 살 수 있을 정도의 경제력과 건강만 있다면, 그건 평범한 게 아니라 어떤 사람한테는 꿈이 되는 거죠. 가장 간절히 바라는 꿈."

홀짝. 설이 맥주 한 모금을 목 뒤로 넘겼다.

"그럼 그게 강설이 가장 바라는 꿈이야?"

민준이 고개를 돌려 그녀를 보았다.

가장 바라는 꿈. 그녀가 마지막으로 꾸었던 꿈은 할아버지처럼 기초과학 분야를 연구하는 과학자가 되는 거였다. 할아버지는 우리나라의 훌륭한 이공계 인재들이 한국이 아닌 해외로 가는 것을, 그리고 꿈을 접고 다른 직업을 택하는 걸 많이 아쉬워했다. 그래도 설이 있어 행복하다 하셨는데, 이제 설은 남들과 비슷하게 살며 조용히 시간을 흘려보내는 게 유일한 바람이었다.

"아니요, 가장 간절히 원하는 건 사실 따로 있죠."

설은 눈을 가늘게 접으며 의미심장한 눈빛으로 민준을 보았다.

"돈이 어마어마하게 많은 남자를 만나 놀고먹으며 사는 거요."

"뭐?"

"베짱이가 되는 게 내 꿈이에요. 그러니 이제 겨울에 먹을 양식을 잔뜩 쌓아놓고 나를 기다려 줄 개미만 찾으면 돼요."

"그렇게 안 봤는데. 강설, 실망이야."

민준이 픽 웃었다. 맥주 몇 모금에 설의 뺨이 빨갛게 물들었다.

"그럼 날 어떻게 봤어요?"

설이 주먹을 동그랗게 말아 입에 대며 큭큭 웃었다.

-강설. 26세. K대 원자력공학과 졸업. 강현석 당선인의 무남독녀.

"핸드폰 잘 빌려주는 친절한 여자."

-다소 고집스러운 성격이지만 전체적으로 밝고 긍정적인 성격. 현재 사귀는 남자는 없음.

"맛있는 식당을 많이 알고 있어 꽤 많은 도움이 되고."

-3년 전부터 혼자 살고 있음. 현재 주식회사 Boni 마케팅팀 홍보 담당, 주임.

"그리고 지금은요?"

설이 고개를 옆으로 기울였다. 그는 힐끔 설과 눈을 마주치더니 맥주 캔을 입에 가져갔다.

"나무하고 대화도 나누는 이상한 여자."

–3년 전 이인호 박사의 연구 파일 행방을 알 수 있을 유일한 열쇠.

"그리고 너그러운 줄 알았는데 상당히 인색한 여자."

–NIS 요원을 붙여 접근했으나 실패로 돌아감. 그리고 무슨 낌새를 챈 건지 3년 전 사건과 관련된 인물들이 최근 다시 움직이기 시작했다는 정보가 있음.

민준은 자신을 향해 눈을 흘기는 설을 보며 웃었다. 그리고 다 비운 맥주 캔을 가볍게 구기며 다른 캔을 집어 들었다.

"이번에는 건배해요."

설이 민준 앞으로 맥주를 든 오른팔을 쭉 뻗었다.

"뭘 위해 건배를 하지?"

"우리의 꿈을 위해."

설은 민준의 캔에 캔을 부딪치고선 후후 웃었다.

"이 나이에 꿈은 무슨. 난 그런 거 없어."

피식 웃은 민준이 꿀꺽 맥주를 목 뒤로 밀어 넘겼다.

"꿈이 뭐 별건가요. 갖고 싶고, 하고 싶은 거. 그런 게 다 꿈이죠."

'갖고 싶고, 하고 싶은 것이라……'

지금 자신이 갖고 싶은 건 하나밖에 없었다. 강설. 그의 눈에 쓸쓸한 기운이 스쳐 지나갔다.

"강설이랑 살면, 참 좋겠네."

생각해 보니 그건 자신의 바람이었다.

잠시 후, 새로운 맥주 캔을 집으려던 민준의 어깨에 무언가 툭 가볍게 떨어져 내렸다.

고개를 돌리니, 많이 피곤했는지 설이 민준의 어깨에 기댄 채 잠이 들어 있었다.

"지금 자는 거야?"

쌕쌕 고른 숨소리가 작게 들렸다.

"남자 옆에서 잠이 들다니. 뭔 배짱이야."

설의 고개가 아래로 떨어질까 봐 왼쪽 어깨에 힘을 주며 민준은 새 맥주 캔을 땄다.

"나한테 꼬리 흔들지 말라고."

고롱고롱 곤히 잠든 설을 힐끗 내려다보며 민준은 못마땅한 말투로 말했다. 그는 인상을 구기며 맥주를 마셨다.

"……예쁘다고 생각했어."

"……"

"처음 봤을 때 말이야."

"……"

"강설이랑 같이 먹는 저녁도 좋았어. 그래서 당신이랑 뭐가 안 돼도, 같이 밥 먹는 친구라도 되면 괜찮겠구나 생각했지."

"……"

"근데 잘못 생각했었어, 내가."

욕심이 생겨 버렸다.

"……미안해."

'지금 할 수 있는 말이 미안하다는 말뿐이라서.'

민준은 쓸쓸한 눈으로 맥주 캔을 서서히 힘주어 구겼다.

"아, 머리야."

겨우 맥주 두 캔에 쓰러지다니 체면이 말이 아니었다. 술이 약하다고 해도 이 정도는 아니었는데 확실히 어제 많이 피곤하긴 했던 것 같았다.

설은 지끈거리는 관자놀이를 꾹꾹 누르며 침대에서 일어났다. 침실 안으로 곧게 뻗어 들어온 햇살이 방 안을 가득 채웠다. 해가 중천에 떴다는 표현이 딱 어울릴 만한 아침이었다.

'응? 그런데, 내가 언제 침대에 들어와서 잔 거지? 어제 분명……!'

아무리 기억을 더듬어도 민준과 같이 맥주를 마신 이후로는 생각나는 게 없었다. 설은 침실 밖으로 나갔다. 거실 테이블 주변은 깨끗이 정돈되어 있었고 집 안은 고요했다. 벌써 아침 11시가 넘은 시각이었다.

"모닝콜이라도 해주든가."

설은 투덜거리며 욕실로 향했다.

"……예쁘다고 생각했어. 처음 봤을 때 말이야."

어젯밤, 그런 말을 들은 것 같았다. 설의 뺨에 기분 좋은 홍조가 어렸다.

'11시가 넘었으니 아침은 먹었을 것이고, 같이 점심이나 먹자고 할까? 아니면 같이 마트에 다녀와서 저녁을 먹자고 할까. 흐흠.'

설은 기분 좋은 허밍 소리를 내며 욕실로 들어갔다.

❧

그 시각 NIS 국장실. 김 국장과 민준이 굳은 표정으로 앉아 있었다.

"다 됐습니다, 국장님."

박 팀장이 안으로 들어오더니 김 국장을 향해 긴장감이 역력한 얼굴로 말을 건넸다.

"파일 손상은."

"없습니다."

"수고했다."

김 국장이 자리에서 벌떡 일어나 곧바로 판독실로 향했다.

민준은 오늘 아침 일찍 NIS로 들어와 작고 얇은 정사각형 모양의 금속 칩 하나를 김 국장에게 건넸다. 설이 매일 하고 다니는 펜던트 안에 들어 있던 파일 칩이었다.

"전에 제가 부탁했던 건 어떻게 됐습니까, 팀장님."

민준의 질문에 박 팀장은 그를 위아래로 훑어보았다.

"너 도대체 무슨 일을 하고 돌아다니는 거야?"

"뭐가요."

박 팀장은 민준에게 파란 서류 파일을 내밀었다.

"이 사람 맞아? 찾아보니까 국제 무기상 끄나풀이던데. 삼 년 전에 한국에 잠깐 있었다가 얼마 전 다시 들어온 중국인. 아니 정확히 말하면 동포지, 동포. 조선족이니까."

민준은 박 팀장에게 받은 파일을 열어 서둘러 페이지를 넘겼다.

매서운 눈매가 꽤 낯이 익은 얼굴이 보였다. 대통령 취임식 날 설을 바라보던 그 남자였다. 사진 속 남자는 모두가 정면을 바라보며 환호하고 있을 때 혼자만 고개를 돌려 설을 바라보고 있었다.

"근데, 뭐 없어. 깨끗해 아주. 적어도 겉으로 보기에는 말이지."

민준은 날카로운 눈빛으로 사진 속의 남자를 보았다.

"그래서 오늘 점심은 네가 사냐?"

시킨 일을 해줬으니 대가를 내놓으라는 듯 박 팀장이 씩 웃으며 한쪽 어깨로 민준의 어깨를 툭 쳤다.

"저 갑니다."

민준은 파일을 다시 박 팀장에게 돌려준 후 곧바로 국장실을 나섰다.

"야! 고맙습니다, 한국말 몰라? 엉?"

쾅! 항의하는 박 팀장의 눈앞에서 국장실 문이 참으로 버릇없이 세게 닫혔다.

"저 자식은 다 나쁜데 버르장머리 없는 게 젤 나빠, 아주."

에잉! 박 팀장은 온갖 말로 구시렁거리더니 민준의 뒤를 따라 국장실을 나섰다.

계단을 타닥타닥 뛰어 내려가는 민준의 발걸음이 쫓기는 듯 빨라졌다.

'국제무기상 끄나풀이 왜 이제 와서 설을 쫓는 거지. 이미 삼 년 전에 포기했던 게 아니었나. 그래도 설한테 파일이 없으니 쫓아다녀 봤자 헛수고겠지. 그들이 아직도 찾고 있는 거라면 설이 아니라 파일일

테니까. 하지만 뭔가 석연치가 않아……. 그래도 이젠 설이 영애이니 함부로 접근하진 못하겠지.'

그때, 골똘히 생각에 잠겨 계단을 뛰어 내려가던 민준은 누군가와 어깨를 부딪치고 나서야 그 자리에 멈췄다.

"아, 미안합니다."

"괜찮습니다."

못 보던 얼굴인데. 남자와 민준의 시선이 허공에서 마주쳤다. 이내 민준이 다시 계단을 내려가고, 남자 역시 계단을 올랐다.

"여어, 이게 누구야! 백건우! 한국에 들어온 거야? 그런데 민간인이 이런 곳에 막 출입해도 되는 거야, 이거?"

국장실 앞에 서 있던 박 팀장이 반가운 듯 함박 웃으며 남자에게 악수를 청했다.

"그동안 잘 지내셨어요? 그런데 국장님은요?"

남자는 박 팀장과 악수를 하며 웃었다. 부드러운 갈색 머리칼에 온화해 보이는 눈빛을 가진 남자였다.

"잠깐 판독실 가셨어. 근데 네가 여긴 웬일이냐."

"오늘 국장님 뵐 일이 있어서요. 식사는 하셨어요?"

"역시 넌 싸가지가 있는 놈이야. 누구랑은 아주 다르지 암! 근데, 밥은 네가 사는 거지?"

박 팀장이 남자에게 어깨동무하듯 손을 올리며 앞을 향해 천천히 걷기 시작했다.

"점심 가지고 되겠어요?"

남자는 박 팀장을 바라보며 부드럽게 미소 지었다.

백건우. 삼 년 만에 한국으로 돌아온 전 NIS 요원이었다.

씻기 위해 옷을 벗던 설은 무심코 욕실 거울 속에 비친 제 모습을 바라보았다. 그러다 갑자기 당황한 얼굴로 목 주변을 더듬거렸다. 민준이 준 목걸이는 그대로 있는데 할아버지가 주신 목걸이만 감쪽같이 사라진 것이다.

설은 제자리에서 빙글빙글 돌며 욕실 바닥을 훑어보았다. 그러고는 밖으로 나가 바닥을 샅샅이 살펴보았다. 침실로 들어간 설은 이불까지 들어내 침대 위를 더듬었다. 이렇게 눈에 잘 보이지 않을 정도로 얇은 목걸이가 아니었다.

설의 심장이 빠르게 뛰기 시작했다. 어젯밤까지 분명 목에 걸고 있었으니 어딘가에 떨어졌다면 그래도 집 안에 있을 것이다. 찾을 수 있다고 생각을 하는데도 시간이 흐를수록 설은 점점 더 초조해졌다. 일부러 빼지 않는 이상 떨어질 일이 없는 목걸이기 때문이었다. 그렇게 오래된 것도 아니라 체인이 낡아 끊어질 일도 없었다. 한 번도 몸에서 떨어뜨린 적이 없었는데. 침대 위를 더듬거리는 설의 눈앞이 뿌옇게 흐려졌다.

설의 아파트 앞, 차 안에 있는 민준은 코트 주머니에서 은색 펜던트를 꺼냈다. 지금쯤 설은 목걸이가 사라진 걸 알았을 것이다. 그녀는 지금 무슨 생각을 하고 있을까. 설을 위해서도 그녀는 모르고 지나가는 편이 좋다. 지켜야 할 비밀이 생긴다면 겪지 않아도 될 고통과 시련도 자연적으로 생겨나기 마련이니, 설은 그냥 지금처럼 평범한 회사원으로 살아가면 될 일이다. 마침내 생각을 정리한 민준이 차에서 내렸다.

설의 집 앞에 선 민준이 벨을 눌렀다. 잠시 후 잠금장치가 풀리는 전자음 뒤로 철문이 천천히 열렸다. 눈이 빨갛게 충혈된 설이 그를 맞았다. 민준을 보자마자 그녀의 눈에 서러운 눈물이 가득 차올랐다.

"……걸이를 ……잃어버렸나 봐요."

아이처럼 울먹거리는 목소리는 두려움으로 떨리고 있었다. 민준이 느릿하게 눈을 감았다 떴다.

"할아버지가…… 절대 잃어버리면 안 된다고 했는데. 분명히 어젯밤 내가……."

"……여기."

"……?"

"거실 바닥에 떨어져 있기에 무심코 주머니에 넣었는데, 계속 가지고 있었네. 미안."

설은 얼떨떨한 표정으로 민준이 코트 주머니에서 꺼낸 목걸이를 바라보았다. 두 사람 사이 침묵이 흘렀다. 설은 다시 민준을 올려다보았다.

"……고마워요."

몇 초 후, 설은 민준에게서 목걸이를 받아 들었다. 이 목걸이는 연결 고리가 없기 때문에 누군가 몰래 가져가거나 줄이 끊어지지 않고서는 몸에서 떨어질 일이 없었다. 하지만 민준에게 돌려받은 그녀의 목걸이는 끊긴 흔적 없이 깨끗하기만 했다. 그 사실이 그녀의 마음을 어지럽혔다.

"나 밥 줘."

뭔가 좋지 않은 느낌이 들려는 찰나 민준이 불쑥 말을 꺼냈다. 설은 목걸이를 다시 목에 걸었고 동그란 은색 펜던트를 매만졌다. 뭔가 미묘하게 달라진 듯한 기분이었다.

'도대체 무엇이 이렇게 낯설게 느껴지는 걸까.'

"밥."

하지만 민준은 설이 더 이상 생각할 틈을 주지 않았다.

"……무슨 밥이요."

설이 되묻자 민준은 더 생각하지 않고 대답했다.

"아무거나."

"집에…… 먹을 만한 게 없어서 마트에 다녀와야 해요."

목걸이로 인해 무거워진 기분은 좀처럼 산뜻해지지 않았다.

"같이 장 보러 갈까?"

"그보다 나는 좀 더 자고 싶은데요."

할아버지와 관련된 좋지 않은 기억들이 머릿속에 떠올라 설은 도저히 지금 뭔가를 더 할 기분이 아니었다.

"그럼 목록만 알려줘. 내가 사올 테니까."

"……그래요, 그럼."

하지만 할아버지께서 주신 목걸이를 민준이 일부러 가져갈 이유가 없다.

'그러니 이른 새벽 내가 습관처럼 잠결에 매만졌던 펜던트의 서늘한 촉감은 그냥 내 착각이었겠지.'

"그런데 일요일 아침부터 어딜 다녀왔나 봐요?"

민준의 옷차림이 어딜 급하게 다녀온 것 같은 모습이었다.

"응. 아버지한테 잠깐 좀 다녀왔어."

"아버지랑 많이 친한가 봐요? 저번 평일 오전에도 다녀오더니."

"좋은 분이시지."

민준의 어투에 존경심이 담겼다. 좋은 분이시다. 직장 상사로서도 아버지로서도. 아버진 자신을 친아들처럼 키워주셨고 한 번도 정치권

력에 무릎 꿇은 적이 없었다.

"많이 급한 일이었어요? 아침 일찍 간 거 보니까 중요한 일인 것 같은데."

억양 없는 설의 목소리는 조금 냉담하게 들렸다.

"……갑자기 나한테 궁금한 게 많아졌네, 강설."

민준의 나지막한 목소리에 설은 입술을 꾹 다물고 그를 올려다보았다. 진중하고 곧은 그 눈과 마주치고 오히려 설의 눈빛이 흔들렸다.

"나한테 알려줘야지."

"……뭘 말이에요."

"장 볼 리스트."

"……잠깐 기다려 봐요."

설은 주방으로 들어갔다.

"뭐 만들어줄 건데?"

민준이 설의 뒤를 따라 들어갔다.

"아무거나요."

"오늘은 나한테 뭐가 먹고 싶냐고 안 물어봐?"

"뭐가 먹고 싶은데요?"

꼬박꼬박 되묻는 설의 어투가 어쩐지 무성의했다. 민준도 설도 잘 알고 있지만 둘 사이에 어색해진 기류를 모른 척하고 싶은 두 사람은 아무런 내색도 하지 않았다.

"아무거나."

"무슨 말이 그래요."

설이 민준을 힐끗 쳐다보며 겨우 웃었고, 그제야 비로소 안심이 된 민준의 입가에 그녀를 닮은 미소가 떠올랐다.

"그럼 내 맘대로 사온다?"

민준이 장난스럽게 한쪽 눈썹을 찡그리더니 다시 현관으로 돌아갔다.

"······잠깐, 나도 같이 가요!"

설이 민준의 등에 대고 다급한 목소리로 외쳤다. 마음속에 한 번 의심이라는 싹이 생겨나면, 그 싹은 끊임없이 어둠이라는 양분을 요구할 것이다. 그렇기에 의심을 해서는 안 된다. 이제 다시는 그런 경험을 하고 싶지 않았다.

"피곤하다며."

"뭘 사올지 도대체 믿을 수가 있어야죠."

운동화에 발을 끼워 넣으며 설이 뾰로통하게 대꾸했다.

"손."

민준이 설에게 손을 내밀었다. 그녀는 못 이기는 척 그의 손을 잡고 함께 밖으로 나갔다.

"많이 울었어?"

그녀의 부운 눈을 본 민준의 눈빛이 차분하게 가라앉았다. 그는 엘리베이터 내려감 버튼을 누른 후 다시 설의 얼굴을 바라보았다.

"괜찮아요."

"어디 봐봐."

민준은 설의 뺨을 붙잡고 그녀와 눈을 맞췄다.

"괜찮····· 다니까요."

민준과 얼굴이 너무 가까워진 것 같아 부담스러워진 설이 시선을 옆으로 돌렸다. 하지만 민준은 그녀를 놓아주지도 거리를 두지도 않았다 민준의 얼굴이 천천히 다가오자 설은 눈을 감았다. 서늘하지만 부드러운 입술의 감촉이 감은 눈 위로 닿아왔다. 민준은 위로하듯 설의 어깨를 감싸 안았다.

"……미안해."

낮게 가라앉은 목소리가 설의 귓가에 나지막하게 들렸다. 그사이 엘리베이터가 도착해 문이 열리고 한참 후 다시 문이 닫힌 채로 다시 아래로 내려갔지만 민준은 설을 그대로 안은 채 서 있었다. 놀라고 아팠을 그녀의 마음을 다독이면서. 설은 민준의 품에 고개를 더 깊이 묻었다.

"백건우!"

"잘 지내셨어요?"

김 국장이 국장실로 들어오자, 소파에 앉아 있던 건우가 일어나 그에게 목례를 하며 웃었다. 김 국장은 활짝 웃으며 건우에게 악수를 청했다. 삼 년 만의 만남이었다.

"거기 앉지."

"국장님은 여전하시네요."

삼 년 전만 해도 직장 동료였던 그들은 이제 서로 다른 길을 가고 있었다.

"바깥 공기 마시면서 사니까 기분이 어때? 하긴 백건우 정도면 바깥 공기 마시면서 살 만하지."

백건우는 삼 년 전 NIS를 떠났다. 하지만 그가 떠난 건 NIS뿐만이 아니었다. 사직과 동시에 한국을 떠났던 건우가 얼마 전 돌아왔고, 김 국장은 삼 년 전 사건과 관련해 물어볼 것이 있다며 그를 부른 것이다.

"그런데 국장님. 왜 이제 와서 다시 그 일을 들추시는 겁니까. 이미 다 지난 옛날 얘기인데요."

건우의 목소리가 차분하게 깔렸다. 건우는 김 국장이 자신을 부른 이유를 어렴풋이 알고 있었다.

"옛날 이야기가 아니야, 바로 지금 일어나는 일이지. 삼 년 전 사건과 관련된 조직원들이 얼마 전 한국으로 다시 입국했어."

"우연이겠지요. 그들이 새삼 그럴 이유가 뭐가 있겠습니까?"

"대통령 취임식 날, 그들이 영애의 주변에서 목격되었다."

김 국장의 목소리가 한 톤 더 낮아졌다. 건우는 영애라는 말을 듣는 순간 움찔했다. 그가 사랑했던 설은 이제 영애가 되었다. 하지만 대통령 취임식 날에도 하나뿐인 영애의 모습은 언론에 공개되지 않았다.

'강조국, 아니 강설. 설은 지금 웃고 있을까.'

삼 년 전 그날 설은 소리 내 울지도 않았고 건우를 원망하지도 않았다. 그저, 처음부터 몰랐던 사람처럼 그를 외면했다. 건우의 진심은 그녀에게 닿지 않았고 설은 그 뒤로 단 한 번도 건우를 찾지 않았다.

"너도 잘 알고 있잖아, 강설 씨."

조급한 마음에 경솔하게 일을 그르치고, 또 그렇게 그녀를 잃고 말았다. 바삭한 후라이드 치킨을 좋아하고, 술집에 가면 늘 오이와 당근을 제일 먼저 씹어 먹던 강설. 초록색 유리병에 담긴 투명한 소주가 꼭 눈물 같아 마시고 싶지 않다던 강설. 맥주를 두 잔 이상 마시면 길을 가다 나무와 대화를 나누는 강설.

나의, 강설.

"사람은 머리가 아니라 가슴으로 기억하는 거예요."

그녀는 사라졌는데, 그녀에 대한 기억은 여전히 건우의 머릿속에 생생하게 남아 있다. 설이 말했던 것처럼, 건우의 가슴이 그녀를 여전히 기억하고 그리워하고 있었다.

✤

촤르르르르– 탁. 촤르르르르– 탁. 민준이 카트에 몸을 반쯤 기댄 채 설의 뒤를 따라다니며 카트로 레이싱을 했다. 옆을 쌩하니 지나갔다가 다시 돌아오기를 여러 번, 참다못한 설이 버럭 소리를 질렀다.

"그만 좀 하라고요! 지금 사람들 쳐다보는 거 안 보여요?"

다 큰 어른이 마트 안에서 카트를 타고 달린다는 게 말이 되는가. 부릉부릉 다시 한 번 시동을 거는 민준의 팔을 서둘러 붙잡으며 설이 잔뜩 화가 난 목소리로 말했다.

"한 번만 더 타기만 해요."

"난 재밌는데."

민준이 아쉽다는 표정으로 쩝 입맛을 다셨다. 재미있다기보다 사실 민준은 지금 조금 들떠 있는 상태이다. 설이 카트 안으로 물건을 하나하나 넣을 때마다 민준은 카트에 상체를 기댄 채 그녀만 바라보며 따라다녔다. 그동안 마트에 와보지 않은 건 아니었지만, 요리를 하기 위해 장을 보는 여자가 이렇게 예쁠 수도 있다는 걸 민준은 오늘 처음으로 알게 되었다.

다른 사람들 눈에는 저희가 신혼부부처럼 보일 것도 같아 괜히 마음이 싱숭생숭했다. 설의 뒤만 졸졸 따르던 민준의 카트가 주류 코너 앞에서 자연스럽게 멈추었다.

"오늘은 안 돼요."

강설은 핸드폰에 적어놓은 목록을 눈으로 읽으면서도 옆에도 눈이 달렸는지 맥주 캔에 손을 올리는 민준을 막았다.

"나만 먹으려고, 나만."

질 수 없다. 민준은 기왕 들킨 거 이예 당당히 허리를 쭉 펴고 맥주 여섯 캔이 포장된 종이 박스를 카트 안으로 집어넣었다. 그러자 설은 핸드폰에서 눈을 떼고 그를 쳐다보았다.

"다시 올려놔요."

"……."

"지금."

대답은 듣지 않은 채 설은 다시 앞으로 나아갔다. 그녀의 말을 듣고 맥주를 포기할 것이냐, 아니면 이대로 가서 한 번 더 잔소리를 들을 것이냐. 민준의 얼굴이 못마땅한 듯 잔뜩 구겨졌다.

'참 나. 그렇게 목소리 깔고 말하면, 누가 무서워할 줄 알고?'

좌르르르르– 탁. 설의 옆으로 민준이 카트를 끌고 다가왔다. 카트 안을 들여다본 설은 잘했다는 듯 흐뭇한 미소를 지으며 불만 가득한 얼굴을 한 민준을 향해 웃었다. 그러고는 다시 다음 물건을 찾아 두리번거렸다.

"도대체 뭘 만들어주려고 그렇게나 많이 사는 거야?"

민준이 퉁명스러운 목소리로 물었다. 맥주는 포기했지만 목소리마저 굴복할 수는 없었다.

"샤브샤브나 할까 하구요."

"웬 샤브샤브?"

"안 좋아해요?"

"그런 건 아니지만."

민준은 카트에 기댄 채 천천히 움직이며 설의 시선을 좇았다.

"고기도 먹고, 채소도 먹고, 국수도 먹고, 밥도 먹으라고요."

"뭐야 그게."

"다 해주고 싶어서 그래요."

오늘 잠깐 민준을 의심했던 마음이 미안해서라도, 설은 그에게 맛있는 점심을 해주고 싶었다.

"강설은 내가 그렇게 좋아?"

민준이 농담처럼 물었다.

"네, 그렇게나 좋아요."

설의 대답은 마치 커피 전문점에서 커피 한 잔을 주문하는 것처럼 가볍고 담담했다. 하지만 그 목소리는 곧 사방으로 길게 꼬리를 늘이며 민준의 가슴속에서 어지럽게 돌아다니기 시작했다. 설은 조금 붉어진 얼굴로 또 다른 물건을 카트에 담았고, 민준은 더 이상 말을 걸지 않은 채 그녀의 뒤를 따랐다.

잠시 후 두 사람은 샤브샤브용 냄비를 사이에 두고 마주 앉았다. 민준이 둥근 라이스 페이퍼를 젓가락으로 한 장 들더니 허공에 이리저리 비춰보았다.

"나 그냥 이거라도 먹을까? 어차피 강설이 밥도 안 주는데."

"이제 진짜 다 됐어요. 물만 끓으면 되잖아."

설이 온도를 가늠하기 위해 투명한 유리 냄비 위로 손을 펴 보였다.

"배 많이 고파요?"

"응."

민준이 고개를 끄덕이자 설이 눈웃음을 지으며 끓기 시작한 육수에 채소부터 집어넣었다.

"안 받아요?"

조금 전부터 진동음이 들린다 싶었는데, 이제 보니 민준의 재킷 안쪽에서 나는 소리였다. 설은 어서 받으라는 듯 민준의 얼굴을 힐끔 쳐다보았다.

"······받아야지."

민준은 전화를 받고 싶지 않았다. 받을 때까지 이렇게 끈질기게 전화를 하는 것은 틀림없이 NIS일 것이고, 그 말인즉슨, 바로 그곳으로 들어가야 한다는 이야기였다. 민준은 씁쓸한 얼굴로 핸드폰을 꺼내 거실 유리창 쪽으로 향했다.

"······네. 아버지."

NIS 사람들과 함께 있을 때나 혹은 밖에 있을 때, 민준은 아버지를 아버지라 호칭하지 않는다. 하지만 지금은 상황이 달랐다. 설 앞이기 때문이었다.

[전화를 왜 이렇게 안 받아.]

"그렇게 됐어요."

힐끔 뒤를 돌아본 민준은 설과 눈이 마주치자 반사적으로 웃어 보였다.

[지금 좀 여기로 와야겠다.]

"지금······ 이요? 중요한 일 아니시면······."

[메모리칩을 복구했는데 파일이 열리지가 않아.]

"그게 무슨 말씀입니까?"

민준은 아예 베란다로 나갔다. 유리문을 닫자 설이 있는 집 안쪽과 완전히 단절되었다. 유리문 너머는 설의 세상이었다. 민준은 식탁 앞에 앉아 있는 설을 물끄러미 바라보았다. 꼭 자신과 그녀와 단절된 것 같았다.

[여기에 지금 KAERI(한국원자력연구원) 원장님 들어와 계신다.]

"그럼 조금만 기다리라고 하세요. 밥 좀 먹고 갈 테니까."

민준이 인상을 찌푸렸다. 유리문 너머에서 설이 '멀었어요?'라고 입을 뻐끔거리는 게 보였다.

[잠시 후 대통령께서도 도착하실 예정이다. 물론 비공식적인 방문이지.]

국장이 청와대로 들어가지 않고 대통령이 직접 NIS로 온다는 것은 사안이 그만큼 중요한 일이라는 뜻이었다. 꼭 그게 아니더라도 민준은 지금 자신이 이렇게 한가롭게 설과 마트에 가고, 식사나 하고 있을 때가 아니라는 것쯤은 잘 알고 있었다. 하지만.

'빨리. 안 오면. 내가. 다. 먹을. 거야.'

베란다 쪽으로 다가온 설이 유리창 가까이 얼굴을 대고 뻐끔거렸다. 설은 혀를 메롱 내민 후 확 뒤돌아갔다.

"……갑니다."

통화를 끝낸 후 민준은 유리창 너머 설을 바라보았다. 설은 민준을 약 올리듯 젓가락을 흔들어 보이고 있었다. 민준이 다시 안으로 들어갔다.

"채소를 데친 게 아니라 삶은 것 같아. 이제 뭐야, 완전 흐물흐물."

설이 냄비 안에서 청경채 잎 하나를 꺼내 보이더니 쯧쯧 고개를 저었다.

"얼른 먹어요. 배 많이 고프다면서요."

설은 채소와 함께 금세 익은 소고기도 한 점 민준의 앞 접시 위에 올려놓았다.

"……내가 지금. 어딜 좀 다녀와야 하는데."

민준의 말에 설은 고개를 갸웃했다.

"……또요? 어디를요?"

"아버지한테 급한 일이 생겨서."

"……."

"가급적 빨리 올 테니까, 먼저 먹고 있어."

민준은 의자에 걸쳐 놓았던 재킷을 손에 들었다.

"……급한 일이라니. 어쩔 수 없죠."

설은 쓴웃음을 지었다. 얼마나 급한 일이기에 밥 먹을 시간도 없이 나가야 하는 걸까. 그것도 일요일에. 처음으로 그를 위해 요리를 했는데.

"당신은 내가 해주는 밥 먹을 팔자는 못 되나 봐요."

"강설."

민준이 많이 미안해하고 있다는 걸 알고 있다. 하지만 머리로도 가슴으로도 이해가 가질 않아 설은 괜찮은 척을 할 수가 없었다.

"조심해서 다녀와요."

마음 속 의문은 깊이 감춘 채 설은 그를 배웅했다. 그를 보낸 후 설은 렌지의 불을 껐다. 보글보글 맛있는 소리를 내며 끓어오르던 물이 곧 잠잠해졌다. 서늘하게 식어버린 설의 마음처럼.

❦

반원 모양의 NIS 건물 근처 곳곳에 까만 양복을 입은 사람들이 사방을 경계하며 서 있는 모습이 보였다. 이미 이곳에 대통령께서 도착해 있다는 뜻이었다. 민준은 2층 계단을 뛰어 올라가 하얀 복도를 따라 걸었다. 국장실 문을 열자 그 안에 김 국장과 원자력연구원장 서충식 박사, 그리고 강현석 대통령이 보였다. 민준은 허리를 곧게 펴고서 대통령을 향해 거수 경계를 했다. 대통령이 흥미롭다는 눈초리로 그를 응시했다.

"이리 와 앉아요."

대통령이 민준을 향해 손을 들어 보였다. 민준은 왼쪽 대각선으로는 대통령을, 정면으로는 서 박사를 두고 앉았다.

"자, 본론만 다시 얘기해 봅시다. 파일에 아무리 까다로운 암호가 걸려 있다고 해도 국정원에서는 가능한 일 아닙니까."

"그게 조금 복잡합니다. 일반적인 패턴이라면 저희 직원들이 충분히 해결할 수 있는데 그것도 아닐뿐더러, 그것보다 더 큰 문제는 잘못된 패스워드로 일정 횟수 이상 접근을 시도하면 파일이 삭제되도록 설정되어 있다는 겁니다."

"일정 횟수라는 게 무슨 뜻이지요?"

"파일 열기를 시도할 때마다 숫자가 카운팅되며 그 수가 영이 되면 자료가 모두 사라진다는 메시지가 뜨는데 최초 설정된 숫자가 5였습니다. 저희가 그중 두 번의 기회를 날렸으니 이제 남은 기회는 세 번뿐이라는 뜻입니다."

"남은 세 번의 시도 안에 파일을 열 수 있을 확률은 얼마나 됩니까."

"현재로서는…… 불가능합니다."

"……."

"죄송합니다."

"연구원에서 도움이 될 만한 게 있을까요, 서 박사님."

잠시 침묵을 지키던 대통령이 이번엔 연구원장을 바라보았다. 서충식 박사는 이인호 박사의 훌륭한 동료이자 후배이기도 했었다. 혹시나 하는 마음에 대통령이 기대 어린 눈빛으로 그를 향했다.

"저희는 아시다시피 연구만 하는 사람들이라……."

"……."

"그것보다는 파일의 출처를 캐보는 쪽이 오히려 더 빠르지 않겠습니까."

서 박사는 곤란한 표정으로 다른 의견을 꺼냈다.

"……그럴까요."

하지만 파일의 출처는 아직 서 박사에게도 비밀이다. 정확히 말하자면 현재 김 국장과 대통령, 그리고 민준만이 알고 있는 사실이었다.

"돌아가신 이 박사님께서 아무런 생각도 없이 그렇게 해놓으신 게 아닐 겁니다. 제아무리 유능한 전문가라도 제한된 시간 안에 풀 수 없는 거라면, 그것은 역으로 그 시간 안에도 풀 수 있는 누군가를 염두에 두고 파일에 암호 처리를 해두신 게 아니겠습니까."

대통령은 깊은 생각에 잠겼다. 서 박사의 말이 맞다. 장인어른은 그렇게 호락호락한 분이 아니셨다. 이미 옛날 한 번의 죽을 고비를 넘겼기 때문에, 똑같은 일이 또 일어날 수 있는 경우를 충분히 생각하고, 추후에 일어날 일까지 미리 계산을 해두셨을 것이다. 장인어른은 본인이 살아 파일을 다시 손에 넣든지 그도 아니면 믿을 만한 누군가가 갖든지, 만약 둘 다 아니라면 그 파일을 적에게 넘기느니 차라리 없애는 쪽을 택한 것이다. 그렇다면 장인어른과 마지막 날 함께 있었던 설에게 이제 이야기를 꺼내야 한다.

하지만 대통령은 설이 위험한 일에 연루되는 것이 두려웠다. 파일을 손에 넣어야 하는 것은 맞기에 NIS에 일을 위임하기는 했지만 딸을 생각하면 부모로서 마음이 무거워지는 건 어쩔 수가 없었다. 하지만 그녀에게 직접 물을 수 있는 사람은 자신밖에 없었다.

"보안은 믿을 수 있습니까."

대통령이 김 국장에게 물었다. 국정원에서 이 파일을 입수한 사실이 외부로 알려지면 대내외적으로 시끄러운 일이 생길 수 있었다.

"지금 이것에 대해 알고 있는 사람은 대통령님과 저, 그리고 여기 있는 서 박사님과 김민준 요원이 전부입니다."

대통령의 시선이 민준을 향했다. 파일을 찾아온 요원은 김 국장의 아들이라고 들었다. 하지만 그가 알기로는 김 국장에겐 어린 딸만 하나 있었다.

"같이 고민해 봅시다."

대통령이 자리에서 일어섬과 동시에 김 국장과 서 박사 그리고 민준도 일어났다.

"서 박사님, 중요한 일이 있다고 하셨는데 바쁜데 불러내 미안합니다. 가서 일 보세요."

고개 숙인 서 박사를 향해 대통령이 인사를 했고, 서 박사는 정중하게 인사를 한 후 국장실을 빠져나갔다.

"……파일은 청와대로 가지고 갑니다."

대통령이 김 국장에게 은밀하게 말을 건넸다. 국장이 고개를 끄덕이자 국장실을 나가려던 대통령은 잠시 걸음을 멈추고 뒤돌아 민준을 빤히 쳐다보았다.

"고생 많았습니다."

"아닙니다, 각하."

"그럼 김민준 요원은 이제 다시 NIS로 복귀합니까."

대통령이 물었지만, 민준이 대답을 할 수 있는 건 아니었다.

"마음에 걸리는 게 있어서 당분간은 그대로 현장에 둘 생각입니다."

김 국장이 대신 대답을 했고, 대통령은 알았다는 듯 고개를 끄덕였다.

"언제까지 내 딸을 저렇게 내버려 둘 수 없는데 하루라도 빨리 일이 마무리되었으면 좋겠군요."

'이건, 설의 이야기이다.'

그의 말이 민준에겐 내 딸을 언제까지 네 옆에 둘 수 없다는 뜻으로 들렸다.

"과년한 딸이라 아비로서 걱정이 됩니다. 이제 좋은 사람 만나서 결혼도 해야 하는데 말이지요."

대통령이 의미심장한 눈으로 민준을 바라보았다. 그는 삼 년 전 NIS에서 붙인 요원이 설에게 마음을 두면서 일이 틀어졌었다는 사실을 알고 있었다. 그리고 그 일이 설에게 어떤 영향을 미쳤는지도 충분히 알고 있었다.

굳이 이런 이야기를 꺼내는 그 속내를 가늠하느라 민준의 눈빛이 차분하게 내려앉았다. 애초에 심각하게 생각하며 시작했던 일이 아니기에 설이 대통령의 하나밖에 없는 외동딸이라는 사실을 잊고 있었다. 이런 임무로 만난 게 아니었더라면 민준이 그녀와 함께 식사를 하고 놀러 가는 일은 결코 일어날 수 없는 일이었던 것이다.

"우리 딸이 물놀이를 좋아하던가요."

영애 곁에 경호관들이 보이지 않는다고 해서 정말로 보호하는 자들이 아무도 없는 것은 아니었다.

"우리 딸, 잘 부탁합니다. 김민준 요원."

대통령의 목소리는 나지막했지만 강한 힘이 실려 있었다. 대통령은 민준의 대답을 기다리지 않고 그대로 국장실을 떠났다.

밖으로 나오니 해가 이미 저물어 하늘은 온통 회색빛이었다. 민준은 차에 올라 핸드폰을 꺼냈다. 설에게서 문자가 와 있었다.

〈많이 늦어요?〉

민준은 그 문자를 몇 번이나 되읽다가 한숨과 함께 고개를 들었다. '자유와 진리를 향한 무명의 헌신' 건물 정면 원훈석에 새겨진 글귀를 읽으며 민준은 눈을 감았다 떴다. 운전대를 잡았지만 어디로 가야 할지 몰랐다.

딩동 벨이 울리자 설은 소파에서 벌떡 일어났다. 한참 동안 현관 앞에 서서 망설이던 설은 천천히 문을 열었고, 몇 시간 만에 나타난 민준을 보았다.

설은 자신이 상처받았다는 사실을 그가 알아주길 바랐다. 기다리고 있다는 것을 잘 알고 있으면서도, 그는 전화나 문자 한 통도 없었다. 허탈했다. 민준에게 자신은 고작 그 정도의 사람인 건가 싶었다. 쉽게 만나고 쉽게 헤어져도 되는 사람.

"……저녁은 먹었어?"

두 사람 중 먼저 입을 연 건 민준이었다. 그러고 보니 벌써 저녁이었다. 그에 대해 생각하느라 설은 벌써 시간이 이만큼 흘러 버린 줄도 몰랐다.

"네."

설은 짧게 대답했다.

"내가 먹을 것도 아직 남아 있어?"

"……별로 주고 싶지가 않아요. 이제."

이제 당신을 위한 음식 같은 건 없다고 하고 싶지만, 설은 그를 이대로 돌려보내고 싶진 않았다. 자신이 충분히 이해할 수 있는 변명을 해주길 바라며, 설은 민준의 입이 열리길 기다렸다. 정말 급한 일이었을 수도 있다. 문자를 확인할 수 없는 상황이었을 수도 있다. 그러니 자신이 충분히 이해할 수 있도록, 아니, 상처받은 마음을 그가 다독여 주길 바랐다.

"……당신한테 오는 길이 아주 힘들었어."

정말 힘들었는지 애써 웃는 민준의 눈빛이 쓸쓸했다. 그도 이제 이런 식으로 와신 안 된다는 깃을 잘 알고 있다. 자신의 이런 행동들이 나중에 설에게 더 큰 상처가 되리라는 것도 알고 있었다. 하지만 그의 의지와 상관없이 발걸음이 절로 이곳을 향했다.

"무슨 일 있어요?"

어느새 설의 눈에는 민준에 대한 원망이 사라지고 근심이 담겼다.

"그런가 봐."

"내가 혹시 도와줄 게 있……."

민준이 설을 끌어안았다. 설의 어깨에 고개를 묻고 눈을 감았다. 내가 강설을 놓을 수 있을까.

"……대리님?"

'강설. 과거 어디로 되돌아가야 내가 당신을 사랑할 수 있을까. 당신에게 김민준 대리라고 소개를 했을 때, 아니, 내가 이 임무를 맡기 전으로 돌아가면 당신을 사랑할 수 있을까.'

설을 놓고 싶지 않다는 생각에 그녀를 안은 손에 힘이 들어갔다.

"……왜 그래요? 많이 안 좋은 일이에요?"

잠시 머뭇거리던 설이 민준의 등 위로 팔을 올려 마주 안았다. 어쩐지 지금은 그를 위로해 줘야 할 것만 같았다.

"……이십사."

민준이 작게 중얼거리는 소리에 설의 눈이 휘둥그레졌다.

"바람 불면 부러지겠네."

큭큭 웃는 민준을 확 밀어내며 설은 눈을 치켜떴다.

"주고 싶지 않아도 밥 좀 줘. 나 진짜 배고프니까."

민준이 어이없고 황당해하는 설의 머리카락을 장난스럽게 흩뜨리더니 집 안으로 들어와 주방으로 향했다.

"어딜 들어가요!"

"밥 안 주면 안 나갈 거야."

"여기가 식당인 줄 알아요? 누구 맘대로 아무 때나 와서 밥을 달래?"

식탁 앞에 선 민준은 말이 없었다. 모든 게 그가 떠나기 전과 똑같이 그 자리에 놓여 있었다.

"······점심도 안 먹은 거야?"

민망한 듯 팔짱을 끼고 고개를 홱 돌리는 설에게 민준이 차분한 목소리로 물었다.

"별로 배가 고프지 않아서 그랬어요. 정말이에요."

설은 진심이라는 듯 또박또박 힘주어 말했다.

"배고프지 않아도 같이 먹자."

민준은 자연스럽게 의자에 앉으며 설에게도 손짓했다.

"참 나! 식당 영업은 아까로 끝났거든요?"

설은 아무 일도 없었다는 듯 뻔뻔하게 구는 민준을 위아래로 훑어 보았다.

"그래도 같이 먹자."

민준은 진지한 얼굴로 그녀를 보았다. 앞으로 이런 날이 오지 않을지도 모른다. 설과 함께 밥을 먹고 맥주를 마시는 소소한 일상은 이게 마지막이 될지도 모른다.

'강설, 당신 말대로 내가 당신이 해준 밥을 먹을 팔자가 되지 않을지는 몰라도, 그래도 나는 오늘 당신이 차려준 저녁을 먹고, 내일 아침엔 집 앞에서 당신을 기다릴 거야.'

민준이 말없이 인덕션의 불을 켰고 아까 설이 접시에 놔준 고기와 채소를 젓가락으로 집어 입에 넣었다.

"……다 식은 거 먹지 마요. 금방 따뜻해질 거니까."

어쩔 수 없다는 듯 설이 민준 앞에 앉으며 퉁명스럽게 말했다. 그녀는 이번엔 냄비로 향하는 민준의 젓가락을 공중에서 저지했다.

"……배탈 나면 어떡해."

설의 걱정에 민준은 시선을 내려 뭉클함에 떨리는 눈빛을 감추었다.

"아버지랑 많이 친해요?"

"친하다기보다…… 고맙고, 애틋하고. 뭐 그런 거?"

함께 저녁을 먹고 민준과 설이 아파트 단지 사이의 산책로를 따라 걸었다. 그들처럼 저녁을 먹고 나온 가족들이, 연인들이, 두 사람을 스쳐 지나갔다.

"그러는 강설은 아버지랑 많이 친하나?"

민준이 슬쩍 묻자 설은 곰곰이 생각하는 얼굴이 되었다.

"친하다기보다…… 존경해요. 또 자랑스럽기도 하고."

"어머니 닮았어?"

"응? 나 말이에요?"

"응."

"어떻게 알았어요? 나 엄마 닮은 거?"

"어머니가 미인이시겠네."

민준이 가볍게 웃음을 터뜨렸다. 취임식 이후로 거의 대중 앞에 모습을 드러내지 않는 영부인은 우아하고 기품 있는 미모가 꼭 중견 여배우 같아 취임 전부터 사람들 입에 많이 오르내렸었다. 오늘 가까이에서 대통령을 보고 나니 설이 확실히 영부인 쪽을 많이 닮았다는 걸 알 수 있었다.

"맞아요. 우리 엄마 되게 예뻐요. 우리 엄마가 학교 다닐 때 인기가 아주 많았는데 말이에요, 유일하게 우리 엄마 뒤를 쫓아다니지 않았던 유명한 법대생이 한 명 있었대요. 어느 날 엄마가 학교 도서관에서 공부를 하고 있는데, 엄마를 흘끔흘끔 쳐다보던 그 법대생이 엄마한테 뚜벅뚜벅 걸어와서 뭐라고 그랬게요."

"뭐라고 그랬는데?"

"미안하지만 집에 가서 공부하면 안 되겠습니까. 이랬대요."

설은 제가 말을 하고도 우스운지 푸르르 웃음을 터뜨렸다.

"그게 무슨 말이야?"

"엄마가 도서관에 오면 남학생들이 주변에 바글바글하니까 시끄러워서 공부에 방해된다고요. 그러니까, 엄마한테 집에 가서 공부하라고 그런 거래요."

"그래서 집에 가셨대?"

"응."

"그게 뭐야. 싱겁게."

민준이 피식 웃었다. 설이 즐거워 보여서 민준의 입가에서도 미소가 떠나질 않는다.

"그래서 엄마가, 그럼 나는 지금 집에 갈 테니 당신이 나를 집에까지 바래다 달라고 했대요. 남자친구가 있는 줄 알면 다음부터는 이렇게 시끄럽게 내 주변에 안 모여들 거라고요."

"그럼 그때부터 두 분이 사귀신 거야?"

"네. 조용한 단과 도서실도 얼마든지 있는데 굳이 중앙도서관 한복판에 앉아 보란 듯이 공부를 했던 아빠와 늘 같은 페이지를 펴고 앉아 있던 엄마와의 만남이 시작된 날이래요. 그때가."

재미있는 얘기였다. 대학 시절 공부만 한 노력형 수재인 줄 알았던 대통령에게 이런 러브스토리가 숨겨져 있을 줄은 몰랐다.

"그때부터 매일 도서관 데이트만 했는데도 엄마는 한 번도 아빠한테 심심하다고 투정을 부린 적이 없었대요. 그렇게 예쁜 여대생이 매일 도서관에 앉아 사계절을 보내야 했는데도 말이에요. 그리고 마침내 원하던 목표를 이룬 날 아빠가 엄마한테 달려가 프러포즈를 했대요. 내가 돈을 많이 벌지 못해도 괜찮다면 나와 결혼을 해달라고 말이에요."

대통령은 유능한 인권변호사 출신이다. 학부 시절 고시 3관왕이라는 화려한 타이틀을 벗어던지고 대통령은 사람들 속으로 들어가는 험난한 길을 선택해 걸었었다. 당시 영부인은 이인호 박사라는 유명한 부친 덕에 풍족한 집안의 외동딸로 자라 어려운 생활에는 익숙하지 않았을 것이다.

"그래도 어머니가 괜찮다고 하셨으니까 두 분이 결혼하신 거겠지. 그래서 어머니께서 고생을 많이 하셨어?"

"아니요. 엄마가 고생하면서 아빠 뒷바라지도 좀 하고 그래야 그림이 멋있는데, 외할아버지가 부자라서 그럴 일이 없었대요. 웃기죠."

엄마와 아버지에 대한 이야기로 웃음꽃을 피우던 설의 얼굴이 어느새 진지해졌다. 설은 밤하늘을 올려다보며 말을 이었다.

"내가 어릴 때 살던 동네에 우리 할아버지 집이 있었어요. 마당이 되게 넓고 커다란 소나무가 심어져 있는 예쁜 집. 나는 유치원에 다녀오면 늘 우리 집이 아니라 할아버지 집으로 먼저 달려갔어요."

할아버지 이야기를 꺼내는 설의 목소리가 차분했다.

"할아버지가 돌아가시고 그 집 생각이 나 알아보니, 언제 파셨는지 이미 할아버지 소유가 아니었어요. 할아버지께서 서울에 계실 때는 그 집에서 지내셨기 때문에 당연히 할아버지 집일 거라고 생각했었거든요. 그 집을 사고 싶다고 주변 부동산에 얘기는 해두었으니 언젠가 집주인이 연락을 해오지 않을까 기다리고 있어요. 나한테 준다고 약속해 놓고, 할아버지가 잊어버리셨나 봐요."

어린 설은 그 집을 참 좋아했었다. 서울 한복판 조용한 동네에 전통 기와를 올려 지은 그 집은, 마당을 열고 들어가면 넓은 대청마루가 한눈에 들어왔다. 할아버지 서재의 둥근 창을 통해 멀리 보이는 푸른 산도, 비 오는 아침 창문을 열면 폐부를 깊이 찌르며 들어오던 짙은 소나무 향도 참 좋았다. 따뜻한 기억이 많이 남아 있는 그리운 곳이었다.

"평범한 직장인이 그 집을 살 수 있겠어? 서울에 있는 데다 말대로라면 꽤 비쌀 것 같은 집인데."

민준이 슬쩍 놀리듯 하는 말에 설은 꼭 하고 말겠다는 의지를 다졌다.

"그래도 어떻게 해서든지 꼭 사고 말 거예요. 할아버지께서 분명히 그 집은 나한테 주신다고 하셨단 말이에요."

그리움에 설은 지금도 이따금 그 집 주변을 서성거릴 때가 있었다. 불필요한 오해를 사 대통령인 아버지께 누가 될 수 없으니, 임기가 끝나고 나면 정식으로 부동산에 의뢰하여 제값을 주고 사면 될 것이다. 엄마도 할아버지와의 추억이 있는 그 집을 다시 찾자는 데 동의하셨고, 할아버지께서 남겨주신 유산을 정리하면 얼추 그 집을 살 수 있을 만큼의 자금을 만들 수 있을 거라고 말씀하셨다.

"내가 집주인 찾아줘?"

"아니요, 지금은 안 돼요. 지금 말고 나중에."

"찾고 싶으면 언제든지 얘기해. 내가 찾아줄 테니까."

"말뿐이라도 고맙네요."

투덜거리는 설을 힐끗 내려다보며 민준은 입술 사이로 가벼운 웃음을 흘렸다. 구름 사이로, 둥근 보름달이 은은한 빛을 내는 포근한 밤이었다.

3

다음 날 오전 12시경.

"강 주임, 식사하러 안 가?"

머리 위에서 익숙한 목소리가 들렸다. 설이 고개를 홱 쳐들더니 민준을 무서운 얼굴로 노려보았다. 회사에서 너무 친한 척하지 말아달라고 아침 출근길 내내 그렇게 신신당부를 했는데 어떻게 그걸 그새 까먹고 치근덕거리느냐 이 말이다. 파티션 위에 두 팔을 겹쳐 올린 민준이 고개를 비스듬히 기울여 설을 빤히 쳐다보았다.

'왜?'

민준은 영문을 모르겠다는 듯 소리 없이 입술을 벙긋거렸다. '강설, 밥 먹으러 가자!'라고 말하려다 그래도 아침에 한 말이 생각나 정중하게 직급까지 붙였는데 왜 저렇게 도끼눈을 뜨고 쳐다보는 건지 모르겠다.

"대리님, 저는 할 일이 아직 남아 있어서요. 먼저 내려가서 식사하세요."

설은 지극히 사무적으로 대답한 후 그를 외면했다.

"그래, 그럼 끝나면 얘기해, 강 주임. 기다리고 있을 테니까."

'아씨 진짜. 친한 척하지 말라고 한 말을 도대체 어떻게 해석한 거야?'

설이 의자 바퀴를 뒤로 굴리며 자리에서 벌떡 일어섰다.

"벌써 끝났어? 신기하네. 일 끝내는 데 십초도 안 걸렸어, 강 주임."

말 끝마다 강 주임, 강 주임 붙이는 게 오늘따라 왜 이리 얄미운지 모르겠다. 의자를 안쪽으로 밀어 넣으며 설이 민준을 곱게 흘겨보았다. 그래도 이런 그가 싫지 않은 걸 보니 자신이 그를 확실히 좋아하긴 하는 것 같았다.

"대리님. 저도 같이 먹어도 되죠?"

의미심장한 눈빛을 서로 주고받으며 결국 민준의 눈웃음에 지고 만 설이 웃음을 터뜨렸을 때였다. 예전에 분명히 민준이 홀수로는 안 논다고 했던 것 같은데, 오늘도 기어이 두 사람 사이에 끼고 싶은지 안 주임이 생글 웃으며 자리에서 일어섰다.

"같이 밥 먹을 사람이 없어?"

민준이 눈살을 찌푸리며 안 주임을 쳐다보았다. 명백한 거절의 뜻이었다.

"네, 없어요."

당당하게 고개를 끄덕이는 안 주임의 말은 누가 봐도 거짓말이었지만 그래도 같이 먹자는데 야박하게 넌 빠지라고 말을 할 수는 없었다. 구내식당이 민준 개인의 것도 아니고 더군다나 같은 회사 사람끼리 말이다. 하지만.

"그래도 난 강 주임이랑 둘이서만 먹고 싶은데."

'난 홀수는 싫어한다고.'

민준이 단호하게 고개를 저으며 거절 의사를 밝혔다.

"대리님!"

당황한 설이 빨개진 얼굴로 민준을 불렀다. 어떻게 사람을 바로 앞에 두고 저렇게 말할 수 있나 싶었다.

"대리님한테 밥을 사달라는 것도 아니고, 그냥 셋이서 먹자는 건데 너무 하시네요, 진짜."

보통 이쯤이면 자존심이 상해 먼저 자리를 박차고 나갈 텐데, 인내심이 많은 건지 그도 아니면 정말 함께 식사하고 싶은 마음이 간절한 건지 안 주임은 꼼짝도 하지 않았다. 심지어 표정마저 평온했다. 네가 뭐라고 말을 하든지 간에 나는 너희와 함께 먹으리라, 이런 의도가 분명히 보였다.

"……그래, 그럼. 같이 내려가지."

뚫어져라 안 주임을 응시하던 민준이 대수롭지 않다는 듯 어깨를 으쓱였다. 하지만 그의 눈빛이 그 어느 때보다 진중해졌다. 안 주임이 저렇게까지 억지스럽게 구는 데에는 분명 목적이 있을 터였다. 민준이 눈을 가늘게 떴다.

'나일까?'

"강 주임, 어제 뭐 했어?"

안 주임이 씽긋 웃으며 설에게 팔짱을 꼈다. 설은 곤란한 표정으로 민준을 돌아보았다가 이내 미소를 그리며 안 주임과 함께 사무실을 나섰다.

'아니면 강설일까?'

두 사람의 굳은 얼굴로 두 뒤를 따라가던 민준은 또다시 머릿속이 복잡해졌다.

지하 1층 구내식당으로 내려온 세 사람은 각자 식판 위에 음식을 담아 비어 있는 테이블에 앉았다. 설 옆에 안 주임이 앉았고, 민준은 설과 마주보는 자리였다.

"안 주임은 강 주임하고 입사 동기인가?"

민준이 숟가락을 들며 물었다. 그가 안 주임에게 관심을 보인 건 오늘이 처음이었다.

"거의 비슷한 시기에 들어왔으니 굳이 따지자면 그렇다고 할 수 있죠. 특채는 동기가 따로 없으니까요."

"그럼 둘이 많이 친하겠네?"

사실 처음 보았을 때는 안 주임과 설이 그렇게 친해 보이지는 않았는데, 요즘 부쩍 안 주임이 강 주임에게 살갑게 구는 게 그에게도 느껴졌다.

"네, 친해요. 요즘은 대리님이 너무 강 주임 옆에 찰싹 붙어 있어서 같이 다닐 시간이 없었지만 말이에요."

설은 뾰로통해진 안 주임의 투정에 입가에 가볍게 미소를 지었다. 이 회사에 처음 입사했을 때 낯설어서 적응이 힘들었지만 그래도 안 주임이 있어 많이 외롭지 않았다. 안 주임은 처음 봤을 때부터 설을 유난히 많이 챙겨준 고마운 사람이었다.

설은 무심코 안 주임의 식판을 쳐다보았다가 이상한 걸 발견했다.

"주임님, 토마토 안 먹지 않아요?"

안 주임은 알레르기가 있어 토마토를 먹지 않는다. 그래서 식당에서 음식을 받을 때면 늘 메뉴를 꼼꼼히 살펴보고 반찬을 식판에 담곤 했다. 무심코 샐러드 안에 들어 있는 토마토를 집던 안 주임이 당황한 기색이 역력한 얼굴로 얼른 그것을 놓았다.

"아…… 내가 딴생각 좀 하다가. 고마워, 강 주임."

안 주임은 침착한 얼굴로 설에게 고맙다고 인사했다. 민준은 밥을 우물거리며 안 주임을 빤히 쳐다보았다.

"안 주임."

민준이 부르자 안 주임이 그를 쳐다보았다.

"말씀하세요."

"혹시 나 좋아해?"

민준의 말에 안 주임은 표정의 변화 없이 잠시 시선을 내렸다 다시 그를 보았다. 오히려 당황한 것은 설이었다.

"아니요."

"안타깝네."

'차라리 그 편이 나았을 것 같았는데 말이야.'

민준이 느릿하게 아랫입술을 혀로 훑으며 안 주임을 쳐다보았다.

"뭐가 안타까워요?"

"나는 혹시나 했지."

"……."

"아, 목말라. 물 갖다 줄까?"

밥 먹다 말고 민준이 갑자기 물을 가지러 일어났다. 그는 손가락 사이에 뜨거운 김이 모락모락 올라오는 세 개의 스테인리스 컵을 끼고 자리로 돌아왔다.

"안 주임, 여기."

"네, 감사합……."

민준이 안 주임에게 먼저 손을 내밀었고, 순간 그의 손에서 컵 하나가 툭 떨어졌다. 안 주임의 눈이 커지는가 싶더니 그녀는 재빨리 물컵을 정확하게 잡았다. 다행히 물은 컵 밖으로 조금 흘러 넘쳤을 뿐이었다. 안 주임은 당황한 기색 없이 컵을 손에 쥐고 민준을 빤히 올려다보았다.

"하마터면 떨어뜨릴 뻔했네."

민준은 친절하지 않은 눈빛으로 안 주임을 향해 웃었고, 그녀는 긴가만가한 표정을 지었다.

"이제부턴 셋이 놀자, 안 주임."

'너, 누구야.'

민준의 표정이 일순 서늘해졌다.

"네?"

안 주임의 눈이 흔들렸다. 민준은 웃고 있는데 이상하게 한기가 느껴졌다. 그런 그에게서 어떤 기시감을 느꼈다.

"그러니까, 이제 강 주임하고 둘이서만 노는 건 절대로 안 돼. 알았지?"

안 주임 가까이 상체를 기울이며 나지막이 속삭이는 민준의 목소리가 급격히 낮아졌다. 마주친 눈빛이 서늘해 안 주임은 얼른 다시 시선을 아래로 내렸다. 아래를 내려다보는 그녀의 눈빛이 날카롭게 번뜩였다.

"그럼 둘이 놀든가요. 전 다 먹었으니 이만 올라갈게요."

설이 뾰로통한 표정으로 식판을 들고 일어났다. 안 주임과 같이 밥 먹는 게 싫다고 한 지 몇 분이나 지났다고, 나한테는 맨날 밥 달라, 과일 달라 조르는 사람이 안 주임에겐 직접 물도 떠다 주었다. 자기가 언제부터 그렇게 여자들한테 친절했다고.

"왜 이래."

민준이 잰걸음으로 황급히 설에게 따라붙었다.

"뭐가요."

"왜 화가 난 거야?"

"내가 왜 화가 나요? 밥도 잘 먹었는데."

개수대에 식판을 탁 소리 나게 올려놓은 후 설이 홱 뒤를 돌아 출입구를 향해 빠르게 걸었다. 설은 엘리베이터 앞에 서지 않고 1층으로 올라가는 에스컬레이터에 올랐다.

"커피 마시게?"

설의 등 바로 뒤에서 민준의 목소리가 들렸다.

"강 주임, 같이 가!"

그리고 저만치 뒤, 안 주임의 목소리도.

"화내지 마. 나 무서워."

설의 등 뒤에 바짝 선 민준이 설의 귓가에 속삭였다.

"거짓말하지 말아요."

에스컬레이터가 1층으로 올라가자 설은 또각또각 힘차게 앞으로 걸어갔다.

"내가 안 주임이랑 셋이 놀자고 해서 그래? 당신이 안 주임이랑 둘이 노는 게 싫어서 그러는 거야. 그리고 나한테 회사에서는 친한 척하지 말라며?"

생각해 보니 억울했는지 민준이 불만스러운 목소리로 말했다. 흥! 설은 그를 보고 싶지 않아 고개를 반대쪽으로 돌렸다.

'나한테 너무 친한 척하지 말했지, 내가 언제 다른 여직원이랑 친하게 지내라고 했나?'

"강설!"

민준이 큰소리로 설을 부른 때였다. 설이 갑자기 멈춰 섰다. 아니, 오히려 뒤로 한 걸음 물러섰다.

"설아."

설아.

세상에서 설을 이렇게 부르는 사람은 한 명밖에 없었다.

"오랜만이야."

설의 앞에 선 사람은 건우였다. 남자의 입술이 위로 휘었다.

✾

바람에 날리는 갈색 곱슬머리도, 주머니에 두 손을 꽂은 자세도, 설을 바라보는 눈빛도 삼 년 전과 달라진 게 없었다. 삼 년이라는 시간이 두 사람을 비껴 흘렀는지, 서로를 마주 보고 선 두 사람은 삼 년 전과 다르지 않았다.

"……웃고 있네, 강설."

설이 웃고 있었다. 삼 년 전 저를 바라보며 싱그럽게 미소 짓던 그때처럼. 하지만 설이 변하지 않았다는 사실에 그리움으로 물들었던 건우의 눈빛이 어느새 쓸쓸한 기운을 머금었다. 그녀가 웃고 있기를 바라왔지만, 막상 제가 없어도 활짝 웃는 설의 모습이 생각만큼 기쁘지는 않았다.

설은 눈앞으로 다가와 선 건우를 보았다. 헤어진 연인을 우연히 다시 만난다는 것은, 설사 아무런 감정이 남아 있지 않다고 해도 마음속에 거대한 폭풍우가 몰려오는 것만 같다. 짧은 순간 머릿속에 떠오른 추억이, 기억이, 감정이, 한꺼번에 뒤엉켜 파문을 일으켰다.

건우의 얼굴을 보는 순간 심장이 제멋대로 팔딱거리며 뛰기 시작했지만, 예전과는 분명히 다른 이유에서였다. 당혹스러운 마음도 잠시, 설은 제 뒤에 민준이 서 있다는 사실을 뒤늦게 인지하고 복잡하고 놀란 표정을 얼른 감추었다.

"오랜만이에요."

설은 작게 숨을 들이마신 후 애써 평온한 표정으로 말했다. 원망도 미움도 그리움도, 이젠 다 지난 일이다. 그건 백건우 당신이 해야만 하는 일이었고, 이제 나는 괜찮아졌으니 더 이상 나를 그런 눈으로 바라보지 않아도 괜찮다. 그러니 우리 사이에 여전히 무언가 남아 있는 것처럼, 그런 눈으로 나를 바라보지 말았으면.

"누군데?"

건우를 경계하며 민준이 물었다.

"……예전에 조금 알던 사람이요."

민준은 남자의 얼굴을 똑바로 쳐다보았고 그제야 건우의 시선이 그를 향했다. 뭔가를 떠올리려는 민준의 눈매가 가늘어졌다.

건우 역시 마찬가지였다. 하지만 마침내 그는 얼굴에 옅은 미소를 떠올렸다. NIS에서 본 적이 있는 얼굴이었다. 설의 곁에 있는 남자는 설의 남자가 아니라는 뜻이었다.

"고생이 많네요."

건우가 의미심장한 눈빛으로 민준에게 말했고, 민준은 그제야 입을 꾹 다물었다. 기억이 났다, 이 남자가. NIS에서 만났었고, 설의 이름을 마음대로 부를 수 있는 남자.

"직장 생활이 다 그렇죠."

마침내 민준이 그의 말에 심드렁하게 대꾸했다.

"제가 일을 하다 와서요. 이만 들어가 봐야 해요."

헝클어진 마음을 다잡으며 설이 차분하게 말했다. 그녀는 흔들리는 눈빛을 감추며 건우에게서 뒤돌아섰다.

"……설아, 다시 보자."

건우의 인사에도 설은 멈추지도, 돌아서지도 않았다. 그녀는 떨리는 입술을 꽉 깨물며 엘리베이터 쪽으로 향했다. 이 다정한 목소리가 많은 위로가 되었던 때가 있었다. 건우가 자신을 사랑하지 않았다고 생각한 건 아니었지만, 상처받은 마음과 그에게 느낀 배신감이 그를 사랑하는 마음보다 더 컸다. 할아버지를 아프게 잃고도 살 수 있었는데 사랑하는 남자와 헤어졌다고 해서 살지 못할 리가 없었다. 머리로는 이해했지만 가슴이 이해하지 못했기 때문에, 할아버지의 죽음보다 더 중요하다는 무언가를 찾기 위해 설을 이용했다는 사실을 그녀는 도저히 용서할 수가 없었다. 그런 줄도 모르고 마음을 주었던 자기 자신까지.

그래서 그녀가 삼 년 전 건우의 배신에 그를 그대로 외면한 것은, 그에게 주는 형벌이면서 또한 스스로에게 내리는 형벌이기도 했다.

여느 때 같았으면 바로 설의 뒤를 따랐을 민준이 웬일로 건우와 마주 본 채 그대로 서 있었다.

"백건우라고 합니다. 직장 동료이신가 본데, 설이 잘 부탁합니다."

건우가 민준에게 악수를 청했다.

"강설은 그쪽이랑 별로 친해 보이지 않는데, 되게 친근하게 부르네."

하지만 민준은 그 손을 쳐다보지도 않았다. 그는 건우를 비웃듯 한쪽 입꼬리를 위로 올리며 웃었고, 그와 동시에 조금 전까지 온화하게 웃고 있던 건우의 얼굴에서도 웃음기가 사라졌다. 건우는 다시 손을 거두고 대수롭지 않은 듯 중얼거렸다.

"……그러게요. 설이 아직도 나한테 화가 많이 나 있나 봐요."

이 남자는 예전의 나처럼 설에게 헛된 감정을 품고 있는 건가, 어리석게도. 건우는 속으로 코웃음을 쳤다. 눈앞의 남자는 예전의 자신이 그랬듯 그녀에게 특별한 감정을 품고 있는 게 분명했다.

"지금도 잊지 않고 날 기억하는 걸 보니."

건우의 중얼거림에 민준이 입꼬리를 천천히 아래로 내렸다.

"그럼 내가 잘 달래줘야겠네, 다 지난 옛날 일에 마음 쓰지 말라고."

"너무 많이 달래주지는 마요. 오해하니까. 애인도 아닌데."

"강설한테 너무 신경 쓰지 마. 오해하니까. 애인도 아닌데 말이야."

"……."

"그럼, 잘 가시고."

민준이 건우에게서 뒤돌아섰다. 그의 앞에서는 여유 있는 표정이었지만 뒤돌아서자마자 민준의 얼굴이 서늘하게 굳어졌다.

건우는 빨라진 호흡을 지그시 누르며 민준의 뒷모습을 뚫어져라 바라보았다. 그리고 천천히 시선을 돌려, 아까부터 그 자리에 있었지만 의도적으로 시선을 피했던 사람을 마침내 눈에 담았다.

"넌 여기서 뭐 해."

눈빛만큼이나 날카로운 목소리가 차갑게 흘러나왔다.

"안기영, 네가 왜 여기 있어."

아까부터 얼음처럼 굳어 있던 안 주임의 눈빛이 크게 출렁거렸다. 하지만 무엇에 대한 흔들림인지, 건우는 그것까지 알고 싶진 않았다.

"내가 왜요?"

안 주임이 바들바들 떨리는 입술을 안으로 꽉 깨물었다.

"네가 왜 강설 옆에 있냐고 물었어."

"강 주임이 왜요. 난 그냥 이 회사에 입사를……."

"안기영."

"……."

"허튼짓 하면 가만두지 않아."

건우는 기영의 눈을 똑바로 쳐다보며 나지막한 목소리로 경고했다. 불안하게 흔들리던 기영의 눈동자가 다시 한 번 크게 출렁거렸다.

"나한테는 할 말이 겨우 그것뿐이에요?"

입술을 꽉 깨물고 묻는 기영의 눈에 어느새 축축한 물기가 스며들었다. 삼 년 전에 헤어진 강설은 여전히 그렇게 애틋하게 바라보면서 나한테는 왜. 강설, 강설, 도대체 강설이 뭐라고. 차갑기만 하던 건우의 눈빛이 다시 온화해졌다.

"또 보자, 기영아."

뒤돌아서는 건우의 뒷모습을 우두커니 바라보고 선 기영은 결국 눈물을 보였다.

"선배! 이번엔 무슨 일을 하길래 그렇게 얼굴을 볼 수가 없는 거예요?"

"내가 그걸 너한테 알려줄 것 같아?"

부드럽게 웃는 건우의 미소는 햇살 같았다. NIS 시절 그는, 팀원들의 햄버거를 사면서 기영에겐 꼭 토마토를 뺀 햄버거를 건네주었다. 그녀가 알레르기 때문에 토마토를 먹지 못한다는 걸 그가 기억하고 있는 탓이었다. 기영은 건우의 그런 자상함이 좋았다.

"재미있는 거면 나도 같이해요. 매일 사무실에 있으니 좀이 쑤신다고요."

"미안하지만 안 돼."

"왜 안 돼요?"

"이번 일만 끝나면 그 사람한테 고백할 거니까."

"그게 무슨 소리예요?"

"있어 그런 게."

곱게 자란 도련님답게 수려한 외모에, 다정하고 부드러운 건우가 좋았다. 왕자님인 건우는 예쁜 공주를 사랑했고, 공주에게 외면당하자 슬퍼하며 자신이 살던 성으로 돌아가 버렸다. 그리고 성 밖에는 왕자가 돌아오기만을 기다리며 그 앞을 서성거리는 초라한 자신만이 남았다.

기영은 누가 볼세라 눈물을 닦은 후 곧장 사무실로 향했다.

"그렇다고 먼저 가냐."

자리에 앉아 모니터 화면을 뚫어져라 바라보는 설의 머리 위에서 민준의 목소리가 들렸다. 하지만 설은 고개를 들지 않았다. 거울을 보지 않아 지금 자신이 어떤 표정을 짓고 있는지 알 수 없었기 때문이었다.

"이제 대답도 안 하네."

그 사람을 이렇게 다시 만나게 될 줄은 몰랐다. 까마득하게 잊고 지내던 시간이, 감정들이 한꺼번에 복잡하게 뒤엉켜 머릿속을 어지럽혔다. 이제는 더 이상 그리움도 아픔도 아니지만 한번 내려앉은 마음은 쉽게 가벼워지지 않았다. 그리고 이런 얼굴을 민준에게만큼은 더욱더 보여주고 싶지 않았다.

"혹시 지금 슬픈 거야?"

민준의 목소리가 평소와 달랐다.

"내가 왜요?"

그제야 설은 고개를 들었다. 민준의 짙은 눈동자 속에서 설은 제 표정이 얼마나 복잡한지 알 수 있었다. 표정을 감출 시간이 충분하지 않았다. 당황했을 뿐이고, 하필이면 그게 민준의 앞이었을 뿐이다.

"……배우는 못 하겠네. 연기를 못해서."

민준의 눈빛이 쓸쓸해 보여 설은 가슴 한쪽이 아프게 욱신거렸다.

"대리……."

민준은 그대로 해외사업부 팀 사무실로 들어갔다. 민준을 부르려던 설이 말끝을 흐렸다.

슬프지 않았는데, 슬퍼졌다. 엉망으로 헝클어진 마음에 민준의 뒷모습까지. 설은 금세 눈앞이 뿌옇게 흐려지자 얼른 고개를 숙였다. 늦게 들어온 안 주임이 바퀴 의자를 안으로 굴리며 앉는 기척이 느껴졌지만, 설은 그녀를 돌아보지 않았다. 그녀가 무슨 일이냐고 물어보면 어쩌나 걱정했던 마음과는 다르게 안 주임은 아무것도 묻지 않았고 아무런 말도 건네지 않았다.

민준은 옥상에 서서 박 팀장과 통화를 했다. 안기영. 분명히 훈련을 받은 솜씨인데 문제는 어디에서 훈련을 받았느냐이다.

[안기영?]

"이 회사에 입사하기 전, 그리고 그 후 기록 좀 찾아봐 주세요. 최근 통화 기록까지 전부 다."

[혹시 쌍까풀 없이 눈 크고 입 옆에 조그만 점 있는 안기영?]

아니, 아직 인상착의는 말하지 않았는데. 마치 보기라도 한 것처럼 박 팀장이 외양을 설명하자 민준은 잠시 당황했다.

[삼 년 전에 여기 그만두고 취직한다더니, 걔 지금 거기 가 있어? 아니 거기가 무슨 국정원 직원 집합소야?]

"압니까?"

[당연히 알지, 나랑 같이 일했던 앤데.]

'안기영이 요원 출신이라……. NIS 요원 출신이 왜 여기에 들어와 있는 거지?'

요원일 거라 짐작은 하고 있었지만 그녀가 하필 설과 같은 회사에 들어와 있는 이유가 석연치 않았다. 민준이 곰곰이 생각하며 관자놀이를 톡톡 두드렸다.

[건우 그만두고 나서 걔도 바로 그만뒀는데. 하긴 넌 백건우 모르겠구나? 출신 성분이 좋아서 그런지 애가 아주 젠틀하고 멋있어. 누구랑 다르게 예의도 참 바르고, 암.]

백건우. 오늘 그 남자의 이름을 또 이렇게 듣는다. 민준은 슬며시 미간을 찌푸렸다.

"자료는 언제 주실 겁니까. 오늘 가면 줍니까?"

[야, 김민준! 내가 니 시다바리냐? 이게 툭하면 상관을 부려먹으려 들어?]

"알았어요, 그럼 내일 찾으러 갈게요."

[이게 누구 맘대로 내일이래? 야, 김민…….]

민준은 그대로 통화를 종료했다. 박 팀장의 고함이 사라지자, 다시 조용한 평화가 찾아왔다.

"어차피 해줄 거면서 꼭 이렇게 생색을 내요."

민준은 셔츠 주머니를 더듬거려 담배를 찾았다. 담배는 있는데 라이터가 없자 민준은 인상을 잔뜩 구기며 담배를 다시 주머니 속으로 집어넣었다.

백건우. 그리고 강설.

조금 전 마주쳤던 두 사람의 모습을 떠올리며 민준이 씁쓸한 미소를 지었다.

설은 흘끔흘끔 해외사업부 쪽을 바라보았다. 퇴근 시간이 되면 단일 분도 지체하지 않고 벌떡 일어나던 민준이 오늘은 웬일인지 오 분이 지나도록 자리에 꼼짝 않고 앉아 있었다.

설은 속으로 한숨을 내쉬곤 가방을 챙기기 시작했다. 퇴근 준비를 다 마치고 자리에서 일어났는데도 민준은 여전히 그 자리에 앉아 있었다. 왠지 기운이 빠져 터덜터덜 복도를 걸어가는 설의 발걸음이 점점 더 무거워졌다. 엘리베이터 앞에 이르자 설은 민준에게 문자를 보냈다.

〈퇴근 안 해요?〉

한참 동안 생각에 잠겨 있던 민준은 책상 위 핸드폰이 지이잉 진동음을 내자 고개를 돌렸다. 어느새 퇴근 시간이었다. 민준은 자리에서 벌떡 일어나 주섬주섬 짐을 챙겨 곧장 사무실을 빠져나왔다.

엘리베이터 앞에는 몇몇 직원들이 엘리베이터가 올라오길 기다리며 서 있었고, 그 속에는 설도 있었다. 그녀와 눈이 마주치자, 민준이 옅은 미소를 지었다.

"나 기다린 거야?"

민준이 설에게 다가가 조그만 목소리로 속삭였다. 설이 슬쩍 고개를 끄덕였고, 민준의 눈매는 따뜻하게 휘어졌다.

엘리베이터를 타고 지하 주차장으로 내려온 두 사람은 민준의 차에 올랐다.

"일이 많았어요?"

설은 안전벨트를 채우며 여상하게 물었다. 퇴근 시간이면 먼저 일어나던 민준이 그러지 않자 가슴이 철렁 내려앉았다. 하필이면 건우를 만난 날이었고, 당황한 표정을 민준에게 보이고 말았기 때문에 더욱 그러했다.

"잠깐 졸았어."

민준이 힐끗 설을 쳐다보곤 웃었다. 차는 곧장 주차장을 빠져나갔다.

"우리…… 동네에서 맥주 마시고 들어갈까요?"

설이 조심스럽게 물었다.

"마시는 건 좋은데, 나무가 없는 곳에서 마시자."

"뭐라구요?"

"우리 동네엔 나무가 너무 많잖아."

설이 짐짓 토라진 표정을 짓자 민준이 픽 웃음을 터뜨렸다. 다행히 그는 평소와 달라 보이지 않아 설은 가슴이 뭉클해졌다.

"……미안해요."

설이 슬쩍 미안하다는 말을 꺼냈다. 낮에 있었던 일이 유쾌하지 않았을 텐데도 아무렇지 않은 듯 모르는 척해주는 민준이 고마웠고, 또 고마운 마음만큼 미안해졌다.

"뭐가 미안해?"

"그냥요……."

"미안할 일도 많네."

고작 이런 일 따위에. 민준은 아무렇지 않은 척하며 핸들을 반 바퀴 옆으로 돌렸다.

설이 그의 손 위에 제 손을 가져다 댔다. 손을 잡았는데도 민준이 아무 말이 없자 설은 쓸쓸한 표정으로 다시 손을 거두었다. 그러자 멀어지는 설의 손을 민준이 다시 힘주어 꽉 붙잡았다.

"어디 갈까."

"네?"

"데이트해야지. 어디 가고 싶어."

"지금이요?"

"응, 지금."

설은 동그래진 눈으로 그를 보았다.

'갑자기 데이트라니, 이 시간에 어딜……'

"강설."

민준이 사이드미러를 흘끔 쳐다보곤 설을 불렀다. 하얀색 고급 승용차 한 대가 멀찍이서 따라오는 것은 아까부터 눈치채고 있었다.

"말해요."

"벨트 맸지?"

"그럼요."

"혹시 레이싱 좋아해?"

"네에?"

설이 의아한 표정을 짓는 그 순간, 부우우웅- 민준의 자동차가 도로 위 가득한 자동차 사이를 빠르게 달리기 시작했다. 깜짝 놀란 설은 안전벨트를 맨 걸로는 부족해 머리 위 손잡이를 힘주어 잡았다. 가끔 사이드미러를 흘끔거리는 그는 마치 정말로 누가 쫓아오기라도 하는 것처럼 도망을 치는 것같이 보였다.

"우리 지금 도망가는 거예요?"

"도망갈까?"

'그것도 나쁘지 않겠네.'

민준이 입매를 비틀었다. 행여 딸과 가까운 사이가 될까 봐 자신을 경계하는 대통령과 설을 속이고 있는 자신. 삼 년 만에 앞에 나타나 설의 마음을 흔드는 백건우과 수상한 안기영까지. 설의 손만 잡고 이 복잡한 상황을 빠져나갈 수만 있다면 뭐라고 할 수 있을 것 같았다.

끼이이이익— 자동차가 왼쪽 골목으로 급하게 접어들었고, 설의 몸도 오른쪽으로 기울어졌다. 다행히 민준이 설의 손을 꽉 붙잡고 있어 몸의 균형을 잃지는 않았다.

"이제 그만해요! 나 이런 거 싫어요."

차는 좁은 골목을 빠져나와 이번엔 한가한 도로 위를 빠르게 달리기 시작했다.

"대리님!"

설이 화를 내고 나서야 민준은 천천히 속도를 줄였다. 사이드미러를 보니 뒤를 쫓던 하얀 차는 이제 보이지 않았다. 대통령이 붙여놓은 경호관들이었나. 기를 쓰고 따라오진 않는 걸 보니 두 사람을 잡는 게 목적은 아닌 것이다. 그렇담 오늘 저녁 설이 무얼 했는지는 대통령께 보고가 되지 않겠네.

"난 레이싱 같은 거 조금도 좋아하지 않는다고요. 그리고 다치면 어떡하려고 그렇게 운전을 해요?"

화가 많이 난 듯 설의 눈에 잔뜩 힘이 들어가 있었다.

"내가 강설을 다치게 할 것 같아?"

어처구니가 없다는 듯 민준이 반문하며 웃었다.

"나 말고 대리님이요! 다치면……."

설이 갑자기 말끝을 흐렸다. 민준의 어깨와 팔에 남아 있던 희미한 흉터들. 오래된 자국처럼 보였지만 지금도 흔적이 남아 있을 정도라면 과거에 많이 아팠을 것이다. 쓸데없이 좋은 기억력이 눈앞에 그의 상처를 생생하게 재현시켰다.

"다치면 왜."

"너무…… 속상할 것 같아서."

생각만 해도 가슴이 저릿해졌다. 민준의 몸에 남아 있던 흉터가 머릿속에 선명하게 떠올라 또 한 번 눈에 아프게 밟혔다.

"강설이 속상해하면 안 되니까 다치지 말아야겠네."

슬쩍 쳐다보며 웃는 웃음 끝에 서늘한 바람이 불었다. 설은 민준의 오른손에 제 손을 끼워 넣어 깍지를 꼈다. 또다시 민준의 눈빛이 쓸쓸해 보였다.

"걱정해 주는 사람도 있고 좋네. 좋아, 내가 오늘 특별히 강설을 내 비밀 장소에 데려가 주지."

"비밀 장소요?"

"응. 내가 찾아낸 곳인데, 당신도 아마 맘에 들 거야."

차가 크게 커브를 돌아 도로를 따라 올라가기 시작했다. 위로 올라갈수록 세상은 점점 더 고요해졌고, 열린 창문 사이로 들어오는 바람에선 싱그러운 풀 냄새가 났다. 풀 냄새를 맡자 설은 할아버지의 서재 생각이 났다. 설의 행복했던 유년시절 대부분을 차지하고 있는 그곳이. 설은 조수석 창문을 완전히 내리고 밖을 향해 손을 길게 뻗었다. 손끝에 닿는 차가운 바람도, 콧속으로 들어오는 짙은 풀 내음도, 찌르르 우는 곤충들의 울음소리도 좋았다. 그래도 가장 좋은 건, 자신의 손등을 엄지손가락으로 어루만지는 민준의 손길이었다. 한참을 달리던 차가 마침내 어느 한적한 공터 앞에 멈춰 섰다.

"도착."

민준이 먼저 차에서 내리고 설도 주변을 살피다가 그를 따라 내렸다.

흔한 운동기구 하나 없는 작은 공터에 낡은 벤치 하나가 덩그러니 놓여 있었다. 서울에 이런 곳이 남아 있었나 싶을 정도로 낡은 가로등만이 어둠을 희미하게 밝히고 있는 곳이었다.

"다른 사람들한테 얘기해 주면 절대 안 돼."

대단한 비밀을 지켜야 하는 것처럼 민준은 엄숙한 표정을 지어 보였다.

'알려줘도 아무도 안 올 것 같은데.'

어쨌든 알았다는 듯 설이 고개를 끄덕였다.

민준은 기분이 좋은 듯 설의 손을 잡고 벤치를 향해 걸어갔다. 조금 전과 달리 그에게서 쓸쓸한 기색을 찾을 수 없어 설의 마음이 포근해졌다.

"여기에 앉으면 말이야……."

민준은 비밀 이야기를 하는 것처럼 나지막한 목소리로 속삭였다.

나무 벤치에 앉으니 서울의 야경이 한눈에 내려다보였다. 저 멀리 N타워의 불빛과 고가도로 위를 달리는 차들의 빨갛고 노란 불빛들, 어두운 밤을 길게 가르며 휘어지는 아름다운 빛들의 향연이 눈앞에 가득 펼쳐져 설은 감탄했다.

"……너무 예뻐요."

설이 멍하니 중얼거렸다. 서울의 화려한 야경을 처음 보는 것은 아니지만 이렇게 단둘만 있을 수 있는 비밀스러운 곳에서는 또 느낌이 달랐다.

"강설이 좋아할 줄 알았어."

민준이 뿌듯한 미소를 지었다. 혼자만의 장소였는데 이제 둘만의 장소가 되었다. 강설과 김민준의 장소.

"이런 델 어떻게 찾아냈어요?"

"그냥 드라이브하다가."

아무리 노력해도 미소가 지어지지 않는 날이 있었고, 어둠 속으로 숨고 싶을 때가 있었다. 과분한 사랑을 받아도 외롭게 느껴지던 날들이 있었고, 막연한 그리움에 문득 가슴이 뜨거워질 때가 있었다. 그때마다 찾아와 혼자 시간을 보내던 곳이다.

하지만 아름다운 광경에 취하는 순간은 찰나였고, 형형색색 아름다운 도시의 야경은 어둡고 컴컴한 이곳을 더욱 외롭고 쓸쓸하게 만들었다. 건너편 세상의 빛은 어두운 이곳까지 이어지지 않았고, 건너편 세상의 아름다움도 민준의 것은 아니었다. 허전한 가슴을 채우러 왔는데 정작 돌아갈 무렵엔 가슴은 더 비워졌고, 그래서 돌아가는 발걸음은 그만큼 더 무거웠었다. 하지만 오늘은 이곳이 조금도 외롭지 않았다. 그리고 돌아가는 마음 역시 따뜻한 온기로 가득 채워져 있을 것이다.

내 옆에 강설, 당신이 있어서.

"추워?"

민준이 코트를 벗어 설의 어깨에 걸쳐 주고 바람이 들어가지 않도록 단추까지 꼭꼭 잠갔다.

"이러면 내가 팔을 움직일 수가 없잖아요."

푸흡. 설은 안 된다고 하면서도 민준이 하는 대로 그냥 내버려 두었다.

"못 움직인다니 좋네."

꽁꽁 묶여 아무 데도 가지 못하는 설. 민준은 설을 품에 안고 그녀의 입술까지도 삼켰다. 밤공기를 머금어 차갑던 입술은 금세 따뜻한 온기를 가진 채 서로에게 닿았다.

이미 설에게 흘러 버린 마음은 돌이킬 수가 없다. 설이 나의 바다가 되지 않아도, 이제 나는 설을 향해서만 흘러가는 강물이 된다. 민준은 이미 그렇게 마음을 정했다.

어쩐지 조금 무안한 얼굴을 하고 있는 설을 민준이 빙긋 웃으며 바라보았다. 부어오른 덕에 더 붉어 보이는 입술이 시선을 사로잡아 놓아주지 않았다.

"많이 쓰라려?"

민준이 설의 얼굴 가까이 얼굴을 대고 부풀어 오른 입술을 근심스럽게 쳐다보았다.

"뭘 또 그렇게 가까이에서 봐요. 사람들 쳐다보게."

설이 오른손으로 입술을 가리며 민준을 흘겨보았다. 안 그래도 지나다니는 사람 많은 아파트 앞인데 이런 행동까지 해서 시선을 모으고 싶지는 않았다.

"벌써 들어가서 잘 거야?"

민준은 아쉬운 마음에 자꾸만 설을 붙들고 싶어졌다. 내일 아침이 오려면 또 몇 시간이 지나야 하는데.

"자야죠. 그래야 내일도 출근할 것 아니에요."

나무라는 듯 말하긴 했지만, 설은 자신을 조금이라도 더 붙들고 있고 싶은 민준의 마음이 느껴져 가슴이 두근거렸다.

"나 아무 데서나 잘 자는데. 베란다에서도 잘 수 있어, 정말이야."

"김민준 씨."

설이 어림도 없다는 듯 눈에 힘을 주고 민준을 쳐다보았다. 그 살벌한 눈빛을 보니 베란다가 아니라 현관에서도 재워주지 않을 것 같아 민준은 금세 포기했다.

"농담이야, 농담. 내가 얼마나 귀하게 자랐는데 설마 베란다에서 잠을 자겠어?"

냉큼 한 발 물러서는 민준의 너스레에 설이 풉 웃음을 터뜨렸다.

"잘 자고 내일 아침에 봐요."

"당신도."

설이 환히 웃어준 후 아파트 안으로 들어갔고, 민준은 그 자리에 우두커니 서서 설의 집에 불이 커지기를 기다렸다.

한편, 엘리베이터 앞에 선 설은 아버지의 전화를 받았다.

"네, 아빠."

설의 목소리는 표정만큼 즐거운 기색이 역력했다.

[이제 퇴근하는 거야?]

"네, 오늘 일이 있어서 좀 늦었어요. 늦은 시간에 웬일이세요?"

[아무리 바빠도 우리 딸이 아빠한테 얼굴 좀 보여주고 살면 좋겠는데.]

아버지의 투정에 설은 작게 웃으며 엘리베이터에 올랐다. 아무리 바쁘다고 해도 대통령인 아버지만큼 바쁠까. 그리고 보니 요즘 통 전화도 드리지 않았고 찾아뵙지도 않았다. 취임식 이전에는 그래도 가끔 집으로 갔었는데, 부모님이 청와대 사택으로 들어가신 이후로는 이래저래 상황이 여의치가 않았다.

"한번 갈게요."

[내일 너 회사 끝날 시간 맞춰서 사람을 보낼 터니, 와서 아빠 얼굴 좀 보고 가.]

"내일 당장이요?"

엘리베이터에서 내린 설은 복도로 나섰다. 또각또각 구두 소리가 복도에 울려 퍼졌다.

[그리고…….]

아버지의 목소리 톤이 방금 전보다 조금 낮아졌다.

"말씀하세요."

설이 현관문을 열자 현관 등 센서가 환하게 어둠을 밝혔다.

[……아빠가, 미안하다.]

구두를 벗던 설이 움찔거리며 움직임을 멈추었다. 예전에 한번, 아버지가 지금과 같은 목소리로 미안하다는 말을 한 적이 있었다. 그리고 얼마 후, 설은 건우와 헤어졌다. 삼 년 전 건우가 설에게 접근했었던 일에 대해 그가 모르고 있을 리가 없었다. 하지만 아버지는 설에게 그 일에 대해 아무것도 묻지 않았고 그녀 역시 아무런 말도 하지 않았다. 정치가로서의 아버지의 입장을 모르지 않기 때문이었다.

그때, 할아버지가 남긴 중요한 파일을 찾아야 한다고 들었다. 할아버지가 돌아가시던 날 가장 마지막으로 만난 사람이 공교롭게도 설이었고, 이인호 박사가 연구실로 종종 부를 만큼 손녀를 각별히 여긴 것은 모두가 아는 사실이라 설은 파일을 찾을 수 있는 가장 유력한 후보자로 지목되었다. 하지만 설은 아무것도 아는 것이 없었다.

그날 연구실로 찾아갔을 때, 할아버지는 문 안쪽에서 무서운 얼굴로 당장 돌아가라고만 말씀하셨다. 당분간 연구실로 오지 말라는 할아버지의 말씀을 어겨서 화가 많이 나셨다고만 생각해 서운한 마음으로 뒤돌아섰는데, 그게 할아버지의 마지막이었다.

사건 발생 직후 NIS에서는 제일 먼저 설을 찾아왔다. 하지만 그들은 아무런 소득 없이 돌아갔다. 설은 그날 할아버지에게 뭔가를 받은 적도, 또 그럴 만큼 오래 있었던 것도 아니었다. 고맙게도 연구소의 연구원들이 설이 가끔 연구원에 놀러왔었다고 말을 보태 더 괴롭힘을 당하지는 않았다. 그럼에도 불구하고 NIS는 포기하지 않았고, 그들이 앞세운 것은 건우였다.

하지만 그렇다 해도 이제 다 지난 일이다. 이제 와서 새삼스럽게 NIS가 다시 자신을 찾을 이유가 없다. 그러니 아버지는 이렇게, 그때와 같은 목소리로 미안하다는 말을 할 이유가 없는 것이다.

"……미안한 일을 안 하시면 되잖아요."

설은 애써 아무렇지 않은 척 대꾸했다. 농담처럼 가볍게 건넨 말에 한숨 섞인 낮은 목소리가 되돌아왔다.

[……내일 보자.]

전화를 끊고도 설은 오랫동안 그 자리에서 움직이지 않았다. 현관 센서 등은 자동으로 꺼졌고, 깜깜한 어둠이 찾아왔다.

밤새 뒤척거린 탓에 잠을 잘 이루지 못했다. 아침이 되어 눈을 뜨는 설의 얼굴이 상당히 피로해 보인다. 설은 핸드폰으로 시간을 확인했다. 오전 6시 30분. 설이 한숨을 내쉬는데 마침 벨이 울렸다. 민준의 전화였다.

"여보세요?"

'이렇게 이른 시간에 무슨 일로 전화를 걸었을까.'

민준이 아침 일찍 자신에게 전화를 건 적은 처음이었다.

'밤새 무슨 일이라도 생긴 걸까?'

[일어났어?]

타이밍도 참 기가 막히다. 꼭 제가 뭘 하고 있는지 알고 있는 사람처럼 전화를 건 민준에 설은 조금 놀랐다. 목소리를 들으니 그래도 나쁜 일은 없는 것 같아 일단 안심이 되었다.

"지금 일어났어요. 대리님은, 벌써 일어난 거예요?"

[벌써라니. 난 아침까지 먹었는데.]

"난 이제 씻고 출근 준비를 해야 하는데요."

[내가 그쪽으로 갈까? 난 할 일도 없는데.]

"지금이요?"

[응.]

"……그럼. 한 삼십분만 있다가 와요."

[거실에 얌전히 앉아만 있을 테니까 그냥 문만 좀 열어줘.]

'하아. 진짜 못 말려.'

설은 이마를 찡그렸지만 속으론 적극적인 그가 싫지 않았다. 목소리를 들으니 그녀 역시 민준이 보고 싶었다.

"알았어요."

전화를 끊자마자 설은 서둘러 욕실로 향했다. 미지근한 물에 세수를 하고 양치질을 하는 도중에 벌써 왔는지 딩동딩동딩동 현관 벨이 점잖지 못하게 울렸다. 설은 얼른 입을 헹구고 문을 열어주러 나갔다.

"왜 이렇게 일찍 일어난 거예요?"

"그냥, 잠이 잘 안 와서."

"아침 식사는 했다고 했으니까. 과일 줄까요?"

"아무거나 줘."

설은 냉장고에서 사과를 꺼내 흐르는 물에 깨끗이 헹구었다.

"내가 알아서 먹을 테니까 준비 마저 해."

민준이 설에게서 사과를 받아 손힘으로만 그것을 쪼갰다. 그리고 아무렇지 않게 한쪽을 입에 물었다.

"먹을래?"

설이 놀란 듯 빤히 쳐다보자 민준이 나머지 반쪽을 설에게 불쑥 내밀었다.

"손힘이 되게 세네요."

"배도 똑같이 할 수 있어."

설의 칭찬에 기분이 좋아진 민준이 사과를 베어 물며 웃었다. 설은 그게 허풍이라 생각해 그냥 웃기만 했다.

"오늘 저녁에는 어디 갈까."

"아. 오늘 저녁은 안 돼요. 약속이 있어요."

"무슨 약속?"

민준이 미간을 좁히며 어딜 가느냐고 물었다.

"아빠 만나러 가야 해요. 저녁에 뵙기로 했거든요."

"……아."

"그러니까 오늘 저녁은 혼자 먹어요. 늦을 수도 있으니까."

설은 씽긋 웃더니 옷을 갈아입으러 침실로 사라졌다. 혹시나 엉큼하게 민준이 뒤를 따라 들어오진 않을까 우려했던 게 무색하게 민준은 설이 다시 거실로 나갈 때까지 그 자리 그대로 있었다.

"출근 안 해요?"

출근용 복장을 갖춰 입은 설이 나왔는데도 민준은 무슨 생각에 빠져 대답을 하지 않았다.

"똑똑."

설이 식탁 테이블을 두드리며 장난스럽게 말을 건넸다. 그러자 민준이 그제야 고개를 들었다.

"……날씨가, 아직 추운데."

민준은 설의 셔츠 깃을 올려 세워주었다. 대통령께서 설을 왜 부르셨는지 짐작이 갔다. 긴장감에 손바닥에 땀이 차올랐다.

"일찍 오면 우리 밤에 맥주 마실까요? 저번에 갔던 거기에서."

설은 아마 대통령에게 메모리칩 얘기를 듣게 될 것이다. 그리고 그걸 누가 어떻게 찾았는지도.

'오늘 밤, 강설은 나에게 돌아올까.'

"……기다리고 있을게. 당신이 올 때까지."

민준이 희미한 미소를 지었다. 불안한 마음이 보일까 봐 떨리는 입술 끝에 미소를 머금었다.

"언제 올진 몰라요. 나도 가봐야 아는 거라."

"그래도 기다릴게."

'당신이 나의 바다가 되지 않아도, 이제 나는 당신을 향해서밖에 흘러갈 수가 없으니.'

민준은 설이 환하게 웃는 모습을 눈에 오래도록 담았다.

"……그러니까, 너무 늦게 오지 마."

나지막이 덧붙인 말은 한숨 같았다.

탕! 탕! 탕!

철컥, 빙그르르— 리볼버의 탄창이 돌았다. 민준은 무표정한 얼굴로 탄환을 채워 넣었다.

국정원 내부 사격장, 민준은 벌써 두 시간째 과녁에 총구를 겨누고 있었다. 박 팀장에게 안기영에 대한 자료를 받으러 온 것인데 발걸음이 먼저 이곳을 향했다. 아까부터 형체 없는 불안감이 그의 집중력을 계속 흐트러뜨렸다.

하늘을 향해 높이 솟은 빌딩들 사이로 태양의 붉은 빛이 옅게 스러져 갈 무렵, 설은 그녀를 기다리고 있던 까만 차에 올라 멀어져 갔다. 그 모습을 민준은 먼발치에서 지켜보았다.

탕!

민준이 좋아하는 자장면을 먹으러 가기로 약속해 놓고, 아빠는 갑자기 회사에 급한 일이 생겼다며 미안한 얼굴로 그의 머리를 쓰다듬었다.

탕!

민준은 작은 집 담벼락 위로 빼꼼히 고개를 내밀고 까만 자동차가 눈앞에서 멀어지는 것을 보며 눈물을 훔쳤다.

탕!

그리고 그날 밤, 까만 자동차도 아빠도 민준에게 돌아오지 않았다.

철컥, 빙그르르- 리볼버의 탄창이 다시 한 번 돌았다.

"뭔 일인지는 모르겠다만, 이제 그만 좀 하지?"

탄창을 채우는 민준의 등 뒤에서 시큰둥한 박 팀장의 목소리가 들렸다.

"야, 너 때문에 지금 애들이 무서워서 여길 못 들어온다잖아! 왔으면 사무실로 올 것이지, 너 지금 여기서 뭐 하냐?"

그제야 민준이 고개를 돌려 박 팀장을 힐끗 쳐다보았다. 어쩐지 오늘따라 유난히 사람이 없다 했더니 나 때문이었나.

"무서운 총은 내려놓고, 밥이나 먹자, 민준아."

박 팀장이 씩 웃더니 민준의 목을 한 팔로 휘감았다. 버르장머리도 없고 상관에 대한 존경심도 없는 괘씸한 녀석이지만, 민준의 외로움을 모르지는 않는다. 민준이 어떻게 국장의 아들이 되었는지는 잘 모르겠지만, 일 년 중 하루는 민준이 이런 얼굴로 찾아가는 곳이 있다는 것과 그날이 바로 김 국장의 딸 생일이라는 사실도 박 팀장은 알고 있었다. 이상하게도 김 국장 역시 그날이 오면 언제나 늦은 밤까지 사무실에 홀로 머물러 있곤 했다. 그래서 그는 알고 있다. 이런 표정을 짓고 있을 때 민준이 어떤 마음인지를.

"밥, 밥, 밥! 안 사주면 자료 안 줄 거야."

"저 말고 젠틀한 그놈한테 사달라고 하세요."

민준이 귀마개를 벗으며 시큰둥하게 대꾸했다.

"새끼, 이거 뒤끝 있네. 그리고 놈이 뭐냐? 놈이. 그래도 네 선배인데."

"누가 선배예요?"

"어?"

"그만뒀으면 끝이고, 한 번 끝났으면 끝난 거지."

'이제 와서 누구 맘대로.'

민준은 백건우를 떠올리며 싸늘한 표정을 지었다. 삼 년 만에 설 앞에 나타나고도 제 여자라는 듯 당당하게 행동하던 그가 생각할수록 괘씸하고 불쾌했다.

"……역시, 내가 민준이 너 때문이라도 여길 때려치울 수가 없어."

박 팀장이 큰 깨달음을 얻은 것처럼 고개를 주억거렸다.

"그게 무슨 말씀입니까?"

"지금도 이렇게 함부로 구는데 내가 여길 나가면 네놈이 날 얼마나 막 대할 거야?"

'암만. 네놈 눈에서 1g의 존경심을 발견할 때까지 내 이곳에 뼈를 묻으리라.'

박 팀장은 주먹까지 불끈 쥐어가며 그에게 자신의 강한 의지를 드러내 보였다.

"뭐 드실 건데요."

민준은 까만 방탄조끼를 벗으며 찌푸린 얼굴로 박 팀장을 바라보았다.

"맛있는 거 먹어야지."

"구체적으로 말합시다. 기분도 안 좋은데."

박 팀장은 민준의 어깨에 팔을 두른 채 그를 데리고 실내 사격장을 나섰다.

"자장면 먹을까?"

"그건 말고요."

"그럼…… 치킨 먹을까?"

"그것도 빼고."

"야! 구체적으로 말하라며?"

'이 자식이 진짜 보자보자 하니까.'

박 팀장이 민준을 향해 눈을 부릅떴다. 방금 전까지 애틋했던 마음은 흔적도 없이 사라지고 활활 타오르는 분노가 그 자리를 대신했다.

"자장면, 치킨, 맥주 빼고 아무거나 먹어요."

민준이 시간을 확인해 보더니 이내 입술을 꾹 다물었다. 지금 설은, 무얼 하고 있을까. 초조함에 입안이 바싹 말라왔다.

"그래도 같은 동료였는데 뒷조사를 하려니 찜찜하긴 하더라."

그래도 그럴 만한 이유가 있을 거라 생각했다. 그래서 박 팀장은 민준에게 왜냐고 묻지 않았다. 잘 정리된 종이 파일을 민준에게 건네주고 난 후, 박 팀장은 소주를 한 번에 입안으로 털어 넣었다.

둥근 테이블 위 넓적한 불판에서 곱창이 지글지글 익어갔다. 민준은 종이를 넘겨가며 서류에 적힌 내용을 꼼꼼히 들여다보았다.

"보면 알겠지만, 특별히 이상한 건 없어. 이상한 건 안기영이 왜 거기에 있냐는 거지."

하필이면 영애와 같은 회사에.

"그런데 가만히 생각해 보니 또 그럴 수도 있겠다 싶더라고."

"그게 무슨 말씀입니까?"

민준이 고개를 들어 박 팀장에게 설명을 요구했다.

"영애가 다니고 있는 회사, 그거 Pakin 그룹 계열사 아니야?"

설의 회사 Boni는 Pakin 그룹 계열사 중 하나였다. 그런데 그게 무슨 상관인가 싶어 민준은 더 의아해졌다.

"그게 왜요."

"백건우."

역시, 몇 번 들어도 달갑지 않은 이름이다. 민준의 미간이 절로 좁혀졌다.

"건우 아버지가 백인회 회장이잖아. Pakin 그룹 회장 백인회. 몰라?"

민준도 백인회 회장은 당연히 알고 있었다. 일간지 경제면에 얼굴과 이름이 종종 실리는 사람이기 때문이다. 하지만 백건우가 그의 아들이라는 건 금시초문이었다.

"옛날에 안기영이 백건우 좋아했었거든. 흐흐흐."

"……."

"그래서 나는 기영이가 건우를 쫓아갔나 보다 했지. 물론 건우야 외국에 있다 이제야 한국에 들어오긴 했지만 말이야. 거기 보면 기영이가 Pakin 그룹 본사와 통화한 기록도 있어."

"건 겁니까, 받은 겁니까."

"받기도 하고 걸기도 했는데…… 업무상 통화를 할 수도 있겠지만 말이야. 그래도…… 일개 직원이 회장실과 통화할 일은 별로 없겠지? 아니면 혹시 건우 때문에 통화를 한 건가?"

박 팀장이 고개를 갸웃거렸다.

"회장실이요?"

"어, 거기 그 번호. 알아보니까 백인회 회장 비서실 전화번호던데?"

박 팀장은 기름기가 좌르르 흐르는 곱창을 입에 쏙 집어넣었다.

"그 외의 다른 건요."

민준이 페이지를 빠르게 넘겼다.

"뭐가 그렇게 조급해?"

"느낌이 별로 안 좋아서요."

"……나쁜 일이면 안 되는데 말이야."

"뭐가 안 돼요?"

어쩐지 기운이 빠진 것 같은 목소리에 민준이 고개를 들었다.

"그래도 한때 동료였잖아."

아무도 알아주지 않아도 NIS 요원들은 나라를 위한다는 자부심을 가졌다. 하지만 가끔 그 정도를 벗어난 동료들을 보아왔기 때문에, 박 팀장은 걱정스러운 마음이 들었다. 겉으로 표현하지는 않았지만, 후배의 뒷조사를 한 박 팀장의 마음이 편할 리 없었다.

"근데 말이야, 영애가 실물도 그렇게 예쁘냐? 사진 보니까 영부인을 닮아서 아주 미인이던데."

"……다른 얘기 하죠."

민준은 호기심 가득한 박 팀장의 시선을 피하며 컵을 들어 물을 마셨다. 애써 잊고 있었는데, 술잔을 보니 또다시 그녀 생각이 났다.

"넌 안 마셔?"

"……"

"하긴. 예쁘면 뭐 하겠냐, 어차피 다른 세상 사람인데. 백건우 정도면 몰라도."

"다 드셨어요?"

"아니? 더 먹을 건데? 왜, 약속 있어?"

"네."

매정한 놈. 박 팀장은 곱창 한 점을 입에 넣더니 못마땅한 얼굴로 민준을 째려보았다.

비슷한 시각, 설은 청와대 사택이 아닌 대통령 집무실 안에 있었다.

"그래서 회사는 다닐 만하고?"

"다닐 만하고 안 하고가 어디 있어요. 그냥 다니는 거죠."

설은 아버지와 의미 없는 대화를 이어갔다. 이런 시시콜콜한 이야기를 하시려고 부른 게 아니실 텐데 좀처럼 용건이 나오질 않아 설도 답답해지기 시작했다.

"봄이라도 밤공기가 아직 차니까, 옷 따뜻하게 입고 다니고."

"아빠."

아버지는 아까부터 말을 빙빙 돌리고 있었다.

"저한테 하실 말씀 있으시잖아요."

설이 먼저 꺼낸 말에 대통령은 딸의 얼굴을 물끄러미 쳐다보았다. 잠시 침묵을 지키던 그는 이내 가느다란 한숨을 뱉었다.

"장인어른께서 남겨놓으신 파일을 찾았다."

쿵. 심장이 바닥으로 떨어졌다. 설은 절로 벌어진 입술을 다시 굳게 다물며 아버지의 눈을 피하지 않은 채 응시했다.

"……잘됐네요."

그리고 애써 침착한 얼굴로 대답했다.

"그런데 찾긴 찾았는데, 파일을 풀 수가 없어."

"……그걸 왜 저한테 말씀하세요?"

"내 생각엔, 그걸 풀 수 있는 사람은 너밖에 없으니까."

"그게 무슨 말씀이세요? 제가 어떻게……."

왜 이런 말씀을 나한테 하시는 거지? 설의 두 눈에 두려움이 가득 번졌다. 이제 와서 왜 또다시.

"장인어른께서, 너한테 남겨놓으셨으니까."

낮게 읊조리는 대통령의 눈가에 작은 경련이 일었다.

"말도 안 돼요! 저한테 있었는데 제가 그걸 모를 리가……."

'있었을 리가…… 없는데. 설사 있었다 하더라도, 어떻게 나도 모르게 그런 일…….'

갑자기 설의 심장이 걷잡을 수 없을 만큼 빠르게 뛰기 시작했다.

'그날 밤, 잠결에 무심코 만졌던 펜던트의 서늘한 감촉.'

"강조국."

"……."

"기회가 많지 않아. 그리고 내가 믿을 수 있는 사람도 많지가 않다."

'이건, 꿈이 아니다.'

"……미안하다."

'꿈이 아니야.'

설이 초점을 잃은 눈으로 멍하니 중얼거렸다.

늦은 밤, 설을 태운 자동차가 그녀의 아파트 앞에 멈췄다. 하지만 뒷좌석에 앉아 있던 설은 꼼짝도 하지 않은 채 그대로 앉아 있었다.

"……다 왔습니다."

앞에서 남자의 조심스러운 목소리가 들렸지만, 설은 아무런 대답도 하지 않았다.

"괜찮으십니까."

설은 끔찍한 상상을 하고 있었다. 그녀가 잃어버린 줄 알았던 할아버지의 목걸이를 아무렇지 않게 주머니에서 꺼내던 그를.

'목걸이. 그래. 그가 내게 줬던 목걸이.'

"어젯밤엔 잘 잤어?"

자신이 밤에 잠을 잘 이루지 못한다는 걸 알고 있었던 민준과, 그의 아파트 거실에서 본 이상한 오디오.

"목에서 절대 빼면 안 돼."

민준은 아버지에게 다녀왔다고 한 날, 내게 그 목걸이를 선물했다.
"다시 청와대로 모실까요?"
"……"
"영애님."
남자의 말에 곤혹스러움이 섞이자 설은 그제야 천천히 고개를 들었다.
'영애. 아아, 그래. 난 이 나라 대통령의 딸이지.'

"미안하다."

'할아버지께서 남긴 중요한 파일을 풀 수 있는 유일한 열쇠이면서.'

"몸조심해야 한다."

'할아버지의 목숨보다 더 중요한 무언가를 얻기 위해 그들에게 꼭 필요한 사람이기도 하고. 그래서.'

"핸드폰 한 번만 빌릴 수 있을까요? 핸드폰을 집에 두고 와서."

"여기 살아? 우리 집 앞 동이네?"

'그래서.'

"……혹시, 날 좋아해요?"

"……관심 있어."

설은 눈을 천천히 감았다 떴다. 입가에 자조적인 미소가 희미하게 떠올랐다. 어느새 무섭게 뛰던 심장 소리가 잠잠해졌고, 마음은 지나치리 만큼 고요해졌다.

"……데려다주셔서, 감사합니다."

설은 얌전히 차에서 내렸다. 경호관이 무어라 말을 건넸지만 아무 소리도 들리지 않았다.

차에서 내린 설은 새삼 주위를 둘러보았다. 아파트 출입구를 밝히는 은은한 조명도 그대로였고, 설을 보자 반가운 듯 눈인사를 하시는 경비 아저씨도 그대로였다. 모든 건 그대로, 세상은 변하지 않았다. 원래부터 그러했던 것을 다르게 보았던 건 제 부푼 가슴이었고, 또다시 같은 거짓말에 놀아난 것은 제 어리석음 탓이었다.

그러니 그들의 탓이 아니다. 이건 단지 다른 사람들처럼 평범한 일상을 살며, 소소한 행복을 누리고 싶었던 설의 헛된 기대가 만들어낸 필연적인 결과인 것이다. 그들은 해야 할 일을 했을 뿐이고, 드디어 오랫동안 바라던 것을 손에 넣게 되었다. 그들은 마침내 원하는 걸 찾았고 아버지는 근심거리를 덜게 되었으니 그걸로 된 것이다. 그러니 사랑인 줄 알았던 사람이 사랑이 아니었어도, 그저 좋은 수단에 불과한 연극이었을 뿐이라도 설은 괜찮았다. 처음 있는 일도 아니니까.

"……늦었네."

바닥을 보며 천천히 걷던 설의 앞으로 긴 그림자가 졌다. 민준이 설의 아파트 출입구 앞에 서 있었다.

"아빠랑 얘기가 길어졌어요."

설은 차분하게 말했다.

"……맥주 마실까."

민준의 제안에 설은 입가에 옅은 미소를 떠올렸다.

"제가 좀 피곤해서요. 늦었는데 대리님도 그만 들어가 주무세요."

설은 민준을 지나쳤다. 세 개의 계단을 지나면 붉은 카펫이 깔린 좁은 복도가 나오고, 엘리베이터를 타면 집에 올라갈 수 있다. 모든 건 어제와 같고, 달라진 건 아무것도 없다. 그러니 나는 내일 아침에도 일어나 세수를 하고, 차를 몰고 회사로 출근할 것이다. 다시 예전으로 돌아가는 것이다.

대통령이신 아빠에게 누가 될 수 있으니 설은 민준에게 부탁할 게 하나 있었다. 원하는 걸 찾았으니, 혹시 동료들과 가지는 술자리에서라도 내 얘기를 꺼내진 않았으면 좋겠다고. 아마 그 정도는 들어줄 수 있을 것이다. 그리고 다시 예전으로 돌아가면 된다. 예전처럼, 이 세상에 없는 사람처럼 조용하게 살면 된다.

집으로 들어간 설은 곧장 욕실로 향했다. 수도꼭지를 틀고 욕조 가득 물을 받았다.

다만, 첨벙! 핸드폰을 실수로 물이 가득한 욕조 안에 떨어뜨렸을 뿐이다. 설은 욕조 바닥에 가라앉은 핸드폰을 무표정하게 보았다.

까만 자동차를 타고 갔던 설은 다시 까만 자동차를 타고 집으로 돌아왔다. 그리고 그를 향해 미소를 지어 보였다.

민준은 베란다에 서서 설의 집을 물끄러미 내려다보았다. 커튼 틈 사이로 거실의 불빛이 조금씩 새어 나왔다.

다음 날 아침. 민준은 설의 아파트 앞에서 그녀를 기다렸다. 그런데 한참이 지나도록 설은 내려오지 않았다. 더 늦으면 지각하게 될 것 같아 민준은 잠시 고민하다가 설의 집으로 올라갔다.

설의 집 앞에서 민준은 벨을 눌렀다. 하지만 집 안에서는 인기척이 느껴지지 않았다. 벨을 여러 번 눌렀지만 집 안은 조용하기만 했다. 민준은 잠시 망설이다 비밀번호를 누르고 현관문을 열었다.

현관에서 바라본 거실엔 깊은 적막만이 흐르고 있었다. 민준은 굳은 얼굴로 성큼 집 안으로 들어서서 곧장 설의 침실 문을 열었다. 침대는 깨끗이 정돈되어 있었다. 다급하게 욕실 문을 연 민준은 욕조 바닥에 가라앉아 있는 핸드폰을 발견했다.

민준은 입술을 꽉 깨물며 돌아섰다. GPS를 추적하여 설의 위치를 확인하는 민준의 눈시울이 뜨거워졌다. 예상하지 못했던 일은 아니었다. 언제라도 이런 날이 올 수 있다는 것을 너무도 잘 알고 있었다. 한 번 잘못 꿰어진 단추는 마지막에 단춧구멍을 찾지 못하고 결국 혼자가 될 거라는 걸 알면서도, 설의 손을 놓을 수 없어 계속 붙들고 있었다.

"그럼 내가 잡아줄게요."

'이제 설은 나를 보고 웃어주지 않을까.'

"네. 그렇게나 좋아요."

어제 웃으며 떠나갔던 설은 결국 민준에게 돌아오지 않았다.

⚜

강원도 바닷가는 이른 아침이라 그런지 사람의 흔적이 보이지 않고 적막하기만 했다. 설은 모래사장에 무릎을 감싸고 앉은 채 가까이 밀려왔다가 멀어져 가는 파도를 바라보았다. 그녀는 수평선 너머로 태양이 떠오르는 것을 지켜보았고, 파랗게 밀려온 파도가 하얀 거품이 되어 사라지는 모습을 바라보았다.

아침 일찍, 몸이 아프다는 핑계를 대고 휴가를 낸 설은 그대로 곧장 이곳으로 달려왔다. 언제고 이런 곳에 와보고 싶었는데 이렇게 오게 되었다. 바다를 붉게 물들이며 떠오르는 태양을 보니 그제야 현실감이 느껴져 눈물이 났다.

그 사람으로 가득 차 있던 마음을 어떻게 비워내야 할지 아직 방법을 찾지 못했다. 지우려고 해도 머릿속에서 지워지지 않는 기억들은 또다시 심장을 날카롭게 긁어맬 것이다. 다시 예전처럼 아무것도 없는 텅 빈 삶으로 돌아갈 수 있을지도 모르겠다. 지금 여기에서 민준을 기다리는 것인지, 아니면 그가 오지 않기를 바라는 것인지도 알 수 없었다.

설은 조개껍질 하나를 주워 모래 위에 동그라미를 그렸다.

"……찌그러졌네."

모래 위의 동그라미는 똑바르지 않고 찌그러졌다. 꼭 지금 설의 마음처럼.

남들과 똑같지 않다는 건 특별한 거라고 말씀해 주시던 할아버지는 이제 이곳에 계시지 않는다.

동그라미처럼 살고 싶었지만, 사람들은 혼자만 모양이 다른 도형을 같은 동그라미라고 말해주지 않았다.

소중해서 필요한 게 아니라, 필요해서 소중한 강설.

대통령인 아버지는 나를 사랑하지만, 해야만 하는 일이 더 중요했을 것이다. 할아버지께서 내가 위험해질 수밖에 없다는 걸 알면서도 그 파일을 내게 남겨놓으신 것처럼. 그러니 민준도 나를 사랑하지 않은 건 아닐 것이다. 다만 아버지처럼 그 파일이 더 중요했을 뿐. 하지만 민준이 나를 사랑했든 아니든, 그 어느 쪽으로 생각의 추가 기울어도 마음을 잠식한 고통의 크기가 줄어들지 않았다.

아버지는 위험할 수 있으니 나를 최대한 보호해야 했다고 말씀하셨지만, 내가 위험한 것인지, 아니면 중요한 파일을 풀 수 있는 열쇠가 위험한 것인지는 묻지 않았다. 할아버지께서 돌아가시던 날, 무엇이 더 중요한 것인지 똑똑히 알게 되었기 때문이었다.

저벅저벅, 인적이 드문 모래사장 저편에서 누군가의 인기척이 느껴졌다. 그리고 설은 다시 한 번 더 모래 위에 동그라미를 그렸다. 하지만 이번에도 동그라미는 예쁘게 그려지지 않았다.

설은 고운 이마를 찡그렸다. 다시 한 번 더, 조개껍질이 모래 위에서 둥글게 원을 그리며 돌았다. 설의 등 뒤에서 멈춘 사람은 그녀에게 아무런 말도 걸지 않았다.

"동그라미 잘 그려요?"

설이 모래 위에 동그라미를 그리며 물었다. 그가 민준이든 아버지가 보낸 경호관이든, 그 어느 쪽이라도 상관없었다.

하지만 대답이 없는 걸 보니 경호관은 아닌 거라 생각했다. 아니,

다시 생각하니 그도 경호관이 맞다. 민준이 받은 임무의 명분은 자신을 근거리에서 보호하기 위함이라고 했으니까.

그만큼 중요한 일이기에, NIS 국장은 특별히 아들인 민준을 붙였다고 했다.

민준이 준 목걸이는, 예상했던 것처럼 추적을 위한 도구가 맞았다. 지금처럼 아무에게도 말하지 않고 떠난 자신을 찾을 수 있도록, 이 사람에게 꼭 필요했던 도구. 밤마다 침대에 누워 소중하게 만지작거렸던 마음이 조금 가엽긴 하지만, 그것도 괜찮다. 제가 괜찮든 괜찮지 않든, 이 사람들에게 중요한 건 자신이 아니니까.

"······강설."

무겁게 가라앉은, 익숙한 목소리가 들렸다.

"늦었네요. 더 빨리 올 줄 알았는데."

설의 무심한 목소리에 민준은 뜨거운 호흡을 안으로 삼키며 입술을 굳게 다물었다. 얼마나 오랫동안 이곳에 이러고 있었는지, 설의 하얀 손등이 추위에 파랗게 질려 있었다.

"미안하지만 난 그 파일에 대해 정말 아는 게 없어요. 도움이 못 돼서 미안해요."

설은 다시 동그라미를 그리는 데 집중했고, 민준은 욱신거리는 심장에 눈썹을 아래로 일그러뜨렸다.

설이 자신을 외면한다고 해도 다시는 볼 수 없는 것보다는 나을 것이라 생각했다. 아무리 보고 싶고 그리워해도 돌아올 수 없는 친부모님에 비하면, 눈앞에 살아 숨 쉬는 설을 보는 것만으로도 괜찮다고 생각했다. 하지만 괴로운 마음을 혼자 안으로 삭이고 있는 설을 안아줄 수 없는 현실은 생각보다 훨씬 더 고통스러웠다. 그리고 그 원인이 바로 자신이라는 사실도.

"당신의 임무는 이제 끝났어요. 그러니 더 이상 이렇게 나를 쫓아다니지 않아도 돼요."

쏴아– 깊숙하게 밀려왔다 빠르게 멀어져 가는 파도가 작은 물방울들을 공중에 흩뿌렸다.

설은 동그라미를 그리다 말고 하얗게 부서지는 파도를 바라보았다. 차가운 기운이 얼굴에 와 닿자 설은 인상을 조금 찡그리며 고개를 옆으로 돌렸다.

"……아직은 안 돼. 당신이 위험할 수 있어."

설은 민준에게 더 이상 곁에 있지 말라고 한 것이지만, 민준은 그럴 수 없었다. 그녀를 위험하게 할 수도 없고, 또 그녀를 보지 않을 자신도 없기 때문이었다. 그러니 민준은 당신을 지키기 위해서라도 옆에 남아 있겠다는 말을 해야 했다.

"그게 어때서요."

설은 손에 묻은 모래를 툭툭 털며 자리에서 일어섰다. 그리고는 빙글 뒤돌아 민준을 향해 입가에 옅은 미소를 지었다.

"그래봤자 죽기밖에 더하겠어요?"

"그런 식으로 얘기하지 마!"

설은 지금 민준을 비웃고 있고, 그를 상처 입히기 위해 자신에게 똑같은 상처를 내고 있었다. 그래서 이건 민준에 대한 조롱이 아니라 스스로에 대한 비웃음이었다. 어리석게도 두 번씩이나 똑같은 배신을 당한, 스스로에 대한 비웃음.

"삼 년 전에 찾지 못했던 걸 당신이 찾았으니 이제 승진을 하게 되나요? 당신이 그걸로 무얼 얻어내든지 간에 하나만 부탁할게요. 사람들한테 이야기할 당신의 영웅담에 내 얘기는 없었으면 좋겠어요."

민준은 가슴이 아팠다. 설이 아파서.

"그리고 혹시 나한테 조금이라도 미안한 마음이 남아 있다면, 나와의 모든 기억을 당신 머릿속에서 깨끗이 지워줘요. 부탁할게요."

설은 민준을 바라보고 있었지만 그녀의 눈에는 민준이 담겨 있지 않았다. 원망도 미움도 없이 고요하게 가라앉은 차분한 눈동자는 아무런 감정도 담겨 있지 않았다. 마치, 민준의 존재를 전부 비워낸 것처럼.

"그게 지금 당신이 내게 해줄 수 있는 유일한 거예요."

"……"

"김민준 요원님."

쏴아— 마주 보고 선 두 사람 뒤로 거대한 파도가 덮칠 듯 밀려들었다 아슬아슬하게 다시 되돌아갔다. 설은 그대로 돌아서 모래 위에 발자국을 남겼고, 민준은 우두커니 선 채로 멀어지는 그녀의 뒷모습을 바라보았다.

한남동 주택가. 붉은 벽돌로 높게 두른 담장 너머 위로 하얀 저택의 2층 창문이 보인다. 이름만 대면 누구나 알 만한 기업의 회장들이 여럿 살고 있어 유명한 동네, 그중 가장 안쪽에 위치한 웅장한 저택은 Pakin 그룹 백인회 회장의 저택이다. 하얀 철문이 안쪽으로 열리자 건우는 안으로 발걸음을 옮겼다. 초록색 잔디가 잘 다듬어진 정원을 가로질러 집 안으로 성큼 들어서자, 아주머니 한 분이 현관 앞으로 쪼르르 달려 나와 건우에게 고개 숙여 인사를 했다.

"아버지는요?"

건우는 서류 가방을 받아 들려는 아주머니께 괜찮다는 듯 고개를 가볍게 끄덕이며 물었다.

"좀 전에 서재로 차 내다 드렸어요."

"저녁은 먹었습니다."

건우는 몸을 틀어 곧장 아버지의 서재로 향했다. 위로 올라가는 계단 안쪽에 위치한 아버지의 서재 앞에 다가서자, 건우는 가볍게 노크를 하고 손잡이를 안쪽으로 밀었다.

"……몸이 아프다…… 하여튼 알겠습니다. 그럼 또 전화하기로 하지요."

누군가와 한참 통화를 하던 백 회장이 힐끗 열린 문을 바라보았다. 그러다 건우와 눈이 마주치자 그에게 등을 보이며 서둘러 대화를 끝마쳤다.

"다 늦은 밤에 누구랑 그렇게 전화를 하세요?"

"네가 신경 쓸 일이 아니다. 그래, 저녁은 먹었고?"

백 회장이 건우에게 앉으라는 손짓을 했고, 건우는 가방을 소파 옆에 내려놓으며 소파에 앉았다.

"그럼요, 지금 시간이 몇 신데요."

"젊다고 방심하지 말고 몸 단단히 챙겨. 너도 곧 서른이야. 이제 슬슬 결혼도 해야 하는데."

결혼이란 말에 건우가 쓸쓸하게 웃었다. 결혼이라. 그가 결혼을 하고 싶은 사람은 한 사람뿐이었다. 예전에도 그랬던 것처럼, 지금도 똑같이.

"때가 되면 집에 데리고 올게요."

"만나는 사람이라도 있는 게냐."

흐음. 백 회장이 흥미롭다는 듯 건우의 얼굴을 빤히 쳐다보았다.

"마음에 두고 있는 사람은 있습니다."

"어떤 아가씨인지는 몰라도, 네가 만나는 사람이라니 궁금하긴 하구나."

"그래서 말인데요, 아버지."

건우가 얼굴에서 웃음기를 거두며 백 회장을 바라보았다. 건우는 이제 더 이상 설을 피하지 않고 그녀 곁으로 갈 생각이었다.

"말해봐."

"저 Boni에 자리 하나 마련해 주세요."

"Boni는 왜? 넌 원래 백화점으로 간다고 하지 않았느냐."

"생각이 바뀌었어요. 거기서 만나야 할 사람이 있습니다."

백 회장은 눈을 내리깔고 잠시 생각에 잠겼다. 그리고 고개를 들어 아들을 다시 쳐다보았다. 건우가 설마 무얼 알고 말하는 것은 아닐 터였다.

"만나야 할 사람이 누구냐?"

"아버지께서 설마 계열사 말단 직원까지 아시겠어요?"

건우가 얼굴에 부드러운 미소를 지으며 백 회장을 쳐다보았다.

"강설이라고, Boni 마케팅팀에 있는 친구예요."

이제 자신은 설에게 거짓 없는 모습으로 다가갈 수 있다. 그러니 이번엔 그때처럼 설을 포기하지 않을 것이다. 건우는 설을 이렇게 다시 만나게 된 게, 운명이라는 생각이 들었다.

골치가 아파진 백 회장은 손으로 이마를 짚으며 인상을 찌푸렸다. 이 상황을 어떻게 받아들여야 하는 건지 머릿속으로 여러 가지 복잡한 생각들이 떠올랐다.

하필 영애인 건지, 아니면 영애라서 다행인 건지 계산기를 두드려 봐야 했다.

❦

"얘기 좀 해."

하루 종일 설의 몇 발자국 뒤에서 그녀를 따라 걷던 민준이 마침내 테이블 가까이 다가와 말을 건넸다.

"난 당신한테 더 이상 할 말이 없어요."

"내가 할 얘기가 있어."

설은 오늘 바닷가를 걷고 나서 조그만 식당에서 밥을 먹었고, 멀리 바다가 보이는 2층 카페에서 커피를 마셨다. 그리고 바다를 보며 작은 다이어리에 그림을 그렸다.

설은 민준에게 시선을 주지 않은 채 스케치한 그림 위에 명암을 그려 넣기 시작했다. 선 밖으로 까만 명암이 삐져나올까 봐 설은 조심스럽게 모서리 부분을 색칠했다.

"난 정말 아는 게 없다고 말했잖아요."

조심한다고 했는데 결국 선 밖으로 까만색이 조금 삐져나왔다. 설이 이마를 조금 찡그리며 삐져나온 자국 위로 굵은 선을 덧칠하기 시작했다.

"강설."

민준이 서늘한 목소리로 설을 나지막하게 불렀다. 설은 지금 그가 무슨 이야기를 하고 싶은지 알면서도 일부러 대화를 피하는 것이다.

"삼 년 전 당신들이 했던 조사가 전부예요. 내가 그걸 가지고 있다는 걸 몰랐으니까 여태껏 그게 나한테 있었던 거겠죠."

이번엔 파란 펜을 꺼내 조심스럽게 종이에 선을 그려 넣었다. 바다색과 같아 눈에 잘 보이지 않는 파란 등대. 설은 지금 자신이 파란 등대였으면 좋겠다고 생각했다. 눈앞에 있어도 눈에 보이지 않는 파란 등대.

"그 얘기를 하는 게 아니잖아."

"그 얘기 말고 당신과 나 사이에 다른 할 말이 뭐가 있는데요?"

낮에는 바다색과 같아 보이지 않고, 밤이면 어둠에 묻혀 보이지 않는 등대. 둥근 타워 부분이 예쁘게 그려지지 않자 설이 한쪽 눈썹을 찡그렸다.

"당신 마음은 알겠지만 지금 나한테는 당신 안전이 더 중요해."

"당신이 채워놓은 위치 추적기도 이렇게 얌전히 차고 있는데 뭐가 걱정이죠?"

설의 목에는 민준이 선물한 목걸이가 그대로 걸려 있었다. 어제까지만 해도 사랑의 징표인 줄 알았던 그것이. 펜을 움켜쥔 설의 오른손이 제가 한 말에 상처를 받아 희미하게 떨렸다. 고통스럽게 헐떡이는 심장은 금방이라도 녹아서 사라질 것만 같았다.

"……울지 마."

설의 오른손이 떨리는 것을 바라보던 민준이 입술을 작게 움직였다.

"내가 왜 울어요."

설은 그제야 고개를 돌려 민준을 쳐다보았다. 지금까지 무표정하던 얼굴에 어느새 단단한 노기가 서려 있었다.

"당신은 나한테 미안하지도 않아요? 사람 마음을 가지고 놀아놓고 어떻게 이렇게 뻔뻔하게 나한테 울지 말라는 말을 할 수가 있어요?"

"난 안 미안해. 내 마음은 진짜니까. 그래서 난 당신한테 미안하다고 하지 않을 거야."

민준은 미안하지 않았다. 이제 설이 아니라면 갈 곳 없어진 자신의 마음은 설에게 부끄럽지 않았다. 가짜 세상이 아닌 진짜 세상에서는 그녀를 사랑할 수 없다는 걸 알면서도 설을 사랑할 수밖에 없는 제 마음과 설과 함께 있는 미래를 꿈꾸는 욕심이 생겨 비린 마음이. 그녀가 아무리 부정해도 그 마음이 가짜라고 말하고 싶지 않았다.

"당신한테도 진짜라는 게 있어요? 이번에도 당신이 실패하면 다음 차례는 누구인가요. 나한테서 뭔가를 얻어낼 때까지 당신 뒤에 도대체 몇 명의 사람들이 더 남아 있는 거죠?"

"……나는 진짜야."

'나에게 이렇게 화를 내는 당신이 차라리 고맙고 다행인 내 마음은 진짜야. 이렇게 아픈 당신을 안아주지 못해 고통스러운 내 마음도 진짜야, 강설.'

민준은 마음속으로 대답했다. 하고 싶은 말이 많았지만 그녀에게 거짓말로 들릴까 봐 가슴속에서 아우성치는 소리를 밖으로 다 내뱉을 수 없었다.

"아니, 전부 다 가짜야."

'외로워 보여 손잡아주고 싶었던 당신의 눈빛도, 어린아이처럼 나를 보며 웃던 당신의 미소도. 당신 몸에 흐릿하게 남아 있는 오래된 흉터가 여전히 아픈 상처일까 봐 감히 묻지 못했던 내 마음이 무색하게 NIS 국장의 아들이라는 당신은.'

설은 거칠어진 숨을 안으로 삭이며 나지막이 읊조렸다. 내가 느꼈던 절망과 고통을 그가 그대로 느낄 수만 있다면 얼마나 좋을까. 그녀는 그가 자신만큼 고통 받고 괴로워하기를 바랐다.

"당신은 전부 다 가짜라고."

'음악을 들려주던 당신도, 커다란 곰 인형을 선물로 안겨주던 당신도, 작고 어두운 공터에서 발아래 펼쳐진 야경을 보여주며 뿌듯한 미소를 짓던 당신도 다 거짓이었어.'

따뜻하고 행복했던 기억들이 떠올라 설의 눈앞이 눈물로 뿌옇게 흐려졌다.

"당신 때문에 우는 게 아니야! 그러니까. 착각하지 말아요."

'내게 주어진 무거운 짐이 사실 너무 무섭고 두려워서, 그런 당신이라도 내게 변명을 해주길 바라고 괜찮다고 안아주길 바라는 내가 너무 초라하고 한심해서 우는 거야. 당신 앞에 보이는 이 눈물마저도 비참하고 한심해서.'

설의 뺨을 타고 흘러내린 눈물이 그녀의 창백한 손등 위로 떨어져 내렸다. 떨리는 입술을 굳게 다물고 설을 바라보던 민준의 눈시울이 뜨거워졌다. 설이 울고 있는데, 그녀를 안아줄 수가 없어 가슴이 타들어갔다.

"……강조국."

나지막한 민준의 목소리가 갈라져 나왔다.

"그렇게 부르지 마요!"

가짜인 강설에게는 처음부터 진짜일 수 없는 사랑이었다. 가짜와 가짜가 만나, 마치 진짜라도 되는 양 착각을 하며 거짓 사랑 놀음을 했다.

"당신이 부를 수 있는 이름이 아니야."

"……"

"그러니까 내 이름, 함부로 부르지 마."

사랑으로, 행복한 유년 시절의 기억으로 묻어둔 내 진짜 이름을. 설은 민준을 차갑게 바라보며 떨리는 입술을 아프게 깨물었다.

민준은 자신의 마음을 베어내는 설의 싸늘한 눈빛을 피하지 않았다. 아무리 아프게 베어내도 어차피 설이 아니라면 갈 곳 없는 마음이었다.

"……나 때문에 울지 마."

아니라고 해도 설이 울고 있는 게 자신 때문임을 안다. 나를 사랑하지 않아도 괜찮으니, 나 때문에 상처받고 울지 말기를, 민준은 그것밖에 바랄 수 있는 게 없었다.

"아무것도 아니잖아, 나는."

아무것도 아닌 사람에게 상처받을 필요는 없다. 그 사람이 상처를 줬다 해도 그건 상처가 아니라, 그저 운이 나빠 일어난 사고 같은 거라고 생각을 하면 된다. 그러니 처음부터 없었던 사람처럼, 그렇게.

"그러니까 당신은 괜찮아."

당신은 상처받지 않아도 괜찮다.

⚜

어린 시절, 민준은 집에 있을 때면 언제나 깜깜하고 좁은 방구석에서 무릎을 세워 안은 채 고개를 파묻고 있었다. 새아빠에게서 술 냄새가 나면 민준은 얼른 방문을 닫고 조그만 방으로 들어와 숨소리도 내지 않았다. 그래도 방문은 어김없이 열렸고, 머릿속으로 아무리 다른 생각을 해봐도 아물지 않은 상처 위로 또다시 온몸이 떨리는 고통이 더해졌다.

까만 자동차를 타고 갔던 아빠는 그날 이후 돌아오지 않았고, 항상 멍한 표정으로 창밖을 물끄러미 바라보던 엄마는 아빠를 보러 간 날에 아빠가 그랬던 것처럼 민준의 곁을 떠났다.

민준은 깜깜한 방 안에서 마음속으로 노래를 불렀다. 피아노를 치며 노래를 불러주던 엄마가 혹시라도 다시 돌아온다면 이제 말을 더 잘 듣는 착한 아이가 되겠다고, 아빠가 보고 싶다 울지 않겠다고 엄마의 품에 안겨 약속하는 상상을 하면서.

육체적인 고통에는 금방 익숙해졌다. 아무리 아파도 민준은 울지 않았고, 새아빠는 울지 않는 그를 보면 더 화가 난다며 매서운 매질을 멈추지 않았다. 그날도, 전날과 같던 그날도 어김없이 민준의 방문이 열렸고, 민준은 습관처럼 몸을 동그랗게 말며 고개를 더 깊이 파묻었다.

곧 어깨 위로 날아들 날카로운 매질을 생각하자 몸이 떨렸다. 하지만 방문이 열렸는데도 아무런 고통이 느껴지지 않았다. 고통스러워하는 신음성이 들렸지만, 민준의 입에서 나는 것은 아니었다.

"민준아."

누군가 떨리는 목소리로 민준의 이름을 불렀다. 낯선 아저씨의 숨죽인 울음소리 사이로 새아빠의 신음이 섞여 들렸다. 민준은 고개를 들었다. 아저씨의 덜덜 떨리는 손에는 빨간 피가 묻어 있었고, 새아빠는 얼굴에서 피를 흘리며 방바닥에 누운 채 앓는 소리를 내고 있었다.

아저씨는 민준의 앞에 털썩 무릎을 꿇은 채 아이처럼 소리 내 울었다. 처음이자 마지막으로 본 아저씨, 김 국장의 눈물이었다.

"저 사람은 아무것도 아니야."

피 묻은 손을 옷으로 닦아낸 아저씨가 공포에 질린 민준의 뺨을 어루만졌다.

"그러니까 괜찮아."

아저씨는 해외 근무를 마치고 이 년 만에 다시 한국으로 돌아왔다고 했다. 그리고 더 빨리 왔어야 했는데 늦게 와서 미안하다고, 민준이 이렇게 살고 있는 줄 몰랐다고 어깨를 떨며 또다시 서럽게 우셨다.

"아저씨랑 같이 가자, 민준아."

아저씨는 노랗고 퍼런 멍이 든 민준의 손목을 잡았고, 그날로 그는 아저씨의 아들이 되었다.

⚜

민준은 커피한 잔을 들고 노트북을 켰다. 띠리리리― 벨 소리에 핸드폰을 확인한 민준의 얼굴에 곧 실망의 기색이 스쳤다. 설이 아닐 것임을 알면서도 이렇게 기대를 하고 또 실망을 했다.

"안 주무세요?"

[대통령께서 영애를 부르셨다.]

"알고 있습니다."

[안기영이 거기 있다던데.]

"공무원보다 월급이 많더라고요, 여기가. 탐날 만했겠죠."

[실없는 놈, 쯧.]

민준은 못마땅해하는 김 국장의 얼굴이 눈앞에 보이는 것 같아 옅게 미소를 지으며 머그잔을 입가로 가져갔다.

[안기영 뒷조사는 왜 하는 거냐.]

"영애와 비슷한 시기에 입사했어요. 그리고 영애와 가장 가까운 사이이기도 하고요."

[그런데 그게 왜.]

"자연스럽지가 않아서요."

안기영이 백건우를 많이 좋아했다고 했다. 그런 기영이 백건우가 설에게 어떤 마음을 갖고 있는지 알면서도 설을 살갑게 대한다는 건 자연스러운 일이 아니었다.

[조심해. 다치지 말고.]

김 국장의 나지막한 목소리에 아들을 염려하는 근심스러운 아비의 정이 실렸다.

"압니다."

민준이 차분한 음성으로 대답했다. 말투는 퉁명스러워도 저를 아끼고 걱정하고 있다는 걸 잘 알고 있기 때문이었다.

[그리고 시간 내서 엄마한테 전화도 좀 하고. 네가 요즘 눈에 안 보이니까 너를 어디다 팔아먹었냐고 날 들들 볶잖아!]

"주말에 잠깐 들를게요."

[와서 저녁 먹고 가. 덕분에 나도 몸보신 좀 하게.]

며칠 뒤가 친부모님의 기일이다. 올해도 민준은 부모님이 계신 곳에 들러 인사를 드리고, 동생 서연의 생일을 축하하기 위해 집으로 갈 것이다. 아마도 아버지는 그날 바쁘다는 핑계를 대며 또 늦으시겠지만.

"서연이가 올해도 똑같은 선물을 사오면 가만두지 않겠다고 하던데요."

언젠가 생일 선물로 향수를 사달라고 한 적이 있어 민준은 매년 생일이면 똑같은 향수를 꼬박꼬박 선물로 사다 줬는데, 올해는 서연이 미리 연락을 해왔다. 올해도 C사 향수를 사오면 죽여 버리겠다고. 그렇다고 B사 혹은 D사 제품을 사올 생각일랑 하지도 말라는 말과 함께.

[계집애가 아주 말하는 본새하고는, 쯧.]

"주무세요, 아버지."

전화를 끊은 민준은 오디오에 음악을 켜고 소파에 길게 누워 눈을 감았다.

잠시 후 민준은 왼쪽 손목시계를 쳐다보았다. 화면을 손가락으로 몇 번 두드리자 빨간 점 하나가 제자리에서 깜빡거리는 게 보였다.

민준과 가까운 곳에 있으면서도 설은 지금 너무 멀리 있었다.

민준은 바지 주머니에서 네모난 케이스를 꺼냈다. 딸깍- 벨벳 뚜껑을 위로 당기자 금색의 동그라미 안에 잎이 무성한 나무가 정교하게 새겨진 목걸이가 보였다. 어제, 주문하셨던 목걸이 제작이 끝났으니 찾아가시라는 전화를 받고 쥬얼리숍에서 찾아온 거였다.

조금만 더 일찍 만들어졌더라면 설에게 건네줄 수 있었을, 술에 취하면 곧잘 나무들과 친구가 되는 강설을 생각하며 민준이 주문한 것이다.

"그래, 당신은 나한테 아무것도 아니야."

케이스 안, 목걸이를 바라보던 민준이 그대로 뚜껑을 닫았다.

다음 날 아침, 민준은 설의 아파트 앞에 차를 주차하고 출입구를 바라보았다. 잠시 후 설이 걸어 나오자 그는 차에서 내려 그녀에게 다가갔다.

설은 밤에 제대로 자지 못한 듯 창백한 얼굴이었다. 그녀는 민준을 무표정한 얼굴로 한 번 쳐다보더니 곧바로 자신의 차를 향해 리모컨 키를 눌렀다.

삑 소리와 함께 잠금장치가 풀렸다. 운전석으로 향하려는 설의 앞을 민준이 가로막고 섰다.

"비켜요. 나 출근해야 되니까."

"불편해도 이제 혼자는 안 돼. 돌발 상황이라도 생기면 안 되니까."

"생기면, 문책을 당하나요? 아니면 아직도 나한테 얻을 게 남아 있는데 이용하지도 못한 내가 없어질까 봐 겁이 나요? 우리 할아버지처럼?"

설의 날카로운 말투에 민준이 조용히 말했다.

"박사님께서는 하고 싶은 일을 하신 거야. 누군가는 해야만 하는 일을."

누구도 이 길을 가라며 억지로 등을 떠밀지 않았다. 민준의 친아버지가 어린 민준을 남기고 젊은 나이에 세상을 떠날 수밖에 없었던 것도, 이인호 박사가 애틋한 외손녀에게 위험한 파일을 남길 수밖에 없었던 것도 어쩔 수 없는 일이었다. 누군가는 그 일을 해야 했고 누군가는 그 뜻을 지켜야 했기 때문이다.

"나는 하고 싶은 것도 없고 지키고 싶은 것도 없는 사람이에요. 대한민국의 무궁한 발전과 영광이요? 웃기지 말라고 그래요! 그게 도대체 나랑 무슨 상관이야!"

"그런 대한민국의 수장이 지금 당신의 아버지지. 그리고 이 일은 지금 대통령께서 가장 중요하게 생각하시는 일 중 하나라는 걸 잊지 마."

"당신들의 애국심을 나한테 강요하지 말아요! 난 당신들을 위해 기꺼이 희생되고 싶은 생각 같은 거 조금도 갖고 있지 않으니까."

"누가 당신을 희생시킨다고 그래, 당신을 왜!"

"솔직히 당신이 제일 잘 알지 않나요? 내 경호만 생각했다면 애초에 당신 정도의 요원이 내게 붙었을 리가 없었겠죠. 당신이 아직도 내 옆에 있는 건 나를 지키기 위해서가 아니라 혹시 있을지 모를 파일의 열쇠를 다른 누군가에게 빼앗길까 봐 그런 거잖아요."

"……"

"……그런 거잖아."

설의 목소리가 여리게 떨렸다. 설의 입에서 나오는 말들이 그녀의 가슴을 아프게 했다.

"내가 당신 옆에 있는 건 두 가지 일을 하기에 가장 적합한 사람이기 때문이지. 하지만 그게 아니더라도 난 당신 옆에 있을 거야."

"당신이 왜요? 당신이 나랑 무슨 상관이 있다고요?"

"난 당신을 다치게 하고 싶지 않아."

"……"

"내 마음은 진짜라고 했잖아."

소중한 사람이 눈앞에서 사라지는 경험을 다시는 겪고 싶지 않다. 이십여 년이 지난 지금도 그리운 마음이 조금도 덜해지지 않았는데, 앞으로 더한 그리움을 감당할 수 있을 것 같지 않았다.

민준의 나지막한 목소리에 설의 눈빛이 작게 일렁였다.

"……거기에서는 거짓말하는 훈련도 한다던데요."

'그런데도 당신의 눈빛이 진짜 같아서.'

"당신이 능력 있는 사람은 맞는가 보네요. 이렇게 눈빛 하나 변하지 않고 거짓말을 하는 걸 보니."

'당신이 나를 안아주며 괜찮다고 등을 어루만져 주는 상상을 해. 내 눈에 입을 맞추며 위로해 주던 당신의 모습이 진짜 같아, 지금도 그런 당신 품에 안겨 울고 싶은 나는 얼마나 어리석은 사람인지.'

그를 미워하고 원망하면서도 한편으론 그에게 기대고 싶은 마음이 번갈아 그녀를 괴롭혔다. 자신에게 벌어진 상황이 너무 무섭고 두려워 사실은 이런 그의 품 안에서 소리 내어 울고 싶었다. 왜 자신에게 이런 일이 일어나는 건지, 숨이 막힐 것 같은 부담감과 괴로움을 그에게 위로받고 싶었다.

설은 결국 민준에게 차 열쇠를 내민 뒤 반대편으로 돌아가 조수석으로 올랐다. 민준이 운전석에 타고 차가 아파트를 빠져나갈 때까지 설은 오른쪽으로 고개를 돌리고 창밖만 바라보았다.

우우웅- 그때, 민준의 핸드폰이 무거운 진동음을 냈다. 민준은 발신자를 확인하더니 수신을 거부했다. 하지만 잠시 후 핸드폰이 다시 한 번 울렸고, 민준은 인상을 찌푸리며 핸드폰을 귀에 가져갔다. 전화를 받고 싶지 않았지만 자신이 받지 않으면 계속 걸 것만 같았다.

"지금 바빠……."

[오빠!]

핸드폰 밖으로 발랄한 여자의 목소리가 튀어나왔다. 설이 민준을 흘끔 쳐다보더니 다시 창밖으로 고개를 돌렸다.

"지금 바쁘니까 나중에 통화하자."

[아니, 오…….]

뚝. 민준이 전화를 끊은 후 흘끔거리며 설의 눈치를 살폈다.

"여동생이야."

그리고 묻지 않은 말을 했다. 하지만 설은 민준의 말을 들은 건지 아닌 건지, 아무런 대꾸도 하지 않았다.

딩동.

〈나 오빠네 회사 1층에서 기다린다!〉

문자 수신음과 함께 화면이 깜박거렸지만, 민준은 그쪽을 쳐다보지 않았다.

Boni 1층 로비. 회전 유리문 안쪽에서 얼룩말 같은 가로줄 무늬가 들어간 원피스를 입고 컨버스화를 신은 아가씨는 사선으로 가방을 메고 서 있었다. 그녀는 누군가를 기다리는 것인지 핸드폰을 들어 이따금씩 시간을 확인했다.

나이 스물넷, 김서연. 대학을 1년 재수하고 현재 4학년에 재학 중인 민준의 여동생이었다.

"왜 이렇게 안 오는 거야? 분명히 이 회사가 맞는데."

며칠 전의 통화로 어렵게 알아낸 정보에 의하면 오빠는 강남에 있는 식음료, 외식 전문 프랜차이즈 회사를 다니고 있고 1층에 있는 카페에서 종종 커피를 사 마신다고 했다. 오빠는 종류별로 이것저것 다 마셔봤는데 그래도 그중 제일 먹을 만한 커피는 무엇이더라는 말을 했었다. 그리고 서연은 마지막 정보에서 오빠가 다니는 회사가 Boni라는 사실을 어렵지 않게 알 수 있었다.

"있잖아요, 이 회사에 김민준이라는 사람 다니는 거 맞죠? 그 사람 혹시 여기 지나갔어요?"

서연은 눈을 깜빡이며 데스크 위에 두 팔을 겹쳐 얹었고, 인형같이 예쁘장하게 생긴 언니를 향해 친근하게 눈웃음을 지었다. 하지만 한 올의 흐트러짐도 없이 까만 머리카락을 단정하게 틀어 올린 데스크 여직원은 그런 건 알려줄 수 없다며 서연에게 단호한 표정을 지어 보였다.

"키도 크고 잘생겨서 딱 보면 알 텐데, 정말 김민준 몰라요? 저 이상한 사람 아니에요!"

서연이 울상을 지으며 발을 동동 굴렀고 마침 그 앞을 지나가던 남자는 발걸음을 멈추고 그 광경을 바라보았다. 귀에 익은 이름 때문이었다.

"무슨 일입니까?"

건우가 데스크 가까이 다가서며 여직원에게 말을 걸었다. 그리고는 데스크에 매달린 여자의 얼굴을 힐끗 쳐다보았다.

"이분께서 찾는 분이 있다고 하시는데 아시다시피 회사 방침상……."

여직원이 말끝을 흐리며 서연의 눈치를 살폈다.

"누구 찾아요?"

건우가 한 손을 바지 주머니에 꽂아 넣으며 여자를 향해 몸을 돌렸다.

"김민준이요. 스물여덟 살 김민준. 이 회사 다니는데요, 아니 아마 다닐 텐데요, 오빠한테 문자를 보냈는데 답이 없어서요. 내가 여기서 기다린다고 했는데 아직 못 봤나 봐요."

"……"

"키는 185 정도이고 되게 잘생겼고 또…… 아! 눈썹을 이렇게 잘 찌푸려요."

서연이 양손의 검지로 잔뜩 찌푸린 눈썹 모양을 만들어 보였다.

"아저씨도 몰라요?"

건우가 아무런 말이 없자 서연은 바로 실망스러운 표정을 했다.

"압니다."

"정말 알아요?"

서연이 두 눈을 동그랗게 뜨더니 곧바로 두 손을 맞잡으며 반색했다.

"네…… 그런데 김민준 대리하고는 무슨 사이죠?"

"아, 우리 오……."

아차! 민준은 서연에게 밖에서는 절대 동생이라는 말을 하지 말라고 신신당부했다. 물론 서연을 걱정하는 말이었지만, 서연은 그런 민준의 뜻까지는 알지 못한다.

"……친한 오빠데요, 제가 꼭 만나야 하는 일이 있거든요."

"기다려 봐요, 혹시 사무실에 와 있거든 1층으로 내려가 보라고 할 테니. 그런데 이름을 뭐라고 전해주면 될까요?"

"서연이요, 김서연!"

서연이 건우를 향해 희망으로 가득 찬 두 눈을 기쁘게 반짝였다. 건우는 알았다는 듯 고개를 끄덕인 후 엘리베이터를 향해 몸을 돌렸다.

"고맙습니다!"

건우의 등 뒤에서 서연의 씩씩한 목소리가 들렸다.

비슷한 시각, 민준과 설은 지하 주차장에서 엘리베이터가 내려오길 기다리며 서 있었다.

"나 잠깐 1층에 들러야 하는데, 커피 사다 줄까?"

민준이 설을 쳐다보며 물었다. 동생이 1층 로비에 와 있다고 했다. 천방지축 여동생 김서연이 말이다.

"괜찮아요. 제가 사서 마실게요."

그리고 이어진 침묵 속에 민준과 설은 엘리베이터에 올랐고, 잠시 후 엘리베이터는 1층 로비를 향해 활짝 열렸다. 사방으로 이리저리 고개를 돌리고 있던 서연은 엘리베이터 문틈 사이로 민준의 얼굴이 보이자 얼굴 가득 함박웃음을 지었다.

"오빠!"

민준은 이게 무슨 민폐냐고 말하려 했지만, 오랜만에 보는 서연의 얼굴이 반가워 저도 모르게 옅은 미소를 지었다. 서연이 로비를 가로질러 달려오더니 민준을 두 팔로 덥석 끌어안으며 그의 품에 안겼다.

"보고 싶었어, 오빠."

서연이 울상을 지으며 올려다보았고, 민준은 그녀의 머리를 쓰다듬으며 애틋한 눈길로 내려다보았다.

"그렇다고 이렇게 막무가내로 찾아오면 어떻게 해?"

"오빠가 어디 있는지 안 가르쳐 주니까 내가 찾아왔잖아. 요새 연락도 뜸하고. 오빠 혹시 나 말고 다른 여자 생겼어?"

"김서연."

민준이 설핏 인상을 구겼고, 그와 동시에 설이 민준과 서연의 곁을 스쳐 지나갔다.

"오빠가 이번 주 주말에 집에 들른다고 했잖아. 아버지께서 말씀 안 하셨어?"

민준의 목소리는 설이 충분히 들을 수 있을 정도의 크기로 커졌다. 그는 설이 오해하지 않길 바랐다.

"오빠, 왜 그래?"

서연이 주변의 눈치를 살피더니 민준을 향해 몸을 기울이며 재빨리 속삭이듯 물었다.

"내가 뭘."

"밖에서는 동생이라고 하지 말라며."

민준이 카페 문을 열고 안으로 들어가는 설의 뒷모습을 흘끔 쳐다보다가 서연을 바라보았다.

"오빠 바빠. 중요한 얘기 아니면 나중에 하자."

"나는 오늘 완전 한가한데. 오빠랑 점심도 먹을 수 있어!"

"김서연."

민준의 목소리가 낮게 깔리자 서연의 얼굴이 금세 시무룩해졌다. 하아. 민준이 작게 한숨을 내쉬더니 그녀를 바라보았다. 그는 지갑을 꺼내 그 안에서 신용카드 한 장을 뽑아 서연에게 내밀었다.

"근처에서 놀다가 12시까지 여기로 와. 멀리 가지 말고, 모르는 사람 따라가지 말고, 무슨 일 있으면 전화하고."

"다른 데 안 가고 저기 카페에서 얌전히 기다릴게, 오빠. 그리고 나도 카드 있어!"

"네가 무슨 카드가 있어?"

"아빠가 곧 내 생일이니까 사고 싶은 거 아무거나 사라고 카드 줬어."

서연이 민준의 눈앞에 승리의 V 자를 그려 보이며 후후 웃었다.

매번 바쁘다는 이유로 생일을 함께 축하해 주지 않는 아버지가 서운할 법도 한데, 서연은 한 번도 그런 기색을 내비치지 않았다.

"그건 놔두고 이거 써. 그래야 네가 어디에서 뭘 하고 있는지 오빠가 알 것 아니야."

결제될 때마다 금액과 위치를 친절하게 알려주는 문자 서비스는 꽤나 쓸모 있는 수단이었다.

"내가 뭘 살 줄 알고 이렇게 순순히 카드를 맡기는 거야?"

서연이 후후후, 의미심장하게 웃으며 민준이 내민 카드를 받아들었다.

"말썽부리지 말고 얌전히 있어."

민준이 서연의 머리를 쓰다듬으며 옅게 웃었고, 설은 그 모습을 카페 유리창 너머로 물끄러미 바라보았다.

서연이 회사를 나간 난 후, 민준은 1층 카페를 바라보았다. 설은 한 손에 테이크 아웃 컵을 들고 마침 카페에서 나오고 있었다.

설이 가까이 다가오자 민준은 엘리베이터 버튼을 눌렀고, 그녀는 고개를 들어 상단의 빨간 숫자가 하나씩 바뀌는 것을 바라보았다. 엘리베이터가 1층에 와 멈추자 주변에 서 있던 사람들이 엘리베이터 안쪽으로 우르르 몰려들었다. 사람들이 부딪칠 듯 가까워지자 민준은 습관처럼 설이 다른 사람들과 부딪치지 않도록 그녀의 어깨 가까이 팔을 둘렀다. 두 사람의 모습이 엘리베이터 벽에 비쳐 보이자, 설의 시선이 아래를 향했다. 민준은 문에 비친 설을 바라보고 있었다.

9층에 도착한 민준과 설은 사무실을 향해 나란히 걸어갔다. 오늘은 웬일인지 각 팀 팀장들 모두가 일찍 출근해서 이미 책상 앞에 앉아 있었다.

"이상하네."

민준이 혼잣말을 하며 고개를 갸우뚱거렸다. 일반적인 사회인으로서의 생활은 아무래도 처음인지라, 민준은 눈앞에 왜 이런 광경이 펼쳐졌는지 의아했다.

"누가 오나 보네."

설이 대수롭지 않다는 듯 혼잣말처럼 중얼거리며 마케팅팀 안으로 들어갔다. 팀장들의 낯선 모습에서 유추해 보건대, 최소한 전무이사 이상의 임원이 오늘 아침 이 공간에 들를 터였다.

제게 한 말인지 아닌지도 모르면서 설의 대꾸에 민준의 얼굴에 따뜻한 온기가 돌았다. 그는 입가에 미소를 지으며 해외사업부로 들어갔다.

"안녕하십니까."

민준이 책상 위에 가방을 올려놓으며 인사했다.

"안녕하십니까!"

그러자 해외사업부 최 팀장이 자리에서 벌떡 일어나더니 활짝 웃으며 큰 소리로 화답했다.

민준이 우리가 이 정도의 사이는 아닌데, 라는 생각을 하는데 알고 보니 최 팀장의 시선은 그의 뒤를 향해 있었다. 민준은 최 팀장의 시선을 따라 등 뒤를 돌아보았다.

"김민준 대리님."

눈앞으로 다가온 남자의 얼굴을 확인한 민준의 얼굴에서 웃음기가 사라졌다.

"아까 1층에서 누가 기다리고 있던데. 혹시 만났나요?"

"……그렇습니다만."

"다행이네요."

건우가 고개를 가볍게 끄덕였다. 그가 뒤돌아서자, 해외사업부 팀장이 따라붙었다. 민준은 그 모습을 잠시 바라보다 고개를 돌려 마케팅팀을 바라보았다. 무슨 생각을 그렇게 골똘히 하는 건지, 설의 귀에는 주변의 소음이 전혀 들리지 않는 것처럼 보였다. 그녀는 건우가 이곳에 나타난 것도 모르는 모양이었다.

"얼굴색이 안 좋네."

머리 위에서 들려오는 남자의 목소리에 설의 표정이 딱딱하게 굳어졌다.

"잠을 잘 못 잤어?"

'이 사람이 왜 이곳에 있는 거지?'

설은 건우가 왜 자신 앞에 서 있는 건지 이해할 수 없었다. 그러다 문득 삼년 전 일이 머릿속에 떠올랐다. 건우 역시 민준과 같은 목적으로 나타났을 거라는 생각이 들자 설은 어처구니가 없었다.

"……이건 또 뭐죠?"

'이제 김민준 한 명으로는 부족하다는 건가?'

설이 어이가 없다는 듯 실소를 지으며 노트북 화면만 응시했다. 그리고 마우스에 얹은 검지를 의미 없이 까딱거렸다.

"오늘부터 마케팅팀에서 일하게 됐어. 잘 부탁해, 강 주임."

설은 고개를 들지 않았지만 그가 저를 내려다보는 시선을 느낄 수 있었다.

"근데, 여기 구내식당 밥은 맛있어?"

냉랭한 분위기를 풀고 싶었던 건우의 친근한 말투에 설의 얼굴이 차갑게 식어 내렸다. 그녀는 고개를 들어 건우를 똑바로 쳐다보았다.

"그렇게 궁금하면 나한테 묻지 말고 직접 먹어봐요. 맛이 있나 없나."

눈빛만큼 차가운 설의 말투에 건우의 얼굴에서 천천히 웃음기가 사라졌다.

"하.하.하. 백 팀장님, 강 주임이랑 서로 잘 아는 사이신가 봐요? 노, 농담도 막 하고 말입니다. 하.하.하.하."

괜히 건우의 뒤로 따라붙었다 심상치 않은 광경을 목격하게 된 해외사업부 팀장의 얼굴 근육이 어색하게 씰룩거렸다. 하지만 건우는 최 팀장을 돌아보지 않았다.

"외국에서 공부하다 이제 들어왔어. 사실 여기로 올 생각은 아니었는데, 네가 이곳에 있어서."

'네가 이곳에 있다는 것을 알고, 어쩌면 우린 운명일지도 모른다는 생각을 했어. 네가 나를 예전처럼 바라보며 환하게 웃어주길 바라는 마음이 매일 조금씩 커져서, 내 발걸음이 여기까지 오게 됐나 봐.'

건우는 설의 화난 얼굴에도 동요하지 않고 차분히 말했다. 설이 자신을 환영할 거라는 생각은 하지 않았지만 예상했던 것보다 설은 더 차갑고 냉정했다.

건우의 말에 주변을 서성이던 직원들의 얼굴이 어색하게 굳어졌다. 그들은 서로 의미심장한 눈빛을 교환하며 입을 벙긋거렸다.

'백 팀장, 백 회장님 아들이잖아? 근데 강 주임이랑 둘이 잘 아는 사이인가 봐.'

'강 주임 잘하면 팔자 고치겠네! 대박이다!'

"그럼 강 주임 이제 신데렐라 되는 거야?"

누군가가 머릿속으로만 생각해야 할 말을 신중치 못하게 입 밖으로 불쑥 내뱉고 말았다. 주변 사람들은 소리의 근원지를 향해 일제히 눈살을 찌푸렸다. 쯧. 미운털 박히면 어쩌려고, 이 사람이.

"신데렐라 같은 소리 하고 있네."

빈정거리는 목소리에 숨죽인 공간의 무거운 공기가 일순간에 사방으로 흩어졌다.

"해외 발주 넣었던 제품들 입고되었다는데."

"……."

"물품하고 수량 맞나 확인해 봐. 중요한 거라며."

직원들을 헤치고 나타난 민준이 설에게 까만 글씨가 빼곡하게 인쇄되어 있는 종이를 내밀었다. 설은 민준의 얼굴을 물끄러미 올려다보았다.

"……고맙습니다."

민준에게서 종이 뭉치를 건네받은 설은 곧바로 종이 위에 써진 숫자들을 체크하기 시작했다. 직원들이 머쓱한 표정으로 하나둘씩 제자리를 찾아갔고, 이제 그녀 앞에는 민준과 건우만이 남았다.

"그런데 직책이 뭡니까."

민준이 빙글 몸을 돌려 건우를 마주 보고 섰다.

"마케팅팀 팀장입니다."

민준이 시선을 조금 내려 건우의 목에 걸린 사원증을 쳐다보았다. 마케팅팀 팀장 백건우. 하얀 플라스틱 조각 안에 그의 사진과 이름, 직급이 박혀 있었다.

"……아, 백 팀장님. 그럼 전에 계시던 홍 팀장님은 어디로 가셨습니까? 잘 가시라는 인사도 못 드렸는데."

"다른 계열사로 이동한 걸로 아는데요."

"아, 이동이요."

하루아침에 다른 계열사로 이동하는 것쯤이야 월급쟁이 직장인들이 얼마든지 감수해야 할 일이겠지. 그렇지만 백건우의 사랑을 위해 영문도 모르고 책상을 비켜줘야 했을 홍 팀장은 참 기분 엿 같겠네.

민준이 보일 듯 말 듯 옅게 웃으며 고개를 돌렸다. 그리고 언제 출근했는지 쥐도 새도 모르게 설의 옆자리에 앉아 있는 안 주임을 바라보았다.

"좋은 아침이야, 안 주임."

민준의 목소리에 안 주임이 고개를 까딱해 보였다.

"네. 안녕하세요, 대리님."

그리고 민준과 마주 보고 선 건우에게는 눈길도 주지 않은 채 곧바로 시선을 내렸다. 건우는 그런 기영을 모르는 사람 보듯 무심하게 바라보았다가 다시 민준을 바라보았다.

민준은 기영에게서 시선을 거두며 생각했다. 안기영이 놀라지 않는 걸 보니 백건우가 이곳으로 출근한다는 사실을 이미 알고 있었던 것 같은데, 혹시 백건우가 미리 알려줬을까?

"혹시 안 주임도 아십니까?"

민준이 태연한 목소리로 건우에게 물었다.

"아니요, 오늘 처음 봤습니다."

건우는 기영이 있는 쪽을 바라보지 않은 채 분명한 어조로 잘라 말했다. 아직 마음을 열지 않은 설 앞에서 불필요한 오해를 받고 싶진 않았다.

민준은 건우의 눈을 물끄러미 바라보았다. 지금 백건우는 기영과 아는 사이라는 사실을 설에게 들키고 싶지 않거나 적어도 그녀와 엮이는 것을 경계하고 있는 것 같았다. 그럼, 누가 알려줬을까. 민준은 거짓말을 하면서도 눈빛 하나 흔들리지 않는 건우를 보자 왠지 씁쓸한 마음이 들었다.

"거기에서는 거짓말하는 훈련도 한다던데요."

가슴속으로, 서늘한 바람이 불었다.

딩동. 노트북 화면을 들여다보고 있던 민준의 귀에 핸드폰 문자 수신음이 들렸다.
〈5,000원 카페 Boni.〉
민준은 입가에 가벼운 미소를 지었다. 대단한 거라도 살 것처럼 굴더니 서연은 카페에서 기다리고 있는 모양이었다. 한번 울린 핸드폰은 그 뒤로 12시가 될 때까지 계속 잠잠했다. 12시가 되기 조금 전, 민준은 다른 사람들보다 좀 일찍 자리에서 일어났다. 여느 때 같으면 설에게 함께 밥을 먹으러 가자고 말했겠지만 오늘은 그럴 수가 없다. 동생이 와 있기도 했지만, 그게 아니라도 그런 말을 꺼낼 분위기는 아니었다.
〈여동생이 1층에서 기다리고 있어서. 식사 잘 하고.〉
9층 복도로 나온 민준은 서둘러 설에게 문자를 보냈다. 그녀가 저와 함께 식사를 하고 싶어 하지는 않겠지만 적어도 자신이 피한다는 오해를 받고 싶지는 않았다. 예상했던 것처럼 설에게서는 아무런 답이 없었다.
1층으로 내려간 민준은 곧바로 카페로 향했다. 유리문이 열림과 동시에 그를 기다리던 서연이 반색을 하며 오른손을 번쩍 들어 올렸다.

"심심하지 않았어?"

"전혀 안 심심했어."

혼자서 몇 시간을 기다리는 게 지루하지도 않았는지 자리에서 벌떡 일어서는 서연의 얼굴에 생글생글 미소가 가득했다.

"뭐 먹고 싶어? 한 시간밖에 없으니 빨리 말해야 할 거야."

"아무거나 먹자. 이 건물 지하에 식당도 있던데, 거기는 회사 사람들만 들어갈 수 있는 곳이야?"

"그건 아니지만 거긴 안 돼."

"그래. 거기로 가자, 오빠."

어쩌면 민준의 일방적인 대화 스킬은 가족 내력인지도 모른다. 서연이 민준의 팔짱을 끼고 출입문을 향해 씩씩하게 걷기 시작했다.

"거기 말고 다른 데 가자니까."

"혹시 내가 창피해서 그러는 거야? 회사 사람들한테 나 보여주기 창피해서?"

서연이 시무룩한 얼굴을 하자, 민준이 눈썹을 찡그리며 곤란한 표정을 지었다. 민준은 팔짱을 끼고 그녀의 속셈을 가늠했다.

"……조용히 밥만 먹고 간다고 오빠한테 약속해."

"당연하지!"

카멜레온도 아닌데, 서연의 얼굴 표정은 휙휙 잘도 변했다. 서연이 두 눈을 예쁘게 접으며 웃었다.

"누굽니까, 대리님?"

"예쁘네요."

"결혼하십니까?"

하지만 서연이 아무리 입을 다물고 있다고 해도, 민준은 낯선 여자와 마주 보고 앉아 있다는 이유만으로 순식간에 많은 직원들의 호기심을 피하지 못했다. 그를 아는 직원들은 모두 마치 덕담이라도 건네듯 민준에게 한마디씩 던지며 옆을 스쳐 지나갔다.

"후배입니다."

민준은 매번 같은 대답을 하며 맞은편에 앉아 야무지게 식사를 하고 있는 서연을 눈을 가늘게 뜨고 노려보았고, 그럴 때마다 서연은 이 상황이 재미있는 듯 큭큭 웃음을 터뜨렸다.

"후배였어요? 친한 동생이라더니."

"……."

"친한 오빠, 찾았네요?"

"네!"

민준의 테이블 근처에 멈춰 선 건우가 서연을 쳐다보며 입가에 부드러운 미소를 지었다. 건우는 마케팅팀 직원들과 함께 있었다. 설이 서연의 뒤를 스쳐 지나갔고, 곧 서연이 앉은 곳에서 조금 떨어진 자리에 앉았다.

"그럼 맛있게 먹어요."

건우는 서연에게 인사한 후 설의 맞은편에 식판을 놓고 마주 앉았다.

하아. 민준은 한숨을 내쉬며 젓가락을 식판 위에 내려놓았다. 식욕이 싹 달아나 버렸다.

"오빠, 왜 그래?"

서연이 눈을 동그랗게 뜨고 민준을 쳐다보았다.

"아무것도 아니야. 그런데 서연이 너, 나한테 할 말 있어서 온 거 아니야?"

"할 말도 있고, 또 받을 것도 있고. 후훗."

"받긴 뭘 받아."

"내 생일 선물 말이야. 오빠가 저번에 나한테 괜찮은 쥬얼리숍 알려 달라고 했잖아. 후후후."

"……."

"목걸이? 반지? 뭐야 응응? 나한테 뭘 사주려고? 응?"

"너한테 사주려고 물어봤던 거 아니야."

민준의 얼굴이 굳어지자 서연이 슬쩍 그의 눈치를 살피더니 시무룩한 표정을 지었다.

"아니야? 난 또 오빠가 나한테 선물해 주려고 물어본 줄 알고."

"……."

"……에잇. 역시 그럴 리가 없는데 말이야."

여자들은, 아니 세상 모든 여자들은 어렵다. 어떻게 물리적인 힘도 들이지 않고 이렇게 원하는 걸 얻어낼 수가 있는 건지.

"오빠가 사줄 수는 있는데, 그런 건 남자친구한테 사달라고 해야지."

민준의 어조가 조금 전보다 한층 누그러졌다.

"어제 헤어졌어."

"……."

"The end."

그는 밥 한 숟가락을 야무지게 입에 넣고 오물거리는 서연을 물끄러미 바라보았다.

"왜 헤어졌는데?"

'만나고 헤어지는 게 이렇게 쉬운 건가. 어떻게 하루아침에 감정을 싹둑 잘라내고 이렇게 흔적 없이 깨끗하게 비워낼 수 있는 건지…….'

민준은 남자친구와 헤어지고도 아무렇지 않은 서연을 보며 설을 떠올렸다. 그녀도 서연처럼 자신을 잘라낼 수 있다고 생각하자 가슴이 욱신거렸다.

"걔가 내 생일을 잊어버렸다고 해서. 내가 태어난 중요한 날인데 말이야."

서연은 담담한 목소리로 아무렇지도 않게 말했지만, 민준의 눈빛은 차분하게 내려앉았다. 눈에 보이지 않는 상처는 그 아픔의 크기를 가늠할 수가 없었다.

설을 태우고 집으로 돌아가는 길. 차가 아파트를 지나 계속 달리자 설이 정색하는 얼굴로 돌아보았다.

"난 집으로 가야 하는데요."

"잠깐 어딜 들러야 하거든. 잠깐이면 돼."

"당신 개인적인 일정까지 같이할 생각은 없어요."

"동생 생일이 내일모레인데, 선물을 아직 못 샀어. 아까 회사에서 본 동생 말이야."

"당신 후배 선물을 사는데, 나더러 지금 같이 동행을 하라는 말이에요?"

"후배가 아니라 동생이야. 친동생은 아니지만, 진짜 여동생은 맞아."

'친동생도 아닌데 그렇게 애틋하게 바라보고 아무렇지 않게 카드를 건네주나요?'

설은 마음속 말을 밖으로 꺼내지 못한 채 그대로 창밖을 향해 고개를 돌렸다.

'저 사람에게 그런 말을 물을 필요가 없는데, 내가 왜.'

무거운 침묵 속에 잠시 후 민준의 자동차가 어느 쥬얼리숍 앞에 멈쳐 섰다.

"같이 골라줄래? 이왕이면 좋아할 만한 걸로 사주고 싶은데 내가 그런 걸 볼 줄 몰라서."

'나에겐 위치 추적기가 달린 목걸이를 선물했던 당신이, 어떻게 나한테 당신의 친한 동생을 위해 선물을 골라달라는 말을 할 수가 있어?'

설은 기가 찼지만 그에게 내색하지 않았다. 그가 자신이 그녀를 질투한다고 생각할까 봐였다.

"⋯⋯그래요. 당신한테 중요한 사람인 것 같은데 도와드리죠."

설이 침착한 목소리로 대답했다. 지금 민준의 모습이 가짜인 것처럼, 이런 위선적인 내 모습도 가짜이다. 우리 사이에는 이렇게 거짓만이 존재하는데, 아직도 그걸 실감하지 못하는 심장이 현실을 받아들이지 못하고 가슴을 아프게 옭죄고 있을 뿐.

"이십대 초반 아가씨들이 좋아할 만한 걸로 아무거나 좀 보여주십시오."

"여자친구 선물하시게요?"

"아니요. 동생 생일 선물입니다."

투명한 사각 유리 진열대 안에 반짝이는 보석들이 하나하나 케이스에 소중하게 담겨 있었다. 직원은 하얀 장갑을 낀 손으로 이런저런 제품을 꺼내 보여주기 시작했다. 그러다 민준을 알아본 직원이 함박웃음을 지었다.

"응? 손님! 그 왜, 나무 목걸이 주문하셨던 분 아니십니까! 목걸이 찾아가셨잖아요. 나무에 무성한 나뭇잎까지 일일이 세공하느라 저희 진짜 죽을 뻔했는데, 받는 분께서는 마음에 들어 하셨어요?"

진열대 안을 들여다보고 있던 설의 눈빛이 흔들렸고, 민준의 얼굴이 씁쓸하게 굳어졌다.

"그거 만들어보니 꽤 예뻐서 저희도 비슷하게 만들어봤는데 결혼을 앞둔 커플에게 꽤 반응이 좋았어요. 아, 물론 똑같이 만든 건 아니니 오해하지 말아주세요! 그렇게 세밀하게 그리는 게 보통 일이 아니라 그렇게까지 만들 수도 없고요. 그런데 큰 나무, 이게 뜻이 좋잖아요. 너한테 비바람을 막아주고 그늘을 만들어주는 큰 나무가 되어주겠다, 뭐 이런 뜻 아닙니까? 받는 분들이 엄청 감동하신다더군요."

"그런 뜻 아닙니다."

"네? 그런 뜻이 아니에요? 그럼 무슨 뜻입니까?"

"술 마시고 아무 나무나 붙들고 얘기하지 말라고요."

'네가 외롭지 않도록 내가 너의 나무가 되어주겠다고. 너의 이야기를 들어주고 너를 안아주는 그런 나무가.'

민준은 속으로 씁쓸한 웃음을 지었다. 말을 한다고 해도 자신의 이런 마음이 지금 설에게는 닿지 않을 것이다.

"그런 뜻도 있습니까??"

"……목걸이나 보여주세요. 젊은 애들이 좋아할 만한 걸로요."

민준은 굳은 얼굴로 정면 진열대 안을 뚫어져라 바라보며 건조한 목소리로 말했다.

"어떤 게 좋을까."

그는 직원이 보여준 몇 개의 목걸이를 앞에 두고 설에게 물었다.

"새로 살 것 없이 이미 사놓은 걸 주면 되잖아요."

움찔. 민준의 얼굴 근육이 미세하게 떨렸다. 민준은 그녀를 쳐다본 채로 직원에게 말했다.

"……가운데가 괜찮을 것 같네요. 그걸로 포장해 주십시오."

직원이 제품을 포장하는 사이, 민준은 허리를 곧게 펴고 설을 마주 보고 섰다. 설의 얼굴에서 흘러내린 민준의 시선이 그녀의 쇄골 근처에 가 멈추었다. 설의 목에는 아무 목걸이도 걸려 있지 않았다. 할아버지의 펜던트도, 민준이 준 목걸이도.

"……목걸이가 없네."

"무거워서요."

"……."

"추적기는 가방 안에 잘 들어 있으니 걱정하지 말아요."

"……."

설의 담담한 말투에 민준의 눈빛이 짙어졌다. 소리 내지 않는 고통도, 그 괴로움의 크기를 가늠할 길이 없었다.

⚜

경기도 모처에 있는 추모 공원, 납골당 안. 김 국장은 유리 선반 위에 가지런히 놓여 있는, 삼십대 초반으로 보이는 남자의 사진을 바라보았다.

오랜 시간이 흘렀어도 해마다 이날만 되면 김 국장의 시계는 이십여 년 전 그날로 다시 되돌아갔다. 가장 친한 동료이자 벗이었던 김재권은 작전 중 사망할 당시 두 눈을 감지 못했다. 연락을 받고 뛰어간 협력 병원 영안실에서 차가운 모습으로 누워 있던 재권의 눈을 감겨주며 김 국장은 오열했다. 사랑하는 아내와 어린 아들을 두고 죽음을 예감해야 했던 그의 고통이 어떠했을지 생각하면 김 국장은 아직도 심장이 저리고 숨이 막혀 왔다.

511번. 이름이 아니라 번호로 불려야 했던 요원들은 사망 후에도 자기 이름을 저승으로 가지고 가지 못하는 것이 원칙이었다. 하지만 김 국장은 제수씨의 바람대로, 화장한 재권의 유골을 찾아 이곳 추모 공원에 안장했다. 그리고 재권이 많이 그리웠는지 일 년 뒤 같은 날 세상을 떠난 제수씨의 유골을 귀국 후 어렵게 찾아 재권의 곁에 함께 두었다.

그날로 시간을 다시 되돌릴 수 있다면, 그럴 수만 있다면. 딸 서연이 예쁘게 자라는 모습을 지켜볼 때마다, 어린 민준을 집에 데리고 오던 날이 문득문득 떠오를 때마다, 김 국장은 마음속으로 이렇게 주문을 외웠다.

"딸이라니 좋겠어. 나도 예쁜 딸 하나 더 낳아야 하는데. 우리 민준이가 외로워하는 것 같기도 하고 말이야. 자장면을 같이 먹으러 가기로 했는데, 녀석이 그걸 잊지 않고 기다리고 있더라고. 하하하."

어려운 임무를 마치고 복귀했던 날 재권이 김 국장의 어깨를 두드리며 웃었었다. 그리고 아내의 진통이 예정일보다 빨리 시작돼 초조해하던 김 국장의 얼굴을 슬쩍 쳐다보며 말했었다.

"다녀와. 제수씨가 기다릴 거 아냐. 대신 민준이 자장면은 네가 사줘라. 녀석이 화가 많이 났더라고."

임무를 대체할 수는 없었다. 그런데도 아내와 아이를 빨리 보고 싶은 마음에 고마운 재권의 마음을 거절하지 않았다. 내 욕심에 재권을 그렇게 보냈다.

과거를 추억하는 김 국장의 눈시울이 붉어졌다.

'재권아. 우리 아들이 말이야. 자장면을 사줘도 먹지를 않았어, 그녀석이.'

김 국장은 자책감을 이기지 못해 어린 딸과 아내를 두고 도망치듯 한국을 떠났다. 넋을 잃은 제수씨의 얼굴을 볼 때마다, 아빠를 기다리며 대문 앞을 매일 서성거린다는 어린 민준의 이야기를 들을 때마다 숨이 막혀서 도저히 살 수 있을 것 같지가 않았다.

이 년 만에 돌아온 한국에서 뒤늦은 제수씨의 부고를 들었고, 민준이 입양되었다는 소식을 듣고 찾아간 집에서 그런 모습을 보았다. 재권이 애달파 했던 아들 민준이 멍투성이가 되어 어두운 방구석에 쪼그려 앉아 있던 모습을.

이십여 년의 세월이 흘렀지만, 여전히 가슴속 고통이 사라지지 않는다. 김 국장이 떨리는 손을 차가운 유리에 올리며 물기 어린 두 눈을 감았다.

"……미안하다, 재권아."

'민준이가 우리와 같은 길을 걷게 해서. 그것도 하필 재권이 네가 목숨과 바꿔 지켜낸 이인호 박사의 외손녀, 강설을.'

불행한 운명이 반복될지도 모른다는 두려움이 그를 엄습했다.

⚜

"김서연, 여기 식당 아니야."

낮 12시. 또다시 회사에 나타난 서연을 보고 어이가 없어진 민준은 그녀의 뺨을 두 손으로 쭉 잡아 당겼다. 제 신분이 밖으로 드러났을 때 행여 좋지 않은 상황에라도 휘말릴까 봐 밖에서 아는 척하지 말라고 그렇게 신신당부를 했는데, 그런 민준의 마음을 알 리가 없는 서연이었다. 그렇다고 제가 하는 일을 자세히 말해줄 수도 없으니 할 수 있는 긴 협박뿐이었다.

"으으, 이그 느르그!"

"너 학교 안 가? 학생이 학교는 안 가고 여긴 왜 자꾸 오는데? 엉?"

"으으! 으프드그! 에이 진짜!"

낑낑거리다 간신히 민준의 팔을 뿌리친 서연이 빨갛게 변한 두 뺨을 두 손으로 감싸며 그를 찌릿 노려보았다.

"여기서 점심만 먹고 학교로 갈 거란 말이야!"

"그러니까 점심을 왜 여기서 먹어? 학생이 학교 식당에서 밥을 먹어야지."

"나, 오빠 회사 완전 마음에 들어. 나도 나중에 여기 취직할까 봐."

서연이 생긋 웃으며 민준을 휙 지나치더니 냉큼 엘리베이터에 올랐다.

"야, 어디 가려고!"

'이 녀석이 진짜!'

민준이 눈을 부릅뜨며 확 뒤를 돌았다.

"안 타? 우리 밥 먹으러 가야지, 오빠!"

서연은 한숨을 내쉬는 민준을 향해 어서 타라며 빠른 손짓을 했다. 오빠한테 민폐를 끼치는 것 같아 조금 미안하긴 했지만 서연은 오늘 꼭 확인해 보고 싶은 게 있었다.

"자주 보네요?"

"안녕하세요! 저 또 왔어요."

민망함에 얼굴이 벌게진 민준 앞에 건우가 식판을 들고 멈춰 섰다.

건우는 서연에게 아는 척을 하며 웃었다. 설은 이미 서연의 건너편 옆자리에 앉아 혼자 조용히 식사를 하고 있었다.

"여자친구가 아직 학생인가 봐요?"

"여자친구 아닙니다."

건우의 말에 민준이 정색을 하며 대답했다.

"후배라면서요."

"백 팀장님은 후배랑 같은 집에서 사십니까?"

"그럼 동생이에요?"

"……김서연, 네가 대답해."

민준이 밥을 한입 가득 넣고 오물거리는 서연을 향해 마침내 체념하듯 말했다. 이제 와서 숨기고 말고 할 것도 없다. 아니, 숨기고 싶지 않아졌다. 민준이 왼쪽 대각선으로 앉은 설을 힐끔 쳐다보았다.

"우리 오빠 동생 김서연입니다. 후훗."

"아, 진짜 동생이었어요? 그런데 왜 아는 동생이라고 했어요? 사람들 오해하게."

아무래도 신분 노출에 따른 위험 때문이었을 것이다. 그렇다고 민준이 NIS 요원이라는 걸 알려줄 수도 없었을 테고. 민준이 왜 그랬는지 충분히 알고도 남았지만 건우는 부러 짓궂게 물었다.

"우리 오빠가 곤란할까 봐요."

서연은 진지한 표정으로 고개를 끄덕였다. 그녀는 입안에 여전히 음식을 가득 물고 있었다.

네가 지금 하고 있는 게 날 곤란하게 하는 거거든? 쯧. 민준이 서연을 쳐다보며 혀를 찼다. 그리고 설을 힐끔 곁눈질한 뒤 다시 서연을 바라보았다. 서연의 대답에 잠깐 멈칫했던 설의 젓가락이, 다시 식판 위에서 무심하게 움직였다.

"그런데 있잖아요."

갑자기 서연이 고개를 옆으로 쑥 내밀더니 혼자 식사를 하고 있는 설을 바라보았다.

"언니는 이름이 뭐예요?"

서연의 두 눈이 초롱초롱 반짝였다. 사실 서연이 오늘 이곳에 다시 온 이유는 이 예쁜 언니의 정체가 궁금해서였다. 어제 오빠가 밥을 먹으면서 이따금씩 이 언니를 흘끔흘끔 쳐다보는 걸 분명히 보았었다. 식사를 할 때면 보통 음식만 쳐다보는 오빠가 음식이 아닌 다른 것을 쳐다보는 건 아주 이상하고 수상쩍은 행동이었다.

"……저 말인가요?"

설이 고개를 돌려 서연을 의아한 눈빛으로 바라보았다.

"네! 언니요."

"내 이름이 왜 궁금해요?"

"저, 언니랑 밥 같이 먹어도 되죠?"

서연은 설의 대답도 듣지 않은 채 식판을 들고 자리에서 벌떡 일어섰고, 민준의 눈이 반사적으로 휘둥그레졌다. 서연은 민준이 말릴 새도 없이 후다닥 설의 옆자리로 옮겨 앉았다.

"이리 와, 김서연."

서연을 제자리로 소환하는 민준의 목소리가 낮게 깔렸다.

'저게 진짜 무슨 말을 하려고, 진짜.'

서연은 당황한 민준의 얼굴을 바라보며 자신이 월척을 낚았다는 걸 확신했다.

"언니도 우리 오빠랑 같은 곳에서 일해요?"

"……아니요. 김 대리님하고는 다른 부서예요."

"김서연, 질문하지 말고 밥이나 먹어."

민준 또한 서연의 맞은편으로 자리를 옮긴 후 의자를 당겨 앉으며 경고했다.

"일일이 대답해 주지 않아도 돼."

민준이 젓가락으로 음식을 집으며 담담한 어조로 말했다. 서연은 샐쭉한 표정을 짓더니 설을 향해 몸을 기울이며 작은 목소리로 속삭였다.

"오늘 우리 오빠랑 저녁 먹을 건데 언니도 올래요? 내일이 제 생일이거든요."

설은 당황한 얼굴을 했다. 밝고 구김살 없어 보이는 사람 같긴 했지만, 그래도 초면인데 자기 생일에 초대를 하다니 구김이 없어도 지나치게 없었다.

"혹시 생일이라고 하니까 부담스러워서 그러세요? 에이, 괜찮아요! 오빠랑 밥만 먹을 거니까요."

"아니요. 그런 게 아니라……."

"7시 어때요, 언니? 혹시 시간이 너무 이른가요? 전 조금 더 늦게 만나도 괜찮아요."

"아니, 시간이 문제가 아니라요."

'이 집 사람들은 도대체 왜 이렇게 남의 말을 안 듣는 거야?'

설의 미간이 찌푸려졌다.

"좋아요, 그럼 7시! 여기 건너편에 이미 제가 봐둔 곳이 있어요. 후훗."

설이 입을 다물고 서연을 물끄러미 쳐다보았다.

"아…… 혹시 패밀리 레스토랑은 싫어하세요? 그럼 제가 또 다른 데 알아볼게요."

"생일 식사는 가족끼리 하는 것 아닌가요? 그리고, 오늘이 아니라 내일이 생일이라면서요."

의문을 표시한 후 물을 마시던 설은 또 금세 당황했다. 심한 말을 한 건 아닌 것 같은데, 줄곧 싱글벙글거리던 서연이 금세 시무룩한 표정을 지었기 때문이다.

"내일은 가족들이 바쁘거든요. 그래서 언니는 올 수 없어요? 잠깐이면 되는데."

"……."

"……안 되는가 보네."

서연은 쓸쓸한 표정을 지으며 젓가락을 식판 위로 힘없이 내려놓았다.

"그래도 괜찮아요. 전 언제나 그러니까요."

설은 곤혹스러운 얼굴로 서연을 바라보았다. 분명 자신이 잘못한 것은 아닌데, 서연의 표정을 보니 왠지 자신이 커다란 잘못을 저지른 것 같았다.

"너, 도대체 왜 그러는 거야?"

식당을 나와 발랄하게 걸어가는 서연의 등 뒤에서 민준의 떨떠름한 목소리가 들렸다. 서연은 홱 뒤돌아 민준을 바라보더니 씩 입가에 흡족한 미소를 지었다.

"지금 웃어?"

민준이 눈을 위로 치켜떴다. 어이가 없다. 이렇게 정신없이 휘저어 놓고 가면서 웃다니.

"그래서 오빠는 싫어?"

설은 의기소침해진 서연에게 잠깐 정도는 함께 있다 갈 수 있다고 말했다.

"연기 많이 늘었네, 김서연. 연극 동아리를 그렇게나 열심히 하더니."

"훗. 연기라기보다는 오빠를 위한 동생의 애틋한 마음이지."

서연은 긴 머리카락을 도도하게 어깨 너머로 쓸어 넘겼다.

"나를 위해? 뭘 위해?"

"왜 이래? 오빠, 그 언니한테 관심 있잖아."

"……그런 거 아니야."

민준이 인상을 찌푸렸다. 어린 동생한테 별걸 다 보여준다, 진짜.

"아니긴 뭐가 아니야. 오빠가 그 언니 쳐다보는 거 다 봤거든? 그 언니는 오빠를 안 쳐다보는데 말이야."

그래서 서연은 조금 속상했다. 오빠가 여자에게 관심을 보이는 걸 처음 봤는데, 그 언니는 오빠에게 전혀 관심이 없어 보였기 때문이었다.

"쪽팔리게 짝사랑이 뭐냐?"

서연이 퉁명스러운 목소리로 말했다.

"오빠가 그런 거 아니라고 했다."

민준이 눈에 잔뜩 힘을 주었다.

"그럼 그 언니 이따 오지 말라고 할까?"

"……까분다."

민준이 검지로 서연의 이마를 꾹 누르며 가볍게 밀었다. 몽글몽글한 기분은 가슴속 깊이 감추었지만, 기분 좋게 위로 말려 올라간 미소는 감춰지지 않았다.

"생일 축하합니다~! 생일 축하합니다~! 사랑하는 김서연~ 생일 축하합니다!"

서연은 박수를 치며 큰 소리로 제 생일을 축하하는 노래를 부른 후 하얀 케이크 위에 꽂힌 스물네 개의 촛불을 훅 불어 한 번에 껐다. 그리고 참석자들을 흡족하게 바라보며 짝짝짝짝짝- 힘차게 박수를 쳤다.

설과 민준이 레스토랑에 도착했을 때, 이미 둥근 케이크가 테이블 한가운데 놓여 있었다. 서연은 케이크를 셀프로 사왔고, 셀프로 노래를 불렀으며, 마침내 씩씩하게 촛불을 한 번에 꺼뜨렸다. 민준은 어이없는 표정이었지만, 곧 입가에 부드러운 미소를 지으며 서연의 머리를 쓰다듬었다.

"생일 축하해, 김서연."

민준이 네모난 상자를 꺼내 서연의 앞으로 밀어놓았다. 어제 설과 함께 들렀던 쥬얼리숍에서 산 목걸이였다.

"생일 축하해요, 서연 씨. 그런데 선물을 준비하지 못했어요. 대신 오늘 저녁은 내가 사게 해줘요."

선물을 사려고 했으면 살 수도 있었지만, 지금 이곳이 설이 있기에 적당한 곳이 아니라는 것을 알고 있기에 그럴 수는 없었다. 설과 불편한 관계인 민준의 동생, 서연의 생일이기 때문이었다.

"아니요, 오늘 말고 다른 날 사주세요. 오늘은 우리 아빠가 사주는 거거든요."

서연이 설의 눈앞에 카드 한 장을 흔들며 웃었다. 생일은 부모님께서 그녀가 갖고 싶어 하는 선물을 별다른 말씀 없이 사주시는 유일한 날이었다. 그러나 이날은 그분들께 기쁜 날이 아니었고, 생일을 축하해 주는 오빠의 눈빛은 유난히 짙어졌다. 그래서 서연은 자신의 생일이 되면 하루 종일 친구들과 밖에서 시간을 보냈다. 혹시라도 사랑받지 못하는 딸이라는 못된 생각이 들까 봐.

"우아. 진짜 목걸이야, 대박!"

서연은 재빨리 포장지를 벗겨낸 후 사각 케이스 뚜껑을 열었다.

"그런데 곰돌이가 뭐야."

목걸이에 달린 앙증맞은 곰돌이에 서연이 인상을 잔뜩 찌푸렸다.

"다른 동물은 없었어. 진짜야."

민준이 정색을 하며 대답했다.

"지금 내가 동물 종류를 말하는 게 아니잖아!"

서연이 씩씩거리며 민준을 째려보았고, 설은 그 모습에 옅게 미소 지었다. 다 큰 성인인데도 친구처럼 아웅다웅하는 남매를 보니 부럽기도 하고 신기하기도 했다.

"언니 것 좀 보여주세요. 한번 비교해 보게."

서연의 말에 당황한 설의 눈빛이 흔들렸고, 민준은 반사적으로 눈살을 찌푸렸다.

"밥 먹자. 뭐 먹을 거야?"

눈치를 줘도 일부러 눈치를 튕겨내는 건지, 말똥말똥한 눈으로 설을 쳐다보는 서연에게 민준이 메뉴판을 내밀었다.

"이 언니가 아니야?"

서연의 눈이 휘둥그레지더니 그녀가 민준의 귓가에 재빨리 속삭였다. 하지만 작게 속삭인다고 한 소리가 테이블 앞에 마주 앉은 설의 귀에는 선명하게 들렸다. 못 듣기엔, 너무 가까운 거리였다.

"……스테이크 뭐 먹을래?"

"아니면, 혹시 벌써 차였어? 나 지금 괜한 데 삽질한 거야?"

"……샐러드는."

민준이 이를 악물고 서연을 노려보았다. 그만해, 김서연.

"……미안해, 오빠."

민준의 표정이 험악해지자 서연이 눈꼬리를 축 늘어뜨리며 시무룩한 표정을 지었다.

"연기하지 마."

"넵."

서연이 재빨리 메뉴판을 펼치더니 그 속에 얼굴을 파묻고 눈동자를 좌우로 굴렸다. 분명히 정황상 그 선물의 주인공은 앞에 있는 언니가 맞는데, 그럼 진짜 차인 건가?

세 사람의 식사가 어색한 침묵 속에 시작되었다.

또르르르. 투명한 글라스에 다시 한 번 붉은빛이 차올랐다.

"와인은 맥주보다 더 취해."

설이 두 번째 잔을 들자 민준은 살짝 인상을 찌푸리며 그녀를 근심스럽게 바라보았다.

"맞아. 오빠, 나 취했나 봐. 어떡하지?"

서연이 오른손으로 턱을 괴며 고개를 옆으로 기울였고, 민준이 그런 서연을 힐끗 쳐다보았다.

"한 병 더 시켜줘?"

하지만 민준은 서연을 너무 잘 알고 있는 오빠였다.

"그렇지만 맛있어요."

하루 종일 팽팽하던 설의 얼굴 근육이 느슨하게 풀어졌다. 그녀는 손안의 잔을 빙글빙글 돌리며 부드럽게 웃었다.

"빛깔도 예쁘고."

설의 입술 안으로 붉은빛이 또다시 흘러들었지만, 민준은 오랜만에 보는 그녀의 미소가 반가워 더 이상 만류하지 않았다.

"당신도 줄까요?"

오랜만에 설이 민준의 두 눈을 바라보며 웃었고,

"……아니. 괜찮아."

민준은 부드럽게 웃으며 그런 설의 모습을 눈에 가득 담았다.

취하지 않았음에도 불구하고 취한 척 두 눈을 감고 뒷좌석에 숨죽이며 앉아 있던 서연을 집에 데려다주고 난 후, 민준은 아파트를 향해 차를 몰았다. 설은 아까부터 창문에 고개를 기댄 채 새근새근 잠이 들어 있었다. 잠시 후 아파트에 도착했고, 민준은 잠든 설을 가만히 바라보았다.

"……일어나야지."

민준이 들릴 듯 말 듯 작게 말했다. 설은 깊이 잠들었는지 아무런 대답이 없었다. 민준이 손을 뻗어 그녀의 머리카락을 뒤로 쓸어 넘겼다. 그는 창에 비친 그녀의 잠든 얼굴을 바라보았다.

차에서 내린 민준이 조수석 문을 열고 설을 안아 들었다. 으응. 설이 인상을 찡그리며 민준의 품 안으로 파고들었고, 그는 그녀를 가슴 안쪽으로 좀 더 당겨 안았다.

설의 집 안으로 들어서자 두 사람을 감지한 전등이 밝게 켜졌다가 곧 꺼졌다. 민준은 그녀를 침대 위에 조심스럽게 눕혔다. 설은 몸이 편해지자 이불을 아이처럼 가슴 안으로 말아 쥐며 그 안에 고개를 파묻었고, 이내 새근새근 고른 숨소리를 내기 시작했다.

민준은 설이 잠든 모습을 내려다보았다. 그리고 코트 주머니에서 꺼낸 상자를 설의 침대 옆 탁자 위에 올려놓았다. 버릴 수도, 혹은 다시 돌려줄 수도 있겠지만, 그래도 설이 이것을 한 번이라도 눈에 담는다면, 지금으로서는 그것만으로도 괜찮을 것 같았다.

"……잘 자."

민준이 나지막한 목소리로 속삭였다. 그리고 조용히 밖으로 나갔다. 그제야 설은 친친히 눈을 떴다가 다시 감았고, 눈물방울이 그녀의 뺨을 타고 흘러내렸다.

4

따르르르. 민준의 핸드폰이 울렸다. 운전대 위에 손을 얹고 설의 아파트 출입구를 뚫어져라 바라보고 있던 민준이 시선을 정면에 고정한 채 주머니에서 핸드폰을 꺼냈다.

"네."

[우리 민준이, 밤새 잘 잤어?]

민준은 발신인을 잘못 본 게 아닌가 싶어 핸드폰 화면을 다시 확인했다.

[여보세요?]

"……밤새, 미치셨습니까?"

[역시 우리 같이 애정 없는 사람들이 서로 주고받을 인사는 아니야, 그렇지?]

끄끄끄끄, 전화기 너머에서 박 팀장의 기괴한 웃음소리가 들렸다.

"뭡니까, 아침부터."

민준은 박 팀장의 웃음소리를 듣자 온몸에 잔 소름이 돋았다.

[안기영이 진짜 백건우랑 뭐가 있나? 넌 어떻게 생각해, 둘이 지금 그렇고 그런 사이야?]

"글쎄요. 제가 보기엔 백건우는 안기영하고 별로 엮이고 싶어 하는 것 같지 않던데요."

[안기영이 Pakin 회장실 말고 백 회장 개인 전화로도 여러 번 전화를 걸었어. '안녕히 주무셨어요?'라고 문자도 보냈던데, 누가 보면 아침 문안 인사드리는 며느리인 줄 알겠어.]

"전화 통화를 한 날짜하고 시각은요."

[가장 가까운 건 그제 밤 9시, 이건 백 회장이 걸었고 통화 시간은 3분 30초. 그리고 보니 그 전날 밤에도 통화를 했네? 이건 안기영이 걸었고 2분 20초 정도. 가만있자, 두 사람이 잦은 전화 통화를 하기 시작한 날이…… 네가 회사 들어가고 난 며칠 뒤야. 이땐 꽤 오래 통화를 했네, 이십분이 넘어.]

"하지만 그땐 백건우가 한국에 없었을 때였죠."

[그랬지 아마?]

아파트 출입문이 열렸고 설이 모습을 드러냈다. 민준은 이쪽으로 걸어오는 설을 바라보았다.

"끊습니다."

민준은 서둘러 전화를 끊고 난 뒤 운전석 문을 열고 내렸다.

설은 민준과 눈이 마주치자 재빨리 시선을 내렸다. 찬물로 얼굴을 여러 번 씻었지만 밤새 울어 부은 눈은 쉽게 가라앉지 않았다. 이런 눈을 민준에게 보여줄 수는 없었다.

"……잘 잤어?"

민준은 미소를 띠며 설을 바라보았다. 설은 여전히 그를 바라보지 않았지만, 화가 난 것처럼 보이지는 않았다.

"그럼요."

그녀는 민준의 시선을 피한 채 차로 향했다. 그 때문에 울었다는 걸 그가 모르길 바랐다.

어젯밤, 그가 두고 간 펜던트를 보자마자 눈물이 왈칵 쏟아져 나왔다. 한 번 흐르기 시작한 눈물은 좀처럼 멈추지 않았고 시간이 흐를수록 눈물에는 서러움이 더해졌다. 민준에게 다가갈 수도 없고, 멀어질 수도 없는 마음은 지옥 같았다.

"잠깐 차에 있어봐."

설이 조수석에 오르자 민준은 그녀를 차에 둔 채 잠시 자리를 비웠다. 설은 아파트 단지 내 편의점으로 향하는 민준의 뒷모습을 잠깐 바라보고는 눈을 감았다.

얼마 지나지 않아 민준이 다시 돌아왔을 때, 설은 시트 등받이에 등을 기대고 눈을 감고 있었다.

"이거 대고 있으면 좀 나을 거야."

왼뺨 근처에서 차가운 기운이 느껴지자 설은 눈을 떴다. 표면에 물방울이 맺혀 있는 시원한 캔 음료를 민준이 내밀고 있었다.

"아니면 마셔도 좋고."

설은 캔 음료를 받았다. 그리고 눈을 감고 눈가에 캔을 댔다. 금속의 찬 기운이 쓰라린 눈의 열기를 식혀주었다.

"왜 이렇게 나한테 잘해줘요?"

설이 피곤한 목소리로 물었다. 그녀는 지금 몸과 마음이 엉망으로 지쳐 있었다. 아버지의 침묵이, 저에게만 보여주는 민준의 다정함이, 할아버지에 대한 그리움과 원망이 머릿속을 가득 채웠다. 하지만 언제까지나 민준을, 아버지를 모른 척하고 있을 수만은 없었다. 숨고 싶어도 어차피 숨을 곳이 없다. 아니, 숨을 수가 없었다.

"일 끝나면 어차피 헤어질 사람인데요."

눈가가 다시 뜨거워지고 겨우 잊은 듯했던 쓰라림까지 다시 시작되었다. 뜨거워진 눈가에서 흘러나온 눈물이 뺨을 타고 흘러내렸다.

설은 민준이 너무 미워 자꾸만 모난 말로 그를 괴롭혔다. 내가 이렇게 나쁘게 굴어도 나를 사랑할 거냐고. 흔들리지 않는 그가 미우면서도 또 한편으로는 안심이 되는, 정말이지 복잡한 마음이었다.

"일이 정리가 되면 난 당신이랑 연애를 하고 싶은데."

"일이 마무리되면 난 청와대로 들어갈 거예요. 회사도 그만둘 거고."

"······그런데 왜 울어."

설은 민준의 얼굴을 볼 수가 없었다. 이런 자신의 모습을 보여주는 것도 싫었고, 제 뾰족한 말에 상처 받았을 민준의 눈빛도 볼 자신이 없었다.

"······날 좀 모른 척해주면 안 돼요?"

떨리는 목소리에 민준의 눈빛이 차분하게 가라앉았다. 내 마음만으로는 그녀를 잡을 수 없는 걸까, 생각하던 민준이 입가에 희미한 미소를 띠었다.

"······아침 먹을래?"

"생각 없어요."

"그래도 먹자. 밥 먹고 힘내서 일해야지."

민준은 씩씩한 목소리로 말을 건네며 시선을 창밖으로 돌렸다. 그가 설을 사랑하지 말아야 하는 이유들이 이렇게 매일 하나둘씩 늘어났다. 민준은 그녀의 마음속에 남아 있는 감정이 완전히 사라지기 전에, 그녀의 얼굴을 바라보며 함께 밥을 먹고 차를 마시고 싶었다. 그래서 그는 설이 지금 흘리는 눈물의 끝이 어디인지, 아직은 생각하고 싶지 않았다.

회사 앞 패스트푸드점에서 민준은 모닝세트를 주문했고, 설은 뜨거운 커피 한 잔을 마셨다. 민준은 입안의 음식물을 천천히 씹었고, 가끔 주변을 돌아보았으며, 이따금씩 설을 바라보며 웃었다.

오늘따라 유난히, 민준이 눈웃음을 지을 때마다 설의 가슴이 아프게 욱신거렸다. NIS의 국장을 아버지로 두었으면 민준도 꽤나 유복한 어린 시절을 보내며 자랐을 것이다. 그런 배경을 차치하더라도 동생 서연의 해맑은 얼굴만 봐도 그 정돈 알 수 있었다. 하지만 민준이 웃을 때면 이상하게 가슴속으로 쓸쓸한 바람이 불었다. 그를 처음 봤을 때부터 그 눈웃음의 여운이 이상하게 시선을 잡아끌었었다. 그녀가 느끼기에 민준의 웃음 끝은 항상 시리고 아렸다.

이런저런 생각을 하면서 사무실에 도착한 설은 책상 위에 가방을 올려놓으며 팀원들에게 아침 인사를 건넸다.

"안녕하세요."

"강 주임, 얼굴이 안 좋네. 혹시 무슨 일이라도 있는 거야?"

먼저 출근한 기영이 설의 얼굴을 살피더니 걱정이 된다는 듯 근심스러운 표정을 지었다.

"아무 일도 없어요."

설은 책상 앞에 앉아 노트북을 켰다.

"오늘 저녁에 새로 오신 백 팀장님 환영회 한다고 하던데 올 수 있겠어? 컨디션이 많이 안 좋아 보이는데."

"저는 오늘 저녁 약속이 있어서 어차피 참석 못 할 것 같아요."

저녁 약속보다도 빨리 집으로 돌아가 잠을 좀 자고 싶었지만, 아버지에게 오늘 간다고 말씀을 드려놓았기 때문에 어쩔 수가 없었다. 어차피 한 번은 부닥쳐야 할 일이었다.

"무슨 약속이기에 팀장님 환영회에도 참석 못 한다는 거야?"

"부모님과 저녁 식사 약속이 있어서요."

"……아, 그래? 아쉽지만 어쩔 수 없네."

기영은 서류꽂이에서 하늘색 파일을 꺼내며 쾌활하게 말했다. 말과는 달리 조금도 아쉬워 보이지 않는 얼굴이었다.

"오늘 저녁에 못 와?"

건우가 끼어든 것은 그때였다. 차분하게 깔리는 부드러운 목소리에 설에 대한 애정이 함께 묻어나왔다. 설은 고개를 들었다. 건우는 웃고 있었지만, 많이 아쉬운 얼굴을 하고 있었다. 그녀와 눈이 마주치자 건우의 입가에 걸려 있던 미소가 천천히 사라졌다. 건우의 시선이 설의 부은 눈에 머물렀다.

"오늘 저녁에 선약이 있어서요."

"……얼굴이 왜 그래?"

"홍보물 시안이 다섯 시에 나온다고 하니, 업체 들렀다 그곳에서 퇴근하겠습니다."

할 말을 마친 설은 곧장 모니터 화면을 바라보며 자판을 타닥타닥 두드렸다. 건우를 처음 봤을 때 많이 당황스러웠지만, 설은 이제 그를 봐도 별다른 감정의 동요가 일어나지 않았다. 지금 옛사랑의 등장에 오랫동안 혼란스러워할 수 있을 만큼 여유롭지 못하기 때문이었다.

"잠깐 나 좀 봐, 강 주임."

건우가 설을 불러내곤 직원 휴게실로 향했다.

설은 짧게 한숨을 내쉰 후 건우의 뒤를 따라갔다. 그에게 듣고 싶은 말도, 들어야 할 말도 없었지만 건우는 할 말이 있을 것이다. 그가 자신을 만나기 위해 이 회사로 돌아왔다고 말을 한 이상, 충분히 예상할 수 있던 일이었다.

기영이 바들바들 떨리는 아랫입술을 안으로 꽉 깨물며 설의 뒷모습을 매섭게 노려보았다.

이른 아침이어서 그런지 직원 휴게실은 한산했다. 설이 휴게실 안으로 들어오자, 건우는 문을 닫았다.

"커피 드실래요?"

"눈이 부어서 날 안 보는 거야, 아니면 내가 미워서 보고 싶지 않은 거야?"

"미워하지 않아요. 제가 왜 팀장님을 미워하겠어요."

설은 건우에게 막 커피 머신에서 내린 커피를 내밀었다.

"어제 무슨 일 있었어?"

"아무 일도 없었어요. 있었다 해도 팀장님과는 상관없는 일이고요."

"그냥 청와대로 들어가는 건 어때? 밖에서 혼자 사는 것도 걱정되는데."

"이제 스스럼없이 그런 말을 해도 되는 거예요?"

설이 흘끔 건우를 쳐다보더니 다시 한 번 머신기의 버튼을 꾹 눌렀다.

"알고 있는 걸 모르는 척할 수는 없잖아. 그리고 난 이제 너한테 아무것도 숨기고 싶지 않아."

"이제 아무것도 숨기지 않겠다니, 이상하게 들리네요."

"믿어 줘. 널 다시 그렇게 울게 하진 않을 거야."

"……이미 오래전에 끝난 얘기예요."

설은 컵을 들고 건우를 마주 보고 섰다. 시간이 이만큼 흘렀고, 마침내 이렇게 아무렇지 않게 건우를 바라볼 수 있는 날이 왔다. 언젠가는 민준도 이렇게 담담하게 마주 볼 수 있을까. 민준을 떠올리자 다시 가슴이 아프게 조여왔다.

"아니, 다시 시작할 수 있어. 다시 시작했어, 나는."

설은 종이컵을 입가로 가져갔다. 그의 질문에 일부러 대답을 하지 않은 게 아니라 건우를 앞에 두고도 다른 생각을 하고 있는 중이었다. 건우가 시선을 내려 실망스러운 눈빛을 감추었다.

"밥 먹으러 갑시다."

어느새 점심시간이 되었다. 민준은 여느 때처럼 설의 파티션 위로 모습을 드러냈다. 그는 설의 옆자리에 앉아 있는 기영을 흘끔 쳐다보았다가 다시 설을 바라보았다. 다행히 오전에 비해 눈의 붓기가 많이 가라앉아 있었다. 민준은 파티션 위에 팔짱 낀 팔을 얹고 설을 물끄러미 내려다보았다.

"점심 먹으러 가자, 강 주임."

"……."

"안 주임도."

민준의 말에 기영이 민준을 흘끔 쳐다보았다가 모니터로 무심한 시선을 가져갔다.

"강 주임이랑 먼저 내려가세요. 전 일이 좀 남아 있어서요."

"그래? 그래, 그럼. 강 주임, 밥 먹으러 가자."

"……가요."

설이 조그맣게 한숨을 내쉬며 자리에서 일어섰다. 민준은 그대로인데 달라진 건 제 마음뿐이었다. 아니, 사실은 마음이 달라지지 않아서 괴로운 거였다.

"저도 같이 가도 됩니까?"

건우가 다가와 서자, 민준은 고개를 돌려 건우를 바라보았다.

"……그러시죠."

민준은 파티션에 기댔던 몸을 일으켜 세우며 느릿하게 대답했다.

세 사람이 모두 사무실을 나선 후 기영은 주변을 둘러보았다. 주위에 아무도 없음을 확인한 기영은 핸드폰을 들고 복도로 나갔다. 유리문 밖 엘리베이터 앞에도 세 사람의 모습이 보이지 않자 기영은 반대편에 있는 비상계단 쪽으로 걸었다.

"저예요, 회장님."

핸드폰을 귀에 가져다 댄 그녀의 뒤로 철컹, 무거운 철문이 닫혔다.

그 시각 백 회장은 자동차 뒷좌석에 앉아 있었다. 그는 수행비서가 건넨 핸드폰을 받으며 심드렁한 표정을 지었다. 얼마 전까지만 해도 기영의 전화를 살갑게 받아주던 것과는 사뭇 다른 태도였다.

"이 시간에 웬일입니까, 기영 씨. 지금은 점심시간 아닌가요?"

[오늘 강 주임이 부모님을 만나러 간다고 하던데요, 회장님.]

"흐음. 평일인데 대통령을 만나러 간다니 이상하군요. 그나저나 다른 이야기는 없습니까? 왜, 전에 영애가 좀 이상하다고 얘기한 그 뒤로는 통 잠잠하군요."

어느 날 안기영은 그에게 의미심장한 목소리로 전화를 걸었었다. 강설이 이천 개의 퍼즐을 순식간에 맞췄다는 얘기였다. 강설에게 뭔가 비밀이 있다는 그녀의 말에 백 회장은 예전에 함께 일했던 사람들을 불러들여 강설의 뒤를 밟게 했다. 하지만 별다른 소득이 없었다. 좀 더 깊숙이 캐내면 무언가 더 나올 것도 같았는데, 영애의 뒤를 따라다니는 경호관들이 신경 쓰여 잠시 행동을 멈추라고 할 수밖에 없었다.

"언제까지 기다리고 있을 수만은 없는데 말이지요."

[제가 생각해 둔 방법이 있으니 너무 염려 마세요.]

그의 오랜 경험으로 볼 때 지금은 확실히 움직여야 하는 타이밍이었다. 파일을 찾고도 지나치게 조용한 청와대는 충분히 의심스러웠다. 하지만 영애와 대통령을 상대로 섣불리 움직일 수도 없으니 이래저래 진퇴양난이었다. 이러다 꼬리라도 잡히면 잘라내는 거야 어려운 일이 아니지만 시끄러워질 수 있었다.

"좋은 소식 들려주세요, 기영 씨."

[전화드리겠습니다.]

백 회장은 전화를 끊고 곰곰이 생각에 잠겼다. 그리고 아들을 머릿속에 떠올렸다. 처음 건우에게서 영애의 이야기를 들었을 땐 골치가 아프다고만 생각했는데, 다시 생각해 보니 만약의 경우를 대비해 보험을 하나 들어두는 것도 나쁘지 않을 것 같았다. 영애를 며느리로 삼는다면 혹여 무슨 일이 생기더라도 현 정권 안에서는 아무도 그를 건드리지 못할 테니 말이다. 안기영이 마음에 좀 걸리기는 하지만, 아들이 마음에 없다고 하니 어쩔*수 없는 일이었다. 이번 일은 어쩌면 잘하면 원하는 것을 손에 넣고, 덤으로 권력까지 얻을 수 있는 기회였다.

"대통령과 사돈이라…… 하하하하."

백 회장이 고개를 뒤로 한껏 젖히며 커다란 웃음을 터뜨렸다.

비상구를 나오던 기영은 바로 앞에 서 있는 민준을 보고 깜짝 놀라 얼어붙은 듯 제자리에 멈춰 섰다. 민준은 그녀가 들고 있는 핸드폰에 시선을 주었다가 기영의 얼굴을 바라보았다.

"일은 다 끝났어? 강 주임이랑 백 팀장님은 먼저 내려갔는데."

"……네, 끝났어요. 그런데 대리님은 여기에서 뭐하고 계세요?"

어느새 침착함을 되찾은 기영이 의심스러운 눈초리로 민준을 응시했다.

"엘리베이터 앞에서 안 주임을 기다렸는데, 안 주임이 거기서 나오더라고."

민준이 고갯짓으로 그녀가 나온 비상구를 가리키자 기영은 입술을 굳게 다물었다. 전화 내용을 들었을까 생각하던 기영은 곧 그 생각을 부정했다. 저렇게 두꺼운 철문인데 소리가 샜을 리는 없을 것이다.

"내려가요, 우리."

기영이 민준의 곁을 지나쳐 엘리베이터를 향해 걷기 시작했다.

"안 주임, 너무 열심히 일하는 거 아니야? 그러다가 나중에 토사구팽 당하면 어쩌려고 그래?"

민준이 의미심장한 말을 건네며 느긋하게 기영을 따라 걸었다.

"직장인들이야 어차피 다 똑같은 거 아닌가요? 언제 어떻게 될지 모르는 건 대리님도 마찬가지인데요, 뭐."

기영은 엘리베이터 버튼을 꾹 누른 후 민준을 흘끔 쳐다보며 대꾸했다.

"안 주임은 뭘 위해서 그렇게 열심히 살고 있는 거야?"

"그게 갑자기 무슨 말씀이에요? 뭘 위해 살다니?"

"누구한테나 삶의 지향점 하나 정도는 있잖아. 그렇게 열심히 사는 걸 보니 안 주임은 남다른 목표라도 가지고 있는 게 아닌가 싶어서."

"훗. 지향점이요?"

삶의 지향점이든 목표든, 기영이 생각하는 건 오직 한 가지였다. 힘들고 외롭고 무서울 때 어둠 속에서 빛이 되어줬던 사람. 예전이나 지금이나, 오직 백건우 그 사람뿐.

"그러는 대리님의 지향점은 뭔데요?"

엘리베이터 문이 열렸고 두 사람은 텅 빈 엘리베이터에 올랐다.

"나? 글쎄…… 아마도, 성실한 개미가 되는 것?"

"개미요?"

기영은 어이가 없다는 표정으로 민준을 바라보았지만 농담을 하는 것처럼 보이지는 않았다.

"어, 개미. 그리고 추운 겨울날 따뜻한 오두막 안에서 베짱이를 기다리는 거야. 베짱이가 찾아오면 둘이 함께 손을 잡고 창밖 풍경을 바라보는 거지."

심지어 민준은 정말 진지하게 개미가 되길 바라는 것처럼 보였다.

"그런데 그 베짱이가 다른 개미를 찾아가면요? 그럼 어떡하실 건데요?"

"글쎄, 거기까진 아직 생각해 보지 않았는데. 만약 안 주임이 그 개미라면 어쩔 것 같아?"

"저 같으면 그 베짱이가 다른 개미를 찾아가지 못하게 만들겠어요. 그러면 어쩔 수 없이 남아 있는 개미를 찾아오지 않겠어요?"

찾아가지 못하거나, 찾아가도 없을 테니까. 그렇게 생각한 기영이 민준을 쳐다보며 쌩긋 웃었다.

"……아, 그런 방법이 있었네. 아주 진취적인 개미야."

민준이 고개를 끄덕이며 입가에 미소를 지었다.

띵– 지하 1층에 도달하자 엘리베이터 문이 좌우로 열렸다. 민준과 기영은 식당 안으로 들어갔다. 왼쪽 끝에 설과 건우가 마주 앉아 식사를 하고 있었다.

잠시 후 기영은 설 옆에 하얀 식판을 내려놓았고, 민준은 건우의 옆자리 의자를 끌어 당겨 앉았다.

"아침을 잘못 먹었나, 속이 안 좋네."

갑자기 민준이 오른손으로 배를 움켜쥐며 인상을 찌푸렸다.

"많이 안 좋아요?"

설이 저도 모르게 근심스러운 표정을 지었다. 순간 아차 싶었지만, 다시 정색을 하는 게 더 우스운 꼴이 될 것 같았다. 아침 먹을 때는 괜찮은 것 같더니, 왜 이제 와서 사람 신경 쓰이게 그러는 건지.

"괜찮아."

민준이 설의 머리를 가볍게 쓰다듬으며 자리에서 일어섰다. 순간 설은 미간을 좁히며 인상을 썼지만 민준은 개의치 않았다. 사실대로 말하자면 개의치 않은 게 아니라 무척이나 좋았다. 인상을 쓰는 설도, 근심스러운 표정을 짓는 설도. 그녀가 자신에게 신경을 쓴다는 게 좋았다.

"식사들 하고 계세요."

민준은 테이블 위에 식판을 그대로 둔 채 식당 밖으로 나갔다. 곧장 엘리베이터에 올라 9층으로 향하며 민준은 입술을 굳게 다물었다. 목표가 파일이든 백건우든 간에 안기영은 설에게 위험하다. 민준은 오늘에야 그 생각에 강한 확신을 가지게 되었다.

점심시간이어서 사무실은 텅 비어 있었다. 민준은 곧장 책상으로 가 서류 파일들 중 아무거나 하나를 집어 들고, 할 일이 있는 것처럼 자연스럽게 마케팅팀으로 들어갔다. 그는 재빨리 기영의 가방을 꺼내 잠금장치 안으로 작은 금속을 밀어 넣은 뒤 제자리로 원위치 시켰다.

민준이 화장실에 간 지 십여 분이 지났는데도 그는 아직 돌아오지 않았다. 건우와 설은 식사를 거의 마쳐 가고 있었다.

"김 대리랑 많이 친한가 봐?"

건우가 쓴웃음을 지으며 설에게 물었다. 조금 전 민준이 그녀의 머리카락을 자연스럽게 쓰다듬던 모습이 마음에 걸렸다. 그 후로 설은 가끔씩 고개를 돌려 식당 입구 쪽을 바라보았다. 꼭 누구를 기다리는 것처럼.

"두 사람, 많이 친해요. 매일 밥도 같이 먹고 출퇴근도 같이 하는데요."

기영이 기다렸다는 듯 냉큼 대답했다.

강설이 민준을 좋아한다는 걸 기영은 알고 있었다. 매사에 무심했던 강설이 민준에게는 웃기도 하고 가끔 장난을 치는 모습도 봐왔기 때문이었다.

설은 기영을 빤히 바라보았다. 그들이 출퇴근을 같이하는 걸 그녀가 알고 있다니, 의외였다.

"……동네가 가까워서 카풀하는 거예요."

기영이 언제 저희가 같이 움직이는 걸 보았을까? 그렇게 생각한 설은 대수롭지 않게 여기며 다시 식사를 이어갔다. 식판 위의 음식이 거의 사라지고 있는데, 민준은 여전히 돌아오지 않았다. 젓가락을 움직이는 설의 손길이 조금 더 느려졌다.

"어디 사는데? 가까우면 내가 카풀해 줄 수도 있어."

예전에 살았던 그 오피스텔에 아직도 살고 있을 리는 없었다. 설이 어디에 살고 있는지 찾으려면 못 찾을 것도 없었지만 건우는 더 이상 그런 식으로 그녀를 대하고 싶지 않았다.

알려주지 않았던 그녀의 오피스텔에 들어갔던 그날, 설이 상처받았던 것만큼 건우도 상처를 받았다. 사사로운 마음에 흔들렸고, 흔들렸기에 조급했다. 설에게 미안한 마음과 별도로 일에 대해 강한 회의가 들었고, 그랬기에 건우는 미련 없이 NIS를 등지고 나왔다. 물론 그게 이유의 전부는 아니었지만 말이다.

"강 주임 집은 팀장님 집에서 멀어요."

설은 다시 기영을 흘끔 쳐다보았다. 사내 정보로 기록되어 있는 건 다른 집 주소인데, 그녀가 뭘 알고 저렇게 말하는 건지 도무지 영문을 모를 일이었다. 게다가 건우가 지금 살고 있는 집을 그녀가 알고 있다는 것도 놀라웠다. 건우가 제게 묻는 질문에 대신 대답하는 것도 그렇고, 오늘 기영은 여러모로 많이 이상했다.

"난 안 주임한테 묻지 않았는데."

그리고 이렇게 기영에게 불편한 기색을 감추지 않는 건우도 자연스럽지 않은 건 마찬가지였다. 건우는 유독 기영에게 차갑게 구는 것처럼 보였다.

"다 먹었으면 올라갈까?"

"아니요, 아직……."

설의 식판은 이미 깨끗이 비워져 있었다. 설은 물을 마시는 척 마른 입술을 축인 후 테이블 위에 컵을 내려놓았다. 밥 먹는 게 제일 중요하다고 생각하는 사람이 아직까지 오지 않는 걸 보면 몸 상태가 많이 나쁜 것 같았다.

"아직 안 갔네?"

그때, 민준이 불쑥 나타나더니 서둘러 의자를 끌어 당겨 앉았다. 다행히 그의 컨디션은 괜찮아 보였다.

"우린 먼저 올라가 봐야 할 것 같은데요."

건우가 냉담한 목소리로 말했다. 설에게 스스럼없이 구는 민준도, 출입구를 흘끔거리던 설도 건우의 가슴을 서늘하게 만들었다. 그렇기에 건우는 민준과 설이 함께 있는 모습을 더 이상 보고 싶지 않았다.

건우가 식판을 정리했고 기영도 의자를 밀며 자리에서 일어났다.

"안 올라가?"

건우가 여전히 자리에 앉아 있는 설에게 물었다. 그녀가 올라갈 생각이 없다는 걸 눈치챈 그는 재차 그녀를 재촉했다. 잠시 머뭇거리던 설이 마지못해 천천히 식기를 정리하기 시작했다.

"가지 마, 나 금방 먹을게."

민준이 숟가락으로 밥을 한가득 퍼 입안에 가득 넣고 오물거렸다.

"……먼저 올라가세요. 전 조금 이따 올라갈게요."

설이 어쩔 수 없다는 듯 건우를 올려다보며 체념한 어투로 말했다. 그녀는 속으로 이건 전부 다 봉사 활동을 너무 많이 다닌 탓이라고 생각했다. 힘들고 어려운 사람, 외롭거나 불행한 사람, 설은 그런 사람들을 외면하질 못했다. 그 사람들은 보통 사람과는 다른 눈빛을 하고 있기 때문이었다. 그런데 유복한 가정에서 잘 자랐을 민준에게서 그런 모습이 보일 때마다 설은 혼란스러웠다. 화목한 집에서 경제적인 어려움 없이 잘 자랐을 사람이 도대체 왜 그런 눈빛을 하는 건지 알 길이 없었다.

"그럼 같이 올라가."

건우는 식판을 도로 내려놓았다. 기영은 얼굴을 굳히고 건우를 바라보다 가볍게 목례를 한 뒤 몸을 돌려 식당을 빠져나갔다.

"반찬은 안 먹어요?"

민준을 물끄러미 바라보던 설이 물었다. 시간이 촉박한 탓에 민준은 차게 식은 밥과 국만 서둘러 먹고 있었다. 그 모습이 눈에 밟혔다.

"기다리기 지루하잖아."

"괜찮아요. 그러니까 천천히 먹어요."

"설아."

"네."

건우가 부르자 설이 그제야 건우를 바라보았다. 건우는 복잡한 심정을 얼굴에 다 드러냈다. 설이 자신을 바라보고 있지 않기 때문이었다. 그의 존재를 의식해서가 아니라 그녀의 관심이 제게 아예 미치지 않는 것이다. 이럴 바엔 차라리 미워하고 외면하는 게 더 나았다. 건우는 설이 아직 민준의 정체를 모르기 때문에 저렇게 대한다는 것을 알면서도, 자신이 두 사람 사이의 방해자가 된 것 같아 기분이 몹시 좋지 않았다.

"눈 이제 괜찮네. 계속 부어 있으면 병원에 데리고 가려고 했는데."

"팀장님이 왜 절 병원에 데리고 가요?"

"둘이 있을 땐 예전처럼 이름 불러. 이름 불렀었잖아, 너."

"회사잖아요. 그게 아니더라도 팀장님이 절 이름으로 부르진 않았으면 좋겠어요."

백건우, 이 사람에게 기대고 싶었던 때가 있었다. 무서운 현실에서 도망가고 싶었을 때, 건우는 설에게 따뜻한 피난처가 되어주었다. 어떻게 생각하면 그는 오히려 설에게 고마운 사람이었다. 건우로 인해 설은 더 단단해질 수 있었으니까.

설은 다시 민준의 식판을 쳐다보았다. 그가 여전히 반찬은 손을 대지 않아 식판 위의 밥만 빠르게 줄어들고 있었다. 설이 인상을 확 찌푸렸다.

"반찬도 먹으라니까요!"

"깜짝이야, 무섭게 왜 화를 내고 그래?"

설이 언성을 높이자, 민준은 투덜거리면서도 순순히 젓가락을 손에 쥐었다. 설이 자신을 걱정해 주는 게 좋아서, 밥을 먹으면서도 벌린 입 사이로 기분 좋은 웃음이 새어 나왔다.

두 사람이 티격태격하는 모습을 멍한 얼굴로 바라보던 건우가 절로 벌어졌던 입술을 굳게 다물었다. 두 사람만 있게 하고 싶지 않아 일부러 남아 있었는데, 이럴 줄 알았으면 먼저 올라갈 걸 그랬다는 후회가 들었다. 외면당한 마음은 뾰족해졌고, 또 비겁해졌다.

"아직도 주말마다 봉사 활동 나가?"

"아니요. 요즘은 통 못 나갔어요."

"너 원래 불쌍한 사람들 보면 그냥 지나치지 못하잖아. 밥 못 먹는 사람들 보면 꼭 밥 먹이고 그러는 거, 여전하네."

건우의 말에 민준의 젓가락질이 그대로 멈췄다. 목구멍이 갑자기 깔깔해진 민준은 음식물을 천천히 씹어 목으로 밀어 넘겼다.

'얘, 나 싫어하네.'

젓가락을 내려놓은 민준이 물 컵을 입가로 가져가며 피식 웃었다. 이유야 어쨌든 설은 자신을 기다려 줬다. 중요한 건 설이 건우와 올라가 버리지 않고 남아 있었다는 사실이었다. 민준은, 당황한 기색이 역력해 얼굴이 붉어진 설을 빤히 쳐다보았다.

"내가 불쌍해, 강 주임?"

민준의 웃음 섞인 목소리에 설의 얼굴이 좀 더 붉어졌다.

"시끄러워요."

설이 자리에서 벌떡 일어나 식판을 정리하더니 민준과 건우의 뒤로 빠르게 사라졌다.

"두 사람 너무 스스럼없이 지내는 거 아닌가요?"

설의 뒷모습을 바라보던 건우가 고개를 돌렸다.

"무슨 뜻입니까?"

"설이 같은 상처를 두 번씩이나 받길 원하지 않는다는 말입니다."

"강설이 상처받길 원하지 않는다라…… 그 말이 진심이었으면 좋겠네요."

'적어도 백건우 당신만큼은 말이지.'

민준은 설이 상처받길 바라지 않았다. 한 번 그녀를 배신했던 건우가 전보다 더한 짓을 저지른다면 설은 고통스러워할 게 분명했다.

"그게 무슨 뜻이죠?"

"글쎄요."

민준이 자리에서 일어서자 건우가 재빨리 그의 팔을 붙들었다.

"무슨 뜻이냐고 물었어."

건우의 눈빛이 차갑게 빛났다.

"나도 알고 싶어, 그게 무슨 뜻인지."

'백건우 당신이 아군과 적군 중 어느 쪽인지 아직 판단하기 어렵지만, 아무래도 당신 아버지인 백인회 회장은 적군인 것 같아서 말이야.'

민준은 쓴웃음을 지었다. 만약 백 회장이 하는 일을 건우가 모르고 있다면 그건 또 그것대로 그에게 고통이 되겠다는 생각이 들었다.

"올라갑니다."

혼란스러운 얼굴을 한 건우를 뒤로한 채 민준이 발걸음을 성큼 옮겼다.

"디자인실 갔다가 거기서 퇴근할 거야? 내가 이따 거기로 가면 되나?"

"오늘 부모님 뵈러 갈 거예요. 아버지께서 그곳으로 차 보내주실 거고요."

오후 4시, 가방을 챙겨 복도로 나온 설의 뒤를 민준이 쫓았다. 설은 엘리베이터 버튼을 꾹 누른 후 민준을 쳐다보았다.

"오늘 동생 생일이잖아요. 집에 안 가요?"

어제 생일 파티를 하긴 했지만 서연의 진짜 생일은 오늘이었다. 설은 다른 날도 아니고 동생의 생일인데, 그래도 집에 들러 축하를 해줘야 하는 게 아닐까 싶었다.

"갈 거야. 그전에 잠깐 어디 들렀다가."

"어디를요?"

"어디를."

비밀이라는 듯 민준이 한쪽 눈썹을 슬쩍 위로 올리며 웃었다. 그리고 설은 또 이렇게, 그 미소 끝에 걸린 외로움을 본다. 이럴 때마다 유난히 더 그의 속을 알 수가 없다.

"늦어지면 알려줘. 내가 그쪽으로 갈 테니까."

"굳이 알려주지 않아도 내가 어디에 있는지는 알잖아요."

'어떤 얼굴이 진짜 그의 모습일까. 아무렇지 않게 할아버지의 목걸이를 훔쳐갔던 그가 진짜일까.'

"……응, 알아."

"갈게요."

"응."

'아니면 이렇게 고개를 끄덕이며 씁쓸한 마음을 미소로 감추는 모습이 진짜일까.'

띵- 소리와 함께 엘리베이터 문이 양옆으로 열렸고 설이 그 안으로 들어갔다. 그리고 그녀는 민준을 기다려 주지 않았다. 서서히 닫히는 엘리베이터 문에 민준의 입가에 걸려 있던 미소도 서서히 자취를 감췄다.

✤

"네가 이렇게 빨리 올 줄은 몰랐다."

"할아버지께서 무엇을 왜 저한테 남기셨는지 알아야 될 것 같아서요."

설이 대통령 집무실 안에 들어오는 건 아무래도 조심스러운 일이었다. 비서실장은 경호관들을 최대한 멀리 물렸고, 문 밖의 경호관들은 설이 대통령과 함께 담소를 나누다 사택으로 건너갈 것이라고 알고 있었다.

"김 국장도 부르려 했는데 아직은 성급한 것 같아 관뒀다. 마침 오늘 그 친구도 들를 곳이 있다고 했고."

설이 의아한 표정을 지었다. 딸의 생일에 김 국장님도 따로 들를 곳이 있다니, 이상했다.

'설마 같은 곳은 아니겠지.'

"잠깐 부르지 그러셨어요. 부탁드릴 것도 있는데."

"오늘이 국정원 동기 기일이라고 하더구나. 비서실장 말로는 옛날에 임무 수행 중 사망했다는데 워낙 각별한 사이라 김 국장이 그 자식까지 거두어 키운 모양이야. 어쩐지 예전에 딸만 하나 있다 들었는데 그 위로 아들이 또 있다고 하기에 이상하다고 생각하던 참이었다."

"……아들을 거두어 키웠다고요……?"

'그 사람이, 김 국장님의 친아들이 아니었어?'

"아는 척할 필요는 없다. 김 국장도 왠지 그 얘길 꺼내는 걸 꺼려하는 것 같기도 하고. 남의 집에 입양 가 있던 애를 김 국장이 도로 찾아왔다고 하더구나."

설의 가슴속에서 심장이 삐걱 쇳소리를 냈다.

"장기 휴가까지 내고 애를 치료할 정도로 지극정성이었다고 하던데. 대단한 사람이야. 남의 자식까지 제 자식으로 거두어 키우다니."

"······아이가 많이, 다쳤었대요?"

설의 목소리가 바르르 떨렸다. 그 아이는 분명 민준이 틀림없었다.

"글쎄. 아동 상습 폭행으로 김 국장이 양아버지를 고소하고 애는 몇 개월 동안 무슨 치료를 받았다던데. 그런 과거에 비하면 나름 잘 자란 것 같으니 그것도 김 국장 정성 덕분이겠지."

설의 머릿속에 문득 그의 몸에 남아 있던 오래된 흉터 자국들이 떠올랐다. 지금도 손을 대면 움찔거릴 만큼, 아직도 그의 몸이 기억하고 있는 그 흐린 상처들이.

"그나저나 네가 김 국장한테 부탁할 게 있다 하니, 필요하다면 지금 당장 이리로 오라고 하마."

"······아니에요, 나중에요."

설이 재빨리 고개를 가로저었다. 그리고 대통령이 모르게 눈물을 재빨리 닦아낸 후 서둘러 컴퓨터 앞에 다가가 앉았다.

"무슨 일이 있는 거냐?"

"······아니에요, 아무것도."

초점 없이 멍한 눈으로 화면을 바라보던 설이 상념을 털어내려 고개를 저으며 자세를 고쳐 앉았다. 청와대 로고가 빙그르르 회전하며 까만 배경 화면 속으로 사라졌다. 256비트의 암호일까. 그렇다면 경우의 수가 수십 억 개에 달하기에 아무리 최신 슈퍼컴퓨터를 돌린다고 해도 다섯 번 안에 암호를 풀어낼 수는 없을 것이다. 그래도 설은 해내야 했다.

'기억해 내, 강조국.'

슬픔인지 두려움인지 이유를 알 수 없는 눈물이 설의 두 눈에 가득 차올랐다. 어깨가 두려움으로 떨렸고 심장은 여러 조각으로 갈라지는 것처럼 아팠다.

"김 국장 말로는 세 번의 기회밖에 남지 않았다고 하더구나."

그녀는 아버지의 말에 금방이라도 숨이 막혀 질식해 버릴 것만 같았다. 어디라도 달려가 토악질을 해대며 소리 내서 울고 싶었지만, 설은 그렇게 하는 대신 떨리는 입가에 미소를 머금었다.

"강조국……."

설의 오른손이 떨리는 걸 바라본 대통령이 낮게 한숨을 내쉬었다.

"아무것도 아니에요, 괜찮아요."

"아무것도 아니잖아, 나는. 그러니까 괜찮아."

눈물도, 슬픔도, 그리움도, 그 감정들의 끝에는 항상 민준이 있었다. 설이 지금 당장 달려가 숨고 싶은 곳도 민준뿐이었다. 지금 그가 너무도 보고 싶었다.

늦은 밤. 민준은 베란다에 서서 설의 아파트를 내려다보았다.

한 시간쯤 전에 설이 돌아오는 것을 보았는데, 커튼이 쳐진 유리창 밖으로 희미한 빛만이 새어 나올 뿐 다른 움직임은 그림자도 보이지 않았다.

〈자?〉

민준은 잠깐 망설이다 설에게 문자를 보냈다. 설의 목소리가 들리지 않으니 답답함이 배가되었다.

〈나 지금 친구랑 놀아요.〉

깜빡깜빡. 민준은 눈을 몇 번 감았다 떴다. 설이 보낸 문자에서 진한 알코올 향이 느껴졌다. 민준이 얼른 핸드폰의 통화 버튼을 누르며 귀에 가져다 댔다.

[여보세…….]

"어디야."

핸드폰 너머에서 시끄러운 소음이 들렸다. 집이 아닌 것이다. 민준의 심장 박동 수가 급격히 빨라졌다. 그는 차 키와 지갑을 서둘러 챙겨 들고 현관을 향했다.

[내가 말 안 해도 알잖아요, 내가 어디에 있는지.]

목소리 톤이 '높은 걸 보니 기분이 나쁜 것 같지는 않았다. 다행히 위험한 상황은 아닌 것이다. 틱틱- 시계 화면을 빠르게 두드리자, 빨간 점 하나가 깜빡거리며 제 위치를 알려왔다. 종로구 평창동이었다.

"거기 꼼짝 말고 있어."

민준이 계단을 달려 내려갔다.

"여기서 뭐 하는 거야, 지금."

설 앞에 가쁜 숨을 진정시키며 민준이 나타나기까지 채 이십분이 걸리지 않았다.

"와, 지금 헬리콥터 타고 온 거예요? 이상하다, 근처에서 헬기장은 못 봤는데."

설이 능청스럽게 주위를 두리번거리더니 배시시 웃었다. 그녀는 높은 담으로 둘러싸인 저택들이 내려다보이는 작고 아담한 공원 벤치에 양반다리를 하고 앉아 혼자 맥주를 마시고 있었다. 설을 보자 안심이 된 민준도 그제야 주위를 살필 여유가 생겼다. 한산하고 조용한 고급 주택가였다.

"저기 저 집이에요. 우리 할아버지 집. 내가 예전에 말했잖아요."

설이 손끝으로 가리킨 곳은 어둠뿐이었지만, 희미한 가로등 불빛에 웅장한 저택의 윤곽이 얼핏 드러나 보였다.

"근데 지금은 사람이 안 사나 봐. 아까부터 불이 계속 꺼져 있어요."

그 집을 뚫어져라 바라보는 설의 눈에 말간 눈물이 차올랐다.

"······할아버지하고도 저 집하고도, 이별을 준비할 시간이 없었어요."

설은 혼잣말처럼 작게 중얼거렸고, 민준은 그녀의 옆에 앉아 어둠 속에 잠긴 집을 함께 바라보았다.

"이별한 게 아니야. 당신이 지금도 이렇게 기억하고 있잖아."

"기억해도 그때로 돌아갈 수 없어요. 한 번 지나가 버린 건 다신 돌아오지 않는다고 당신이 그랬잖아요."

민준은 설을 물끄러미 바라보았다. 이렇게 사소한 말 하나까지 전부 기억하고 산다면 그건 축복일까, 지옥일까. 살면서 잊고 싶은 기억도 많았을 텐데 그것까지 전부 다 기억해야 한다면 그건 분명 고통일 것이다.

"내가 기억력이 좋다고 말했잖아요."

설은 후후 웃으며 맥주 한 모금을 입에 머금었다.

"많이도 샀네. 잘 마시지도 못하면서."

민준이 짧게 한숨을 내쉬며 까만 비닐봉지 안에서 캔 맥주 하나를 꺼냈다. 치익- 소리와 함께 민준의 목울대가 크게 움직이더니 금세 한 캔이 그의 손안에서 납작하게 접혀 사라졌다.

"당신은 운전해야 하잖아요."

"난 안 취한다고 했잖아. 그리고 걸려도 상관없어. 집으로 딱지 날아올 일 없으니까."

"왜요?"

"그런 혜택이라도 있어야지, 안 그래?"

민준이 설을 바라보며 웃었다. 위험한 일을 하는 공무원에게 주어지는 작은 선물이라고나 할까.

"그러니까 사기를 치는 거군요?"

"아니지. 긴급 공무 수행 중이라 어쩔 수가 없었던 거지."

민준이 설의 눈을 똑바로 쳐다보며 진지한 목소리로 말했다. *끄덕 끄덕.* 무슨 말인지 알겠다는 듯 설이 작게 고개를 *끄덕였다.*

"그러니까 공무 수행 중이었다고 사기를 치는 거군요."

하지만 세뇌가 잘 안 되는 걸 보니 설의 체내 알코올 함유량이 아직 낮은 것 같았다.

"그래서 당신은 지금 공무를 수행하고 있는 중이에요?"

민준은 얇은 반팔 티에 트레이닝복 바지를 입고 있었다. 그가 집 안에 있다가 급하게 뛰어 나왔을 거라는 걸 짐작할 수 있었다.

"그렇긴 한데, 아가씨가 행동반경이 너무 넓어서 힘들어. 그러니 가능하면 예상 범위 안에서만 움직여 주면 좋겠어."

민준이 설을 슬쩍 쳐다보며 웃었다.

"⋯⋯당신은 지금 하는 일이 무섭지 않아요?"

"삼 년 전 장인어른이 다른 연구원들도 아닌 네게 이걸 남겨야 했던 이유가 있을 거다. 네가 위험해지길 바라지는 않으셨을 텐데, 그럴 수밖에 없었던 이유가 분명 있겠지."

"그런 생각은 안 해봤는데? 그리고 생각한다고 마음대로 되는 것도 아니잖아."

"국장이 자기 아들을 네게 붙인 이유가 있듯이 말이다. 위험을 감수

해야 하는 일에 아들을 보낸 김 국장의 마음도 편하진 않을 거다. 그들이 영애인 널 쉽게 어찌할 순 없을 거라고 생각하지만, 그래도 만일의 경우라는 게 있으니까."

"만일의 경우…… 라니요?"

"예전에 장인어른을 엄호하다 사망한 요원이 있었다고 들었다. 남북한의 관계가 지금보다 훨씬 험악했던 시절이었고, 장인어른은 탐나는 과학자였지. 같은 일이 다시 일어나지 않으리라는 법은 없으니까."

"왜, 무서워? 괜찮아. 내가 당신 다치게 안 해."

두려움이 가득 번진 설의 눈에 민준이 웃었다. 고개를 들어 밤하늘을 올려다보는 민준의 얼굴에 부드러운 미소가 걸렸고, 그를 바라보는 설의 두 눈엔 눈물이 가득 고였다.

오늘에야 비로소 설은 자신 때문에 위험해질 사람들에 대해 생각해 보게 되었다. 그리고 그 사람이 바로 민준이라는 사실을 깨닫자 무섭고 두려워졌다. 사랑이란 건, 그리고 미움이란 건, 삶과 죽음 앞에 얼마나 사치스러운 감정이었을까. 그녀의 눈에 차오른 눈물이 뺨을 타고 조용히 흘러내렸다.

"……울어?"

밤하늘을 향했던 민준의 시선이, 어느새 눈물이 번진 설의 눈가에 닿았다. 눈가에 남은 물기가 가로등 불빛에 반짝였고, 기분 좋게 말려 올라가 있던 민준의 입꼬리가 급속히 제자리를 찾았다.

"안 울어요."

설은 태연하게 대꾸하며 남은 맥주를 홀짝거렸다. 그리고 벤치 아래로 두 다리를 흔들거리며 마지막 남은 한 방울까지 톡톡 털어 마셨다.

청와대에 다녀온 설은 지치고 힘들었다. 두려움과 함께 가슴속에 생겨난 서글픔은 그녀의 온몸 구석구석까지 번져 나갔다. 외할아버지가 그녀의 이름을 조국이라 지어주었을 때부터 이미 설의 삶은 결정되어 있었던 것일지도 모른다. 아버지가 대통령이 된 것도, 할아버지가 파일을 남긴 것도 모두 설의 뜻은 아니었다. 하지만 원하지 않더라도 설은 어떻게든 할아버지가 남긴 뜻을 찾아야 하고 민준은 그런 설을 지켜야 한다. 민준을 생각하자 그녀의 서글픔은 배가되었다.

"……울지 마. 당신이 울면 기분이 너무 이상해."

민준은 손에 든 차가운 금속 캔의 표면을 엄지손가락으로 쓸어내렸다. 설의 눈물은 그의 가슴 깊숙이 스며들어 심장을 아프게 툭툭 건드렸다. 하지만 그는 지금 설이 왜 울고 있는지 물을 수 없었다. 아무렇지 않은 척했지만, 설 앞에 다시 나타난 백건우가 신경이 쓰이지 않는 건 아니었다. 그저, 듣고 싶지 않은 말을 들을 바에야 차라리 아예 묻지 않는 편이 더 낫다고 생각했을 뿐이었다.

"안 운다고 했잖아요."

설은 납작하게 접은 맥주 캔을 비닐봉지 안으로 차곡차곡 집어넣었다. 더 마시다가는 눈물샘을 제어하지 못할 것 같아 세 번째 캔은 뚜껑을 따지 않았다. 몸 안으로 수분을 너무 많이 집어넣어서인지, 누군가 툭 건드리기만 해도 한꺼번에 눈물이 쏟아져 나올 것만 같았다.

"이제 그만 가요."

영차, 설이 기합을 넣으며 힘을 내 벤치에서 일어섰고, 민준은 고개를 들어 설을 올려다보았다.

"그럼 이제 날 용서해 주는 거야?"

민준이 나직한 목소리로 물었다. 이제 예전처럼 당신이 나를 보며 웃어주고, 우리가 두 손을 맞잡고 함께 걸을 수 있는 건지. 지금처럼 당신이 울고 있으면 내가 품에 안고 등을 어루만져 줘도 되는 건지.

"당신들이 잘못했다고 생각하지 않아요. 그러니 아직도 나한테 미안한 마음이 남아 있다면 이제 털어버려도 괜찮아요."

눈빛을 보니 설은 진심을 담아 이야기하고 있었다. 설은 그를 더 이상 미워하는 것 같진 않았지만, 그렇다고 예전으로 돌아간 것처럼 보이지도 않았다. 다음 말을 기다렸지만 설은 예전처럼 그를 좋아해 주겠다는 말을 하지는 않았다.

"어쨌든 파일을 찾았으니 당신이 해야 할 일은 이제 끝난 거 아닌가요? 그럼 당신은 이제 내 옆에 그만 있어도 될 것 같은데요."

차분한 목소리에 민준의 눈빛이 흔들렸다. 내가 지금 무슨 소리를 들은 거지? 그의 가슴속에서 쿵쿵 무거운 북소리가 울렸다.

"……지금 무슨 소리를 하는 거야."

"솔직히 당신이 내 옆에 있는 게 너무 불편해요."

"강설."

점점 커지는 심장 박동 소리에 묻혀 더 이상 주변 소음이 들리지 않았다.

"당신 임무는 이제 끝났다는 얘기예요."

설은 확고한 눈빛으로 민준을 바라보았다. 그는 어쩌면 상처를 받을지도 모른다. 하지만 이건 설의 운명이지 민준의 운명이 아니다. 아버지 말씀대로 이게 위험한 일이라면 더더욱 그가 제 곁에 있어서는 안 된다. 자신과 다르게 그는 지켜줄 사람이 없기 때문이다.

"……내가 안 불편하게 할 테니까."

"……."

"……이러지 마."

민준은 숨을 찬찬히 밖으로 뱉어냈다. 불안함에 제멋대로 날뛰기 시작한 심장은 좀처럼 진정되지 않았고, 거칠어진 호흡을 따라 빠르게 요동쳤다. 설이 내가 필요 없다고 말을 하면, 나는 더 이상 그녀 곁에 있을 수가 없다. 하지만 나는 아직 그런 말을 들을 마음의 준비가 되지 않았다.

"약속할게. 그러니까 이러지 마, 강설."

민준의 목소리가 차가운 밤공기를 머금고 서늘하게 가라앉았다. 불규칙한 호흡만큼 불안하게 흔들리던 눈빛도 어두워졌다.

설은 민준을 바라보며 힘겹게 숨을 들이마셨다. 이렇게까지 하지 않고서는 그는 절대 제 곁을 떠나지 않을 것이다. 그렇지만 옛날 누군가는 할아버지를 지키려다 운명을 달리했고 삼 년 전엔 할아버지마저 그녀 곁을 떠났다. 설은 이제 더 이상 자신 때문에 소중한 사람을 잃을 수는 없었다.

"필요하다면 경호관을 다시 붙여달라고 할 거예요."

"안 돼, 국장님께서 승인하지 않으실 거야."

민준의 목소리가 낮게 가라앉았다. 지금 상황에서 민준을 철수시킬 수는 없다. 아니, 민준이 그렇게 만들지 않을 것이다.

"아버지께 부탁드리면 돼요."

영애가 경호관을 교체해 달라고 요구하면 그걸 거절할 수는 없다. 파일이 이미 손에 들어왔기 때문에 굳이 그녀 곁에 NIS 요원이 붙어 있을 이유도 없었다. 지금은 청와대 경호실의 근접 경호로도 충분히 대체될 수 있는 상황이었다. 하지만 그렇게 되면 사람들에게 알려지기 싫어하는 설의 바람과는 달리 그녀의 존재가 드러나는 것이 불가피했다.

"……도대체 왜 이렇게까지 하는 거야."

민준이 벤치에서 벌떡 일어서서 굳은 얼굴로 설을 내려다보았다. 그녀는 민준을 똑바로 쳐다보았지만 금방이라도 울 것 같은 얼굴을 하고 있었다. 그에게 속마음을 들킬까 봐 설은 아랫입술을 꽉 깨물며 뒤로 한 걸음 물러섰다.

민준의 표정이 의아하게 변했다. 설의 단단한 눈빛 뒤로 불안함이 언뜻 보였기 때문이었다. 그러자 무섭게 쿵쾅거리던 심장이 잠잠해지고 사방은 고요해졌다. 그녀가 지금 자신을 밀어내는 것은 불편해서가 아니었다. 두려워하고 있는 것이다. 하지만 민준은 그 두려움이 무엇 때문인지는 알 수 없었다.

"말했잖아요. 당신을 옆에서 계속 보는 게 불편하다⋯⋯."

"강설."

민준이 한숨을 내쉬었다. 누군가가 네 현실 속에 있는 강설은 오아시스가 아니라 신기루일 뿐이라고 끊임없이 속삭인다. 네 욕심이, 언젠가 신기루처럼 사라질 강설을 붙들고 있다고.

"지금 당신한테는 내가 최선이야. 그렇기 때문에 단지 불편하다는 이유로 당신 곁을 비울 수는 없어. 이건 내가 당신을 생각하는 마음과는 별개의 문제야."

성 밖으로 나온 공주는 언제라도 마음을 바꾸어 성 안으로 돌아가 버릴 수 있고, 그러면 그는 다시 그녀의 궁전을 호위하는 수많은 기사들 중 하나가 된다.

"안 불편하게 할게."

그러니 설을 좀 더 오래, 눈 안에 담을 수 있도록.

"이건 믿어도 돼."

저와 같다고 생각했던 설의 마음은 이제 달라졌을 수도 있다. 청와대에 다녀오고 난 후 자신이 영애라는 현실을 자각했을 수도 있고, 어쩌면 다시 나타난 옛사랑에 흔들리고 있는지도 모른다. 아니면, 파일을 찾고도 곁에 남아 있는 자신이 진심으로 불편했을 수도 있다.

"그래도 이제 다신 이렇게 말도 없이 혼자 나오면 안 돼."

하지만 민준은 아직 설의 곁에 있어야 했다. 설에겐 아직 그가 필요했고, 그게 그가 설의 곁에 남아 있을 이유가 되었다.

"……당신이 피곤할 것 같아서 그랬어요."

설이 말끝을 흐리며 고개를 옆으로 돌렸다. 뜻하지 않게 오늘이 민준의 친부모님 기일이라는 사실을 알게 되었기 때문이었다. 아는 척을 해야 될 때가 있고 안 해야 될 때가 있다면, 지금은 오늘 들었던 이야기를 모르는 척하는 게 맞았다. 입 밖으로 꺼내 상대방의 상처를 다시 헤집는다면 그건 위로가 아니라 호기심일 뿐이고 그 사람을 위로해 줬다는 자기만족일 뿐일 테니까. 마치 '박사님께서 참 예뻐하셨는데, 안됐습니다'라는 이야기를 아직도 꺼내는 사람들이, 설에게 조금도 위로가 되지 않는 것처럼.

"일인데 뭘."

민준이 설을 바라보며 흐릿하게 웃었다. 설이 알고 있는 가슴에 습기가 차오르는 미소였다.

어두운 방 안이 밝은 빛으로 채워지며 또 한 번의 아침이 밝았다. 하지만 민준은 눈을 뜨고도 여전히 천장을 바라보며 침대에 누워 있었다. 어제는 친부모님의 기일이었다. 이제는 그분들에 대한 기억도 가물가물해졌지만 그래도 막연한 그리움은 항상 가슴 깊숙이 남아 있었다.

돌아가신 친아버지가 NIS 요원이었다는 사실을 알았을 때부터 이 일은 그저 운명처럼 그가 당연히 해야 하는 것이라고만 생각했다. 그는 대학에 진학하고 졸업을 하고, 여자친구와의 사랑과 이별에 술잔을 기울이고, 취업을 걱정하며 이런 저런 스펙을 쌓기에 열심이었던 친구들과는 다른 길을 꿈꿨고 결국 그 길을 걸었다. 그가 NIS에 들어온 이후부터 민준은 살거나 죽거나 이 두 가지 경우만을 생각하며 살아왔다. 일찍이 평범의 범주를 벗어난 인생이었기에 남들처럼 살 수 있을 것이라는, 또 특별히 그렇게 살고 싶다는 생각도 들지 않았다. 그렇게 흘러가는 인생이, 시간이, 나쁘지 않았다.

민준을 길러주신 어머니는 아직도 매일 아침 아버지의 와이셔츠를 빳빳하게 다리고 넥타이를 손수 매어주시며 현관에서 애틋한 배웅을 하신다. 매일 저녁 아버지가 좋아하는 반찬과 찌개를 요리하고 아버지의 귀가가 늦어지면 아버지의 모습이 보일 때까지 베란다를 서성거리신다. 조마조마한 마음과 감사하는 마음으로, 하루에도 몇 번씩 바뀌는 감정의 널을 뛰며 살아오신 어머니였다. 현장에서 물러난 지 꽤 오랜 시간이 지났고, 이제는 국장이라는 묵직한 직함도 달고 있는 아버지지만 어머니에겐 여전히 오늘 밤 집으로 돌아와 잠이 들면 감사한 남편일 뿐이었다.

설에게 품었던 마음이 욕심이라는 건 단지 그녀가 영애라서가 아니었다. 할아버지를 잃고 할아버지가 남겨주신 목걸이에 마음을 의지하며 살아왔고, 그 목걸이가 잠깐 사라졌을 때 눈물만 흘리던 설이다. 그런 그녀에게 혹시 당신도 우리 어머니와 같은 삶을 살아줄 수 있겠냐고 물을 수는 없을 것이다. 어제 설의 두 눈에 비친 두려움의 의미를 이제야 알 것 같았다. 그건 민준이 오랜 시간 보아왔던 어머니의 눈빛과 같았다.

따르르르– 한없이 밑바닥으로 가라앉는 마음을 붙잡듯, 때마침 고맙게도 전화벨이 울렸고 민준은 침대에서 일어나 핸드폰을 손에 쥐었다. 박 팀장이었다.

"네."

[어제 낮 12시경에 안기영이 백 회장한테 전화를 걸었어. 통화 시간은 삼분 정도.]

"어제도요?"

기영이 백 회장에게 전화를 거는 날은 설에게 어떤 변화가 생겼을 때였다. 설이 결근했던 날, 그리고 설이 청와대에 다녀왔던 날이었다. 그리고 어제 저녁, 설은 청와대에 다녀왔다.

"팀장님. 백인회 회장하고 저번 그 조선족 사람들 사이에 무슨 연결고리가 있을까요?"

[국제 무기상 끄나풀과 백인회 회장이라…… 흐음, 너무 막연한데. Pakin 그룹이 방위산업체를 가지고 있긴 하지만 연결고릴 찾는 게 그렇게 쉽진 않을 거야. 백인회 회장이 스스로 불면 몰라도. 그나저나, 수사 1팀이 요즘 이인호 박사 사망 사건에 대해 재조사를 시작했어, 알고 있어?]

"아니요, 모르고 있었어요. 그런데 이제 와서 다시 재조사를 하는 이유가 뭡니까?"

[아무래도 석연치 않은 부분들이 있다는 거겠지. 재조사를 검찰이 아닌 우리 쪽에 맡긴다는 건 밖으로 알려지길 바라지 않는다는 것일 테고. 이인호 박사와 함께 근무했던 연구원들에 대해서도 재조사가 들어가나 봐. 그래서 영애도 참고인 자격으로 부를 수도 있다고 하더라고. 암튼 그건 그렇다고 치고. 이것 말고 내가 또 따로 알아봐 줄 것 있어?]

'이제 와서 연구원들을 왜 다시 조사하는 거지? 세세한 사실이 외부로 알려질까 봐 사건 당시 조용히 덮고 지나갔다고 들었는데.'

"……혹시 모르니 백인회 회장과 무슨 연관이 있는지도 좀 알아봐

주세요."

[네네~ 김민준 경호관님. 건우나 기영이나 너나 나나. 인생이 참 지랄 맞고 괜찮아요. 그렇지?]

박 팀장의 빈정거림이 무슨 의미인지 잘 안다. 한때는 동료였고 후배였던 사람이 이제는 경계 대상이자 조사 대상이 되었다. 처음 겪는 일은 아니지만 그렇다고 기분 좋은 일은 아니었다.

"전 거기서 빼주세요."

그중 가장 거지 같은 건 바로 백건우가 설이 과거에 사랑했던 남자라는 사실이다.

[노노. 니가 메인이야, 김민준.]

박 팀장이 지금 농담을 하고 있다는 걸 안다. 하지만 오늘은 팀장님께 신이라도 내렸는지 무당이 따로 없다.

[아주 그냥 센터야 센터. 가운데란 뜻이지, 암.]

"안기영 움직임도 체크 좀 해주시고요."

[야, 뭐라도 있어야 내가 체크를 할 것 아니야! 하다못해 수신기라도 붙여놓든가!]

"이미 하나 붙여놨어요."

[……역시 우리 민준이. 얼른 그쪽 일 끝내고 이리 건너와야 하는데, 공주님 경호관 놀이는 빨리 끝내고 말이야. 아주 지루해 죽겠지? 응응? 구해주세요, 해봐. 그럼 내가 국장님께 잘 말씀드려서…….]

"연락 주세요, 팀장님."

뚝. 박 팀장과의 전화를 끊고 난 후 민준은 베란다 창문을 옆으로 활짝 열었다. 이제 완연한 봄이고, 지나는 사람들의 얼굴에는 설렘 가득한 생기가 넘쳐흘렀다. 민준이 무심하게 아래를 내려다보고 있던 중, 설의 아파트 거실 유리창이 옆으로 드르륵 열렸다. 봄볕이 좋아서 그랬는지 설이 오랜만에 커튼을 옆으로 젖힌 후 통유리를 열고 밖으로 나왔다. 설이 한 손을 앞으로 길게 뻗자 환한 아침 햇살이 그녀의 손바닥 위로 하얗게 내려앉았다. 보일 듯 말 듯 미소 짓는 설은 봄 햇살과 꽤 잘 어울렸다. 갑자기 그녀가 위로 고개를 들었고, 설을 바라보던 민준과 그대로 시선이 마주쳤다.

"……안녕."

민준이 인사를 하며 설을 향해 오른손을 들어 보였다.

"거기서 뭐 해요?"

아침이라 주변은 비교적 조용했다. 눈앞에 잘 보이는 설의 얼굴만큼 그녀의 목소리도 선명하게 잘 들렸다.

"광합성 중이야."

"거긴 북쪽이잖아요."

설이 피식 바람 빠진 웃음소리를 냈다. 그녀의 아파트는 남쪽을 바라보고 있었고, 그 말인즉슨 민준은 지금 북쪽을 바라보며 서 있다는 말이었다. 햇볕도 없는데 광합성이라니, 농담도 참 진짜처럼 진지하게 한다.

"그래도 볼 수는 있잖아."

민준이 하늘을 향해 기지개를 펴듯 두 팔을 쭉 뻗어 올렸다. 이곳은 비록 볕이 잘 들지 않는 그늘일지라도, 건너편 너머 설을 볼 수는 있다. 그녀와 같이 갔던 어둡고 조그만 공터에서 빛으로 가득 찬 건너편 세상을 바라보았던 것처럼, 그렇게.

"진짜로 눈으로 광합성을 할 수 있다고 생각하는 거예요?"

어이가 없다는 표정을 짓고 있는 설을 바라보며 민준이 작게 웃음을 터뜨렸다.

"날씨가 좋네."

"봄이니까요."

"봄이 오면 한강에 가서 같이 자전거도 타야지."

"……그래. 봄이네."
"곧 더워지겠죠, 뭐."
이렇게 좋은 봄날에, 우리는 마음을 감추고 이렇게 의미 없는 대화를 나눈다.
"아침 먹었어?"
"이제 먹어야죠."
"사과 먹을래?"
"네? 갑자기 무슨 사과를……."
민준이 갑자기 설의 눈앞에서 휙 사라졌다. 그러더니 잠시 후 다시 베란다로 나온 그의 손에는 빨간 사과가 들려 있었다.
"두 손 이렇게 해봐."
민준이 물건을 받는 자세처럼 두 팔을 앞으로 쭉 뻗어 설에게 시범을 보였다.
"왜요?"
설은 '왜요'라고 물으면서도 민준이 시키는 대로 순순히 두 손을 모아 앞으로 내밀었다. 그러자 빨간 사과 하나가 긴 포물선을 그리며 그녀의 손안으로 정확하게 떨어졌다. 설은 손안에 들어온 사과를 멍하니 바라보다 고개를 들어 민준을 쳐다보았다.
"씻은 거야. 먹어도 돼."
민준은 다른 손에 들고 있던 사과를 껍질째 깨물어 먹으며 웃었다.
"……지금, 뭐 하는 거예요?"

"같이 먹으면 좋잖아, 심심하지도 않고."

그는 환한 웃음 속에 어두운 제 마음을 감추었다.

"난 밥 먹을 건데요?"

"아침밥을 매일 해 먹어? 부지런하네."

"항상 해 먹는 건 아니에요. 그래도 준 거니까 잘 먹을게요."

그리고 자신처럼 감춘 설의 마음을 모른 척했다.

"요리도 잘하고, 좋겠네."

그렇게 웃어 보인 민준이 하늘을 쳐다보며 사과를 한 입 베어 물었다. 티 하나 없이 깨끗하고 파란 하늘에 구름 한 점도 지나가지 않았다.

"좋을 것도 없어요. 귀찮기만 하지. 나중에 먹는 사람이나 좋겠죠, 뭐."

아삭. 설이 사과를 작게 한 입 깨물었다. 그리고 구름 한 점 없는 하늘을 쳐다보았다. 이제, 할아버지께서 건네주신 배턴을 들고 보이지 않는 결승선을 향해 달려야 한다. 그리고 설은 이제 더 이상 이 배턴을 다른 사람에게 넘겨주지 않을 것이다.

"아하. 그렇네."

그래서 지금 아플 민준의 마음을 모른 척하고.

그녀의 마음을 감췄다.

❧

"파일을 찾은 지가 언제인데 아직도 열 수 없다는 게 말이 됩니까? 그래서 그 파일은 지금 어디에 있습니까."

[NIS에 있거나 아니면 청와대에 있을 겁니다. 김 국장도 입을 다물

고 있고 대통령께서도 그날 이후 아무런 말씀이 없으시니 이거야 원 답답해서.]

"영애한테 뭔가 있을 것 같은데, 도대체 그게 뭘까요, 언제까지 이렇게 시간만 끌고 있을 일이 아닌데 말입니다."

서재의 열린 문틈 사이로 쯧쯧 혀를 차는 아버지의 목소리가 들렸다. 문에 막 노크를 하려던 건우는 순간 행동을 멈추고 오가는 대화에 귀를 기울였다. 좀 전에 들린 영애라는 단어 때문이었다. 왜 아버지가 영애 이야기를 하고 계시는 거지? 혼란스러운 마음으로 문 앞에 멈춰 서 있던 건우는 아버지의 통화가 끝나자 그제야 노크를 했다. 그리고 문을 안으로 밀며 서재 안으로 들어섰다.

"바쁘세요?"

"아니다. 어쩐 일이냐."

백 회장은 핸드폰을 테이블 위로 내려놓으며 건우에게 가까이 다가와 앉으라는 손짓을 했다. 건우가 소파에 앉자 그는 묵직한 의자 팔걸이에 손을 얹고 느긋하게 건우를 바라보았다.

"……제가 일전에 말씀드렸잖아요, 아버지. 마음에 두고 있는 사람이 있다고 말입니다."

아버지께 원래 이 이야기를 꺼내려던 건 아니었다. 하지만 건우는 방금 전 자신이 제대로 들은 게 맞는 건지 아닌지 확인이 필요했다.

"음. 그랬지. 그런데 그게 왜."

"강설이라고, 같은 부서에 있는 아가씨예요."

"……아, 그래? 안 그래도 적적하니 새 식구가 들어오면 좋겠다 싶었는데 잘됐구나."

"어떤 아가씨인지는 안 물어보세요?"

"어떤 아가씨인지가 뭐가 중요해. 네가 좋다면 난 아무 상관없으니까 가까운 시일에 집으로 한 번 데리고 와 봐. 나이가 있으니 너도 이제 결혼해야지."

건우가 어색하게 웃으며 시선을 내렸다. 자신이 잘못 들은 게 아니었다. 아버지처럼 사람, 집안 따지시는 분이 아무것도 묻지 않고 이렇게 순순히 설을 데려오라고 하실 리가 없었다.

'설을 알고 있는데, 왜 굳이 나한테 모른 척하고 계시는 걸까.'

"영애한테 뭔가 있을 것 같은데, 그게 뭘까요."

'방금 아버지는 도대체 누구와 통화를 하신 거지.'

"도움이 필요하면 언제든지 얘기해라. 돈이든 인맥이든, 대한민국에 이 아비의 힘이 미치지 못할 곳이 없을 테니 말이다."

"……그럴게요. 감사합니다, 아버지."

표정을 감추는 건 어렵지 않았다. 건우는 마음속에 피어난 작은 의심의 불씨를 외면한 채 백 회장을 향해 부드러운 미소를 지었다.

'일이 틀어지면 돈 대신 권력을 가지면 되는 것을.'

백 회장은 흡족한 얼굴로 아들을 바라보았다.

❀

"안 주임 말이야."

"안기영 주임 말이에요?"

"응. 안기영."

출근하는 길, 회사가 가까워질 즈음 민준은 설에게 불쑥 기영의 이야기를 꺼냈다.

"안 주임이 왜요?"

"가까이 지내지 말라고. 당신한테 다른 꿍꿍이가 있어."

"안 주임이 나한테 다른 꿍꿍이를 가질 게 뭐가 있어요? 우리가 가깝게 지낸 게 벌써 몇 년째인데요."

설이 가깝게 지냈다는 건 안기영의 가까운 관계와는 다른 의미일 게 분명했다. 민준은 그녀에게 더 이상 사람에 대한 불신을 심어주고 싶진 않았지만, 기영이 설에게 호의적이지 않다는 게 확실한 이상 그녀에게 정확한 사실을 알려줘야만 했다.

"안 주임은 당신 싫어해."

이렇게 분명하게 말이다.

"뭐라고요? 안 주임이요?"

"응. 안 주임이 그 파일과 관련이 있는지는 아직 모르겠지만, 확실한 건 안 주임이 늘 당신을 지켜보고 있었다는 거야. 당신을 지켜본다는 건 따로 보고할 사람이 있다는 거고, 또 실제로 누군가와 통화도 꾸준히 하고 있어."

백 회장의 이야기까지 꺼낼까 말까 민준은 잠시 고민했다. 백건우가 백 회장의 아들이기 때문이었다. 하지만 아직 백건우가 어느 쪽인지 확신하지 못하는 상태에서 섣불리 설의 옛 상처를 다시 끄집어내고 싶지도 않았다. 예상했던 것처럼 설은 적잖이 충격을 받은 얼굴이었다. 오랫동안 알아왔던 사람이라 민준의 말이 더 믿어지지 않았을 것이다. 하지만 놀란 표정도 잠시, 설은 금세 침착한 표정을 되찾았다.

"안 주임이 왜 나를 싫어해요?"

설이 차분한 목소리로 되물었다. 목적이 있는 것과 싫어하는 것은 다르다. 설에게 접근한 목적이 어떤 대가를 얻기 위한 것이라고 한다면, 그녀를 싫어한다는 데에는 다른 감정적인 이유가 있을 거라는 생각이 들었다.

"안 주임이 예전부터 백건우를 좋아했나 봐. 그리고 아마 지금도 그런 것 같고."

"안 주임이 건우 씨…… 아니, 백 팀장님을 원래 알고 있었다고요?"

"응."

'그렇다면 두 사람은 회사에서 처음 만난 게 아닌데, 왜 건우 씨와 안 주임은 서로를 모른 척했을까? 그렇다면 안 주임은 지금 누구를 위해 나를 감시하고 있는 거지?'

설은 갑자기 혼란스러워졌다.

"안 주임과 관련 있는 사람이 누군데요?"

"아직 확실한 게 아니야."

"내 일이예요. 누구보다 내가 알아야 하는 게 아닌가요?"

"……백인회 회장."

'백인회 회장……?'

안 주임과 백 회장이라니, 이건 그녀가 전혀 생각도 못 했던 조합이었다.

"백건우 아버지."

머릿속이 더 복잡해졌다. 설은 입술을 꾹 다물고 머릿속으로 정리를 하기 시작했다.

'안 주임이 왜 백인회 회장과 나에 대한 이야기를 하고 있는 걸까? 건우 씨는 안 주임과 백 회장의 사이를 알고 있는 걸까?'

"강설. 내가 뭐 하나 물어봐도 될까?"

"……말해요."

"그 파일에 대해 혹시 아는 게 있다면 나한테 얘기해 줬으면 좋겠는데."

　민준은 설에게 크게 기대를 하고 물어본 건 아니었다. 당시 설은 학부생이었고 아무리 외손녀라고 해도 이 박사님이 그 연구에 대해 설에게 자세한 이야기를 해주었을 것 같지는 않았다. 다만 설의 기억력이 꽤 뛰어나다는 걸 알고 있기 때문에 혹시나 해서 가볍게 물어본 것이었다.

　"……할아버지께서 마지막까지 연구하셨던 건 초소형 원자로 개발에 관한 거였어요."

　하지만 설에게는 어려운 질문이 아니었는지 그녀는 의외로 술술 이야기를 꺼냈다.

　"그런데 그게 왜? 그게 그렇게까지 값어치 있는 건가?"

　"초소형 원자로 개발의 목적은 막대한 에너지 비용 절약이지만 사람들이 탐내는 이유는 그것 말고 아마 다른 곳에 있을 거예요. 할아버지께서 연구하셨던 원자로는 에너지로 사용하고 남은 연료에서 농축 과정을 거쳐 one-stop으로 바로 플루토늄 추출까지 할 수 있거든요."

　"플루토늄을 추출한다고? 우리나라에서 그게 가능해?"

　"아니요. 알고 있겠지만…… 아직 우리나라에서 핵폐기물을 재처리할 수는 없어요. 미국이 핵무기 개발을 허락하지 않고 있으니까요. 하지만 만약 그게 가능해진다면……."

　정부가 계속해서 미국과 협의를 하고 있는 건 알고 있다. 잊을 만하면 이어지는 북한의 도발이 좋은 구실이 되는 것이다. 하지만 대한민국이 핵무기를 보유하는 걸 우방국인 미국은 여전히 강하게 반대하고 있었다.

　"가능해진다면?"

"원자로 핵폐기물을 이용해 누구보다도 빨리 핵무기를 만들 수가 있어요. 할이버지기 하셨던 연구는 무기화시키는 시간을 많이 단축시킨 거라고 알고 있어요. 하지만 이론뿐이지, 그게 정말 가능한 건지는 나도 몰라요."

"……갖고 싶겠네."

"전쟁 국가나 핵무기 미보유국에서는 확실히 갖고 싶을 거예요. 할아버지께 개인이 가질 수 없을 만큼 많은 돈을 주겠다고 했던 나라도 있었다고 들었으니까요."

'그래서 그들은 지금 팔지 않으니 빼앗겠다는 건가.'

민준의 눈빛이 진중해졌다.

"Pakin 그룹이 가지고 있는 계열사 중 DX라고 방위산업체가 하나 있어. 국방을 위한 무기를 만들고 해외로 수출도 하지. 백 회장이 만약 관련이 있다면 그것과 상관이 있을 거야."

사람들은 Pakin 그룹을 건설, 호텔, 식음료 회사 등으로만 인지하고 있지만 국방에 쓰이는 각종 총기류, 포탄, 화약 중 상당량을 이곳에서 생산해 내고 있었다. 그렇기에 백 회장이 국제 무기상과 친분이 있다고 해도 이상한 일은 아닌 것이다.

"그런데 당신은 어떻게 그렇게 자세히 알고 있는 거야?"

민준이 설을 빤히 쳐다보았다. 이인호 박사의 연구와 설은 전혀 상관이 없다고 들었다. 당시 학부 졸업생이었던 설은 그저 외할아버지인 이인호 박사의 연구소에 자주 놀러 갔을 뿐이라고 알고 있는데.

"……오며 가며 주워들었어요. 내가 기억력이 좋잖아요."

설은 자연스럽게 민준의 눈을 피하며 무릎 위에 올려놓은 가방에 시선을 고정했다.

"그럼 그 파일만 찾으면 누구나 그걸 만들 수가 있는 거야?"

"아마 그건 아닐 거예요."

'누구의 손에 들어갈지도 모를 설계도를 그렇게 쉽게 손에 넣게 하셨을 리가 없을 테니까.'

설은 고개를 가로저었다.

"그런데 박사님은 왜 하필 당신한테 그걸 남겨놓으셨지? 같이 연구한 연구원들도 있었을 텐데 말이야."

아무리 생각해도 이해가 가지 않았다. 그건 단순히 설이 소중한 손녀이고 아니고의 문제가 아닌 것이다.

'그 정도 세월을 같이 연구했다면 연구원들에게 가족보다 더 끈끈한 정과 믿음이 생겼을 텐데, 왜 하필 다른 사람도 아닌 설이었을까.'

"……나밖에 생각이 나지 않으셨나 봐요. 아무래도 가족이니까."

설이 적당히 얼버무리며 말꼬리를 돌렸다. 할아버지는 당신만이 알고 있는 그녀의 비밀 때문에라도 그럴 수밖에 없었을 것이다. 그렇지만 그 이유를 그에게 얘기할 순 없었다.

"당신 그냥 청와대로 들어가는 게 어때, 회사는 핑계 대고 이참에 좀 쉬고."

"내가 갑자기 회사를 그만두고 청와대로 들어가면 사람들이 이상하게 생각할 거예요. 또 언제까지 그렇게 숨어 지낼 수도 없고요. 아무리 그래도 안 주임이 회사에서 날 어떻게 할 수는 없을 테니 괜찮을 거예요."

"안기영도 요원 출신이야. 계기만 주어지면 언제든지 달라질 수 있어."

"……."

"수신기 잘 가지고 다니는 거 잊지 마."

설은 왼쪽 손목을 잠깐 내려다보았다. 소매에 가려 보이진 않았지만 GPS 목걸이는 그녀의 팔목에 감겨 안쪽에 숨겨져 있었다. 민준은 그가 두고 간 목걸이의 행방에 대해서는 아무것도 묻지 않았고, 그건 대답할 말이 없는 설에게 다행스러운 일이었다. 꺼내서 상처가 될 이야기라면 차라리 그대로 묻어두는 편이 더 나았다.

"안녕하세요."

"안녕하십니까."

설과 민준이 인사를 하며 사무실에 들어섰다. 두 사람의 인사가 들리지 않는지 직원들은 한 사람을 빙 둘러싸고 서서 즐거운 웃음을 터뜨리고 있었다.

"지금 뭐 합니까?"

민준이 호기심에 사람들 어깨 너머로 고개를 불쑥 내밀었다. 고개를 내민 민준과 의자에 앉아 있던 여직원의 두 눈이 허공에서 딱 마주쳤다.

"앗, 김 대리님 어서 오세요! 우리 지금 사다리타기 할 건데 대리님도 하실 거죠?"

"무슨 사다리타기요?"

여직원은 비장한 표정으로 말했다.

"커피랑 샌드위치 내기예요. 5만 원이 제일 비싸고요, 빵 원도 있어요."

"자, 이제 그만! 김 대리님까지 포함해서 이제 사다리 그립시다!"

"아니, 난……."

됐다고 거절을 하려 했는데, 거절을 거절당했다. 민준이 강제로 참여하게 되고, 여직원은 종이 위에 복잡한 사다리를 쓱싹쓱싹 그리기 시작했다. 사다리 아랫부분에 각각의 금액을 적어놓고 종이를 덮어

가린 후 여직원은 주위를 빙 둘러보며 웃었다.

"이제 다들 번호 고르세요!"

"그럼 나는 1……."

다들 몇 번을 고를까 신중하게 고민하는 사이 민준이 대뜸 먼저 선수를 쳤다. 남자는 1번, 아니 사실은 귀찮아서 그냥 1번을 고른 민준이었다. 막 숫자를 외치려는 찰나, 설이 갑자기 그의 와이셔츠 소매를 잡아당겼다. 민준은 말을 하다 말고 고개를 돌려 그녀를 바라보았다.

'왜?'

'3번.'

'응?'

'3번 해요.'

설은 누가 들을세라 소리를 내지 않은 채 조그맣게 입술만 움직였다. 설의 진지한 표정이 귀여워 민준이 입가에 커다란 미소를 지었다.

"난 3번 합니다!"

민준이 여직원을 향해 씩씩하게 외쳤고, 그제야 설이 뿌듯한 미소를 지으며 뒤돌아섰다.

"김 대리님은 3번…… 우와! 빵 원이야! 박 대리님은…… 1번! 5만 원 되시겠습니다!"

설의 등 뒤에서 즐거운 웃음소리와 탄식이 왁자지껄하게 오가는 소리가 들렸다. 그럴 줄 알았다는 듯 설이 빙긋 웃었다. 민준이 다른 번호를 골랐으면 그냥 두려고 했는데, 1번을 고르는 바람에 어쩔 수 없었다. 만 원도 아니고 무려 5만 원인데.

아무런 생각도 하고 싶지 않아 의미 없이 다니기 시작한 회사였지만, 어느새 동료 직원들과 정이 들었고, 이들과 함께 보내는 회사 생활이 설에게 많은 위안이 되었다. 자리에 앉아 책상 위를 차곡차곡 정리하는 설 앞에 민준이 불쑥 나타났다.

"나 빵 원이야."

"알아요."

"안 걸린 사람이 가서 샌드위치랑 커피 사오래. 이런 건 원래 짬밥 순서대로 갔다 와야 하는 거 아냐? 아까 그냥 1번을 고르는 건데 귀찮게 진짜."

불만이 가득한 민준의 오른손엔 오만 원 권과 만 원권 지폐들이 여러 장 들려 있었다.

"그건 원래 안 걸린 사람이 갔다 오는 거예요."

설이 민준을 흘끔 쳐다보며 피식 웃었다.

"같이 가자."

"난 사다리 게임도 안 했는데요?"

"강 주임이 3번 고르랬잖아. 그럼 책임도 같이 져야지."

"그거야 1번이……!"

"1번이 뭐."

'이씨. 도와준 은혜도 모르고.'

설이 아랫입술을 삐죽 내밀었다.

"결자해지."

민준이 엄숙한 목소리로 말했다.

"자승자박이겠죠."

설은 퉁명스럽게 대꾸하며 자리에서 벌떡 일어섰다.

"나 혼자 다 들고 올 수는 없잖아."

민준이 설을 힐끗 쳐다보며 웃었다.

"뭘 다 들고 올 수 없습니까?"

때마침 출근을 하던 건우가 두 사람 앞에 걸음을 멈춰 섰다. 건우가 민준을 바라보았다가 설에게 시선을 주었다.

"직원들 심부름이요. 사다리타기 했거든요."

설은 보통 때와 다르게 그에게 친절하게 대답했다. 그런 그녀의 모습이 의외였는지 건우가 눈을 조금 크게 떴다.

"······내가 도와줄까?"

"그러실래요?"

설은 또 한 번 순순히 건우에게 대답했고, 그는 오던 방향을 거꾸로 틀어 그녀와 함께 바깥쪽을 향해 걷기 시작했다. 민준이 떨떠름한 얼굴로 두 사람의 뒤를 따라 걸었다.

엘리베이터를 타고 1층으로 내려온 세 사람은 카페 문을 열고 나란히 안으로 들어섰다. 건우는 기분이 좋아 보였고 설은 계속 친절한 표정을 짓고 있었으며, 민준은 그런 설을 물끄러미 바라보았다.

"어제 뭐 했어? 늦게 잤나 봐, 얼굴이 피곤해 보여."

"팀장님은 어제 뭐 했는데요?"

"나? 난 그냥 집에 가서 저녁 먹고 아버지랑 얘기 좀 하다 잤는데?"

"팀장님은 아버지랑 사이가 좋은가 봐요?"

"좋지도 않고 나쁘지도 않고 그냥 그래. 내가 그동안 아버지 말씀 안 듣고 이리저리 밖으로 돌았거든. 이제는 효도 좀 해야겠다고 생각하고 있어."

세 사람의 주문 차례가 되자 건우가 카운터 직원에게 카드를 내밀며 설에게 물었다.

"에스프레소 마키아토?"

"그걸 아직도 기억해요?"

"당연하지. 에스프레소 마키아토 두 잔 주십시오."

설은 입술을 꾹 다문 채 건우의 옆모습을 바라보았다. 그는 여전히 저에게 호감을 가지고 있고, 설은 그런 건우의 마음을 이제 무작정 배척하고 밀어낼 생각이 없었다.

"잘 마실게요."

설은 건우와 눈이 마주치자 고맙다는 듯 고개를 작게 끄덕였다.

"아메리카노 일곱 잔, 클럽 샌드위치 일곱 개 포장해 주십시오."

건우가 진동 벨을 건네받고 옆으로 물러서자 민준이 카운터 앞 직원에게 지폐를 내밀며 주문했다. 사다리 다리는 여섯 개였지만 설의 몫까지 일곱 명에 맞는 돈을 가지고 내려왔기 때문에 민준은 애초에 생각했던 대로 커피와 샌드위치를 주문했다.

에스프레소 마키아토, 강설이 좋아하는 커피. 민준이 속으로 쓴웃음을 지었다.

"여섯 명인데 왜 일곱 개씩 사요?"

설이 민준을 올려다보았다. 그는 직원에게서 진동 벨을 건네받으며 설을 힐끗 쳐다보았다.

"돈을 맞춰 가지고 내려왔어. 다시 계산하기 귀찮아서 그래."

드르르르— 진동 벨이 부르르 몸을 떨었고, 건우가 작은 테이크 아웃 컵에 담긴 커피를 받아 와 설에게 하나를 내밀었다.

"고마워요."

컵을 받아든 설이 커피를 한 모금 입에 머금었다. 부드러운 우유 거품 아래 진한 에스프레소 향이 코끝을 부드럽게 휘감았다. 달곰쌉쌀하다는 말이 잘 어울리는, 설이 가장 좋아하는 커피였다. 찬바람이 불기 시작하는 가을이면 설은 가끔 우유 거품 대신 생크림이 올라간 에스프레소 콘파냐를 마시기도 하지만, 지금처럼 따뜻한 봄날엔 부드러운 우유 거품이 들어간 에스프레소가 참 좋았다.

"맛있어?"

무표정한 얼굴로 진동 벨을 빙그르르 돌리며 민준이 설에게 물었다.

"네, 맛있어요."

"양이 너무 적은 거 아니야? 한 번에 다 삼키겠는데."

이번엔 진동 벨이 공중에 붕 떠올랐다 민준의 손안으로 가볍게 착지했다.

"난 이만큼이 딱 좋은데요?"

후후, 설이 웃으며 음미하듯 향을 맡은 뒤 커피를 한 모금 입에 머금었다.

드르르르– 민준의 진동 벨이 울렸다. 카페 직원이 그에게 두 개로 나누어 담은 캐리어와 샌드위치가 들어 있는 하얀 비닐봉지를 건네주었다.

"내가 들게."

설이 비닐봉지를 잡으려 하자 건우가 먼저 봉투를 들었다. 건우가 봉지를 벌려 안을 들여다보았다.

"아침 안 먹고 오는 직원들이 많네. 그런데 아침 안 먹었어? 샌드위치 별로 안 좋아하잖아."

건우가 의아한 눈으로 쳐다보자 설이 고개를 옆으로 가로저었다.

"아침은 먹었고 샌드위치는 내가 먹을 게 아니에요. 사다리 탄 직원들은 따로 있거든요."

"그럼 사다리도 안 탄 사람이 지금 심부름을 하는 거야?"

"김 대리님 혼자서는 다 못 들고 올 것 같아서요."

"하여튼 박애주의자."

건우는 애정이 가득한 눈빛으로 설을 바라보았고, 민준은 무심하게 두 사람을 바라보았다. 아주 잠깐, 그가 모르는 강설을 알고 있는 건우가 부럽다는 생각을 했다.

잠시 후 세 사람은 다시 사무실로 돌아왔고, 민준을 기다리고 있던 직원들은 쪼르르 달려와 따뜻한 커피와 샌드위치를 하나씩 집어 들었다. 그들은 아침부터 큰 기쁨을 주신 1번 박 대리에게 고개를 까딱 숙인 후 발걸음도 가볍게 각자의 자리로 되돌아갔다.

"으응? 김 대리님, 샌드위치랑 커피가 하나씩 남는데요?"

마지막으로 샌드위치를 집은 여직원이 고개를 갸우뚱거리며 민준을 쳐다보았다.

"내가 두 개씩 먹을 거야."

"대리님, 배 많이 고프셨나 보다. 그런데 커피도 두 잔인데요?"

"그것도 마실 거야."

여직원이 못 말리겠다는 듯 고개를 절레절레 흔들며 사라지자 민준은 샌드위치 두 개와 커피 두 잔을 회의용 둥근 테이블에 올려놓고 의자를 끌어당겨 앉았다. 민준이 반이 잘린 샌드위치의 종이 포장을 둘둘 벗겨내고 큼지막하게 한입 물어 입안 가득 넣고 오물거렸다.

"왜."

에스프레소 마키아토 아가씨가 물끄러미 바라보자 민준은 커피를 입가로 가져가며 시큰둥하게 물었다.

"두 개나 먹게요?"

"세 개도 먹을 수 있어."

민준이 샌드위치 조각 하나를 더 집어 입안에 가득 물었다.

"한번 먹어보라는 소리도 안 해요? 내가 3번 고르라는 말도 해줬는데."

"샌드위치 안 좋아한다며."

'물론 좋아하진 않지만.'

설이 머뭇거렸다. 민준이 혼자 먹는 모습이 마음에 걸렸다.

"좋아하는 것만 먹고 살아도 돼."

강설이 좋아하는 에스프레소 마키아토처럼. 민준이 쓰디쓴 커피를 입안 가득 머금었다.

"······좋아하는 거예요. 식성이 바뀌었거든요."

설은 뾰로통한 표정으로 의자를 당겨 민준을 마주 보고 앉았다. 그리고 손을 뻗어 샌드위치 한 조각을 집어 들었다. 앙, 작게 한입 베어 문 설과 민준의 눈이 허공에서 마주쳤다.

"맛있어?"

"응, 진짜 맛있어요."

설은 거짓말을 하는 게 아니었다. 다시 한 번 입에 샌드위치를 가져가는 설의 표정이 환했다. 민준이 부드럽고 달콤한 커피를 입안 가득 머금으며 웃었다.

이상한 일이었다. 아무리 생각해 봐도 할아버지께서 하셨던 많은 말씀 중 파일에 대한 실마리가 될 수 있는 말은 없었다. 제 특별한 능력을 알고 계셨기 때문에 어떤 언질이라도 미리 해주셨을 것 같은데, 설의 머릿속에는 힌트가 될 만한 작은 단서 하나도 떠오르지 않았다.

"무슨 생각을 그렇게 골똘히 하는 거야?"

멍하니 모니터를 응시하던 설은 기영의 목소리에 정신을 차렸다. 마우스에 올린 손이 순간 움찔거렸지만, 설은 침착하게 고개를 돌려 그녀를 바라보았다.

"……벌써, 여름이 오나 싶어서요."

봄인가 싶었는데 오후에 부는 바람이 지금 설을 쳐다보는 기영의 눈에 담긴 뜨거운 감정처럼, 제법 더운 열기를 담고 있었다. 단지 자신감이 넘치는 사람이라고만 생각했었는데 지금 생각해 보니 설이 보아 왔던 기영의 눈빛은 자신감이 아니라 적대감에 가까웠다.

"날도 좋은데 김 대리님이랑 주말에 데이트 같은 건 안 해? 두 사람이 사귀는 건 맞지?"

"아니에요!"

"아니라고?"

"네, 아무 사이도 아니에요."

설은 기영의 눈을 똑바로 바라보았다. 설의 확고한 말투에 기영의 얼굴이 작게 일그러졌다. 기영의 눈에 언뜻 분노 비슷한 감정이 스쳐 지나갔다.

"강 주임 그렇게 안 봤는데, 여기 저기 흘리고 다니는 타입인가 봐? 김 대리님이랑 그렇게 붙어 다니는데 정말 두 사람 사귀는 거 아니야?"

"왜 그렇게 생각했어요? 김 대리님과 잘 지내는 건 맞지만 주임님이 생각하는 그런 관계는 아니에요."

"그럼, 아닌 사람한테는 확실하게 선을 그어줘야 되는 게 아닐까? 사람들이 괜히 오해하잖아."

기영은 웃고 있었지만 눈은 웃고 있지 않았다. 기영이 원하는 대답이 아니었던 것이다.

"전 사내 연애는 안 해요. 아무나 만나고 싶지도 않고요."

설에 대한 적대감이 건우 때문이라면 그 마음을 일부러 자극할 필요는 없었다. 하지만 설은 민준을 끌어들이고 싶지는 않았다. 그래서 기영에게 민준도 건우도 아니라는 말을 돌려 말했다. 자신이 영애인 걸 알고 있을 테니 방금 한 말이 무슨 뜻인지 기영은 알아들었을 것이다. 내가 영애인데, 고작 회사원을 만날 리가 있겠냐는 말뜻을.

"사실 나 강 주임한테 할 말이 있는데 말이야."

갑자기 기영이 설 쪽으로 몸을 기울이며 작은 목소리로 속삭이듯 은밀하게 말했다.

"뭔데요?"

"나 사실 백 팀장님하고 아주 가까운 사이야. 예전에 백 팀장님이랑 꽤 진지하게 사귀었거든. 그렇지만 다른 사람들한테 얘기하지는 말아줘. 아무래도 조심스러워서 말이야."

"……그럴게요."

설이 가볍게 고개를 끄덕였다. 건우와 기영이 연인 사이였다는 사실이 좀 의외이긴 했지만, 만약 그랬다면 건우가 지금 설에게 하는 행동이 기영의 눈에는 많이 거슬렸을 것이다.

"그런데 김 대리님이랑 사귀는 것도 아니면서 둘이 너무 붙어 다닌다. 희망 고문하는 거 별로 좋은 거 아니야. 왜 어장 관리하는 여자 재수 없다고들 하잖아. 강 주임 뒤에서 여직원들이 많이 수군거리더라고, 김 대리님이랑 붙어 다니면서 백 팀장님한테도 웃음 흘린다고. 백 팀장님이 친절하게 대해주니까 팔자 고치고 싶은 거 아니냐고 하면서 말이야."

"팔자를 어떻게 고치는데요?"

묵묵히 기영이 하는 말을 듣고 있던 설의 눈빛이 차갑게 변했다.

"응?"

"팔자를 어떻게 고치냐고요. 타고난 팔자를 바꿀 수만 있다면 정말 좋을 텐데 말이에요."

'그러면 나도, 이렇게 살지 않아도 될 텐데. 예쁘게 옷을 입고 그와 데이트를 하고, 침대에 누워 소곤소곤 다정한 대화를 나누고, 주말이면 풍경 좋은 곳으로 함께 드라이브를 가고, 나도 그렇게 다른 사람들처럼……'

울컥하는 마음에 금방이라도 눈물이 나올 것만 같았다.

"그게 무슨 뜻이야?"

설의 말이 비웃는 것처럼 들렸는지 되묻는 기영의 목소리에 날카로운 날이 섰다.

"……뜻 같은 거 없어요, 주임님."

설은 고개를 정면으로 돌렸다. 그녀와 더 이야기를 나누다가는 경계하고 있는 속내를 들킬 것만 같았다. 설은 책상 위에 놓인 서류를 집어 들어 무의미하게 페이지만 넘겼다.

'만약 그가 내가 아닌 다른 여자를 사랑하게 된다면, 나도 저렇게 온 마음을 다 드러내게 될까.'

설은 질투가 사람을 어디까지 초라하게 만들 수 있는지 그 밑바닥을 들여다본 기분이었다.

"무슨 생각을 그렇게 해?"

"……"

"강설."

집으로 돌아가는 길, 설은 아까부터 말없이 창밖만 바라보고 있었다. 민준은 핸들을 왼쪽으로 천천히 돌리며 설의 이름을 불렀다.

"나 불렀어요?"

"무슨 생각을 그렇게 열심히 해? 사람이 불러도 모르고."

"그냥, 이런저런 생각 좀 하고 있었어요."

"아침에 보니까 백건우랑 많이 친해졌던데."

그의 눈에 그렇게 보였을 것이다. 그리고 기분도 유쾌하지 않았을 것이다. 하지만 민준의 말투가 고저 없이 담담했기에 설은 그가 어떤 생각을 하고 있는지는 알 수 없었다.

"친해졌다기보다…… 이제 그냥 편하게 지내고 싶어졌을 뿐이에요."

"편하게 지내도 되는 사람인지 아닌지 아직 모르잖아, 별로 좋은 생각 같지 않아."

"그 사람이 다른 생각을 하고 있었다면 진작 나를 찾아왔을 거예요. 안 주임이 날 그렇게 미워하는 걸 보면 적어도 지금 그 사람의 마음은 진짜라는 거겠죠."

"원래부터 그런 사람은 없어. 상황에 따라 사람의 입장이 변하기도 하는 거야. 아무리 그래도 아버지인데 백 회장과 전혀 상관이 없다고 말할 수도 없고."

"이젠 나한테서 가져갈 것도 없는데요. 뭘, 더 이상 아는 것도 없으니 괜찮을 거예요."

백건우가 갖고 싶은 건, 설의 마음일 것이다. 그리고 그걸 설도 모르진 않을 것이다. 설은 오늘 아침 건우를 바라보며 미소 지었고, 익숙하고 편안해 보이는 두 사람의 모습은 민준에게 뾰족한 가시 같았다. 건우는 알고 민준은 모르고 있었던 에스프레소 마키아토처럼.

"……강설은 또 뭘 좋아해?"

"갑자기 그게 무슨 말이에요? 뜬금없이 뭘 좋아하냐니요?"

"좋아하는 커피는 이제 알았고, 그 밖에 또 뭘 좋아하는지 궁금해서."

"아……."

설은 작게 벌렸던 입술을 꾹 다물었다. 아무리 그녀가 건우에게 아무런 감정이 남아 있지 않다고 해도 두 사람이 함께 있는 모습을 보는 민준은 마음이 편치 않았을 것이다.

"불편하면 대답 안 해도 돼."

"특별히 좋아하는 건 없어요."

설이 생각하기에, 남들과 다르게 특별히 좋아하는 건 없었다. 그래서 설이 특별한 걸 좋아하기 때문이 아니라 설이 좋아하기 때문에 상대방에게 특별한 거라는 생각까지는 하지 못했다. 아직도 그녀의 취향을 기억하고 있는 건우의 기억력에 놀랐을 뿐, 그 기억과 함께 보여준 건우의 마음까진 보이지 않았던 것처럼. 설은 '남들과 다르다'라는 것과 '특별하다'라는 말을 별로 좋아하지 않기 때문에 무의식적으로 이런 대답을 했는지도 모른다.

"특별히 좋아하는 게 없어? 난 있는데."

"당신이 무슨 음식을 좋아하는지는 이미 알고 있어요. 그리고……좋아하는 음악도."

그는 모르겠지만 설은 여전히 잠들기 전에 민준이 메모리칩에 담아준 음악을 듣는다. 그가 준 음악을 들으며 잠이 들기 시작한 이후로 설은 더 이상 악몽을 꾸지 않았다.

'잠깐, 메모리칩처럼?'

설은 눈을 크게 떴다. 망치로 한 대 얻어맞은 것 같은 충격과 함께 온몸이 뻣뻣하게 굳어졌다. 아무리 생각해도 기억나지 않던 힌트. 기억을 못 하는 게 아니라면, 애초에 기억해야 할 게 없었을 수도 있었다. 왜 메모리칩 안에 당연히 파일이 들어 있을 것이라고 생각했을까? 쿵쿵쿵. 설의 심장 박동 수가 빠르게 증가하기 시작했다.

"나……."

"응?"

"지금 나를 좀 청와대로 데려다줘요!"

설이 민준을 향해 몸을 홱 돌리며 다급한 목소리로 외쳤다.

"청와대는 갑자기 왜? 무슨 일이 있는 거야?"

"……오늘 부모님이랑 저녁을 함께 먹기로 했는데, 그걸 내가 잊고 있었어요."

설은 초점 없는 눈빛으로 힘없이 중얼거렸다. 할아버지는 그렇게 호락호락한 분이 아니셨다는 걸 간과하고 있었다. 어쩌면 메모리칩은, 진짜 문서를 여는 단순한 열쇠일 수도 있다. 그리고 열쇠가 있다면, 어딘가에 분명 자물쇠도 있을 터였다.

"그럼 근처에 있을 테니까 끝나면 전화해."

'자물쇠라면.'

"강설?"

'할아버지의 연구실 컴퓨터.'

설이 굳은 얼굴로 입술을 깨물었다.

✤

"이인호 박사님의 컴퓨터 하드는 아마 증거물 보관실에 있을 겁니다. 하지만 사건이 일어난 직후 저희가 살펴본 바로는 박사님의 컴퓨터는 아주 깨끗했습니다. 아무것도 들어 있지 않았어요."

청와대 대통령 집무실. NIS에서 곧장 청와대로 들어온 김 국장은 대통령 집무실 안에서 영애인 강설을 만났다. 영애의 실물을 가까이에서 보는 건 삼 년 전 장례식장 이후 오늘이 처음이었다. 가까이에서 자세히 보니 선이 고운 단아한 얼굴에 또랑또랑한 눈빛과 다소 고집

있어 보이는 눈매가 외조부인 박사님을 많이 닮은 것 같기도 했다.

"제가 그걸 좀 볼 수 있을까요, 국장님? 다른 사람들 모르게 확인해 볼 게 있어요."

"언제라도 가능합니다. 하지만 만약 파일을 확인하게 되면 곧바로 서 박사님께 연락을 드려야 합니다. 아무래도 내용을 확인하기 위해서는 연구원들이 필요할 테니까요."

"서 박사님…… 이라뇨?"

"현재 원자력연구소장이신 서 박사님 말입니다."

"……."

"왜 그러느냐."

김 국장의 말에 설의 얼굴에 갑자기 당황스러운 기색이 짙어졌다. 대통령이 설의 안색을 살피며 그녀에게 물었다. 잠시 고민을 하던 설이 김 국장을 바라보며 말을 이었다.

"우선 제 생각이 맞는지부터 확인해야 할 것 같아요. 서 박사님께 알리는 건 그때 가서 다시 생각해도 될 것 같고요."

설이 기억하기에 할아버지는 서 박사를 별로 좋아하지 않으셨다. 게다가 서 박사는 삼 년 전 연구를 진행할 당시 그 연구 팀에 있지도 않았다. 당시 서 박사의 위치를 생각해 볼 때 그건 상당히 이례적인 일이었다. 설은 할아버지가 서 박사를 연구팀에서 제외한 이유가 있을 거란 생각이 들었다.

대통령은 설이 서 박사에게 이 사실이 알려지는 걸 꺼려하고 있다는 것을 알아차렸다. 설이 저렇게까지 이야기를 하는 데에는 분명 그만한 이유가 있을 터였다.

"조국 말대로 합시다. 그런데 사람들의 관심을 어떻게 돌려야 할지가 관건이군요. 딸아이가 NIS로 직접 가면 좋겠지만 그럴 명분이 없고, 그렇다고 김 국장이 증거물을 가지고 이곳으로 온다면 아무래도 사람들 눈에 띄지 않겠습니까."

"요즘 이 박사님 사망 사건에 대해 재조사를 하고 있는 걸 직원들이 알고 있습니다."

"그런데요."

"어차피 영애를 참고인 자격으로 불러야 할 일이 있기 때문에 영애께서 그곳을 방문한다고 해도 그렇게 이상하게 보이지는 않을 겁니다."

"그럼 조국은 언제 부를 생각입니까."

"시간은 제가 김민준 요원에게 따로 일러두겠습니다."

"국장님."

대통령과 김 국장의 대화를 듣고 있던 설이 갑자기 김 국장을 불렀다. 김 국장이 무슨 일이냐는 듯 고개를 돌려 의아한 얼굴을 했다.

"국장님께 드릴 말씀이 있습니다."

"……말씀하세요."

부드럽게 휘어지는 김 국장의 눈에 언뜻 애틋한 기운이 스쳐 지나갔다. 유난히 두 눈이 초롱초롱해 보이던 예쁜 꼬마 아가씨가 언제 이렇게 자라 어른이 되었나 싶었다.

❧

바람이 제법 차가운 기운을 담고 있는 가을, 아파트 인근 공원 벤치.

김 국장은 이인호 박사와 나란히 앉아 아이들이 뛰어노는 모습을 바라보고 있었다. 김 국장이 민준을 집에 데리고 온 지도 어느덧 일

년이란 시간이 흘렀다.

"아빠를 많이 닮은 것 같군요."

저만치 민준을 바라보던 이인호 박사가 나직한 목소리로 말을 꺼냈다. 북한에서 납치하려 한다는 제보를 받고 그의 근접 경호를 맡았던 요원은 웃는 모습이 참 시원해 보이던 청년이었다. 총각인 줄 알았던 그에게는 아들이 있었고, 그는 아들과 자장면을 먹으러 가기로 했는데 자신이 약속을 지키지 못해 아들이 화가 많이 났다며 시원한 웃음을 짓기도 했다.

"꼭 오누이 같네요."

김 국장은 두 아이를 바라보며 흐뭇한 미소를 지었다. 민준과 조국은 오늘 처음 만났는데도 아이들이라 그런지 곧잘 어울려 사이좋게 놀았다.

"오빠 우리 가운데 말 잇기 게임할까?"

"가운데 말 잇기 게임이 뭐야?"

"세 글자 단어 중에 가운데 말로 연결하는 거야, 내가 쉬운 걸로 낼게."

두 발로 그네 위에 올라선 조국은 앞뒤로 몸을 흔들며 힘껏 반동을 주어 그네를 허공에 더 높이 밀어 올렸다.

"너 그러다 떨어진다."

가운데 말 잇기보다 점점 아슬아슬하게 위로 올라가는 조국의 그네가 더 신경 쓰여, 옆 그네에 앉아 조국을 올려다보던 민준이 잔뜩 인상을 찌푸렸다.

"강조국!"

민준의 타박에도 조국은 바람에 긴 머리카락을 나부끼며 허공에 대고 씩씩하게 세 글자를 외쳤다.

"세상에 그런 말은 없거든?"

"있어."

부웅- 조국이 두 발로 딛고 선 그네가 다시 한 번 허공으로 날아올랐다.

"조……."

민준은 자신이 이걸 왜 하고 있는지 몰랐지만 속으로 열심히 생각해 봤다.

"3!"

"조……."

이걸 왜 해야 되는지도…… 그래도 최선을 다해 머리를 굴렸다.

"2!"

"……."

"1. 땡!"

그렇지만, '조'로 시작하는 세 글자는 민준에게 너무 어려웠다.

"야, 쉬운 걸로 낸다며?"

자존심이 상해 성질이 났다. 민준은 그네에서 벌떡 일어나 조국의 그네줄을 붙잡으며 버럭 화를 냈다.

"어어어어?"

그 바람에 조국의 그네가 한쪽으로 기울어졌고 놀란 조국의 두 눈이 휘둥그레졌다. 그네에 선 몸이 균형을 잃으면서 조국은 그네에서 바닥으로 추락했다. 곧 자신에게 닥칠 무서운 상황을 예감하며 조국은 두 눈을 질끈 감았다.

"너 괜찮아?"

놀이터 바닥은 다행히 꽤 말랑말랑했다. 질끈 감았던 두 눈을 천천히 뜨자 민준의 걱정스러운 얼굴이 바로 코앞에 보였다. 민준의 크고 짙은 눈동자와 마주치자 조국의 얼굴이 순식간에 빨개졌다. 심장이 쿵쾅쿵쾅했다.

"……조랑말, 조미료, 조리사."

조국은 홀린 듯 민준의 두 눈을 바라보며 생각나는 단어들을 조그맣게 중얼거렸다.

"……야, 무거워."

민준은 자신을 빤히 쳐다보는 조국의 눈을 피하며 퉁명스럽게 말했다. 나이 어린 소녀의 잘난 척은 귀에 잘 들어오지도 않았다. 조국한테서 나는, 그의 코에 옅게 느껴지는 향기가 민준의 심장을 간질거렸다. 비누 냄새도 아니고 샴푸 냄새도 아닌, 처음 맡아보는 이상한 향이었다.

"나 하나도 안 무거워, 오빠. 이십 킬로도 안 돼. 우리 아빠는 나한테 나비 같다고 했어."

"무겁다고!"

민준이 고개를 돌리며 버럭 소리를 질렀다. 쿵쿵 뛰는 심장 소리가 여자아이에게 들릴 것만 같아 창피하다는 생각이 들었다.

"그래도 오빠가 졌어."

조국이 조그맣게 속삭였고, 잠시 멍해 있던 민준은 정신을 차리고 자리에서 벌떡 일어나 앉았다. 저만치 벤치에 앉아 있던 할아버지와 아버지가 달려오는 모습이 보였다.

처음이자 마지막으로 느꼈던 쓰라린 패배감. 민준은 그 괘씸한 여자아이를 다시 만나게 된다면 반드시 굴욕을 되갚아주리라 맹세하며 그날부터 열심히 국어사전을 외우기 시작했다. 그는 여자아이의 하얀 얼굴과 은은한 향이 문득문득 떠오를 때마다 그 애를 다시 만나고 싶은 마음은 복수심 때문이라며 울렁이는 마음을 스스로 다잡았다. 하지만 그날 이후 민준은 다시 그 아이를 볼 순 없었다. 그 후로도 아주 가끔, 나비 같던 그 애 생각이 났다.

⚜

설은 밤 10시가 넘어서야 아파트로 돌아왔다. 그녀는 청와대 경호관의 차를 타고 돌아왔고, 민준은 아파트 출입구 계단 난간에 기대서 자신을 향해 터벅터벅 걸어오는 설을 바라보았다. 단순히 가족을 만나러 간 것은 아닐 것이라 어렴풋이 짐작은 했지만, 설이 먼저 말을 꺼내지 않으면 왜냐고 물을 생각은 없었다.

"늦었네."

"여기서 뭐 해요?"

"바람 쐬고 있었어. 집 안에만 있으면 답답하잖아."

"안 피곤해요? 난 피곤한데."

설은 웬일로 순순히 대답하며 민준 옆에 나란히 등을 기대고 섰다.

"커피 사줄까? 아직 카페 문 안 닫았을 거야."

"집에도 커피 있어요. 그리고 다 늦은 밤에 커피는 무슨."

설은 한 손으로 반대쪽 어깨를 통통 두드리며 뾰로통하게 대꾸를 했다. 그녀는 피곤했지만 집 안으로 들어가고 싶지는 않았다. 두 사람 사이에 짧은 침묵이 흘렀다.

민준이 힐끗 설을 쳐다보았다. 둘이 함께 있는 시간을 연장하기 위해 무슨 말이든 해야 할 것 같은데, 하고 싶은 말은 할 수가 없고 듣고 싶은 말은 물을 수가 없었다. 그러다 문득 그는 고개를 들어 어두운 밤하늘을 올려다보았다.

"카시오페이아. 북극성."

갑자기 민준이 북쪽 하늘의 별자리를 가리켰고, 설은 그가 가리키는 방향을 올려다보았다.

"뭐가 보여요? 난 잘 안 보이는데."

"케페우스. 큰곰자리. 작은곰자리. 착한 사람한테만 보이는 거야."

그가 가리키는 대로 고개를 이리저리 돌리는 설을 바라보며 민준은 작게 웃음을 터뜨렸다.

"그렇게 안 생겼는데 알고 보니 별을 사랑하는 남자였군요?"

설은 입술을 삐죽 내밀며 민준을 쳐다보았다. 불빛 때문에 잘 보이지 않는데, 민준은 귀신같이 별자리를 찾아냈다.

"왜, 사람이 죽으면 하늘의 별이 된다고 하잖아. 그래서 내가 어렸을 때 한번 세어봤거든? 그런데 늘어나지가 않더라고. 항상 같은 자리에 같은 별이 있을 뿐이지."

그는 엄마 아빠가 별이 된 게 아니라는 것을 그때 알게 되었다.

"강설도 모르는 게 있다니 기분이 좋군."

민준이 슬쩍 설을 쳐다보며 웃었다.

"내가 모르는 게 아니라 지금 불빛 때문에 잘 안 보이는 거잖아요!"

설이 발끈하며 여유롭게 웃는 민준을 째려보았다.

"괜찮아. 모르는 건 죄가 아니야. 강설이라고 뭐 다 알겠어?"

'아, 오랜만에 승부근성 돋는구나.'

설이 허리에 두 손을 얹고 민준을 지그시 노려보았다.

"그럼 당신 나랑 끝말잇기 할래요?"

설이 누구던가. 태어나서 단 한 번도 져본 적이 없는 끝말잇기의 여왕이다.

"끝말잇기라니 유치하게."

"그게 유치해요?"

"가운데 말 잇기 정도는 되어야지."

민준이 씩 웃으며 기대 서 있던 몸을 똑바로 일으켜 세웠다. 이날을 위해 연습을 한 건 아니었지만 어렸을 때부터 국어사전을 외우던 취미가 드디어 빛을 발할 때가 온 것이다. 이게 다 그 옛날 그에게 1패라는 굴욕을 안겨주었던 그 놀이터 계집아이 덕분이다.

'그런데, 그때 그 애가 무슨 말을 했길래 내가 대답을 못했던 거지? '조' 뭐였던 것 같은데……'

"그럼 내가 먼저 시작해요? 조랑말!"

민준이 잠시 딴 생각을 하고 있는 사이 설이 먼저 선수를 쳤다.

"뭐?"

'조랑……'

갑자기 민준의 이마에 푸른 힘줄이 돋았다. 그는 잔뜩 인상을 쓰며 설을 위아래로 훑었다. 랑이라니, 처음부터 랑이라니!

"3!"

"이봐 강설!"

"2!"

"나 안 해."

"1 땡! 내가 이겼어요!"

"난 안 한 거라니까?"

설이 의기양양한 표정으로 바라보자 민준은 인정할 수 없다는 듯 고개를 좌우로 흔들었다. 안한 것이기 때문에, 진 게 아닌 것이다.

"졌으니까 당신이 커피 사요."

설이 빙긋 웃더니 난간에서 몸을 일으켜 앞을 향해 걷기 시작했다. 앞으로 당분간 민준의 얼굴을 자주 볼 수 없게 될지도 모른다. 그래서 아무 의미 없이 흘러가는 시간이 아쉽고, 아쉬운 마음에 이런 시

시껄렁한 말장난으로 민준을 붙든다.

"커피는 사겠는데, 내가 졌다는 걸 인정해서 사주는 건 아니야."

"그러든가요, 그럼."

설은 눅눅해지는 가슴을 애써 누르며 시큰둥한 목소리로 대답했다. 민준이 곁에 다가오자 그에게서 희미한 담배 냄새가 났다. 얼마나 오랜 시간 동안 그는 이곳을 서성이고 있었던 걸까. 내가 어디에 있는지, 어디쯤 오는지 알고 있으면서도 그렇게.

민준은 설에게 아무것도 묻지 않았고, 그녀 역시 그에게 아무 말도 하지 않았다. 하지만 주사위는 이미 던져졌고, 정해진 그 길을 설은 이제 혼자 걷기로 결심했다.

두 사람은 아주 느린 걸음으로 고요한 밤거리를 함께 걸었다.

[영애한테 뭔가 있는 것 같다고 말한 건 기영 씨였는데…… 그렇게 오랫동안 가까이 있던 게 별로 소용이 없나 봅니다.]

탐탁지 않아 하는 백 회장의 목소리에 기영이 아랫입술을 힘껏 깨물었다. 요즘 들어 백 회장은 기영에게 서서히 거리를 두고 있었다. 건우만 귀국하면 금방이라도 며느리 삼을 것처럼 굴더니, 어느 순간부터 갑자기 시큰둥하게 대하기 시작했다. 별로 소용이 없다는 말이 아무 뜻 없이 한 말은 아닐 것이다.

"요즘 청와대 출입이 잦은 게 이상합니다. 강설이 퇴근 후 어디서 누구를 만나는지 제가 알아보겠습니다, 회장님."

기영은 마음의 동요를 감춘 채 최대한 침착한 목소리로 말했다. 이제 와서 쓸모가 없어지면 기영이 지금까지 기다린 시간들이 너무 허무

해진다. 이제야 겨우 건우가 돌아왔는데.

[그건 내가 알아서 할 테니 기영 씨는 기영 씨의 일을 하세요.]

"······연락 주세요, 회장님."

기영은 아랫입술을 잘근잘근 씹으며 통화가 끊어진 핸드폰을 내려다보았다. 기분 탓이 아니었다. 백 회장은 지금 자신과 거리를 두고 싶어 하는 것이다. 이제 와서 도대체 왜, 누구 맘대로. 뒤돌아 걸음을 옮기려던 기영은 눈앞의 인영에 흠칫 놀라며 걸음을 멈추었다.

"여기서 뭐 해?"

건우가 팔짱을 낀 채 기영을 빤히 쳐다보았다.

'분명 내가 옥상에 올라왔을 땐 주변에 아무도 없었는데 여길 도대체 언제 올라온 거지?'

"그냥 바람 쐬러 잠깐 올라온 거예요. 이제 막 내려가려고 그랬어요."

"내가 여기에서 뭘 들었는지는 안 물어보네?"

"선배가 뭘 들었는데요?"

"처음부터 다."

"······."

"그럼 이제 나한테 회장님이 누구인지 말해볼까?"

건우가 그녀 앞으로 한 걸음 다가섰다. 하! 기영은 고개를 옆으로 돌리며 입가에 조소를 머금었다.

"나 장난하는 거 아니야, 안기영. 내가 분명히 말했지, 허튼짓 하면 가만두지 않겠다고."

"알려줄 순 있지만 정말 괜찮겠어요? 듣고 나면 분명 후회할 텐데."

좋지 않은 예감에 건우의 얼굴빛이 눈에 띄게 어두워졌다. 그녀는 그 모습을 보고 재미있다는 듯 웃음을 터뜨렸다.

"표정을 보니 눈치챈 것 같네요."

기영이 자조적인 미소를 띤 채 건우의 곁을 스쳐 지나갔다.

"도대체 왜 이러는 거야, 강설이 너랑 무슨 상관이 있다고!"

건우가 언성을 높이며 기영의 팔을 거칠게 붙잡았다. 건우의 손이 부들부들 떨렸다.

"정말 몰라서 물어요? 난 걔가 끔찍하게 싫었어요. 선배가 침대에서 걔 이름을 불렀을 때부터."

기영이 이를 아득 갈며 차가운 눈빛으로 건우를 바라보았다. 기영을 붙든 건우의 손이 힘없이 아래로 떨어졌다. 설에게 이별을 통보받고 취했던 그날, 건우에게 뜨거운 목소리로 사랑한다고 말했던 사람은 설이 아니었고, 그런 자신이 지독히도 혐오스러웠던 건우는 도망치듯 한국을 떠났었다.

하지만 모른 척하고 있다고 해서 있던 일이 없던 일이 되지는 않는다. 지금 기영이 건우에게 그러하듯, 보고 싶지 않아도 언제까지 그녀를 피할 수만은 없는 일이었다.

"뭘 하려는 건지는 모르겠지만, 강설은 그냥 둬. 네가 계속 그런 식으로 나오면 나도 가만있지 않아."

"날 건드리면 회장님이 무사하지 않으실 텐데도 그럴 수 있어요? 선배 아버지, 백인회 회장님 말이에요."

"……"

"이미 늦었어요."

건우를 사랑했던 것만큼 그에 대한 미움도 커졌기에 기영은 이제 이 마음이 사랑인지 증오인지도 구분이 되지 않았다. 그저 눈앞의 백건우가 이제 강설의 것이 아닌 내 것이어야 한다는 생각뿐이었다.

내 것, 백건우는 원래부터 내 것이었다.

✤

"랑, 랑, 랑······."

민준은 누가 보는 것도 아닌데 괜히 자존심이 상해 국어사전을 들춰보지 않았다. 그는 샤워를 하면서도, 면도를 하면서도, 셔츠를 몸에 꿰어 입으면서도 끊임없이 혼잣말을 중얼거렸다.

"배려심이 없어도 너무 없네, 강설. 랑이 뭐야, 랑이."

민준이 넥타이를 조여 매며 슬쩍 미소를 지었다. 그녀 덕분에 말 잇기를 할 때에는 선빵이 중요하다는 사실을 깨달았다. 민준은 다시 한번 하게 된다면 이번엔 반드시 선빵을 날리리라 다짐하며 현관으로 향했다. 그때, 띠리리− 핸드폰이 울렸다. 그는 재킷에서 핸드폰을 꺼내 받으며 구두에 발을 집어넣었다. 박 팀장이었다.

"네."

[어디야?]

"제가 이 시간에 어디겠습니까, 출근 준비 중입니다."

'랑, 랑······.'

[국장님이 지금 들어오라신다.]

"저 말입니까?"

민준이 의아한 표정을 지으며 두 눈을 크게 떴다.

[그럼 나겠냐?]

"팀장님, 무슨 일입니까?"

[그건 나도 모르니 네가 들어와서 직접 여쭈어보세요.]

출근 시간 다 되었는데. 민준이 손목시계를 힐끔 쳐다보았다. 시간이 조금 촉박하긴 하지만 강설을 회사에 얼른 데려다주고 가면 될 것이다. 뭐, 늦어도 어쩔 수 없고.

민준은 서둘러 아래로 내려갔다. 그런데 설의 아파트 앞에 낯익은 번호판을 단 자동차가 한 대 서 있었다. 지난밤, 설을 집으로 데려다줬던 청와대 경호관의 차량이었다. 저 차가 왜 아침 일찍부터 이곳에 와 있는 걸까 생각하는 사이, 설이 밖으로 나왔다. 군기가 바짝 든 경호관이 얼른 차에서 내리더니 차렷 자세로 자동차 뒷좌석 문을 열고 섰다. 민준이 의아한 얼굴로 설을 바라보았고, 설은 차 옆에 멈춰 서서 그를 바라보았다.

"출근 안 해?"

민준이 나직한 목소리로 물었다.

"해야죠. 아버지께서 차량을 보내주셨어요, 앞으로 절 도와주실 분이에요."

"강설."

"걱정 말아요. 저 차 타고 얌전히 다닐 거니까요. 먼저 갈게요. 나중에 봐요."

설이 뒤돌아 자동차 뒷좌석에 올랐고, 민준은 그녀를 태운 차가 눈앞에서 멀어져 가는 모습을 굳은 얼굴로 바라보았다.

민준이 국장실 문을 벌컥 열고 안으로 들어섰다. 김 국장은 창가에 서서 반쯤 걷힌 블라인드 틈 사이로 밖을 내려다보고 있었다.

"국장님."

김 국장이 뒤를 돌아 민준을 힐끗 보더니 다시 밖으로 시선을 돌렸다. 타이밍이 적절하지 않다는 생각이 드는 건 국장의 마음이었고, 차라리 잘된 일이라고 생각이 드는 건 아버지의 마음이었다.

"무슨 일입니까, 왜 갑자기 영애한테 경호관이 붙었습니까?"

"영애 경호 임무는 오늘로 끝났다. 청와대 경호실로 책임을 넘겼으니까 너도 회사 정리하고 대기해."

촥— 김 국장이 블라인드 줄을 세게 잡아당긴 후 민준을 마주 보고 섰다.

"국장님."

"대통령께서 결정하신 일이야. 내가 번복할 수 있는 일이 아니다."

"아직 일이 마무리된 게 아닙니다, 영애가!"

"애초 목적대로 파일은 우리 손에 안전하게 들어왔어. 일은 그걸로 마무리되었다. 더 이상은 네가 관여할 일이 아니야."

"지금은 안 됩니다."

"그런 결정을 네가 할 수는 없다, 김민준."

등줄기가 서늘해졌다.

'이 결정을 내린 건 대통령이 아니다.'

"일주일 줄 테니 정리하고 돌아와."

'강설이다.'

✤

"강 주임, 가을 신제품 프로모션 기획안 다 됐습니까?"

옆에서 남자의 목소리가 들렸다. 컴퓨터 화면을 바라보며 PPT 작업 중이던 설은 고개를 돌렸다. 건우는 여느 때와 달리 웃음기가 없는 얼굴로 설을 바라보고 있었다.

"삼십분 정도면 될 것 같은데요, 팀장님."

"기획안 출력해서 회의실로 가지고 오세요."

"네."

설이 고개를 끄덕였다. 평소 때와 달리 건우의 얼굴이 잔뜩 굳어 있었다.

"안 주임, 신제품 PT 준비는 어떻게 되었습니까."

"오후 1시에 제품 개발실에서 임원진 PT 예정입니다."

"신제품 PT에 저도 들어갑니다. 사장님께서도 참석 예정이니 12시까지 준비해 주세요. 생산팀 이 과장한테 다시 한 번 확인 부탁합니다."

"네, 팀장님."

기영은 아무렇지 않은 표정이었다.

컴퓨터 화면을 바라보며 자판을 두드리던 설은 문득 해외사업부 쪽을 바라보았다. 민준은 아직까지도 출근을 하지 않았다. 마음의 결정을 내리기는 했지만 그가 없는 사무실은 어쩐지 쓸쓸했다. 그가 언제라도 불쑥 나타나 이름을 부를 것만 같았다. 복작복작한 사무실이 설의 눈에는 텅 비어 보였다.

건우는 설보다 먼저 회의실에 들어가, 오후에 있을 임원진 경영 회의 자료를 넘겨보고 있었다. 설이 노크를 하고 안으로 들어가자 건우가 고개를 들어 설을 물끄러미 바라보았다.

"거기 앉아."

회의실에서 설을 기다린 건 백 팀장이 아니라 건우였다. 한층 부드러워진 건우의 표정과 말투가 그걸 말해주고 있었다.

"아직 광고 포스터 최종 컨펌을 받지 못해서 앞으로 수정할 여지는 남아 있어요."

설이 건우에게 서류를 내밀며 말했다. 건우는 그녀에게서 자료를 받아들고 페이지를 넘겨가며 읽기 시작했다.

"김 대리는 아직 출근 안 했네? 항상 옆에 있어야 하는 거 아닌가."

팔랑, 건우가 페이지 한 장을 넘겼다.

"……일이 있나 보죠."

"무슨 일이 있는지 모르겠지만 옆에서 떨어지지 말라고 해. 그게 그 사람 주 업무잖아."

"그걸 어떻게 알았어요?"

민준이 그런 얘기를 했을 리가 없는데, 건우는 그가 NIS 요원이라는 걸 어떻게 안 걸까.

"일부러 알려고 한 건 아니니까 정색할 필요 없어. 그보다…… 혹시 안 주임하고 친해?"

"안기영 주임이요?"

"응."

굳이 회의실로 부른 이유가 이것 때문이었나. 건우의 의중을 살피기 위해 설은 그의 얼굴을 뚫어지라 쳐다보았다. 그는 왜 갑자기 내게 이런 말을 하는 걸까.

"그건 갑자기 왜 묻는 거예요?"

"안 주임하고 가까이 지내지 않는 게 좋을 것 같아서 그래."

"왜요? 내가 안 주임하고 친하게 지내면 안 되는 이유라도 있어요?"

눈빛을 보니 건우는 걱정하고 있었다. 설은 그가 무엇을 걱정하는지는 몰랐지만, 안 주임과는 다른 입장이라는 걸 알 수 있었다.

"그건 나도 몰라. 하지만 그랬으면 좋겠어."

지금 건우가 말을 해줄 수 있는 건 이게 전부였다. 직접 눈으로 확인하기 전까지 아버지의 얘기를 꺼낼 수는 없었다. 아니, 내가 아버지에 대한 이야기를 꺼낼 수 있기나 할까. 건우는 속으로 비겁한 자기자신을 비웃었다.

"잘 생각해 볼게요. 그나저나 저 점심시간 지나고 반차를 좀 쓰고 싶은데요."

"반차? 반차는 왜, 무슨 일이 있어?"

"NIS에서 삼 년 전 일로 참고인 조사를 하나 봐요. 방문 요청이 들어왔어요."

삼 년 전 일. 건우에겐 여전히 목구멍에 걸린 가시 같은 기억이었다. 그 일을 이제 와서 왜 다시 조사하는 걸까?

"……나는 안 주임과 같이 연구실 PT 참석했다 늦게 돌아올 거야. 그러니까 신경 쓰지 말고 점심 먹고 바로 출발해도 돼. 직원들한테는 내가 외부 미팅 보냈다고 말할 테니까 누가 물어보면 그렇게 대답하고."

"그럴게요."

"김 대리랑 같이 가는 거야?"

"아니요, 혼자 갈 거예요."

혼자 간다고? 건우가 미간을 찌푸리며 설을 바라보았다.

"따로 데리러 올 사람이 있어?"

"네."

'설에게 경호관이 따로 붙었을까? 하지만 회사 앞에서 만난다면 직원들 눈에 띌 텐데.'

잠깐 고민하던 건우가 다시 입을 열었다.

"이 주임이 점심 먹고 외근 나간다고 하니까 그 차 타고 같이 나가. 가다가 디자인실 앞에 내려달라고 하면 될 거야, 거기서 만나서 가든가."

"……그럴게요. 고마워요."

설이 감사를 표했다. 건우는 지금, 설이 다른 사람들 눈에 띄지 않게 도와주려는 것이었다.

"뭐가 고마워?"

"날 걱정해 주는 거잖아요."

어쩌면 설은 앞으로 예전과는 비교할 수 없을 만큼 나를 미워하고 멀리하게 될지도 모른다. 설을 다시 만났을 때 우린 운명일지도 모른다고 생각했는데, 그건 내가 바랐던 운명과는 다른 의미의 운명이었을까? 건우는 애써 태연한 척, 어깨를 으쓱했다.

"고마우면 커피나 한 잔 사줘."

"나중에 기회가 되면요."

"지금은 안 돼?"

"네, 안 돼요. 이미 여직원들한테 충분히 미움받고 있거든요."

"강설이 그런 눈치도 보네."

쯧쯧 혀를 차는 건우를 바라보며 설이 옅게 웃었다. 건우가 마주 웃으며 고개를 끄덕였고, 설은 가볍게 목례를 한 후 회의실 문을 열고 밖으로 나왔다.

"여기 있다길래."

설은 얼굴의 웃음기가 사라지기도 전에, 문 앞에 서 있던 민준과 마주쳤다. 제가 잘못한 건 없었지만, 굳은 얼굴의 민준을 보니 웃고 있던 게 괜히 미안해졌다.

"팀장님께 기획안 제출하느라고요, 늦었네요?"

"당신이 부탁했어? 당신 옆에서 나 치워달라고."

민준의 차가운 목소리에 설은 숨을 고르며 주변을 살폈다. 다행히 주변에는 아무도 없었다.

"그래요, 내가 그랬어요. 이제 당신이 내 옆에 있을 필요가 없거든요."

"……이제, 내가 있을 필요가 없다."

민준을 응시하는 설의 등 뒤로 회의실 문이 벌컥 열렸다. 손에 서류를 든 건우가 민준과 눈이 마주쳤다.

"아, 이제 왔어요? 강 주임은 이따 내가 잘 보내줄 테니 걱정 말아요."

"……어딜, 가?"

민준이 시선을 내려 설을 뚫어지라 바라보았다. 백건우는 알고 나는 모르는 곳에, 강설이 간다고?

"개인적인 일이에요."

"이제 내가 모르는 시간은 절대 안 된다고 얘기했던 것 같은데."

"어제까진 그랬죠. 하지만 오늘부터는 아니에요."

'강설, 이건 나를 위하는 게 아니야.'

'나를 위해서지 당신을 위해서가 아니에요.'

두 사람은 잠시 동안 말없이 서로의 눈을 응시했다.

"……그래?"

하지만 머리로는 이해할 수 있어도 가슴이 납득하지 않았다.

'내가 필요하지 않으면, 나는 강설 옆에 있을 수가 없는데.'

"무슨 일인지는 모르겠지만 김 대리가 못 움직인다면 내가 도와줄 수 있어요."

내가 아니라도 이렇게, 나를 대신할 사람은 얼마든지 있다고 말을 하는 것 같아서. 민준이 힐끗 건우를 쳐다보았다 다시 설의 두 눈을 마주했다.

"……혼자 가도 되는 곳이야?"

"네."

설이 고개를 끄덕였다.

"무슨 일 생기면 전화해."

"걱정 말아요."

보이는 내가 불안하다면 보이지 않는 곳에 있으면 되겠지. 민준이 갑자기 홱 뒤돌아섰다. 성큼성큼 옮기는 발걸음에 거침이 없었다.

"어디 갑니까?"

민준의 등 뒤에서 백건우가 그를 불렀다.

"사표 내러 갑니다."

민준이 목에 걸었던 사원증을 거칠게 빼냈다. 그동안 알게 모르게 정이라도 들었는지 가슴 한구석이 헛헛했다. 이제 김민준 대리는 더 이상 강설 주임을 만나지 못할 것이다. 강설과 티격태격하며 함께 먹던 점심 식사도, 아침 출근 시간마다 그녀의 집 앞을 지키는 일도 이제 더 이상 민준의 몫이 아니다. 그러나 영애의 경호는 끝이 났어도, 강설을 지키는 일은 끝나지 않았다.

김 국장은 민준에게 영애의 경호 임무를 종료하고 대기할 것을 명했다. 하지만 대기 중 민준이 어디서 뭘 하든 국익에 반하지만 않으면 되는 일이었다. 그러니 이제 강설 뒤에서 그녀를 위협하는 요소를 제거하면 된다. 강설을 지키는 것은, 강설을 위험하지 않게 하는 것이다.

5

오후 2시. 설은 NIS 건물 2층 복도 끝 의자에 앉아 있었다. 연구원들은 한 명씩 차례로 안으로 들어가 일정 시간 면담을 하고 난 뒤 밖으로 나왔고, 설에게 가볍게 목례를 하며 그녀 앞을 지나갔다.

"아니, 이게 누굽니까, 강조국 양! 아니, 이제 영애라고 불러드려야지요?"

하얀 대리석 바닥을 물끄러미 내려다보던 설은 자신을 부르는 목소리에 고개를 돌려 소리의 진원지를 바라보았다. 서 박사, 현 원자력연구소장이었다.

"……안녕하세요."

설은 서 박사를 향해 가볍게 고개를 숙이며 인사했다. 내키지는 않았지만, 그렇다고 아는 사람을 모른 척할 수는 없었다.

"조국 양도 참고인 조사하러 왔어요?"

서 박사가 다가와 설 옆에 나란히 앉았다.

"네."

서 박사의 질문에 설이 가볍게 고개를 끄덕였다.

"김 국장도 참, 아니 영애까지 부를 일이 뭐가 있다고. 쯧쯧."

"그냥 형식적인 조사라고 들었어요, 괜찮습니다."

"이제 와서 이런다고 그동안 못 찾은 걸 새삼 찾을 수 있는 것도 아닌데 말입니다."

서 박사가 슬쩍 설의 눈치를 살피며 넌지시 말했다. 파일을 찾아낸 곳은 분명 영애와 관련이 있을 텐데, 김 국장과 대통령은 여전히 침묵을 지키고 있었다. 재조사가 시작되고 난 후 겉으로 내색은 안 했지만 서 박사가 느끼는 압박감은 상당했다. 서 박사로서는 당연히 그럴 수밖에 없었다.

"필요하다면 협조해 드려야죠, 저한테는 할아버지 일이잖아요."

"당연히 그래야죠. 참, 조국 양은 무슨 회사를 다닌다고 들었던 것 같은데, 왜 전공을 살려 일하지 않습니까. 그땐 연구소에도 자주 놀러 왔잖아요."

"전공은 했어도 그쪽으론 별로 흥미가 없어서요, 그땐 할아버지가 계시니까 자주 놀러 갔던 것뿐이에요."

"언제 한 번 연구소로 놀러 와요, 내가 점심 사줄 테니까."

"……감사합니다."

고맙게도 그때 누군가 서 박사를 불러서 두 사람의 대화는 그걸로 끝이 났다. 서 박사가 안으로 들어간 후, 설은 한숨처럼 긴 숨을 내뱉었다. 긴장하고 있던 마음을 들킬까 봐 꽉 쥐고 있던 주먹이 그제야 스르르 풀어졌다.

설의 시선이 왼쪽 손목에 가 닿았다. 손목에 감긴 GPS 목걸이가 소매 밑으로 언뜻 보이자 눈에 띄게 마음이 편안해졌다. 그래도 민준이 곁에 없는 데에 익숙해지기까진 시간이 걸릴 것이다.

시 박사가 돌아가고 닌 후, 설은 마지믹으로 방에 들어싰다. 두 명의 직원이 설에게 거수경례를 하더니 곧장 뒤돌아, 언뜻 보기에는 하얀 벽의 일부로만 보이는 묵직한 문을 옆으로 열고 양옆을 지키고 섰다.

"어서 와요."

그 안에 김 국장이 있었고, 책상 위에 할아버지의 컴퓨터가 놓여 있었다. 설은 김 국장 옆에 서 있는 낯선 남자를 경계의 눈빛으로 쳐다보았다.

"우리 요원입니다. 암호해독 전문이고 혹시 필요할지 몰라 대기시켜 놓았습니다. 불편하시다면 내보내겠습니다."

"아니요, 국장님께서 괜찮으시다면 저도 괜찮습니다."

"컴퓨터는 이 박사님께서 작고하시기 전 상태 그대로 복원시켜 놓았습니다. 다행히 본체를 구동하는 데에는 아무런 문제가 없다고 하더군요. 물론 그때와 마찬가지로 컴퓨터 하드는 깨끗합니다."

김 국장은 설에게 메모리칩을 건네며 의문스러운 표정을 지었다. 그때나 지금이나 컴퓨터는 텅 비어 있는데, 영애는 도대체 무얼 할 수 있다는 건지 짐작조차 할 수 없었다.

"할아버지께서는 물리학자셨지만, 컴퓨터 프로그래밍에도 뛰어나셨어요."

설은 김 국장에게서 건네받은 메모리칩을 단자에 꽂고 컴퓨터 전원 버튼을 눌렀다.

"그래서 항상 남들이 생각하지 못하는 기발한 아이디어를 생각해내곤 하셨죠."

본체에서 팬이 돌아가는 시끄러운 소음이 들렸다. 긴가민가한 표정으로 설을 지켜보던 김 국장과 암호해독 요원이 믿을 수 없다는 듯 눈을 휘둥그레 떴다. 잠잠하던 모니터 화면이 갑자기 어지럽게 움직이기 시작했기 때문이었다.

마치 메모리칩이 단잠을 깨운 것처럼 컴퓨터 화면에 숫자들이 가득 찼고, 그 숫자들은 화면 아래에서 위로 빠르게 움직이기 시작했다. 까만 모니터 화면에 어지러운 알파벳과 숫자들이 가득 차올랐다 사방으로 흩어졌고, 빙글빙글 돌다 사라지기를 반복했다. 설은 어지럽지도 않은지 눈을 한 번도 깜빡거리지 않은 채 모니터 화면을 뚫어지라 바라보았다.

알파벳과 숫자들은 제멋대로 돌아다니는 것처럼 보였지만, 문자들이 흩어져 자리 잡는 찰나의 순간 하나의 문자만 미묘하게 자리를 어긋나게 잡았다. 보통 사람들 눈에는 마냥 어지럽게 돌아다니는 문자들이 제자리를 찾아가는 걸로만 보일 테지만 설의 눈에는 완벽하게 들어맞지 않는, 아주 작은 퍼즐 조각이 하나씩 보였다. 모든 문자가 제자리를 찾아가는 찰나의 순간 혼자만 다른 곳에 자리를 잡는 문자.

"S."

"9."

"B."

"K."

"4."

설이 모니터 화면을 바라보며 일정한 간격으로 입술을 달싹거렸다. 열다섯 개의 불규칙한 문자들을 끝으로 설은 입술을 다물었고, 그녀가 자판을 여러 번 빠르게 두드리자 조금 전과는 또 다른 화면이 눈앞에 나타났다. 그것은, 하도 많이 들여다봐 이제 눈에 익숙해지다 못해 친근해지기까지 한 원자력연구소의 로고였다.

"찾았어요."

설이 마우스에 손을 올린 채 김 국장을 바라보았다. 의연하고 싶었지만 마음과는 달리 입술이 파르르 떨려, 아랫입술을 안으로 꽉 깨물었다. 설은 눈물이 나올 것 같아 얼른 고개를 돌려 모니터를 바라보았다. 언젠가 할아버지의 컴퓨터에서 본 적이 있는 그 문서였다. 아직도 손에 잡힐 듯 그때 기억이 생생했다.

김 국장과 암호해독 요원은 멍한 얼굴로 설을 바라보았다. 영애에게 이런 능력이 있다는 정보는 어디서도 들은 적이 없었다. 하아. 김 국장이 가느다란 탄식을 뱉어냈다.

"그런데……."

설은 아직 할 말이 남은 듯 다시 조심스럽게 말문을 열었다.

"……말씀하세요."

정신을 차린 김 국장이 바짝 마른 입술을 혀로 축이며 낮은 목소리로 대답했다. 마우스 휠을 아래로 천천히 굴려 화면에 나타난 자료를 읽어 내리던 설이 하려던 말을 이었다.

"배열이…… 제 기억과 조금 달라요, 전에는 이렇게 되어 있지 않았거든요. 아마 할아버지께서 일부러 흩어놓으신 것 같아요."

할아버지는 혹시 설이 아닌 다른 사람 손에 파일이 들어갈까 봐 이렇게 여러 겹으로 방어막을 만들어놓은 것이다.

"그럼 원자력연구소(KAERI)에 협조를 요청하고 당시 연구원들을 전부 소집하겠습니다."

"아니요, 이 내용을 자세히 알고 있는 사람은 아무도 없을 거예요. 그렇지만…… 제가 파일을 원래 상태대로 복원할 수 있을 것 같아요."

"영애께서 그걸 전부 기억하고 있다는 말씀입니까?"

설은 얼굴의 핏기가 싹 가신 김 국장의 얼굴을 보며 아차 싶었지만,

이미 엎질러진 물이었다. 이제 더 이상 숨길 수도 없었고 또 숨겨서도 안 되는 일이었다. 김 국장은 이내 평정심을 되찾고 침착한 목소리로 다시 물었다.

"누가 필요합니까? 대통령 각하께 보고 후 필요한 연구원들을 부르겠습니다."

김 국장의 말에 설이 잠시 머뭇거렸다.

"……할아버지는 연구원분들 모두를 신뢰한 건 아니셨어요."

연구원들에겐 미안한 말이지만 사실이 그러했다. 그들 중에서도 아군과 적군의 구별이 필요했다.

"무슨 말씀인지 알겠습니다. 뭐든 도움이 필요하다면 말씀하세요."

김 국장은 이인호 박사가 왜 이 메모리칩을 설에게 남겼는지 이제야 알게 되었다. 이것은 영애인 강설만이 풀고, 다시 만들 수 있는 파일이었다. 아끼는 손녀에게 왜 그렇게 위험한 일을 시켰는지 이해가 되지 않았는데, 그럴 수밖에 없었던 박사의 심정을 이제는 짐작할 수 있을 것 같았다.

"각하께 보고 드리겠습니다. 고생하셨습니다."

설이 조심스럽게 고개를 끄덕였다.

[강 주임, 지금 어디야? 외근 나갔다고 하던데, 거기서 바로 퇴근하는 거야?]

기영에게서 전화가 걸려온 건, 설이 경호관의 차량을 타고 집으로 돌아가는 길이었다. 침대에 누우면 바로 쓰러질 수 있을 만큼 피곤했기에, 일이 끝나면 바로 퇴근을 하라고 말해준 건우에게 고맙다는 생각을 하던 중이었다.

"집으로 가는 길이에요."

[김 대리님 회사 그만둔다고 오늘 사표 냈다던데, 알고 있었어?]

"……그래요?"

민준이 회사를 그만둔다. 알고는 있었지만 새삼 물먹은 솜처럼 마음이 무겁게 가라앉았다.

[이번 주 안으로 인수인계 끝내고 다음 주부터는 안 나올 거래. 그래 봤자 이틀밖에 안 남았잖아. 그래서 사무실 직원들이 송별회 해준다고 다들 여기에 모여 있거든.]

"……"

[둘이 그렇게 친하게 지냈는데, 송별회도 안 올 거야?]

"제가 지금 너무 피곤해서요. 김 대리님께는 따로 인사드릴게요."

가급적 기영과 마주치고 싶지 않았다. 게다가 오늘 아침 건우에게 들은 당부도 마음에 걸렸다. 하지만 민준이 그곳에 있다고 하니 한편으론 가고 싶다는 생각도 들었다. 다른 사람들과 어울리는 걸 별로 좋아하지 않는 민준은 곤혹스러운 얼굴로 앉아 있을 것이다. 팔짱을 끼고 인상을 찌푸리며, 잔뜩 못마땅한 표정을 지은 채.

민준을 만난 이후로 설은 이렇게 긴 시간을 그와 떨어져 있은 적이 없었다. 몸에 밴 습관처럼, 의식하지 않고 숨을 쉬는 것처럼, 자연스럽게 옆에 있던 민준의 부재가 주는 허전함은 생각했던 것보다 훨씬 더 컸다. 가슴에 생긴 커다란 구멍 사이로 서늘한 바람이 숭숭 불어왔다.

터벅터벅. 차에서 내려 집을 향해 걷는 발걸음은 무거웠다. 혹시나 해서 뒤를 돌아보았지만, 민준의 모습은 보이지 않았다. 송별회라 술을 많이 마시려나. 잘 안 취한다고 했으니 설마 취하진 않겠지. 지금 이런 걸 생각할 때가 아닌데, 이런저런 생각을 하다 보면 그 끝에 항상 민준이 있었다. 이렇게, 내 시선의 끝에도.

"오늘 송별회 한다면서요."

발자국 소리를 듣지 못했는데 설 앞에 민준이 불쑥 나타났다. 마치 하늘에서 뚝 떨어진 것처럼.

"목표물이 움직였어. 거기로 올 줄 알았는데, 다른 데로 가더라고."

송별회에 갈 생각 같은 건 애초부터 없었다. 다만 그곳에 마케팅팀 직원들도 온다고 했고, 혹시 설이 그곳으로 올지 모르니 기다렸을 뿐이다. 민준이 왼손에 찬 손목시계를 톡톡 두드리며 웃었다.

"얘긴 들었어요. 이번 주까지만 근무한다면서요."

"응. 꽤 즐거운 곳이었는데."

그곳에서 설을 만나고, 함께 저녁을 먹고 맥주를 마셨다. 고개를 돌리면 설의 책상이 보였다. 언제든지 새로운 신분으로 위장할 수 있도록 임무가 끝나면 원래 없었던 사람처럼 그 자리를 비워야 하는데, 이번엔 사람이 남았다. 아니, 사랑이 남았다.

"백 팀장님이 오늘 나한테 안 주임이랑 가까이 지내지 말라고 말했어요."

"백건우가 그런 말을 했어?"

건우가 한 말이 의외였는지 민준이 눈을 크게 떴다.

"다른 건 잘 모르겠지만 나를 걱정하는 눈치였어요. 나한테 해를 입히려는 것 같진 않으니 다행이에요."

"그렇다니, 다행이네."

'내가 없어도 강설이 웃고 있어서 다행이고.'

민준은 웃는 얼굴로 회의실에서 나오던 설을 떠올리며 속으로 쓴웃음을 지었다.

"들어가요. 나도 들어가서 쉴래요."

"……그래, 들어가."

민준이 어깨를 으쓱하더니 아파트 입구를 향해 고갯짓을 했다. 그는 짧은 대화가 많이 아쉬웠지만, 설이 많이 지쳐 보였기에 그녀를 붙잡지 않았다. 설이 아파트 입구 안쪽으로 사라진 후에도 민준은 그녀의 집 앞 복도 센서등이 켜질 때까지 위를 올려다보며 서 있었다.

집 안으로 들어온 설은 가방을 소파 위에 올려놓으며 힘없이 털썩 주저앉았다. 오늘 너무 많은 일이 있었고, 그럼에도 불구하고 설에겐 너무 많은 일이 남아 있었다. 설은 멍하니 허공을 바라보다 샤워를 하기 위해 무거운 몸을 일으켰다.

장식장에 무심코 시선이 닿는 순간 설의 눈빛이 미세하게 흔들렸다. 설이 주머니에서 핸드폰을 꺼내 통화 버튼을 눌렀다.

"……나예요."

심장이 쿵쿵 무섭게 뛰기 시작했다.

"내가…… 송별회 선물을 주려고 했는데…… 깜빡 잊었어요. 멀리 가지 않았다면, 지금 주고 싶은데요."

최대한 침착하게 말하려 했는데 목소리가 떨렸는지는 알 수가 없다. 숨을 쉬기가 힘들어 말이 뚝뚝 끊어져 나왔다. 민준이 뭐라 말을 했는지도 잘 들리지 않았다. 몸을 돌려 현관 밖으로 나가고 싶은데 얼어붙은 발이 마음처럼 움직이지 않았다.

"내가…… 오늘 대리님한테."

순식간에 두려움이 온몸을 휘감았다. 거실 장식장 위에 놓아두었던 물건의 방향이 조금 달라져 있을 뿐인데, 어쩌면 기분 탓일 수도 있는데 숨이 턱턱 막혔다.

띠띠띠띠— 도어록 버튼을 빠르게 누르는 소리에 급격히 팽창한 두려움은 공포심이 되어 힘겹게 호흡하고 있던 숨구멍을 더 강하게 짓

눌렀다.

쾅! 소리와 함께 현관문이 열렸다 세게 닫혔고, 마술처럼 설의 눈앞에 민준이 서 있었다.

"선물, 받으러 왔어."

설을 똑바로 바라보며 숨을 고르는 민준의 호흡이 거칠었다. 민준이 거실 등을 끄자 깜깜한 어둠 속에서 그의 형체만 보였다. 안도감에 설은 온몸의 힘이 풀리는 듯한 느낌이었다. 민준이 한 손으로 설을 당겨 안으며 재킷 안에 숨겨놓은 감지 장치의 버튼을 눌렀다.

"나는……."

"쉬이……."

민준의 입술이 설의 입술을 가로막았다. 민준의 재킷 안에서 빨간 동그라미가 깜빡거렸고 곧이어 삐이- 하는, 작은 경보음이 들렸다.

CCTV, 그리고 적외선 카메라. 누군가가 지금 두 사람의 모습을 지켜보고 있는 것이다.

설의 떨림이 잦아들 무렵 민준이 입술을 떼어내고 설을 바라보았다.

"누군가 우리를 보고 있나 봐."

민준이 나지막하게 속삭이며 설의 뺨을 어루만졌다. 설의 입술이 파르르 떨리자 민준은 그녀의 입술을 엄지손가락으로 매만졌다.

"우리 집으로 갈까?"

민준의 속삭임에 설이 고개를 저었다.

"그럼, 청와대로 데려다줄까?"

청와대. 지금 청와대로 들어가면 무언가 숨겨야 하는 게 있지 않나 하는, 괜한 의심을 받게 될 것이다. 그리고 무엇보다도 아빠한테 누가 될 수 있기에 설이 고개를 가로저었다.

"이리 와봐."

민준이 설의 손을 잡고 그녀의 침실로 향했다. 방 안으로 들어가니 삐— 울리던 경보음 소리가 멈췄고, 빨갛게 반짝이던 작은 동그라미도 사라졌다.

"이제 괜찮아."

민준의 말에 다리에 힘이 풀린 설이 침대 위에 주저앉았다. 이제야 비로소 무서운 현실이 실감이 난 설의 두 눈에 뿌옇게 눈물이 차올랐다.

"내가 옆에 있을 테니까, 아무 생각하지 말고 자."

설은 눈물로 흐릿해진 눈으로 민준을 바라보았다.

"별일 아니야, 괜찮아."

민준이 설을 안심시키려는 듯 눈매를 부드럽게 접으며 웃었다.

"당신은 그럴지 몰라도 나는, 괜찮지가 않아요."

갑자기 서러움이 물밀 듯이 밀려왔다. 설의 뺨을 타고 눈물이 흘러내렸다.

"이렇게 살고 싶지 않았어, 내가 원했던 삶이 아니야! 이런 나도, 당신도, 난 너무 힘들다고요!"

마음속 깊숙이 감춰두고 꺼내지 않았던 말들이 기어이 입 밖으로 뛰쳐나왔다. 그동안 의연한 척하고 있었지만, 사실은 괜찮지 않았다. 겉으로 내색할 수 없었기에 누구한테도 말을 할 수 없었던 것뿐이다.

"나도 다른 사람들처럼 평범하게 살고 싶었다고요! 어엉엉."

설이 침대에 엎드려 서럽게 울기 시작했다. 원망하고 싶은데 누구도 원망할 수가 없었다.

'나는 왜 이렇게 살아야 하는 걸까, 도대체 왜.'

두려움이 사라지자 서러움이 가득 밀려왔다. 제 다친 마음만 끌어

안느라 저보다 더 아파하는 민준의 얼굴이 보이지 않았다. 그의 떨리는 눈빛을 보지 못했다.

"……걱정 마, 그렇게 살 수 있어, 강설."

나지막하게 말하는 그의 목소리도, 그녀는 듣지 못했다.

울다 지쳐 깜빡 잠이 들었는지, 무거운 눈꺼풀을 천천히 들어 올리자 어느새 아침이 환하게 밝아 있었다.

"일어났어?"

깜빡깜빡. 설이 퉁퉁 부은 눈을 두어 번 깜빡거렸다. 가까이에서 민준의 목소리가 들렸다. 꼭 그가 바로 옆에 있는 것처럼 들리는 게, 아직 꿈속인 건가.

"눈 다 뜬 거야? 내가 보기엔 절반만 뜬 것 같은데?"

설은 번쩍 정신이 들어 벌떡 일어나 앉았다. 민준이 팔짱을 끼고 화장대에 기대서서 빤히 쳐다보고 있었다.

"여, 여기서 뭐 해요?"

"7시 넘었어. 출근하려면 빠듯할 텐데."

민준이 손목시계에 두었던 시선을 들어 멍한 얼굴로 앉아 있는 설을 바라보았다.

"씻고 나와, 거울 보면 아마 잠이 확 깰걸?"

"……뭐, 뭐라고요?"

당황한 설이 말을 더듬으며 얼른 두 손으로 뺨을 가렸다. 민준이 웃으며 침실 문을 열고 밖으로 나갔다.

"나도 다른 사람들처럼 평범하게 살고 싶었다고요!"

거실 커튼을 옆으로 활짝 열어젖히자 아침 햇살이 거실 안으로 깊숙이 들어왔다.

"……정말 가깝네."

민준은 자신의 집을 올려다보며 혼잣말로 중얼거렸다. 설의 집에 카메라를 설치해 두었던 사람은 이제 민준에 대해 알았을 것이다. 민준을 보았을 테니 공격을 하든 방어를 하든 좀 더 큰 움직임을 보일 수밖에 없을 테고, 뒤에 숨어 있는 것보다는 차라리 그 편이 더 나았다.

딸깍- 등 뒤에서 침실 문이 조심스럽게 열리는 소리가 났다. 어젯밤의 공포가 떠올랐는지 방 밖으로 나오는 설의 얼굴이 긴장감으로 딱딱하게 굳어 있었다.

민준이 뒤를 돌아 엉거주춤 선 설을 바라보았다. 방금 씻고 나와 그런지 머리카락의 물기가 채 가시지 않았고, 설의 얼굴은 오늘따라 유난히 창백해 보였다. 마음 아프게.

"손들어!"

민준의 짓궂은 말투에 설이 두 눈을 동그랗게 뜨며 얼른 걸음을 멈추었다. 그렇다고 또 진짜 멈춘다. 동그랗게 뜬 눈이 꼭 잔뜩 겁을 집어먹은 토끼 같았다. 하얗고 보들보들하고, 작고 예쁜 토끼.

"말도 잘 듣네."

내내 강하고 씩씩해 보이던 것은 설의 진짜 모습이 아니었다. 밝고 사랑스러운 아가씨라고 쓰여 있던 파일의 내용이 맞았다. 설은 애초에 두려움, 공포, 눈물 같은 건 어울리지 않는, 아니 어울려서는 안 되는 사람이었다.

"……그렇게 막 돌아다녀도 괜찮아요?"

설이 조심스럽게 물었다. 어젯밤 분명히 거실에 카메라가 있다고 했는데, 민준이 활개 치고 다니는 모습이 이상했던 설은 용기 내어 눈을 굴렸다.

"벗고 다녀도 괜찮아, 커튼만 친다면."

"뭐라고요?"

"그렇다고 진짜 그러진 말고."

민준이 얼굴에 옅은 미소를 띠었다. 지난 몇 달 동안 과분한 꿈을 꾸었다. 꿈이 현실이 되었으면 좋겠다는 바람에, 가슴속에 헛된 욕심이 자라났다.

"……어제는 미안했어요."

설이 작게 속삭이듯 말했다. 긴장이 풀어지니 어젯밤 일이 생각났다. 민준의 잘못이 아닌데, 한걸음에 달려와 준 그에게 그동안 꾹꾹 눌러 참고 있던 설움을 다 토해냈다. 설은 제 곁에 있지 말라고 등을 떠밀어놓고 그 순간 민준에게 전화를 건 자신이 너무 한심했다. 이렇게 나약해서 앞으로 무슨 일을 할 수 있을까. 샤워기에서 쏟아지는 물줄기를 맞으며 스스로를 책망하고 또 채찍질했다.

해를 등지고 선 민준의 얼굴이 잘 보이지 않았기에 설은 그의 앞으로 가까이 다가갔다.

"뭐가 미안해, 내가 미안하지."

민준이 설을 바라보며 부드럽게 웃었다. 남들처럼 예쁜 사랑을 해줄 수 있는 것도 아니면서 그녀를 마음에 담았다. 평생 그녀 곁에 머물겠다는 약속도 쉽게 해줄 수가 없으면서. 이제야 비로소 친아버지의 마음을 온전히 이해할 수 있게 되었다. 나와 어머니를 남기고 떠나야 했던 아버지는 무척 고통스러웠을 것이다. 대문 밖을 쳐다보며 오지 않을 아버지를 기다릴 어머니를 떠올렸을 것이고, 어머니를 사랑한 자신을 자책하고 또 자책했을 것이다.

"밑에 차 와 있네, 1층 엘리베이터 앞까지만 같이 갈게."

민준이 고갯짓으로 베란다 쪽을 가리키며 웃었고 그 옅은 미소 사이로 시린 바람이 불었다. 여름이 오고 있는데 민준은 지금 겨울 한복판에 서 있는 것처럼 보였다. 설이 한 발자국 더 가까이 다가가 민준의 셔츠 자락을 붙들고 앞으로 가볍게 잡아당겼다.

"……우리 나중에."

"응?"

민준이 잠깐 셔츠를 바라보았다가 눈을 들어 설을 바라보았다. 민준의 눈이 아래로 부드럽게 휘어졌다.

"저번 그 할머니네 집 자장면 먹으러 가요."

"그럴까?"

"응."

설이 고개를 끄덕이자 민준이 웃으며 그녀를 품에 당겨 안았다.

"……한번만 안아보자, 강설."

민준의 목소리에 물기가 어려 있는 것 같아, 설은 그의 등 뒤로 팔을 둘러 온기를 더했다.

⚜

"여어, 좋은 아침이야!"

집을 나서던 기영은 맞은편 벽에 기대 서 있는 민준을 발견하곤 놀라서 그 자리에 멈춰 섰다. 민준이 태연하게 오른손을 들어 인사했다. 기영은 순간 몸을 움찔거렸지만, 곧 아무렇지 않게 평온한 표정으로 민준을 바라보았다. 또각또각, 기영이 민준 앞에 다가가 고개를 뻣뻣하게 세우고 섰다.

"아침 일찍부터 여긴 무슨 일이세요, 대리님?"

영애에게 경호관이 붙을 것이라고 생각은 했지만 NIS 요원이 붙을 줄은 몰랐다. 그것도 사내 직원으로 위장해서 들어와 있을 줄이야. 기영은 이른 새벽에 감시 카메라를 똑바로 응시하던 민준의 모습을 떠올렸다. 그가 조만간 찾아올지도 모르겠다는 생각을 하긴 했지만 이렇게 빠를 줄은 몰랐다.

"내가 화면발을 잘 받았나 모르겠네? 얼굴이 워낙 작아서 여백이 많이 남았을 텐데 말이야."

민준이 벽에 기대 있던 몸을 일으켜 기영의 앞으로 바짝 다가섰다.

"갑자기 그게 무슨 말씀이세요? 전 대리님이 무슨 말씀을 하시는 건지 도통 모르겠는데요."

"요원을 그만두고 감이 떨어지셨나? 좀 더 깜짝, 놀라는 표정을 지어야지."

민준의 나직한 목소리에 기영은 입술을 꾹 다물고 민준을 사납게 노려보았다. 잠시 침묵하던 기영이 하! 기가 찬 듯 입가에 조소를 띄었다.

"당신이 옆에서 얼쩡거린다고 해서 강설이 당신 게 될 것 같아? 당신 지금, 강설의 연애 놀음에 놀아나고 있는 거야, 알아?"

기영이 표독스러운 표정을 지으며 감춰뒀던 본모습을 드러냈다. 이렇게 된 이상 뭘 더 숨기고 말고 할 것도 없는 것이다.

"아, 그래. 아무리 발버둥 쳐도 백건우가 네 것이 안 되는 것처럼 말이지? 그런데 말이야, 영애가 뭘 하든 무슨 상관이라고 전직 요원께선 카메라까지 설치해 가며 영애 옆을 얼쩡거리는 걸까? 안기영이, 영애한테, 도대체 무슨 볼일이 있다고."

"그건 내가 묻고 싶은 말이야. NIS 현직 요원께서 고작 영애의 경호라니, 정말 이상하지 않아? 도대체 강설한테 뭐가 있길래, 도대체 그 계집애한테 뭐가 있길래 말이야."

한껏 치켜뜬 기영의 두 눈에 시퍼런 독기가 가득 퍼졌다.

"내가 재밌는 얘기 해줄까? 삼 년 전 강설이 건우 선배와 헤어졌을 때 말이야, 나도 그 자리에 있었어. 내가 그날 선배를 몰래 뒤따라갔었거든. 그날 강설이 아파트로 다시 돌아오는 걸 보고도 난 선배한테 알려주지 않았어. 들키라고, 버림받고 헤어지라고! 선배의 임무고 뭐고 그런 건 나한테 하나도 중요하지 않았지. 안 그랬으면 그날 밤 백건우는 강설하고 호텔에서 뒹굴고 있었을 테니까. 선배는 그날이 디데이라고 말했는데, 선배가 말한 디데이가 진짜 무슨 의미인지 난 알고 있었거든. 결국, 선배가 예약했던 호텔 스위트룸에는 강설이 아닌 내가 들어갔지만 말이야."

기영은 숨도 쉬지 않고 속사포처럼 빠르게 말을 쏟아냈다.

"강설은 다 가지고 태어났잖아. 지가 버려서 내가 갖겠다는데, 이제 와서 또 남 주기는 싫어? 별거 아닌 줄 알았는데 알고 보니 백건우가 Pakin 아들이라서? 혼자 그렇게 고상한 척, 깨끗한 척하면서 실제로는 이놈 저놈 붙어 다니는, 윽!"

민준이 기영을 벽에 밀어붙이며 목을 짓눌렀고, 기영의 얼굴이 금세 파랗게 질렸다. 기영은 두 손으로 민준의 팔을 붙들고 발버둥 쳤다. 금방이라도 숨이 넘어갈 것 같았다. 민준은 그 모습을 입가에 살짝 미소를 띤 채 동요 없는 눈빛으로 바라보았다.

"말조심해야지, 안기영. 네가 백건우랑 뭘 하고 싶어도 그건 살아 있을 때나 가능한 일이잖아. 대통령께서 얼마나 딸이 소중하셨으면 요원인 나를 영애 옆에 붙여놓았겠어, 안 그래?"

민준이 놓아주자 기영이 땅바닥에 털썩 주저앉아 거친 숨을 컥컥 뱉어냈다. 파랗게 질린 얼굴빛은 쉽사리 원상태로 돌아오지 않았다. 민준이 한쪽 무릎을 세우고 가쁜 숨을 들이켜는 기영을 싸늘하게 쳐다보았다.

"네가 뭘 믿고 이러는지는 모르겠지만, 나는 아쉬운 게 없는 사람이라서."

"……."

"또 한 번 거슬리면, 죽인다."

민준이 기영의 귓가에 나지막이 속삭였다. 어둠 속에서 카메라 화면을 똑바로 응시하던 민준의 싸늘한 눈빛이 생각난 기영은 몸을 파르르 떨었다.

"그러니까 여기 안기영하고 백인회 회장이 있어. 안기영이 백 회장 심부름을 하고 있다고 해도 백 회장 혼자서 이런 일을 벌일 리가 없겠지. 당연히 수요자가 있으니까 공급자가 있는 거고. 그런데 이 어마어마한 걸 사들일 수 있는 곳은 사실 전 세계에 몇 군데 안 되잖아? 그중에 Pakin의 방위산업체 DX와 돈독한 관계를 맺고 있는 군수업체가 하나 있어. 백 회장이 파일을 판다면 아마 이곳이겠지."

투명 보드에 마커로 표시까지 해가며 열정적인 브리핑을 끝낸 박 팀장은, 뿌듯한 얼굴로 정면을 바라보았다. 이런 브리핑, 얼마 만인지.

짝짝짝. 박수 소리가 세 번 들렸다. 아침 댓바람부터 NIS로 기어들어 와 본부를 이리저리 휘젓고 다니다 마침내 박 팀장의 사무실에 정착한 민준이 그의 열렬한 브리핑에 고개를 끄덕이며 박수를 쳤다.

"너 지금 나 잘했다고 칭찬하냐?"

박 팀장은 인상을 와락 구기며 보드마커를 민준에게 있는 힘껏 던졌다. 민준이 픽 웃으며 한 손으로 그것을 가볍게 잡아채 뱅그르르 돌렸다.

"돈, 권력, 로비에 치정극까지, 없는 게 없는데 사랑이 빠졌네."

민준은 보드마커를 공중으로 던졌다 잡으며, 혼잣말처럼 중얼거렸다.

"여기서 사랑 얘기가 왜 나와? 집착과 환멸이면 몰라도."

"한쪽은 사랑인데 반대쪽은 집착이라……."

어느 한 사람이 내 모든 시간을 지배한다면 그건 사랑일까, 집착일까. 안기영은 백건우를 사랑하고 있는 걸까, 아니면 오래된 습관처럼 집착하고 있는 걸까.

"건우 말이야?"

"글쎄요."

"근데 민준이 너, 다시 밖으로 나간다며?"

내내 툴툴거리던 목소리가 갑자기 무게를 실어 진중해졌다. 박 팀장이 진지한 눈빛으로 민준을 바라보았다. 민준에게 해외 파견 근무 일정이 잡혔다. 기간은 이 년. 외국 주재 대사관에서 외교관 신분으로 혹시 있을지 모를 테러에 대한 정보를 수집하고 테러 발생 시 우방국과의 협조 아래 자국민을 보호하는 것이다.

근래에 일어나는 이슬람교 극단주의자들의 연쇄 테러 때문에 어느 나라나 긴장감이 팽배했다. 테러 집단이 전 세계적으로 세를 확장시켜 나가, 이제 어느 나라도 안전하다고 단정 지어 말할 수가 없었다. 하지만 이상한 일이었다. 마치 기다리고 있던 것처럼, 민준이 대기 상태가 되자마자 곧바로 출국 일정이 잡혔다는 게 자연스럽지 못했다.

국장의 굳은 얼굴로 봐서는 그의 뜻은 아니었다. 그렇다면 누가, 왜.

"……일인데요, 뭘."

민준이 고개를 돌려 창밖을 바라보았다. 그럼 이제 가을의 강설은 못 보려나, 잠깐만 봐도 되는데.

몇 달 전 같았으면 좋아했을 것이다. 지루하고 따분한 사무실보다, 해외로 도는 편이 훨씬 더 나았으니까. 하지만 몇 달 사이 많은 게 바뀌었다. 사랑 하나가 가슴에 들어왔을 뿐인데, 그 보이지 않는 사랑이 민준의 삶을 지배하고 있었다.

'나는 과연 안기영과 다른 사랑을 하고 있다고 말할 수 있을까. 나는 가야 하고, 설은 남아야 하는데.'

으샤! 민준이 구령과 함께 자리에서 몸을 일으켰다. 그리고 스트레칭을 하듯 팔을 위로 쭉쭉 뻗고, 옆으로도 길게 뻗어 굳어 있던 근육을 풀어주었다. 요새 쓰지 않은 근육들이 아우성인 게, 무박 7일 지리산 종주라도 다녀와야 할 것 같았다.

"너 그렇게 밖으로만 돌면 언제 연애하고 언제 결혼하냐? 네가 아직 젊기는 하다만 그래도 시간 금방 간다. 내일모레 서른 되고, 마흔 되고 그러는 거야."

"저 연애도 했고, 결혼도 했는데요?"

민준이 슬쩍 박 팀장을 쳐다보며 웃었다.

"뭐, 뭐라고?"

"저 갑니다."

"야야, 너 지금 농담하는 거지? 그렇지?"

저 새끼 지금, 나 몰래 비밀 결혼한 거야? 아무런 표정 변화 없이 진담을 농담처럼, 농담을 진담처럼 하는 녀석이다. 하지만 방금 전 민준의 표정이 너무 진지했기에 박 팀장은 도저히 농담 같지가 않았다.

민준이 피식 웃으며 박 팀장의 사무실 문을 열고 나왔다.

"도청 걱정은 하지 않으셔도 되는 전화기입니다. 필요할 때 전화하세요."

회사로 출근하는 차 안, 뒷좌석에 앉은 설은 핸드백 안에서 핸드폰을 꺼냈다. 김 국장은 설에게 이 전화기를 건네주며 앞으로는 이것으로 연락을 취하라고 말했다. 혹시 있을지도 모를 도청에 대비하는 것이라는 말을 덧붙이면서.

설은 어젯밤에 있었던 일로 자신의 아파트가 상대방에게 노출되었다는 사실을 알았다. 기영도 모르고 백 회장도 모르는, 의심받지 않을 만한 장소를 찾아야 하는데 제 뒤에 사람이 붙었을지도 몰라 그마저 만만치가 않았다. 어떻게 하면 그 사람들의 눈을 피할 수 있을까.

"영애님, 회사 근처입니다."

생각에 잠겨 있던 설의 귀에 여자 경호관의 조심스러운 목소리가 들렸다. 민준이 곁에서 멀어진 후 가장 먼저 달라진 것은 설에게 여자 경호관이 붙었다는 사실이다. 설은 감사의 뜻으로 고개를 끄덕인 후, 뒷좌석 문을 열고 내렸다. 일부러 회사에서 조금 떨어진 곳에 내렸기 때문에, 앞으로 몇 십 미터 정도는 걸어가야 했다.

빠앙- 클랙슨 소리에 설이 가던 걸음을 멈추고 고개를 돌렸다.

"강설!"

백건우였다. 건우는 설을 부르며 뒷좌석 창문을 아래로 내렸다.

"타."

'백건우, 백 회장이 절대 의심하지 않을 사람.'

설은 확고한 눈빛으로 건우를 응시했다.

"고마워요."

설은 순순히 열린 뒷좌석에 올랐고, 자동차는 회사를 향해 달렸다.

"얼굴이 왜 그래, 무슨 일 있었어?"

건우가 걱정스러운 얼굴로 설을 바라보았다. 퉁퉁 부은 눈에 창백한 얼굴까지, 분명 어제 무슨 일이 있었던 게 분명했다. 설은 운전석에 앉은 기사의 뒷모습을 보았다가 다시 건우를 돌아보았다. 설의 뜻을 알아들은 건우가 리모컨을 들어 버튼을 누르자, 운전석과 뒷좌석사이로 견고한 방음창이 공간을 빈틈없이 채우며 위로 올라갔다.

"이제 얘기해 봐, 무슨 일이야."

"어제 누군가가 우리 집에 다녀갔어요."

설은 건우를 똑바로 바라보며 담담한 목소리로 말했고, 그는 갑자기 입을 다물었다. 건우의 표정을 살피려는 것이었는데, 괴롭게 일그러진 얼굴을 보니 설은 그를 의심했던 게 조금 미안해졌다.

"……다친 데는 없어?"

그는 한참 후에야 갈라진 목소리로 간신히 물었다.

"괜찮아요."

"그러게 왜 밖에 나와 혼자 살고 있는 거야, 이번 기회에 청와대로들어가."

"그건 싫어요. 아무것도 아닌 일로 아버지 신경 쓰시게 하고 싶지않아요. 도대체 나한테 왜 이런 일이 생기는 건지 모르겠어요."

설이 한숨을 내쉬며 영문을 모르겠다는 말투로 말했다. 설사 건우가 적대적인 관계가 아니라고 할지라도 그에게 모든 걸 이야기해 줄수는 없었다. 백인회 회장이 그의 아버지이고, 안기영과 관련이 있는사람이기 때문이다. 게다가 빈말이 아니라 아버지는 이제 정말 이 일과 무관해야 한다. 아버지와 대립하는 정치인들이 아버지를 더욱 힘들게 압박할 구실을 만들어줄 수는 없었다. 일이 잘되더라도 본전이고, 만약 잘못되기라도 한다면 그들이 그 책임을 아버지께 물을 것이기 때문이다. 청와대에 들어가기 싫은 게 아니라, 여기까지 온 이상 이제 그래서는 안 된다.

설은 정치라는 건 잘 모르지만, 자신이 아버지의 발목을 잡을 수도 있다는 걸 알고 있었다. 할아버지께서 생전에 아버지와 상관없는 사람처럼 행동하셨던 것도, 아마 이와 같은 이유였을 것이다.

"그럼 어떻게 할 거야? 집에서 혼자 지낼 수 있겠어?"

건우의 근심 섞인 목소리에 설이 고개를 옆으로 가로저었다.

"당분간 호텔에서 지내고 싶은데 사람들 눈에 띌까 봐 걱정이에요. 호텔을 들락거린다는 소문이라도 나면 아버지가 곤란해지실 수도 있고요."

설은 가느다랗게 한숨을 내쉰 후 건우를 바라보았다. 건우는 마음이 따뜻한 사람이다. 그래서 설은 그가 할 말을 이미 알고 있었다.

"내가 도와줄 수 있어."

이렇게, 설이 원하는 대답을 선뜻 내놓으리라는 것을.

"우리 계열사 호텔이니 보안은 안심해도 될 거야. 내가 당분간 사용할 거라고 말하면 아무도 그 층엔 얼씬거리지 않을 거고. 호텔에 네 흔적이 남지 않도록 내가 다 알아서 할게."

"팀장님이 사용한다고 했는데 팀장님이 호텔에 없으면 사람들이 이상하게 생각할 텐데요."

"층을 다 비우고 그중 하나를 내가 사용하지 뭐. 전망이 좋아 내가 가끔 사용하는 곳이니 이상하게 생각하지는 않을 거야, 너무 걱정하지 마."

'당신한테 미안하다고 해야 하는 건지, 고맙다고 해야 하는 건지 모

르겠어요.'

건우의 얼굴을 물끄러미 바라보던 설이 조용한 목소리로 말했다.

"고마워요."

"나한테 고마워할 것 없어."

건우의 두 눈이 차분하게 아래로 내려앉았다. 겨우 이런 걸로 마음의 짐을 덜 수만 있다면 그는 백 번 천 번이라도 도와줄 수 있었다.

"그런데 김 대리는 왜 그만두는 거야?"

"그건, 나도 잘 몰라요."

"내가 알면 안 되는 건가 보네?"

설의 침묵이 건우의 짐작이 맞았다는 걸 말해주고 있었다. 요 근래 조금 가까워졌다고 생각했는데, 그녀와의 거리는 여전히 좁혀지지 않았다. 그리고 아마 이제, 더 이상 가까워질 수는 없을 것이다.

저녁에 집에 돌아온 건우는 며칠간 밖에서 지낼 수 있도록 간단한 짐을 꾸리기 시작했다. 집으로 오기 전 호텔에 연락을 해 로열 스위트룸이 있는 16층 예약을 당분간 받지 말라는 말을 전했고, CCTV도 전부 꺼놓으라는 당부도 해두었다. 아마도 호텔 총지배인은 건우가 밖에 얼굴이 드러나서는 안 되는 연예인을 데리고 오기 때문이라고 생각했을 것이다.

"A1 16층을 비워달라고 했다면서."

"……네, 아버지."

방문이 열려 있었는지 어느새 백 회장이 건우의 방 안으로 들어와 뒷짐을 지고 서 있었다. 짐을 챙기는 건우를 쳐다보며 백 회장이 흡족한 미소를 지었고, 건우는 뒤를 돌아보지 않은 채 건성으로 대답했다.

"거기서 지내려고? 근데 굳이 층을 다 비울 필요까지 있었어?"

백 회장이 슬쩍 건우의 눈치를 살피며 물었다. 나무라는 말투였지만 기분 좋은 나무람이었다. 여자 문제인 게 분명했기 때문이다. 그리고 그 여자는 아마 영애인 강설일 터였다.

"사람들 들락거리는 게 신경 쓰여서 그랬어요."

"그래, 아무래도 조심스럽기야 하겠지."

이해한다는 듯 백 회장이 고개를 크게 끄덕거렸다.

"필요한 거 있으면 네가 알아서 하고. 내 더 이상 자세히 묻지 않을 테니까."

캐리어에 옷가지를 챙겨 넣던 건우가 행동을 멈추고 할 말이 있다는 듯 백 회장을 바라보았다.

"아버지."

"그래, 뭐냐."

"……아닙니다. 아무것도."

건우가 다시 굳은 얼굴로 짐을 챙기기 시작했다. 확인해야 하는 것이 아버지의 무관함인지, 아니면 아버지의 끔찍한 모습인지 판단이 서지 않았다. 건우는 설을 며느리로 원하면서도 의심스러운 행태를 보이는 아버지를 도저히 이해할 수가 없었다.

"녀석, 싱겁기는. 며칠 뒤에 청와대에서 경제인 오찬이 있다. 내 거기서 대통령께 슬쩍 두 사람 얘기를 꺼내보마. 두 사람이 좋은 감정으로 만나고 있다는데 아비로서 도와줄 게 그런 것밖에 더 있겠느냐, 껄껄껄."

"……강 주임이 누군지 어떻게 아셨어요?"

"영애 말이냐?"

기다렸다는 듯 백 회장이 눈을 반짝이며 반색을 했다.

"관심 두지 마세요, 아버지."

아니면 내가 아버지를 의심하고, 아버지를 원망해야 할지도 모르니. 건우가 다시 고개를 돌려 짐을 챙기기 시작했다.

"네가 관심이 있다는 아가씨가 있다길래 살짝 알아봤을 뿐이야. 녀석, 며느리가 될 사람인데 아비로서 궁금해할 수도 있지 뭘 그렇게 정색을 해?"

'파일도 넘기고 대통령과 사돈도 되고, 이런 걸 일석이조라고 하지. 파일은 안기영과 서 박사가 알아서 찾아올 것이고, 만약에 일이 틀어진다고 해도 대통령과 사돈이 된다면 그 또한 나쁘지 않은 일이야. 설마 사돈이 될 사람을 어찌하진 못하겠지.'

백 회장이 속으로 음흉한 웃음을 지었다.

띠리리리— 백 회장의 핸드폰이 울렸다. 그는 발신자를 확인하더니 웃는 얼굴로 건우의 방문을 닫고 밖으로 나갔다.

"그럼, 준비 잘하고."

건우는 품 안에서 무음으로 반짝이고 있는 핸드폰을 꺼내 바라보다 천천히 귓가에 가져갔다. 그것은 며칠 전 건우가 백 회장의 핸드폰을 몰래 복제해 만들어놓은 전화기였다.

[……국정원에서 삼 년 전부터 지금까지, 모든 기록을 샅샅이 뒤지고 있단 말입니다!]

전화기 너머에서 잔뜩 흥분한 남자의 목소리가 들려왔다.

[그게 어때서요, 그게 나랑 무슨 상관이 있다고 이러십니까.]

[이제 와서 이러시면 곤란합니다. 제가 잡히면 회장님이라고 무사할 듯싶으십니까?]

[난 서 박사가 도통 무슨 소리를 하는 건지 모르겠군요. 사실, 이인호 박사를 죽인 건 서 박사였지 않습니까. 그 뒤처리를 해준 사람한테

고마워하지는 못할망정 이러시면 안 되지요. 지금 누구 덕에 연구소장을 하고 있는지 벌써 잊으셨습니까!]

툭. 눈물 한 방울이 건우의 뺨을 타고 아래로 떨어졌다.

[난 장사꾼입니다, 서 박사. 필요한 물건을 팔아 이윤을 남기는 장사꾼이요. 난 물건을 가지고 오라고 했지 사람을 죽이라고 하진 않았습니다. 내 도움이 필요하면 지금 당장 물건을 가지고 오세요. 그게 아니라면 나도 더 이상 서 박사를 볼 이유가 없습니다.]

통화 시작과 동시에 녹음 버튼을 누른 건, 오랜 습관에서 나온 무의식적인 행동이었다. 건우는 초점 없는 눈으로 음성 파일 삭제 버튼을 바라보았다. 핸드폰을 쥔 손이 바들바들 떨렸다.

으아아아아! 건우가 핸드폰을 집어 던지며 바닥에 힘없이 주저앉았다.

〈돌고래〉

이른 새벽, 민준의 핸드폰이 짧은 메시지를 수신했다. 여름이 코앞이지만, 아직 아침 해가 떠오르지 않았기에 사방은 여전히 어두웠다. 메시지를 곁눈질로 살펴본 민준은 옷을 빠르게 갈아입고 현관문을 열고 나섰다. 부웅- 자동차가 아직 사라지지 않은 어둠을 가르며 달리기 시작했다. 민준의 일상이 다시 시작되었다.

메시지를 받고 난 후 정확히 30분 뒤, NIS 본부 회의실에서 비상회의가 시작되었다. 오랜만에 만난 동기가 반갑다는 듯 민준의 어깨를 툭 치고 지나가 자리에 앉았다. 타원형의 회의 테이블 앞, 하얀 스크린 화면에 사진 한 장이 떠올랐다. L쇼핑몰. 하루에도 수만 명이 오가는, 서울 한복판에 있는 우리나라 최대 크기의 복합 쇼핑몰이었다.

"이슬람 무장 단체 세력이 L쇼핑몰에 폭발물을 설치했다고 한다. 현재 폭발물 감지팀, 해체팀이 현장으로 출발했고 경찰 병력도 배치된 상태이다. 그들이 정한 디데이는 삼 일 뒤다. 인간 폭발물일 가능성도 배제할 수 없다."

"그들이 요구하는 사항이 있나."

어두운 한쪽 구석에서 김 국장의 목소리가 들렸다. 브리핑을 하고 있던 기획조정실장이 잠시 숨을 고른 후 김 국장을 바라보았다.

"아직 밝히고 있지 않아 현재까진 알 수 없습니다. 폭발물 설치 협박이 거짓일 가능성도 배제하고 있진 않습니다만, 연락을 해온 전화기는 추적할 수 없는 대포폰이었고, 발신지는 중국으로 나타났습니다. 따라서 단순 장난 전화일 가능성은 적게 보고 있습니다."

"전면 봉쇄는."

"100% 확실하지 않은 상태에서 전면 봉쇄는 어렵습니다."

"······48시간 이내 폭발물을 발견하지 못하면 영상판독팀 밖에 대기시키고 테러 진압 1, 2팀은 진입 대기한다. 안 실장은 통역, 협상 전문가 대기시키고, 경찰력 배치도 확인해 봐."

"네, 국장님."

테러 진압 1, 2팀이 함께 움직인다는 게 자주 있는 일은 아니었다. 두 팀이 같이 움직인다는 건 그만큼 상황이 좋지 않다는 뜻이다. 이슬람 무장 단체 세력이 국제적인 이슈로 떠오른 요즘, 대한민국도 안심 지역이라고 단정 지어 말할 수가 없게 되었다. 자국민이 국제 분쟁 지역에서 인질로 잡혀 구출되거나 사살되는 일들이 이제 더 이상 남의 나라 이야기가 아니었다. 따라서 1%의 가능성이라도 있다면 전력을 다해 맞서야 했다. 살거나 죽거나, 경우의 수는 언제나 이 두 가지뿐이기 때문이었다.

"두 시간 준다."

현재 시각은 오전 7시였다. 김 국장이 자리에서 일어나 요원들을 날카로운 눈빛으로 빙 둘러보았다.

"다녀와라."

위험한 전투에 들어가기 전, 요원들은 마지막을 준비할 시간을 가진다. 가족에게, 사랑하는 연인에게 그들이 모르도록 마지막이 될지 모를 인사를 남기고, 그들은 다시 이곳으로 돌아올 것이다.

요원들은 위험한 임무에 투입되기 전 그들이 마지막 인사를 하고 올 수 있는 시간을 주는 이 전통이 언제부터, 왜 생겼는지 알지 못했다. 중요한 전투를 앞둔 마음은 그 이유를 한가로이 찾을 만큼 여유롭지 못했고, 언제나 이 순간이 되면 후회를 남기지 말라는 그 암묵적인 의미만이 가슴을 묵직하게 울렸다. 그러니 언제나 오늘이 마지막인 것처럼, 혹시라도 못다 한 말이 있다면 저승에서도 후회가 남지 않도록 그들에게 주어지는 마지막 시간이었다.

"삼 일 뒤 전원 회식이다."

"네!"

"열외는 없다. 한 사람도 빠짐없이 참석한다. 이상."

늘 같은 말을 하지만, 실제 전투가 벌어진 뒤에 한 사람도 빠짐없이 회식에 참석한 적은 단 한 번도 없었다. 언제나 누군가는 크게 다쳤고, 간혹 누군가는 더 이상 볼 수 없게 되었다. 불이 켜지고, 요원들은 일사불란하게 움직여 회의실을 빠져나갔다. 그들은 이제 부모님에게로, 혹은 사랑하는 연인에게로 한걸음에 달려갈 것이다.

"넌 어디 가?"

갑자기 김 국장이 민준을 불러 세웠다. 민준 역시 다른 요원들처럼 회의실을 막 빠져나가려던 참이었다. 그리고 그것은 김 국장에게 아주 낯설고 생소한 광경이었다. 민준은 언제나 갈 곳이 없다며 국정원 내부 사격장에서 시간을 보내거나 그도 아니면 잠을 자며 시간을 보내곤 했다.

그런데 오늘 민준은 어디론가 바삐 갈 곳이 있어 보였다. 김 국장은 그 모습이 낯설어 그를 불렀다. 어딘가 달려갈 곳이 생긴 아들이 신기하고 기쁜 마음은 잠시뿐, 마음은 금세 무거운 납덩어리를 달고 한없이 아래로 가라앉았다.

"잠깐 들를 곳이 있어서요."

아버지가 계시기에 민준은 그동안 어머니께 따로 인사를 드리러 가지 않았다. 혹시라도 어머니께서 알게 되시면 그 마음이 어떠할지 짐작하지 못할 바가 아니었기 때문이다. 민준에겐 아버지가 계셔서 다행이었고, 언제나 그걸로 충분하다고 생각했다. 하지만 이번엔 마지막이 될지도 모른다는 생각이 들자 머릿속엔 단 한 가지 생각만 떠올랐다.

강설. 그녀의 얼굴이 보고 싶다는, 그리고 혹시라도 운이 좋다면 웃는 얼굴을 보고 올 수도 있을 것이라는 생각이었다.

"자식 키워도 소용없다더니, 쯧. 다음 주에 엄마 생신인 건 알아?"

"알죠, 그럼."

김 국장은 아버지의 부정을, 애타는 마음을 이렇게 퉁명스럽게 돌려 표현했다. 그러니, 돌아오라고.

"식당 예약은 네가 해, 난 바쁘다."

"네 명 예약하면 되죠?"

그 마음을 모르지 않는다. 그래서 민준은 이렇게 걱정 마시라고, 돌아오겠다는 대답을 했다.

"다녀오겠습니다!"

시계를 들여다보며 몸을 돌려 바삐 나가는 민준을 김 국장이 붉어진 두 눈으로 바라보았다. 이제야 달려갈 곳이 생긴 아들이, 그럼에도 불구하고 다시 돌아와야 할 아들이 아비로서 가슴 아팠다.

"출근 시간 다 되었는데, 애매하네."

민준은 핸들을 빠르게 돌리며 혼잣말을 했다. 늦으면 회사로 가야 할지도 모른다. 민준은 얼른 시계 화면을 터치해 설의 위치를 확인했다.

끼이이익— 설의 위치를 확인한 민준이 급하게 브레이크를 밟았다. 주변에서 자동차들이 일제히 클랙슨을 울려대기 시작했다. 현재 위치가, A1 호텔?

민준의 눈이 불안하게 흔들렸다. 그는 재빨리 설에게 전화를 걸었다. 설의 위치 표시가 움직이질 않는다. 시간을 확인해 보니 어젯밤 이후부터 계속 같은 자리인데, A1 호텔이라면 Pakin 계열사 호텔이었다. 백인회 회장이 가지고 있는 호텔. 급격히 오그라들었던 심장이 미친 듯이 뛰기 시작했다.

그는 서둘러서 A1 호텔을 향해 달렸다. 설에게 연결되지 않는 몇 십 초가 몇 십 년처럼 느껴졌다. 딸깍. 민준은 다행히도 설에게 닿을 수 있었다.

[여보세요?]

"괜찮아?"

민준이 다급한 목소리로 물었다. 어떤 위급한 상황에도 냉철한 이성을 잃지 말아야 하는데, 설을 생각할 때마다 민준은 극과 극을 오가는 감정의 널을 뛰었다.

[괜찮으니까 이렇게 전화를 받죠. 아침 일찍 웬일이에요?]

다행히 설의 목소리는 어제와 다르지 않았다.

"난 또 혹시 무슨 일이 있나 했지. 그런데 지금 어디야?"

무사하다는 생각에 안도감이 들고 나서야, 설이 왜 지금 이 시각에 A1에 있는지 궁금해졌다.

[나 지금 출근 준비해야 해요, 중요한 일 아니면 다음에 얘기해요.]

[설아! 아직 안 끝났어?]

"……."

[끊어요.]

"……어."

민준의 귀에 익은 남자의 목소리가 들렸다. 분명 잘못 들었을 것이다. 그러니 당황한 듯한 설의 목소리도 그의 착각이었을 것이다. 하지만 잘못 들은 게 아니라고 해도, 어차피 갈 곳은 한 곳뿐이었다. 부우웅― 민준이 자동차의 속도를 높였다.

'오해했을까?'

설이 걱정스러운 얼굴로 전화기를 내려다보았다. 어젯밤 설은 이곳으로 왔고 스위트룸이 있는 꼭대기 층에는 건우 말대로 개미 한 마리 얼씬거리지 않았다. 건우는 멀찍이 떨어진 옆 룸을 사용했고, 오늘 아침 함께 출근을 하자며 설의 룸 벨을 눌렀다.

"안 나가?"

"……나가요."

설은 가방을 들고 건우와 함께 룸을 나섰다. 꼭대기 층에는 VIP를 위한 전용 엘리베이터가 있기 때문에 다른 사람들의 눈에 띄지 않고 VIP 전용 주차장까지 이동할 수 있었다.

건우는 설이 신경 쓸까 봐 운전기사를 물리고 직접 운전대를 잡았다. 조수석에 앉은 설을 보자 옛날 생각이 났다. 건우에게는 그립고 따뜻한 기억인데, 그녀는 무슨 생각을 하는 건지 아까부터 표정이 밝지 않았다. 건우의 자동차가 지하 주차장을 천천히 빠져나와 지상 출입구를 통과했다.

"저건 뭐……."

끼이익— 설의 몸이 급격히 앞으로 쏠렸다가 반동으로 제자리를 찾았다. 놀란 가슴을 진정시키고 앞을 바라보니 자동차 한 대가 급하게 끼어들어 앞을 가로막고 서 있었다. 눈에 익은 자동차였다. 놀란 설의 입술이 절로 벌어졌다.

똑똑. 앞을 막은 차에서 내린 민준이 이쪽으로 와 조수석 유리창을 노크했다.

지이잉— 조수석 창문이 절반쯤 아래로 내려갔다. 설은 당황한 얼굴로 민준을 올려다보았다.

"아침부터 무슨 일입니까?"

건우가 고개를 옆으로 틀어 올리며 민준에게 물었다. 하지만 민준은 창문을 두 손으로 짚고 선 채 설의 얼굴만을 뚫어져라 바라보고 있었다.

"……괜찮아?"

이윽고 민준이 입술을 움직였다. 하고 싶은 말도 묻고 싶은 말도 많은데, 지금 할 수 있는 말은 이것뿐이었다. 당신은 지금 괜찮은가, 아닌가. 생각해 보니 민준이 설에게 물을 수 있는 말도, 사실은 이것뿐이었다.

"응, 괜찮아요."

설은 민준에게 최대한 편안한 표정을 지어 보였다. 혹시라도 그가 이상한 오해를 하지 않길 바랐다. 지금 이 시각에 건우와 호텔에서 나오는 게 이상해 보이겠지만 그래도 자신을 믿어주길 바랐다. 지금 이렇게 그의 눈을 올곧게 바라보고 있으니 떨리는 입가에 애써 미소를 짓고 있지 않아도 괜찮다고 그에게 말해주고 싶었다.

"그럼 지금 나랑 자장면 먹으러 갈래?"

민준이 나지막한 목소리로 물었다. 강설이 백건우와 함께 호텔에서 나오는 이유가 궁금한 것보다, 아버지처럼 설과 한 약속을 지키지 못하게 될까 봐 두려운 마음이 더 컸다. 민준은 혹시라도 설에게 후회가 남을까 봐 무서웠다.

"나 지금 출근하잖아요. 그리고 이 시각에 지금 거기 안 열어요, 나중에 가요."

"……응, 출근."

"돌고래인가?"

건우의 묵직한 목소리가 차분하게 가라앉았다. 건우도 요원이었기 때문에 그는 민준이 지금 설을 찾아온 이유를 금방 알 수 있었다. 민준은 위험한 전투를 앞두고 있고, 건우는 눈앞에서 자신의 옛 모습을 보고 있는 거였다.

"돌고래가 뭐예요?"

설이 의아한 얼굴로 건우를 쳐다보았다가 다시 민준의 얼굴을 올려다보았다.

"헛소리하는 거야."

민준은 흘러가는 일 분 일 초가 아까워 설에게서 시선을 떼지 못했다.

"강설."

'나는 당신에게 무슨 말을 해야 할까.'

불러놓고도 민준은 쉽게 입술을 떼지 못했다.

"말해요."

설이 왼쪽 손목시계를 잠깐 쳐다보았다 다시 민준의 얼굴을 올려다보았다.

"……다녀올게."

"응? 당신 어디 가요?"

설이 두 눈을 크게 뜨며 민준에게 물었다. 빵빵- 뒤에서 어서 길을 비키라며 요란한 클랙슨이 울렸다.

"그리고 백건우, 강설한테 무슨 일 생기면 다녀와서 내가 가만 안 둬."

민준이 빠르게 말을 뱉어냈다. 그래도 제가 없는 동안 설을 믿고 맡길 수 있는 사람은 백건우뿐이다. 요원이었고 강설을 사랑하기 때문에, 어떤 상황이 와도 설을 위험하게 하진 않을 거라 믿었다.

"날 믿어?"

어이가 없다. 나를 믿어, 지금? 건우가 기가 막힌다는 표정으로 민준을 바라보았다.

"강설 옆에서 떨어지지 마, 그나마 당신밖에 없어서 그러니까."

"……미친놈."

강설 얼굴을 보려고 왔을 텐데 하고 가는 말이 고작 이것뿐이다. 그 괴로운 심정을 너무나 잘 알고 있는 건우는 더 이상 민준을 바라보지 못하고 고개를 돌려 외면했다.

빵빠앙-

"가."

민준이 웃으며 한 걸음 뒤로 물러섰고 설은 불안한 눈빛으로 민준을 바라보았다. 민준의 웃는 얼굴을 보는데 갑자기 눈물이 났다. 건우의 자동차가 출발했고 설은 고개를 내밀어 멀어지는 민준을 바라보았다. 도로까지 나온 민준이 오른손을 높이 흔들며 활짝 웃었다.

흔들리던 오른손은 천천히 오른쪽 이마 옆으로 붙어 어느새 거수 경례로 바뀌었다.

"말해요."

"뭘."

건우의 얼굴이 싸늘하게 굳어 있었다.

"돌고래, 그게 뭔데요?"

"……그냥 장난친 거야."

미친놈. 사랑하는 여자가 호텔에서 다른 남자하고 밤을 새고 나왔는데 고작 한다는 말이 강설을 부탁한다는 말뿐이다. 그것도 다른 누구도 아닌 내게, 설을 위협하는 사람이 아버지임을 알면서도 비겁하게 외면하고 있는 나에게.

건우는 백미러로 보았다. 거수경례를 하고 서 있는 민준을. 상대방이 모르게 마지막 인사를 하는 민준을, 그 마음을 봐버렸다. 아버지 때문이 아니다.

저 빌어먹을 마음을, 도저히 이길 수가 없다.

"……설아."

"왜요."

"김민준 좋아해?"

"……."

"괜찮아, 알고 있었어."

"……아니요."

설이 고개를 저으며 차분한 목소리로 대답했다. 사이드미러로 뒤를 바라보았지만 민준의 모습이 보이지 않게 된 지는 한참 되었다.

"하지만 내 눈에는 그렇게 보이……."

"사랑해요, 그 사람을."

"……."

"아주 많이."

사랑이라 말하고 나니 벅차오는 마음에 가슴이 뭉클해졌다. 조금 전 저를 내려다보던 민준의 눈빛이 머릿속에 박혀 사라지질 않았다. 설은 며칠만 지나고 나면 민준을 만날 수 있으니 괜찮다 생각하며 마음을 다잡았다.

"너무하네, 강설."

"……미안해요."

건우의 얼굴이 진지해 설은 얼른 사과했다. 건우를 잊고 있었다. 제 마음만 생각하느라 미처 옆에 있는 그를 생각하지 못했다. 피식, 건우가 허탈하게 웃었다.

돌아오는 게 아니었다. 모르고 살아가는 편이 더 나았을 텐데. 모른 척할 수도, 그렇다고 아는 척할 수도 없는 현실은 잔인하고 고통스럽다.

"……돌고래 말이야."

건우가 쓸쓸한 얼굴로 입을 열었다. 민준은 비록 전하고 가지 못했지만, 그의 마음을 차마 모른 척할 수 없었다.

"당신이 세상에서 가장 소중한 사람이란 뜻이야."

설을 두고 가야 하는 그 무거운 마음을, 내색할 수 없는 고통을 알기에 그 마음을 전해줄 수밖에 없었다. 비참하네, 백건우.

설이 얼른 눈가를 문질러 물기를 닦아냈다. 설이 닦아낸 물기가 건우의 눈가로 스며들었다.

[삼 일 안에 가지고 가겠습니다.]

"그래요?"

몇 번이 걸려와도 받지 않던 전화였다. 백 회장은 탐탁지 않은 표정을 지었다. 그는 요즘 계산기를 두드려 보느라 이런저런 생각이 많았다. 꼬리를 너무 길게 붙이고 있었다. 백 회장은 이제 끊어내야 할 때가 왔다고 생각하고 있던 참이었다.

[저한테 사람 몇 명만 붙여주세요, 회장님.]

"사람이라, 어떤 사람을 말입니까."

[회장님이 구해주실 수 있는 사람들이요.]

"흐음."

용병을 말하는 거였다. 돈만 주면 흔적을 남기지 않고 깨끗하게 일을 처리해 주는, 음지의 사람들.

그들을 데리고 무얼 하려나.

"위험하지 않습니까?"

[일이 잘못돼도 회장님과는 상관없는 일입니다.]

"물론 나와는 전혀 상관없지요."

백 회장이 만족스러운 웃음을 지었다. 안기영을 오래 곁에 두고 있었던 건 그녀의 충성스러운 마음 때문이었다. 감히 제 아들을 마음에 두고 있다는 걸 잘 알면서도 내버려 두었던 건, 기영이 계집치곤 꽤 영민하고 우직한 의리가 있었기 때문이었다.

"그동안 쌓은 정이 있는데, 필요하다니 넉넉하게 보내주겠습니다. 그것도 최상급으로 말이죠. 일 끝나고 건우랑 같이 식사나 합시다."

[감사합니다, 회장님.]

기영은 전화를 끊고 난 뒤, 작고 동그란 GPS를 가방 손잡이 버클 안쪽에서 떼어냈다. 그리고 비웃듯 한쪽 입꼬리를 올리며 그것을 재킷 주머니 안에 집어넣었다.

"따라올 테면 따라와 봐, 김민준."

회사 생활도 이제 오늘로 마지막이었다.

❧

D-2. 어둠이 완전히 내려앉은 깜깜한 밤, 설은 퇴근을 하고 바로 호텔로 돌아왔다. 잔뜩 긴장한 얼굴로 창문 밖 야경을 내려다보고 있을 때, 딩동- 룸의 벨이 울렸다.

"······누구세요?"

누군지는 알고 있었지만, 설의 얼굴은 긴장감으로 딱딱하게 굳어졌다.

"황충완입니다."

설이 문을 열자 그녀와 마찬가지로 긴장한 기색이 역력한 중년의 남자 두 명이 문 앞에 서 있었다.

"오랜만입니다."

황충완, 민혁철 박사. 할아버지와 함께 초소형원자로 개발 연구를 함께했던 연구원들이었다.

"오랜만입니다, 강조국 양."

두 사람은 이인호 박사의 손녀 강조국 양이 두 사람을 만나고 싶어한다는 이야기를 듣고 이곳을 은밀하게 찾아왔다.

"두 분 다 여전하시네요."

설이 미소를 지으며 두 사람을 바라보았다. 얼굴을 보자마자 옛 생각이 났다. 연구소에서 할아버지와 오랜 시간 함께 연구하며 누구보다 열정적이었고, 누구보다 열심이었던 사람들이었다.

"김 국장님께 이야기는 들었습니다만······."

황 박사가 조심스럽게 말문을 열었다. 아무래도 두 사람의 입장에서는 매우 조심스러운 일이었다. 삼 년 전 연구를 끝으로 사라졌던 결과물에 대해 그들 역시 의문을 가지고 있었지만, 의문을 가진다고 뭘 어떻게 할 수 있는 건 아니었다. 요즘 그 사건에 대한 재조사가 이루어지고 있어 안 그래도 뒤숭숭한 마당에, 은밀하게 이런 만남까지 갖게 되다니, 두 사람은 도대체 뭐가 어떻게 된 일인지 얼떨떨하기만 했다.

테이블 위에 가지런히 놓여 있는 노트북과 종이 파일들을 본 두 사람은 의아한 얼굴로 설을 바라보았다.

"두 분께 도움을 받아야 할 것 같아 제가 부탁을 드렸어요."

"……그게, 정말 사실입니까."

황 박사는 주변에 다른 누가 있는 것도 아닌데 목소리를 낮추고 조심스럽게 물었다. 믿어지지 않았다. 그 파일을 도대체 어떻게 찾은 것이며, 또 어떻게 강조국 양이 가지고 있는 건지.

"사실이에요. 사본이긴 하지만 제가 지금 가지고 있어요."

설의 담담한 말에 연구원들은 당황스러운 얼굴로 서로 눈빛을 교환했다.

"그래서 두 분의 도움이 필요해요."

"저희를 어떻게 믿고 그러십니까."

그들은 그 파일의 가치를 모르지 않았다. 그 파일 때문에 어떤 일이 있었는지도 잊지 않았다. 그런데 예전에 몇 번 얼굴 본 게 다인 자신들을 어떻게 믿고 이걸 털어놓는 건지 잘 이해가 가지 않았다.

"저 혼자선 할 수가 없어요. 도움이 필요한데, 제가 부탁을 드릴 수 있는 분이 두 분밖에 없어서요. 그래서 나중에 두 분이 마음을 달리 먹는다고 하셔도 어쩔 수가 없어요."

설이 기억하기로는, 두 박사는 훌륭한 연구원이었다. 그 사건 이후로 다른 연구원들은 더 좋은 조건으로 스카우트되어 뿔뿔이 흩어졌는데, 서 박사가 원자력연구소장으로 취임하면서 한직으로 밀려났으면서도, 더 좋은 조건을 마다하고 그곳을 지키고 있었던 두 사람을 믿을 수밖에 없었다.

"두 분께서 제게 유리하게 진술해 주셨던 것도 알고 있어요."

강조국 양이 이인호 박사님의 연구실에 함께 있는 시간이 많아, 그때 당시 연구원들 사이에서도 의견이 분분했다. 혹시 다른 꿍꿍이가 있는 게 아니냐고 하면서 말이다. 그래도 두 사람만은 한결같이 강조국 양은 이 연구와 아무 상관이 없다고 분명하게 선을 그었었다.

"저희도 다른 마음을 먹을 수도 있습니다. 우리도 사람이니까요."

"지키고 싶은 사람이 한 명도 남아 있지 않다면, 그걸 가질 자격이 없는 거겠죠. 그럴 바에는 차라리 없어지는 게 나을지도 몰라요."

"……."

"저도 두 분을 위험하게 하고 싶진 않은데, 죄송합니다."

그때 당시 강조국 양이 해보았자 무얼 얼마나 했겠느냐, 라는 안일한 생각을 가졌던 것도 사실이었다. 그런데 그 소문이 정말 사실이었나. 세 사람 사이에 무거운 침묵이 흘렀다.

"……돌아가셔도, 괜찮습니다."

목소리가 조금 떨려 나왔지만, 설은 부르르 떨리는 주먹을 안으로 말아 꽉 움켜쥐면서도 두 사람을 침착하게 바라보았다. 대답 없는 두 사람을 보며 힘이 빠졌지만, 그래도 원망할 수는 없었다.

두 박사에게도 분명 가족이 있을 테고, 할아버지의 경우처럼 안 좋은 상황이 벌어질 수도 있기 때문이었다.

"자식들이 장성해, 이제 다들 제 앞가림을 합니다."

목이 메어 황 박사의 목소리가 갈라져 나왔다. 주먹을 불끈 쥐고 가늘게 떠는 아가씨가 우리의 무엇을 믿고 이러는지 가슴이 먹먹해졌다.

"불러주셔서 감사합니다, 강조국 양."

탄식 같은 한숨이 낮게 비어져 나왔다. 두 사람은 붉어진 눈으로 설을 바라보며 이윽고 미소를 지었다. 설은 눈물을 글썽거렸다.

할아버지의 장례 기간 내내 자리를 지키셨던 두 분을 의심하지 않았다. 할아버지의 기일마다 찾아오셨던 두 분을 도저히 의심할 수 없었다.

"……고맙습니다."

설이 고개를 숙여 눈가에 맺힌 눈물을 닦아냈다. 이제 더 이상 울지 않을 것이다. 혼자가 아니라 우리, 우리가 아니더라도 또 누군가 그 길을 이어갈 테니.

D-1일. 늦은 밤, A1 호텔 스위트룸 불이 꺼지지 않았다.

설의 룸 앞에 선 채 망설이던 건우가 조심스럽게 벨을 눌렀다. 어제도 오늘도, 설은 호텔로 한번 들어오면 밖으로 바깥출입 한 번 하지 않은 채 방 안에서 꼼짝을 하지 않았다.

"누구세요?"

"나야."

딸깍- 문이 열리고, 좁은 문틈 사이로 설의 하얀 얼굴이 보였다. 건우가 보기에 설은 어쩐지 긴장을 하고 있는 것처럼 보였다.

"늦었는데 아직도 안 자고 뭐 해?"

"책 좀 읽고 있었어요."

그가 문틈 사이로 안을 슬쩍 들여다보려 하자, 설이 자연스럽게 앞을 가로막고 섰다. 무언가, 보이고 싶지 않은 게 있는 거였다. 안에서 다른 인기척이 느껴지는 것 같았지만, 설의 굳은 얼굴을 보니 앤지 아는 척을 해서는 안 될 것 같았다.

"괜찮은 거지?"

"그럼요."

설의 단호한 표정을 보니 건우는 차나 한잔하자는 말을 꺼낼 수가 없었다. 민준이 곁에서 떨어지지 말라고 했던 말이 생각나 와봤는데, 설은 얼른 가주기만을 바라는 표정으로 그를 바라보고 있었다.

"너무 늦게 자지 마, 오늘 아침에도 많이 피곤해 보이던데."

"알았어요. 팀장님도 가서 주무세요."

"……잘 자."

"팀장님도요."

딸깍- 문이 닫혔다. 이제 와 새삼스럽게 무얼 기대한 건 아니었지만 씁쓸한 마음이 드는 건 어쩔 수 없었다. 건우가 굳게 닫힌 문을 잠시 바라보다 발걸음을 돌렸다.

"조국 양, 이걸 어떻게 다 기억하고 있는 거죠?"

두 박사는 설이 지난밤 흐트러진 파일을 원래의 상태 그대로 복구해 놓은 걸 보고 혀를 내둘렀다. 두 사람은 아무리 봐도 믿기지 않는지 컴퓨터 모니터 화면을 연신 들여다보며 다시 한 번 고개를 절레절레 흔들었다. 자신들도 완전한 전체 파일을 본 적은 없었다. 그렇지만 내용을 살펴보니 잘못된 오류라든지 배열의 문제 같은, 논리적으로 잘못 맞추어진 부분이 전혀 보이지 않았다.

"제가 기억력이 좀 좋아요."

설이 멋쩍은 표정을 지었다. 설은 머릿속에 있던 할아버지의 생전 자료를 그대로 복기했고, 검토 및 나머지 필요한 마무리는 두 박사님이 힘써주었다.

"완성된 파일은 두 분이 김 국장님께 전해 드리세요. 청와대로 가지고 갈지 국정원에서 보관할지는 아버지가 따로 언질을 주실 것 같아요. 지금은 제가 좀, 움직이기가 그래서요."

기영이 오늘 회사를 결근했다. 몸이 아프다고는 했다지만, 그녀가 눈에 보이지 않으니 오히려 불안한 마음이 들었다. 다행히 김 국장이 요원들을 붙여 두 박사를 은밀히 엄호해 주고 있으니 그나마 안심이 되었다.

"그런데 이런 능력을 갖추고 있으면서도 왜 연구를 하지 않는 거죠? 많이 아깝습니다, 조국 양."

단순히 기억력만으로 이렇게 정확한 복기를 할 수는 없다. 황 박사가 보기에 조국은 이 연구 내용을 완벽하게 이해하고 있었고, 두 눈으로 직접 보았어도 그건 정말 믿기 힘든 일이었다.

강조국 양은 우리나라에 꼭 필요한 인재인 것이다. 황 박사는 조국 양을 선뜻 세상에 내어놓기 두려워했던 이인호 박사의 심정이 이해가 되면서도, 학자로서의 그녀가 너무 아깝고 또 아까웠다.

"우리도 우리 뒤에 뛰어난 후배들이 많이 있으면 좋겠습니다."

아쉬워하는 민 박사의 말에 설은 미소로 대답을 대신했다. 할 수 있는 최선을 다했으니, 어깨의 짐을 많이 내려놓은 듯 마음이 한결 가벼워졌다. 이제 혼자가 아니므로 부담감도 그만큼 줄어들었다. 회사는 조만간 정리할 생각이었다. 무슨 일을 하면서 살아야 할지는 시간을 가지고 찬찬히 생각해 볼 것이다.

"박사님께서 많이 자랑스러워하실 겁니다."

"감사합니다."

무거운 짐을 함께 져 주는 두 분께 벅찬 마음을 대신할 말은 그저 고맙다는 말뿐이다. 민준이 이런 나를 본다면 잘했다고 머리를 쓰다 듬어 줄까. 민준은 지금, 무얼 하고 있을까. 너무 촉박한 시간이라 어 딜 가냐고 묻지 못했다. 언제 오는 건지도 묻지 못했다. 보고 싶다는 생각이, 설의 눈동자에 말간 눈물로 맺혔다.

⚜

"자정이 지나면 L몰로 이동, 대기한다."

까만 전투복을 입고 차 안에 대기 중인 요원들의 얼굴은 묵직한 전 투모에 가려 잘 보이지 않았다. 그들의 무거운 침묵 사이로 숨이 막히 도록 팽팽한 긴장감이 맴돌았다.

"다시 한 번 위치 확인한다. 724번, 725번, 811번은 출입구 안쪽에 대기."

귀에 꽂은 인이어 이어폰을 통해 굵직한 남자의 목소리가 들렸다. 724번의 다른 이름은 김민준이었다. 상관의 말에 집중해야 하는데, 조금 전부터 자꾸만 민준의 집중력이 흐트러졌다.

아주 사소한 실수가 동료를 잃게 하고 시민을 다치게 할 수 있다. 그러니 일분 일초도 정신력을 흐트러뜨려서는 안 되는데, 아까부터 계속 예감이 좋지 않았다. 그리고 그건, 앞으로 벌어질 전투에 대한 두려움 때문은 아니었다.

이틀 동안 내부를 샅샅이 수색했지만 L몰에서 폭발물은 발견되지 않았고, 내일은 그들이 정한 디데이였다. L몰에서 자폭 테러라도 일어 나게 될 최악의 경우를 대비해 용의자들을 찾아내 먼저 제압해야 했 다. 그들이 몸에 화약을 두르고 와 이곳에 뛰어들든 폭탄 가방을 들고 와 던지든 간에, 시민들의 안전을 지켜야 했고 담보는 요원들의 목숨이었다.

민준은 특수 경찰 몇몇과 함께 출입구 가까운 안쪽, 임시로 만든 벽 공간 안에 배치되었다. 수상한 움직임에 가장 먼저 접근할 수 있는 거리, 위험도 명예도 가장 높은 공간 안이었다.

째깍- 초침 소리와 함께 자정이 지났다.

초여름이라 날씨가 제법 무더웠다. 얼굴을 완전히 가린 전투모 사이로 땀방울이 흘러내렸다.

민준은 좁은 공간에서 작은 구멍 사이로 총구를 겨눈 채 벌써 몇 시간째 과녁을 응시하며 서 있었다. 평상시와 다름없이 평화롭고 활기찬 오후였다. 얇은 벽 하나를 사이에 두고 많은 사람이 가족 혹은 연인과 함께 즐거운 웃음을 터뜨리며 영화의 한 장면처럼 민준의 눈앞을 스쳐 지나갔다. 같은 지붕 아래였지만 벽 밖 세상과 극명하게 다른 공기가 흘렀다.

내내 뜨겁게 내리쬐던 태양이 서산 너머로 사라지고 난 뒤 끊임없이 이어지던 사람들의 발걸음도 서서히 뜸해지기 시작했다. 이동 상황실 차 안에서 상황을 지켜보던 영상판독팀 요원들이 조금씩 안도의 한숨을 내쉬기 시작했다. 아무래도 잘못된 제보였던 것 같지만, 잘못된 제보여서 정말 다행이었다. 아무 일도 일어나지 않고 아무도 다치지 않은 일보다 더 좋은 결과는 없기 때문이었다.

[폐장 삼십분 전.]

귀에 꽂은 인이어 이어폰을 통해 상황실 상관의 목소리가 들렸다. 줄곧 같은 자세로 총을 들고 있던 팔의 감각은 없어진 지 오래였지만, 그래도 끝까지 긴장을 놓을 수는 없었다. 이제 삼십분만 지나면 민준은 제일 먼저 설의 얼굴을 보러 갈 것이다.

'강설!'

갑자기 민준의 눈동자가 크게 흔들렸다. 순간 눈앞이 하얘지면서 식은땀이 등을 타고 아래로 흘러내렸다.

아니, 아닐 것이다. 민준은 순식간에 사방으로 흐트러진 정신을 다시 단단히 붙잡았다.

[폐장 이십분 전.]

시간이 가던 걸음을 멈추었는지 몇 시간째 잘도 흐르던 시간이 갑자기 더디게 흘러갔다. 누가 숨통을 조이는 것도 아닌데 갑자기 숨 쉬기가 힘들어졌다. 아득. 민준은 있는 힘껏 아랫입술을 깨물었다.

[폐장 십분 전.]

입안에서 땀방울이 섞인 비릿한 피 맛이 났다. 붉은 핏기가 눈가로 옮겨가 민준의 두 눈에 시뻘건 핏발이 섰다.

[오분 전.]

강설. 내가 너를 두고 여기에.

[해제.]

쾅! 큰 소리와 함께 민준이 숨어 있던 공간의 한쪽 벽이 무너졌다. 민준이 무거운 전투모와 전투복을 바닥에 벗어 던지며 앞을 향해 있는 힘껏 달리기 시작했다.

[724번! 지금 뭐하는 거야.]

일이 끝나면 제일 먼저 설에게 가기 위해 민준은 L몰 주차장에 미리 차를 세워놓았다.

[야, 이 새끼야! 내 말 안 들려?]

귀에 꽂았던 인이어 이어폰을 차 바닥에 집어 던지며 민준은 재빨리 시동을 걸었다. 그리고 설에게 전화를 걸었다. 제발, 말도 안 되는 혼자만의 상상이길 바랐다. 따르르르- 몇 번의 신호음 끝에 통화가 연결되었다. 하아. 민준이 안도감에 짧게 숨을 토해냈다.

"강설! 괜찮아?"

[안녕, 김민준 요원?]

"……."

[지금 강설이 통화하기가 좀 곤란한데, 나중에 통화하면 안 될까? 아 참, 이제 나중이 없으려나?]

"……안기영."

민준이 중얼거리며 아득 이를 깨물었다.

[잘 들어, 지금부터 한 시간 안에 인천공항으로 파일 원본 가지고 오라고 전해. 내 친구가 파일을 가지고 목적지까지 안전하게 도착하면 그때 강설이 있는 곳을 알려줄 테니까. 한 시간이야, 그 안에 도착하지 못하거나 혹시 내 친구한테 허튼짓하기라도 하면 영애는 이 세상에 없을 줄 알아.]

안기영은 지금 잃을 게 없었다. 그리고 잃을 게 없는 사람이 어디까지 갈 수 있는지 민준은 잘 알고 있었다. 지금 안기영에게 목숨 같은 건 하나도 중요하지 않다는 것도, 너무나 잘 알고 있었다.

[아 참, 네가 붙여놓은 추적 장치 있잖아? A1 호텔에 두고 왔으니 분리수거 부탁해.]

'강설은, 무서움을 많이 타는데.'

민준이 떨리는 손으로 시계를 더듬었다. 화면에서 빨간 점의 위치를 확인한 그의 눈가가 붉어졌다.

❦

한 시간 전.

딩동- 초인종이 울렸다. 오늘은 박사님들이 오시지 않는 날인데. 설이 고개를 갸웃거리며 현관문 앞에 다가갔다.

"누구세요?"

"룸서비스입니다. 백건우님께서 지금 가져다 드리라고 하셔서요."

설이 인상을 찌푸렸다. 아까 분명히 괜찮다고 말했는데, 또 이렇게 사람을 보냈다. 혼자 알아서 잘 먹고 잘 지내는데, 아무래도 밖에 있으니 신경이 많이 쓰이는 모양이었다.

딸깍- 설이 문을 열고 안으로 가볍게 잡아당겼다. 현관문을 열자 파랗게 질린 얼굴로 바들바들 떨고 있는 호텔 직원의 모습이 보였고,

"우와, 강 주임 여기 숨어 있었네?"

그의 머리에 총을 겨눈 안기영의 모습이 보였다. 설은 본능적으로 주춤거리며 뒤로 한 발자국 물러섰다. 그녀의 얼굴은 숨이 막힐 것 같은 공포심으로 하얗게 질렸다.

"바쁘지 않으면 지금 나랑 어디 좀 갈까? 강 주임 심심할까 봐 내가 친구들도 데려왔어."

기영이 한쪽으로 고개를 까딱했다. 그녀의 옆으로 까만 복면을 쓴 낯선 남자들이 서 있었다.

"왜 아무 말이 없어? 혹시 지금 백건우가 아니라서 실망한 거야? 어쩌나, 백건우는 지금 아버지랑 같이 있을 텐데."

기영은 마치 재미있는 놀이를 하는 것처럼 키득거리며 웃었다. 그녀는 이 상황이 아주 유쾌했다.

그렇게 고고한 척하더니, 결국 이렇게 바들바들 떨 거면서. 그 여우 같은 늙은이는 A1 지배인에게 16층에 귀한 손님이 묵을 예정이니 서비스에 각별히 신경 쓰라고 신신당부했다고 했다.

삼 년 전 이 방에서 나온 자신을 조용히 불러 건우와 어떤 사이냐고 꼬치꼬치 캐묻고, 건우와 있었던 일은 깨끗하게 잊으라고 말했던 사람이. 그리고 얼마 지나지 않아, 건우가 돌아올 때까지 자신을 좀 도와줄 수 있겠냐며 손을 잡고 친절하게 눈웃음을 짓던 그 교활한 늙은이가.

"······나한테, 도대체 왜 이러는 거예요."

설은 덜덜 떨리는 입술을 간신히 움직였다.

"그건 나중에 말해주면 안 될까? 우리가 지금 좀 바빠서 말이야."

흐흡─ 갑자기 누군가가 설의 입을 막았고, 눈앞이 하얘지더니 설은 곧 정신을 잃었다.

⚜

NIS 본부에 긴급 상황실이 꾸려졌다. 김 국장에게 보고를 받은 대통령은 긴 침묵 끝에 억양이 느껴지지 않는 지극히 사무적인 어조로 말했다. 인질은 반드시 구출하되 협상은 없으며, 만에 하나 인질을 구할 수 없다고 해도 협상은 없다. 대통령은 이 두 가지 답을 끝으로 전화를 끊었다.

전화기 너머로 희미하게 들리던 가쁜 숨소리와 평소와 다르게 미세하게 떨리던 낮은 목소리가 김 국장의 귓가에 무겁게 남았다.

"영애의 현재 위치는."

김 국장이 컴퓨터 좌표 화면을 들여다보며 물었다. 테러 진압 1, 2팀은 조금 전 전투 복장 그대로 현재 비상 대기 상태였다.

"김민준 요원이 보내온 위치를 분석 중입니다. 현재 인천항 방향으로 이동 중입니다."

인천 부두라면 컨테이너 물류 창고가 산적해 있는 곳이다. 게다가 지금 시각이면 항구는 드나드는 배들과 사람들로 북적거리고 있을 것이다. 즉 숨기는 쉽고, 찾기는 어려워진다는 뜻이다.

김 국장의 미간이 안으로 잔뜩 좁혀졌다. 도망치거나 숨을 때는 복작거리는 거리, 사람들의 물결 속으로 숨는 게 가장 좋다는 걸 기영은 알고 있는 것이다. 쫓아야 할 상대가 전직 요원이기 때문에 상황은 더 좋지 않았다.

"안기영에 대한 정보는."

"잘 아시겠지만 보육원 출신이라 가족은 없습니다. 삼 년 전 NIS를 그만두고 나간 이후로 계속 Boni에 근무했고, Pakin 그룹 백인회 회장과 긴밀한 관계를 유지하고 있었습니다. 이 일이 백인회 회장과 관련이 있는지는 별도로 더 조사를 해봐야 알 것 같습니다."

"백건우는 지금 어디에 있나."

"그게, 아무래도 백건우도 용의선상에 함께 올려놓아야 할 것 같아서 말입니다. 지금으로서는 섣불리 연락을 하기가……."

"백건우한테 지금 당장 전화 넣어."

김 국장은 건우가 도와주었다는 걸 설에게 들어 알고 있었다. 알고 그랬는지 모르고 그랬는지는 몰라도, 김 국장의 손에 파일이 안전하게 들어와 있는 걸 보면 건우는 지금 영애의 실종에 대해 모르고 있을 가능성이 더 컸다.

"연결되었습니다."

통화 연결음이 사라지자 곧바로 스피커를 통해 건우의 목소리가 흘러나왔다.

[여보세요?]

[백건우.]

건우는 아버지 백인회 회장과 저녁 식사를 마치고 거실에서 차를 마시던 중이었다. 아버지가 오늘 저녁은 집에서 함께 먹자며 집으로 불렀기 때문이었다. 핸드폰에서 귀에 익은 목소리가 들리자 건우는 핸드폰을 귀에 대고 자리에서 일어섰다. 그리고 빠른 걸음으로 자신의 방으로 들어온 뒤 문을 닫았다.

"무슨 일이십니까, 국장님."

[영애가 사라졌다.]

건우의 입술이 멍하니 벌어졌다.

'설이, 사라졌다고?'

[납치 용의자는 안기영, 현재 인천 방향으로 이동 중이다. 혹시 짚이는 곳이 있나?]

"……알아보겠습니다, 국장님."

'안기영.'

건우가 비틀거리다 힘없이 벽에 등을 기대고 섰다.

내 탓이다. 비겁하게 모른 척 외면하고 있던 탓에, 설에게 이런 일이 생긴 것이다. 미리 털어놓았더라면 이런 일이 일어나지 않을 수도 있었는데, 그래도 아버지라 입이 쉽게 떨어지지 않았다.

"무슨 일이냐!"

백 회장이 건우의 방문을 벌컥 열고 안으로 들어왔다. 두 손에 머리를 묻고 괴로워하는 건우를 보자 백 회장이 깜짝 놀라며 물었다.

"……강설이, 아니 영애가 납치됐습니다."

백 회장의 얼굴이 하얗게 질렸다. 설마 안기영이 영애를 납치까지 할 줄은 몰랐다. 그저, 오늘 저녁 건우를 불러 저녁 식사나 하고 있으면 될 거라고 해서 그리한 것뿐이었다.

건우가 경멸하는 눈빛으로 백 회장을 쏘아보았다.

"모르셨어요?"

"무, 무슨 소리를 하는 거냐! 내, 내가, 그걸 어떻게 알아!"

백 회장이 고개를 옆으로 돌리며 버럭 소리를 질렀다. 기영은 파일을 찾아낸 뒤 잠잠해질 때까지 해외에 숨어 있을 것이라고만 말했다. 하지만 분위기를 보니 일이 무언가 심상치 않게 돌아가고 있었다. 시간이 지날수록 백 회장의 얼굴에 낭패의 기색이 짙어졌다.

"모르셔야 해요, 아버지. 안 그럼 제가 살 수 없어요."

"건, 건우야!"

"지금 강설 어디 있냐고요!"

"난, 난, 그냥 배 하나만 구해줬을 뿐이다! 그 이상은 정말 몰라, 정말이다 건우야!"

백 회장이 건우의 팔을 간절하게 붙들며 애원하듯 말했다. 기영이 해외 수출용 선적에 몸을 숨겨 조용히 나갈 수 있도록 조금 손을 봐주었을 뿐이다. 정말 그뿐이다. 아니, 그뿐이어야 한다.

"거기가 어딥니까."

건우의 목소리가 서늘하게 낮아졌다.

"거, 건우야"

"거기가 어디냐고요!"

"그, 그게, 인천 부두에 배가 한 척 있는데…… 건우야!"

건우가 방문을 거칠게 열고 밖으로 나가자 백 회장이 다급하게 그의 뒤를 쫓았다. 건우는 백 회장의 서재 문을 열고 들어가 책상 서랍 깊숙한 곳에 들어 있던 권총 한 자루를 꺼냈다.

"건우야!"

백 회장의 두 눈이 공포로 크게 떠졌다. 애가 총을 들고 지금 어딜 가려고!

"안기영은 제가 압니다. 제가 가야 해요."

"안 돼! 안 된다, 건우야! 거기에 안기영만 있는 게 아니야!"

백 회장이 부들부들 떨며 건우의 앞을 두 팔로 가로막고 섰다.

"……모르신다면서요."

건우가 허탈한 표정으로 백 회장을 바라보았다.

"비키세요, 아버지."

"안 된다! 거기 가면 안 돼, 건우야!"

건우는 백 회장을 거칠게 밀치고 현관문을 열어 밖으로 달려 나갔다. 백 회장이 가슴을 움켜쥐며 자리에 힘없이 주저앉았다.

비상 상황실.

"위치 확인되었습니다! 김민준 요원이 현재 목표물 가까이 접근 중이라고 합니다."

민준이 보낸 신호가 아까부터 한 곳에 멈춰 제자리에서 깜빡거리고 있었다. 위성에서 최종 위치를 확인한 요원이 고개를 돌리며 다급한 목소리로 외쳤다.

"좌표 확인, 이동한다."

김 국장의 나지막한 목소리에, 요원들을 태우고 인근 건물 옥상에 대기 중이던 헬리콥터가 어둠을 가르며 밤하늘로 날아올랐다.

"김민준 요원은 인근에서 대기하고 있다 요원들과 합류한다."

"저기, 국장님……."

"뭔가."

"송신이 이미, 끊겼습니다."

민준과 연락을 주고받던 요원이 귀에서 헤드폰을 내리며 조심스럽게 말했다. 김 국장이 절로 벌어진 입술을 다시 힘주어 굳게 닫았다. 약속 시각이 채 이십 분도 남지 않았다. 헬기가 아무리 빨리 날아간다고 해도 기영이 말한 시간에 맞출 수는 없을 것이다. 그걸 잘 알기에 아마도 민준은.

"상현아, 다녀올게!"

낮은 웃음소리와 함께 재권의 목소리가 귓가에 환청처럼 들렸다. 김 국장은 고개를 돌리며 떨리는 눈을 감았다.

✤

"이제 좀 정신이 좀 들어?"

설은 힘겹게 눈꺼풀을 들어 올렸다. 호텔에서 기영을 만났고, 그 후로 기억이 없었다. 빛이 들어오지 않는 거대한 컨테이너 안, 차가운 바닥에 쓰러져 있던 설은 겨우 몸을 일으켜 앉았다. 주변을 둘러보았지만, 사방이 캄캄하고 고요할 뿐이었다.

구석의 의자에 앉아 핸드폰을 들여다보고 있던 기영이 고개를 들어 설과 눈을 마주쳤고, 즐거운 듯 생긋 웃었다. 아직 약 기운이 다 가시지 않아 흐릿한 시야로 설은 기영을 보았다.

"……왜?"

설이 마른 입술을 힘겹게 달싹거렸다. 극도의 두려움도, 그 끝을 넘어서니 오히려 담담해졌다.

"왜…… 이런 일을."

'대한민국 안에서 나를 납치하고 무사할 리가 없을 텐데. 안 주임은

왜 이런 일을 벌였을까, 어리석게도……'

설은 자기 자신의 목숨을 담보로 이렇게까지 하는 기영을 이해할 수 없었다.

"너, 나 못 알아보더라? 난 너 한눈에 알아봤는데."

설이 눈을 깜빡여 초점을 맞추며 기영을 쳐다보았다. 기영은 설에게 다가와 입가에 조소를 띤 채 그녀를 내려다보았다.

"노란 원피스를 입고 반짝거리는 까만 구두를 신고 다녔잖아. 머리에는 긴 나비 모양 리본을 묶고 말이야. 기억 안 나?"

'노란 원피스에 까만 구두. 이건 나의 기억이다, 내 어릴 적 기억. 그런데 이걸 어떻게 안기영이 알고 있는 거지?'

설의 눈에 의아한 빛이 스쳤다.

"행복 보육원. 네가 엄마 아빠 손잡고 와서 옷도 주고 가고 먹을 것도 주고 가고 그랬잖아. 내가 가엾다고 신고 있던 까만 구두도 벗어줘 놓고 잊어버렸나 보네? 하긴, 네가 그런 것까지 기억할 리는 없겠지. 너한테는 별거 아닌 아주 사소한 동정이었을 테니까 말이야."

행복 보육원, 기억이 났다. 주말이면 설이 엄마 아빠 손을 잡고 가끔 갔던 곳. 그래, 까만 구두를 벗어준 일이 있었다. 구석에 쪼그리고 앉아 설을 흘끔거리며 쳐다보던 여자아이. 그 아이의 시선이 제 구두에 자꾸 와 머물자, 설은 신고 있던 까만 구두를 그 아이에게 벗어주었다.

"그때 너는 나한테 구두를 벗어줬고, 네 아버지는 너를 소중하게 안고 커다란 자동차까지 걸어갔지. 그때 내가 얼마나 너를 부러워했게? 하루만 너처럼 살아봤으면 좋겠다고 밤마다 기도했어."

기영이 랜턴을 들어 올리자 설은 눈이 부셔 고개를 옆으로 돌렸다.

"항상 다른 사람들이 부러웠는데, 백건우를 만나고 나서부터는 아무도 부럽지 않았어. 그 사람만 있다면 숨만 쉬고도 살 수 있겠다는 생각이 들 만큼 말이야. 그런데 백건우가 강설을 좋아한대. 나한테 구두를 벗어줬던 그 공주님을 말이야. 강설이 버려서 이제 내가 가져도 될 줄 알았는데, 기어이 또 강설을 찾아갔지 뭐야. 내가 그렇게 기다렸는데."

"……"

"그래서 나는, 네가 이 세상에 없었으면 좋겠어."

기영은 낮게 읊조리듯 말했고, 설은 그녀의 말을 들을수록 어쩐지 서글퍼졌다.

"그동안 그 정도 대접받으며 살아왔으면 남은 인생이 어찌 되든지 간에 꽤 괜찮은 인생이었잖아? 하긴 나도 돈만 받으면 이제 너 같은 공주가 아니라 여왕도 될 수 있겠지. 그럼 이번엔 내가 너한테 내 구두를 줄게. 그러니까 너도 내 친구가 파일을 가지고 이라크까지 무사히 도착하길 빌어줘. 뭐, 어차피 넌 나와 같이 가게 되겠지만 말이야. 이제, 십오분 남았네?"

기영이 손목시계를 쳐다보며 웃었고, 설은 불규칙하게 흔들리는 호흡을 안으로 다시 삼켰다. 기영은 파일을 손에 넣든 말든 자신을 풀어줄 생각이 조금도 없는 것이다.

"그래도…… 파일은 가질 수 없을 거야."

설이 작은 목소리로 속삭이듯 말했다. 약 기운이 다 가시지 않아 지금 자신이 정말로 정신을 차리고 있는 건지, 아니면 공포로 허상을 보고 있는 건지도 구별이 잘 되지 않았다. 하지만 차가운 컨테이너 바닥의 냉기도, 기영의 경멸스러운 눈빛도 꿈이 아니었다.

그 순간 설은 제일 먼저 아버지 생각이 났다. 아버지는 아마, 아픈 결정을 내리게 되실 것이다. 그리고 민준, 내가 사라진 걸 그 사람이 알게 된다면 얼마나 고통스러울까. 하지만 나조차도 이곳이 어디인지 모르는데, 그 사람인들 나를 찾아낼 수 있을까?

'내 위치!'

설의 눈빛이 크게 흔들렸다. 심장이, 무서운 속도로 뛰기 시작했다.

"물론 그렇지. 그래도 명색이 대통령인데 고민은 좀 되실 거야, 그렇지? 하나밖에 없는 딸을 죽일 수도 없고, 그렇다고 선뜻 파일을 내줄 수도 없고 말이야. 그러니까 보험으로 너라도 데리고 가야지, 뭐. 파일 대신 영애의 몸값이라도 받아야 하지 않겠어? 너무 걱정하진 마. 넌 거기서도 남자들한테 인기가 아주, 많을 테니까."

기영이 재미있다는 듯 웃음을 터뜨렸다. 설이 이렇게 된 걸 알게 된 건우의 얼굴과 몇 년 동안 충실한 수족 노릇을 해준 자신을 버리고 강설에게 눈독을 들인, 그 교활한 늙은이가 절망하는 얼굴을 봐야 하는 건데 그게 아쉬울 뿐이었다.

"기억이 나. 그래, 내가 당신한테 신고 있던 까만 구두를 벗어줬어."

설은 왼쪽 손목을 슬그머니 뒤로 감추었다. 이대로 민준을 못 보게 될 수도 있다고 생각하자 무서운 공포가 숨구멍을 짓눌러왔다. 하지만 삶과 죽음의 경계선에 서니 모든 게 명확해졌다. 앞으로 어떤 순간이 오더라도 그녀는 이제 민준과 함께 있을 것이다.

"당신도 나처럼 이름이 달라져서 못 알아봤어. 나는 그때 강조국이었고 안기영 당신은, 안설이었으니까."

설의 나지막한 목소리에 기영이 숨을 멈추고 설을 날카롭게 쳐다보았다.

안설. 조국은 그 여자아이의 이름이 무척 예쁘다고 생각했다. 남자 이름도 아니고 강조국이 뭐냐고 아빠와 할아버지께 투정부렸던 어린 시절, 보육원에서 만난 여자아이는 조국에게 자기 이름은 안설이라고 말했다. 하얀 눈처럼 세상에서 제일 깨끗하고 예쁜 이름, 설이라고.

창밖으로 함박눈이 쏟아져 내리던 그날 '설'이라는 이름을 개명 신청서에 적어 넣었는데, 그 이름이 가진 기억의 시작과 이렇게 만나게 될 줄은 몰랐다.

"그게, 기억이…… 나?"

기영의 얼굴이 기묘하게 일그러졌다. 안설. 보육원 출신이라는 걸 들키고 싶지 않아 보육원을 나오면서 기영이 제일 먼저 버린 것은 바로 이름이었다. 기영은 그 누구한테도 더 이상 그 이름으로 불리게 되는 걸 원하지 않았다.

하지만 백건우, 그 남자가 사랑하게 된 여자의 이름이 설이라고 했다. 강설. 잊고 싶어서 버렸던 그 이름을 건우가 사랑스럽게 부를 때마다 누군가가 가슴을 날카로운 칼로 그어대는 것만 같았다. 건우가 '설아'라고 강설을 부를 때마다 가슴속으로 피눈물이 흘렀다. 건우의 설은 원래, 내 것이었는데.

"그래! 원래 내 것이었어, 그러니까 이제 돌려줘. 백건우도, 내 이름도."

이를 가는 기영의 두 눈이 분노로 가득 찼다.

약속 시간 십분 전, 배에 오를 시간이 다가오고 있었다.

끼이이익— 민준의 자동차가 연안 부두에 멈춰 섰다. 끝이 보이지 않을 정도로 드넓은 항구에 거대한 물류 창고가 길게 꼬리를 물고 늘어져 있었고, 많은 사람이 그 사이를 분주하게 오가고 있었다. 차에서 내린 민준은 시계 화면에 보이는 점을 따라 달리기 시작했다. 이 수많은 컨테이너들 중 정확한 위치를 찾아내기란 쉬운 일이 아니었다.

까만 전투복 바지에 방탄조끼를 입고 달리는 민준에게 사람들의 시선이 몰렸다. 그러나 사람들은 이내 곧 흥미를 잃고 그에게서 눈을 돌렸다. 강설. 설을 생각하자 민준의 눈시울이 뜨거워졌다. 심장은 금방이라도 터져 버릴 것만 같았다.

달리는 속도가 더디게만 느껴져 민준은 입고 있던 무거운 방탄조끼를 벗어 던졌다. 시계 화면의 빨간 점과 민준의 위치가 점점 가까워졌다. 항구에는 곧 출항을 앞둔 배들이 즐비하게 늘어서 있었고, 선체에 부딪쳐 부서지는 파도를 따라 수면 위에서 천천히 흔들리고 있었다.

출항. 기영이 설을 이곳으로 데려온 이유는 바로 이것이었다. 민준은 대형 컨테이너 상단의 숫자들을 빠르게 훑어 읽으며 달렸다.

211, 212, 213……. 213.

민준은 숨을 헐떡거리며 213이라고 써진 컨테이너 주변을 둘러보았다. 한국인으로는 보이지 않는 건장한 체구의 동양인들이 컨테이너 주변을 서성이고 있었다. 일을 하는 것처럼 보였지만, 경계하는 눈빛으로 주변을 둘러보는 모습이 항구의 다른 사람들과 분명히 달랐다.

민준은 그들 중 한 명을 알아보았다. 대통령 취임식 날 본 적이 있는, 날카로운 눈매의 남자였다. 민준은 그들의 눈을 피해 옆 컨테이너 측면에 몸을 바짝 붙이고 섰다.

민준은 소음기가 달린 권총을 꺼내고 거칠어진 호흡을 가다듬었다. 이들이 밖을 지키고 서 있는 걸 보니 컨테이너 안에 설이 있는 게 확실해 보였다. 나의 강설이.

민준은 213번 컨테이너 쪽으로 접근하여 가까이 있던 남자의 목을 돌렸다. 남자는 갑자기 목 뒤에서 가해지는 고통에 신음 한 번 입 밖으로 내뱉지 못했다. 민준은 몸이 축 늘어진 그를 어두운 바닥에 조용히 내려놓으며, 컨테이너 틈 사이로 무장한 남자들의 위치를 빠르게 확인했다.

밖에 보이는 남자는 모두 셋. 컨테이너 위에 한 명, 좌, 우에 각각 한 명씩 있었다. 뒤쪽으로 한 명이 더 있을 것 같았지만, 지체할 시간이 없었다.

컨테이너 지붕 위에 서 있던 남자가 민준의 총을 맞고 아스팔트 바닥으로 떨어졌다. 둔탁한 소리에 앞을 지키고 서 있던 남자 둘이 민준을 찾아 양쪽에서 컨테이너를 돌아 나왔다. 슈욱, 철컥, 슉. 작은 소음과 함께 총탄이 어둠을 가르며 연달아 목표물을 향했다.

민준은 가쁜 숨을 내쉬며 컨테이너 앞에 섰다. 그리고 무거운 철문을 있는 힘껏 좌우로 열어젖혔다. 캄캄한 컨테이너 안으로 빛이 한꺼번에 쏟아져 들어갔다.

"강설!"

민준이 컨테이너 안으로 다급한 발걸음을 옮겼다. 저만치 안쪽에 힘없이 주저앉아 있는 설이 보였다.

"거기까지."

설을 향해 달려가려던 민준이 갑자기 걸음을 멈췄다. 기영이, 얼굴이 파랗게 질린 설의 머리에 총구를 겨누었다. 찰나의 순간 민준과 설의 눈이 스치듯 허공에서 마주쳤다.

'괜찮아?'

짧은 순간이었지만 설은 민준이 하는 말을 알아들었다. 그녀는 고개를 미세하게 끄덕이며 힘겹게 숨을 뱉어냈다.

민준이 이곳으로 올 것을 예상하지 못했던 기영의 얼굴은 잔뜩 일그러져 있었다. 그녀는 분명히 민준이 붙여놓았던 GPS를 호텔에 버리고 왔다. 설의 핸드폰과 짐도 중간에 다 버리고 왔는데, 민준이 여길 어떻게 알았는지 기영은 기가 막혔다.

민준이 왔으니 곧 다른 사람들도 이곳에 도착할 것이었다. 하지만 민준은 지금 혼자였고, 그건 아직 주변에 그의 아군이 없다는 뜻이기도 했다. 그녀는 놀랐던 가슴을 그제야 진정시키며 비릿한 미소를 지었다.

"역시 대통령이야. 딸의 목숨보다는 그 파일이 훨씬 더 중요하다는 거군. 하지만 그쪽이 제안을 거절했으니 나도 영애를 곱게 돌려보낼 수가 없는데, 어떡하지?"

기영은 총구를 설의 머리에 대고 거침없이 방아쇠를 당겼다.

철컥. 설이 두 눈을 질끈 감았고, 기영을 향해 총을 겨눈 민준의 동공이 크게 흔들렸다.

"첫 발은 비워놓았지만 두 번째는 아니야, 총 버려."

민준이 공포에 질린 설의 이름을 조용히 불렀다.

"……강설."

어깨를 가늘게 떨던 설이, 젖은 눈을 들어 민준을 바라보았다.

"괜찮아."

민준이 입가에 희미한 미소를 지었다. 시간을 벌어야 한다.

민준이 총을 바닥에 떨어뜨렸다. 그리고 기영의 눈을 똑바로 바라보았다.

"안 주임, 강 주임 데리고 어딜 가려고? 좋은 데 가려면 나도 데리고 가지 그래? 내가 이제부터 셋이 놀자고 했었잖아."

"누가 안 주임이야! 이 상황에 아직도 회사원 놀이가 하고 싶어? 왜, 대리님이라고 불러줄까?"

기영이 격양된 듯 목에 핏대를 세우며 민준에게 소리를 질렀다. 불과 며칠 전까지만 해도 세 사람은 같은 회사를 다니며, 함께 밥을 먹고 커피를 마시던 사이였다. 민준이 감정을 자극하려 한다는 것을 알면서도, 사람인 이상 기영도 동요할 수밖에 없었다.

백 회장의 심부름을 하던 일을 제외하면, 기영도 직장 동료들과 함께하는 회사 생활이 나쁘진 않았다. 건우가 돌아오지 않았더라면, 어쩌면 그대로 잊고 살았을지도 몰랐다. 하지만 이제 모든 게 끝났다.

"안기영."

"수작 부리지 마, 김민준. 내가 그딴 도발에 넘어갈 것 같아?"

"강설은 두고 가."

"하! 눈물겨운 사랑이네. 그런데 어쩌지? 더 놀아주고 싶어도 내가 지금 좀 바빠서 말이야. 아무래도 먼저 가야 할 것 같은데 길 좀 비켜 줘."

기영이 설을 일으켜 세워 머리에 총구를 대고 천천히 민준의 앞으로 다가왔다. 민준은 점점 가까워지는 기영을 똑바로 바라보았다. 민준은 기영을 잡을 타이밍을 찾고 있었고, 기영은 그걸 잘 알고 있었다. 두 사람은 요원인 서로의 습성을 너무 잘 알고 있기에, 둘 모두에게 어려운 싸움이었다.

갑자기 기영이 민준의 등 뒤를 슬쩍 바라보며 눈짓을 했고, 기영의 시선을 좇아간 설이 두 눈을 커다랗게 떴다. 민준의 등 뒤로 기다란 총구가 겨누어지는 게 보였다.

"안……."

설의 얼굴색이 흙빛으로 변하자 이상한 낌새를 눈치챈 민준이 바닥에 떨어진 총을 재빨리 집어 들고 뒤로 돌며 방아쇠를 당겼다.

윽! 고통스러운 신음과 함께 컨테이너 밖에 서 있던 남자의 몸이 뒤로 넘어갔다. 그리고 거의 동시에 컨테이너 안에는 요란한 총성이 울려 퍼졌다.

기영이 든 까만 총구에서 희뿌연 연기가 피어올랐고, 그 순간 민준이 중심을 잃고 비틀거렸다. 총을 쥔 오른손에 힘이 들어가지 않았고, 의식은 흐릿해졌다. 선혈이 순식간에 그가 입고 있던 셔츠를 빨갛게 물들였다.

"이번엔 머리?"

기영이 민준의 머리를 향해 다시 한 번 총구를 겨누었다.

"아아아, 안 돼, 안 돼!"

설이 울부짖으며 달려가 휘청거리는 민준을 두 팔로 끌어안았다. 민준을 감싸 안은 설의 손가락 사이로 붉은 피가 흘러내렸다. 설은 덜덜 떨리는 손으로 민준의 등을 꽉 감싸 안았다. 그 모습을 바라본 기영의 얼굴이 험악하게 일그러졌다.

"둘 다 죽든가, 그럼."

설의 등 뒤에서 기영이 다시 방아쇠를 당겼다.

슈욱! 탕!

간발의 차이로 컨테이너 안에서 작고 큰 총성이 연달아 두 번 울렸다. 기영이 털썩 무릎을 꿇었고, 몸을 돌려 설을 두 팔로 감싸 안은 민준의 몸이 그제야 덜덜 떨리기 시작했다. 설은 민준의 품 안에서 숨을 멈추었다.

쿵. 기영이 권총을 떨어뜨리며 쓰러졌다. 기영의 어깨에서 시작된 붉은 핏물이 바닥으로 넓게 퍼졌다. 마침내 민준이 쥐고 있던 권총이 툭 떨어졌다.

민준이 괴롭게 숨을 헐떡이며 컨테이너 바닥 위에 힘없이 무릎을 꿇었다. 심장이 타들어 가는 것 같은 고통이 어느 순간부터 느껴지지 않았다. 절로 감기는 눈을 뜨려고 해도 눈앞이 자꾸 흐려졌고, 설의 고통스러운 울음소리만이 먼 곳에서 환청처럼 들려왔다.

"……강설, 눈 감아."

민준이 희미하게 중얼거리며 마침내 설의 어깨 위로 고개를 떨어뜨렸다.

"아…… 아……."

설이 고개를 가로저으며 고통스러운 신음을 냈다. 그녀가 울고 있는데도 민준은 눈을 뜨지 않았다.

"……눈 떠, 눈 떠요."

설은 떨리는 목소리로 말했다. 내가 여기 있는데, 나를 보고 웃어야 하는데. 당신은 왜 날 보지 않아요?

민준의 팔을 타고 흐른 붉은 핏물이 바닥에 흥건히 고이기 시작했다.

"설아!"

그때 누군가가 거친 숨소리와 함께 컨테이너 안으로 뛰어들어 왔다.

"설아! 김민준!"

두두두두– 헬리콥터 프로펠러 돌아가는 소리가 점점 더 가까이 들려왔다. 설을 꽉 끌어안고 미동도 없던 민준의 두 팔이 임무를 다했다는 듯 그제야 바닥으로 툭 떨어졌다.

✤

비슷한 시각, 인천국제공항에서 항공권을 발권하고 대기 중이던 서 박사가 긴급 체포되었다. 살인, 살인미수 및 납치, 납치 공모, 산업스파이 등 무거운 죄목들이 백 회장과 안기영, 그리고 서 박사에게 차례로 붙었다. 하지만 이 엄청난 사건은 언론에는 단 한 줄도 보도되지 않았다.

인터넷 커뮤니티에서 몇몇 목격자들의 생생한 증언이 있었지만, 영화 촬영이거나 혹은 특수부대 모의 훈련 정도로 의견이 분분히 나뉘다 그 반응마저 얼마 지나지 않아 금방 시들해졌다. 그리고 얼마 뒤, 모 대기업 회장이 중요한 산업 기밀을 해외로 빼돌리려다 긴급 체포되었다는 소식이 짤막한 뉴스로 전해졌을 뿐이었다.

백 회장은 자신에게 씌워진 혐의를 완강히 부인했다. 그는 안기영이 가엾어 살갑게 대해준 것이 전부라며 안기영과 서 박사에게 분명한 선을 그었다. 그런 백 회장의 구속이 결정된 것은 건우가 핸드폰 녹음 파일을 서 박사의 살인 증거물로 검찰에 넘긴 후였다. 녹음된 음성 파일 안에는 서 박사와 공모한 백 회장의 지난 행적이 고스란히 담겨 있었다.

백 회장은 구속된 상태에서 재판을 기다렸지만 건우는 아버지를 찾아가지 않았고, 참고인 조사를 마치자마자 바로 회사로 출근하기 시작했다. 아버지의 얼굴을 볼 자신도 없었지만, 갑작스러운 회장의 구속에 그룹 계열사 전체가 크게 휘청거리고 있었다. 수만 명의 직원과 그 가족들을 지켜야 했기 때문에 건우에겐 자기 연민과 괴로움에 빠져 있을 시간이 없었다.

민준은 몇 시간을 거쳐 어깨와 가슴에서 두 개의 총알을 제거하는 대수술을 받았다. 주요 장기를 피해 총알이 박혔다는 게 다행이었다. 그렇지만 워낙 가까이에서 총을 맞았기 때문에 내상이 심했다. 과다 출혈로 인한 쇼크로 수술 중 큰 위기도 여러 번 넘겨야 했다. 주치의는 피를 그렇게 많이 흘리고도 민준이 살아 있는 건 기적이라고 말했다.

공포스러웠던 그날 이후 설은 회사에 사표를 냈고 부모님의 뜻에 따라 청와대 사택으로 들어갔다. 정말 다행인 것은 그날을 머릿속에 계속 떠올릴 시간이 많지 않다는 사실이었다. 설은 깨어 있는 내내 민준을 생각했고, 그의 생각을 하다 잠이 들었다. 소리 내서 울 수도 없는 추운 여름이 그렇게 지나가고 있었다.

한국병원 VIP 병실. 침대 옆 가습기에서 하얀 수증기가 공중으로 뿜어져 나왔다. 스르륵― 병실 문이 부드럽게 옆으로 밀리며 열렸고, 설이 병실 안으로 들어섰다.

"잘 잤어요? 밖의 날씨가 너무 더워요. 차라리 비라도 좀 왔으면 좋겠는데."

설이 투덜거리며 민준의 침대 옆으로 가까이 다가가 의자에 앉았다. 그는 이 주가 지났지만 아직 깨어나지 않았고, 산소호흡기를 낀 채 끈질기게 생명을 이어가고 있었다. 민준이 힘을 내고 있기에 설도 더 이상 울지 않았다.

"그만 좀 자고 일어나요."

설은 민준의 가슴 위에 고개를 얹으며 그의 손을 잡았다. 손을 잡아줘야 민준이 다시 돌아올 것 같았다.

"넘어지지 말고, 얼른 나한테 와요."

설이 조그맣게 속삭이며 그의 손등을 어루만졌다.

"여기 봐요, 지금 당신이 있는 곳이랑 내가 있는 곳이랑 똑같죠?"

민준의 손목에 채워진 시계 화면을 톡톡 두드리자 빨간 점이 나타나 깜박였다. 민준의 얼굴, 손, 손목시계. 설은 매일매일 그에 대해 더 많이 알아갔다. 이렇게 시계 화면을 톡톡 두드리면 민준이 제 위치를 알 수 있다는 것도 우연히 알게 되었다. 하지만 민준이 쓰러진 후 설의 위치는 언제나 청와대가 아니면 한국병원뿐이었다.

똑똑. 그때 누군가가 민준의 병실 문을 노크한 후 안으로 들어왔다. 설이 고개를 돌렸고, 김 국장을 발견하자 자리에서 벌떡 일어나 머리를 숙여 인사했다.

"오셨어요?"

"이제 그만 오셔도 된다고 말씀드린 것 같은데요. 민준이가 깨어나면 제가 먼저 연락을 드리겠다고 하지 않았습니까."

설은 김 국장의 나무라는 말투에 어색한 웃음을 지으며 두 눈을 차분히 내리깔았다. 제가 병원에 매일 찾아오는 걸 그가 불편해하는 건 알고 있지만, 그래도 오지 않을 수가 없었다.

"대통령께서 걱정하십니다."

"⋯⋯알고 있습니다."

아버지가 기어이 국장에게 한마디 하신 모양이었다. 아버지는 설이 매일 병원으로 출근한다는 걸 알고 불편한 기색을 숨기지 않았다. 김 국장의 난처한 처지를 모르는 바는 아니지만, 설은 그날 이후 앞으로 무슨 일이 있어도 민준 옆에 있겠다고 마음속으로 다짐했다.

김 국장은 설의 얼굴을 물끄러미 바라보았다. 예전에 봤을 때보다 얼굴이 부쩍 야위어 있었다.

설이 매일 병원으로 출근한다는 사실을 알고 마음이 편치 않은 건 김 국장도 마찬가지였다. 사건이 발생하기 전, 민준이 마지막으로 찾아갔던 사람이 영애라는 사실을 알고부터 시작된 가슴의 통증은 시간이 흘러도 수그러들지 않았다. 하지만 김 국장도 부모인지라, 설의 핏기 없는 얼굴보다는 그녀를 마음에 두고 있었을 민준의 심정이 곱절은 더 아팠다.

김 국장은 민준이 이렇게 된 게 꼭 제 탓인 것만 같았다. 이 박사님은 아이들의 미래를 내다보시기라도 한 건지⋯⋯ 그래서 그런 부탁을 하셨나. 김 국장이 속으로 긴 한숨을 내쉰 후 다시 설을 바라보았다.

"아침은 먹었습니까?"

설은 그저 웃기만 했다.

"잘 먹어야 기운도 나고 병문안도 올 수 있어요."

"네, 그럴게요."

설이 알았다는 듯 고개를 살짝 끄덕였다. 그렇지만 요즘 그녀는 무얼 먹어도 맛이 없어서 음식에 손을 거의 대지 않고 있었다.

"혹시 중국 음식 좋아합니까?"

"네……?"

"내가 아는 집이 있는데, 식사 안 했으면 같이 갑시다."

김 국장이 먼저 병실을 나섰다. 설은 잠시 머뭇거리다 김 국장의 뒤를 종종걸음으로 따라나섰다.

김 국장이 그곳에 발길을 끊은 지는 벌써 이십 년 가까이 되었다. 옛날 이인호 박사와 함께 간 이후로 두 번 다시 가지 않았던 곳이다. 재권에 대한 기억 때문에 발길을 끊었던 곳인데, 이렇게 아들 민준도 아닌 이 박사님의 손녀를 데리고 다시 그곳에 가게 될 줄은 몰랐다.

김 국장과 설을 태운 자동차가 낡은 중국집 앞에 멈춰 섰다. 김 국장은 잠시 문 앞에 서서 가게 간판을 올려다보았다. 세월이 이만큼이나 흘렀는데도 겉모습이 기억 속 모습과 다르지 않아 가슴이 뭉클해졌다.

"불편하면 말해요. 다른 곳으로 가도 되니까요."

그래도 선뜻 안으로 발을 디딜 용기가 나지 않아 그는 설에게 선택권을 주었다. 조금 전부터 설이 계속 얼떨떨한 표정을 짓고 있었기 때문이다. 김 국장은 만약 설이 내켜 하지 않는다면 그것을 핑계로 다른 곳에 갈 생각이었다.

"그게 아니라."

설이 잠시 머뭇거리다 조심스럽게 말을 꺼냈다.

"저 여기 알아요. 옛날에 할아버지랑 자주 왔었고 또, 민준 씨랑도 와봤어요."

"민준이랑 같이 여길 왔었다고요……?"

"네, 자장면 좋아한다고 해서 제가 데리고 왔어요."

"민준이가 자장면을 좋아한다고 했습니까?"

김 국장의 얼굴에 어두운 그늘이 졌다.

"네. 맛있다고, 저한테 나중에 다시 오자고 했어요."

김 국장의 눈꺼풀에 경련이 일었고, 순식간에 눈시울이 뜨거워졌다. 그는 울컥하는 마음에 얼른 등을 돌리며 눈가의 물기를 재빨리 훔쳐 냈다. 설은 의아한 얼굴로 김 국장의 뒷모습을 바라보았다.

[병원이야?]

민준의 병실, 침대 옆에서 책을 읽고 있던 설의 핸드폰이 지이잉 울렸다. 건우였다.

"네. 병원이에요."

[나 거의 다 왔는데, 괜찮으면 잠깐 들러도 될까?]

"전 괜찮은데 병실 주인이 싫어하지 않을까요?"

[누가, 김민준이?]

"네."

[하하.]

전화기 너머 건우가 유쾌한 웃음을 터뜨렸다.

[커피 사다 줄까?]

"아메리카노요. 이왕이면 샌드위치도 같이요."

[진짜 김민준한테 미움받겠네. 그래도 나한텐 강설이 더 중요하니까, 뭐. 열 받으면 일어나서 욕을 하든가.]

설이 웃으며 전화를 끊었다. 설이 마음에 상처를 입은 만큼 건우도 많이 아팠다. 백 회장은 현재 구속 수사 중이고, 아마 건우는 앞으로도 꽤 오랫동안 아버지를 만나지 못할 터였다. 두 사람 모두 지금 누구를 위로해 줄 마음의 여유 같은 건 없었다. 그저 두 사람은 각자의 방법대로 상처를 치유하며 겉으로 내색할 수 없는 고통을 견뎌낼 뿐이었다.

"건우 씨가 나한테 커피 사다 준대요, 그리고 샌드위치도."

설이 장난스러운 말투로 민준에게 말을 걸었다. 평소의 민준이라면 분명 퉁명스럽게 대꾸를 했을 것이다.

"……그러니까, 얼른 일어나요. 안 그럼 나 매일매일 다른 남자랑 커피 마실지도 몰라요."

설은 민준의 손에 고개를 기대며 힘없이 중얼거렸다. 해가 졌는데, 민준은 오늘도 눈을 뜨지 않았다. 깜빡 잠이 들었던 설이 정신을 차린 것은 병실 문 열리는 소리 때문이었다.

"피곤하면 그만 들어가지그래."

건우가 커피와 샌드위치가 들어 있는 하얀 봉지를 들고 병실 안으로 들어왔다.

"어차피 조금 있으면 들어가 봐야 해요."

"내가 데려다줄까?"

"기다리는 사람 있어요."

"아, 경호관."

설이 웃으며 건우가 건넨 커피를 받아 들었다.

"참, 오늘 회사로 김민준 여동생이 찾아왔던데."

'응? 아, 김서연 씨.'

설은 민준의 동생을 기억해 내곤 고개를 끄덕였다.

"데스크에서 김민준 대리를 불러달라고 했는데 퇴사했다니까 많이 놀랐나 봐. 오빠가 출장 간 줄 알고 있더라고."

"만났어요?"

"어, 아침에 출근하는데 누가 안내 데스크에 동동 매달려 있어서."

건우가 오늘 아침에 회사에서 있었던 일을 떠올리며 웃었다.

"언제는 식당 밥이 맛있다고 제일 좋은 회사라고 하더니, 오늘은 악덕 기업이라며 나보고 빨리 이 회사 그만두고 나오라 하더라고."

씩씩거릴 서연의 화난 얼굴이 눈앞에 그려지자 설이 덩달아 웃음을 터뜨렸다. 남매가 다른 것 같으면서도 어딘가 모르게 하는 행동이 참 많이 닮았다.

"기다리는 가족들은 많이 힘들 것 같아요."

"힘들겠지. 기다리는 사람도, 기다리는 사람을 두고 온 사람도. 김민준도 지금 많이 힘들 거야. 아마 다시 돌아오기 위해 필사적으로 싸우고 있겠지."

"……"

"앞으로 또 이런 일이 일어나지 않으리라는 보장이 없어. 그래도 괜찮겠어?"

"그건…… 이 사람이 깨어나면 대답해 줄게요."

요즘 민준의 곁에서 설은 많은 생각을 했다. 그리고 그 끝은 언제나 같았다. 매일 마음 졸이며 기다려야 한다고 해도, 민준이 돌아와 제일 먼저 보는 사람이 언제나 자신이었으면 좋겠다는 것이었다.

"이봐, 김민준. 빨리 안 일어나면 강설은 그냥 내가 가진다?"

"뭐라고요?"

설이 건우를 흘겨보았고, 건우가 어깨를 으쓱거리며 웃었다. 그리고 두 사람이 눈치채지 못하는 사이, 민준의 손가락 끝이 미세히게 움직였다.

✤

깜깜한 새벽, 민준이 눈을 뜨면서 가장 먼저 한 생각은 여긴 어디일까, 였다. 얼마나 오랫동안 누워 있었을까, 두 번째 생각을 하고, 또 다른 생각을 하기 전에 어둠 속에서 아버지의 숨죽인 흐느낌 소리가 들렸다.

"민준아!"

눈을 떴는데 입술은 생각처럼 쉽게 움직이지 않았다. 그래서 민준은 아버지의 얼굴을 바라보기만 했다. 어머니에게도, 서연이에게도 말 못 하고 혼자 병실을 지키고 있었을 아버지의 얼굴을.

"정신이 들어?"

민준과 눈이 마주치자 김 국장이 다급한 목소리로 외쳤다. 병원의 연락을 받고 새벽에 달려오긴 했지만, 정신이 돌아왔다던 민준은 여전히 눈을 감고 있었다. 정신이 돌아왔다는 게 착각이었나 싶어 가슴 속에서 뜨거운 설움이 북받쳐 올랐다. 민준이 눈을 뜬 건 그때였다.

민준이 느릿하게 눈을 감았다 떴다. 웬만해서는 침착함을 잃지 않는 분인데, 아버지의 얼굴을 보니 자신이 꽤 크게 다쳤다는 걸 알 수 있었다. 혹시나 해서 오른손과 왼손 끝에 힘을 주어보았다. 오른쪽 발가락과 왼쪽 발가락도. 까닥거리는 손끝 발끝에 다행히 총은 쏠 수 있겠구나, 라는 생각이 들었다.

"……제가."

민준은 입안이 말라 있어 마른침을 꿀꺽 삼켰다.

"……왜."

'왜, 어쩌다 지금 여기에 누워 있는 거지?'

민준은 자신이 왜 병원에 누워 있는지 기억이 나지 않았다.

"민준아……."

충격으로 얼굴이 굳어진 김 국장이 입술을 서서히 다물었다. 민준은 머리가 깨질 듯 아파 미간을 찌푸리며 다시 눈을 감았다. 그래도 숨을 쉴 때마다 느껴지는 가슴과 팔의 통증을 제외하고는 그럭저럭 괜찮았다.

'김민준, 죽다 살았나 보네.'

몇 시간 뒤, 급하게 왔는지 머리카락이 잔뜩 헝클어진 여자가 헉헉거리며 병실 안으로 뛰어들어 왔다. 아버지도 안 계신데, 난처하게.

"흐흑."

여자는 민준을 보자마자 두 손으로 신음이 터져 나오는 입을 틀어막고 눈물을 흘리기 시작했다. 하지만 민준은 의아하기만 했다. 간호사도 아니고 NIS에는 저런 동료도 없는데, 도대체 저 여자는 누구지?

민준은 머리가 또 지끈거려 오른손으로 관자놀이를 꾹 눌렀다.

"많이 아파요?"

여자가 다급하게 뛰어오더니 민준의 손을 붙잡았다. 아무리 몸에 힘이 없어도 여자의 손을 뿌리칠 정도의 힘은 남아 있었다. 민준이 그녀의 손을 탁 치고, 날카로운 눈빛으로 여자를 쏘아보았다.

"또 아파요?"

여자가 다시 울기 시작했다.

'아, 우는 여자 딱 질색인데.'

민준은 인상을 찌푸리며 여자를 외면했다.

"오셨습니까."

때마침 김 국장이 병실 문을 열고 안으로 들어왔다. 김 국장은 민준의 주치의와 면담을 하고 돌아오는 길이었다. 민준이 눈짓으로 설을 가리키며 김 국장에게 눈빛으로 물었다.

'이건 뭡니까?'

"영애시다, 네가 이번에 구출해 낸 분."

김 국장이 설의 눈치를 살피더니 체념한 얼굴로 담담하게 말했다. 설은 눈물 가득한 얼굴로 김 국장과 민준을 번갈아 바라보았다. 이 상황이 도무지 이해가 가질 않았다.

설마.

"나예요."

설의 목소리가 가늘게 떨렸다.

"나라고요."

"……아."

무언가 깨달은 민준이 짧게 탄성을 질렀다.

"영광입니다, 영애님."

그리고 영애에게 가장 적당한 인사말을 골라 말했다. 그런데 영애는 마음에 들지 않은 모양이었다. 놀란 표정으로 입을 벌리고 서 있던 영애가 또 울기 시작했다. 그래도 내가 걱정되어 한걸음에 달려온 사람이었다.

'이 지경이 됐으니 많이 놀라기도 했겠지. 고맙기는 한데, 그래도 귀찮아.'

"전 괜찮습니다."

민준은 마음의 소리를 꾹 눌러둔 채, 최대한 예의를 갖추어 대답했다.

"아직 몸이 회복되지 않아서 그러니 너무 놀라지 마십시오."

김 국장이 설을 다독거렸다. 의사 말로는 일시적인 단기 기억상실증이라고 했다. 충격이 너무 심한 경우 가끔 이런 경우가 발생한다고도 말했다. 김 국장은 생과 사를 넘나드는 그 어떤 순간에도 절대 냉철함을 잃지 않았던 민준이 스스로 그 기억을 지워 버린 걸 알고, 민준에게 영애가 어떤 존재였는지 알게 되었다.

"저 언제 퇴원합니까?"

민준이 금세 설에게 흥미를 잃고 김 국장의 얼굴을 빤히 쳐다보았다. 하아. 김 국장이 한숨을 내쉬었다. 그리고 다시 설을 바라보았다.

"곧 괜찮아질 겁니다. 너무 걱정하지 마시고 오늘은 이만 돌아가세요."

하지만 김 국장의 말이 들리지 않는 듯 설은 민준의 얼굴만 뚫어져라 바라보며 서 있었다.

"와주셔서 감사합니다."

민준은 남은 인내를 모두 끌어 모아 최대한 예의를 갖추어 말했다. 그래도 설이 움직이질 않자 김 국장은 그녀의 어깨를 다독이며 병실 밖으로 데리고 나갔다. 민준이 의아한 얼굴로 두 사람의 뒷모습을 바라보았다. 영애를 구출했다라. 영애가 어디 해외 순방이라도 나갔다 납치라도 당했었나?

"윽."

영애가 다녀가고 나서 갑자기 가슴의 통증이 더 심해졌다. 민준이 왼쪽 가슴에 손을 올리며 인상을 찌푸렸다.

"의사가 일시적인 거라고 했으니 곧 괜찮아질 겁니다."

복도로 나온 김 국장은 다시 한 번 더 설을 안심시켰다. 사고 당시의 정신적인 충격으로 이렇게 되었다는 말은 차마 할 수 없었다.

"의사 선생님께서 언제쯤이면 괜찮아진다고 했어요?"

이제야 정신이 좀 들었는지 설이 간절한 눈빛으로 김 국장을 바라보았다. 그러자 김 국장이 얼굴에 부드러운 미소를 지었다.

"금방입니다. 걱정 마세요. 그래도 깨어났으니 다행이지 않습니까."

다행이었다. 너무 다행인데, 그래도 설은 저를 다정하게 바라보지 않는 민준이 가슴 아팠다. 툴툴거리고 퉁명스럽게 말을 해도 항상 두 눈에 애정이 가득했던 민준이 자신을 타인처럼 바라보는 눈빛은 낯설고 또 슬펐다.

"내일 아침에 올게요."

"당분간 오지 않는 편이 더 낫지 않겠습니까?"

김 국장의 머릿속에, 조금 전 어서 설을 치워달라며 눈짓으로 항의하던 민준이 떠올랐다. 바보 같은 놈. 자기 속이 어떤지도 모르고, 나중에 얼마나 후회를 하려고.

"그래도 올래요."

설은 마음을 굳게 다잡으며 속으로 으쌰, 기합을 넣었다. 민준은 자신을 알아보지 못했지만, 그래도 눈을 떴다. 나중에 기억이 돌아오면 그때 가만두지 않으면 된다. 설은 그가 기억해 내면 두고두고 몇 배로 괴롭힐 것이라고 다짐했다.

"그럼, 오늘은 잘 부탁드릴게요."

설이 김 국장에게 고개 숙여 인사를 한 뒤 뒤돌아 멀어져갔다. 설의 뒤에 경호관 두 명이 따라붙는 걸 확인하고 난 뒤, 김 국장은 다시 병실 안으로 들어왔다.

"갔습니까?"

민준이 천천히 왼팔을 굽혔다 펴며 무심한 목소리로 물었다. 지금 민준은 제 몸이 정상으로 돌아오려면 얼마나 걸릴지, 오직 그것만이 궁금할 뿐이었다.

"김민준."

"네."

이번엔 오른팔을 굽혔다 폈다. 윽. 날카롭고 짜릿한 통증에 민준은 인상을 팍 구겼다.

"영애 말이다."

"말씀하세요."

"네 걱정을 많이 했어."

"그것 참 별일이네요."

'아무래도 오른팔 운동을 더 많이 해야 할 듯싶은데.'

민준은 김 국장의 말을 건성으로 들으며 오른팔을 천천히 돌렸다.

"그런데 무슨 임무였습니까? 총격전까지 벌어진 걸 보면 견적이 꽤 나오는 일이었을 텐데요."

"임무가 아니었다."

"네?"

'이건 또 무슨 소리지? 그럼, 내가 아니고 다른 요원의 임무였나?'

민준이 고개를 갸웃했다.

"네가 영애를 구하겠다고 제멋대로 혼자 뛰어들어 갔지."

"제가요?"

이 김민준이요? 민준이 어이가 없다는 듯 입을 떡 벌리며 검지로 자신의 몸을 가리켰다.

"민준아."

"네."

'그렇게 힘들었냐.'

김 국장은 목구멍까지 눈물이 차올라 가슴이 먹먹해졌다. 이 일을 허락하는 게 아니었다. 절대 안 된다고, 다른 일을 하라고 등을 떠밀었어야 했다. 지 애비와 같은 일을 하면서부터 마음의 안정을 찾는 것 같아 하고 싶은 대로 내버려 두었는데, 불안한 삶이 으레 제 삶인 줄 알고 있는 녀석이어서 그랬다는 걸 몰랐다. 다른 세상도 있다고, 따뜻하고 평온한 세상도 있으니 이쪽으로는 눈도 돌리지 말라고 했어야 했다. 재권이라면 그리했을지도 모른다. 김 국장은 그래서 더 가슴이 아팠다.

"너, 이 일 그만두고 다른 일 알아보는 게 어때?"

"참 나, 아버지. 지금 제정신이세요?"

민준은 어이가 없어 헛웃음이 나왔다. 아무래도 아픈 건 자신이 아니라 아버지인 것 같은데, 진지한 눈빛을 보니 농담을 하시는 것 같지는 않았다.

'도대체 그동안 나한테 무슨 일이 있었던 거야?'

민준이 얼굴을 잔뜩 구기며 오른팔을 서서히 굽혔다 폈다.

갑자기 조금 전 병실을 나간 박애주의자 영애의 얼굴이 머릿속에 떠올랐다.

"정이 많은 사람인가."

민준이 혼잣말로 중얼거렸다.

'아, 심장. 빌어먹을, 심장에 총을 맞은 것도 아닌데.'

민준이 왼쪽 가슴을 손바닥으로 문지르며 다시 침대에 벌렁 드러누웠다.

"병실 되게 좋다, 민준아."

후르릅– 박 팀장은 자신이 사온 복숭아 통조림을 딴 뒤 흡입하듯 통째로 들이마셨다. 민준은 침대 머리에 기대앉아 박 팀장을 바라보며 왼쪽 어깨를 천천히 돌렸다. 그가 병문안을 온 것 같긴 한데 아까부터 계속 식사를 하고 있어서 묻고 싶은 말을 다 묻지 못했다.

"그러니까 요약하자면 제가 영애 경호 임무를 맡았고, 임무가 변경되었는데에도 불구하고 영애를 구하러 혈혈단신으로 그곳에 난입했다, 이 말씀이십니까? 작전 명령을 기다리지도 않고?"

민준은 도무지 믿겨지지 않아 박 팀장에게 다시 한 번 물었다.

"응. 미친 거지."

박 팀장은 통조림에 남아 있던 마지막 한 방울까지 톡톡 털어 마신 후 아쉬운 듯 입맛을 쩝쩝 다셨다.

"제가 왜요?"

"나도 너한테 왜 그랬냐고 물어보려고 했는데, 네가 나한테 물어보면 어떻게 하냐? 참, 그건 그렇고."

박 팀장이 다른 할 말이 있는 것처럼 허리를 꼿꼿하게 펴고 민준의 얼굴을 똑바로 응시했다. 그를 바라보는 박 팀장의 표정이 사뭇 진지했다.

"또 뭡니까."

"내가 너한테 진짜 서운하다, 김민준."

"에?"

"아무리 우리가 이런 일을 한다고는 하지만, 그래도 나한테 청첩장도 안 주고. 솔직히 많이 섭섭하더라."

지가 요원이라고 결혼도 몰래 하다니, 아무리 생각해 봐도 민준은 나쁜 놈이었다. 결혼을 했다면서 어떻게 자신도 모르게 비밀 결혼식을 할 수 있느냐 이 말이다. 그동안 저와 내가 보낸 세월이 얼마인데.

"무슨 청첩장이요?"

"너 결혼했다며. 아무리 그래도 그렇지, 직장 선배이고 동료인데 너무하다고 생각하지 않냐? 국장님도 그래, 어떻게 우리한테까지 비밀로 할 수가 있어? 어?"

"제가, 결혼을 했다고요?"

민준이 손가락으로 자신을 가리키며 물었다. 기억을 잠깐 잃었다고 지금 사람들이 단체로 나를 놀리는 건가?

"그만하세요, 재미없습니다. 왜, 애도 있다고 하지 그러십니까?"

민준이 인상을 구기며 성질을 냈다. 도대체 병문안을 하러 온 건지 병을 주러 온 건지 알 수가 없었다.

"야, 네가 나한테 연애도 했고 결혼도 했다고 말했잖아! 지금 제일 황당한 사람이 누군데 이래?"

"제가, 팀장님께, 그렇게 말씀드렸다고요?"

"죽을래?"

다른 건 다 우수한데 거짓말 탐지기 훈련만 유일하게 통과하지 못했다는, 슬픈 꼬리표를 가진 박 팀장님이었다.

'그렇다면 내가 진짜 내 입으로 저 말을 지껄였다는 건데. 가만, 내 차트에 정신과 전문의 소견이 있었던가?'

민준의 표정이 진지해졌다.

"그럼, 팀장님은 그 여자가 누군지도 아세요?"

제 입으로 묻고도 우습다. 누군지는 모르겠지만 내가 연애도 했고 결혼도 했다는 헛소리를 지껄인 걸 보니 상상으로라도 내가 누군가를 그려낸 것 같은데, 어쨌든 그 대상이 있었다는 게 아닌가.

"몰라. 그러니까 네가 엉큼한 놈이지."

'그런데 만약 나한테 여자가 있었다면, 그 여자는 왜 병문안도 안 오는 거지? 누군지 알아야 전화라도 해보…… 핸드폰! 아버지가 내 차 바닥에 떨어져 있던 걸 분명히 주워서 가져다 놓았다고 했는데.'

민준이 눈을 반짝였다. 핸드폰을 보면 그 여자가 누군지 알 수 있을 게 분명했다.

"제게 전화 좀 걸어주세요, 팀장님."

단서를 찾았다는 기쁨에 민준이 입가에 씩 미소를 지었다.

잠시 후, 민준은 핸드폰을 쥐고 최근 통화목록을 살폈다.

강설, 강설, 강설, 강설, 박 팀장, 강설, 강설……

믿을 수 없게도 나한테 진짜 여자가 있었다. 통화목록이 온통 강설인 걸 보니 그게 그녀의 이름인 게 분명했다. 하지만 사건이 일어난 그날 이후로 지금까지 연락이 없는 걸 보면 강설이라는 여자는 아마 내가 다친 걸 모르고 있는 것 같았다.

'그 여자는 내 걱정을 많이 했을까?'

민준이 근심스러운 얼굴로 핸드폰을 응시했다.

"……이름 예쁘네, 강설."

입으로 강설이라는 단어를 내뱉자 갑자기 눈가가 뜨끈해지며 심장이 바짝 조여들었다.

"강설."

다시 한 번 입 밖으로 이름을 부르자 가슴이 아프게 욱신거리기 시작했다. 민준은 그제야 제게 여자가 있다더란 박 팀장의 말을 믿을 수 있었다. 그것도, 사랑하는 여자가.

다음 날. 민준은 아침 일찍부터 물리치료실을 찾았다. 병원에 있는 시간을 최대한 단축하기 위한 방법이었다. 민준은 빨리 이곳을 벗어나 현업에 복귀해야 했다. 그리고 그가 다친 것도 모르고 기다리고 있을지도 모를, 그 여자의 얼굴을 봐야 했다. 그 여자를 하루라도 빨리 만나, 원인을 알 수 없는 가슴의 고통을 줄여야 할 것 같았다.

두 시간 넘게 물리치료실에 있던 민준이 마침내 병실로 돌아왔다. 어깨와 등 근육의 통증이 상당했지만 죽지 않고 살아 있어 고통도 느낄 수 있으니, 그 통증마저도 고맙게 느껴졌다.

병실 안으로 발걸음을 옮기던 민준이 갑자기 인상을 찌푸렸다. 아, 이런. 창문 밖을 바라보고 서 있던 여자가 고개를 돌려 민준을 바라보았다.

"안녕하십니까."

민준이 침대를 향해 한 발 한 발, 더딘 발걸음을 옮겼다.

"내가 도와줄까요?"

영애가 얼른 곁에 다가와 한쪽 팔짱을 끼며 근심스럽게 바라보았다.

"아! 아픕니다."

민준은 짧은 신음과 함께 인상을 찡그리며 제게서 팔을 빼라는 말을 돌려 말했다. 영애가 천천히 팔을 빼내며 민준을 물끄러미 바라보았다. 민준은 그녀의 시무룩한 표정이 신경 쓰였지만 애써 모르는 척하며 천천히 침대로 몸을 옮겼다.

"아침부터 또 웬일이십니까?"

'무슨 영애가 저렇게 친근하게 구는지, 두 번 구해줬다가는 짐 싸들고 들어와 살 기세네.'

민준이 못마땅한 얼굴로 속으로 쯧 혀를 찼다.

"당신은 몰랐겠지만 여기에 매일 왔었어요."

"전 이제 괜찮으니 더 이상 마음 쓰지 마십시오."

"당신 진짜, 내가 기억이 안 나요?"

울 것 같은 얼굴을 보자 민준은 가슴이 또 뻐근해졌다. 힘들게 물리치료를 하고 와서 근육에 무리가 간 것인지, 아니면 기억을 잃기 전에 연애를 했다더니 그새 감성이 풍부해지기라도 한 건지 모르겠다.

"……당신이 나한테, 돌고래라고 그랬잖아요."

영애가 울먹거리는 목소리로 말했다.

'돌고래는 안 닮았는데. 동물 중 굳이 고르자면 하얀 토끼? 눈물이 그렁그렁 맺혀 울고 있는 하얀 토……'

영애가 고개를 숙이며 뺨에 흐르는 눈물을 재빨리 닦아냈다. 당황스럽게도 그 순간 민준은, 영애를 안아주고 싶다는 생각이 들었다. 그녀를 안으면 품 안에서 작게 꼬물거릴 것만 같았다.

그러다 민준은 갑자기 정신이 번쩍 들었다. 변태 새끼. 총은 가슴이 아니라 머리에 맞은 게 분명했다. 영애는 그냥 자신을 구해준 사람에게 일시적인 호감을 겪고 있는 것이다. 생명의 은인이니 충분히 그런 착각을 할 수 있다. 그러니 빨리 마음을 깨닫고 정리할 수 있도록 도와주어야 한다.

"죄송합니다만 저에게는 여자가 있습니다, 영애님."

역시 효과가 있었다. 그녀가 갑자기 울음을 뚝 그치고 민준을 바라보았다.

"거짓말."

아니, 효과가 없었다. 영애는 오히려 무서운 눈으로 민준을 노려보았다.

"정말입니다. 강설이라고, 여자가 있습니다."

민준은 진지하게 말했는데, 그녀가 갑자기 울음을 터뜨렸다. 그리고 그의 목을 두 팔로 와락 끌어안고 어깨에 고개를 묻었다. 으윽. 숨

쉬기 힘들 만큼 짜릿한 고통이 척추뼈를 타고 아래로 흐르자 민준은 신음을 흘렸다.

"엉엉, 미워할 거야, 엉엉……."

민준은 본능적으로 영애의 몸을 밀어내려다 그만두었다. 몸에 누가 닿는 걸 싫어하는데, 영애는 왠지 밀어내고 싶지 않았다.

상황이 아주 복잡하게 되었다. 그의 머릿속에는 자신이 지조 없는 바람둥이라는, 객관적인 사실 하나가 추가되었다. 어이없게도 심장이 쿵쿵, 요란한 북소리를 내기 시작했다.

"얼른 나아요."

영애가 작은 목소리로 울먹이며 말했다. 민준의 귓가에, 그녀의 눈물이 스며들었다.

"울지 마."

민준은 제 입으로 말을 뱉어내고도 방금 자신이 무슨 소리를 한 건지 순간 인지하지 못했다. 그저 영애가 울음을 그쳐 다행이라는 생각뿐이었다.

설이 천천히 고개를 들더니 두 눈을 크게 뜨고 민준의 얼굴을 바라보았다.

"지금 나한테 뭐라고 했어요?"

'아. 반말해서 화났나.'

민준이 멈칫하더니 이내 정색하며 시치미를 뗐다.

"아닙니다, 아무것도."

"좀 전에 나한테 반말했잖아요."

"잘못 들으셨습니다."

귀도 밝네. 민준이 결백하다는 얼굴로 눈에 힘을 잔뜩 주고 설을 쳐다보았다.

설은 눈가에 아직 눈물이 아직 남아 있었지만, 어느 때보다 밝은 미소를 지었다. 민준의 기억이 돌아오는 데 그렇게 오랜 시간이 걸릴 것 같지 않다는 생각이 들었기 때문이었다.

"당신도 나한테는 돌고래예요."

설은 민준을 바라보며 환한 미소를 지었다.

다음 날 아침. 민준이 침대에 앉아 못마땅한 얼굴로 병실 문을 바라보고 있었다. 그는 영애가 아침에 온다고 해서 재활 운동도 가지 않은 채 병실에서 벌써 몇 시간째 대기 중이었다.

"참 나, 아니 온다고 했으면 오든가."

물론 그가 영애를 기다리고 있는 건 절대 아니었다. 그저 병실에 제가 없으면 또 쓸데없이 운다거나 돌고래를 찾는다며 병원을 돌아다닐지도 모르는, 영애의 사회적 지위와 체면을 염려했을 뿐이었다. 민준이 침대에 벌러덩 드러누웠다. 그러자 등에 싸한 통증이 밀려왔다.

"진짜 신경 쓰이게 하네."

괜히 부아가 나 왼쪽으로 몸을 홱 돌려 눕다가 괜히 어깨와 척추 뼈를 관통하는 쓰라린 고통만 겪었다. 똑똑. 그때 노크 소리와 함께 문이 옆으로 스르르 열렸다. 민준은 자신이 영애를 기다렸다고 그녀가 오해할까 봐 일부러 돌아눕지 않았다.

"자요?"

영애다! 민준이 입가에 슬며시 미소를 지으면서도 시치미를 뚝 떼고 천천히 몸을 돌려 침대에서 일어나 앉았다.

"제가 그만 오셔도 된다고 분명……."

민준은 입을 다물었다. 영애는 가슴에 자기 몸통만 한 하얀 곰 인형을 안고 있었다.

"이거 가져오느라고 늦었어요."

"전 그런 선물 안 받습니다."

민준이 정색을 했다.

"누가 이거 당신한테 준다고 했어요? 이거 내 거예요. 되게 크죠? 이렇게, 인사도 해요."

설이 곰 인형 한쪽 팔을 붙들고 민준에게 흔들어 보이며 웃었다.

'지금, 나한테 곰 인형 자랑하려고……'

민준은 설마 하는 눈빛으로 그녀를 의심스럽게 쳐다봤다.

"기억 찾는 데 도움이 될 것 같아서 내가 가져왔어요."

"그게 저랑 상관이 있습니까?"

"당신이 나한테 선물로 준 거예요."

설이 뿌듯한 미소를 지으며 곰 인형을 안고 침대 옆 의자에 앉았다.

'하다하다 영애한테 곰 인형 선물까지? 제대로 미쳤네, 김민준.'

민준이 현실을 부정하듯 고개를 흔들었다.

"내가 빌려줄 테니까 퇴원할 때까지 여기에 둬도 돼요."

"아니요, 괜찮습니……."

설이 인형을 민준에게 풀썩 안겼고 그는 얼떨결에 그것을 받아 들었다.

"폭신폭신해서 잘 때 안고 자면 되게 따뜻해요."

설은 갈 곳이 있는 것처럼 다시 일어났고, 민준은 그녀의 얼굴을 멍하니 올려다보았다.

"내가 올 때까지 잘 데리고 있어요, 알았죠?"

"……어디, 갑니까?"

왠지 서운한 마음이 들었다. 민준의 얼굴에 아쉬움이 묻어나왔다.

"예전에 다니던 회사 후임자한테 인수인계해 줘야 해요. 시즌 마무리를 못 하고 그냥 나와서 마무리도 도와줘야 하고요. 이따 일 끝내고 백건우 씨랑 같이 올게요. 당신 깨어났다는 이야기 듣고 보고 싶어해요. 괜찮죠?"

'백건우, 그건 또 누구지?'

분명 남자 이름이었다. 그리고 민준에게 썩 정감 가는 이름은 아니었다.

"안 오셔도 됩니다."

기분이 묘하게 나빠졌다. 민준이 곰 인형을 침대 옆에 내려놓으며 쌀쌀맞게 말했다. 그러면서도 속으론 곰 인형을 찾으러 최소한 한 번은 더 오겠지, 라는 생각을 했다.

"빨리 와도 점심은 지나야 하니까 점심 먹고 운동도 하고 있어요, 갑갑한데 병실에만 있지 말고요. 나 어디 있는지 궁금하면 그거 봐요."

설이 눈짓으로 민준의 손목시계를 가리켰고, 민준은 자신의 왼쪽 손목을 내려다보았다.

'아, GPS. 이게 있는 줄 알았다면 병실에서 기다리고 있지 않아도 됐는데. 잠깐, 기다려? 누가 누굴, 내가 영애를? 내가 왜?'

혼란스러운 민준의 눈빛이 흔들렸다.

"그런데 어깨는 이제 좀 괜찮아요? 팔도 이제 움직일 수 있……."

설이 민준의 어깨를 향해 무심코 팔을 뻗었다.

"아얏!"

하지만 그 손은 목적한 곳에 닿질 않았다. 민준이 설의 손목을 낚아채 아프게 쥐었다.

"만지지 마십시오."

민준이 날카로운 눈빛으로 설을 응시했다. 그는 누가 어깨에 손대는 걸 진저리칠 만큼 싫어했다. 그리고 그것은 영애라고 해도 예외가 아니었다.

"……아파요."

설은 작게 입술을 달싹거렸다. 붙잡힌 손목이 욱신거리며 싸한 통증이 밀려왔다.

"아파요."

갑자기 머릿속에서 영애의 목소리가 환청처럼 다시 한 번 반복 재생되었다. 민준이 손에 힘을 천천히 풀었다. 영애의 손목이 빨갛게 변해 있었다.

"……몸에 손대는 거 싫어합니다."

많이 아플까, 아플 텐데. 민준의 가슴속에 작은 폭풍우가 일었다.

"팔에 힘이 돌아왔나 봐, 금방 낫겠어요."

설은 민준을 보지 않은 채 빨갛게 부어오른 손목을 매만졌다. 눈물한 방울이 툭, 떨어졌다. 그가 눈앞에 있는데도 설은 민준이 보고 싶었다. 다정하게 안아주며 부은 두 눈에 조심스럽게 입을 맞추던 민준이 너무도 그리웠다.

"다녀올게요."

영애는 바닥을 향한 시선을 들지 않았고, 까만 속눈썹 끝은 물기로 젖어 있었다. 영애의 눈물이 가슴속으로 스며들었는지, 민준의 가슴이 습기를 머금고 눅눅해졌다.

"미안합니다."

'내가 미안하다고 말을 하면 울지 않을까.'

민준은 속으로 갈등했다. 영애가 우는 데 갑자기 기분이 너무 이상해졌다. 그녀가 우는 걸 보니 심장이 둥둥 북소리를 냈다.

"미안해."

또다시 환청이 들렸다. 그런데 이건 민준의 목소리였다. 애틋하고 뭉클한 마음이 묻어나오는 목소리, 나는 강설이라는 여자한테 이런 말을 했을까.

"미안합니다, 영애님."

괜찮냐고 손을 잡아줄 순 없지만, 영애가 그만 눈물을 멈춰주었으면 좋겠다.

"괜찮아요."

영애는 여전히 시선을 들지 않은 채 작게 속삭이듯 말했다. 하지만 그녀는 괜찮지 않아 보였다.

민준의 가슴속으로 물기가 번져 나갔다.

"나 갈게요."

설은 조금 전과 달리, 다녀오겠다는 말을 하지 않았다. 그녀는 민준에게 등을 돌리고 쫓기듯 병실 문을 열고 나갔다.

'이젠 영애가 오지 않으려나.'

민준은 하얀 곰 인형을 쓸쓸한 눈빛으로 바라보았다.

민준의 담당 간호사는 조금도 친절하지 않았다. 잠깐만 나갔다 와도 되냐는 정중한 질문에, 간호사는 못 들은 걸로 하겠다며 그의 말을 단칼에 잘라냈다. 하지만 민준이 셀프로 판단하기에는 가슴과 어깨가 여전히 뻐근하긴 했지만 돌아다니지 못할 정도는 아니었다. 게다가 두 다리는 매우 멀쩡했고, 기억장치에 작은 문제가 생기긴 했지만 일상생활에는 전혀 문제가 없었다.

또한, 퇴원을 하게 되면 입고 나갈 바지와 셔츠가 있었고, 아버지가 가져다 놓은 차 키와 지갑도 있었다. 그리고 가장 중요한, 가겠다는 의지가 있으니 더 이상 문제 될 건 아무것도 없었다. 오늘의 운동은 야외 활동을 하는 걸로 결론을 내린 민준은 환자복 단추를 풀었다. 그저 잠깐, 영애가 지금도 울고 있는지 아닌지만 보고 올 거였다.

민준은 아무래도 운전은 아직 무리일 것 같아 택시를 탔다. 영애의 위치를 알려주는 GPS의 빨간 점은 아까 전부터 계속 한곳에 머물러 있었고, 그곳은 Boni라는 곳이었다.

잠시 후, 택시에서 내린 민준은 회사 앞에 서서 고개를 들고 건물을 올려다보았다.

회사 좋네. 그런데 어디로 침투해야 하나. 민준의 눈이 빠르게 건물을 훑고 지나갔다.

민준은 1층 로비 회전문을 열고 좌우를 둘러보며 안으로 들어섰다. 출근 시간이 지나서 그런지 로비는 비교적 한산했고, 왼쪽에 있는 카페에선 기분 좋은 커피 향이 풍겨 나왔다.

주변을 두리번거리던 민준이 입가에 미소를 지었다. 어디로 들어가야 하나 고민할 필요도 없이 문제가 아주 깔끔히 해결되었기 때문이었다. 1층 카페 유리창 가까운 테이블에 영애가 앉아 있었다.

그녀의 앞엔 말쑥한 양복 차림의 남자가 마주 앉아 있었고, 영애는 머그잔을 두 손에 쥐고 웃고 있었다. 남자의 표정으로 추측해 보건대 두 사람은 보통 사이는 아닌 것 같았다.

괜히 왔나. 민준은 씁쓸한 기분이 들었다. 그래도 영애가 울고 있지 않고, 웃고 있어서 다행이었다. 어쩐지 조금 침울해졌지만 그건 무시하기로 했다. 영애가 괜찮은지만 확인하려 했던 거기 때문에 이제 돌아가면 되는데, 그는 왠지 발걸음이 쉽게 떨어지지 않았다.

그 순간 두 사람이 자리에서 일어섰다. 민준은 두 사람이 카페 유리문을 열고 나오는 걸 보며 얼른 뒤돌아섰다. 젠장. 두 사람은 민준에게 점점 더 가까워졌다.

"그래서, 아직이야?"

"곧 좋아지겠죠, 뭐."

영애의 목소리는 차분했고, 다행히도 그렇게 기분이 나빠 보이지는 않았다.

"괜찮아? 많이 속상하지?"

"그러는 건우 씨는 괜찮아요?"

이 남자가 백건우인가, 어쩐지 이름에서 정감이 느껴지질 않더라니. 그나저나 영애는 애인도 있으면서 왜 쓸데없이 가만히 있는 사람을 오해하게 하는 건지 모르겠다. 역시 이곳에 오는 게 아니었다. 민준이 씁쓸한 표정으로 발걸음을 한 발 앞으로 내디뎠다.

"아무리 그렇다고 해도 내가 강설만 하겠어?"

민준의 발걸음이 얼어붙은 듯 그대로 멈춰 섰다. 강설? 민준이 천천히 뒤를 돌아 멀어지는 두 사람의 뒷모습을 보았다.

"아, 김민준 빨리 정신 안 차리면 진짜 강설 데리고 도망이나 가야겠다."

"치, 그럼 그 사람이 아마 건우 씨를 죽일지도 몰라요."

'지금 누가 강설이라는 거지?'

민준은 눈을 크게 뜨고 영애와 남자를 번갈아 쳐다보았다. 도대체 제 애인인 강설의 이름이 왜 남자의 입에서 나온 건지 이해할 수 없었다.

"애써 웃지 않아도 돼. 얼굴이 이게 뭐야, 천하의 강설이."

"이제 강설 말고 강ㅈ국이라고 불러줘요, 진짜 내 이름으로."

남자는 곁눈질로 힐끗 영애를 쳐다보며 웃었고, 영애는 남자에게 곱게 눈을 흘겼다.

강설.

"강설, 눈이 많이 내려서 강설인가. 부모님이 로맨틱하시네."

강설.

"자꾸 그렇게 인상 쓰면 얼굴 못생겨진다."

민준은 갑자기 머리가 지끈거리며 깨질 듯 아파와 두 눈을 감았다.

"자, 이제 말해봐."

"……."

"네 주인 이름이 진짜 강설이야?"

병원으로 돌아온 민준은 제일 먼저 무릎 위에 곰 인형을 앉혀놓고 취조를 하기 시작했다. 뭐가 다행인지는 모르겠지만, 일단은 다행이라는 생각이 들었다. 영애가 강설이라면 그동안 이해하기 어려웠던 상황들이 얼추 정리가 되었다. 믿기 어렵지만 내가 이 곰돌이를 영애에게 선물로 주었다는 것도, 영애를 구하기 위해 혈혈단신으로 적진에 난입했다는 사실도 말이다.

"너 진짜 아무런 기능도 없어?"

하지만 아무리 생각해 봐도 자신이 아무런 목적도 없이 순수하게 곰 인형을 선물로 주었다는 사실은 정말 놀라웠다. 그래도 뭐가 있겠거니 했는데, 진짜 누울 때나 몸을 지탱할 때 빼고는 아무짝에도 쓸모가 없었다. 구석구석을 살펴보았지만, 눈앞의 하얀 덩어리는 정말 그냥 순수한 인형일 뿐이었다. 베거나 안는, 본연의 충실한 기능만을 가진 인형.

"미친놈. 이젠 인형이랑 말도 하냐?"

민준은 갑자기 난입한 박 팀장에 놀라지도 않았다. 병문안을 와 본인이 드시고 싶은 걸 포장해 와 드시는 취미가 있으신 건지, 오늘은 하얀 비닐봉지 겉에 두리두리 왕 족발이라고 써 있었다.

"뭣 하러 또 오셨어요?"

박 팀장은 민준에게 하룻밤 새 얼마나 더 나아졌는가 따위는 묻지 않고 곧장 소파로 가 앉았다. 그리고 비닐봉지를 풀어 잘 포장된 족발과 나무젓가락 두 개를 꺼냈다.

"이리 와, 같이 먹게. 뼈 붙는 데 좋을 거야."

"족발이 뼈 붙는 데 좋다고요? 누가 그럽니까?"

족발이 뼈 붙는 데 좋다는 이야기는 금시초문이었다.

"뭐든 잘 먹어야 빨리 나을 것 아냐, 어제 보니까 환자식이 형편없던데."

환자식이 다 그렇듯, 병원에서 주는 밥은 품질은 좋아도 맛은 심심해서 강렬한 맛을 기억하는 혀와 위를 만족하게 하기엔 턱없이 부족했다. 박 팀장의 처지에서 생각해 보면 그건 아주 몹쓸 맛일 것이다.

민준이 소파에 앉아 박 팀장이 건넨 젓가락을 받아들었다. 민준은 아직 이른 시간이라 족발집이 영업을 시작하지도 않았을 텐데, 이 족발을 어떻게 사온 거냐고 묻지 않았다. 따끈따끈한 걸 보니 아마 미리 부탁해 놓았던 것 같았다. 말로 감정을 다 전할 수 없을 때는 차라리 입을 다무는 편이 더 나았다.

"퇴원은 언제 하는 거야?"

"이제 외래 진료만 받아도 될 것 같은데 의사가 아직 말이 없어요."

"고집부리지 말고 있으라는 대로 있어. 일찍 나와봤자 뭐가 좋다고."

"어차피 한 달 뒤에 나가야 한다면서요. 그전에 빨리 퇴원해야죠."

한 달 뒤, 민준에게 외국 주재 한국 대사관 파견 근무가 내정되어 있다고 했다. 기간은 이 년, 위험한 일도 아니고 한국에 두고 갈 사람도 없는 민준에겐 분명 휴식 같은 일이었다. 그런데 마음이 별로 내키지 않았다. 민준이 흘끔, 곰 인형을 바라보았다.

"그래도 유럽이니 얼마나 좋아. 가서 잘 쉬다 와. 금발 머리 아가씨랑 연애도 하고."

'연애?'

민준의 귀가 쫑긋했다. 박 팀장이라면 그의 연애에 대해 뭔가를 알고 있을 지도 모를 거란 생각이 들었다.

"참, 팀장님께서 저 결혼했다고 하지 않았습니까?"

자신이 도대체 무슨 생각으로 박 팀장에게 이미 결혼했다는 말을 했을까, 궁금했다. 물론 진짜 결혼을 한 것 같지는 않았다. 하지만 그만큼 그 사람을 소중하게 생각했다는 뜻이 아닐까 생각하니 기억나지 않는 과거가 답답했다.

쉴 새 없이 움직이던 박 팀장의 젓가락질이 갑자기 멈추었다. 그는 고개를 들지 않은 채 심각한 목소리로 말했다.

"민준아. 나 어제, 하마터면 사표 쓸 뻔했다."

"팀장님이 사표를 왜 씁니까?"

"이게 다 너 때문이잖아!"

"저, 아직 환자입니다, 팀장님."

젓가락을 집어 던지려는 박 팀장에게 민준은 자신이 환자임을 분명히 상기시켰다.

"하여튼, 으휴."

그가 민준을 위아래로 훑어보며 두 눈을 부라렸다. 박 팀장은 왜 민준이 결혼한 걸 알려주지 않았느냐며 김 국장에게 거칠게 항의하다 하마터면 인생 사표를 쓸 뻔했다. 험악했던 순간을 머릿속으로 떠올리며 박 팀장은 몸을 부르르 떨었다. 이게 다 저 자식 헛소리 때문이었는데.

박 팀장이 휴우, 한숨을 내쉬더니 젓가락을 다시 야무지게 움켜쥐었다.

민준은 족발을 먹으면서도 이따금 병실 문을 바라보았다. 우습게도 방금 보고 온 영애가 보고 싶었다. 그러고 보니 손목이 괜찮은지도 확인하지 못했다. 민준이 씁쓸한 미소를 지었다.

영애인 강설이 민준의 병실에 다시 모습을 드러낸 건 저녁 7시경이었다. 그 시각, 민준은 팔짱을 끼고 앉아 곰돌이와 눈을 마주치고 있었다.

"저녁 먹었어요?"

병실 문이 열리고, 이어 반가운 목소리가 들렸다. 민준의 심장이 쿵쿵, 빠르게 뛰기 시작했다. 민준은 일부러 천천히 고개를 돌려 설을 바라보았다.

"먹었습니다."

그리고 기다리지 않았다는 것을 강조하기 위해 최대한 무뚝뚝한 말투로 대답했다. 강설에 대한 마음의 깊이를 확신할 수 없는 지금, 민준에게 확신을 주는 건 그녀의 표정과 목소리에 주인의 뜻과 상관없이 제멋대로 반응하는 심장뿐이었다. 뇌보다 나은, 정말 기특한 심장이었다.

"김민준 씨. 몸은 좀 괜찮아요?"

하지만 설은 혼자가 아니었다. 설 바로 뒤에서 이름뿐 아니라 얼굴도 별로 정감이 가지 않던 남자가 곧바로 모습을 드러냈다.

"뭐."

민준이 떨떠름한 표정으로 대답했다. 꽤 친해 보이는 두 사람이 민준의 신경을 거슬렸다.

"과일 사왔는데, 내가 참외 깎아줄까요?"

"네."

설이 큼지막한 노란 참외를 들어 보이며 물었고, 민준은 순순히 고개를 끄덕였다.

오늘 오전이었다면 거절했겠지만, 지금은 상황이 달라졌다. 이제 더이상 양심의 가책을 느끼지 않아도 된다. 민준에게는 강설이라는 소중한 여자가 있었고, 그건 바로 영애였으니까.

"설아, 내가 도와줄까?"

"됐습니다."

건우는 설에게 물었는데, 민준이 냉큼 거절을 했다. 민준은 영애 옆에서 얼쩡거리는 남자가 영 마뜩잖았다. 두 사람이 가고 나면 민준은 제일 먼저 박 팀장에게 백건우라는 인물을 조사해 달라 부탁할 생각이었다.

"김민준 씨, 기억도 안 난다면서 나한테 왜 이렇게 까칠하게 구는 거죠?"

건우가 어이가 없다는 듯 헛웃음을 터뜨렸다. 기억을 잃었는데도 여전히 자신을 경계하고 싫어하는 민준이 어이없었다.

"……기분 탓이겠죠."

민준이 자연스럽게 고개를 돌리며 곰 인형과 눈을 마주쳤다. 베거나 깔고 자는 줄로만 알았던 곰 인형에게 다른 임무가 하나 더 있었다. 둘 곳 없는 머쓱한 시선이 머무는 곳.

"그렇게 서 있지 말고 건우 씨도 앉아요."

설이 침대 위에 참외가 담긴 쟁반을 올려놓으며 의자에 앉았다.

"멀쩡한 거 봤으니까 나 잠깐 주치의 좀 만나보고 올게."

건우는 둘의 사이를 방해하고 싶지 않아 손을 내저으며 병실 문을 나섰다.

노란 참외 껍질이 쓱쓱 벗겨지며 곧 하얀 속살을 드러냈다. 설은 하얀 참외를 균등하게 조각냈고 그중 하나에 포크를 꽂아 민준에게 내밀었다.

"자요, 아."

민준은 손을 움직일 수 있었지만, 지금은 못 움직이는 걸로 하고 싶었다. 설은 민준의 입 앞으로 참외를 내밀었고, 그와 동시에 그의 목덜미가 붉게 물들었다. 하지만 여자친구 강설이 곧 영애라는 사실이 민준에게 면죄부를 주었다. 그래서 민준은 얼굴을 앞으로 내밀었다. 입안으로 들어온 참외는 다디달았고, 아삭아삭 씹는 소리도 청량했다.

"맛있어요?"

잘 먹는 민준이 보기 좋았는지 설이 빙긋 눈웃음을 지었다. 가까이에서 보니, 영애는 꽤 예쁜 얼굴이었다. 우아하고 온화한 분위기가, 확실히 곱게 자란 티가 났다.

"다른 과일도 줄까요?"

설이 웃으며 그에게 다시 한 번 참외 조각을 내밀었다. 그러자 설의 얇은 셔츠 소매 안으로 붉은 자국이 남은 손목이 보였고, 민준은 눈썹을 움찔거렸다.

"잠깐만."

민준이 갑자기 침대 밖으로 발을 뻗더니 서둘러 병실 문을 열고 밖으로 나갔다. 설은 손에 포크를 쥔 채 고개를 갸웃거렸다. 어딜 가는 거지? 의아해하는 설 앞에 민준이 잠시 후 다시 모습을 드러냈다.

"포크 내려놓고, 손목 좀 봅시다."

민준이 침대에 걸터앉아 설의 한쪽 손목을 붙들고 부어오른 손목에 하얀 연고를 꼼꼼히 바르기 시작했다.

설의 눈에 눈물이 글썽거렸다. 머리는 기억하지 못해도 민준의 마음이 여전히 자신을 기억하고 있었다. 툭, 눈물 한 방울이 주책없이 떨어졌다. 그가 행동을 멈추고 설의 얼굴을 물끄러미 바라보았다.

"……미안합니다."

민준은 조용한 속삭임에 진심을 담아 말했다. 설이 눈물을 글썽거리며 괜찮다는 듯 고개를 저었다.

"정말 미안해요."

'내 심장도 기억하는 당신을 기억하지 못해서 미안해, 강설.'

민준이 설을 바라보며 조용히 입술을 움직였다.

❧

숨을 쉴 수가 없었다. 설의 머리에 차가운 금속이 겨누어져 있었고 방아쇠는 금방이라도 당겨질 듯했다. 그 순간 설을 잃을지도 모른다는 공포와 그녀를 두고 가야 할지 모른다는 고통이 거대한 해일이 되어 민준을 뒤덮었다. 그리고 깜깜한 어둠이었다.

"하아하아."

식은땀을 흘리며 괴로워하던 민준이 침대에서 벌떡 일어나 앉았다. 꿈이라기엔 지나치게 생생했다. 심장은 여전히 팔딱팔딱, 제멋대로 불안하게 날뛰었다.

민준이 눈가에 스며든 물기를 손바닥으로 닦아냈다. 그리고 침대에서 내려와 창문을 열고 밖을 내려다보았다. 이 고통스러운 기억은 아마도 그날의 기억일 것이다.

'강설.'

마음속으로 생각만 했을 뿐인데 순식간에 가슴이 뜨거워졌다. 민준이 손목시계 화면을 두드려 설의 위치를 확인했다. 강설의 현재 위치는 서울특별시 종로구 청와대로 1번지, 청와대였다.

그는 지금 눈을 뜨고 있는 게 현실인지 아니면 아직도 타들어 가는 심장이 현실인지, 구분이 되질 않았다. 아침이 오려면 아직 멀었는데.

다음 날 오후.

"운동 갔다 오는 거예요?"

민준이 병실 문을 열고 안으로 들어서자 설이 반색하며 의자에서 벌떡 일어섰다. 민준은 무심하게 설을 바라보았다. 아침에 온다던 그녀는 별다른 말도 없이 오전 내내 Boni에 있었고, 해가 서쪽을 향해 기울어질 무렵에야 병원에 왔다. 온종일 기다리며 수백 번 시계 화면을 들여다보던 민준의 마음을 설이 알 리가 없었다.

"날도 더운데 계속 시원한 사무실에 있지 그랬습니까."

민준이 설의 시선을 피하며 창가로 다가갔다. 기억 속 마지막 계절은 한겨울이었는데, 창밖 풍경은 온통 무성한 초록빛이었다.

"일 마무리하느라 좀 늦어졌어요. 이제 더 이상 안 가도 돼요."

촤르륵— 블라인드를 걷어내자 강렬한 햇빛이 안으로 쏟아져 들어왔다. 민준이 창문틀에 등을 기대고 섰다.

"회복이 빨라서 정말 다행이에요. 곧 퇴원도 할 수 있고."

설이 민준 앞에 다가와 섰다. 오전에 자신이 어디에 있었는지 알고 있는 걸 보니 민준이 기다렸던 것 같아 마음이 몽글몽글해졌다.

"나 많이 기다렸어요?"

"아닙니다."

뜨끔. 민준은 부러 정색하는 얼굴을 했다. 하지만 설은 뭐가 그렇게 좋은지 여전히 싱그럽게 웃고 있었다.

"퇴원하면 어디 가고 싶어요? 가고 싶은 곳 생각해 봐요."

민준의 등 뒤로 오후의 햇살이 눈부시게 반짝였다. 설은 햇살을 피해 이리저리 고개를 돌리며 민준을 올려다보았다.

설의 뺨에 붉은빛이 옅게 스며들었다. 설은 작고 도톰한 입술을 부지런히 움직이며 말을 하고 또 웃었다. 촉촉해 보이는 입술이, 닿으면 쉽게 물러지는 과일처럼 부드러울 것 같았다.

'내가 닿은 적이 있었을까, 없었을까.'

"우리 예전에 갔던 공원 있잖아요."

'닿으면 안 되나.'

"나 거기 또 가고 싶어요."

'안 되겠지.'

내가 지금 기억에도 없는 사람을 가지고 도대체 무슨 생각을 하는 건지. 민준이 아쉬운 눈빛을 감췄다.

"무슨 생각을 그렇게 해요? 사람 말도 안 듣고."

짐짓 토라진 목소리에 민준은 그제야 홀린 듯 바라보던 붉은 입술에서 시선을 올려 설의 눈을 바라보았다. 그녀의 두 눈이 햇빛을 머금어 반짝이고 있었다.

"……당신이, 강설이야?"

민준의 입술 사이로 나지막한 목소리가 흘러나왔다. 절로 묻어나오는 한숨은 속으로 깊숙이 감추었다. 눈앞의 여자가 정말 강설인지 궁금한 것이 아니라, 이 여자는 이제 그냥 강설이어야 했다.

민준의 심장을 이렇게 아프게 쥐고 흔드는 영애가 강설이 아니라고 해도, 민준은 그녀를 강설이라고 부를 것이다. 어젯밤 악몽의 잔상이 민준의 머릿속에 여전히 생생하게 남아 있었다.

그 순간에 느낀 감정이 총탄이 살을 뚫고 들어오는 고통보다 더 괴롭고 끔찍해, 어젯밤 꿈이 기억이 아니라 그저 공포심이 만들어낸 망상이었으면 좋겠다는 생각이 들 정도였다. 하지만 그보다 더 괴로운 것은, 그것이 꿈인지 현실인지 한참 동안 구별이 되지 않았다는 것이다.

"당신 혹시 기억이 났어요?"

설이 다급하게 민준의 환자복을 붙들었다. 그녀의 간절한 눈빛에 민준의 가슴이 출렁거렸다.

"아니."

설의 손이 느슨해졌다. 실망하는 기색이 역력했지만, 설은 이내 표정을 감추었다.

민준의 시선이 설의 뺨을 지나 그녀의 목에 걸린 목걸이에 가 닿았다.

"이거, 내가 준 건가?"

나뭇잎이 무성한 나무 모양의 펜던트가 꽤 독특했다.

"네, 나한테 당신이 선물로 준 거예요."

설의 목소리에 물기가 어렸다.

"왜 하필 나무야?"

촉촉이 젖은 눈동자가 금세 당혹스럽게 변했다. 설이 입술을 꾹 다물었다.

"내가……."

"당신이…… 당신이 나한테 내가 쉴 수 있는 나무가 되어준다고 했어요."

사랑에 빠진 김민준은 정말 놀라웠다. 저 말이 정말 내 입을 통해 나왔단 말인가.

"그늘도 만들어주고, 등도 기댈 수 있는 나무 말이에요."

설은 얼굴이 빨개진 채 민준을 똑바로 쳐다보지 못했다.

"거짓말인데."

민준이 피식 웃었다. 내가 무슨 생각으로 이런 목걸이를 선물해 줬는지는 모르겠지만, 설의 얼굴이 발갛게 달아오른 걸 보니 뭔가 다른 뜻이 있는 게 분명했다.

"정말이에요. 당신 여동생도 알고 있는 목걸이라고요."

"당신이 서연이도 봤다고?"

민준의 눈썹이 위로 치켜 올라갔다. 설이 설마 서연이까지 만났을 줄은 몰랐다.

"동생 생일 축하도 같이 해줬잖아요, 내가 당신 동생 선물도 골라주고."

"……별일이네."

정말 별일이었다. 내 안에 또 하나의 인격체가 있는 게 아닐까 의심스러울 정도였다.

"진짜예요! 당신이 나한테."

"······."

"첫눈에 반했다고······."

설의 눈동자가 자신감 없게 옆으로 빙그르르 돌자, 민준이 입가에 슬쩍 미소를 띠었다.

"진짜라고요!"

설이 억울한 표정을 지었다. 그녀의 뾰로통한 표정을 보자 민준의 얼굴에 걸린 미소가 더욱더 짙어졌다. 자신이 여자를 쫓아다녔다는 건 솔직히 잘 믿어지지 않았지만, 이 여자를 사랑했다는 건 믿을 수 있었다.

'그런데 나는, 이 여자를 두고 떠날 걸 알면서도 만났던 걸까? 그리고 이 여자는 한 달 뒤에 내가 떠난다는 걸 알면서도 지금 이렇게 태연한 걸까?'

"내가 혹시 당신한테 기다려 달라고 했나?"

궁금하면 물어보면 된다. 기억이 답을 주지 않으니 이 여자의 기억에 의존할 수밖에 없었다. 불쑥 그녀에게 질문을 던진 민준은 이어질 그녀의 대답을 기다렸다.

"갑자기 그게 무슨 소리예요? 누가 누굴 기다려요?"

"······아냐, 아무것도."

'난 얘기하지 않았다. 나는 강설이라는 여자한테 이야기하지 않고 떠날 생각이었던 것이다. 이 여자는 내가 목숨을 걸고 구하러 갔을 정도로 중요한 사람이었는데, 내가 왜 그랬을까?'

"보아하니 회사도 그만둔 것 같은데, 이제 당신은 뭘 할 거야?"

민준이 자연스럽게 화제를 돌렸다. 이 문제는 설이 아니라 그가 풀어야 할 숙제였다.

"이제 천천히 생각해 보려고요."

설이 미소를 지었다. 이제 민준도 깨어났으니 앞으로 무얼 할지 천천히 생각해 볼 여유가 생겼다. 그리고 이제 설의 미래엔 언제나 민준도 함께할 것이었다.

"밤에 잠은 잘 자?"

민준이 꾸는 악몽을 설이라고 꾸고 있지 않으리라는 법이 없었다. 그의 차분한 얼굴에 근심이 어렸다.

"……잘, 자려고 노력해요."

사실, 설은 여전히 어두워지는 밤이 두려웠다. 그녀는 꿈에서 항상 민준을 잃고 오열했다. 설은 매번 고통스럽게 눈물을 흘리다 잠에서 깨어나곤 했다.

민준이 손을 뻗어 설의 뺨을 감쌌다. 원래부터 이렇게 핏기가 없는 사람이었는지는 모르겠지만, 창백한 설의 얼굴이 계속 신경 쓰였다.

"이렇게 말라 있으면, 내가 많이 속상해할 것 같은데."

아직 온전히 돌아온 마음이 아니라서 그는 이렇게밖에 말을 할 수가 없었다. 하지만 지금 그의 마음이 이렇게 불편한 걸 보니, 설을 사랑하는 민준은 분명 그러할 것이었다.

"당신이 누워 있는 동안 많이 후회했어요."

민준의 손 위로 설이 손을 겹쳐 얹으며 그를 바라보았다.

"당신을 사랑한다고 말해주지 않았는데, 당신이 내 마음을 이대로 영영 모르고 가버리면 어쩌나."

설은 생각만으로 슬픔이 북받쳐 올라 목소리가 떨렸다.

"그럼 나는 어쩌나. 아직 사랑한다는 말도 못……."

민준이 그녀의 입술에 자신의 입술을 가져다 댔다. 상상대로 설의 입술은 부드러운 스펀지처럼 말랑거렸고, 아득한 그리움마저 느껴졌다. 민준이 설의 허리에 한 손을 감아 두르고 다른 손으로 그녀의 뒤통수를 감싸 당겼다. 가슴의 통증이 조금도 느껴지지 않았다.

약에 취한 듯한 몽롱함에 통증은 가라앉고 대신 심장이 일정하게 쿵쿵 소리를 내며 두근거리기 시작했다. 서늘한 바람이 불어오는 나지막한 언덕, 사방으로 꽃잎이 흩날리는 나무 아래에 설과 민준, 두 사람만이 존재하는 것 같았다.

"울지 마."

뺨에서 느껴지는 축축한 습기에 민준이 낮게 중얼거렸다. 민준이 설의 눈을 가까이에서 들여다보았다. 그가 엄지로 설의 눈물을 천천히 닦아냈다.

"사랑해요."

설이 입술을 달싹거렸다. 민준이 누워 있는 동안 이 말을 전하지 못해 심장이 갈기갈기 찢겨 나갔다. 두 사람에게 미래가 없을지도 몰랐는데, 이 말을 그동안 가슴속에만 묻어 두었던 게 내내 몸서리치게 괴로웠다.

"내가 계속 기억이 돌아오지 않으면 어떡하려고 그런 말을 하는 거야?"

"나 기억력이 아주 좋아요. 그래서 당신이 나한테 했던 말, 행동, 어느 것도 잊어버리지 않았어요. 그러니까 괜찮아요."

"……생각해 보니 다시 돌아오지 않아도 괜찮을 것 같네."

나는 강설이란 여자한테 다시 반할 것 같으니까. 이미 가슴은 강설로 채워져 있으니 머릿속 기억은 앞으로 채워나가면 될 것이다. 민준이 빙긋 웃으며 설의 입술을 다시 한 번 베어 물었다. 설이 민준의 목 뒤로 팔을 둘렀고 민준은 두 팔로 힘껏 설을 당겨 안았다.

설이 숨이 막혀 쌕쌕 가쁜 숨을 뱉을 무렵에야 민준이 입술을 떼어냈다. 호흡이 거칠어져 숨이 가쁜 건 민준도 마찬가지였다.

"우리가 어디까지 알았어?"

민준은 속삭이듯 물었다. 설을 더 많이 알고 싶고, 더 깊게 안고 싶었다. 바스러질 것 같은 설을 품에 안고 사랑하고 싶다는 욕구가 강하게 일었다. 이렇게 원하는데 그가 그동안 이 여자를 그냥 쳐다만 보고 있었을 리가 없었다.

"말 안 할래요."

그녀를 바라보는 민준의 눈빛에 열기가 가득했다. 설은 뭐라고 대답을 해야 하나 고민했다. 뭐라고 대답을 해야 할지 마땅한 대답이 떠오르질 않았다. 열기 가득한 민준의 눈과 낮은 목소리만으로 설의 심장이 두근거리다 못해 터져 버릴 지경이었다.

"왜, 내가 별로였어?"

'나 정도 되는 체력과 지구력을 갖춘 남자는 흔치 않을 텐데. 혹시, 실망스러웠나? 이 망할 기억력.'

설마 그럴 리가 없었을 거란 생각을 하면서도 마음이 초조했다. 민준은 그녀의 눈빛에서 진실을 알아내려 했지만 그녀가 재빨리 시선을 내리는 바람에 실패했다.

"그것도 말 안 할래요."

설이 붉어진 얼굴로 민준의 품에서 벗어났다. 그가 기억을 못 하니 좋은 점도 있었다. 설은 이렇게 감정을 감추지 않고 솔직한 민준이 좋았다.

"다음 주에는 퇴원할 수 있을 거야."

민준이 가슴 앞으로 팔짱을 끼며 의미심장한 말투로 말했다. 그의 두 눈이 생기 있게 반짝 빛났다.

"실망시키지 않을게."

내내 두근거리던 설의 심장이 마침내 펑하고 터져 버렸다.

휘이익– 휘파람이 절로 나왔다. 민준은 오늘 평소보다 더 많은 시간을 재활 치료실에서 보냈다.

"내가 진짜 별로였나?"

솔직히 믿을 수는 없었지만, 워낙 믿을 수 없는 일이 많이 일어났기 때문에 그도 확신할 수는 없었다. 그렇지만 다음엔 절대 강설을 실망하게 하지 않을 것이라는 확신은 있었다.

그의 머릿속에서 자꾸만 강설이 돌아다녔다. 돌아다니는 강설을 붙잡아 눈을 들여다보고 입을 맞추고 사랑하고 싶다는 강렬한 욕구가 솟구쳐 올랐다. 삐오삐오, 제어장치 에러.

"넌 죽었어, 강설."

환자복 상의를 탈의한 민준이 침대에 발을 걸치며 병실 바닥에 두 팔을 짚고 엎드렸다.

"하나, 둘, 셋……."

울퉁불퉁한 복근을 타고 흘러내린 땀이 바닥에 똑똑 떨어졌지만, 몸은 깃털처럼 가볍기만 했다. 땀에 젖은 민준의 얼굴엔 기분 좋은 설렘이 가득했다.

"뭔 운동을 그렇게 하냐?"

"다음 주엔 퇴원할 겁니다."

박 팀장은 오늘도 민준의 병실로 퇴근했다. 늦게 결혼을 해 이제 겨우 두 돌이 넘은 아기 재롱도 보고 싶을 텐데 말이었다.

"아우, 짐승 같은 놈!"

박 팀장이 몸서리를 치며 고개를 절레절레 흔들었다. 총알을 두 발이나 맞고도 살아나, 짐승 같은 체력으로 빠르게 회복하는 무서운 놈이었다.

"하긴, 금발 아가씨들을 만나려면 아무래도 하드웨어가 좀 중요하겠지?"

박 팀장이 보기 좋게 갈라진 민준의 등 근육을 내려다보며 부러운 얼굴로 고개를 끄덕였다.

박 팀장의 말에 민준이 몸을 움찔거리더니 이내 곧 움직임을 멈추었다. 한 달 뒤에 파견 근무를 나가야 한다는 사실을 까맣게 잊고 있었다. 민준은 몸을 일으키고 수건으로 땀을 닦아내기 시작했다.

'설에게 나를 기다려 줄 수 있겠냐고 말을 꺼내야겠지. 위험한 일도 아니고 비교적 안전한 해외 대사관 파견 근무일 뿐이고, 또 이번엔 다치지 않고 돌아올 수 있으니까…….'

그 순간 감전이라도 된 듯 민준이 뻣뻣하게 굳었다.

"당신은 그럴지 몰라도 나는 괜찮지가 않아요!"

민준의 손길이 천천히 멈추었다.

"이렇게 살고 싶지 않았어. 내가 원했던 삶이 아니야. 이런 나도, 당신도, 난 너무 힘들어요!"

"민준아!"

"나도 다른 사람들처럼 평범하게 살고 싶었다고요!"

"김민준? 야!"

쓸모없는 기억 같은 건 차라리 돌아오지 않는 편이 더 나았다.

"너무 말랐나? 괜찮은 것 같기도 한데."

설은 거울 앞에 서서 이리저리 몸을 돌려보았다. 하얀 원피스 밖으로 보이는 팔과 다리가 너무 가늘어 보이는 것 같아, 설은 시무룩한 표정을 지었다.

"다음 주에는 퇴원할 수 있을 거야. 실망시키지 않을게."

민준의 목소리가 떠오르자 두 뺨이 잘 익은 복숭아처럼 발그레해졌다. 설은 조금 이따 속옷을 사러 백화점에도 갈 생각이었다. 그녀는 후끈후끈해진 뺨에 두 손을 가져다 대며 달아오른 뺨의 열기를 식혔다.

"영애님?"

누군가가 설의 방문을 노크한 후 방문을 열고 조심스럽게 설의 이름을 불렀다. 청와대 사택 집안일을 도와주는 분이셨다.

"각하께서 기다리고 계십니다."

아버지가 좀 보자고 했는데 깜박 잊고 있었다. 설이 알았다는 듯 고개를 끄덕였다. 응접실로 나가보니 아버지는 차를 마시고 있었다.

대통령은 이른 아침부터 외출 준비를 하는 설을 쳐다보며 못마땅한 기색을 감추지 않았다.

"외출이 너무 잦구나. 그 친구도 정신이 들었다고 하니, 내가 보기엔 이제 그만 죄책감을 덜어도 될 것 같은데."

그는 은은한 향이 도는 차를 입에 한 모금 머금은 후 찻잔을 테이블 위로 내려놓았다. 정신적인 충격이 상당했던 딸을 생각해서 그동안은 하고 싶은 대로 내버려 두고 있었지만, 대통령은 설이 그 요원을 자주 만나는 게 마음에 들지 않았다.

"죄책감 때문에 그러는 게 아니에요."

"연민이든 동지애든 마찬가지다."

대통령은 설을 똑바로 응시하며 엄한 목소리로 말했다. 하지만 그가 언급한 감정 중에 설이 느끼고 있는, 민준에 대한 사랑은 없었다.

"연민이나 죄책감 때문이 아니라 제가 살려고 그러는 거예요. 그 사람을 봐야 제가 살 것 같아서요."

"강조국."

"아직도 꿈속에서 그 사람이 죽어가는 모습을 봐요. 그 사람이 내 앞에 있다는 걸 확인하지 않으면 잠을 잘 수가 없어요."

"……"

"난 살고 싶어요, 아빠."

설은 민준의 기억이 이대로 돌아오지 않아도 괜찮았다. 처음처럼 다시 시작해 서로의 마음을 차곡차곡 쌓아가면 된다고 생각했다. 그 어떤 괴로움도 민준이 곁에 없는 고통에 비하면 아무것도 아니었다. 그래서 그녀는 아버지의 이런 불편한 기색을 계속 모른 척할 것이었다.

대통령은 말없이 설의 얼굴을 바라보았다.

"영애님의 경우 분리 불안 장애 초기 증상의 소견이 보입니다. 대상에 대한 집착이 심해지면 정상적인 사회생활이 어려워질 수도 있습니다. 증상이 심해지기 전에 빠른 치료가 필요해 보입니다."

조국의 주치의는 근심스러운 얼굴로 대통령에게 이렇게 말했다. 겉으로는 멀쩡해 보여 괜찮은 줄 알았더니, 실상은 조국이 괜찮지 않았던 것이었다. 대통령은 며칠 전 비서실장을 통해 김민준 요원이 예정대로 해외 파견 근무를 나가기로 되어 있다는 사실을 확인받았다. 다행이라고 생각하며 한시름 놓았는데, 지금은 정말 다행이라고 말할 수 있는 건지 장담할 수가 없었다.

딸아이는 남보다 많이 총명하다는 이유로 외롭게 자랐고, 정치가인 자신과 유명한 외할아버지 때문에 늘 긴장의 연속인 삶을 살았다. 이제 좋은 사람을 만나 연애도 하고 안정된 삶을 살아가길 바랄 뿐인데, 하필이면 그 대상이 불행한 과거를 가지고 있으며 지금도 불안정한 삶을 살고 있는 요원이라니. 대통령이기 전에 부모로서, 그는 딸이 더 이상 불안한 삶을 사는 걸 원하지 않았다.

"하지만 세상에 절대적인 건 없어. 절대적인 사람도 없지. 네가 그걸 깨닫게 된다면 그땐 이 아빠 말도 좀 들어주면 좋겠구나."

대통령은 체념한 얼굴로 설에게 그만 나가보라는 손짓을 했다. 설은 아버지의 말씀이 조금 마음에 걸렸지만, 이제 더 이상 무서울 게 없었다. 제게 민준만 있으면 되는 것처럼 민준도 그러할 것이고, 그것만으로도 충분했다.

민준이 묵고 있는 VIP 병실은 병실이 아니라 마치 인테리어 잡지에 나오는 편안한 분위기의 별장 같았다. 병실 앞에는 작고 아담한 옥상 정원도 있었고, 민준은 종종 이곳에 나와 바람을 쐬곤 했다. 그는 아까부터 옥상 정원 잔디 위에 서 있었다. 민준은 오늘 눈을 뜬 순간부터 의식적으로 손목시계를 바라보지 않았다. 빠른 회복력 덕분에 신체는 90% 이상 제 기능을 되찾았지만, 정신력이 많이 흐트러졌다.

"여기서 뭐 해요?"

설이 등 뒤에서 민준의 허리를 두 팔로 감싸 안으며 그의 등에 고개를 묻었다. 민준이 입은 환자복에서는 희미한 약품 냄새가 났다. 설은 자꾸만 심장이 두근거리고 가슴이 벅차올랐다. 무섭거나 슬프지 않고 만날 수 있다는 게, 이 현실이 그녀는 꿈만 같았다.

"광합성하고 있는 중이야."

설은 민준의 등에 기대 눈을 감고 미소를 지었다. 민준의 기억은 아직 돌아오지 않았지만, 무의식적인 행동이나 말투가 예전과 똑같았다.

민준이 허리에서 설의 손을 떼어내고 뒤돌아 그녀를 내려다보았다. 여름 햇살 아래 환하게 웃고 있는 강설은 참 싱그럽고 아름다웠다.

"영애 역시 외상 후 스트레스 장애를 겪고 있다."

"당신은 왜 일은 안 하고 매일 내 병원만 쫓아다니는 거야?"

민준의 질책하는 말투에 설은 서운한 표정을 지었다. 요즘 그녀는 늘 민준 생각뿐이었다. 고작 몇 시간 떨어져 있어도 그가 보고 싶어, 날이 밝으면 제일 먼저 병원으로 달려올 생각밖에 들지 않았다. 민준이 예전 일을 기억하지 못해 자신에 대한 마음이 전과 같지 않다는 걸 잘 알고 있었지만, 그래도 섭섭한 건 섭섭한 거였다.

"왜요, 이곳으로 출근도 하고 퇴근도 하는데요? 지금은 이게 내 일이라고요."

설이 뾰로통한 표정을 지으며 퉁명스럽게 대꾸했다. 예전의 민준이라면 분명 좋아했을 거였다. 민준의 시선은 항상 자신을 쫓고 있었기 때문이다. 하지만 지금 설 앞에 있는 민준은 냉랭했다.

"영애가 직업은 아니잖아."

"아무래도 젊은 아가씨가 감당하기에는 정신적인 충격이 컸겠지."

"앞으로 뭘 할지 고민해 보겠지만 그래도 지금은 그냥 이렇게 있고 싶어요. 아직 당신 퇴원도 안 했잖아요."

"내가 퇴원을 하고 나면, 그다음엔 뭘 할 건데?"

민준은 처음으로, 혹시 해외 파견 근무를 국내 복무로 대체할 수 있는지 아버지께 부탁을 드렸다. 유럽이라 근무 환경도 좋을 것이고, 안정적인 나라로 나가고 싶어 하는 요원들은 주위에 여럿 있었다. 꼭 민준이 아니더라도 되는 일이기에 가능성이 없는 일은 아니었다.

아버지께서 왜냐고 물어보시면 뭐라고 대답을 해야 하나, 민준은 오히려 그 고민을 했다.

"영애에게 분리 불안 장애 증세가 보여 빨리 격리 치료를 시작해야 한다고 들었다."

하지만 아버지는 민준이 이곳에 남으려는 이유를 이미 알고 있었다.

"네가 지금 영애 옆에 있는 게 조금도 도움이 되지 않는다는 얘기다."

"왜 대답을 안 해?"

민준이 재차 물었지만, 설은 아직도 대답할 말을 찾지 못했다. 다음에도 또 그다음에도, 설은 민준 옆에 있는 것 외에는 아무것도 생각해 보지 않았다. 하지만 민준은 지금 꼭 대답을 들어야 하는 사람처럼 설을 무섭게 다그쳤다.

"나는 주체성 없는 사람 별로 안 좋아하는데."

"하지만 주치의 말로는 영애보다 네 케이스가 더 좋지 않아."

민준이 서늘한 얼굴로 쳐다보았고, 그 낯선 눈빛에 설은 심장이 내려앉는 듯한 기분이 되었다. 예전의 민준이라면 무슨 수를 써서라도 제 옆에 있으려고 했을 것이다. 설은 눈앞의 민준이 낯설어, 새삼 그가 자신을 기억하지 못한다는 사실을 깨달았다.

"혹시 내가…… 너무 자주 와서 불편해요?"

"편하진 않아."

요 몇 주 사이에 마음이 많이 약해졌나 보다. 금세 두 눈에 눈물이 차올라 설은 고개를 얼른 아래로 숙였다.

"……내가 샌드위치 싸왔어요."

설이 말을 돌리며 뒤돌아섰다. 그녀는 넓적한 유리창을 옆으로 밀고 병실 안으로 들어갔고, 민준은 힘들게 참고 있던 숨을 그제야 밖으로 뱉어냈다.

"샌드위치는 왜 싸온 거야."

병실 안으로 들어간 민준은 테이블 위에 피크닉 바구니가 놓여 있는 것을 보았다.

설이 바구니 안에서 샌드위치와 음료수를 꺼냈다. 샌드위치를 좋아하지 않아 이번에 처음 만들어보긴 했지만 만드는 건 조금도 어렵지 않았다.

"같이 먹으려고, 내가 만들어 왔어요."

설이 하얀 유산지로 싼 샌드위치를 민준에게 내밀었다. 민준이 샌드위치를 받아 들며 설에게 물었다.

"샌드위치를 좋아해?"

"응, 좋아해요."

민준이 샌드위치를 한입 베어 물며 곁눈질로 바구니 안을 쳐다보았다. 언뜻 보아도 비슷한 재료로 만든 게 하나도 없어 보일 만큼 다양한 종류의 샌드위치가 차곡차곡 쌓여 있었다. 아마도 이걸 만드는 데 시간이 꽤 걸렸을 것으로 보였다. 정작 자신은 좋아하지도 않으면서.

"맛있어요?"

민준은 목이 메어 억지로 꾸역꾸역 목구멍 뒤로 음식물을 밀어 넘기느라 무슨 맛인지 알 수 없었다.

"퇴원하면 내가 집에서 음식 해줄게요. 의사 선생님께서 당신 몸 회복하려면 잘 먹어야 한다고 그랬어요. 당신이랑 예전에 우리 집에서 소고기 샤브샤브를 해먹은 적이 있는데 말이에요……."

"강설."

민준이 샌드위치를 테이블 위로 내려놓았다.

"말해요."

설은 그의 시선을 피하며 바구니 안에서 다른 샌드위치를 하나 꺼냈다.

"나는 이제 괜찮고 며칠 뒤엔 퇴원도 할 거야. 기억이야 돌아오면 좋겠지만 사는 데 지장 없으니 돌아오지 않아도 별로 상관없고."

민준의 담담한 목소리에, 바구니 손잡이를 붙든 설의 손이 파르르 떨렸다. 설은 고개를 돌려 원망스러운 눈으로 민준을 바라보았다.

"갑자기 왜 나한테 이런 말을 하는 거예요?"

"그러니까 당신도 이제 당신 인생을 살라는 말이야."

"……뭐라고요?"

"내 임무는 이제 끝났고 나한테도 내 인생이란 게 있어. 기억나지도 않는 사람 때문에 이리저리 휘둘리는 거 아주 별로야."

"싫, 싫어요! 당신 기억이 돌아오면 분명 후회할 거야. 난 알아요, 당신 나한테 이렇게 말한 거 분명히 후회하고 또 후회할 거예요!"

설의 얼굴이 하얗게 질렸다. 등 뒤로 식은땀이 흐르며 아무 소리도 들리지 않았다. 하지만 민준은 흔들림 없는 눈빛으로 그녀를 똑바로 바라보았다. 설의 얼굴이 창백해지고 눈가엔 눈물이 맺혔지만 민준은 조금도 동요하지 않았다.

"나 삼 주 후에 출국해. 당신한테 이야기를 해야 되는 건지 몰랐는데, 지금 보니 얘기를 해줘야 할 것 같네."

"……거짓말."

"사실이야. 이 년 혹은 그 이상, 언제 돌아올지 장담할 수 없어."

"……나한테, 이러지 말아요."

설이 애원하듯, 떨리는 목소리로 힘겹게 말했다. 이제 겨우 숨을 쉬고 살 수 있을 것 같았는데, 이렇게 잔인한 말을 하는 민준을 이해할 수 없었다.

"내가 얼, 얼마나 기다리면 돼요?"

"기다릴 수 있겠어?"

"이 년이라면 시간이 금방 갈 수도 있……."

"일 년, 이 년, 혹은 앞으로 영영 돌아오지 않을지도 모르지. 우리는 괜찮냐, 아프냐 이런 거 안 물어봐. 죽었냐, 살았냐 두 개만 묻지. 그렇게 가는 시간이 금방 갈 수 있을 것 같아?"

"……."

"언제 기억이 돌아올지도 모르는 사람을, 당신이 기다릴 수 있을 것 같냐고."

설의 입술이 바르르 떨렸다. 숨이 턱턱 막혀 뭐라 대꾸를 하고 싶어도 더 이상 할 수가 없었다. 민준의 눈빛이 너무 차가워 그 한기에 입술이 얼어붙은 것만 같았다.

두 사람 사이에 한참 동안 무거운 침묵이 흘렀다.

"……이제 나한테 오지 마. 부탁이야."

민준이 말을 내뱉듯 던지고 자리에서 일어섰다. 설의 뺨을 타고 눈물이 아래로 툭툭 떨어졌지만, 민준은 그녀를 예전처럼 안아주지 않았다.

6

시간이 어떻게 흐르는지 몰랐다. 아침 해가 뜨고 하루를 멍하게 보내다 보면 다시 해가 지고 밤이 찾아왔다. 병원 치료 외에 바깥출입을 하지 않은 설의 얼굴은 한여름인데도 핏기 없이 창백하기만 했다. 부모님은 설을 걱정하면서도 그녀에게 별다른 말을 하지 않았고, 혹시 설이 외출하고 싶다고 말할 경우를 대비해 여자 경호관을 대기시켜 두었다.

이제 나는 나를 사랑하는 민준을 다신 볼 수 없는 걸까. 설은 눈을 뜨면 언제나 이 생각뿐이었다. 민준이 낯선 얼굴로 기다려 줄 수 있냐고 물었을 때 선뜻 대답하지 못했다. 그저 이대로 자신을 사랑하던 민준을 영영 볼 수 없을지 모른다는 두려움에 머릿속이 하얗게 비워졌다.

민준의 말대로, 그를 보지 않는 시간은 하루하루가 더디게만 흘러갔다. 머릿속을 비워내려 해도 민준의 애틋한 눈빛과 목소리가 지워지지 않았다. 그가 지금이라도 제 이름을 부르며 눈앞에 나타날 것만 같았다.

보슬비처럼 내리던 빗줄기가 이제 제법 굵어져 창문을 사납게 때렸다. 우르르 쾅쾅- 요란한 천둥소리에 설이 침대에서 일어나 굵은 빗물이 흘러내리는 창문을 바라보았다. 비는 하루 종일 그치지 않고 내렸다.

민준은 차곡차곡 짐을 챙겨 담은 캐리어를 세워놓고 거실을 빙 둘러보았다. 이것으로 출국하기 전 해야 할 일은 모두 끝났다. 내일 아침 이곳을 떠나면 당분간 이 아파트로 돌아오지 못할 것이다.

민준은 며칠 전 가족에게 인사를 하러 본가에 들렀을 때 어머께 해외 지사로 근무를 나가게 됐다고 말씀드렸다. 어머니는 평소와 다르게, 그의 손을 두 손으로 꽉 붙든 채 안타까운 얼굴을 했다. 그녀는 무언가 할 말이 있는 것처럼 보였지만, 건강하게 다녀오라는 말 외에 다른 말은 하지 않았고, 그 역시 어머니에게 잘 다녀오겠다는 인사 외에 다른 말은 건네지 않았다.

이 년이라는 시간은 결코 짧은 시간이 아니었다. 민준은 당연히 아파트를 정리하고 가야 했지만, 그러지 않았다. 그가 이곳에 있을 이유는 없어졌다고 해도, 만약 한국으로 다시 돌아오게 된다면 민준은 여기로 오고 싶었다.

그는 베란다로 가 창문을 열고 담배를 입에 물었다. 열린 창문 틈으로 거센 비바람이 들이쳤다. 민준은 인상을 찌푸리며 고개를 옆으로 돌렸다. 마치 하늘에 거대한 구멍이라도 뚫린 것처럼, 비가 하루 종일 무섭게 쏟아졌다. 시야를 가릴 정도로 퍼부어대는 굵은 빗줄기에 그는 온몸에 한기를 느꼈다.

"……춥네."

탁탁- 라이터를 켜고 담배에 불을 붙이려던 민준의 시선이 왼손 손목시계에 멈추었다. 그날 이후 설의 위치는 언제나 청와대에서 변하지 않았다. 이따금씩 병원에 가는 것 같기는 했지만 그 외에는 항상 같은 자리였다.

설의 부재가 주는 고통은 민준의 일상과 수면을 방해했고 되돌아온 기억은 그 고통을 배가시켰다. 그는 밤이면 어김없이 고통스러운 악몽을 꿨고, 눈을 뜨고 있는 매 순간마다 설에게 달려가고 싶은 충동과 힘겨운 싸움을 해야 했다. 그는 설이 그와 다르게 심리적인 안정을 찾아가고 있다는 이야기를 듣고 나서야 그녀에게 달려가고 싶은 충동을 간신히 잠재울 수 있었다.

딩동딩동- 민준이 담배에 막 불을 붙이려는 순간 누군가가 아파트 초인종을 요란하게 울렸다. 그는 인상을 잔뜩 구기며 담배를 신경질적으로 내려놓았다.

"누구세요!"

짜증이 난 기색이 역력한 얼굴로 현관문을 벌컥 연 민준은 그대로 얼음처럼 굳어졌다.

꿈일 것이다.

그의 간절한 그리움이 만들어낸 허상일 터였다.

"내 곰 인형 내놔요!"

설은 아랫입술을 지그시 깨물며 민준 앞에 오른손을 내밀고 있었다. 그녀의 얼굴은 눈물인지 빗물인지 모를 물기로 젖어 있었고, 굳게 다문 입술 끝은 미세하게 떨리고 있었다.

"그 사람이 준 거니까 얼른 내놔요."

민준은 설을 바라보며 눈을 감았다 떴다. 설의 얼굴빛은 창백했지만, 다행히 아픈 것 같진 않았다. 그녀의 영롱한 눈빛도, 단단히 다문 입매도 처음 보았던 모습과 같았다.

'그렇다면 이건 꿈이 아니라 진짜 현실인 걸까?'

민준이 아무 말 없이 바라보고만 있자 설의 눈동자가 혹시나 하는 마음에 작게 흔들렸다. 그러나 설은 곧 마음을 굳게 다잡고 속으로 수십 번 되뇌었던 말을 마음속에 다시 되새겼다.

자신은 민준이 제게 준 선물을 찾으러 왔을 뿐이고, 눈앞의 남자는 그와 똑같은 얼굴을 하고 있지만 민준이 아니라고 말이다. 하지만 수없이 다짐을 했어도 막상 민준을 대면하자 어렵게 다잡은 마음은 모래성처럼 힘없이 무너져 내렸다. 그는 예전처럼 아득한 눈빛으로 설을 바라보고 있었다.

"······기다려."

민준은 한참 동안 설을 뚫어져라 바라보다 낮은 목소리로 말했다. 뒤돌아선 그의 등을 바라보는 설의 두 눈에 눈물이 뿌옇게 차올랐다. 그녀가 못 본 사이에 민준의 얼굴이 많이 야위어 있었다. 병원에서 마지막으로 본 모습이 차라리 더 건강해 보일 정도로 민준의 얼굴빛이 좋지 않았다.

그녀의 시선이 민준의 왼손 손목에 가 닿았다. 혹시 무슨 일이 있는 거냐고, 시계는 왜 아직도 차고 있냐고 묻고 싶었지만, 입이 떨어지지 않았다. 민준이 저번보다 더 심한 말을 한다면 도저히 견딜 수 없을 것 같았다.

"여기······."

민준은 방에서 하얀 곰 인형을 들고 나와 현관에 우두커니 서 있는 설에게 내밀었다. 그에게서 곰 인형을 빼앗듯 홱 낚아채 두 팔로 꼭 끌어안은 설은 불규칙한 호흡을 내뱉으며 민준을 똑바로 바라보았다.

"……내일 ……정말 떠나요?"

"응."

민준이 아직도 차고 있는 손목시계를 보고 잠시 희망을 품었었다. 하지만 그녀는 그 희망만큼 더 비참해졌다. 그는 내일이면 예정대로 한국을 떠날 거였으면서도 설에게 아무 말도 하지 않았다. 민준은 마지막 인사를 할 생각조차 없었던 거였다.

설은 곰 인형을 품에 안고 힘없이 뒤돌아섰다. 울컥하는 마음에 설움이 북받쳐 올랐다. 혹시 기억이 조금이라도 돌아오지 않았을까 기대했지만 그런 일은 일어나지 않았다. 민준이 기억해 냈다면 당장 자신을 찾지 않을 리가 없었다. 설은 흐느껴 울며 엘리베이터에 올랐고 1층으로 내려와 빗속으로 걸음을 내디뎠다. 머리 위로 쏟아지는 빗물이 그녀의 마음속까지 차갑게 스며들었다.

설은 입술이 파래질 정도로 추웠지만, 무섭게 쏟아지는 비가 눈물을 감춰주는 건 다행이라고 생각했다. 다만 죄 없는 곰돌이가 함께 비를 맞는 게 슬플 뿐이었다.

설은 차를 마시러 나간다는 핑계로 경호관과 함께 외출했다가 그 사람 모르게 택시를 잡아타고 무작정 이곳으로 왔다. 정신없이 내리느라 택시 안에 우산을 두고 내린 줄도 몰랐다.

"……미안해, 내가 지금 우산이 없어. 흐흐흑."

설은 곰 인형을 더 꽉 끌어안으며 흐느꼈다. 우산이 없었다. 이렇게 울고 있어도, 비를 맞고 있어도, 비바람을 막아줄 우산이 없었다. 나무가 되어주겠다고 했던 사람도 곁에 없었다. 그때 갑자기, 설의 몸이 뒤로 빙그르르 돌아갔다. 잔뜩 물을 먹어 무거워진 곰 인형이 바닥에 엉망으로 나뒹굴었다. 놀란 설은 눈을 크게 뜨고 팔을 붙든 남자를 쳐다보았다.

"경호관 어디 있어!"

빗속에서 민준이 잔뜩 화가 난 얼굴로 설에게 소리를 질렀다.

"경호관은 어디다 두고 혼자 다니는 거냐고!"

"당신이 무슨 상관이에요! 내가 누구랑 어딜 다니든 당신이 무슨 상관이야!"

"몰라서 물어? 당신한테 무슨 일이라도 생기면 문책당하는 사람들이 한둘인 줄 알아?"

"지금 그게 중요해요? 우리 아버지한테 문책당할까 봐, 그게 무서워요? 내가 어떻게 되든 당신은 책임만 면하게 되면 아무 상관이 없어요?"

"강설!"

쏴아─ 마주 선 두 사람 사이로 빗줄기가 거세게 쏟아졌다. 민준과 설은 흠뻑 젖은 채로 거칠게 숨을 내쉬며 서로의 눈을 똑바로 응시했다.

"나를 사랑한 게 아니었어, 그건 다 거짓말이야! 어떻게 나를 잊을 수가 있어요, 당신이 나를 진짜 사랑했다면 나를 잊어버릴 리가 없잖아!"

설은 두 손으로 얼굴을 가리며 큰 소리로 울기 시작했다. 민준이 많이 안고 있었는지 인형에서 그의 향기가 났다. 대체 왜 그가 울고 있는 것처럼 보이는 건지도 알 수 없었다.

"흐흐흑. 제발 그 사람 도로 데려와요, 흐흐흑."

설은 누구보다 자신을 사랑했던, 자신이 사랑했던 민준이 보고 싶었다.

"당신은 나 잊어버리면 정말 안 된단 말이에요, 흐흐흑."

민준은 설을 세게 끌어안았다. 그의 손과 발이 그녀를 그대로 보내야 한다는 민준의 생각과 상관없이 제멋대로 움직였다.

"……울지 마."

"나 잊어버리지 마요, 흐흐흑."

설은 엄마와 떨어지기 싫은 아이처럼, 자꾸만 민준의 품속으로 파고들며 흐느꼈다. 그녀의 등을 감싼 민준의 손이 파르르 떨렸다. 눈물이 빗물에 씻겨 내려가서 정말 다행이었다.

흑, 흑, 흑, 하아- 아직도 설의 잔울음이 그치지 않았다. 설이 딸꾹질처럼 울음을 뱉어낼 때마다 한숨이 그림자처럼 따라붙었다. 민준의 아파트로 돌아온 설은 욕실에서 샤워를 하고, 그의 스웨터와 바지를 빌려 입었다. 소매와 바지의 기장이 길어 옷매가 우스꽝스러웠지만, 설은 웃음이 나오지 않았다. 설은 손을 맞잡고 고개를 숙인 채 소파에 앉아 있었다.

윙윙- 세탁기 돌아가는 소리가 들렸다. 비를 맞고 바닥에 떨어져 엉망이 된 곰 인형은 세탁기 안에서 거품 목욕 중이었다.

"마셔."

민준이 따끈한 김이 올라오는 머그잔을 설에게 내밀었다. 따뜻하게 데운 우유였다. 설은 그의 얼굴을 물끄러미 바라보다 순순히 머그잔을 받았다. 머그잔을 두 손으로 감싸 쥐자 따뜻한 온기가 사르르 퍼져 나갔다.

설은 조금 전 경호관에게 전화를 걸었고 경호관은 곧 이곳에 도착할 예정이었다. 그녀는 샤워를 하고 난 뒤 민준을 기다리며 침착하게 생각했다. 제 마음과 상관없이 민준은 내일 떠날 것이고, 어쩌면 오늘이 그의 얼굴을 보는 마지막일 수 있었다. 그렇다면 이렇게 눈물만 보이다가 그를 보낼 수는 없었다. 민준이 나중에라도 기억을 되찾았을 때 우는 얼굴을 마지막 모습으로 기억하게 하고 싶지 않았다. 설은 기억이 돌아온 그에게 그런 고통을 주고 싶지 않았다.

"떠날 준비는 잘 했어요?"

민준은 대답하지 않았지만, 그녀는 차분한 목소리로 말을 이어나갔다.

"그래도 당신 얼굴을 이렇게 보고 보내게 돼서 정말 다행이에요. 만약 당신을 그냥 보냈다면 나중에 분명히 후회했을 거예요."

설은 민준과 눈을 마주치려 했지만 그는 그녀의 눈을 바라보지 않았다. 정확하게 말하자면 민준의 시선은 그녀의 눈 아래 어디쯤에 머물러 있었다.

"……날 좀 봐요."

설이 부르자 그제야 민준이 시선을 들어 그녀의 눈을 바라보았다.

"생각해 보니까 당신한테 고맙다는 말을 못했어요. 정말 고마웠고 또……."

그와 함께했던 시간이 행복했다는 말은 차마 할 수 없었다. 사랑했고, 또 사랑한다는 말도 마찬가지였다. 그러면 정말 지금 이 순간이 두 사람의 마지막이 될 것 같았다. 설은 잠시 숨을 고르고 난 뒤 다시 말을 이었다.

"……나는 잘 지낼 거예요. 그러니까 당신도 거기에서 잘 지냈으면 좋겠어요. 혹시라도 나중에 내가 기억나더라도 너무 마음 쓰진 말아요, 난 정말 괜찮을 거니까요."

혹시 나중에라도 자신을 기억하고, 이 순간을 기억한다면 민준은 무척 괴로울 것이다. 저에게 했던 말과 행동을 떠올리며 저보다 더 많이 아프고 힘들어 할 것이다. 그녀가 아는 민준이라면 분명 그러할 터였다.

"아프지 말고 건강해야 해요."

설이 떨리는 목소리로 마지막 말을 덧붙였다. 혹시 기다려 달라는 말을 하지 않을까 싶었지만, 민준은 아무 말도 하지 않았다.

잠시 후, 경호관이 도착했고 설은 곰 인형을 들고 그의 집을 나섰다. 우는 얼굴을 민준에게 보이고 싶지 않아 뒤를 돌아보지 않았고, 대신 안고 있던 곰 인형에 얼굴을 깊이 파묻었다.

민준은 설이 보이지 않을 때까지 그녀를 눈에 담았다. 눈물로 뿌옇게 흐려진 그녀의 뒷모습이 그가 기억하는 설의 마지막 모습이었다.

정신없이 쏟아지던 장맛비가 그치고 가을이 왔다. 초록빛으로 싱그럽게 반짝이던 잎들이 빛을 잃고 생기를 잃어, 아주 작게 불어오는 바람에도 맥없이 떨어져 바닥에 나뒹굴었다.

그 위로 눈이 내렸고, 또 파릇파릇한 새싹이 돋아났다. 사랑은 멈추었지만, 시간은 멈추지 않았고 설은 다시 한 번 시린 계절을 맞이했다.

이 년 뒤, 한국원자력연구소(KAERI).

"걔 연구 논문도 누가 대신 써준다는 소문도 있어."

"꼴랑 학부 졸업장 하나 가지고 여길 들어와 있는 걸 보면 진짜 빽이 좋긴 좋아. 소장님이 걔한테 단독 연구실까지 내주셨다는데, 진짜 너무하시는 거 아니야?"

"학부 때도 전혀 눈에 안 띄고 되게 평범했다던데, 역시 줄 중에 최고의 줄은 탯줄이야."

햇볕이 좋은 날이었다. 조국은 얼굴에 책을 덮고 벤치에 길게 누워 있었다. 그녀의 가운 왼쪽 가슴 위에는 강조국이라는 이름이 파란 실로 새겨져 있었다. 그녀와 같은 가운을 입은 여자 두 명이 수다를 떨며 지나간 자리에 한 남자가 남았다. 그 남자는 방금 지나간 여자들을 힐끗 쳐다본 뒤 설이 누워 있는 벤치 가까이 다가와 섰다.

"지금 여기서 뭐 하는 거야?"

"광합성 하는 중이에요. 요새 햇빛을 너무 못 봤거든요."

조국은 누구냐고 묻지도 않은 채 심드렁한 목소리로 대답했다.

"설아."

"이제 내 이름도 아닌데 그렇게 부르지 말랬잖아요."

"그래, 강조국. 얼굴 좀 보자."

그제야 조국은 얼굴을 덮고 있던 두터운 연구 서적을 아래로 내렸다. 해를 등지고 선 건우가 웃으며 그녀를 내려다보고 있었다. 설은 강조국이라는 이름으로 다시 개명했고 작년부터 원자력연구소에서 연구원으로 일하고 있었다.

"여긴 웬일이에요?"

"일 때문에 왔다가 다이아몬드 숟가락 얼굴 좀 보고 가려고."

"들었어요?"

조국이 피식 웃으며 벤치에서 몸을 일으켰다. 머리카락이 바람에 나부끼자, 조국은 손목에 묶여뒀던 머리끈을 풀어 한데 모아 묶었다.

"진짜 대전까진 웬일이에요?"

"Pakin이 KAERI에 개발 투자하는 거 있잖아, 그거 때문에 황 소장님 좀 뵈러 왔어."

"건우 씨, 너무 무리하는 거 아니에요?"

"겨우 이 정도 가지고, 뭘."

건우가 낮은 웃음을 흘리며 하늘을 올려다보았다. 이 년 전, 백인회 회장은 징역 7년 형을 선고받았고, 그 후 Pakin의 실질적인 오너가 된 것은 건우였다. 그는 얼마 전부터 KAERI에 상당한 자금을 쏟아 부으며 원자력 연구 개발을 돕고 있었다.

"참, 다음 주에 청와대에서 오찬 열린다며?"

"건우 씨도 거기에 와요?"

조국이 의외라는 듯 물었다. 며칠 뒤 우리나라를 대표하는 과학자들과 기업 총수들의 오찬이 청와대 녹지원에서 열릴 예정이었다. 건우는 그 자리에 기업 총수를 대신해 젊은 재벌 3세 몇 명이 참석할 것이라는 이야기를 전해 들었다. 이례적인 그들의 행보는 영애인 강조국이 오찬에 참석하는 것과 무관하지 않았다. 조국은 그 자리에 과학자로 가겠지만, 그들은 과학자가 아니라 영애를 보기 위해 참석하는 것이었다.

"나는 일 때문에 못 가니까, 너무 예쁘게 하고 가지는 마."

건우가 쳐다보며 장난스럽게 말했다. 또래 재벌 3세들이 왜 그곳에 가려 하는지 잘 알고 있기 때문이었다. 푸른 기와지붕 아래 사는 미혼의 아름다운 영애는 충분히 욕심내고 싶은 사람이었다.

"예쁘게 하고 가야 해요. 소장님이 내주신 미션을 클리어하고 돌아와야 하거든요."

"미션이 있어? 무슨 미션?"

"기업의 기술 개발 투자요. 소장님께서 나더러 부족한 정부 지원금 대신 투자 많이 받아오래요."

조국이 못마땅한 듯 샐쭉한 표정을 짓자 건우가 크게 웃음을 터뜨렸다.

"아, 황 소장님 진짜 너무하시네. 영애를 이런 식으로 써먹다니, 하하하하."

"좀 그렇죠?"

조국은 건우와 눈이 마주치자 마침내 참고 있던 웃음을 터뜨렸다. 그 덕분에 이렇게 잠시 그리움을 내려놓을 수 있었다.

"우리 영애님은 연애 안 해? 벌써 가을이야, 그렇게 허송세월 보내다가 내 꼴 날 수 있어."

건우도 누군가가 옆에 있었으면 좋겠다는 생각이 들 때가 가끔 있었다. 하지만 그게 꼭 애인을 뜻하는 것은 아니었다. 지금 그에게 필요한 건 뜨거운 사랑을 나눌 연인이 아니라 어깨를 기대고 쉴 수 있는 사람이었다. 건우는 사랑이 아니라 사람이 그리웠다.

"내가 왜 연애를 안 해요? 어젯밤에도 남자들이랑 술 엄청 마셨는데."

"강조국이 진짜 그랬다고?"

"내가 건우 씨한테 왜 거짓말을 하겠어요?"

조국이 어깨를 으쓱이며 능청스러운 표정을 지었다. 남자들과 술을 마셨다는 건 거짓말이 아니었다. 다만 그 남자들이 유부남이라는 것과 그분들의 자식들이 자기보다 나이가 많다는 사실은, 굳이 건우에게 들려줄 필요가 없어 말을 꺼내지 않았을 뿐이었다.

"난 네가 김민준을 기다리고 있는 줄 알았는데."

조국은 입가에 어색한 미소를 지으며 시선을 아래로 내렸다. 그녀는 자신이 민준을 기다리고 있는 건지, 아니면 그 사람과의 끝을 기다리고 있는 건지 알 수 없었다.

민준이 떠난 지, 벌써 이 년이 지났다.

❦

민준이 떠나고 육 개월.

조국은 커피 잔을 옆에 두고 노트북을 켰다. 창문 밖 세상은 온통 하얬다. 민준이 한국을 떠난 지 벌써 육 개월이 지났고, 조국은 원래 살던 아파트로 되돌아왔다.

청와대에서의 생활은 생각했던 것보다 훨씬 갑갑하고 숨이 막혔다. 어디를 가든지 항상 경호관들이 가까이 따라붙었고, 그녀에 관한 모든 것이 아버지에게 보고되었다. 조국은 꼭 투명한 유리로 만든 방 안에 갇혀 있는 인형 같았다.

이곳으로 다시 돌아오는 건 괴로운 일이었다. 하지만 조국은 그 고통을 감내하고라도 이곳으로 되돌아오고 싶었다. 부모님은 아직 회복되지 않았다는 핑계를 들며 완강히 반대했지만, 그녀의 설득에 결국 백기를 들었다. 조국은 여자 경호관이 그녀와 같은 아파트, 같은 동에 머무는 것을 조건으로 마침내 청와대를 벗어날 수 있었다.

조국은 무표정한 얼굴로 노트북 화면 속 시계를 보았다. 오전 9시였다. 얼마 전 원자력연구소장으로 취임한 황 박사가 전화를 걸어 꼭 전해줄 것이 있으니 바쁘지 않으면 주말에 얼굴을 봤으면 한다고 말했다. 그 사건 이후로 조국도 황 박사를 한 번쯤 찾아뵈었어야 한다고 생각은 했는데 그동안 경황이 없어 따로 인사를 드리지 못했었다. 조국은 인사도 드릴 겸 겸사겸사 황 박사와 약속을 잡았고, 그날이 오늘이었다.

욕실로 들어간 조국은 거울에 비친 자신의 모습을 물끄러미 바라보았다. 그녀에겐 이제 더 이상 할아버지와 민준의 흔적이 남아 있지 않았다. 목 언저리는 허전했고, 손목도 마찬가지였다.

민준은 결국 조국을 기억해 내지 못한 채 외국으로 떠났고, 그 후로 그에게선 아무런 소식이 없었다.

만약 그가 자신을 기억해 냈다면 연락을 하지 않을 리가 없었다. 얼마 전 조국은 김 국장에게 조심스럽게 민준의 근황을 물어보았다. 하지만 그는 지극히 사무적인 어조로 요원의 신변에 대해서는 발설하지 않는 게 원칙이라고 말했다. 오히려 김 국장은 조국의 안부를 물었고, 그녀가 이제 더 이상 병원을 다니지 않는다는 대답에 정말 다행이라며 안도의 한숨을 내쉬었다.

"조국 양도 트라우마가 생긴 게 아닐까 많이 걱정했는데 정말 다행입니다."

전화를 끊고 나서 김 국장의 마지막 말이 계속 머릿속에 맴돌았다.

"조국 양도."

그 말은 무슨 뜻이었을까.

황 박사는 광화문 근처 카페 2층의 창가에 앉아 눈이 내리는 모습을 물끄러미 바라보고 있었다. 그는 젊은 연인들이 서로 손을 잡고 어깨를 감싸며 거리를 지나가는 모습을 흐뭇한 표정으로 내려다보았다.
"안녕하세요, 박사님."
귀에 익은 목소리에 황 박사가 고개를 돌렸다. 조국이 머플러를 풀며 맞은편에 앉았다. 황 박사는 반가운 얼굴로 그 모습을 지켜보았다. 그녀는 이제 마음의 안정을 찾은 건지 건강해 보였다. 황 박사는 그런 큰일을 겪었는데도 여전히 또렷한 눈빛의 그녀를 보며 역시 핏줄은 속일 수 없구나, 라고 생각했다.

"이게 얼마 만이에요, 조국 양! 그동안 잘 지냈습니까?"

"네, 박사님 덕분이에요."

조국이 부드럽게 눈웃음을 지었다. 황 박사의 얼굴을 보니 호텔에서 함께 마음 졸였던 순간이 떠올라 가슴이 뭉클해졌다.

"어때요, 많이 바쁘진 않아요? 요즘 뭐하고 지내는지 내가 좀 물어봐도 될까요?"

"그냥 논문이나 책을 읽으며 지내고 있어요. 앞으로 뭘 할지는 아직 생각해 보지 않았거든요."

황 박사는 조국의 대답이 아주 만족스러운 듯 흡족한 미소를 지었다.

"그런데 박사님, 제가 박사님께 받아야 할 게 있다고 말씀하셨는데요."

"아, 잠깐만요. 여기, 이겁니다."

황 박사는 노란 서류 봉투를 조국에게 내밀었다.

"이게…… 뭐예요?"

"이 박사님께서 조국 양에게 남기신 유산입니다."

"할아버지께서요?"

의아한 표정이 된 조국의 눈에, 순식간에 당혹감이 어렸다. 외할아버지 이야기를 듣게 될 줄은 몰랐다. 거기에 유산이라니, 유산에 관한 이야기는 부모님에게서도 따로 들은 게 없었다.

"열어봐요."

황 박사가 웃으며 고개를 끄덕였고 조국은 얼떨떨한 얼굴로 노란 봉투를 열었다. 봉투 안에는 두툼한 종이 뭉치가 들어 있었다. 등기 권리증이라는 글자가 커다랗게 쓰여 있었고, 그 밑에 권리자 강조국이라는 이름이 단정한 글씨로 새겨져 있었다. 조국은 얼른 페이지를 넘겨 서류에 적힌 주소지를 읽었다.

'서울시 종로구 평창동······?'

"박사님, 이건!"

조국이 놀란 눈으로 황 박사를 바라보았다.

"맞습니다. 이 박사님의 서울 자택입니다."

"저도 알아요. 근데 이걸 어떻게 박사님께서······."

조국은 말문이 막혔다. 그녀가 그렇게 주인을 찾고 싶어 했어도 꼭 누군가 일부러 숨겨놓은 것처럼 찾을 수가 없던 집이었다. 유년 시절의 기억이 고스란히 남아 있는 할아버지 집을 도저히 포기할 수 없어, 언젠가 꼭 되찾겠다고 수년째 마음만 먹고 있던 차였다.

"저는 가지고 있다가 적당한 시기에 강조국 양에게 전해주라는 이야기만 전달받았을 뿐입니다. 집은 박사님께서 생전에 사용하시던 그대로입니다. 제가 맘대로 정리할 수 없어 손대지 않고 그대로 두었습니다."

"······."

"그리고 이건 집 키입니다. 한번 가서 확인해 보세요."

황 박사는 조국에게 하얀 플라스틱 카드를 내밀었고, 그녀는 멍한 눈으로 그것을 내려다보았다. 지금 눈앞에서 일어나는 일들이 도무지 믿기지 않았다.

조국은 카드를 손에 쥐고 매끈한 표면을 조심스러운 손길로 어루만졌다. 기쁘다는 말로는 벅찬 마음을 다 표현할 수 없었다. 그녀는 할아버지가 왜 이렇게까지 해야 했는지 이해가 가지 않았지만, 그 집을 다시 볼 수 있다는 기쁨만으로 뭔가 이상하다는 의심 같은 건 하지 못했다.

"조국 양."

"……네, 박사님."

황 박사가 옛 추억에 잠겨 눈시울이 붉어진 조국을 조용히 불렀다. 이걸 전해주기 위해 이곳에 나오기는 했지만 사실 그의 목적은 다른 곳에 있었다.

"혹시 나랑 같이 일해보고 싶지 않아요?"

황 박사는 그녀를 만나기 며칠 전 대통령을 만났고 그때 넌지시 운을 띄워보았지만 일언지하에 거절당했다. 대통령은 조국은 이제 영애로서만 살게 할 생각이라고 분명히 잘라 말했다. 대통령의 심정을 이해하지 못하는 건 아니었다. 조국이 겪은 일을 생각하면 충분히 그럴 수 있는 일이라고 생각했다. 하지만 황 박사는 포기할 수 없었다. 그녀를 영애로서만 살아가게 하기엔 조국이 가지고 있는 재능이 너무 아까웠다. 그는 만약 이인호 박사가 지금도 살아 있었더라면 분명히 그렇게 했을 것이라는 확신을 가지고 있었다.

조국은 황 박사의 말을 듣고 놀란 눈으로 그를 바라보았다. 그녀에게 원자력연구소는 몇 년 전까지만 해도 당연히 일을 하게 될 거라고 생각했던 곳이었다. 하지만 이제는 다 끝났다고 생각했는데, 황 박사에게서 뜻밖의 제안을 받은 그녀의 가슴이 빠르게 뛰기 시작했다. 조국이 희망 섞인 눈빛으로 그를 바라보며 떨리는 목소리로 물었다.

"제가…… 그럴 자격이 있나요?"

"물론입니다, 조국 양."

황 박사는 부드러운 미소를 지었다.

서울 종로구 평창동에 있는 2층 저택 앞에 자동차가 멈춰 섰다. 조국은 자동차 시동이 꺼지기도 전에 뒷문을 열고 내려 대문 앞으로 달려갔다. 할아버지 집을 다시 찾았다는 게 꿈만 같았다. 조국은 차가운 철문에 손을 대고 크게 심호흡을 했다. 떨리는 가슴이 진정되지 않았다. 그녀는 주머니에서 플라스틱 키를 꺼내 잠금장치에 갖다 댔다. 오랫동안 열리지 않았던 대문이 묵직한 쇳소리를 내며 열렸다. 조국은 이것이 꿈이 아니었다는 생각에, 안도의 한숨을 나지막하게 내쉬었다.

"영애님, 저는 여기에 있을까요?"

여자 경호관이 조심스러운 목소리로 조국에게 물었다. 그동안 영애는 한 번도 먼저 어딜 가자고 말한 적이 없었다. 그랬던 영애가 지금 당장 갈 곳이 있다면서 호출했을 때 경호관은 속으로 적잖이 당황했었다. 영애의 심각한 얼굴을 보니 자신이 끼어들면 안 되는 사적인 부분인 것 같았기에 경호관은 밖에서 그녀를 기다리는 것을 택했다.

조국은 그녀에게 고개를 끄덕인 후 저택 안으로 발을 내디뎠다. 한 걸음, 한 걸음 앞으로 내딛는 발걸음 위로 눈물방울이 툭툭 떨어졌다. 모든 게 그대로였다. 정원의 푸른 소나무도, 짙은 흑색 기와도, 서재의 둥그런 창문도 조국의 예전 기억과 똑같았다. 정원의 잔디는 지금도 사람이 살고 있는 것처럼 말끔히 잘 정리되어 있었고, 현관문을 열고 안으로 들어가면 할아버지가 환하게 웃으며 그녀를 반길 것만 같았다.

할아버지가 이 집을 왜 황 박사님께 맡겨놓았는지는 이제 더 이상 그녀에게 중요하지 않았다. 중요한 건 이제 언제라도 조국이 이곳으로 돌아올 수 있게 되었다는 사실이었다. 조국은 안으로 들어서자마자 제일 먼저 할아버지의 서재로 향했다. 서재 문을 열자 오랫동안 환기를 시키지 않아서 그런지 오래된 책방 같은, 퀴퀴한 냄새가 났다.

조국은 곧장 둥근 모양의 유리창을 열었다. 신선한 공기가 들어와 탁한 공기를 밖으로 밀어내기 시작했다. 조국은 그제야 서재 안을 찬

찬히 둘러보았다. 책장에 빼곡하게 꽂혀 있는 책들과 책상 연필꽂이에 꽂혀 있는 만년필까지, 모든 게 그대로였다. 어느 것 하나도 조국의 기억과 어긋나지 않았다. 모든 게 그대로인데 할아버지만이 이곳에 계시지 않았다.

흐흑— 조국은 울음이 터져 나오는 입을 두 손으로 막으며 흐느꼈다.

그녀는 할아버지의 책상을 어루만진 뒤, 가죽 의자에 앉아 책상 위에 뺨을 기대며 엎드려 눈을 감았다. 여기에 앉아 계신 할아버지를 뒤에서 껴안고 장난치던 어린 시절이 생각났다. 책상 서랍을 열라치면 할아버지는 무언가를 똑딱 눌러 서랍을 잠근 후 아무 일도 없었다는 듯 시치미를 뚝 떼곤 했다. 하지만 조국은 그때 이미 책상 서랍을 여는 방법을 알고 있었다. 알고 있다고 말하면 할아버지가 다른 방법을 쓸 것 같아 이야기를 하지 않았을 뿐이었다.

조국이 왼손을 책상 아래로 뻗어 구석에 볼록 튀어나온 작은 플라스틱을 찾아 앞으로 살짝 잡아당겼다. 딸깍— 소리가 나자 조국이 미소를 지었다. 할아버지는 조국이 이걸 모르고 있다고 생각했지만, 조국은 이런 식으로 할아버지의 서랍 안을 종종 들여다보곤 했다. 조국은 잠금장치가 풀린 책상 서랍을 앞으로 잡아당겼다. 그러자 제일 먼저 정갈하게 정리된 수첩과 필기도구가 눈에 들어왔다. 할아버지는 재미있는 아이디어가 떠오를 때나 좋은 글귀를 발견했을 때, 수첩에 기록하는 습관을 가지고 있었다.

조국은 두툼한 수첩들을 차례로 뒤적거리다 가장 최근의 것으로 보이는 까만 가죽 수첩을 집었다. 수첩을 펼치자 할아버지가 빼곡하게 기록해 놓은 짧은 글들이 보였다. 조국은 애틋한 눈빛으로 문장들을 읽으며 한 장, 한 장 뒤로 넘겼다. 할아버지와의 추억을 떠올리며 종이를 넘기던 조국의 손길이 갑자기 우뚝 멈췄다.

　─난 항상 자네를 생각하고 있었네. 그 친구를 떠올릴 때마다 어린 자네 생각이 나서 살아오는 동안 내내 괴로웠다네. 그러니 이렇게라도 괴로움을 덜어 내려는 이 늙은이의 마음을 부디 자네가 헤아려 주었으면 좋겠네.

　이게 무슨 소리지? 설은 눈을 크게 뜨며 혼란스러운 표정을 지었다.

　─잘 자라주어 너무 고맙고 감사하네, 민준 군. 난 진심으로 자네가 행복하길 바란다네.

　민준…… 군?

　툭, 가죽 수첩이 바닥으로 떨어졌다.

　그와 동시에 수첩 가운데 끼워져 있던 사진 한 장이 나비처럼 팔랑거리며 바닥으로 내려앉았다.

　조국이 떨리는 손으로 얼른 사진을 바닥에서 집어 들었다. 사진 속에서, 제복을 입은 민준이 환하게 웃고 있었다.

　"국장님, 강조국 양이 오셨습니다."

　결재 서류를 들여다보던 김 국장이 고개를 들었다. 김 국장은 잠깐 곤란한 표정을 지었다가 고개를 끄덕였고, 잠시 후 조국이 가쁜 숨을 몰아쉬며 사무실 안으로 뛰어들어 왔다. 조국은 창백한 얼굴로 김 국장을 바라보았다.

　조금 전, 조국은 도망치듯 그 집을 빠져나왔다. 다리가 후들거려 제대로 걷기조차 힘든 조국을 본 경호관은 사색이 되어 그녀를 차에 태웠다. 곧장 병원으로 가겠다는 경호관에게 조국은 이곳으로 가자는 말을 했다.

"여긴 어쩐 일입니까, 조국 양."

김 국장은 태연하게 서류를 덮으며 담담한 목소리로 물었다. 조금 전 황 박사에게서 미안하다는 전화를 받은 터라 영애가 자신을 찾아오리라는 것은 예상하고 있었다.

"국장님, 이게……."

조국은 손을 가늘게 떨며 김 국장 앞에 까만 수첩을 내밀었다. 김 국장이 무심한 얼굴로 조국을 바라보았다.

"무슨 일이 있습니까?"

"……이게, 뭐예요?"

김 국장은 수첩을 바라보았다. 수첩 옆으로 삐져나온 사진에서 민준의 얼굴이 얼핏 보이자 그는 눈썹을 꿈틀거렸다. 민준의 사진을 한 장 갖고 싶다 하여 그가 예전에 이 박사에게 준 사진이었지만, 김 국장은 그 사실조차 까맣게 잊고 있었다. 김 국장은 입술을 굳게 다물고 다시 조국을 바라보았다.

"저는 모르는 사진입니다."

"할아버지 수첩 속에 이게 있었어요! 할아버지께서 김민준 씨를 알고 계셨다고요!"

"조국 양, 그 사진을 왜 이 박사님이 가지고 계셨는지는 저도 모르는 일입니다."

"국장님. 국장님께서 황 박사님께 부탁하셨다는 말씀 다 듣고 왔어요."

조국은 이곳으로 출발하기 전 황 박사에게 전화를 걸어 이게 어떻게 된 일인지 물었다. 잠시 망설이던 황 박사는 사실은 김 국장에게 부탁받은 일이었다며 그녀에게 자초지종을 모두 털어놓았다. 하지만 조국은 황 박사의 이야기를 듣고도 이해가 가지 않았다. 할아버지가 평창동 집을 김 국장에게 맡겨놓았는데 그가 조국에게 전해주기 껄끄러워 대신 황 박사에게 부탁을 했을 수는 있었다. 그건 충분히 이해할 수 있는 일이었다. 하지만 민준은 할아버지와 접점을 가질 일이 전혀 없었다. 그런데도 할아버지는 아주 오래전부터 그를 알고 있었고 심지어 그의 사진을 가지고 있었다.

"전 이 박사님께서 조국 양에게 남긴 것을 대신 전해드렸을 뿐입니다. 제가 전해주기 뭣해서 황 박사님께 부탁을 드렸던 거고요. 정말 그뿐입니다, 조국 양."

"거짓말하지 마세요. 그게 다가 아니잖아요! 그러니까 제게 솔직하게 말씀해 주세요, 국장님."

"조국 양, 때로는 아는 것보다 모르고 지나가는 게 더 나을 때도 있습니다."

"할아버지께서 그 집을…… 저한테 주신 게 아니군요."

조국이 하얗게 질린 얼굴로 중얼거렸다. 김 국장이 조국을 물끄러미 바라보다 미간을 찌푸리며 한숨을 내쉬었다.

"그렇습니다, 조국 양에게 남기신 게 아닙니다."

이건 결코 민준이 원하던 장면이 아니었지만 이렇게 된 이상 더 이상 숨길 수가 없었다.

"박사님께서는 그 집을 제 아들 민준이한테 남기셨습니다."

김 국장이 단단한 눈빛으로 조국을 바라보았다.

"……뭐라고요? 할아버지께서 왜요……?"

조국이 믿을 수 없다는 듯 눈을 크게 떴고, 김 국장이 골치가 아픈 듯 이마에 손을 짚으며 눈을 감았다.

❧

김 국장은 민준의 출국을 앞두고 고민에 빠졌다.

그는 이번에 생사의 고비를 넘긴 민준을 보고 나서 생각이 많아졌다. 그가 이인호 박사의 이야기를 꺼내면 민준의 친부인 재권의 이야기도 꺼내야 했기에, 그동안 민준에게 말할 수 없었다. 하지만 이번에 민준이 떠나면 또 언제 돌아올지 몰랐다. 그래서 김 국장은 더 늦기 전에 이인호 박사의 뜻을 전해줘야겠다고 생각했다.

똑똑.

"들어와."

문을 열고 들어온 민준에게 의자에 몸을 깊숙이 묻고 생각에 잠겨 있던 그는 소파로 가 앉으라는 손짓을 했다. 잠시 후 그는 테이블 위에 노란 서류 봉투 하나를 툭 내려놓으며 민준과 마주 보고 앉았다.

"이게 뭡니까?"

"열어봐."

민준이 두툼한 봉투 윗면을 뜯어 안에 들어 있던 서류를 꺼냈다. 그건 서울에 있는 개인 주택의 등기 권리증이었다.

"그동안 내가 보관하고 있었는데 이젠 너한테 줘야 할 것 같다. 네 것이니 네 마음대로 해."

"이건 등기 권리증 아닙니까? 이걸 왜 저한테 주시는 겁니까?"

"내가 아니라…… 이인호 박사께서 생전에 네 앞으로 남겨놓으신 거다."

"이인호 박사님이요?"

이인호 박사라면 설의 외할아버지……? 민준이 의아한 얼굴로 김 국장을 바라보았다.

"혹시 제가 알고 있는 그분을 말씀하시는 겁니까?"

"그분 맞아. 원자력연구소장이셨던 이 박사님, 그분이 너한테 전해 달라고 부탁하셨던 거야."

"그분이 저를 어떻게 아십니까? 그리고 이건 또 뭐고요."

"박사님께서는 네가 아니라…… 재권이와 아는 사이셨다."

무언가를 예감한 민준의 얼굴이 싸늘하게 굳어졌다.

"박사님은 재권이의 마지막 임무 대상이었으니까."

김 국장의 떨리는 목소리가 이어졌고, 민준은 시선을 내려 당혹스러운 눈빛을 감추었다.

"이십여 년 전에 이 박사님의 엄호를 맡았다가 순직한 요원이 있습니다. 김재권, 민준의 친아버지이자 제 동기입니다."

"조국 양은 기억하지 못하겠지만, 민준이를 데리고 이 박사님을 만나뵌 적이 있습니다. 박사님께서는 그때 민준이한테 경제적인 도움을 주고자 하셨지만 제가 마음만 받았습니다."

"그의 친아버지와 박사님과의 인연은 민준이도 모르고 있었던 일입니다. 다만 그 서류는 제가 더 이상 가지고 있을 수가 없어 출국 전 민준이한테 전해주었습니다."

"이유는 모르겠지만, 그 서류를 강조국 양에게 전해 달라 했습니다. 그리고 이 이야기를 강조국 양이 알게 되는 걸 원하지 않았습니다. 그러니 혹시 나중에라도 민준이한테 아는 척은 하지 말아주셨으면 좋겠습니다."

NIS에서 나와 멍한 얼굴로 무작정 앞을 향해 걷는 조국의 뒤를 경호관이 불안한 얼굴로 따라 걸었다.

"내가 찾아줘?"
"아니요. 나중에 내가 꼭 다시 되찾을 거예요."

조국은 다리에 힘이 풀려 차가운 아스팔트 바닥 위에 맥없이 주저 앉았다.
"영애님!"
당황한 경호관이 얼른 조국의 팔을 붙들었지만, 조국은 미동도 없었다.

"이런 이야길 꺼내게 돼서 정말 유감입니다, 조국 양."

아아아. 조국이 두 손에 얼굴을 묻고 큰 소리로 울음을 터뜨렸다.

⚜

내리쬐는 볕이 좋아 조국은 베란다로 나왔다. 조국은 평일에는 대전에 있는 오피스텔에 머물렀지만, 주말이면 어김없이 이곳으로 되돌아왔다.
"가을이네."
조국은 한껏 숨을 들이마셨다 뱉으며 미소 지었다. 그리고 맞은편 민준의 아파트를 올려다보았다. 민준의 아파트는 늘 고요했다. 밤에는 깜깜했고 낮에도 아무런 기척이 느껴지지 않았다.

"넌 곰이니까 추위를 타지 않을 거야, 그렇지?"

그녀는 고개를 돌려 테이블 의자에 앉아 있는 곰 인형을 바라보았다.

"김민준이 이번 주에 귀국한다던데."

건우는 아는 사람에게 이야기를 들었다며 설에게 민준이 귀국한다는 이야기를 해주었다.

일급비밀이라던 요원의 거처는 돼지 껍데기와 소주 몇 잔에 건우에게 넘어왔다고 했다.

"당신은 정말 나를 잊어버린 거야?"

조국은 마치 민준을 대하듯 인형에게 말을 건넸다. 다시 만나게 된다면 그에게 묻고 싶은 말이 너무 많았다.

비행기는 로마 레오나르도 다빈치 국제공항을 출발하여 대한민국 인천 국제공항으로 향했다. 수면 안대를 한 남자가 비즈니스 클래스 좌석에 앉아 다리를 길게 뻗고 있었다.

[안녕하십니까, 기장입니다. 저희 한국항공과 함께 즐거운 여행 되셨습니까. 잠시 후 이 비행기는 대한민국 인천 국제공항에 도착하겠습니다.]

남자의 옆에 앉아 있던 여자는 다시 한 번 그를 흘끔 쳐다보았다.

그는 이륙할 때부터 지금까지 조금의 미동도 없이 눈을 감고 있었다. 남자에게서 풍기는 분위기가 근사했기에 여자는 이따금씩 그의 옆얼굴을 쳐다보았다. 그녀는 잠시 망설이다 용기를 내 남자의 손목시계를 살짝 건드려 보았다.

"저기, 인천공항에 곧 도착할 거라는……."

"치워."

그는 자고 있던 게 아니었는지 싸늘한 말을 뱉어냈다. 여자는 당황한 얼굴로 얼른 손을 거두어들였다. 남자가 눈을 덮고 있던 안대를 천천히 걷어내자 어두운 눈동자가 모습을 드러냈다. 민준이 이 년간의 파견 근무를 마치고, 마침내 한국으로 다시 돌아왔다.

탁- 민준이 거실 한가운데 캐리어를 세워둔 채 실내등의 스위치를 켰다.

먼지 한 점도 눈에 보이지 않을 정도로 깨끗하고 깔끔히 정돈되어 있는 집은 그가 떠나던 날과 똑같았다. 욕실에서 샤워를 하고 나오자마자 따르르르- 핸드폰이 울렸다. 그가 한국에 도착한 걸 알고 있는 아버지거나 혹은, 팀장에서 이제는 단장으로 승진한 상사일 터였다. 민준은 핸드폰을 스피커 모드로 바꿔 테이블 위로 툭 던져 놓았다.

"안녕하십니까."

[김민준! 금발 머리 아가씨랑 뜨거운 연애는 많이 하고 왔냐?]

거실 유리문을 옆으로 밀자 시원한 바람이 안으로 밀려들었다. 코로 들어오는 공기가 제법 차가워 이곳이 대한민국이고, 가을이라는 게 실감이 났다.

"단장님, 이제 전 어디로 갑니까?"

민준이 무덤덤한 말투로 물으며 머리카락에 남아 있는 물기를 닦기 시작했다.

[미친놈아, 다른 놈들은 다 안 가겠다고 난리인데 넌 자원을 하냐?]

한국으로 돌아오기 전 민준이 자원했던 이라크 파견 근무 신청은 반려되었고, 그는 귀국을 종용받았다.

"어차피 누군가는 가야 하는 거 아닙니까."

[매정한 놈. 그래도 목소리 들으니까 반갑긴 하네. 넌 내가 잘 있었는지 궁금하지도 않냐?]

픽, 민준이 한쪽 입꼬리를 올리며 하얀 수건을 목에 걸고 주방으로 향했다. 민준은 습관적으로 냉장고 문을 열고 안을 쳐다보았다.

[내일 하루 쉬고 모레 점심시간 맞춰서 들어와, 같이 밥이나 먹게.]

"……"

[왜 대답이 없어?]

"……네."

박 단장의 재촉에 잠시 딴생각에 잠겼던 민준이 뒤늦게 대답했다. 청소 업체에 입주 청소만 부탁을 했던 것 같은데, 냉장고 안에 생수와 비타민 음료가 가지런히 정리되어 있었다. 안 그래도 편의점에 마실 물이나 사러 갈까 생각하고 있었는데 센스 있는 업체 덕분에 번거로운 일이 하나 줄어든 셈이었다.

탁, 민준은 실내등을 끄고 침실로 들어갔다.

다음 날 저녁. 민준은 어머니에게 인사를 하러 본가에 들렀다. 아버지에게는 내일 사무실로 들어가 따로 인사할 생각이었다.

"어머니, 저 왔습니다."

"민준아!"

"오빠!"

민준이 들어서자 어머니와 동생 서연이 반색을 하며 앞으로 달려 나왔다. 민준이 옅게 웃으며, 그를 껴안고 좋아서 방방 뛰는 서연의 머리카락을 헝클어뜨렸다.

"나 선물 줘, 오빠!"

서연이 고개를 들고 빙긋 웃으며 어리광을 부렸다. 그러더니 이내 한 직장에 오래 근무하지 못하는 그를 못마땅해하며 잔소리를 늘어놓기 시작했다.

"오빠, 설마 이번에도 회사 그만두고 온 거 아니지? 그렇게 자주 이직하면 여자들이 싫어한다니까? 오빠 나이가 지금 몇인지 알아? 언제까지 그렇게……."

"김서연, 선물 안 뜯어볼 거야?"

"아, 맞다. 선물!"

퍼뜩 정신을 차린 서연이 민준의 손에서 쇼핑백을 빼앗아 들고 번개처럼 사라졌다. 어머니는 그제야 그의 손을 잡고 눈물을 글썽거렸다.

그녀가 민준을 제 품에서 키운 세월이 벌써 이십 년이 넘었다. 똑같이 키운다고 키웠어도, 서연이와 달리 어리광 한번 부리지 않고 자란 민준은 그녀에게 늘 아픈 손가락이었다.

"배고프지? 밥 먹자, 민준아."

"네, 어머니."

민준의 어머니가 눈가의 눈물을 닦으며 뒤돌아서셨다. 그녀는 들은 적은 없지만, 민준이 무슨 일을 하고 있는지 어렴풋이 짐작하고 있었다. 이 년 전 자신의 생일인데도 오지 않았던 민준과, 얼굴이 납빛이 되어 잠 못 이루던 남편을 보면서 알고 싶지 않아도 알게 되었다.

잠시 후, 민준과 서연은 식탁에 마주 보고 앉았다. 그의 동생 서연은 못 본 사이 대학을 졸업했고 이제는 사회인이 되었다.

"직장 다닌다며, 지금도 계속 다니고 있는 거야?"

"일찍도 물어보네. 내가 오빠랑 같은 줄 알아? 내가 얼마나 성실하게 다니고 있는데."

"어디 다니는 데. 혹시 오빠가 아는 데야?"

"응. 오빠도 아는 데야. Boni, 밥 완전 잘 나오는 데."

서연은 쇼핑백에서 선물 상자를 꺼내며 건성으로 대답했고, 그녀의 대답에 민준은 잠시 숨을 멈추었다. 하필이면 조국을 만났던 Boni였다.

"왜 거길 갔어?"

민준의 목소리가 낮게 깔리자 서연이 슬쩍 그의 눈치를 살피며 변명하듯 말했다.

"내가 원래 거길 가려고 한 건 아니었는데, 다른 데는 다 떨어지고 거기만 붙었어."

"……다른 데를 더 찾아보지 그랬어."

"그만한 곳을 찾기가 그렇게 쉬운 줄 알아? 그런데 참 오빠! 그 예쁜 언니 말이야, 그 언니도 회사 그만뒀어? 내가 찾아봤는데 그 언니 없던데?"

"……"

"왜 있잖아, 오빠랑 나랑 셋이서 같이……."

"선물은 확인했어?"

민준이 서연의 말을 잘라내며 말을 돌렸다. 일부러 기억하지 않으려고 해도 이렇게 생각지도 못했던 곳에서 그녀의 흔적을 보게 된다.

"아니, 찾고 있는 중이야."

서연이 잔뜩 기대하는 얼굴로 박스 하나를 귀에 대고 흔들더니 서둘러 포장지를 벗겼다.

"이씨. 내가 향수 그만 사라고 했어, 안 했어?"

식탁 위에 포장지가 뜯긴 향수를 탁 내려놓은 서연이 씩씩거리며 민준을 노려봤다.

"옆에 와인도 있을 거야."

"……그것도 내 거야?"

"응, 두 병 다 네 거야."

서연은 그제야 고개를 끄덕거리며 흡족한 미소를 지었다.

"근데 오빠, 그 언니는 만났어? 오랜만에 한국에 왔는데 제일 먼저 그 언니를……."

"……서연아."

서연이 입술을 꾹 다물더니 쇼핑백에 선물을 주섬주섬 담기 시작했다. 민준이 저렇게 부른다는 건 제가 실수했다는 뜻이기 때문이었다.

"민준아, 밥 먹자."

그때, 어머니가 보글보글 끓어오르는 뚝배기를 들고 식탁으로 다가왔다. 그녀는 찌개를 가운데 올려놓으며 민준을 마주 보고 앉았고, 평소처럼 맛있는 음식을 민준 앞으로 밀어놓았다. 서연은 젓가락을 입에 문 채 발을 동동 구르며 침을 꼴깍 삼켰고, 민준은 자신 앞에 놓인 음식들을 물끄러미 내려다보았다.

"어머니."

"왜, 다른 것도 더 해줄까?"

"……아닙니다, 잘 먹겠습니다."

민준이 젓가락을 들어 식사를 하기 시작했다. 그러자 서연이도 젓가락을 멀리 뻗으며 노리던 반찬부터 집어 들었다. 민준은 입가에 희미한 미소를 지었다. 부모님은 언제나 가장 좋고 맛있는 음식을 민준에게 내밀었고 서연은 그걸 당연하게 생각했다. 그렇기에 민준은 이 따뜻한 식사가 언제나 목에 걸린 가시 같았다. 그는 자신이 꼭 서연의 자리를 빼앗은 것 같아 마음이 편치 않았고, 그래서 되도록 본가에 발걸음을 하지 않았다.

"맛있어?"

"네. 맛있어요, 어머니."

민준이 고개를 끄덕이며 웃었고, 조마조마한 표정으로 바라보던 어머니의 얼굴에 그제야 흐뭇한 미소가 떠올랐다.

다음 날. 서연이 회사 1층 유리 회전문을 열고 힘차게 안으로 들어섰다. 처음 이곳에 취직했을 때 그녀는 목에 건 사원증이 너무 자랑스러워서 집에서 출근할 때부터 퇴근할 때까지 항상 사원증을 목에 걸고 다녔었다.

띠딕— 사원증을 리더기에 대면 어서 들어가라며 초록 불이 반짝이는 그때의 기분이 좋아, 일없이 몇 번씩 왔다 갔다 하다가 경비 아저씨의 눈총을 받은 적도 여러 번이었다. 점심시간이면 이렇게 테이크아웃 커피를 한 손에 들고 사옥 근처를 어슬렁거리는 기분도 좋았다. 서연은 커리어 우먼에게 필수 아이템인 사원증과 테이크 아웃용 커피만 있으면 아무도 부럽지 않았다.

"카페 모카에 휘핑크림 추가해 주시고요, 생크림은 아주 많이 올려주세요, 아주아주 많이요."

그녀는 카페 계산대 앞에 서면 언제나 이렇게 얘기했지만, 그녀에게 돌아온 생크림의 양은 오늘도 일정했다. 늘 생크림을 많이 달라고 말을 하는 서연이나, 알았다고 친절하게 웃으면서도 늘 정확한 양을 주는 직원이나 도긴개긴이었다.

서연은 커피 위로 수북이 쌓인 생크림을 혀로 할짝거리며 카페를 나섰다. 그리고 사옥 앞 장식물에 기대서서 지나가는 사람들을 구경했다. 며칠 전에 너무 멀리 나갔다 길을 잃어버린 후로 서연은 절대 회사 반경 20m 이상 벗어나지 않았다.

"살쪄요."

"응, 살쪄요."

안 그래도 눈앞에 쌓인 생크림 산이 점점 줄어들어 기분이 언짢은데, 누군가 서연의 앞에 다가와 말을 걸었다. 서연은 고개를 들지 않은 채 앵무새처럼 남자의 말을 따라했다. 그러다 퍼뜩 정신이 든 그녀는 고개를 들고 그를 바라보았다.

"어? 아저씨다!"

"아저씨?"

아차, 이제는 회사 선배님이니 아저씨라고 부르면 안 될 텐데. 서연은 남자를 올려다보며 멋쩍은 웃음을 지었다. 그런데 자세히 살펴보니 남자의 목에 사원증이 없었다.

"아저씨는 이제 우리 회사 안 다녀요?"

"우리 회사? 아니, 예전에 나한테는 당장 회사 그만두라고 하더니 정작 본인은 Boni에 입사를 한 거예요?"

곤란하게도 남자는 기억력이 좋은 사람이었다.

"그냥…… 우리 집에서 제일 가까워서요."

"정말 이유가 그것뿐이에요?"

"네."

남자는 그녀의 말을 믿는 눈치는 아니었지만 더 이상 캐묻지 않았다.

"오빠는 잘 지내요?"

"그럼요! 우리 오빠 되게 좋은 외국 회사 다녀요, 여기보다 훨씬 더 좋은 회사."

서연이 고개를 들고 어깨를 한껏 펴며 으스댔다. 똑똑하고 잘생긴 오빠는 항상 그녀의 자랑거리였고, 민준의 얘기만 나오면 그녀의 고개는 한껏 위로 치켜 올라갔다.

"여기보다 훨씬 좋은 데로 갔다니 나도 가고 싶네요."

"으응? 아저씨 아직도 우리 회사 다녀요? 근데 왜 난 아저씨를 한 번도 못 봤죠?"

"일하는 부서도 다르고 층도 다른데 당연히 못 볼 수 있죠."

"그럼 아저씨는 왜 사원증이 없어요?"

"응?"

"이거요, 사원증."

서연이 목에 걸린 사원증을 손으로 잡고 건우 앞에 자랑스럽게 내보였다.

"커피사업부 마케팅팀 김서연 사원."

그러자 건우가 서연의 사원증에 적힌 글자를 또박또박 읽었다.

"아니, 그걸 읽으라는 게 아니라요, 아저씨는 왜 사원증이 없냐고요."

서연이 의심스러운 눈초리로 건우를 위아래로 훑어보았다.

"사실 이제 여기 안 다녀요. 가끔 일 있을 때만 들어오지."

건우는 Boni 부사장이라는 직책을 가지고는 있었지만 Boni보다는 다른 계열사 사옥에 가 있는 날이 더 많았다. 오늘은 오랜만에 Boni에 들렀다가 우연찮게 서연을 발견했을 뿐이었다.

"회사 너무 자주 바꾸지 마세요, 그거 별로 안 좋아요."

"그러는 서연 씨는 여기가 다닐 만한가 보네요?"

"뭐 그럭저럭요. 사실 원래 다른 데 가려다가 여기로 오긴 했지만요."

"더 좋은 회사가 있으면 거길 가지 그랬어요. 요즘 구직자들한테 Boni 별로 인기도 없던데요."

건우는 터져 나오려는 웃음을 꾹 눌러 참고 정말 안타깝다는 표정을 지었다. 서연은 건우를 흘끔흘끔 쳐다보며 사실대로 말할까 말까 잠시 망설였다. 사실 이년 전부터 Boni는 구직자들에게 별로 인기가 없었다. 구체적인 내용은 알려지지 않았지만 백인회 회장이 구속되면서 회사 계열사 전체가 크게 흔들렸고, 곧 망할지도 모른다는 흉흉한 소문마저 돌았기 때문이었다. 뭐, 그랬기 때문에 서연이 이곳에 무사히 들어올 수 있었지만 말이다.

"이건 비밀인데요, 사실 저도 아저씨처럼 다른 곳을 알아보고 있어요. 여긴 제 워너비 회사가 아니었거든요."

서연이 주위를 두리번거리더니 누가 들을세라 목소리를 낮추며 은밀하게 말했다.

"입사한 지 얼마나 됐다고 벌써 도망가려고요?"

건우가 깜짝 놀랐다는 듯 두 눈을 크게 떴다.

"아니, 도망가려는 게 아니라요. 제가 더 행복해질 수 있도록 노력하는 거예요."

"내가 보기엔 지금도 충분히 행복해 보이는데요? 옆에 있는 사람도 기분이 좋아질 만큼 말이에요."

처음 봤을 때에도 느꼈지만 서연은 요즘 세상에 보기 드물게 구김이 없고 밝은 아가씨였다. 그녀는 주변 사람들까지 기분 좋게 만드는 에너지를 가지고 있었다. 건우가 힐끗 시선을 들어 누군가를 쳐다보았다. 몇 발자국 떨어져 서 있는 비서실장이 곤란한 표정으로 손목시계를 들여다보고 있었다. 미팅에 늦었는데 건우가 움직이지 않고 있기 때문이었다.

"저도 알아요, 제 별명이 비타민이거든요. 스트레스 받을 때 만나면 기분이 좋아진다고 애들이 절 그렇게 불러요."

서연이 빨대로 커피를 쭉 빨아올리며 말했다.

"서연 씨 친구들은 우울할 때 서연 씨 만나면 참 좋겠네."

"그래서 제가 지금 이렇게 아저씨랑 얘기하고 있잖아요."

서연이 눈을 동그랗게 뜨고 건우를 위아래로 훑어보았다.

"내가 기분이 안 좋아 보여요? 아닌데, 난 지금 꽤 즐거운데."

"아닌데요, 아저씨 지금 되게 우울한 것 같은데요. 아저씨 무슨 속상한 일 있어요?"

"……속상한 일 같은 거, 없는데요."

"이상하다, 아저씨 되게 우울해 보이는데."

서연이 고개를 갸우뚱거리자 건우의 눈빛이 갑자기 서늘해졌다.

"……모르는 사람 얘기를 그렇게 쉽게 하다니, 서연 씨 참 이상한 사람이네요."

그날 이후로 건우의 마음은 늘 지옥이었다. 크게 소리 지르며 울고 싶어도 겉으론 내색할 수 없었고, 도망가고 싶어도 도망갈 곳이 없었다. 하지만 그런 모습을 남에게 보이고 싶지는 않았다.

그런 밑바닥은 아무에게도 보여주고 싶지 않았다.

"기분 나빴다면 죄송해요. 그런데 걱정 마세요, 전 기억력이 안 좋아서 금방 잊어버리거든요."

"……."

"어, 들어갈 시간이다. 전 이제 일하러 들어가야 하거든요? 반가웠어요, 아저씨. 잘 가요!"

서연은 건우의 갑작스러운 냉대에도 환하게 웃으며 손을 흔들었다. 그는 건물 안으로 걸어 들어가는 서연의 뒷모습을 한참 동안 바라보았다.

비슷한 시각 NIS 국장실.

"지원서가 반려된 이유를 알고 싶습니다."

민준이 김 국장의 사무실에서 허리를 꼿꼿하게 세운 채 서 있었다. 그동안 못 뵌 사이 아버지에게 새로운 취미가 생겼다. 김 국장은 볕이 잘 드는 창가에 화분을 줄지어 세워놓고 분무기로 물을 뿌려가며 부드러운 천으로 정성스럽게 잎사귀를 닦아내고 있었다. 그 모습이 흡사 도를 닦는 도인의 모습 같기도 했다.

"나도 알고 싶다. 도대체 네놈 머릿속엔 뭐가 들어 있는지."

김 국장은 고개를 돌리지 않은 채 푸른 잎에 광택을 더하는 일에만 열중했다. 현실을 외면하기 위해 도망치듯 떠났던 그의 옛 모습이 민준의 위로 겹쳐 보였다. 그는 더 멀리 도망쳐 봤자 괴로운 마음을 두고 갈 수 없다는 걸 잘 알기에 민준을 한국으로 불러들였다.

"잠은 잘 자나?"

"그럼요."

김 국장이 힐끗 민준을 쳐다보았다가 다시 반짝거리는 잎으로 시선을 가져갔다.

"영애는 잘 지내고 있는 것 같더구나."

"……그렇습니까."

잘 지내고 있을 것이다. 그녀의 이름이 올해의 주목받는 신인 과학자로 여러 차례 거론되었고, 저명한 과학 전문 잡지에 그녀의 이름이 작게 실려 있는 것도 보았다. 가슴에 원자력연구소 로고가 박힌 옷을 입고 웃고 있던 그녀는, 그녀가 원하던 평화로운 삶 속에서 꿈을 이뤄가고 있는 것처럼 보였다.

"산업 보안팀으로 발령 낼 테니 당분간 거기 있어."

"국장님."

민준이 눈썹을 꿈틀거렸다. 산업 보안팀은 기업의 핵심 기술을 외국으로 빼돌리는 산업스파이를 잡아내는 부서였다. 위험은 상대적으로 덜했지만 민준의 적성에 맞는 부서는 아니었다.

"완치 증명서 받아와. 그럼 원하는 곳으로 보내줄 테니까."

김 국장이 단호하게 잘라 말했다. 그는 민준이 여전히 불면증에 시달리고 있다는 걸 현지 주치의를 통해 들어 알고 있었다. 최고의 집중력을 요하는 부서에 최상의 컨디션이 아닌 요원을 둘 수는 없었다.

"심리적인 문제입니다. 약물치료보다 스트레스 장애의 원인을 찾아 해결해야 할 것으로 보입니다."

민준은 어렸을 때 친부모와의 갑작스러운 관계 단절로 생긴 트라우마가 잠재되어 있다가 영애의 납치사건을 계기로 그 불안함이 증폭되어 나타난 케이스였다. 그가 사고 후 겪었던 단기 기억상실증도 소중한 사람을 다시 잃게 될지도 모른다는 극도의 스트레스에서 비롯된 것이었다. 다행히도 민준의 기억은 금방 돌아왔지만, 그는 아직도 완전히 치유되지 않았다.

"받아 오겠습니다. 그럼 그때까지 전 무슨 일을 합니까?"

"다음 주에 청와대 녹지원에서 과학자들과 기업 총수들과의 비공식 오찬이 열린다. 기업들의 개발 투자를 독려하는 자리지."

청와대, 조국이 있는 곳. 민준의 귀에 청와대라는 세 글자가 들어와 박혔다. 그는 수면 위로 떠오르려던 뜨거운 감정을 다시 어두운 바닥으로 가라앉혔다.

"누굽니까."

"뭐가?"

"목표물이요."

김 국장이 고개를 돌려 민준을 바라보았다. 민준이 방금 꺼낸 말은 아마 재벌 총수 중 누군가를 겨냥해 던진 말일 것이다. 목표물이냐, 아니냐만 생각하는 저 이분법적 사고가 혹시 사랑에도 적용이 되는 것일까? 김 국장은 민준이 아직도 영애를 마음에 담고 있는 건지 아닌지, 그 속을 알 수가 없었다.

이 년 전 민준이 처음으로 한 부탁을 거절할 수밖에 없었던 일이 계속 그의 마음속에 짐으로 남아 있었다. 키우는 동안 한 번도 무엇을 갖고 싶다는 욕심을 드러내지 않았던 녀석이었다. 그런 민준이 처음으로 영애 곁에 남아 있고 싶다는 바람을 보였는데, 그걸 알면서도 그 마음을 들어주지 못했다.

"박인정, 네 후배고 지금 대민그룹 2세 이대철과 관련된 마약 밀매에 대해 조사 중이야. 그날 오찬에 이대철도 참석한다고 하니 가서 도와줘."

"제가 말입니까?"

그가 인상을 와락 구겼다. 김 국장은 그런 민준을 못 본 척하며 다시 마른 헝겊으로 잎사귀를 닦아 내기 시작했다. 민준이 다시 돌아온 이상, 이제 그가 바라는 건 오직 한 가지뿐이었다. 그는 민준이 좋은 여자를 만나 행복한 가정을 꾸리며 살아가는 모습을 봐야, 재권의 얼굴을 떳떳하게 볼 수 있을 것 같았다.

　잠시 후 민준은 박 단장의 사무실 소파에 앉아 그와 차를 마셨다.
　"박인정이 누굽니까, 단장님?"
　그가 찻잔을 테이블에 내려놓으며 박 단장에게 물었다. 박 단장은
수사단장이라는 제법 권위 있는 직함을 달면서 중후함과 묵직함이라
는 옵션을 추가 장착했다. 그 옵션의 성능이 꽤 쓸 만한 게, 후배 녀
석들은 박 단장만 보면 손가락으로 툭 건드리면 쫙쫙 균열이 가며 와
르르 무너질 얼음조각처럼 바짝 얼어붙곤 했다. 여전히 존경심이라고
는 눈곱만큼도 찾아볼 수 없는 저놈을 제외하고 말이다.
　그래. 보통은 그렇다는 말이다, 보통은. 박 단장은 못마땅한 얼굴
로 민준을 바라보며 입술을 씰룩거렸다. 민준은 소파 헤드에 느긋하
게 한쪽 팔을 걸치고 비스듬히 앉아 있었다. 처음 봤을 때부터 지금까
지 정말 한결같은 놈이었다. 하지만 민준이 그렇기 때문에 박 단장도
그 앞에서는 민낯을 보일 수 있었다. 그도 불혹을 훌쩍 넘기다 보니
이제 표정을 숨기지 않아도 되는 사람이 그리운 나이가 되었던 것이
다.
　"몰인정 말하는 거야, 지금?"
　"박인정이라고 들었는데, 아니에요?"
　"우리끼린 그냥 몰인정이라고 불러. 다른 여자 요원들한테 아주 인
정머리 없게 생겼거든. 근데 자식, 벌써 들었냐?"
　"뭘 벌써 들어요?"
　박 단장이 의미심장한 얼굴로 민준을 바라보았다.
　"걔 때문에 우리 NIS도 드디어 외모를 보고 요원을 뽑기 시작했다
는 소문이 돌았거든. 안 그래도 혈기 왕성한 놈들이 우리 인정이 보면

아주 좋아서 팔짝팔짝 뛰어요. 애들이 걔 옆에 붙여달라고 난리도 아니야. 그러나! 내가 또 그 꼴은 못 보지, 암."

"요원에는 별로 적합하지 않겠네요."

민준은 별 관심이 없는 듯, 손목시계를 들여다보며 무심한 목소리로 말했다. 눈에 띄는 외모는 요원의 좋은 조건이 아니었다. 특히 여자라면 더욱더 그러했다.

"할 말이 겨우 그게 다야?"

"또 다른 말이 필요합니까?"

"어떤 애인지 궁금하지 않냐?"

박 단장이 민준을 향해 몸을 기울이며 은밀한 목소리로 물었다. 국장이 굳이 그 자리에 민준을 보내는 이유가 무엇일까 생각하다 보니 절로 드는 생각이 있었던 것이다. 역시 박 단장의 예상이 맞았다. 처음으로 민준의 눈빛에 강렬한 호기심이 깃들었다.

"싸움을 그렇게 잘합니까?"

"……됐다."

박 단장이 몸을 다시 뒤로 물리며 쯧, 혀를 찼다. 그가 생각하기에 인정이는 집안도 좋고 외모도 훌륭하고, 성격도 털털하니 좋았다. 그래서 국장이 박인정을 며느리로 점찍은 게 아닌가 생각했는데, 정작 당사자인 애가 이 모양이니 원.

"참, 너 영애 알지? 요즘 정.재계 내로라하는 집안들이 있는 줄 없는 줄 다 동원해서 청와대 쪽으로 줄을 댄다고 하던데, 난 건우가 영애랑 잘 지내기에 혹시나 했거든. 근데 역시 걔네 둘은 어렵겠지? 아무리 Pakin 그룹이라고 해도 말이야."

그는 별다른 대꾸 없이 찻잔을 뱅글뱅글 돌렸다. 이래서 한국으로 돌아오고 싶지 않았다. 민준은 조국이 행복하기를 진심으로 바랐지만, 저를 완전히 잊고 타인으로 살아가는 그녀를 볼 자신이 없었다. 이 년이라는 시간이 흘렀지만, 그녀에 대한 생생한 기억과 그리움은 세월에 조금도 희석되지 않았다.

"안기영은 어떻게 지냅니까?"

민준이 화제를 돌렸다. 그는 퇴원 후 얼마 안 있다 한국을 떠났기 때문에 그 뒤의 일에 대해서는 자세히 알지 못했다. 알고자 하면 얼마든지 알 수 있었지만, 당시 민준의 상황은 그다지 좋지 못했다. 줄곧 싱글벙글하던 박 단장의 얼굴에 갑자기 어두운 먹구름이 꼈다.

서 박사는 무기징역을 선고받았고, 백인회 회장은 징역 7년 형을 선고받고 현재 복역 중이었다. 굵직한 기업 총수에게 7년의 세월은 결코 짧은 것이 아니었다.

"······20년 선고받았는데, 혹시 나중에 감형을 받을 수 있다고 해도 최소 15년 이상은 살아야 하니까."

"지금 청주에 있습니까?"

"거기 가보려고?"

박 단장의 눈이 휘둥그레졌다.

"봐서요."

민준이 바지를 툭툭 털며 자리에서 일어났다. 기영이 보육원 출신이라는 이야기는 나중에 박 단장에게 들어서 알았다. 만약 기영이 민준처럼 좋은 부모님을 만나 입양이 되었더라면 그녀는 어쩌면 지금과는 다른 삶을 살고 있었을지도 모른다. 운이 좋아 부모님의 보살핌을 받으며 자랄 수 있었던 민준과 그런 운이 닿지 않아 거기까지 흘러가 버린 안기영의 인생이 다르지 않았을지도 모르는 일이었다.

"저 갑니다."

민준이 사무실 문을 열고 나섰다. 그가 어렸을 때 놀이터에서 만난 여자아이를 다시 만나 사랑을 하고 또 이별을 하게 될 줄 누가 알았을까. 인연은 이렇게 꼬리를 물고 이어져 언제 어떤 모습으로 다시 마주치게 될지 알 수가 없다.

⚜

"무슨 생각을 그렇게 골똘히 합니까?"

조국은 가운 주머니에 두 손을 꽂아 넣고 복도에 서 있었다. 투명한 유리창 밖을 내다보던 조국이 고개를 옆으로 돌렸다. 황 소장이 다가와 그녀 옆에 나란히 뒷짐을 지고 섰고, 조국은 희미하게 미소 지으며 시선을 다시 창밖으로 돌렸다.

"시간이 참 느리게 간다고 생각했는데, 어느새 벌써 가을이구나 싶어서요."

"나처럼 나이 먹은 사람한테나 시간이 빨리 가는 줄 알았는데, 젊은 사람한테도 그런 줄은 몰랐습니다. 허허."

"십 년 뒤에는 저도 누군가와 결혼도 하고 아이도 낳고 살고 있을까요? 십 년 뒤, 이십 년 뒤 제 모습은 상상이 잘 안 돼요, 소장님."

"결혼도 하고 아이도 낳으려면 먼저 남자를 만나야 하지 않겠어요?"

조국은 표정 없는 얼굴로 창문 너머 바람에 흔들리는 나무를 바라보았다. 바싹 마른 나뭇잎들이 미약한 바람에도 힘없이 떨어져 바닥에 이리저리 굴러다녔다. 조국은 자신이 마치 바닥에 엉망으로 굴러다니는 나뭇잎 같다는 생각이 들었다.

민준은 한국으로 돌아왔지만, 아직 찾아오지 않았다. 찾으려면 얼마든지 찾을 수 있었을 텐데, 아직까지 조용하다는 건 그가 자신을 생각하지 않고 있다는 거였다.

"그냥 눈을 감았다 뜨면 나이가 들어 있었으면 좋겠어요. 이럴 줄 알았으면 생명공학을 전공해 인체의 신비나 연구할 걸 그랬죠."

조국이 힘없이 웃으며 하늘을 올려다보았다. 창가에만 서면 위를 올려다보는 습관이 든 그녀는 어디를 가든 항상 고개를 들어 위를 쳐다보았다. 다른 사람들은 평생 살아도 겪기 힘든 일을 겪으며 조국은 자신이 더 단단해진 줄 알고 있었다. 하지만 사실은 그만큼 더 약해지고 또 지친 것이었다. 그래서 조국은 지금 자신이 아주 나이가 많은 노인이었으면 좋겠다고 생각했다. 더 이상 크게 울 일도, 웃을 일도 없이 남은 세월을 그저 흘러가는 시간에 모두 묻어두고만 싶었다.

"……두렵습니까?"

황 소장이 나지막한 한숨을 뱉어냈다.

그는 영애를 이곳에 데리고 온 게 잘한 일이라고 생각하면서도 문득문득 미안한 마음이 들 때가 있었다. 이 박사가 살아 있었어도 정말 그리하셨을지 자신이 없었다.

"누가 예전에 저한테 직업이 영애냐고 물었어요. 그때는 대답을 못 했는데…… 지금 물어보면 대답할 수 있어요. 난 영애가 아니라 과학자라고요. 그러니까 그렇게 묻지 않으셔도 돼요."

'김민준, 당신이 지금의 나를 만나게 되면 기특하다고 머리를 쓰다듬어 줄까, 아니면 그냥 대충 살라며 인상을 찌푸릴까? 당신은 정말 나를 잊어버린 걸까? 우린 이제 아무것도 아닌 사이가 되었다는 걸 나만 모르고 있었을까 봐. 난 당신이 돌아온 지금이 더 겁이 나는 것 같아.'

조국은 눈을 감아 쓸쓸한 눈빛을 감추었다.

"좋은 세월이 빨리 왔으면 좋겠습니다."

황 소장이 아득한 눈빛으로 희뿌연 하늘을 쳐다보았다.

❦   .

"이제 좀, 칸막이 쳐진 곳에서 드실 때도 되지 않았습니까?"

"그래도 난 여기가 좋다, 민준아. 사람 냄새 나고 얼마나 좋아?"

"곱창 냄새가 좋으신 건 아니고요?"

"예리한 놈."

박 단장이 끄끄, 기괴하게 웃으며 곱창이 지글지글 익는 불판 위로 젓가락을 뻗었다. 윗사람보다 아랫사람이 점점 더 많아지면서 넥타이를 느슨하게 풀어헤칠 수 있는, 마음 편한 술자리는 점점 줄어갔다. 그래서 박 단장은 속에 있는 말을 마음껏 지껄일 수 있는 지금이 참 좋았다. 그걸 아는 민준은 시차 적응이 덜 돼서 피곤하다고 인상을 쓰면서도 순순히 박 단장 앞에 앉아 있었다.

두 사람 앞으로 초록색 술병이 차곡차곡 쌓여갔다.

"……넌 연애 안 하냐?"

박 단장이 슬쩍 민준의 눈치를 살피며 물었다. 예전에 여자가 있다고 했는데 눈치를 보니 헤어진 모양이었다. 귀국을 했어도 별로 할 일이 없는 듯, 제 앞에 앉아 있는 걸 보니 딱 견적이 나왔다. 기다리는 사람에게 이 년이라는 시간이 그렇게 짧은 시간은 아니었을 것이다.

"단장님은 남의 연애사에 왜 그리 관심이 많으십니까?"

"어이, 김민준이, 우리가 남이가."

"남입니다."

망할 놈. 박 단장이 곱창 한 점을 입에 넣고 오물거리며 민준을 노려보았다.

"기다려 봐, 올 때 되었으니까."

"누가 또 옵니까?"

"오지, 새로운 사랑이."

"취하셨네요. 그만 드세요, 이제."

찰랑 소리를 내며 식당 유리문이 열린 건 그때였다.

"왔다! 여기야, 여기!"

박 단장이 반색을 하며 오른손을 번쩍 들었다. 민준이 고개를 돌리자, 어떤 여자가 두 사람이 앉은 테이블로 다가오는 모습이 보였다.

"저 왔어요, 단장님."

여자는 박 단장에게 꾸벅 인사를 한 후 의자를 끌어당겨 앉았다.

"여기는 김민준, 여기는 박인정."

박인정? 아, 그 여자 요원. 민준이 여자를 흘끔 쳐다본 후 별말 없이 소주잔을 비웠다.

"안녕하세요, 박인정입니다."

민준이 아무런 대꾸가 없자 여자는 머쓱한 표정을 지으며 박 단장의 눈치를 살폈다.

"얘가…… 한국말을 잘 못 해서 그러니까 인정이 네가 이해해, 알았지?"

"아…… 선배님께서는 외국에 오래 계셨나 봐요?"

여자가 생글 웃으며 다시 물었지만, 민준은 여전히 아무런 대답도 하지 않았다. 박 단장이 박인정을 왜 이 자리에 불렀는지 알 것 같아 그의 심기가 사나워졌다.

"우리 민준이가…… 빨리, 한국말을 배워야 할 텐데 말이야. 하. 하. 하."

"재미없습니다, 단장님."

"야!"

박 단장이 버럭 소리를 지르며 민준에게 눈을 부라렸다. NIS의 연예인인 인정이를 불러줬는데도 저 자식은 도대체 고마움이란 걸 모른다.

"선배님 한국말 잘하시는데요? 그리고 단장님, 저 소주 말고 맥주 마셔도 돼요?"

"그럼, 그럼. 나 그렇게 막돼먹은 상사 아니야."

인정이 손을 들더니 직원에게 맥주를 가져다 달라고 말했다.

"우리 인정이 맥주는 잘 마시나?"

"잘 마시진 못하는데, 오백 두 잔 정도는 괜찮아요."

민준이 소주잔에 손을 뻗으려다 잠시 멈칫하더니 아무 일 없었다는 듯 다시 잔을 들어 마셨다.

"소주를 마셔야 진짜 인생을 아는 거야. 맥주는 애들이나 마시는 거지."

박 단장이 혀를 쯧쯧 차며 인정의 잔에 맥주를 따라주었다.

"전 소주가 꼭 눈물 같아서 마시고 싶지 않더라고요, 단장님."

민준이 고개를 돌려 인정을 물끄러미 바라보았다.

"왜요, 선배님?"

"……아니야, 아무것도."

민준이 짙은 눈빛을 감추며 술잔에 술을 따라 마셨다.

"그나저나, 선배님 한국말 잘 못 한다는 건 거짓말이었군요?"

"아이고, 이런 순둥이. 진짜 그걸 믿었어?"

"단장님 말씀인데 당연히 믿어야죠."

"아우, 우리 인정이는 어쩜 이렇게 생긴 대로 말할까? 우리 공주님도 딱 인정이처럼만 컸으면 좋겠는데. 참, 민준아. 내가 우리 딸 사진 보여줄까?"

박 단장이 주머니에서 핸드폰을 꺼내더니 민준에게 자랑하듯 불쑥 내밀었다.

"우리 딸 진짜 예쁘지?"

"……예쁘네요, 진짜."

민준이 박 단장에게 핸드폰을 돌려주며 옅은 미소를 지었다. 사진 속의 아이는 박 단장과 싱크로율 100%를 자랑하는, 예쁨과 조금 거리가 있어 보이며 얼굴이 넓적한 꼬마였다. 박 단장이 딸이라고 미리 얘기하지 않았더라면 민준은 참 늠름하고 씩씩하게 생겼다는 덕담을 했을 것이다.

"그렇지? 내가 진짜, 2세 생각해서 우리 와이프랑 결혼했잖아. 흐흐흐."

하지만 그는 딸 사진을 보물처럼 어루만지는 박 단장의 모습이 보기 좋았다. 사랑하는 사람과 결혼을 하고 그 사람을 닮은 아이를 바라보는 기분은 어떤 기분일까? 민준은 자신에게 남은 인생에 그런 행복이 있을 것 같지 않았다. 그에게 불필요한 시간은 참 더디게만 흘러갔다.

"그러니까 인마, 너도 빨리 연애하고 결혼해서 이렇게 예쁜 딸 하나 낳아. 아들 말고 딸. 왜냐하면, 네 아들이 우리 딸 좋아하면 안 되니까, 으흐흐흐흐흐."

바보 같은 박 단장의 웃음에 민준이 피식 웃으며 술잔을 입에 가져갔다. 박 단장의 딸 이야기를 듣자 민준은 어렸을 때 만났던 꼬마 조국이 생각났다. 둘이 만난 적이 있다는 이야기는 민준이 출국하기 전 이인호 박사의 이야기와 함께 아버지께 들어 알게 된 사실이었다. 조국이 결혼을 하고 딸을 낳으면 꼬마 조국 같은 딸이 태어나려나. 생각이 거기에 미치자 민준의 가슴이 뻐근해졌다.

"근데 선배님, 너무 많이 드시는 거 아니에요? 도대체 술병이 몇 개야. 하나, 둘, 셋……."

"괜찮아, 쟤는 안 취해."

인정이 놀란 얼굴로 민준을 쳐다보았지만, 박 단장은 별일 아니라는 듯 딸 사진에서 눈길을 떼지 못한 채 그녀에게 건성으로 대답했다.

"진짜요? 이렇게 많이 마시는데 사람이 어떻게 안 취해요?"

"그러게, 저런 놈도 있더라고. 그래서 저놈이랑 술 먹으면 술값이 아주 많이 들지."

"그러면 선배님 여자친구가 싫어하지 않아요? 난 남자친구가 그러면 많이 미울 것 같은데……."

인정이 맥주잔을 들어 올리며 슬쩍 민준의 눈치를 살폈다. 그녀의 목소리에 은근한 애교가 실려 있었다. 그녀의 말에 박 단장이 고개를 번쩍 들었다. 그는 얼른 핸드폰을 주머니에 집어넣으며 의미심장한 미소를 지었다. 잘생기고 예쁘면 1차 통과인 엿 같은 세상은 잠시 잊고, 자, 드디어 그린라이트인 것인가! 그럼 민준이 너는? 두구두구두구두구, 박 단장의 가슴속에서 작은 북이 울렸다.

"박인정."

그래, 좋아. 박인정! 그리고 그다음 말은? 박 단장이 마른침을 꼴깍 삼켰다.

"끼 부리지 마라."

"아……."

민준이 무심하게 술잔을 비웠고 당황한 인정의 얼굴이 빨개졌다. 그리고 박 단장은 멍하니 입을 벌리고 인정이 찬바람이 쌩쌩 부는 시베리아 벌판에 사정없이 내동댕이쳐지는 잔인한 현장을 지켜보았다.

잔인한 새끼. 모른 척 좀 받아주면 어때서, 사람 무안하게.

"저 그런 것 아닌데요?"

인정이 그에게 발끈하며 언성을 높였다.

"전 그냥 선배님이 술을 드셔도 안 취한다고 하시기에 그게 신기해서 물어봤을 뿐이고, 또 제가 그렇게 물어봤다고 해서……."

"아, 시끄러!"

민준이 갑자기 한쪽 손을 들어 귀를 막았다. 다다다다 연달아 쏟아지는 소리에 골이 울렸다.

"딱따구리냐?"

민준이 험상궂게 인상 쓰자, 인정이 흠칫 몸을 움츠렸다.

"야! 때리지 마라."

민준의 표정이 한 대 때릴 것처럼 험악해 보여, 박 단장은 얼른 두 사람 사이로 손을 뻗었다. 물론 그가 정말로 인정을 때릴 리는 없겠지만, 민준은 이미 애를 서너 번 죽이고도 남을 얼굴을 하고 있었다.

그린라이트는 무슨, 박인정이 그렇게 싸움을 잘하냐고 물을 때부터 알아봤어야 했다. 박 단장은 미안한 마음에 슬쩍 인정의 눈치를 살폈다. 인정이 뾰로통한 얼굴로 고개를 돌린 채 맥주잔을 홀짝거리고 있었다. 딴청을 부리고 있는 그녀의 뺨은 여전히 발그레했다.

인정아, 미안하다. 박 단장은 마음속으로 진심 어린 사과를 하며 숙연한 얼굴로 술잔을 들어 올렸다.

"인정이 차 안 가지고 왔지?"

"네, 차 놓고 오라고 하셔서 그냥 왔어요."

늦은 밤, 세 사람이 곱창집 문을 열고 밖으로 나왔다. 민준과 박 단장은 대리운전 기사가 도착하길 기다리며 잠시 식당 앞에 서 있었다. 박 단장의 시나리오대로라면 자신보다 인정이 집이 훨씬 더 가까운 민준이 도중에 그녀를 내려주고 가는 것이었는데…….

"저기, 민준아. 인정이 집이 일원동인데 말이야."

"조심해서 들어가세요, 단장님. 너도 잘 가라."

"……그래, 인정이는 목동에 사는 내가 내려주고 갈게, 너도 잘 가고."

민준은 때마침 도착한 대리운전 기사에게 차 키를 건네고 조수석에 올라 쌩하니 두 사람 눈앞에서 사라졌다.

"김민준 선배는 되게 특이한 것 같아요, 단장님."

인정이 민준의 자동차가 사라지는 걸 바라보며 퉁명스럽게 말했다. 무척 무례한 사람이라고 말을 하고 싶었지만 그래도 단장님 앞에서 선배의 흉을 볼 순 없었다.

"그래도 내가 좋아하는 놈이야. 밤늦게 괜히 불러서 미안하다, 인정아."

"아니에요, 단장님. 괜찮아요."

인정은 민준이 사라진 쪽을 잠시 바라보다 박 단장의 차에 함께 올랐다.

"……이상한 사람이야, 진짜."

그녀는 혼잣말을 중얼거리며 발그레해진 뺨에 두 손을 올렸다.

집으로 돌아온 민준은 실내등을 켜고 차 키를 아무렇게나 던져 두었다. 민준은 담배를 입에 물고 베란다 문을 열고 나가 창문을 열었다. 설의 아파트는 깜깜했다. 어젯밤에도 그리고 오늘도, 그곳엔 불이 켜지지 않았다. 그녀가 저곳에 없다는 걸 알면서도 민준은 미련스럽게 그녀가 살던 아파트를 내려다보았다.

탁탁- 민준은 라이터를 켜서 담배에 불을 붙인 후 허공에 하얀 연기를 날렸다.

"……조랑말. 조련사. 조미료. 조…… 국."

조국, 이라는 단어를 입 밖으로 내뱉자 그의 마음이 담뱃재처럼 하얗게 타들어갔다.

❦

"그런데 말이에요, 대민건설 이대철 사장이 마약 밀매 조직이랑 밀접한 관련이 있는데 또 한연건설 디디유통 사장하고도 자주 만난단 말이에요. 일하기도 바쁜 사람들이 일주일이 멀다 하고 서로 만나는 게 정말 수상하지 않아요? 그런데 이 두 사람이 오늘 모두 청와대 오찬에 참석한다는 거 있죠. 그래서 제가 그걸 알고…… 으아악!"

끼이이이익- 민준이 급브레이크를 밟았고, 그와 인정의 몸은 앞으로 크게 휘청거렸다가 반동으로 되돌아왔다. 민준이 사이드브레이크를 올리고 한쪽 팔을 핸들 위에 올린 채 고개를 돌려, 조수석에 앉은 인정을 무섭게 노려보았다.

"너. 내가 입 다물라고 했어, 안 했어."

민준은 가뜩이나 골치가 아파 머리가 지끈거리는데 만난 순간부터 단 일초도 입을 다물지 않는 그녀가 너무 거슬렸다. 그는 시끄럽게 윙윙거리는 소리에 딱 돌아버릴 것 같아 기어이 인상을 썼다. 박 단장이 짜증 나도 애는 때리지 말라는 말만 안 했어도, 진짜.

"……했습니다, 선배님."

인정이 얼른 무릎 위로 두 손을 공손히 모으며 민준의 눈치를 살폈다. 그래도 저번에 안면도 텄고 해서 오늘은 좀 다를 줄 알았는데 그건 그녀의 착각이었다. 오늘 박 단장님 사무실에서 만난 김민준 선배는 대뜸 '골 아프니까 나한테 말 시키지 마'라는 말을 한 뒤로 오는 동안 그녀에게 단 한마디 말도 걸지 않았다. 그래서 인정은 말을 걸지는 않고 그냥 의견만 말했을 뿐인데도 선배는 화를 냈다. 그는 다른 선배나 동기들과 달리 유일하게, 그녀에게 불친절한 사람이었다.

"소리 내면 두고 간다."

"네!"

인정은 민준의 위협적인 목소리에 재빨리 고개를 끄덕였다. 그제야 민준이 고개를 홱 돌리며 다시 차를 출발시켰고, 그녀는 소중한 생명을 보호하기 위해 천장에 붙은 손잡이를 꽉 붙들었다.

한참을 달리던 민준의 차가 청와대 흰색 정문 앞에 멈췄다. 그곳에서 신원 조회를 거친 두 사람은 경비대를 통과하여 안으로 깊숙이 들어갔다. 사랑채 뒤쪽에 주차를 할 때까지 인정은 입을 꾹 다문 채 얼음처럼 앉아 있었다.

"여긴 어떻게 뚫은 거야?"

민준이 억양 없는 목소리로 물었다. 원래 참석이 예정되어 있었던 인정과는 달리, 민준은 오찬에 갑자기 합류하게 되었다. 청와대 경호실에서는 민준이 합류하게 되면서 미리 배치되어 있던 경호관 자리 하나를 빼는 수고를 했다고 했다. 아무리 NIS 국장이 협조 요청을 했다고 해도 그건 쉬운 일이 아니었다. NIS와 청와대 경호실이 그렇게까지 돈독한 관계도 아닌데 말이다.

"내 말 안 들려?"

그를 멀뚱멀뚱 쳐다보는 인정에게 민준이 인상을 구기며 재차 물었다.

"선배님께서 말하지 말라고 하셨잖아요."

그녀는 눈동자를 데굴데굴 굴리며 민준의 눈치를 보다가 쭈뼛거리면서 말문을 열었다.

"여긴. 어떻게. 들어온 거냐고."

"아, 아빠가 청와대 경호실장이시거든요. 그래서 제가 부탁을 드렸더니 우리 아빠가……."

"알았다."

어쩐지 너무 순조롭게 협조가 되었다 했더니, 청와대 안에서 껄끄러운 일이 일어나는 걸 질색할 경호실에서 그렇게까지 나온 이유가 다 있었다. 민준이 차에서 내리자, 인정도 조수석 문을 열고 내려 그의 뒤를 서둘러 따라갔다.

"저 잘할 수 있겠죠, 선배님?"

"너한테 조금도 기대 안 하니까 걱정 마."

"하지만 단장님께서 저한테 처음부터 잘하는 사람은 없다고 그러셨는데요?"

"난 처음부터 잘했어."

인정은 왠지 섭섭한 마음에 가던 걸음을 멈춰 섰다. 그런데도 민준이 멈추지 않고 계속 걸어가자 그녀는 다시 종종걸음으로 따라붙었다.

"선배님은 저한테만 이렇게 말씀하시는 거예요, 아니면 다른 사람들한테도 다 그래요?"

"하아……."

민준이 갑자기 큰 한숨 소리와 함께 제자리에 멈춰 섰다. 그가 고개를 돌려 인정을 물끄러미 바라보았다. 왠지 오싹한 기분이 든 그녀는 한 걸음 뒤로 물러났다.

"……왜, 왜요?"

"단장님이 하신 말씀을 지킬지 말지 생각 중이야."

"단장님께서 무슨 말씀을 하셨는데요?"

"나한테 아무리 짜증이 나도 절대 너 때리지 말라고 하셨거든."

"……네."

인정이 시무룩한 표정을 짓자 민준은 서늘한 눈빛으로 그녀를 바라보았다.

"입 다물고 정신 차려, 박인정."

그가 다시 성큼 걸음을 옮겼고, 인정은 아랫입술을 깨물며 그 뒤를 따라 걸었다.

오찬이 열리는 장소는 청와대의 정원인 녹지원이었다. 삼천 평이 넘는 넓은 잔디 위에 둥근 테이블이 일정한 간격을 두고 놓여 있었다. 테이블에는 민트색 테이블보가 곱게 덮여 아래로 길게 늘어져 있었고, 그 위에는 투명 글라스와 음료, 나이프와 포크 등이 하얀 냅킨에 싸여 단정히 세팅되어 있었다.

민준은 까만 정장을 입고 귀에는 인이어 이어폰을 꽂은 채 하얀 천막 아래 꼿꼿한 자세로 서서 둘러보았다. 여유로운 모습으로 경호관들 틈에 섞여 있는 그와는 다르게, 만찬 준비 요원으로 위장한 인정은 잔뜩 긴장한 얼굴로 직원들 속에 섞여 들어갔다. 까만 치마 정장을 입은 인정은 쟁반을 들고 분주하게 테이블을 돌아다니기 시작했다. 흘끔흘끔 주변을 둘러보는 그녀의 서투른 행동이 눈에 거슬린 민준이 인상을 찌푸렸다.

잠시 후 경호관들의 삼엄한 경비 속에 초대받은 기업 총수들과 과학자들이 한 명, 한 명씩 노랗게 물든 잔디밭 위로 모습을 드러내기 시작했다. 그들은 서로 악수를 하고 어깨를 두드리며 반가움을 표현한 뒤 자신의 명패가 놓인 자리를 찾아 착석했다. 굳은 얼굴로 주변을 경계하던 민준의 눈에, 연한 아이보리색 투피스 정장을 입고 머리를 하나로 단정히 묶은 여자의 실루엣이 느린 비디오 화면처럼 잡혔다.

여자는 입가에 살짝 미소를 지으며 자신의 명패가 있는 테이블로 다가와 앉았다. 여자를 바라보는 민준의 입가가 경련하듯 미세하게 떨렸다.

강조국.

민준의 눈앞에 가을 풍경화처럼 아름다운 그녀가 있었다.

"강조국 연구원님?"

한 젊은 남성이 설에게 알은체를 하며, 그녀가 앉아 있는 테이블을 향해 다가왔다.

"대민건설 이대철입니다, 만나 뵙게 되어 영광입니다."

남자는 조국에게 악수를 청하며 손을 내밀었고 그녀는 남자의 손을 잡으며 웃었다.

일부러 자리 배치를 그리했는지 젊은 남성들은 녹지원에 도착하자마자 조국이 앉아 있는 테이블로 다가와 앉았다. 조국은 쏟아지는 남자들의 질문에 차분하게, 조곤조곤 대답했고 이따금씩 입가에 미소를 지으며 웃었다.

"저도 회사 그만두고 원자력연구소에 취직이나 할까 봐요. 그럼 강조국 씨 자주 볼 수 있을 것 아닙니까? 거기 있는 분들도 조국 씨처럼 그렇게 다 미인입니까?"

개중엔 조국의 눈에 들고 싶은 듯, 호기 있게 노골적인 관심을 표현하는 남자도 있었다. 조국은 쏟아지는 불편한 질문에는 친절한 눈웃음으로 대답을 대신했다. 주변에 앉아 있는 남자들이 자신이 촉망받는 연구원이라서가 아니라 영애이기 때문에 관심을 보인다는 건 저도 잘 알고 있었다.

황 소장은 조국에게 이왕 간 김에 좋은 남편감도 찾아보라고 말했지만, 오히려 그녀는 다음엔 이런 자리에 절대 참석하지 말아야겠다는 결심만 굳혔다.

인정은 크게 심호흡을 하며 대민건설 이대철 사장이 앉아 있는 테이블을 향해 떨리는 발걸음을 옮겼다. 저만치 있는 민준의 시선은 이미 이대철 사장이 앉아 있는 테이블을 향해 있었다. 역시 선배는 달라도 뭐가 달라. 이미 목표물에 시선을 집중하고 있는 민준의 모습에 인정은 침을 삼키며 마음을 다잡았다.

이대철 사장이 앉은 테이블 위로 둥근 접시를 내려놓는 인정의 손이 덜덜 떨렸다. 심장이 금방이라도 터질 것처럼 요동치기 시작했고 다리도 후들거렸다.

"앗, 차거!"

이대철이 갑자기 잔뜩 인상을 쓰며 자리에서 벌떡 일어났다. 인정이 그의 앞에 놓인 와인 잔을 건드렸고, 그 안에 들어 있던 화이트 와인이 그대로 테이블 위에 쏟아졌다. 쏟아진 와인은 금세 테이블보를 적시며 아래로 흘러내렸고, 인정은 패닉 상태에 빠졌다.

"죄송합니다! 죄송합니다!"

민준은 당황해 어쩔 줄 몰라 하는 인정을 먼발치서 지켜보다 얼굴을 일그러뜨렸다.

"괜찮으세요?"

"아, 괜찮습니다."

조국이 이대철 사장에게 근심스러운 표정으로 묻자, 붉으락푸르락하며 노골적으로 불쾌함을 드러내던 그가 억지로 미소를 지었다. 그는 조국의 눈을 피해 인정을 날카롭게 노려보았다.

조국이 다른 직원을 부르기 위해 고개를 돌려 주위를 두리번거리고 있을 때였다.

"죄송합니다, 어디 불편하신 곳은 없으십니까."

등 뒤에서 익숙한 남자의 목소리가 들렸고, 조국은 그대로 숨을 멈추었다. 마치 시간이 정지된 것처럼, 주변의 모든 소음이 한꺼번에 사라졌다. 조국은 손을 테이블 밑으로 내려 덜덜 떨리는 두 손을 꽉 맞잡았다.

민준이 분명 자신을 보았을 텐데, 그녀는 고개를 차마 옆으로 돌릴 수가 없었다. 그는 테이블에 흥건한 물기를 냅킨으로 재빨리 닦고, 고개를 숙여 바닥에 떨어진 글라스를 집어 들었다. 민준은 테이블보를 정리하며 자연스럽게 테이블 안쪽에 조그만 금속을 부착했다.

"다시 준비해 드리겠습니다."

정돈을 마친 민준이 덜덜 떨고 있는 인정을 뒤로 돌려세우며 침착한 어조로 말했다. 바로 옆에 조국이 앉아 있었지만, 그는 그녀를 바라보지 않았다. 민준은 잘게 떨리는 입가에 단단히 힘을 주고 이대철을 바라보았다.

"⋯⋯뭐, 그럴 수도 있지요. 조국 양이 아니라 제가 물벼락을 맞아서 정말 다행이네요."

"이해해 주셔서 감사합니다."

민준이 떨떠름한 표정을 짓고 있는 이대철에게 가볍게 고개를 숙인 후 냉랭한 얼굴로 뒤돌아섰다. 인정이 울 것 같은 얼굴로 그의 뒤를 따라갔다. 조국은 그제야 고개를 돌려 멀어지는 그의 뒷모습을 바라보았다. 그렇게 만나고 싶었던 민준을 여기서 이렇게 만나게 될 줄은 몰랐다. 그리고 저를 보고도 아무렇지도 않은 민준을 보고 나서야 비로소 조국은 자신이 그와 헤어졌다는 사실을 깨달았다. 이걸 인정하고 싶지 않았기에 민준이 보고 싶으면서도 한편으론 보고 싶지 않았다. 그가 이제 완벽한 타인이 되었다는 사실을, 그녀는 결코 알고 싶지 않았다.

"혹시 아는 사람입니까?"

얼굴이 하얗게 질린 조국에게 이대철 사장이 의아한 얼굴로 물었다.

"……아니요, 그럴 리가요."

조국은 입술을 깨물며 금방이라도 쏟아질 것 같은 눈물을 안으로 삼켰다.

녹지원 구석으로 돌아온 민준의 얼굴은 이보다 더 험악할 수 없을 정도로 구겨져 있었다.

"저기, 선배님……."

"입 다물어."

민준이 싸늘한 눈빛으로 쳐다보자, 인정이 침울한 표정으로 고개를 숙였다. 테이블 밑에 도청 장치를 붙이는 간단한 작업이었는데 그거 하나 제대로 못했다. 작업은 고사하고, 만약 작업 도중에 들키기라도 했다면 징계 정도로 끝나지 않았을 것이다. 그녀는 민준에게 잘 보이고 싶었다. 하지만 그녀에게 얼마나 실망한 건지, 그는 지금 너무도 처참한 얼굴을 하고 있었다.

민준이 고개를 들어 조국을 바라보았다. 조국이 이쪽으로 고개를 돌리지 않기에 민준은 더 이상 그녀의 얼굴을 볼 수 없었다. 조국의 곁으로 가까이 다가갔을 때, 그녀에게서 그리운 향기가 났다.

품에 안으면 청초한 꽃처럼 은은한 향을 뿜어내던 그녀의 향기가 그의 가슴 깊숙이 스며들었다. 이년 동안 고른 숨소리를 내며 잠들어 있던 심장은 발보다 더 먼저 그녀 곁으로 달려갔다. 조국에게 달려간 심장은 내가 그동안 너를 보지 못해 깜깜한 어둠 속에서 긴 잠을 자고 있었다고, 발을 쿵쿵 구르며 인사를 했다.

귀에 착용한 인이어 이어폰을 통해 설의 테이블에 앉은 사람들의 대화가 들렸다. 민준은 떨리는 눈을 감았다 뜨며 귀에 들리는 소리에 집중했다.

"조국 씨는 연구소 생활이 따분하지 않으세요? 매일 연구소에만 있으면 너무 갑갑할 것 같은데요."

"생각하시는 것만큼 갑갑하지 않아요. 제가 일주일 내내 그곳에 있는 것도 아니고요."

조국은 이대철 사장의 말에 성의껏 대답하면서도 민준이 이곳에 왜 와 있는지에 대해 생각하고 있었다. 어쩌면 민준이 여기 있는 게 자신과 관련이 있을지도 모른다는 생각이 들었다.

"혹시 연구 말고도 재밌는 일을 해보고 싶으시면 언제든지 연락주세요, 조국 씨. 저희가 즐겁게 해드릴 테니까요."

"말씀은 감사하지만 심심할 틈이 별로 없어요. 제가 많이 바쁘거든요."

조국이 떨리는 입가에 겨우 미소를 지으며 남자를 바라보았다. 이 남자는 무슨 유통 사장이라고 자기소개를 했던 것 같은데 기억나지 않았다. 남자와 대화를 나누면서도 조국의 머릿속은 온통 민준으로 가득 차 있었다. 민준은 정말 예전과 같은 이유로 지금 이곳에 와 있는 걸까.

"조국 씨?"

'나는 그런 비참한 이유로라도 그를 만나고 싶은 걸까.'

조국이 시선을 내려 서글픈 눈빛을 감추었다.

"무슨 생각을 그렇게 하세요?"

"……아무것도 아니에요."

조국은 물 잔을 들어 목을 축인 후 다시 테이블에 내려놓았다.

"그럼 제가 부탁 하나만 드려도 될까요?"

"부탁이요……?

"제 재킷 세탁을 좀 부탁드리고 싶은데요. 나중에 조국 씨가 돌려주시면 좋겠어요."

이대철 사장이 웃음 띤 얼굴로 조국에게 자신의 양복 재킷을 내밀었다. 조국은 그것과 그의 얼굴을 번갈아 바라보았다.

"제가요?"

"엄밀히 말하면 저는 조국 씨 아버님 초청을 받고 온 손님이니, 조국 씨가 이 정도 무례는 눈감아주실 것 같다고 생각하는데요."

남자는 입가에 여유 있는 웃음을 지었다.

"……부탁은 해놓겠습니다."

조국이 재킷을 받아 들었을 때, 주변 사람들이 일제히 일어나 박수를 치기 시작했다. 고개를 돌려보니 대통령이 수행원들과 함께 녹지원에 들어서고 있었다.

조국은 오랜만에 아버지의 얼굴을 보았다. 그녀는 원자력연구소에서 일을 시작한 이후로 아버지의 얼굴을 잘 뵙지 못했다. 좌우로 테이블을 쭉 둘러보던 대통령과 그를 바라보던 조국의 시선이 허공에서 잠시 마주쳤다. 대통령은 그녀와 눈이 마주치자 입가에 슬쩍 미소를 흘리며 시선을 옆으로 돌렸다.

두 시간 남짓 이어지던 오찬이 끝나고, 오찬에 참석했던 사람들은 하나둘씩 청와대를 빠져나가기 시작했다. 하지만 조국은 누군가를 기다리는 것처럼, 여전히 테이블 앞에 꼼짝도 하지 않은 채 앉아 있었다.

"……영애님."

경호관이 조심스럽게 조국에게 말을 건넸다. 테이블 정리를 해야 하는데 조국이 일어나지 않아서, 직원들이 머뭇거리며 주변에 서 있었다. 그러자 조국이 용기를 내어 고개를 옆으로 돌렸다. 저만치 민준이 멀어져 가는 모습이 보이자, 조국은 눈물을 글썽거리며 자리에서 벌떡 일어났다.

그는 인정이 도청 감지 장치를 수거하러 간 사이 그 자리를 벗어났다. 그가 없어도 다른 사람들과 함께 웃고 있는 조국을 보는 건 막연하게 생각했던 것보다 훨씬 더 큰 고통이었다. 그녀가 다른 남자들과 웃으며 이야기를 나누는 모습을 더 이상 보고 싶지 않았다.

"저기."

정면만 바라보며 걸어가던 민준이 갑자기 멈췄다. 등 뒤에서 그리운 향기가 났다.

민준이 천천히 뒤를 돌아 조국을 마주 보고 섰다.

"……제게 하실 말씀이라도 있으십니까."

조국이 눈물을 글썽거리며 민준을 올려다보았다. 그를 만나게 되면 할 말이 너무 많았는데, 막상 얼굴을 보자 할 말은 생각나지 않고 자꾸 눈물만 나왔다.

"……아까, 고마워서……."

가까이에서 올려다본 민준의 얼굴이 낯설어 조국은 서러운 울음을 안으로 삼켰다. 조국의 떨리는 음성에 민준의 목울대가 크게 움직였다. 그가 떨리는 눈동자를 감추며 힘껏 주먹을 쥐었다.

"……날씨가, 춥습니다. 옷깃을 더 단단히 여미셔야겠습니다."

민준은 추위에 파래진 그녀의 얼굴을 바라보며 나직하게 말했다.

"영애님."

경호관이 곤란한 표정을 지으며 조국을 불렀다. 주변에서 사람들이 소곤거리며 두 사람을 바라보고 있었다.

"……고맙습니다."

조국이 옷깃을 여미며 뒤돌아섰다. 그녀는 사람들에게 눈물을 보일까 봐 얼른 시선을 내렸다. 등 뒤에서 민준의 발걸음 소리가 점점 멀어져 갔다. 조국은 움직이지 않고 멈춰 있는데, 사랑이 멀어져 갔다.

집에 돌아온 민준은 샤워를 한 후 곧바로 침대에 누워 눈을 감았다. 지독한 피로감이 밀려왔지만, 그는 자신이 편하게 잠들지 못할 거라는 사실을 금방 깨달았다. 불길한 기운이 발끝에서부터 몸을 타고 점점 위로 올라오는 게 느껴졌다. 악몽을 꾸게 될 징조였다.

민준은 꿈속에서 항상 조국을 구하지 못하고 결국 그녀를 잃고 말았다. 그럴 때마다 매번 심장은 딱딱하게 굳었고, 그는 꿈과 현실의 경계선을 구분하지 못하고 매번 고통스럽게 숨을 헐떡거렸다. 그녀의 손을 놓치는 순간 공포는 거대한 해일이 되어 민준을 덮쳤다. 꿈을 꿀 때마다 또다시 소중한 사람을 영영 잃어버릴지도 모른다는 불안함이 가슴속에서 피어났다. 그 불안함이 마음속에 공포를 불러일으키며, 민준의 그림자처럼 끈질기게 그를 따라붙었다.

그를 대테러팀에서 제외시킨 걸 보면, 아버지도 이 사실을 이미 알고 있을 것이다.

오늘 밤은 평소보다도 더 잠이 올 것 같지 않았다. 민준은 침실을 나서 주방으로 향했다. 냉장고 안에는 아직도 남은 비타민 병들이 여러 개였다. 그는 어제 청소 업체 직원과의 통화 내용을 머릿속에 떠올렸다.

업체 직원은 민준의 냉장고에 생수와 음료수를 넣어놓은 건 자신들이 맞지만, 그들이 산 것은 아니라고 말했다. 그날 어떤 아가씨가 찾아와 자신들에게 주고 간 것인데, 너무 많아서 나머진 그냥 냉장고에 넣어두고 왔다는 얘기였다. 어떤 아가씨라니, 그 여자는 누구였을까?

서연일 리는 없었다. 서연은 민준이 살고 있는 곳을 모르기 때문이었다. 게다가 민준이 귀국하는 걸 정확히 알고 있는 사람은 박 단장과 아버지뿐이었다.

아마 누군가, 다른 사람과 착각한 것 같은데. 생각이 거기에 미치자 민준은 괜히 기분이 찜찜해졌다. 그는 음료수를 도로 냉장고에 넣은 후 집 밖으로 나왔다. 병원의 처방전이 없으니 아쉬운 대로 약국이라도 다녀올 생각이었다.

잠시 후 1층에 내려온 민준은 엘리베이터 앞에 멈춰 섰다. 그는 고개를 삐딱하게 기울이며 눈앞의 물체를 응시했다. 눈에 익은 실루엣이었다. 민준은 그 정체를 파악하자마자 미간을 급격히 좁혔다.

"저건 또 뭐야?"

인정이 아파트 출입구 현관의 계단에 등을 보인 채로 쭈그려 앉아 있었다. 아까 분명히 NIS 앞에 떨궈 줬는데, 그새 여기까지 온 걸 보면 인정이 텔레포트를 할 줄 아는 모양이었다.

"너 여기서 뭐 해?"

차가운 대리석 계단에 앉아 있던 인정은 귀에 익은 목소리에 눈을 크게 떴다. 인정은 민준을 확인하고서는 활짝 웃으며 자리에서 일어났다. 그러나 그가 가까이 다가올수록 인정의 고개는 그와 비례해 점점 더 아래로 떨어졌다. 마침내 그녀는 잔뜩 풀이 죽은 얼굴로 고개를 숙였다.

"죄송합니다, 선배님!"

인정은 눈을 질끈 감고 씩씩하게 외쳤다. 지금 심정으로서는 그가 때려도 맞을 수 있을 것 같았다. 하지만 몇 초의 시간이 흘러도 사방이 고요하기만 했다. 눈을 뜨니 눈앞에 민준이 보이지 않았다. 인정이 놀라서 얼른 뒤를 돌아보았다. 민준은 그냥 그녀를 지나쳐 가던 길을 가고 있었다.

인정은 종종걸음으로 민준의 뒤를 쫓아갔다. 민준의 걸음이 빨라지면 인정의 발걸음도 빨라졌고, 그의 걸음이 느려지면 그녀의 발걸음도 느려졌다. 민준이 갑자기 제자리에 멈춰 서더니 길게 한숨을 쉬었다. 인정은 저도 모르게 움찔거리며 한 걸음 뒤로 물러섰다.

민준이 빙글 몸을 돌려 날카로운 눈빛으로 그녀를 바라보았다. 지금 그는 아무나 붙잡고 복싱 스파링을 하고 싶을 정도로 심기가 불편한 상태였다.

"……정말 죄송해요."

인정은 고개를 숙인 채 두 손을 맞잡고 손가락을 꼼지락거렸다. 그녀는 스스로가 너무 한심하고 바보 같아 집으로 가는 발걸음이 떨어지지 않았고, 민준에게 진짜로 맞는 한이 있더라도 미안하다는 말을 꼭 하고 싶었다. 그래서 그녀는 용기를 내 박 단장에게 민준의 집 주소를 물었다.

가르쳐 주지 않을 것이라는 예상과는 다르게 박 단장은 집 주소를 순순히 알려줬다. 그는 민준이 갈 곳이 별로 없는 놈이라 집에 있을 가능성이 99.9%라는 말을 하며 눈을 반짝였지만, 무작정 찾아가면 무척 싫어할 것이라는 경고를 말끝에 살짝 덧붙였다.

인정은 여기까지 왔지만 벨을 누를 용기는 차마 나지 않았다. 그녀는 '무척 싫어할 것'이라는 박 단장의 경고를 무시하면 안 될 것 같았고, 그래서 그가 밖으로 나올 때까지 1층에서 무작정 기다리는 방법을 택했다. 계속 기다리면 그래도 한 번은 나오지 않을까 싶었는데 내일이 되기 전에 민준을 만날 수 있어서 정말 다행이었다.

민준의 시선이 그녀의 얼굴에서 손끝까지 한 번에 쭉 미끄러져 그녀의 손에 잠시 머물렀다. 바깥에서 오랫동안 기다렸는지 손등이 추위에 파랗게 질려 있었다. 민준은 다시 시선을 들어 잠시 인정을 응시했다. 민준의 얼굴에 서슬 퍼렇던, 냉랭한 기운은 이미 사라지고 없었다. 대신 쓸쓸함이 그 자리를 대신했다.

"나한테 죄송할 건 없어. 그러니 여기서 이러고 있을 시간 있으면, 어떻게 하면 다음번엔 같은 실수를 하지 않을지 고민을 더 해."

인정이 놀란 눈으로 민준을 올려다보았다. 거친 말이 쏟아질 것이라는 예상과 다르게 민준의 목소리는 차분했고, 그녀를 배려한다는 느낌마저 들었다. 그녀는 화를 내지 않는 민준이 너무 낯설었다.

"그래도 제가 하마터면……."

"괜찮아, 나도 처음에 그랬으니까."

"……."

"춥다. 그만 돌아가."

할 말을 끝낸 민준이 뒤돌아섰다. 추위에 파랗게 질린 인정의 손등을 보니 강설 생각이 났다. 춥고 허전해 보이던 하얀 목덜미가 눈앞에 어른거렸다. 설을 생각하자 그녀의 차가운 목덜미를 어루만진 듯 손끝이 시려왔고, 시린 손끝에서 마음으로 한기가 옮겨왔다.

"저기, 선배님!"

인정이 다급한 목소리로 불렀다. 민준이 무신한 얼굴로 그녀를 돌아보았다.

"왜."

"혹시…… 저녁 드셨어요? 아직 안 드셨으면 저랑 같이 드실래요?"

"먹었어."

"……네."

인정은 수줍은 소녀 같은 얼굴로 민준을 바라보다, 그의 무뚝뚝한 대답에 금세 실망스러운 낯빛을 했다. 그녀는 아쉬움이 가득한 얼굴로 점점 멀어지는 민준의 뒷모습을 바라보았다. 꼭 나쁜 짓을 하다 들킨 아이처럼 가슴이 두근거렸다.

민준은 애초에 가려고 했던 편의점을 그냥 지나쳤다. 편의점에서 대충 저녁을 때우려고 했는데 박인정 때문에 상당히 귀찮게 되었다. 대신 민준은 아파트에서 멀리 떨어진 상가를 향해 걸었다. 설과 함께 갔을 때에는 이렇게까지 멀지 않았던 것 같은데, 지금 걸어보니 꽤 먼 거리였다.

한참을 걸어가자 마침내 눈에 익숙한 건물이 나왔다. 이 동네는 이 년이라는 시간 동안 바뀐 것도 있었고 바뀌지 않은 것도 있었다. 조국과 함께 치킨을 먹었던 가게는 그대로였지만, 가끔 곁눈질로 흘끔거렸던 꽃집은 어디로 갔는지 그 자리에서 사라지고 없었다. 이렇게 흔적 없이 사라질 줄 알았더라면 한 번 들어가 보기라도 할 걸 그랬나, 라는 후회가 들었다. 조국과 이렇게 될 줄 알면서도 그녀에게 꽃 한 번 선물하지 못했다.

민준은 카페 베이커리로 들어갔다. 그리고 픽업대에서 샌드위치와 아메리카노 한 잔을 받아 들고 창가에 앉았다.

"사람 많네."

민준이 혼잣말을 중얼거리며 머그잔을 입에 가져갔다. 사무실에 들어가게 되면, 한국만 아니라면 어디든 상관없으니 밖으로만 내보내 달라고 말할 생각이었다.

어둠이 바닥까지 내려앉자 거리에 가로등이 켜졌다. 사람들은 집으로 돌아가는 발걸음을 재촉하며 그의 눈앞을 끊임없이 스쳐 지나갔다. 민준은 지나가는 사람들을 바라보며 한참을 그 자리에 앉아 있었다.

약국을 들렀다 편의점에서 맥주를 몇 개 사 들고 집으로 터벅터벅 돌아오는 길이었다. 성큼성큼 걷던 걸음이 점차 느려지는가 싶더니 갑자기, 그는 제자리에 우뚝 멈춰 섰다. 보고 있으면서도 그는 믿겨지지 않아 눈을 재차 깜빡거렸다.

"친구야, 안녕?"

'지금 나는 꿈속인 걸까.'

민준은 멍한 눈으로 눈앞의 광경을 바라보았다.

"난 강조국이야, 강설 말고 강조국. 그런데 넌 이름이 뭐야?"

'아니, 꿈이 아니다.'

쿵쿵, 빠르게 뛰기 시작한 그의 심장이 그녀를 먼저 알아보았다.

조국은 거리에서 가로수를 끌어안고 있었다. 그리고 그 옆에 경호관으로 보이는 한 여자가 안절부절못하며 서 있었다.

"저기, 영애님."

경호관은 울상을 지으며 영애를 향해 손을 뻗었다가 도로 거두었다. 경호관인 그녀가 영애에 대해 알아두어야 할 사항 중 주사에 관한 얘기는 없었다. 하지만 영애는 돌아오는 내내 눈에 띄는 나무마다 달려가 인사를 했고, 또 슬픈 작별을 했다. 영애는 아무 대답이 없는 나무를 원망스럽게 바라보며 눈물을 글썽거렸고, 잘 지내라는 인사와 함께 다른 나무로 걸음을 옮겼다.

처음엔 이 정도의 주사쯤이야 귀엽다고 생각했다. 고성방가도 아니고 욕설이나 폭력도 아니니, 당장 위에 보고를 하거나 혹은 무덤에 갈 때까지 비밀을 엄수해야 할 정도로 문제가 있는 것도 아니었다. 그런데, 동네에 나무가 많아도 너무 많았다! 영애에게는 아직도 열두 척의 배가, 아니 열두 그루의 나무가 남아 있었다. 경호관은 지금 딱 죽고 싶은 심정이었다.

"너도 날 모른 척할 거야? 너도 나를 잊어버렸어?"

조국은 울먹거리며 눈가의 물기를 닦아냈다. 그러고는 또 그 옆의 나무로 걸음을 옮겼다. 그 모습을 바라보던 민준의 눈가가 그리움으로 붉게 물들었다.

조국이 청와대가 아니라 왜 이곳에 있는 건지는 알 수 없었다. 술에 취하면 나무와 친구가 되는 조국이 거짓말처럼 과거에서 튀어나와 그의 눈앞에 서 있었다.

"영애님, 여기에서 잠깐만 기다리세요. 제가 물이라도, 아니 우유라도 사올 테니 꼼짝 말고 여기 계세요, 아셨죠?"

경호관은 나무를 껴안고 있는 조국에게 신신당부를 하더니 가까운 편의점을 찾아 달리기 시작했다.

"……아니, 난 아무것도 몰라."

조국이 혼잣말을 중얼거리며 스르르 눈을 감았다. 다리에 힘이 풀려 휘청거렸지만, 자비심 없는 나무는 그녀를 모르는 척했다. 민준은 얼른 달려가 그녀의 허리를 한 팔로 잡아 등 뒤에서 감싸 안았다. 놀란 조국이 뒤돌아섰다. 몇 초 동안 그를 응시하던 그녀의 눈꺼풀이 경련하듯 파르르 떨렸다.

"넌 누구야?"

민준을 올려다보던 조국이 작은 목소리로 물었다. 그녀의 허리엔 여전히 민준의 팔이 단단히 둘러져 있었다.

"……동네 주민."

민준은 조국의 눈을 바라보며 낮은 목소리로 대답했다. 가까이 선 그녀에게서 그리운 향기가 났다. 조국이 웃고 울던 얼굴, 바람에 부드럽게 날리던 머리카락, 민준의 손을 잡아주던 따뜻한 온기……. 조국을 떠올리게 하는 모든 기억들은 그녀의 향기가 되었다. 그리운 향기가 민준의 가슴을 그윽하게 채우며 스며들었다.

민준을 바라보던 조국의 눈동자에 눈물이 핑그르르 돌았다.

"내가 아는 사람이랑 닮았어."

조국이 떨리는 손길로 민준의 뺨을 조심스럽게 어루만졌다. 민준은 복잡한 얼굴로 조국의 눈을 바라보았다. 조국은 취했지만, 눈빛은 흐트러지지 않았다.

"당신 뭡니까!"

그때 갑자기 조국의 경호관이 두 사람 곁으로 다급히 뛰어왔다. 민준이 조국을 똑바로 일으켜 세우자 조국은 한쪽 손으로 나무를 붙잡고 섰다. 황급히 달려온 경호관은 두 팔을 벌리며 민준 앞을 가로막았다. 민준의 서늘한 눈빛이 경호관을 향하자, 경호관 역시 만만치 않은 눈빛으로 그를 바라보았다.

"뭡니까, 당신. 여기 이분 알아요?"

"경호를 하려면 똑바로 해. 술 취한 사람을 길거리에 혼자 두고 자리를 비워?"

"저는 당신이 누구냐고 물었습니다."

민준은 대답 대신 경호관을 차가운 눈빛으로 쏘아보았고, 잠깐 긴가민가한 표정을 짓던 경호관이 눈을 휘둥그레 떴다. 아까 청와대에서, 영애와 대화를 나눴던 그 남자였다.

"당신, 아까 청와대……."

경호관은 민준의 서늘한 기세에 눌려 더 이상 말을 잇지 못했다. 민준은 경호관을 질책하듯 무서운 눈으로 쏘아보다 조국에게 고개를 돌렸다.

"걸을 수 있습니까, 없습니까."

민준이 경호관을 무시한 채 살벌한 말투로 조국에게 다그치듯 물었다. 이렇게 몸도 못 가눌 만큼 술에 취해 돌아다니다니, 그녀에게 자신이 영애라는 자각이 조금이라도 있다면 이럴 수는 없었다. 그리고 경호관은, 조국이 이 지경이 될 때까지 도대체 뭘 하고 있었던 건가.

"없어. 그러니까 네가 날 업어."

조국이 손을 쭉 뻗어 검지로 민준을 가리켰다. 잔뜩 화가 났던 민준은 순간 자신의 귀를 의심했다. 하지만 조국의 손가락은 여전히 그를 가리키고 있었다.

"영애님, 제가 부축해 드리겠습니다."

당황한 경호관은 조국에게 팔을 내밀었다. 그러자 조국이 싫다는 듯 고개를 절레절레 흔들더니, 두 팔로 나무를 감싸 안았다. 민준은 체념한 표정으로 들고 있던 비닐봉지를 경호관에게 내밀었고 그녀는 얼떨결에 그것을 받아 들었다.

"업히세요."

민준이 조국 앞에 등을 내밀고 한쪽 무릎을 세워 앉았다. 조국의 술주정은 못 본 사이에 상당히 진화되어 있었다. 아무 놈한테나 업어

달라고 하다니, 내가 봤기에 망정이지 다른 놈이었으면 어쩔 뻔했는가. 그녀가 민준의 목을 두 팔로 끌어안자 그는 조국의 엉덩이를 두 팔로 받치고 자리에서 일어섰다.

"차 어디 있습니까."

민준이 지극히 사무적인 어조로 경호관에게 물었다.

"집 앞에 있습니다."

"집 앞이요? 어느 집을 말하는 겁니까?"

아차, 싶던 경호관의 얼굴에 당혹감이 스쳤다. 그녀는 영애가 살고 있는 곳을 괜히 알려주는 건 아닌지 걱정이 되었다. 청와대에서 잠깐 얼굴을 본 것 말고는 이 남자에 대해 아는 것도 하나 없는데 말이었다. 영애에게 이 남자가 누구인지 물어보고 싶었지만, 지금은 그럴 수 있는 상황도 아니었다. 경호관은 대답 대신 입술을 꾹 다물고 묵비권을 행사했다. 하지만 그녀의 묵비권 행사는 몇 초를 넘기지 못했다.

"혹시, 한빛 아파트입니까?"

"그걸 어떻게 아셨습니까?"

경호관은 입을 떡 벌리고 민준을 바라보았다. 집까지 알고 있는 걸 보면 그는 영애와 보통 사이가 아닌 게 분명했다.

민준은 시선을 내려 복잡한 눈빛을 감추었다. 조국이 아직도 그 집에 살고 있을 거라는 생각은 해본 적이 없었다. 그저 막연히, 그녀가 대전에 있다 주말이면 청와대로 들어갈 것이라고 생각했을 뿐이었다. 민준이 조국을 고쳐 업은 후 아파트를 향해 천천히 걷기 시작했다. 경호관이 그의 몇 발자국 뒤에서 머쓱한 표정으로 주변을 돌아보며 일정한 간격을 두고 따라갔다.

얼굴에 부딪치는 바람이 제법 쌀쌀했다. 민준은 조국에게 근심 섞인 목소리로 물었다.

"······추워?"

그러자 조국이 민준의 등에 얼굴을 기대며 작은 목소리로 대답했다.

"응, 나무야."

"빨리 갈게."

"싫어, 천천히 가."

조국이 완강하게 고개를 내젓자 민준은 걷던 속도를 조금 더 늦추었다.

"그런데 있잖아."

조국이 민준의 등에 뺨을 기대고 작게 속삭이듯 물었다.

"너는 누구야······?"

"동네 주민이라고 했잖아."

민준은 조국을 다시 고쳐 업고 정면에서 불어오는 바람을 맞으며 걸었다. 조국은 검지를 세워 민준의 등에 글씨인지 그림인지 모를 낙서를 하기 시작했다.

"그럼, 나는 누구야?"

"······강설."

"아니야."

"강조국."

"아니야."

"당신 취했어."

"아니야."

민준은 등 뒤에서 고개를 살랑살랑 흔들며 주정을 부리는 조국이 귀여워 입가에 미소를 지었다. 그는 조국에게 찬바람이 닿을까 봐 허리를 좀 더 곧게 폈다. 올 때는 꽤 먼 거리처럼 느껴졌는데 그것은 민준의 착각이었다. 몇 발자국 걷지도 않았는데 아파트가 보였고, 민준은 금세 그녀의 집 앞에 도착했다.

조국은 버스도 하나만 탈 정도로 융통성이 많이 부족한 사람이었고, 민준은 그걸 알고 있었다.

출입구 앞에 선 민준이 호수와 '1111' 네 개의 숫자를 누르자 유리문이 스르르 열렸다.

아파트 현관 비밀번호를 누르고 올라가는 민준을 경호관이 아연한 표정으로 바라보았다.

'영애님이 언제 비밀번호를 바꾸어 놓으신 거지?'

그녀는 갑자기 아파트 현관 비밀번호를 바꾼 영애도, 그걸 또 어떻게 알았는지 번호를 누르고 들어가는 남자도 너무 이상했다. 술은 영애가 마셨는데, 아무래도 그녀가 취한 것 같았다.

띠띠띠띠- 집 앞에 선 민준이 숫자 2를 네 번 누르자 현관문도 곧바로 열렸다. 민준은 조국의 집 안으로 들어서며 숨을 깊게 들이마셨다.

아무것도 변한 게 없었다. 비밀번호도, 아파트 내부도 모든 게 예전과 같았다. 마치 어제 헤어지고 오늘 만난 것처럼, 조국은 민준의 기억 속 모습 그대로 살고 있었다.

"이 이상은 곤란합니다."

그래도 집 안까지 들어가는 건 아니다 싶었던 경호관이 민준의 앞을 가로막았다. 그러자 조국이 민준의 어깨 너머로 경호관을 바라보았다. 조국과 눈이 마주친 경호관은 알쏭달쏭한 표정을 지으며 옆으로 비켜섰다. 영애는 방금 그녀에게 눈빛으로, 비키라는 무언의 말을 건넸다.

민준이 침실 안으로 들어가자 경호관은 방문과 문틀 사이에 약간의 틈만 남긴 채 밖에서 문을 닫았다. 방금 전 자신을 바라보던 영애의 눈빛을 생각하면 문을 꼭꼭 닫아야 할 것 같긴 했지만, 그래도 혹시 몰랐기에 그녀는 약간의 여지를 남겨둔 채 방문 밖을 지켰다.

민준은 침대 위에 그녀를 조심스럽게 내려놓았다. 조국이 그를 올려다보며 느리게 눈을 감았다 떴다. 그녀의 시선을 피해 민준이 고개를 옆으로 돌렸다.

침대 구석에 놓여 있는 하얀 곰에 시선이 닿자, 그의 눈빛이 한층 어둡게 짙어졌다. 민준이 다시 조국을 바라보았다. 그녀는 무슨 생각을 하는 건지 여전히 말이 없었다. 민준이 서서히 몸을 일으키려 할 때 즈음, 조국이 입술을 움직였다.

"데려다줘서 고마워요."

"……별말씀을."

민준은 짙은 눈빛을 감추며 설에게서 등을 돌리고 뒤돌아섰다.

"……돌고래 씨."

민준이 움찔거리며 걸음을 멈췄다. 뒤를 돌아보았지만 조국은 어느새 벽을 보고 누워, 새근새근 고른 숨소리를 내고 있었다. 긴가민가한 얼굴로 조국을 바라보던 민준은 조용히 침실을 나섰다.

"술을 도대체 얼마나 마신 겁니까?"

민준이 방문 앞을 지키고 서 있던 경호관에게 질책하듯 물었다. 경호관은 잠시 머뭇거리다 솔직하게 대답했다. 왠지 그래야 할 것 같았다.

"맥주 두 잔밖에 안 드셨는데, 오늘은 왜 저렇게 취하셨는지 저도 잘 모르겠습니다."

"맥주 두 잔…… 이요?"

황급히 뒤를 돌아보는 민준의 눈동자가 크게 일렁였다.

조국은 왜 아직도 그곳에 살고 있는 걸까. 한 번 표적이 되었던 장소에 계속 살고 있는 건 현명한 생각이 아니었다. 게다가 조국은 도대체 무슨 생각으로 현관 비밀번호도 바꾸지 않은 채 살고 있는 건지, 도무지 이해가 되지 않았다. 나이를 더 먹었어도 융통성 없고 조심성 없는 조국의 성격은 조금도 개선되지 않았다. 그나마 여자 경호관이 조국과 같은 동에 거주하고 있다니 다행이었지만, 그녀가 바깥세상에 무방비로 노출된 채 살고 있는 것 같아 민준의 마음이 착잡했다.

"돌고래 씨."

이런저런 생각을 하다가도 늘 이 지점에 오면 생각의 화살표가 멈춰 섰다. 어젯밤, 조국은 나를 알아보았을까.

아침이 밝았다. 잠을 이루지 못하고 밤새 뒤척거리다 보니, 어느새 밖이 훤하게 밝았다. 오늘이 토요일이라서 정말 다행이었다. 평일이었다면 어제 조국은 곧장 대전으로 내려가야 했을 터였다. 하지만 주말이 아니었다고 해도 조국은 어떻게 해서든 대전에 내려가지 않았을 것이다.

어젯밤 조국은 민준을 만났고, 이제 그는 그녀가 여전히 이곳에 살고 있다는 걸 알게 되었기 때문이다.

"……추워?"

그것은 분명히 걱정스러운 음색이었다. 어젯밤의 민준은 예전처럼 애틋한 눈빛으로 조국을 바라보았다. 조국은 한숨을 푹 내쉬며 반대로 돌아누웠다. 그리고 곰 인형의 복슬복슬한 얼굴을 어루만졌다.

"너 말이야. 왜 날 모른 척해?"

민준을 다시 만나게 되면 어떤 말을 해야 할지 고민이 많았다. 그가 정말 자신을 잊은 건지, 왜 귀국을 하고도 찾아오지 않은 건지 그에게 묻고 싶은 말이 많았다. 하지만 막상 녹지원에서 민준을 맞닥뜨린 순간 오랫동안 고민했던 마음이 무색하게 그저 눈물만 났다. 잊고 산 순간들도 많았는데, 그의 얼굴을 보는 순간 그 시간이 무색하게 그리움이라는 감정만이 온몸을 휘감아왔다. 그의 냉랭한 모습에 그가 자신을 잊었다고 생각했지만, 어젯밤 설이 만난 민준은 너무나도 익숙한 눈빛을 하고 있었다.

조국은 곰 인형을 끌어안고 곰곰이 생각에 잠겼다. 그녀는 커다란 사건을 겪으면서 미래라는 게 무한히 주어지는 게 아니라는 사실을 깨달았다. 그렇기 때문에 언제까지 이렇게 고민만 하며 시간을 무의미하게 흘려보낼 수는 없었다. 해도 후회하고 안 해도 후회할 거라면, 하고 후회하는 편이 나았다.

조국은 결연한 얼굴로 자리에서 일어섰다. 조국은 민준이 왜 그런 눈빛으로 자신을 바라본 건지 확인하고 싶었다. 무엇보다, 두 사람에게는 아직 하지 못한 이야기가 너무 많이 남아 있었다.

NIS 수사단장실.

똑똑- 누군가가 조심스럽게 노크를 했다. 잠시 후 문이 열렸고, 문틈 사이로 말간 얼굴 하나가 빠끔히 고개를 내밀었다. 박인정이었다.

잔뜩 긴장한 표정의 그녀는 단장과 눈이 마주치자 멋쩍은 듯 배시시 웃어 보였다.

"안녕하세요, 단장님."

"응? 아이고, 우리 인정이 왔네? 네가 아침부터 내 방엔 어쩐 일이야?"

박 단장이 반색을 하며 자리에서 일어섰다. 박 단장이 원래 둥글둥글 사람 좋은 성격이긴 했지만, 누구에게나 다 그러는 건 아니었다. 오히려 그는 김민준만 만나면 잃어버리는 위엄과 권위를 다른 곳에서 되찾고자, 다른 요원들에게는 일부러 더 엄격하게 굴기도 했다.

하지만 박인정은 예외였다. 엄하게 굴고 싶어도 인정만 보면 절로 얼굴근육이 무장해제가 되었다. 그도 이처럼 예쁘게 생긴 요원은 NIS에 들어온 이후로 처음 봤기 때문이었다. 물기가 말라 땅이 쩍쩍 갈라지는 가뭄 같은, 남자 요원들의 메마른 삶에 참으로 단비 같은 인정이었다.

그녀는 주변을 두리번거리며 살피더니 안으로 들어와 문을 닫았다. 그녀는 박 단장에게 뭔가 어려운 할 말이 있는 듯 우물쭈물하며 그의 눈치를 살폈다.

"거기 서 있지 말고 여기 앉아. 커피 줄까?"

"아니요. 괜찮습니다, 단장님."

인정이 황공하다는 듯 손사래를 치며 고개를 저었다. 박 단장이 살갑게 잘 대해주긴 했지만, 그래도 그녀에겐 하늘같은 단장님이었다. 인정은 게걸음으로 조금씩 옆으로 움직여 마침내 소파에 엉덩이를 걸치고 앉았다.

"그래, 아침부터 내 사무실엔 어쩐 일이야? 혹시 무슨 힘든 일이라도 있는 거야?"

"아니요! 저한테 무슨 문제가 있는 건 아니고요."

박 단장이 마주 앉으며 쳐다보자 인정이 얼굴을 붉혔다. 어쩌면 오늘 밤 그녀는 침대에 누워 이불 킥을 하게 될지도 모르겠지만, 그래도 이 모든 민망함을 감당할 수 있을 만큼 심장이 두근거렸다. 민준처럼 그녀를 설레게 하는 남자는 처음이었다.

"어제…… 김민준 선배 덕분에 일을 잘 마치고 돌아왔는데 감사하다는 인사를 제대로 못 했어요. 그래서 혹시 선배가 오늘 사무실에 들어오는지 단장님께 좀 여쭈어보고 싶어서요."

"어제 못 만났어? 그게 그렇게 궁금하면 나한테 묻지 말고 민준이한테 직접 물어보면 되잖아?"

"어제 만나긴 만났는데…… 얘기를 제대로 못 해서요."

박 단장이 느긋하게 팔걸이에 팔꿈치를 기대며 턱을 괴었다. 아주 재미있는 전개였다.

사랑에 빠진 인정의 얼굴을 보자, 민준의 당황한 얼굴이 몹시 보고 싶어졌다. 그나저나 다른 녀석들이 만약 이 사실을 알게 된다면 뒷덜미 잡고 쓰러지겠네. 그렇게 얘한테 공을 들이면 뭘 하나, 한 방은 이렇게 따로 있는데.

"안 그래도 제가 전화를 해봤는데요, 안 받더라고요."

인정이 시무룩한 표정을 지으며 힘없이 대답했다. 그녀는 이미 민준에게 전화도 걸고 문자도 보내봤다. 하지만 그는 아무런 응답을 하지 않았다. 분명 제 전화번호를 알고 있을 텐데도 아무런 답이 없다는 것은 그가 일부러 전화를 받지 않는다는 뜻이었다.

박 단장은 흥미롭다는 듯 한쪽 눈썹을 위로 치켜떴다. 인정은 평소와 다르게 매우 의기소침한 얼굴을 하고 있었다. NIS 안에서의 그녀의 위상에 비하면 참으로 놀라운 모습이 아닐 수 없었다.

"박인정."

"네, 단장님."

"여자들은 말이야, 도대체 왜 자신을 막 대하는 놈들한테 끌리는 거야? 뭐니 뭐니 해도 머니보단 역시 얼굴인 거야? 그렇게 막 대하는 놈들 좋아하다 나중에 막 맞고 살 확률이 높아요."

"아니에요, 단장님! 선배는 그렇지 않아요!"

나이스. 그는 그냥 한번 툭 던져 보았을 뿐인데 인정이 미끼를 덥석 물었다.

"뭐가 그렇지 않아?"

"민준 선배는 되게 다정하고!"

"다정?"

"되게…… 자상하고……."

"자상? 김민준이 자상? 으하하하하!"

박 단장이 고개를 뒤로 젖히고 미친 듯이 웃기 시작했다. 김민준이 다정과 자상이라니!

다정과 자상은 결코 민준과 양립할 수 없는 단어였다. 민준이 그런 외모를 하고 있으면서도 NIS에서 여자들이 섣불리 달라붙지 못했던 것은, 잘생김만으로는 극복할 수 없는 막강한 까칠함 때문이었다. 사랑에 빠진, 다정하고 자상한 민준이라니, 생각만 해도 아주 웃기고 즐거운 상상이었다.

"인정아, 내가 민준이한테 사무실로 들어오라고 말할까?"

박 단장이 그녀에게 의미심장한 미소를 지으며 말했다. 그제야 그에게 속내를 다 들킨 걸 깨달은 인정의 얼굴이 새빨개졌다. 하지만 그녀는 박 단장의 말에 부정도 긍정도 하지 않았다. 사실상 긍정이었다. 국장님! 국장님 댁에 며느리 한 명 놓아드려야겠어요.

"박인정, 가서 민준이한테 내가 사무실로 들어오랬다고 전해!"

"제가 어떻게 전해요, 단장님?"

인정이 고개를 번쩍 들고 불안한 얼굴로 박 단장을 바라보았다.

"그 자식이 전화 안 받는다며, 그럼 가정방문밖에 더 있나."

박 단장이 속으로 즐거운 웃음을 감추며 말했다. 수서동 사는 김민준, 너에게 일원동 사는 박인정을 보낸다.

❧

하아하아. 또다시 숨이 쉬어지지 않았다. 조금만 더 손을 뻗으면 그녀를 잡을 수 있었는데, 그는 조국의 손을 놓쳤고 그녀는 깜깜한 어둠 속으로 추락해 버렸다. 고통스럽게 신음하던 민준이 벌떡 일어나 앉았다. 한껏 수축된 심장은 지금이 꿈인지 현실인지를 분간하지 못하고 여전히 그의 가슴을 아프게 옥죄었다. 식은땀이 등을 타고 흘러 내렸다.

딩동딩동. 초인종 소리가 멀리서 환청처럼 들렸다. 민준은 물먹은 솜뭉치처럼 무거운 몸을 힘겹게 일으켜 밖으로 나갔다.

"누구세요."

오늘따라 컨디션이 엉망이었다. 평소 같았으면 그냥 무시했을 텐데, 지금은 그럴 수가 없었다. 혹시라도 조국이 찾아오지 않을까 하는 생각 때문이었다. 같은 곳에서 같은 얼굴로 바라보던 조국이 휴화산처럼 고요하던 그의 가슴을 들끓게 하였다.

현관문을 열고 상대방을 확인한 민준은 한 손을 벽에 짚으며 짜증 섞인 한숨을 내쉬었다.

"선배님, 괜찮으세요?"

박인정이었다.

"네가 여긴 왜 왔어."

민준이 인정을 싸늘한 눈빛으로 바라보았다. 줄곧 붙들고 있던 팽팽한 긴장의 끈이 툭 끊어지며 기분이 급격히 다운되었다. 이제 와서 말도 안 되는 기대를 하고 있는 자신에게도 화가 났다.

어젯밤 그는 한숨도 제대로 자지 못하고 밤을 꼬박 새우다시피 했고, 피로와 불면으로 인해 스트레스가 극심한 상태였다. 다시 누워야겠다고 생각한 순간 민준은 어지럼증을 느끼며 비틀거렸다.

"선배님!"

인정이 외마디 비명을 지르며 민준을 부축하기 위해 얼른 손을 뻗었다. 민준은 금방이라도 바닥에 쓰러질 것처럼 위태로워 보였다.

"손대지 마!"

잠시 비틀거렸던 민준이 벽에 한 손을 짚고 차가운 눈빛으로 인정을 바라보았다. 인정은 어색한 표정으로, 민준을 향해 뻗었던 손을 도로 거뒀다.

"여긴 왜 왔냐고 물었어."

"박 단장님께서…… 선배님 오늘 사무실로 들어오라는 말씀을 전하라고 하셨어요."

"단장님이?"

"네."

민준이 낮게 신음하듯 욕설을 내뱉었다. 박 단장이 무슨 생각으로 박인정을 자신한테 보냈는지 그 불순한 의도를 생각하자 짜증이 치밀어 올랐다. 보내는 박 단장이나, 보낸다고 오는 박인정이나, 박씨는 민준의 정신 건강에 해로운 존재였다.

"……알았어. 가봐."

민준이 현관문을 닫기 위해 오른손을 뻗었다.

"저기 근데, 선배님 정말 괜찮으세요? 지금 선배님 얼굴이 너무 안 좋아 보여요. 병원 안 가보셔도 괜찮겠어요? 제가 병원에 같이 가드릴까요?"

인정은 닫히려는 문을 다급하게 손으로 붙들었다. 민준의 몸 상태가 정말 좋아 보이지 않았기에 그를 이대로 혼자 두고 가면 안 될 것 같았다. 민준은 마음속으로 참을 인자를 크게 새기며 눈을 감았다. 그리고 별로 남아 있지 않은 인내심을 빡빡 긁어모았다.

"너, 나한테 관심 있어?"

"······있으면······ 안 돼요?"

민준의 눈치를 보며 대답한 인정은 그의 반응에 당황스러운 얼굴을 했다. 그가 마치 불쾌한 협박을 받은 것 같은 표정을 하고 있었기 때문이다.

아아. 민준은 지끈거리는 관자놀이를 꾹꾹 누르며 눈을 감았다. NIS에 들어가면 결코 박 단장을 가만두지 않을 것이다.

그때, 정말 우연히도 민준의 층에서 또 한 번 엘리베이터가 멈춰 섰다. 문이 양옆으로 열리자 한 여자가 밖으로 나왔다.

"아······."

두 사람을 발견한 조국이 눈을 크게 뜨며 걸음을 멈췄다. 민준과 눈이 마주치는 순간 조국은 시선을 돌리며 황급히 뒤돌아섰다. 다시 엘리베이터 버튼을 누르는 그녀의 손이 덜덜 떨렸다.

왜 당연히 민준에게 여자가 없을 거라고 생각했을까. 그에게 기어이 초라한 모습을 보이고 말았다는 생각에 조국의 눈앞이 절망으로 깜깜해졌다. 엘리베이터 문이 다시 열리자 조국은 걸음을 서둘렀다.

인정이 의아한 얼굴로 뒤를 돌아보려는 찰나 민준의 다급한 목소리가 들렸다.

"눈 감아, 박인정!"

인정은 무슨 영문인지는 몰랐지만, 일단 그가 시키는 대로 있는 힘 껏 눈을 감았다. 쿵쿵쿵. 심장박동이 빨라졌다. 인정은 잔뜩 긴장을 하며 양 주먹을 안으로 꽉 말아 쥐었다.

민준은 재빨리 달려가 엘리베이터 안으로 사라지려는 조국의 한쪽 팔을 붙들었다. 조국이 힘을 주어서 팔을 빼내려 했지만, 그는 요지 부동이었다. 민준은 조국을 붙잡아 현관 안으로 그녀를 밀어 넣은 뒤, 등 뒤로 문을 세게 닫았다. 순식간에 일어난 일이었다.

"이제 눈 뜨고 넌 그만 가 봐."

인정은 힘껏 감았던 눈을 천천히 뜨며 민준을 바라보았다. 찰나의 순간, 다른 사람의 은은한 비누향이 코끝을 스치고 사라졌다. 여자임 이 분명한 그 사람은 아마 방금 전 문이 닫힌 민준의 아파트 안에 있 을 터였다.

"선배님…… 애인 있었어요?"

"그럼."

"단장님께서는 선배님한테 애인이 없다고 하셨는데요."

"내가 없을 것 같아?"

이 남자가 제 눈에만 이렇게 근사하게 보일 리가 없을 거라는 건 그 녀도 잘 알고 있었다. 하지만 나 정도 되는 여자를 만나는 게 쉽지 않 다는 걸 이 선배는 모르는 걸까, 아니면 모른 척하고 있는 걸까?

"선배님은 야망도 없으세요?"

인정은 민준의 눈을 똑바로 바라보았다. 저에게 보이는 남자들의 관심이 비단 제 외모 때문만은 아님을 그녀도 잘 알고 있었다. 아버지 가 청와대 경호실장이라는 후광이 그녀 뒤에 존재하기 때문이었다.

민준은 대답 대신 엘리베이터 버튼을 누른 후 인정을 쳐다보았다. 인정은 아랫입술을 깨물며 엘리베이터에 올랐다.

"어린놈이 어디서 못된 것만 배워가지고는. 또 이런 식으로 찾아오면 재미없을 줄 알아."

침울한 표정으로 민준을 바라보던 인정의 눈앞에서 엘리베이터 문이 닫혔다. 차라리 그가 소리를 지르거나 화를 냈으면 더 나았을 텐데, 민준은 별다른 감정의 동요를 보이지 않았다. 그리고 그 사실은 인정을 더욱 비참하게 만들었다.

민준은 현관 앞에서 크게 심호흡을 한 뒤 집 안으로 들어갔다. 조국은 신발도 벗지 않은 채 그대로 우두커니 서 있었다. 무슨 생각을 하는지, 바닥을 응시하던 조국이 고개를 들어 고요한 눈빛으로 민준을 바라보았다.

"방해가 되었다면 미안합니다."

조국은 민준에게 다른 여자가 있을 거라는 상상은 한 번도 해본 적이 없었다.

왜 그가 당연히 다른 여자와 사귀지 않을 거라고 생각했는지. 그녀는 지금 갑자기 뒤통수를 맞은 기분이었다. 방금 전 본 여자가 낯이 익었고, 그녀를 어디에서 봤는지 금방 기억이 났다. 청와대에서 민준의 뒤에 숨어 마치 보호를 받듯 서 있던 여자였다.

"……방해를 한 건 아니야. 오히려 날 도와준 거지."

조국의 말에 민준이 눈썹을 찡그리며 신발을 벗고 거실로 올라갔다. 등에서 식은땀이 흘러내렸지만 민준은 내색하지 않았다. 그런 기색을 조금이라도 보이면 설이 그대로 뒤돌아 가버릴지도 모르기 때문이었다. 뒤에서 기척이 없자 민준은 뒤를 돌아보았다. 조국은 제자리에서 한 걸음도 움직이지 않았다.

"어제, 우리 집에 이걸 두고 갔어요."

이게 아니었더라면 모양새가 정말 우스워질 뻔했다. 속으로 그렇게 자조한 조국은 맥주 캔이 담긴 비닐봉지를 내밀었다. 민준이 어젯밤 조국의 아파트에 두고 간 물건이었다.

민준이 조국에게서 비닐봉지를 받아 들었다. 역시 조국은 어젯밤의 일을 기억하고 있었다. 그녀는 지금 어디서부터 어디까지 기억을 하고 있는 걸까. 민준은 무심한 조국의 눈빛에 가슴이 욱신거렸다. 사람은 가슴으로 기억하는 거라던 조국의 말이 떠올랐다.

"그런데 이상한 걸 먹고 있던데요."

"……"

"일부러 보려고 했던 건 아니에요. 하지만 왜 수면 유도제를 먹고 있어요?"

봉지 안에는 맥주 캔 여러 개와 담배, 그리고 약국에서 구입한 것으로 보이는 작은 종이 상자가 들어 있었다.

"……별거 아닌데."

"당신한테도 별거라는 게 있긴 있어요?"

'당신한테도 정말 특별하고 소중한 사람이라는 게 있었을까? 당신을 붙잡지 못해 울면서 발을 동동 구르던 나는, 당신에게 어떤 사람이었을까.'

조국은 허탈한 눈으로 그를 바라보았다.

"무슨 뜻이지, 그게?"

민준이 태연한 척 팔짱을 끼고 설을 내려다보았다. 그의 손끝이 미세하게 떨렸다.

"당신, 아직도 기억이 돌아오지 않았나요?"

"당신한텐 그게 아직도 중요한가?"

"중요하지 않아요. 어차피 나한테는 마찬가지일 테니까요. 당신이 기억이 돌아왔는데도 나를 찾아오지 않았다면 나에 대한 당신 마음이 그 정도였다는 거겠죠. 그리고 아직도 기억이 돌아오지 않았다면, 나는 당신에게 잊어버려도 될 정도의 의미가 없었던 사람이었겠죠."

'그런데 당신은 기억이 돌아왔잖아. 그것도 이 년 전에.'

조국이 아랫입술을 안으로 꽉 깨물었다. 그는 기억이 돌아왔는데도 그녀를 모르는 척하고 있었다.

"말하고 나니 우습네요. 그래봤자 어차피 마찬가지일 텐데. 그래도 당신 입으로 듣고 싶어요. 그러니까 솔직하게 말해줘요."

"돌아왔어."

민준이 너무 쉽게 대답을 해, 조국은 잠깐 자신이 잘못 들은 게 아닐까 생각했다. 이 말을 물어보는 데 이 년이 걸렸고, 입 밖으로 꺼내기까지 많은 용기가 필요했다. 그런데 당신은 어떻게 내 어려운 마음을 이렇게 쉽게 돌려주는가.

"또 궁금한 게 있어?"

"……진짜 나를."

서걱, 그녀의 심장이 썰려 나갔다.

"사랑한 게 아니었어요……?"

힘들게 감추고 있던 감정이 큰 충격을 받아 그녀의 얼굴에 다 드러났다. 애처롭게 떨리는 조국의 목소리에 민준의 눈빛이 크게 일렁였다. 조국은 한 걸음, 한 걸음 힘겹게 뒷걸음쳤다. 그녀의 얼굴빛이 하얗게 질려가는 걸 바라보는 민준의 동공이 점점 커졌다. 조국이 그의 눈앞에서 점점 사라지고 있었다. 또다시 그의 심장이 타들어 갔다.

'아니야! 가지 마, 제발.'

눈앞에서 신기루처럼 사라지는 설을 잡으려 민준이 다급히 손을 뻗었다.

"이봐요! 왜 이래요, 당신!"

환청이다. 나는 또 꿈을 꾸고 있는 것인가.

민준은 오랜만에 기분 좋은 꿈을 꾸었다. 꿈속에서 그는 조국을 안고 있었고 그녀에게선 좋은 향기가 났다. 생생하게 느껴지는 감각에 민준은 드디어 자신이 미쳐 간다는 걸 알 수 있었다. 꼭 실제로 조국을 품에 안고 있는 것만 같았다. 민준은 진짜 같은 이 꿈에서 깰까 봐 눈을 뜨지 않았다.

"안 가요. 그러니까 좀 더 자요."

조국은 불안해하는 민준을 안심시켜 주려는 듯, 다정한 목소리로 말했다. 부드러운 목소리에 민준은 미소 지으며 조국의 목덜미에 고개를 더 깊숙이 파묻었고, 그녀의 향기를 맡으며 다시 잠이 들었다. 이대로 영영 눈을 감아도 별로 미련이 남을 것 같지 않을 만큼 포근하고 따뜻했다.

조국은 깊은 잠에 빠진 민준의 얼굴을 바라보았다. 조금 전 민준은 하얗게 질린 얼굴로 손을 뻗었고, 그녀는 기절할 듯 쓰러지는 그를 부축해서 간신히 침대에 데려와 눕혔다.

"……강설."

민준은 꼭 술에 취한 사람처럼 이따금 그녀의 이름을 중얼거렸다. 안고 있던 팔에 조금이라도 힘이 풀어질라치면 그는 다시 강하게 끌어안았다. 그래서 조국은 그의 품을 빠져나올 수가 없었다. 아니, 사실은 그녀 스스로 움직이고 싶지 않았다.

"얼굴이 왜 이렇게 상했어요……."

조국은 민준의 잠든 얼굴을 바라보며 눈물을 글썽거렸다. 민준은 잠이 들고 나서야 무표정한 얼굴 뒤에 숨기고 있던, 외롭고 지친 얼굴을 그녀에게 보여주었다. 그의 고단함을 고스란히 느낀 조국의 마음이 뭉클해졌다.

민준은 왼손 손목에 여전히 시계를 차고 있었다. 위치 확인 목표물로 설정된 이름은 강설이었고, 예전처럼 화면을 톡톡 두드리니 'ERROR'라는 글자가 떴다. 민준은 이제 신호가 잡히지도 않을 조국의 위치를 여태 지우지 않고 남겨두었다. 조국은 왈칵 쏟아지려는 눈물을 힘들게 참아내며 그의 가슴에 얼굴을 기대고 눈을 감았다. 그를 미워하고 원망해야 하는데 도저히 미워할 수가 없었다.

어느덧 오후가 되었다. 저도 모르게 깜박 잠이 들었던 조국이 시간을 확인하고 놀라서 눈을 휘둥그레 떴다. 그녀는 이곳이 민준의 아파트이며 지금 그와 침대에 함께 누워 있다는 현실을 자각했다.

조국은 여전히 깊은 잠에 빠져 있는 민준의 얼굴을 올려다보았다. 그는 그동안 통 잠을 못 자고 산 사람처럼 도무지 잠에서 깨어날 생각을 하지 않았다. 잠든 모습이 너무 편안해 보여 깨우고 싶지는 않았지만, 그래도 이건 너무 잔다 싶었던 조국이 조심스럽게 민준을 흔들어 깨웠다.

"이제 좀 일어나 봐요. 좀 있으면 저녁이에요."

"……이젠 소리도 들리네."

민준은 잠에 취해 혼잣말을 중얼거렸다. 아직도 조국의 따뜻한 온기와 향기가 사라지지 않았다. 민준이 입가에 미소를 지었다.

"강설……."

민준이 조국의 이름을 중얼거렸다. 그는 이건 현실이 아니라 꿈이기에 그녀가 대답을 하지 않을 거라는 걸 알고 있었다. 그래도 괜찮았다. 민준이 입가에 호선을 더욱 짙게 그리며 그녀를 제 품 안으로 꽉 끌어안았다.

"으윽. 나, 숨 막혀요."

'응? 그런데 대답을 하네?' 의아한 생각에 민준이 이마를 설핏 찡그렸다.

"……윽, 나, 숨 막힌, 다고요."

'그것도 아주 실감 나게 들리는 게 꼭 진짜 같네. ……가만, 진짜라고?'

민준의 눈이 번쩍 떠졌다.

"아, 정말!"

조국이 있는 힘껏 민준의 가슴을 밀어내며 침대에서 벌떡 일어나 앉았다. 그녀는 명치에 손을 올리며 거친 숨을 내쉬었다. 하마터면 숨이 막혀 죽을 뻔했다.

민준은 눈을 깜박이며, 가슴에 손을 얹고 심호흡을 하는 조국을 멀뚱멀뚱 올려다보았다. 진짜 강조국이야?

"당신이 왜 여기 있어!"

깜짝 놀란 민준이 침대에서 용수철처럼 벌떡 일어나 앉았다.

"나 당신 때문에 숨 막혀 죽을 뻔한 건 안 보여요?"

"당신이 왜 여기에 있냐고 묻잖아!"

"사람이 무슨 잠을 그렇게 자요? 꼭 며칠 동안 잠도 못 잔 사람 같잖아요. 내가 움직이지도 못하고 얼마나 힘들었는지 알아요?"

"내가, 당신이랑, 잤다고……?"

"미…… 쳤어요? 당신이 기절한 것처럼 쓰러져서 도와줬을 뿐이라고요!"

조국이 붉어진 뺨을 옆으로 돌렸다. 잠시 눈빛이 흔들리던 민준은 그제야 사태를 파악하고 침착함을 되찾았다. 다행히 그가 미친 건 아니었다.

"그렇다고 남자 침대에 같이 누워 있다니, 봉사 정신이 너무 과하네. 마실 거라도 줄까?"

민준이 이불을 옆으로 젖히며 자리를 툭툭 털고 일어섰다. 오랜만에 깊은 잠을 자서 그런지 몸이 상당히 가뿐했다.

"김민준 씨."

"응."

"기억이 돌아왔으면서도 왜 나한테 얘기하지 않았어요?"

아까 기절하기 전, 민준은 그녀에게 기억이 돌아왔다고 말했다. 그런데 그는 기억이 돌아왔는데도 불구하고 조국을 찾지 않았다. 그가 그녀를 잊었다면 충분히 그럴 수 있었다. 하지만 민준은 신호가 잡히지 않는 시계를 여전히 손목에 차고 있었고 잠결에 몇 번이나 그녀의 이름을 불렀다. 그건 분명 그리움과 애틋함이 가득한 목소리였다.

"굳이 얘기할 필요성을 못 느껴서 그랬어."

"거짓말하지 말아요!"

"믿지도 않을 거면서 왜 묻는 거야?"

민준은 눈앞에 있는 그녀가 신경 쓰이지도 않는지 태연하게 상의를 갈아입었다. 조국은 민준의 어깨에 남은 총상의 흉터를 보자 아랫입술을 지그시 깨물었다.

"당신은 나한테 묻고 싶은 게 하나도 없어요?"

"건강하게 잘 지내고 있는 것 아니었어?"

"……맞아요, 아주 잘 지내고 있었죠."

조국은 민준이 도대체 무엇을 감추고 싶어서 이런 거짓말을 하는 건지 알 수 없었다. 그녀가 생각할 수 있는 건 그가 그의 친아버지와

제 할아버지 사이의 관계 때문에 저를 외면하는 게 아닌가 하는 추측 뿐이었다. 그래서 민준은 그녀에게 평창동 집을 주고 떠났고, 그걸 끝으로 이 관계를 정리하고 싶어 했는지도 몰랐다.

"지금 안 가봐도 돼?"

민준이 방문 손잡이를 잡고 멈추더니 뒤돌아서 조국을 바라보며 물었다.

"무슨 일이 있는 건 아니지만…… 그건 왜 물어요?"

"나 때문에 점심도 못 먹었을 거 아니야. 많이 바쁘지 않으면 저녁 먹고 가."

"당신이야말로 봉사 정신이 너무 투철하네요. 당신 여자친구가 괜히 오해하면 어떻게 하려고 그래요?"

조국이 냉담한 목소리로 말했다. 이건 아까 민준의 집 앞에 서 있던 여자에 대한 질투였다. 그리고, 아직도 잠결에 제 이름을 부르면서도 겉으로 내색하지 않는 민준에게 주는 벌이기도 했다.

조국의 말에 당황한 민준의 얼굴이 급격히 굳어졌다. 그가 정색을 하며 그녀 앞으로 한 걸음 가까이 다가왔다.

"그런 거 아니야!"

"뭐가 그런 게 아니에요?"

"당신이 생각하는 그런 사이가 아니라고. 무슨 사이라고 할 것도 없는 그냥 후배야!"

"그럼 우리는 무슨 사이예요?"

갑자기 허를 찔린 민준이 입술을 꾹 다물었다.

"당신과 나는 이제 무슨 사이냐고요."

'아직도 잠결에 내 이름을 부르는 당신과 당신이 보고 싶고 그리웠다는 말을 꺼내기가 두려운 나는 도대체 무슨 사이인 걸까. 우리 사이

가 이 년 전에 끝이 난 건지 아닌지, 난 그걸 알고 싶어.'

조국은 떨리는 입술을 지그시 깨물며 그를 직시했다.

"무슨 사이가 아니라고 해도 저녁 정도는 같이 먹을 수 있잖아."

"아니요, 난 그럴 수 없어요. 그러니 당신이 대답해 봐요, 우리가 도대체 무슨 사이인지."

두 사람 사이에 무거운 공기가 흘렀다. 조국은 민준의 얼굴을 뚫어져라 바라보았지만, 그는 아무런 대답을 하지 않았다.

"오늘 저녁은 아무래도 같이 먹을 수 없겠네요."

조국은 씁쓸한 얼굴로 그를 지나쳐 방을 나갔다. 하지만 민준은 그녀를 잡지 않았다. 조국을 잡아도 그녀에게 대답할 수 있는 말은 없었다. 아무것도 아닌 사이라고 말을 할 수도 없었고, 그게 아니라고도 할 수 없었다.

민준은 편의점에 들어갔다. 냉장고에서 생수를 꺼내려던 민준은 아래 칸에 진열된 비타민 음료를 보고 잠시 생각에 잠겼다. 색깔별로 가지런히 정돈된 음료들을 보니 제 냉장고에 들어 있는 음료수 생각이 났다. 버리기도 그렇고, 그렇다고 마시기도 그래서 민준은 그것들을 그냥 내버려 둔 채였다.

민준은 생수와 담배를 계산하고 편의점을 나왔다. 그는 그대로 집에 올라가려다 발길을 돌려 아파트 관리 사무소로 향했다. 그곳에서 확인할 게 있었다.

"수고하십니다."

"무슨 일로 오셨어요?"

민준이 사무소 안으로 들어가자 경리 직원이 사람 좋은 미소를 지으며 자리에서 일어났다.

"입주민입니다. 5동 1, 2호 라인 엘리베이터 CCTV 좀 확인할 수 있습니까?"

"아, 그건 경비 팀장님한테 물어봐야 하는데요. 저기로 가시면 안에 경비 팀장님 계실 거예요."

경리 직원이 왼쪽 유리문을 가리켰고, 민준은 고맙다는 뜻으로 가볍게 고개를 끄덕였다. 경비팀 사무실 한쪽 벽면에는 CCTV용 모니터가 가득 차 있었고, 경비팀 직원 두 명이 화면을 보고 있었다. 그중한 명이 민준을 보더니 엉거주춤한 자세로 일어났다.

"어떻게 오셨습니까?"

"지난주 일요일 오후 2시에서 3시 사이, 5동 1, 2호 라인 엘리베이터 CCTV 좀 확인하고 싶습니다."

"무슨 일 때문에 그러시죠?"

민준은 시선을 내리고 무어라 대답할지 생각했다.

"누가 저희 집에 물건을 두고 갔는데 아무래도 주인을 찾아줘야 할 것 같아서 말입니다."

"그런 일이시라면…… 잠깐만 기다리세요. 왼쪽 끝, 위에서 세 번째 모니터 보고 계시면 됩니다."

남자는 분주한 손길로 녹화 화면을 뒤로 돌리기 시작했다. 청소 업체 사람 말로는 그 아가씨가 오후 2시 넘어서 음료수를 주고 갔다고 했다. 오후 2시에서 3시 사이, 음료가 든 봉투를 들고 있는 여자를 찾으면 될 터였다.

"재생 속도를 좀 올리겠습니다."

화면이 빠르게 움직이기 시작했다.

"잠깐! 거기 뒤로 좀 다시 돌려주세요."

"찾으셨어요?"

무언가를 발견한 민준이 다급한 목소리로 외쳤다. 남자는 녹화 화면을 뒤로 돌렸다. 화면을 바라보던 민준의 얼굴이 굳어갔다.

조국이 양손 가득 무거운 봉지를 들고 엘리베이터에 올라탔다. 그리고 잠시 후, 다시 엘리베이터에 탄 조국은 손에 아무것도 들고 있지 않았다. 고개를 숙이고 있던 그녀는 다른 사람이 엘리베이터에 타자 얼른 소매로 눈물을 훔쳐냈다.

"찾으셨습니까? 이분 맞아요?"

"……모르겠습니다."

목이 메어, 목소리가 형편없이 갈라져 나왔다. 미동도 없이 모니터를 바라보는 민준의 눈가가 벌겋게 변했다. 이 여자는 예쁜 꽃길을 두고도 왜 기어이 험한 길을 찾아오는가. 조국은 왜 이렇게 바보 같고 어리석은지 모르겠다.

❧

남자가 앉아 있는 까만 가죽 의자 뒤로 큼지막한 노란 무궁화가 보였다. 무궁화 양옆에는 황금색 봉황 두 마리가 꼬리를 아래로 길게 내리고 있었다. 의자에 앉은 남자는 허리를 꼿꼿하게 펴고 무표정한 얼굴로 서 있는 민준을 물끄러미 올려다보았다.

"고생 많았습니다. 몸은 이제 괜찮습니까?"

그는 이 나라 대한민국의 대통령, 조국의 아버지였다.

"네, 각하."

"곧 출국한다고 들었습니다. 건강하세요."

"감사합니다."

"김민준 요원, 이건 그냥 내가 궁금해서 물어보는 겁니다. 그러니,

곤란하면 답변을 하지 않아도 괜찮습니다."

"말씀하십시오."

"왜 상부의 명령을 기다리지 않고 단독 행동을 했습니까? 내가 어떤 결정을 내릴 줄 알고 말입니다. 자칫하다간 일을 완전히 그르칠 수도 있었습니다."

대통령은 민준에게 상부의 명을 기다리지도 않고 그가 먼저 달려간 연유를 물었다. 민준이 대답할 수 없는 질문은 아니었지만 쉽게 입 밖으로 꺼낼 수 있는 말도 아니었다. 그건 앞에 있는 남자가 대통령이어서가 아니라 조국의 아버지이기 때문이었다. 하지만 민준은 조국의 아버지가 아니라 이 나라의 수장인 대통령에게 답을 했다.

"파일을 건네진 않을 거라 생각했습니다. 그리고 납치범은 파일 외에 다른 목적을 가지고 있어 시간이 지체되면 영애가 위험해질 수 있다고 판단했습니다."

"납치된 사람이 영애가 아니라 다른 사람이었어도 그렇게 행동했을까요?"

민준은 대통령에게 답을 했는데 그에게 되물은 건 조국의 아버지였다. 민준은 대통령이 왜 저를 불렀는지 그제야 이해할 수 있었다.

"그러지 않았을 것입니다."

공중에서 시선이 마주친 두 사람 사이에 잠깐 침묵이 흘렀다. 대통령은 자신의 눈빛을 피하지 않는 민준을 보며 참 맹랑한 놈이라는 생각이 들었다. 입양한 아들이라고 들었는데 꼿꼿한 성미가 김 국장과 꼭 닮았다. 세상에 무서운 것 없어 보이는 눈빛은 그가 평탄치 않은 삶을 살아왔다는 것을 보여주었다.

"……이탈리아는 좋은 나라입니다. 김민준 요원이 좋은 곳에서 쉬었으면 하는 생각에 내가 직접 골랐지요."

"……."

"내 딸은 융통성 있는 아이가 아닙니다. 오직 하나만이 전부인 양 가르쳐 준 길로만 다니고, 버스도 항상 같은 번호만 타고 다니지요. 나는 아비로서 딸아이가 탄 버스 밖으로 고운 풍경이 펼쳐졌으면 좋겠습니다. 나비도 날아다니고 꽃향기도 나는 그런 풍경 말입니다."

대통령은 진중한 눈빛으로 민준을 바라보았다. 고급 승용차를 태워주면 더 좋겠지만, 그게 아니더라도 딸아이가 버스 창문으로 바라보는 풍경은 따뜻한 곳이었으면 좋겠다는 게 아비로서 최소한의 욕심이었다. 그는 장인어른이 그렇게 세상을 등지고 난 뒤 조국이 어떻게 살아왔는지 잘 알고 있기 때문이었다.

예쁜 것을 보면 그게 전부인 것처럼 예쁘게 살아갈 수 있었던 아이가 험한 걸 너무 많이 겪고, 보고 살아왔다. 그래서 그는 파일과 관련된 모든 흔적을 딸에게서 지우고 싶었다. 더 이상 불안하고 위험한 세상에 딸을 두고 싶지 않았고, 또한 그런 사람을 조국의 곁에 두고 싶지도 않았다.

민준은 대통령이 무슨 말을 하는지 그 속뜻을 알아들었다. 사실은 아버지에게서 그가 한국에 남을 수 없다는 이야기를 들었을 때부터 어렴풋이 예상하고 있었던 일이기도 했다. 민준이 한국에 남지 말아야 하는 이유가 따로 있던 거였다.

"아마 우리가 다시 만날 일은 없겠지요. 건강하길 바랍니다."

그가 줄곧 갈등하고 있었던 마음을 들여다보기라도 한 듯, 대통령은 강하게 쐐기를 박았다.

그저 조국 옆에만 있고 싶다는 마음과 그녀가 더 좋은 세상으로 갈 수 있도록 조국을 놓아줘야 한다는 생각이 내내 민준을 괴롭혔다. 그래도 놓을 수 없다고 생각했는데 민준이 가까이 있어 조국이 아프다는 말에 간신히 그 욕심을 끊어낼 수 있었다. 하지만 조국 옆에 있고 싶은 마음은 생각처럼 잘 버려지지 않았다. 그녀를 보면 도돌이표처럼 그녀 곁에 가서 머무는 마음은 민준도 어찌할 수 없었다.

✤

띠리리— 전화벨이 울렸다. 어두워진 창밖을 바라보며 회상에 잠겨 있던 민준이 핸드폰을 손에 쥐었다. 발신자를 확인하자 민준의 인상이 험악하게 구겨졌다.

"단장님."

[너 왜 사무실로 안 들어와? 인정이한테 아직 얘기 못 들었어?]

"저한테 도대체 왜 이러십니까?"

[내가 뭘 어쨌다고 이래? 내가 다른 놈들 다 제치고 특별히 너한테 인정이를 보내줬는데 말이야, 이 자식이 고맙습니다, 하고 머리를 조아리지는 못할망정! 네가 잘 몰라서 그러는데 박인정 걔가 누구냐면 말이야……]

"저 피곤해서 오늘 못 들어갑니다. 그리고 신입이 그렇게 한가합니까? 아무리 할 일이 없다고 해도 이상한 일은 시키지 마십시오."

[야야, 걔도 지금 바빠. 걔 지금 이대철 사장 쫓아갔거든. 오늘 저녁에 이대철이 누굴 만나려는지 레스토랑을 통째로 싹 다 비웠단다. 뭔가 냄새가 나지 않냐?]

"거길 그 애송이 혼자 보냅니까?"

[걱정되면 네가 같이 가볼래?]

"저 피곤합니다."

[싫음 말아라. 이 자식이 다 저 좋으라고 내가 그렇게……]

뚝. 민준이 전화를 끊고 핸드폰을 테이블 위에 던졌다.

"그럼 우린 무슨 사이죠?"

조국의 목소리가 아까부터 민준의 머릿속을 계속 돌아다니고 있었다.

딩동. 문자 수신음이 들렸다. 민준은 핸드폰을 들어 문자를 확인했다. 박인정이었다.

그는 내용을 확인하지 않은 채 핸드폰을 뒤집어놓았다. 딩동, 딩동, 딩동. 문자 수신음이 경박스럽게 연달아 울렸고, 민준은 아득 이를 갈며 핸드폰을 다시 집어 들었다.

〈선배님, 저 가림레스토랑 건물 맞은편 옥상에 와 있는데요. 이대철이 오늘 만나는 사람이 여자예요〉

〈이대철이 여자랑 이런저런 지저분한 소문이 많던데, 저 여자분 괜찮을까요? 연예인은 아닌 것 같은데 이상하게 낯이 많이 익어요.〉

〈방금 전에 여자가 이대철한테 무슨 재킷 같은 걸 건네줬는데요, 혹시 이대철 애인일까요?〉

"제 재킷 세탁을 좀 부탁드려도 될까요? 나중에 조국 씨가 돌려주시면 좋겠어요."

'강조국!'

심장이 쿵 소리를 내며 바닥에 떨어졌다. 민준은 다급하게 집을 뛰쳐나갔다. 조국을 잡지 않아서 그녀가 그곳에 갔다는 자책감에 금방이라도 질식할 것처럼 숨이 막혀왔다. 눈가가 시큰해지며 뜨거운 눈물이 눈가로 가득 번졌다.

사실은 언제나 이렇게 조국에게 달려가고 싶었다. 조국을 예쁜 꽃밭이 아니라 잡초만 무성한 벌판에 데려다 놓아도 괜찮다고만 말해준다면, 고운 발에 흙이 묻지 않도록 그녀를 품에 안고 걷고 싶었다.

예전이나 지금이나 그녀는 그가 지켜야 하는 '조국'이었다.

〈2권에 계속〉